MARIETTE LINDSTEIN

Die Sekte – Deine Welt steht in Flammen

AF178361

Autorin

Mariette Lindstein war fünfundzwanzig Jahre lang Mitglied bei Scientology. Sie arbeitete unter anderem im Hauptquartier der Kirche in Los Angeles, bis sie die Gemeinschaft 2004 verließ. Heute ist sie mit dem Autor und Künstler Dan Koon verheiratet. Die beiden leben mit ihren drei Hunden in einem Wald außerhalb von Halmstad. »Die Sekte – Es gibt kein Entkommen« war ihr erster Roman und wurde in Schweden mit dem Crimetime Specsavers Award für das beste Debüt ausgezeichnet und für den CWA Dagger Award 2019 nominiert. Aktuell wird ihre Reihe für das Fernsehen verfilmt. Neben dem Schreiben hält Mariette Vorträge über die Gefahren von Sekten.

Von Mariette Lindstein bereits erschienen

Die Sekte – Es gibt kein Entkommen
Die Sekte – Deine Angst ist erst der Anfang
Die Sekte – Dein Albtraum nimmt kein Ende
Die Sekte – Deine Welt steht in Flammen

Besuchen Sie uns auch auf www.instagram.com/blanvalet.verlag und www.facebook.com/blanvalet.

MARIETTE LINDSTEIN

DIE SEKTE

DEINE WELT STEHT IN FLAMMEN

THRILLER

Aus dem Schwedischen
von Kerstin Schöps

blanvalet

Die Originalausgabe erschien 2020 unter dem Titel
»Requiem på Dimön« bei HarperCollins Nordic AB, Stockholm.

 Dieses Buch ist auch als E-Book erhältlich.

MIX
Papier aus verantwor-
tungsvollen Quellen
FSC® C014496

Penguin Random House Verlagsgruppe FSC® N001967

1. Auflage
Copyright der Originalausgabe © Mariette Lindstein 2020
Copyright der deutschsprachigen Ausgabe © 2021 by Blanvalet
in der Penguin Random House Verlagsgruppe GmbH,
Neumarkter Straße 28, 81673 München
Redaktion: Joern Rauser
Umschlaggestaltung: www.buerosued.de
Umschlagmotiv: Arcangel Images
(Laura Kate Ranftler; Collaboration JS);
Will Immink; www.buerosued.de
BL · Herstellung: sam
Satz: KompetenzCenter, Mönchengladbach
Druck und Bindung: GGP Media GmbH, Pößneck
Printed in Germany
ISBN 978-3-7341-1027-6

www.blanvalet.de

Vorwort

Die drei Bände über die Sekte auf Dimö sind stark von meinen persönlichen Erfahrungen als Sektenmitglied geprägt. Fünfundzwanzig Jahre habe ich in einer Sekte gelebt und dort die Sektenmentalität kennengelernt.

Die Sekte – Deine Welt steht in Flammen beginnt dort, wo die Trilogie über ViaTerra aufgehört hat.

Meine literarische Rückkehr nach Dimö gestaltete sich zu Beginn noch mit einem gewissen Zögern, aber nachdem so viele Jahre seit meiner Flucht aus der Sekte vergangen waren, hatte ich eine neue Perspektive auf diesen Abschnitt meines Lebens bekommen. Ich bekam die Gelegenheit, die geschlossene Gesellschaft, in der ich gelebt habe, mit der wirklichen Welt zu vergleichen. Und musste feststellen, dass die Überschneidungen zahlreich und beängstigend sind.

Meine Leser haben mir viele Fragen zu der Figur von Franz Oswald gestellt. Viele kannten Menschen in ihrer unmittelbaren Umgebung, die eine ähnliche Persönlichkeitsstörung zeigten. Diese Offenheit berührte mich zutiefst. Der gemeinsame Nenner der Berichte bestand vor allem darin, dass diese Beziehungen immer kompliziert sind. Denn nicht alle Menschen sind automatisch böse. Außerdem gab es familiäre Verbindungen, häufig waren auch Kinder involviert. Oder ein Job stand auf dem Spiel. Viele hatte man als naiv oder dumm bezeichnet, weil sie sich nicht aus dieser Beziehung lösen konnten. Ihre Geschichten haben mich letztlich davon überzeugt, das Kapitel Dimö noch ein weiteres Mal aufzuschlagen.

In den vergangenen Jahren habe ich viele Schulen besucht und mich so mit Hunderten von Schülern im ganzen Land unterhalten. Diese Gespräche haben mir Hoffnung gegeben und mich dazu inspiriert, etwas über diese neue Generation zu schreiben.

Hier kommt eine kleine Zusammenfassung der Handlungen und Figuren der ersten Bände – für alle, die hier erst einsteigen und die Trilogie über ViaTerra noch nicht kennen.

Franz Oswald wurde als Fredrik Johansson geboren und wuchs auf der Insel Västra Dimö an der Bohusküste auf. Er war der uneheliche Sohn des dortigen Grafen, der in dem großen Herrenhaus auf der Insel residierte. Seine ersten Lebensjahre verbrachte Franz auf dem Anwesen, doch als seine Mutter bemerkte, dass der Graf ihren dreijährigen Sohn im Keller misshandelte, floh sie mit Franz in eine kleine Hütte im Wald.

Bald darauf verließ der Graf mit seiner Familie die Insel und zog nach Frankreich. Im Alter von dreizehn Jahren inszenierte Franz seinen eigenen Tod und reiste ihm hinterher. Der Vater nahm ihn auf, und Franz besuchte eine Privatschule in Südfrankreich. In dieser Zeit änderte er seinen Namen und nannte sich von nun an Franz Oswald. Er war zwanzig Jahre alt, als das Anwesen seiner Familie abbrannte und alle Familienmitglieder in dem Feuer umkamen. Alle, außer Franz. Er erbte ein riesiges Vermögen, zog zurück nach Schweden, kaufte das Herrenhaus auf Dimö und gründete eine New-Age-Bewegung – ViaTerra –, die das Ziel verfolgte, den Seelenfrieden und das körperliche Gleichgewicht des Einzelnen wiederherzustellen. Die Bewegung erfuhr einen großen Zulauf, vor allem von jungen Menschen, Prominenten, Machthabern und Persönlichkeiten in bedeutenden Positionen.

Eines der neuen jungen Mitglieder ist Sofia Baumann, eine zweiundzwanzigjährige Frau, die gerade ihr Studium beendet hat. Anfangs ist sie eine glühende Anhängerin, beginnt aber zunehmend, Franz Oswalds Führungsqualitäten und Methoden zu hinterfragen. Er lenkt seine Organisation mit harter Hand, wird zunehmend paranoid und lässt einen Elektrozaun um das Anwesen errichten.

Erst nach Monaten wird Sofia klar, dass sie von der Sekte vereinnahmt wird, und sie flieht schließlich mit ihrem Geliebten Benjamin Frisk, der ebenfalls ein Mitglied ist, von der Insel.

Sofias und Benjamins Weg zurück in die Normalität erweist sich als schwieriger als gedacht. Denn Sofia äußert sich öffentlich über die Vorfälle auf Dimö und wird von Franz Oswald mit schonungslosen Angriffen und Schikanen bestraft – die sie allerdings erfolgreich abwehren kann.

Es folgen fünfzehn Jahre Waffenstillstand zwischen den beiden. Benjamin und Sofia haben in Henån auf der Insel Orust ein Zuhause gefunden und eine Tochter bekommen. Wild entschlossen, Julia aus der ganzen Sektengeschichte herauszuhalten, hat Sofia ihrer Tochter kaum etwas von dieser Zeit erzählt. Julia wächst behütet auf, hat aber schon früh den starken Drang, das beschauliche Leben auf Henån so schnell wie möglich hinter sich zu lassen.

Franz zieht sich auf die Insel Dimö zurück und entwickelt neue Thesen und Leitsätze. Als ein gewaltiger Sturm die Westküste von Schweden erfasst und verwüstet, tritt er aus dem Dunkel ans Licht, präsentiert eine nachhaltige Version von ViaTerra und erfährt einen nie da gewesenen Zulauf. Auf dem Anwesen gründet er eine Schule, die er *Kinder der Erde* nennt. Auch seine Zwillingssöhne Vic und Thor besuchen diese Schule und werden nach den Lehren der Sekte erzogen.

Was sich allerdings nicht verändert hat, ist Franz' Besessenheit von Sofia. Es stellt sich heraus, dass er ihren Freundeskreis infiltriert und sie und ihre Familie jahrelang ausspioniert hat. Als der Verdacht in ihm aufkommt, dass Julia seine Tochter sein könnte, meldet er sich bei Sofia und fordert einen DNA-Test. Kaum liegt ihm das Ergebnis vor, das bestätigt, dass er nicht der leibliche Vater ist, beginnt er, ihr hinter dem Rücken ihrer Eltern flirtend näherzukommen. Und Julia erliegt seinem Charme. Am Ende lockt er sie zu sich auf die Insel. Der Besuch endet in einer Tragödie. Vic, den Franz zu seinem designierten Nachfolger ernannt hatte, ist rasend eifersüchtig auf Julia und will sie von der Klippe stürzen. Franz kommt in letzter Sekunde dazu, kann Julia retten, stößt dabei aber Vic unabsichtlich den Teufelsfelsen hinunter. Der verunglückt tödlich, und Franz erleidet einen schweren Schlaganfall, der ihn am ganzen Körper lähmt und ihm die Stimme nimmt.

Julia lernt den anderen Zwilling kennen. Von Anfang an besteht eine enge Bindung zwischen ihr und Thor, sie werden enge Freunde.

Die Sekte – Deine Welt steht in Flammen setzt zu dem Zeitpunkt ein, als Franz sich auf wundersame Weise von seinem Schlaganfall erholt hat, gelangweilt und rastlos in der Rehaklinik sitzt und über die Zukunft nachdenkt. Julia und Thor sind nach Göteborg gezogen und wohnen zusammen. Thor holt sein Abitur nach, weil sich der Unterricht in der Sektenschule an keine Lehrpläne gehalten hatte. Er ist in der 12. Klasse. Julia hat gerade ihren ersten Job als Redaktionsassistentin bei einem Webmagazin angefangen.

Prolog

Am Anfang war ein Wille zu existieren.

Darum erschuf er Raum und Dimensionen.

Und so entstanden Licht, Energie und Leben.

Das ist immer meine Auffassung von der Entstehung des Universums gewesen.

Es wurde nicht von einem Gott erschaffen, sondern von einer einsamen Seele, die verloren und gelangweilt war.

Wie ein Spiel.

Während ich in meinem Körper gefangen war, beschäftigte ich mich mit dieser Hypothese, um mein Leben überhaupt auszuhalten. Das Krankenhauspersonal schob mich jeden Tag an ein Fenster, und eines Tages gelang es mir, dass sich mein Bewusstsein auch in Regionen außerhalb meines Gefängnisses erstreckte. Ich lernte, die Menschen wahrzunehmen, die sich auf der anderen Seite des Fensters wie die Gezeiten durch die Straßen bewegten. Hin und zurück zwischen ihrem Zuhause und den sinnlosen Arbeitsplätzen. Ich spürte ihre Traurigkeit und das verzweifelte Bedürfnis, ein Ziel zu haben. Ihr Leiden hat mich angetrieben, meinen Kampf nicht aufzugeben.

Eigentlich bin ich ein geborener Anführer. Und die Pflicht eines Anführers ist es, Menschen zu führen.

In einer stürmischen Nacht vor zwei Jahren habe ich meinen Sohn umgebracht. Es war ... ein Versehen.

Er griff mich an, und ich habe mich verteidigt. Wie ein

wahnsinnig gewordener Kampfhund hat er sich auf mich gestürzt. Bevor er ins Straucheln geriet, rückwärtsstolperte und vom Felsen stürzte, hatte er mich mit einem sonderbaren Gesichtsausdruck angesehen. Als hätte er schon immer gewusst, dass genau dies einmal eintreten würde. Und doch wirkte er überrascht. Zum ersten Mal machte mir danach niemand Vorwürfe, keiner freute sich über mein Unglück. Ich hatte eine hilflose Frau vor dem sicheren Tod bewahrt. Ich habe nie bereut, was ich an diesem dunklen Tag getan habe. Aber sein überraschter Gesichtsausdruck hat mich seitdem nicht mehr losgelassen – es war das Letzte, was ich gesehen habe, bevor ich in eine stumme Welt verbannt wurde – in das Innere meines Körpers.

Mein erster Psychologe war der Auffassung, dass ich die Ereignisse verdrängen und vergessen wollte. Weil mir das aber nicht gelang, wurde ich als traumatisiert eingestuft. Dabei bin ich das gar nicht gewesen. Ich war bloß gelähmt.

Ich frage mich, ob sich die Leute überhaupt vorstellen können, was für eine Willensstärke jemand aufbringen muss, der vom Hals abwärts gelähmt ist, und das nur, um einen Zeh zu bewegen. Zuerst passiert gar nichts, wie ein Idiot starrt man auf seinen reglosen Fuß. Minuten, Stunden, Tage. Dann sieht man eine winzige Bewegung, oder zumindest bildet man sich das ein und ist am Boden zerstört, solange sie sich nicht wiederholen lässt. Aber wenn es dann endlich doch funktioniert, ist es trotzdem ein niederschmetterndes Gefühl. Denn was ist schon ein Zeh im Vergleich zu einem ganzen Körper?

Aber ich habe mich geweigert aufzugeben. Eine Niederlage zu akzeptieren liegt nicht in meiner Natur. Einige haben mich als grausam bezeichnet, viele sagen, ich sei hart. Dabei habe ich nur versucht, meinen Prinzipien treu zu bleiben, und das habe ich mit großer Hartnäckigkeit und Offenheit getan. In unzähligen Nächten – allein in der Dunkelheit – habe ich meine Muskeln gezwungen, mir zu gehorchen. Mir ist es gelungen, die Stimmbänder in Schwingung zu versetzen und meine Lippen zu bewegen. Am Ende bin ich wieder Herr über meinen Körper gewesen.

Dann hat es aber anderthalb Jahre gedauert, bis ich erneut ganz hergestellt war. Die Ärzte nannten es ein Wunder, dabei war es lediglich reine Willenskraft. Zu diesem Zeitpunkt hatte der sogenannte *Skandal*, in den ich verwickelt gewesen war, längst an Aktualität verloren. Einige Dinge werden schneller verziehen als andere. Manche aber können niemals verziehen werden.

Mittlerweile herrsche ich über die Reha-Klinik, in der ich seit meinem Schlaganfall untergebracht bin. Ich wohne in einer geräumigen Suite mit Zugang zum Garten und einem großen Fenster, das zur Straße geht. Geöltes Parkett mit Fußbodenheizung. Seidene Bettwäsche. Sonderverpflegung und ein Personal Trainer. Der erforderliche Geldtransfer, um diesen Luxus zu finanzieren, war sowohl anhaltend als auch kompliziert. Die gierigen Mäuler der Klinik verschlangen mit Freude einen Großteil meines Vermögens. Manchmal ist private Pflege ein wahrer Segen.

Zurzeit versorgen mich dauerhaft lächelnde Krankenschwestern, die sich hervorragend um mich kümmern. Am besten nähere ich mich ihnen zaghaft, wie bei einem Tanz, bis sie endlich das unwiderstehliche Verlangen haben, mir ihre intimsten Geheimnisse zu verraten. Denn das haben sie bisher alle getan: Elyssa, Bettina und Sara. Sie alle sind Teil meines kleinen Imperiums hier geworden. Ergeben und zuvorkommend.

Einige Leute behaupten, machthungrige Männer seien emotional abgestumpft. Nichts könnte weiter von der Wahrheit entfernt sein. Ich habe zum Beispiel bemerkt, dass ich Sinneseindrücke in meiner unmittelbaren Umgebung intensiver empfinde als andere Menschen – die Farben des Sonnenuntergangs, den kleinsten Windhauch, den Geruch einer Frau. Wenn eine Pflegerin den Raum betritt, weiß ich sofort und ohne mich umdrehen zu müssen, wer es ist. Ich kann sie an dem Geruch ihres Parfums erkennen. Oder ihres Schweißes.

Aber in letzter Zeit hat etwas ganz anderes mein Gefühlsleben befallen. Ein dunkler Schmerz in meinem Herzen. Eine ganz merkwürdige, bittersüße Sentimentalität, die ich nicht wahrhaben will, aber auch nicht abstreiten kann. Zum ersten Mal hat der salzige Geschmack von Tränen meine Lippen berührt. Und manchmal spüre ich einen Kloß im Hals. Aber das sind wahrscheinlich nur die Spätfolgen meines schweren Schlaganfalls.

Ich drehe den Kopf und spähe aus dem Fenster hinaus auf die Straße und die Menschen, die im Dämmerlicht kaum zu erkennen sind. Nach und nach werden die Personen deutlicher, sie stehen in Toreinfahrten und unter Straßenlaternen herum. Verlorene Seelen, die kein Zuhause haben und sich im Schatten verbergen.

Wie leicht wäre es, in der dunklen Stadt unterzutauchen und zu verschwinden. Ich habe einen unstillbaren Hunger nach Veränderung, sobald sich neue Dinge auftun und andeuten, während sich die ausgenutzten und vertrauten gerade auflösen. So gut habe ich mich schon sehr lange nicht mehr gefühlt. Ich hätte diesen öden Ort bereits vor langer Zeit verlassen sollen, aber bevor ich nach Hause zurückkehren kann, brauche ich noch einen Plan. An meinen Zielen und meiner Zielstrebigkeit habe ich nie gezweifelt. Der Weg dorthin darf nur manchmal von Ungewissheit gesäumt sein. Alles muss stimmen. Und dann ist da noch diese eine – alles entscheidende – Frage: Habe ich meine Stärke, die mich so sehr auszeichnet, zurückgewonnen?

Wenn ich an Dimö und die Urkräfte der Natur denke, empfinde ich so etwas wie Sehnsucht. Die salzige Luft und der Wind. Die grasbewachsene Heide, die im August ausbleicht und dem lila Schimmer des Heidekrauts Platz macht. Die imposanten Felsen. Der Nebel, der nachts vom Meer aufsteigt und die Insel verschluckt. Das ist mein Platz auf der Welt, meine Heimat.

Natürlich denke ich dann auch an das Anwesen, an mein Zuhause. Dort habe ich vor langer Zeit ein Imperium gegründet, das sich inzwischen über die ganze Welt erstreckt.

Ich denke an meine Mutter, ihre fest aufeinandergepressten Lippen und ihren vorwurfsvollen Blick.

An Thor denke ich auch oft, meinen mittlerweile einzigen Sohn – an den abgeklärten Gesichtsausdruck, wenn er bei seinen Besuchen meine Fragen einsilbig beantwortet. Ich ärgere mich, dass es meine Eitelkeit kränkt, weil ich will, dass er zu mir aufschaut.

Und an Julia muss ich viel denken. Nach dieser langen Pause ist sie zu mir zurückgekommen. Ich weiß noch genau, wie sie sich an mich geklammert hat, mit zärtlicher Entschlossenheit. Ich erinnere mich an das Gefühl, ihre Hand bei dem Spaziergang über die Insel in meiner zu halten. Und auch an das warme Gefühl, das sich in meinem ganzen Körper ausgebreitet hat. Sie strahlte eine unfassbare sinnliche Wärme aus. Der Erinnerung folgt nur Bruchteile einer Sekunde später der Klang ihrer Stimme: *Warum erzählst du mir das eigentlich alles?* Und meine Antwort darauf: *Wem sollte ich es denn sonst erzählen?*

Schon wieder spüre ich diesen vertrauten, feuchten Schmerz in den Augen.

In mir bewegt sich etwas.

Als ich auf meine Hände starre, sehe ich, wie mein kleiner Finger zittert.

1

JULIA

Sie stieg aus dem überfüllten Zug und sah ihm hinterher, wie er nach Osten weiterfuhr, in die Innenstadt. Wie so oft überkam sie das Gefühl von Einsamkeit. Tagsüber verschwand es wieder, aber in der Dämmerung packte es sie und ließ sie nicht mehr los. Es hatte einen Puls und scharfe Krallen. Und war ziemlich bedrohlich. Sie sehnte sich nach Thor und hoffte inständig, dass er schon zuhause war.

Abends meldete sich immer die Traurigkeit, die ihr neuer Job in ihr auslöste. Wie ein Nachbeben. Nach dem Abschluss der Schule mit dem Schwerpunkt Sprache hatte sie sich ins Berufsleben gestürzt. Zwei Monate hatte sie jetzt schon bei dem Webmagazin MODA gearbeitet, das hauptsächlich von jungen Karrierefrauen gelesen wurde. Nachdem sie durch Zufall erfahren hatte, dass die Redaktion eine Assistentin suchte, hatte sie sich beworben. Und irgendetwas schien sie auch richtig gemacht zu haben, denn sie boten ihr sofort den Job auf Probezeit an.

Am Anfang hatte es sich wie ein Traumjob angehört, mit einem angemessenen Einstiegsgehalt und attraktiven Zusatzleistungen wie gratis Make-up und Klamotten. Aber das war, bevor sie ihre Chefin Susanna Asker kennengelernt hatte. In kürzester Zeit bestand Julias Aufgabe nun darin, ihr wie ein Lakai nicht von der Seite zu weichen. Der

Kaffee hatte noch keine Gelegenheit gehabt abzukühlen, da verlangte Susanna bereits einen neuen. Und wenn sie ihn verschüttete – was ihr wegen der ausladenden Gesten ziemlich häufig passierte –, erwartete sie, dass Julia auf dem Boden herumkrabbelte und die Pfütze wegwischte. Aber auch diese Erniedrigung hätte sie ertragen und wegstecken können, wenn nicht die Überzeugung in ihr gewachsen wäre, dass sie einfach nicht in diese Redaktion passte. Sie schminkte sich kaum. Mode interessierte sie auch immer weniger. Und in einer Arbeitsumgebung, die ausschließlich aus Frauen bestand, fühlte sie sich sowohl verloren als auch deplatziert. Sie hatte sich bei MODA beworben, weil sie schreiben wollte. Viele Themen interessierten sie, menschliche Schicksale, Klimawandel, sogar Politik fand sie spannend. Außerdem war sie von Natur aus neugierig und scheute nicht davor zurück, Fragen zu stellen. Nicht einmal die unangenehmen.

Ein kalter Wind riss an ihren Haaren und trieb ihr die Tränen in die Augen. Es fing an zu regnen, kleine messerscharfe Tropfen fielen ihr in den Nacken. Es war erst Ende August, aber der Herbst hing schon in der Luft. Sie schüttelte sich das Wasser aus den Haaren, ging die Treppe hoch und schloss die Wohnungstür auf. Es roch nach Thor, aber die Leere, die ihr entgegenschlug, verriet, dass er noch nicht zuhause war. Die Wohnung gehörte Thors Großmutter, die sie ihm untervermietet hatte. Als Julia ihren Job in Göteborg antrat, waren sie zusammengezogen und teilten sich die Miete.

Thor und Julia waren beide zu schnell erwachsen geworden, allerdings aus unterschiedlichen Gründen. Julia hatte sich immer reifer und weiter als ihre gleichaltrigen Freunde gefühlt. Sie war früh in die Pubertät gekommen und auch damit aufgezogen worden. Und dann, später, als die anderen Mädchen auch so weit waren und Julia zu hören bekam, dass sie dankbar für ihr Aussehen sein sollte, war es praktisch unmöglich, den Leuten zu klarzumachen, dass das unmöglich war. Es war schlicht und einfach zu spät. Thor hingegen hatte in der Sekte ein sehr rigides und diszipliniertes Leben geführt und war genötigt gewesen, sich früh um sich selbst zu kümmern. Während Julia in Uddevalla ihre Schule beendete, besuchte sie Thor in Göteborg so oft es ging. Seit sie sich eine Wohnung teilten, waren sie sich noch nähergekommen. Ihre Freundschaft hatte sich weiterentwickelt und eine Tiefe bekommen, die keiner von beiden so richtig greifen konnte.

Seit Julia ihn vor zwei Jahren kennengelernt hatte, hatte sich Thor sehr verändert. Physisch betrachtet war aus dem Jungen ein Mann geworden. Obwohl Thor rote Haare hatte und sein Vater pechschwarze, konnte Julia eine große Ähnlichkeit zwischen den beiden erkennen. Vor allem in der Körpergröße und dem kräftigen Körperbau, aber auch die ausgeprägte Kieferpartie, die hohen Wangenknochen und die gerade Nase ergaben Übereinstimmungen. Sogar in der Art und Weise, wie er manchmal die Worte fast unerträglich deutlich aussprach, ähnelte er seinem Vater. Ansonsten aber hatten sie kaum etwas gemeinsam. Franz besaß eine Ausstrahlung, die Julia so noch bei keinem anderen Menschen erlebt hatte. Bei ihrer ersten Begegnung war ihr sofort aufgefallen, dass seine Augen im Sonnenlicht bernsteinfarben leuchteten. Er hatte den Blick eines Raubtieres, dem aber die Wärme nicht fehlte. Das war verwirrend. Seine Person und seine ganze Erscheinung hatten etwas Überirdisches. Er schien über allem zu schweben, erhöht und unbeeindruckbar.

Thor dagegen besaß eine fast unwiderstehliche Kombination aus physischer Robustheit und seelischer Verletzlichkeit. Eine schwere Kindheit und familiäre Tragödien hatten ihn schneller erwachsen werden lassen als Gleichaltrige und tiefe Spuren in seinen schönen Augen hinterlassen, die einem wesentlich älteren Menschen zu gehören schienen. Allerdings hatte sich in ihrer Beziehung ein Problem herauskristallisiert. Es gab mittlerweile eine magische Zeitspanne, die Julia seinem Blick standhalten konnte. Wenn sie diese allerdings überschritt, war sie von dem Gedanken besessen, mit ihm zu schlafen. Dann blieb sie an seinen Lippen hängen und stellte sich vor, wie es wohl wäre, ihn zu küssen, oder sie warf verstohlene Blicke auf seine langen schmalen Hände.

Es war nicht so einfach. Man bricht nicht das Herz seines besten Freundes, und das würde sie, wenn sie ein Paar wären, wahrscheinlich eines Tages tun. Julia war rastlos, entwurzelt und fühlte sich meistens zu sehr viel älteren Männern hingezogen. In dem verzweifelten Versuch, den emotionalen Abstand zwischen ihnen zu vergrößern, hatte sie Thor schon empfohlen, andere Mädchen zu daten. Als er aber zu Julias großer Verwunderung tatsächlich ein Mädchen kennenlernte, wurde sie wahnsinnig eifersüchtig. Sie redete hinter ihrem Rücken schlecht über sie und unternahm alles Mögliche, um die Beziehung zu zerstören. Thor durchschaute es sofort und machte sich lustig über sie. Vor kurzem hatte er tatsächlich mit der Begründung Schluss gemacht, dass er sich auf seine Noten konzentrieren wollte. Und auf ihre Freundschaft.

Julia selbst hatte zwei kurze Beziehungen mit Männern gehabt, die beide schon Ende zwanzig gewesen waren. Die Bindungen waren aber zerbrochen und hatten sie enttäuscht und voller unerfüllter Erwartungen zurückgelassen. Sie dachte an Thor und vermisste ihn, wenn sie mit anderen Typen zusammen war. Dann fragte sie sich, was er gerade tat, mit wem er Zeit verbrachte und ob er an sie dachte. Am Ende hatte sie ganz aufgehört, Männer zu treffen.

Thor war in seinem letzten Jahr vor dem Abitur und hatte vor, in Göteborg Journalismus zu studieren. Ursprünglich wollte er Lehrer werden. Dann aber hatte er von einem jungen Mann gelesen, der allein auf Weltreise gegangen war, darüber einen Dokumentarfilm gemacht und diesen medial verwertet hatte. Seitdem wollte Thor Gesellschaftsreportagen schreiben. Und ihm gelang alles, was er sich vornahm. Diese Zielstrebigkeit hatte er von seinem Vater geerbt. Auch Julia war talentiert, wenn es darum ging, sich mit Worten auszudrücken, und diese Leidenschaft verstärkte das Band zu Thor noch zusätzlich.

Sie machte im Flur Licht an, ging in Thors Zimmer und schaltete das Radio ein. In der Wohnung war es stickig, sie zog die Gardinen im Wohnzimmer auf und sah aus dem Fenster hinunter auf die Taxis, die wie wütende Wespen durch die Straßen fuhren, und auf die Passanten, die nach Hause hetzten. Der Regen hatte zugenommen. Am Himmel türmten sich dunkle Gewitterwolken. Unter dem schweren Ballast der Einsamkeit fühlte sie sich immer furchtbar alt. Als würde ihr Leben vorbei sein, noch bevor es richtig begonnen hatte. Sie legte sich aufs Sofa und umklammerte eines der Kissen. Seit sie ein kleines Mädchen war, liebte sie es, nachts etwas Weiches, Warmes in den Armen zu halten. Sie drückte ihre Nase in das Kissen und atmete den schwachen Duft des Waschmittels ein, das

Thor und sie benutzten. Und plötzlich, ganz überraschend stand er im Wohnzimmer.

Er trug einen Wollpullover mit viel zu langen Ärmeln und eine ausgeblichene Jeans. Seine Haare waren nass und die Wimpern schwer von Regentropfen. Julia setzte sich auf.

»Wo bist du gewesen?«, fragte sie und war von ihrer durchdringenden Stimme selbst überrascht.

»Ich habe meinen Vater besucht.«

Vater. Das Wort nahm den ganzen Raum ein. Jedes Mal, wenn sie es hörte, wurde sie in die Vergangenheit katapultiert.

Thor setzte sich neben sie.

»Aha. Und wie geht es ihm?«, fragte sie.

»Hervorragend«, antwortete er und verdrehte die Augen. »Er hat den Laden dort praktisch übernommen. Die Krankenschwestern finden ihn *niedlich*. Er sollte sich lieber eine anständige Arbeit besorgen, aber mit seinem Blutgeld lebt er dort offensichtlich ganz gut.«

»Thor …«, sagte sie mit vorwurfsvollem Blick. »Warum gehst du da immer wieder hin? Danach bist du immer wütend …«

»Er ist doch mein Vater.«

»Ja, und?«

»Er hat mich nie im Stich gelassen, anders als meine Mutter. Er hat mir zwar immer furchtbare Angst eingejagt, aber er hat mich nie geschlagen. Manchmal hat er mich sogar verteidigt.«

»Natürlich hat er dich geschlagen.«

»Aber nicht als Kind«, betonte Thor. »Nur ein einziges Mal, und damals war er in der Funktion eines Vorgesetzten. Da war ich auch schon lange kein Kind mehr und wusste genau, was passieren würde, wenn ich ihn provoziere. Wir wussten immer, wo der andere steht. Bei meiner Mutter war das ganz anders, sie war da viel unzuverlässiger.«

Elvira, Thors Mutter, hatte ihn und seinen Bruder Vic mit fünfzehn bekommen. Sie war später vor Franz und der Sekte geflohen und hatte ihre Kinder zurückgelassen. Sie verließ sogar das Land und tauchte in den USA unter. Vic starb, ehe sie wieder Kontakt zu ihren Kindern hatte aufnehmen können, was ihr Thor bis heute nicht verziehen hatte.

»Aber Elvira hat wirklich gute Gründe gehabt abzuhauen«, widersprach Julia. »Franz hat sie wie ein Stück Dreck behandelt.«

»Ja, am Anfang war ich auch der Meinung, dass es richtig für sie war, von Vater wegzukommen. Aber ich hatte immer gedacht, dass sie zurückkommen und uns holen würde. Nur … das hatte sie nie vor. Lass uns jetzt nicht mehr darüber sprechen. Du weißt, dass ich es nicht leiden kann, die alten Geschichten aufzuwärmen.«

Julia schob ihre Hand in seine kalte und feuchte. Sie verflochten ihre Finger ineinander und spielten mit ihren Händen. Wie immer. Nur dieses Mal bekam sie eine Gänsehaut davon.

»Und hat Franz noch etwas gesagt?«, fragte sie.

Sie hasste sich dafür, wie neugierig das klang. Das Schlimmste war, dass sie sich für die Situation verantwortlich und schuldig fühlte. Franz hatte den Schlaganfall bekommen, als er ihr das Leben rettete. Sie wäre in jener Nacht umgekommen, wenn er ihr nicht geholfen hätte. An ihrer Stelle war dann Thors Zwillingsbruder den Felsen hinuntergestürzt. So war die Geschichte ausgegangen. Aber wie groß war ihre Schuld an Franz' Schlaganfall, wenn das – der unbeabsichtigte Todesstoß vom Felsen – der Auslöser dafür gewesen ist? Wäre es unter diesen Umständen nicht mehr als angemessen und zumutbar, sie würde zu einem Besuch bei ihm einwilligen? Nur zu einem einzigen, ganz kurzen Besuch, um ihr Mitleid und ihre Dankbarkeit zu bekunden?

Julia vermied ihren Eltern zuliebe eine Begegnung mit Franz. Er hatte als Sektenführer wie ein Tyrann auf Dimö geherrscht. Sofia und Benjamin hatten ihn beide als einen Diktator beschrieben, der seine Angestellten wie Sklaven behandelt hatte. Eines Tages hatte Sofia keine Lust mehr auf Julias drängende Fragen gehabt, wie es in der Sekte gewesen sei. *Hör endlich auf, immer danach zu fragen. Das ist doch alles altes Zeug. Das Einzige, was du wirklich wissen musst, ist, dass er ein Psychopath ist.*

Einmal hatte Sofia sie sogar richtig angefahren, als sie etwas über Franz wissen wollte.

»Es reicht, Julia! Er hat versucht, dich zu verführen. Du warst sechzehn! Und er hat uns jahrelang schikaniert. Das sollte doch eigentlich ausreichen, damit du begreifst, dass er ein schlechter Mensch ist. Ich möchte nicht mehr über ihn sprechen. Am liebsten würde ich sogar seinen Namen hier nicht mehr hören.«

Seitdem hatte Julia das Gefühl nicht mehr verlassen, dass ihre Mutter ihr etwas verheimlichte. Sie musste sich ein eigenes Bild von ihm machen, sie hatte gar keine andere Wahl. Thor hatte gesagt, dass er sich verändert hätte, dass er emotionaler geworden sei. Wie konnte Sofia also so sicher sein, dass er nach wie vor hinterhältig und böse war? Sollte sie nicht wenigstens *ein kleines bisschen* dankbar sein, dass er ihrer Tochter das Leben gerettet hatte? Und dafür seinen Sohn verloren hatte. Das war ein hoher Preis gewesen. Julia fand Sofias Hass auf Franz so … fremd. Es passte gar nicht zu der Persönlichkeit ihrer Mutter, denn in ihrem Inneren war sie ein herzlicher Mensch.

»Aber hat er was gesagt?«, bohrte sie weiter.

Ein Schatten huschte über Thors Gesicht. Dann wandte er sich ab. »Nichts Besonderes.«

»Was verheimlichst du mir?«, insistierte sie.

»So ein Quatsch. Nichts. Er hat nur nach dir gefragt.«

»Das ist ja nicht das erste Mal.«

»Stimmt, aber dieses Mal war es anders. Er hat gesagt, dass er dich sehen und dir etwas erzählen will. Nur dir. Er klang ziemlich resolut.«

»Auch das tut er immer. Und das kann er vergessen. Mich zu treffen.«

»Das habe ich ihm auch gesagt.«

Er verbarg das Gesicht in seinen Händen – und dachte an … was? Obwohl sie so viel Zeit mit Thor verbracht hatte, wusste sie oft nicht, was ihn beschäftigte.

»Möchtest du ihn denn treffen?«, fragte er schließlich.

»Nein«, sagte sie. »Nein, nein.« Und kurz darauf: »Was hat er denn genau gesagt?«

2

FRANZ

Das Phänomen der Macht beschäftigt mich sehr. Kompetente Führung baut sich angeblich auf Demut auf, deshalb habe ich mich einer mir ganz untypischen Selbstprüfung unterzogen. Wenn man bedingungslose Macht hat, sollte man sie mit seinen Untergebenen teilen. Aber nur ein bisschen. Nur so viel, dass sich die Untergebenen bedeutungsvoll fühlen. Das habe ich nie getan. Als ich mein Imperium auf Dimö gründete, war ich viel zu jung dafür, viel zu idealistisch.

Sofia Baumann, Julias Mutter, hatte ein einzigartiges Potential. Schon bei unserer ersten Begegnung, bei einem Vortrag von mir, habe ich erkannt, wie außergewöhnlich sie ist. Eine Zeit lang war sie sogar meine rechte Hand, aber auch ihr habe ich nie etwas von meiner Macht abgegeben. Was dazu führte, dass sie sich gegen mich gestellt hat. Über meine Reaktion darauf möchte ich lieber nicht sprechen oder auch nur nachdenken. Nicht, weil ich mich dafür schäme, sondern vielmehr, weil ich vollkommen die Kontrolle verloren habe. Und es gibt Dinge, die kann man einfach nicht verzeihen.

Wenn man seine Machtposition aufgibt, muss man einem anderen die Macht übertragen. Dann sein Konto auffüllen und irgendwo im Ausland untertauchen, wo man unerreichbar ist und einen niemand aufspüren kann. Sonst setzen einem die alten Feinde bis in alle Ewigkeiten zu. Ich hatte keine Zeit, die Macht über ViaTerra weiterzureichen. Dafür aber ist es mir gelungen, für niemanden erreichbar zu sein. Keine Stellungnahmen, keine Interviews, auch keine Besuche. Außer von Familienangehörigen. Bis heute erhalte ich Anfragen von Journalisten, und bis heute lehne ich dankend ab.

Wenn ich mich in meinem Zimmer umsehe, überkommt mich eine erdrückende Leere. Ich weiß, dass man die Zeit nicht zurückdrehen kann. Ich weiß auch, dass ich eine Transformation durchgemacht habe und jetzt ein anderes Leben führe, das heller und wahrscheinlich auch unbarmherziger ist. Für meine Rückkehr nach Dimö benötige ich deshalb einen Plan. Jeden Morgen wache ich mit der Überzeugung auf, dass sich mir die Lösung eines Tages von selbst offenbaren wird. Und jeden Morgen erkenne ich, dass es ein Irrtum war. In der Tat warte ich sehnsüchtig darauf, dass sich in meiner tristen Fassade, die sich jetzt mein Zuhause nennt, ein Riss auftut. Meine Rückkehr nach Dimö wird der Auftakt einer neuen Lebensphase sein. Aber die Wartezeit und diese Ödnis hier machen mich fertig.

Ich öffne die Terrassentür und genieße die kühle Luft, die da hereinströmt. Hinter mir tritt Elyssa ins Zimmer und lächelt kokett. Sie ist meine Lieblingspflegerin. Auf den ersten Blick sieht sie gewöhnlich aus. Blond, blauäugig, mit weichen, fast kindlichen Gesichtszügen. Aber unter dieser sanften Oberfläche verbirgt sich ein eigensinniges, tatkräftiges Mädchen mit einem tiefschwarzen Humor. Außerdem ist sie während meiner Rehabilitierungsphase nicht von meiner Seite gewichen.

»Guten Morgen, Franz, wie geht es Ihnen?«, fragt sie.

»Wie immer, danke. Und wie ist es mit Ihrem Date gelaufen?«

»Er hat nicht wieder angerufen«, antwortet sie und lässt die Schultern sinken.

»Dann sollten Sie ihn sofort aus Ihrem Adressbuch streichen. Er verdient Sie gar nicht.«

»Recht haben Sie«, sagt sie und reckt sich. »Ich wollte Ihnen aber auch mitteilen, dass vorhin ein Journalist vom Aftonbladet angerufen und um ein Interview mit Ihnen gebeten hat.«

»Und was haben Sie geantwortet?«

»Dass Sie keine Interviews geben.«

»Sehr gut.«

»Ja, und dann wollte ich Ihnen sagen, dass Ihre Psychotherapeutin da ist.«

»Lassen Sie sie zehn Minuten warten, und schicken Sie sie erst dann rein.«

Elyssa lächelt verschmitzt.

»Soll ich vorher noch Ihr Bett machen?«

»Nein, es ist besser, wenn es hier unordentlich aussieht. Dann begreift sie vielleicht endlich, dass sie in mein Privatleben eindringt.«

»Soll ich Ihnen für die Therapiesitzung Kaffee bringen?«

»Auf keinen Fall.«

Sie muss ein Lachen unterdrücken.

»Franz, Sie sehen heute müde aus«, sagt sie und beißt sich auf die Unterlippe.

»Das liegt an diesem Termin. Es ist *so* ermüdend, immer das Opfer zu spielen.«

Elyssa bricht in schallendes Gelächter aus und verlässt mein Zimmer wieder.

Meine Psychotherapeutin heißt Magdalena Grip. Sie

sieht wie eine richtige Kulturtante aus. Sie trägt ihr graues Haar kurz, Klamotten aus Leinen in grellen Farben und Medaillons, die so groß wie Suppenlöffel sind. Da sie sich selbst als jung geblieben empfindet, ist sie auch gegen meinen Charme nicht gefeit. Ich habe zwar kein gesteigertes Bedürfnis nach einer Therapie, aber mir gefallen unsere kleinen Wortduelle. Und auf das kommende habe ich mich bestens vorbereitet. Auf meinem Schreibtisch liegt ein Zettel, auf dem ich in gut lesbaren Druckbuchstaben fünf Punkte notiert habe. Ich stelle den Besucherstuhl auf die andere Seite des Schreibtisches, setze mich und warte. Kurz darauf schiebt sie die Tür einen Spalt breit auf und steckt ihren Kopf hindurch.

»Sind Sie anständig angezogen, Franz?«, erkundigt sie sich.

Die Frage bezieht sich auf das eine Mal, als ich nur Boxershorts anhatte, als sie die Tür öffnete. Offensichtlich hat sie sich von diesem Zwischenfall noch immer nicht erholt.

»Ja, kommen Sie herein«, sage ich und zeige auf den leeren Stuhl.

Sie setzt sich, wobei ihr Blick sofort auf meinen präparierten Zettel fällt. Sie hebt eine Augenbraue.

»Was ist das?«

»Ich möchte heute über meine Diagnose sprechen«, sage ich leise.

»Ich habe nie eine Diagnose gestellt, Franz.«

»Das stimmt, aber Sie haben *Narzisstischer Psychopath* in Ihr Notizbuch geschrieben.«

»Sie haben meine Notizen gelesen?«, fragt sie bestürzt.

»Nein, ich besitze lediglich die Fertigkeit, anhand der Handbewegung lesen zu können, was die Leute schreiben.«

»Dann müssen Sie sich geirrt haben«, entgegnet sie abwehrend. »Aber Sie sollten wissen, dass Sie selbstverständlich jederzeit Zugang zu Ihrer Krankenakte haben, allerdings nicht zu meinen persönlichen Aufzeichnungen.«

Ich ignoriere ihren vorwurfsvollen Ton. »Wollen wir unser Gespräch jetzt beginnen?«

Sie fliegt mit den Augen ein zweites Mal über meinen Zettel.

»Sie möchten also … über das da mit mir diskutieren?«

»Ja. Ich habe ein bisschen recherchiert, um mir die Zeit zu vertreiben. Im Moment ist mein Kalender nicht gerade vollgespickt mit Verpflichtungen, müssen Sie wissen. Psychopathen und Narzissten haben ein paar übereinstimmende Persönlichkeitsmerkmale. Ich glaube, es könnte ganz nützlich sein, die einmal zu besprechen.«

Sie zögert, ich spüre das genau. Da ich in unseren Sitzungen bisher nicht besonders redselig war, fragt sie sich bestimmt, ob das hier der Auftakt für die Veränderung in meinem Verhalten ist, auf die sie schon so lange wartet.

»Wir raten den Patienten dringend davon ab, sich in Selbstdiagnosen zu versuchen«, sagt sie.

»*Sie* haben die Diagnose gestellt, nicht ich.«

Sie seufzt und wirft die Hände in einer ergebenen Geste in die Luft. »Worüber wollen Sie mit mir reden, Franz?«

»Wir können doch gleich mit dem ersten Punkt auf meiner Liste anfangen.«

»*Verzerrtes, überhöhtes Selbstbild*«, liest sie vor.

»Ganz genau.«

»Sehen Sie da Übereinstimmung mit sich selbst, Franz?«

Sie hat diese irritierende Angewohnheit, mich beim Vornamen anzusprechen, um unser ungleiches Machtverhältnis zu betonen.

»Nein, *Magdalena*«, sage ich. »Mein Selbstbild stimmte schon immer mit meinen Leistungen überein. Es hat eine Zeit gegeben, da hatte ich einen nicht unerheblichen Einfluss – weltweit. Jetzt gerade empfinde ich mein Dasein als eher lächerlich«, sage ich und mache eine ausladende Geste in den Raum hinein.

»Und, vermissen Sie das? Diese Glanzzeiten?«, fragt sie.

»Würde das denn sofort einen Psychopathen aus mir machen?«

»Das habe ich mit keinem Wort gesagt.«

»Wollen wir uns den nächsten Punkt ansehen?«, schlage ich ungeduldig vor.

»*Fehlendes Empathievermögen?*«

An dieser Stelle werde ich ihr ein bisschen was zum Fressen vorwerfen.

»Ich empfinde Empathie für meinen Sohn«, sage ich.

Tatsächlich überkommt mich eine Welle von Trauer, während ich diese Worte ausspreche. Das ist zwar verblüffend, aber in letzter Zeit geschieht es häufiger, wenn ich an Thor denke. Manchmal habe ich das Gefühl, er ist das Einzige, was von mir noch übrig ist. Aber wenn er mich besucht, fühlt es sich an, als würde er durch mich hindurchsehen.

»Inwiefern?«, fragt Magdalena neugierig.

»Ich bin stolz auf ihn. Er ist integer und zielstrebig.«

»Und wie ist es, wenn Sie mit ihm zusammen sind? Wie fühlt sich das an?«

»Mir fällt es schwer, Nähe zu ihm aufzubauen, und ich fühle mich ziemlich unzulänglich.«

Und genervt. Und frustriert.

»Wie alt ist Ihr Sohn jetzt?«, fragt sie.

»Zwanzig.«

»Ach so, er ist schon erwachsen!«

In meinen Augen ist Thor schon immer erwachsen gewesen, aber das würde sie sowieso nicht verstehen. Und ich habe keine Zeit und auch keine Geduld für Smalltalk.

»Und Ihre Mutter? Wie ist es, wenn Sie sich sehen?«

»Ich möchte nicht über sie sprechen«, sage ich mürrisch.

Sie betrachtet mich einen Augenblick lang nachdenklich, dann fällt ihr Blick wieder auf den Zettel.

»Der nächste Punkt lautet: *Manipuliert und lügt.* Tun Sie das?«

»Das dürfen Sie entscheiden. Und sollte es stimmen, würde ich Ihnen ja sowieso nicht die Wahrheit sagen, stimmt's?«

»Und was ist mit: *Grenzüberschreitend?*«

»Was ist daran falsch?«

»Das hängt ein bisschen davon ab, welche Grenzen man überschreitet.«

»Meiner Ansicht nach sind Menschen, die pausenlos und haufenweise Grenzen errichten, nichts anderes als gestörte und beschränkte Idioten.«

»Das würde ich sehr gern etwas vertiefen«, sagt sie und wird ganz eifrig.

»Aber nicht heute!«

Mich fängt die Unterhaltung bereits an zu langweilen, dabei habe ich mein Anliegen noch gar nicht platziert.

»Darf ich Ihnen eine Frage stellen?«

»Selbstverständlich«, sagt sie.

»Soweit ich das Diagnosesystem in der Psychiatrie verstanden habe, baut es auf einer Anzahl von Symptomen auf, die der Behandelnde bei dem Patienten feststellt. Welche Symptome haben Sie bei mir festgestellt, die zu Ihrer Diagnose geführt haben?«

»Darüber kann ich leider nicht mit Ihnen sprechen, und ich wiederhole: Ich habe zu keinem Zeitpunkt eine Diagnose gestellt.«

Ihr ist es unmöglich, ihren Ärger zu verbergen. Ich kenne diesen Gesichtsausdruck nur zu gut, die gerunzelte Stirn und die hochgezogene Augenbraue.

»Aber, jetzt mal ganz spekulativ«, sage ich. »Finden Sie es tatsächlich angemessen und gerechtfertigt, eine Diagnose zu stellen, die auf Hörensagen und Zeitungsgeschmiere basiert?«

»Das habe ich nicht getan.«

»Das ist sonderbar, denn soweit ich mich erinnern kann, hatten wir bisher keine tiefgreifende Unterhaltung, aus der Sie diese Symptome hätten ableiten können.«

Auf Magdalenas Wangen haben sich rote Flecken gebildet. Aber sie hält meinem Blick nach wie vor stand.

»Haben wir beide ein Problem, Franz?«

»Ich weiß es nicht. Haben wir das, Magdalena?«

»Nein, meiner Meinung nach nicht. Ich bin sogar der Auffassung, dass Sie große Fortschritte machen.«

»Ich habe eine Theorie zu Ihrer Diagnose. Wollen Sie die hören?«, frage ich.

»Gern, aber ich betone noch einmal, dass ich keine Diagnose gestellt habe.«

Sie lächelt mild und nachgiebig, offensichtlich ziemlich erleichtert darüber, meinen Angriff überstanden zu haben.

»Da bin ich mir nicht so sicher«, sage ich und sehe sie durchdringend an. »Vielleicht hat diese ganze Diagnosegeschichte auch nur etwas mit Neid zu tun? Viele, die den Stempel bekommen, ein Psychopath zu sein, verfügen meistens über sehr viel Macht, sind sozial kompetent, sehen gut aus und haben jede Menge Sex. Sind nicht alle scharf auf so ein Leben?«

»Von dieser Seite kann man das natürlich auch betrachten.«

»Woher wissen Sie, dass es nicht genau andersherum ist?«, frage ich.

»Wie meinen Sie das? Andersherum?«

»Dass Sie, die sogenannten normalen Menschen, die eigentlich Kranken sind und wir die Gesunden.«

»Diese Frage lässt sich so einfach nicht beantworten, Franz. Das hat unter anderem damit zu tun, dass Personen, die als asozial eingestuft werden, anderen Menschen Schaden zufügen.«

»Ist es denn immer falsch, jemandem Schaden zuzufügen, auch wenn es für einen guten Zweck ist?«

»Ohne ein konkretes Beispiel kann ich dazu keine Stellung beziehen.«

Eigentlich möchte ich von ihr nur zu einer ganz bestimmten Sache eine Antwort hören, bevor sie wieder geht. Denn das gärt schon lange in mir. Diese nervigen Gefühlsschwankungen.

»Sind Sie der Meinung, dass mich der Schlaganfall verändert hat?«, frage ich und suche in ihrem Gesicht nach einer unmittelbaren Reaktion. Aber ihr Blick ist nach innen gewandt, und es dauert eine Weile, ehe sie antwortet.

»Das können am Ende nur Sie selbst entscheiden«, sagt sie schließlich. »Aber wenn ich Sie richtig verstehe, dann erleben Sie Gefühle, die Sie vor dem Schlaganfall nicht gekannt haben. Emotionale Veränderungen sind nicht ungewöhnlich. Weit über zwanzig Prozent der Betroffenen sind zum Beispiel hinterher empfindsamer.«

»Und was würden Sie jetzt sagen? Bin ich jetzt zu acht-

zig Prozent Psychopath und zu zwanzig Prozent normal?«
Ich starre sie auffordernd an.

Sie kann ihr Lächeln kaum unterdrücken.

»Ich habe nicht vor, mich dazu zu äußern. Aber mir hat es ziemlich gut gefallen, dass Sie über Ihre Gefühle zu Thor gesprochen haben. Darauf können wir aufbauen.«

»Wollen wir uns den letzten Punkt noch ansehen?«, frage ich.

»*Problematische und scheiternde Beziehungen?*«

»Ich habe keine Beziehungen.«

»Noch nie gehabt?«

»Noch nie.«

Erneut hebt sie ihre Augenbraue, sieht mich fragend an. »Und was war das mit Julia?«

Es durchfährt mich wie ein Blitz, als sie ihren Namen ausspricht. Ich balle meine Hand zur Faust. Für einen kurzen Moment verschwimmt Magdalenas Gesicht vor meinen Augen. Das Bild der langen Wellen, die sich an den Klippen von Dimö brechen, taucht plötzlich auf. Ich spüre eine warme kleine Hand in meiner. Und ich erinnere mich an das erhabene Gefühl, dass mir endlich jemand wirklich zuhört.

»Das war keine Beziehung, das wissen Sie doch«, antworte ich kurz.

»Trotzdem würde ich mit Ihnen gern über Julia sprechen. Sie haben Ihr Leben aufs Spiel gesetzt, um ihres zu retten. Ein solches Verhalten ist für Menschen, denen es ansonsten an Mitgefühl mangelt, höchst ungewöhnlich.«

»Ja, und?«

»Dieses Gefühl, das Sie beschreiben, ist wahrscheinlich das letzte gewesen, das Sie unmittelbar vor Ihrem Schlaganfall erlebt haben. Unter Umständen beeinflusst es auch, was für ein Mensch Sie heute sind.«

»Ich möchte nicht über Julia sprechen. Außerdem bin ich jetzt müde«, sage ich und täusche ein Gähnen vor.

»Darf ich noch eine Frage stellen, bevor wir die Sitzung für heute beenden?«

»Natürlich.«

Sie senkt die Stimme und fährt in einem sehr vertraulichen Tonfall fort: »Ich arbeite zusammen mit mehreren Kollegen an einer Studie über unterschiedliche Aspekte von sozialem und asozialem Verhalten. Unter anderem untersuchen wir, wie sich bei Patienten nach einem Schlaganfall die Gefühlsregister verändert haben. Hätten Sie eventuell Interesse, an dieser Studie teilzunehmen?«

»Sie meinen, als Versuchskaninchen?«

»Nein, absolut nicht«, widerspricht sie vehement. »Sie würden an einer Therapie teilnehmen. Das könnte eine Win-win-Situation werden und Ihnen dabei helfen, Ihre Gefühle besser zu verstehen. Sie verfügen über einzelne Puzzlestücke Ihres Innenlebens. Und ich bin darin ausgebildet worden, Lebenspuzzles zusammenzusetzen.«

Das klingt so überheblich, dass ich eine Gänsehaut davon bekomme. Aber ich möchte ja gerade diesen Höllengefühlen gewachsen sein, die mich manchmal überwältigen.

»Ich weiß nicht …«, sage ich zögernd. »Müssen Sie dafür mein Gehirn röntgen?«

»Voraussichtlich ja«, sagt sie.

Das entscheidet die Sache.

Ich breite die Arme aus, um das Ende unserer Sitzung zu signalisieren.

Sie öffnet den Mund, um noch etwas zu sagen, ändert dann aber ihre Meinung und schließt ihn wieder.

Ich sehe sie ein letztes Mal durchdringend an und sage: »Schluss für heute!«

3

JULIA

Das Unwetter war weitergezogen, und der nächste Morgen legte sich mit einem blassen Licht über die Stadt.

Als Julia die Treppe zur Redaktion hochlief, überkam sie Panik. *Diesen Job wirst du nicht für immer und ewig machen*, wiederholte sie wie ein Mantra, und das hatte etwas Schmerzlinderndes. Sie war angetreten, um Erfahrungen in der Arbeitswelt zu sammeln. Danach wollte sie eine richtige Journalistin werden. Eine, die man auch auf Auslandseinsätze schicken würde.

Sie betrat die Redaktionsräume und setzte sich an ihren Schreibtisch, auf dem ihr Laptop und ein Kaffeebecher gerade so Platz hatten. Das Büro war winzig. Den Mitarbeitern standen nur minimale Arbeitsflächen zur Verfügung, und sie saßen dicht gedrängt. Die Fenster waren klein, es wurde schnell stickig. Abgesehen von den kleinen Schreibtischen der Angestellten bestand der Raum aus einem Konferenztisch, der kaum benutzt wurde, und dem gläsernen Büro der Chefredakteurin in der Ecke, das Julia immer an ein Aquarium erinnerte. Wahrscheinlich hatte Susanna es absichtlich so gestalten lassen, damit sie alle unter Kontrolle hielt. Julias Tisch stand unmittelbar vor der Glasscheibe. Sie sah Susanna an ihrem Tisch sitzen und meinte ein Lächeln auf ihren Lippen zu sehen.

»Julia, komm mal bitte zu mir«, rief sie.

Ausnahmsweise klang sie nicht angestrengt und genervt. Vielleicht, weil Julia ebenfalls ausnahmsweise mal nicht zu spät gekommen war. Susanna winkte sie so fröhlich und ausgelassen zu sich, dass Julia misstrauisch wurde.

»Ich brauche dich als Ratgeberin für den guten Geschmack«, sagte sie. »Du bist die Jüngste in der Redaktion und kennst dich gut aus. Ich möchte hören, was du von dem Artikel hältst, der in der nächsten Nummer erscheinen soll.«

Obwohl Julia die Ansage übertrieben fand, sagte sie nichts. Sie war misstrauisch. Diese 180-Grad-Wendung kam so unerwartet, und sie wusste, dass Lob meistens nur das Vorspiel von etwas sehr Unangenehmem war.

Susanna gab ihr fuchtelnd zu verstehen, dass sie sich auf den Stuhl vor ihrem Schreibtisch setzen sollte.

»Ich will nicht verheimlichen, dass wir Leserinnen verloren haben. Deshalb haben wir eine Umfrage gemacht, um herauszufinden, wie wir die jungen Leserinnen gewinnen können«, erklärte sie. »Dabei hat sich herausgestellt: Viele finden, dass wir zu viel über Mode und Schminke im Heft haben. Sie wollen lieber mehr über Trends und Beziehungskram lesen. Und da wiederum viele von denen Single sind, haben wir uns überlegt, etwas in dieser Richtung zu machen.«

Susanna fuchtelte erneut mit den Händen und zeigte auf ihren gigantischen Monitor, auf dem der Artikel auf einer Doppelseite zu sehen war. Die Überschrift lautete: *Hier ist der Mann, über den du schon immer alles wissen wolltest.*

»Komm mal rum und sieh es dir an«, sagte sie. »Ich möchte dein Feedback dazu haben. Kritisiere alles daran. Sei ganz ehrlich.«

Julia stellte sich vor den Monitor und betrachtete die Doppelseite, die voller Fotos von Männern in Anzügen war. Bekannte Schauspieler, Finanztypen und Fernsehgrößen. Sie spürte den Blick ihrer Chefin, die versuchte, ihre Reaktion abzulesen. Julia runzelte die Stirn.

»Was ist los?«, fragte Susanna.

»Also, als Erstes, diese Überschrift geht gar nicht«, sagte Julia. »Die ist voll langweilig. Ich würde eher so was machen wie *Die Geheimnisse der heißesten Singles*. Und dann …«

»Findest du die Typen zu alt?«, unterbrach sie Susanna.

»Nein, überhaupt nicht«, sagte Julia und schluckte. »Das Alter spielt keine Rolle. Das Interesse der Frauen an ihnen endet nicht, nur weil sie grauhaarig und bucklig werden.«

Susanna lachte.

»Stört dich sonst noch was an dem Artikel?«, fragte sie.

»Ja, die Klamotten. Die sehen alle wie langweilige Schlipsträger aus, du weißt schon, wie in so einer Broschüre für Maklerbüros. Es wäre besser, wenn ihr Fotos von denen zuhause hättet, oder in einer Bar oder einem Club, Paparazzibilder oder sogar …«

»Na los, sag es!«, feuerte Susanna sie an.

»Es wäre cool, wenn ihr Aufnahmen finden würdet, auf denen einige von denen leicht bekleidet sind.«

Julia konnte selbst kaum fassen, dass sie das gerade gesagt hatte. Aber es war ihr nicht möglich, ihre Meinung zu diesem öden Artikel zu verschweigen. Der war so spießig und altbacken, passte aber ironischerweise zu ihrer eigenen Verfassung. Außerdem genoss sie das Gefühl, mit ihrer Chefin auf Augenhöhe zu sprechen.

Erstaunt nickte Susanna.

»Ich wusste, dass du mir eine echte Hilfe sein würdest.

Und jetzt setzt du dich bitte hier hin und liest den Text durch.«

»Wohin? Auf deinen Stuhl?«

»Ja, wohin denn sonst? Ich schicke mal jemanden los, ich möchte einen Kaffee haben. Brauchst du auch was?«

Julia sah sie mit aufgerissenen Augen an.

»Dann nehme ich auch einen, danke.«

Der Text war, wie die Auswahl der Fotos, wenig inspirierend und vorhersehbar. Die Erkenntnis, dass Susanna doch nicht so klug war, hob ihre Laune ein bisschen.

Als Susanna sich neben Julia auf einen Stuhl fallen ließ, wurde sie von der Parfumwolke ihrer Chefin umhüllt. Susanna war knapp über vierzig und achtete sehr auf ihr Äußeres. Sie kleidete sich in einem leichten, jungenhaften Stil, trug die Haare kurz und hatte meistens Anzüge und dazu High Heels an, praktisch nie Kleider. Ihr einziger Schmuck bestand aus einer dünnen goldenen Halskette. Insgeheim hatte Julia von Anfang an vermutet, dass Susanna bemüht war, taff und maskulin zu wirken, um ihren Angestellten Respekt einzuflößen. Ihre Art, einen zu mustern, hinterließ das Gefühl, permanent geprüft zu werden und durchzufallen. Aber als sie so neben ihr saß, wirkte sie auf einmal verletzlich. Sie lächelte zwar, aber ihr Gesichtsausdruck verriet Verzweiflung. Also war ziemlich offensichtlich, dass es nicht gerade gut lief für MODA.

»Und, was sagst du?«, fragte Susanna.

»Man versteht nicht, worum es gehen soll. Warum veröffentlichen wir das? Der Text braucht einen Aufhänger. Ihr solltet mehr über das Privatleben der Typen schreiben, was sie gerne unternehmen, Details, die sonst niemand kennt. Und dann vielleicht auch mehr über ihre Fitness, wie sie in Form bleiben. Gesundheit ist doch in. Und warum sind das alles Heteros? Das vermittelt ein bisschen den Eindruck, dass wir homophob sind. Es wäre auch cool, wenn man ein paar O-Töne von ihnen bekommt.« Die Worte purzelten nur so aus ihr heraus. »Und dann könnt ihr längere Einzelinterviews in einer späteren Ausgabe veröffentlichen.«

»Sehr gute Ansätze«, sagte Susanna. »Und wie findest du die andere Seite?«

Julia sah sie fragend an.

»Es gibt noch eine Fortsetzung«, sagte ihre Chefin und tippte auf der Tastatur herum.

Eine neue Doppelseite tauchte auf. Die Überschrift hier lautete: *Skandalumweht und geheimnisvoll – was machen sie heute?* Drei Männer waren abgebildet, aber Julia sah nur den einen: Franz. Sein hypnotischer Blick war in die Kamera gerichtet, und es fühlte sich an, als würde er nur sie ansehen. Sie geriet in den freien Fall, ohne zu wissen, wann und wo er endete. Franz war da, in der Redaktion, aber da hatte er nichts verloren.

»Ich lese das in Ruhe durch, dann sage ich dir, was ich davon halte«, sagte sie fast mechanisch, ohne den Blick von seinem Foto zu nehmen.

»Kein Problem, lass dir Zeit.«

Julia las nur den Text über Franz. Dort stand, dass er vor einigen Jahren eine große Nummer im In- und Ausland gewesen ist. Aber dann sei herausgekommen, dass die Kinder in seiner hauseigenen Schule auf Dimö zu schwerer körperlicher Arbeit gezwungen und einer Gehirnwäsche unterzogen worden waren, damit sie den geistigen Lehren ihres Sektenführers folgten. Nach dem tragischen Unfall seines Sohnes aber verzichteten alle Eltern auf eine Anzeige. Vor dem Skandal hatten ihn viele einflussreiche Personen unterstützt, und in der großen Anhängerschar hatten sich auch jede Menge Promis getummelt. Verlässlichen Quellen zufolge hatte sich Franz Oswald von seinem Schlaganfall wieder erholt, wehrte aber jede Interviewanfrage ab.

Doch auch heute noch war die Legende des charismatischen Sektenführers lebendig. Julia wusste zwar über alles, was sie dort las, schon Bescheid, aber es bereitete ihr trotzdem großes Unbehagen. Nach dem Zwischenfall auf Dimö hatten die Medien ihren Namen zum Glück aus der Berichterstattung herausgehalten. Sie war noch so jung gewesen, das hatte sie vor anderem bewahrt. Es hatte nur geheißen, dass Franz ein junges Mädchen gerettet hatte, die von seinem anderen Sohn angegriffen worden war.

Aber warum weigerte sich Franz, ein Interview zu geben? Ihn hatte es doch immer ins Rampenlicht gezogen. Sie vermutete, dass er nur auf den richtigen Augenblick wartete. So wie beim letzten Mal, da hatte er sich jahrelang bedeckt gehalten und dann eine große Medienkampagne über sich und seine Sekte lanciert. Plötzlich tauchte ein Gedanke auf, der so gefährlich war, dass sie ihn sofort weit von sich wies. Aber er meldete sich hartnäckig immer wieder zu Wort. Wie bei der Kruste einer Wunde, an der man nicht kratzen soll, aber die Finger gehorchen einem nicht.

Was wäre denn schon dabei, sich mit Franz zu treffen?

Susanna räusperte sich, um Julias Aufmerksamkeit zu erregen.

»Findest du diesen Artikel auch so langweilig wie den anderen?«, fragte sie.

»Ja, schon. Stimmt es wirklich, dass so viele Leute ausgerechnet Franz Oswald interviewen wollen?«

Susanne sah sie vielsagend an.

»Natürlich. Was denkst du denn? Warum fragst du das?«

»Weil ich mir ziemlich sicher bin, dass er mir ein Interview geben würde.«

Sie erkannte ihre Stimme kaum wieder. Und die Worte klangen wie die einer anderen Person.

Susanna lachte verächtlich.

»Nein, Julia, das würde er niemals tun. Jetzt bist du ein bisschen naiv. Er hat sogar Sandra Malik eine Abfuhr gegeben. Und die hatten ja sogar mal eine Beziehung.«

Sandra Malik war eine bekannte Journalistin, die bevorzugt Prominente interviewte.

»Franz Oswald hatte nie eine Beziehung, mit niemandem«, antwortete Julia. »Er ist sein Leben lang Single gewesen.«

»Du scheinst ja eine Menge über ihn zu wissen«, sagte Susanna und grinste. »Findest du ihn scharf?«

»Nicht besonders. Aber woher kommt das Interesse an ihm?«

Susanna winkte Julias Frage weg, als hätte sie etwas unfassbar Albernes gesagt.

»Im Ernst jetzt? Wir reden von Franz Oswald. Er sieht hammergut aus. Und ist faszinierend. Außerdem war er in Schweden mal eine ganz große Nummer – und auch im Ausland. Um ihn ranken sich viele Mythen, wegen dieser Sekte, die er auf der Insel Dimö gegründet hat. Er ist geheimnisvoll, viele Frauen fühlen sich von diesem Typ von Mann angezogen, auch wenn sie das niemals zugeben würden. Hast du ihn mal in einem Fernsehinterview erlebt?«

»Ja, mehrmals«, sagte Julia und versuchte nonchalant zu klingen.

»Dann weißt du ja, wie charismatisch er ist. Und auch um seine sexuellen Präferenzen ranken sich einige Gerüchte.«

»Ach ja? Und was sind das für Gerüchte?«

»Lass mal, darüber reden wir ein anderes Mal.«

»Ich kann dafür sorgen, dass sich Franz auf ein Interview mit mir einlässt«, betonte Julia mit Nachdruck. »Ich wohne mit seinem Sohn zusammen.«

»Das wusste ich ja gar nicht«, sagte Susanna erstaunt. »Vielleicht kann ja eine von unseren Reporterinnen ihn interviewen. Ist er genauso spannend wie sein Vater?«

»Er ist überhaupt nicht wie sein Vater. Und er würde sich niemals auf ein Interview einlassen. Aber wie gesagt, Franz würde ich dazu bringen können.«

Susanna musterte sie eingehend.

»Gibt es etwas, was du mir … vielleicht lieber erzählen solltest, Julia?«

In den Zeitungen hatte vor allem ihre Mutter Sofia gestanden, nachdem ihr die Flucht aus der Sekte ViaTerra gelungen war. Also wäre es ein Leichtes herauszubekommen, dass sie ihre Tochter war. Aber würde man Julia auch mit Franz in Verbindung bringen können – und dann wissen, dass er sie in der schicksalsschweren Nacht vor zwei Jahren gerettet hatte?

Das Risiko war überschaubar.

»Meine Verbindung zu Franz ist sein Sohn«, sagte sie. »Wie viel würde euch so ein Interview denn wert sein?«

»Wir sollen dich dafür bezahlen? Was? Du bekommst doch schon Gehalt, Julia. Vergiss es. Es wird dir sowieso nicht gelingen.«

»Und *wenn doch*?«, insistierte Julia.

»Das würde unsere Zeitschrift an die erste Stelle katapultieren. Was willst du denn haben?«

»Ich möchte Artikel schreiben dürfen, und nicht nur dir und den anderen Kaffee holen. Ich will nicht für immer Assistentin bleiben.«

Susanna reagierte überrascht, aber nicht genervt. Noch nicht.

»Aber du bist doch erst seit ... seit wann bist du bei uns? Seit zwei Monaten?«

»Ich möchte aber weiterkommen. Außerdem will ich bei den Reportagen dabei sein.«

»Dafür bist du aber noch nicht qualifiziert, Julia. Du hast weder eine Ausbildung als Journalistin noch Erfahrungen auf diesem Gebiet gesammelt.«

»Tatsächlich habe ich schon ein paar Artikel geschrieben.«

»Aha? Was denn, Tagebücher?«, fragte Susanna sarkastisch.

»Nein, Berichterstattungen, eine wurde sogar in der Zeitung Bohusläningen veröffentlicht. Soll ich sie mal mitbringen und dir zeigen?«

»Lieber nicht, Julia«, seufzte Susanne. »Im Moment braucht dich die Redaktion aber als Assistentin.«

»Ich bin sicher, dass sich Franz von mir interviewen lässt. Soll ich mal anfragen?«

»Meinetwegen, aber du wirst hundertprozentig abgewiesen werden. Sei nicht enttäuscht. Trotzdem, mir hat das Feedback zu den beiden Artikeln gut gefallen. Du bist echt schlauer, als ich dachte.«

Julia schluckte die Beleidigung hinunter. Den restlichen Tag verbrachte sie damit, sich das Interview und alles andere auszumalen. Sie würde nur eine Stunde mit ihm benötigen. Sie würde sich superprofessionell verhalten und Franz dazu bringen, ein bisschen von sich zu erzählen. Die Qualität konnte nicht schlechter werden als das Geschmiere, das sie auf Susannas Monitor gelesen hatte. Außerdem schuldete sie Franz noch Dank, weil er ihr das Leben gerettet und in der Folge zwei Jahre seines Lebens verloren hatte. Und seinen Sohn. Seitdem hatte sie ihn weder gesehen noch ein Wort mit ihm gewechselt. Und wenn das Interview gut lief, wäre das ein Sprungbrett für ihre Karriere.

Auf dem Nachhauseweg ließ sie sich Zeit, machte einen Abstecher über den Hauptboulevard der Stadt. Denn plötzlich hatte sich ein erster Zweifel gemeldet. War sie wirklich bereit, Franz zu treffen? Wie würde sie auf ihn reagieren? Vor ein paar Jahren noch hatte sie sich Hals über Kopf in ihn verliebt. Aber seitdem war viel passiert, sie war reifer geworden und nicht mehr das naive Kindchen von damals. Trotzdem war es nicht immer einfach, seine Gefühle unter Kontrolle zu halten.

Die Gebäude an der Straße türmten sich wie gewaltige Riesen vor dem abendlichen Himmel auf. Im nassen Asphalt spiegelten sich die Neontafeln und Schaufenster in grellen Farben. Sie blieb stehen und sah sich um. Die Straße war voller Menschen. Eine Menschentraube schob sich über eine Fußgängerampel, die mit ihrem roten Auge die Autofahrer böse anstarrte. Ein Pärchen mit Kinderwagen ging an ihr vorbei und fuhr ihr fast über die Füße. Weiter hinten schlurfte eine alte, vornübergebeugte Frau und stützte sich auf ihren Gehstock. Vor ihr trippelte ein kleiner Hund an der Leine. Die Geräusche der Stadt drangen erbarmungslos in Julias Ohren. Stimmen, Hundegebell, Hupen, Verkehr und der entfernte Klang von Geigenmusik. Eine Kakophonie von Lärm. *Ich gehöre nicht hierher.* Der Gedanke traf sie wie ein Peitschenschlag. Sie legte den Kopf in den Nacken und sah in den Himmel, der hoch über ihr und der Stadt hing.

Und in diesem Moment traf sie eine Entscheidung.

Sie war geradezu erleichtert, als sie die hell erleuchtete Wohnung betrat. Die warme Luft strich ihr über die Beine, umarmte sie und schenkte ihr Ruhe.

Thor kam ihr im Flur entgegen. Er stand im Dunkeln, sie konnte seine Augen nicht sehen.

»Schön, dass du da bist«, sagte er. »Was ist denn jetzt schon wieder passiert?«

»Nichts.«

»Du wirkst so nervös.«

»Ich bin nur müde.«

»Warum bist du nervös?«

»Ach, bloß so Jobkram.«

»Ich habe festgestellt, dass du anfängst, deine Hände zu kneten, bevor du lügst.«

»Ich habe nicht vor zu lügen.«

»Dann erzähl mir, was passiert ist, Julia.«

»Kannst du mir die Nummer von der Klinik geben, in der dein Vater wohnt?«, fragte sie und versuchte, so gleichgültig wie möglich zu klingen.

Thor starrte sie abwartend an.

»Das ist ein Auftrag von der Redaktion«, fügte sie schnell hinzu. »Ich will ihn nicht privat treffen.« Sie spürte ein sanftes Kribbeln auf der Haut und schämte sich dafür. Thor konnte ihr Eifer nicht entgangen sein.

Er lehnte sich vor und gab ihr mit unerwarteter Zärtlichkeit einen Kuss auf die Stirn. Dann zuckte er wortlos mit den Schultern. Er hatte gewusst, dass es eines Tages so kommen würde – entweder weil Franz wie immer seinen Willen bekam oder weil ihre Augen es ihm schon früher verraten hatten.

4

FRANZ

Mich hat Moral und Gerechtigkeit schon zu allen Zeiten fasziniert. Menschen fällt es furchtbar schwer, die Tatsache zu akzeptieren, dass unehrliche Taten auch Konsequenzen haben. Leute, die sich über Kleinigkeiten beschweren, gehen mir auf die Nerven. Und in diesem Land beschweren sich die Menschen über alles und jeden. Es ist mir ein Rätsel, wie die es aushalten, die ganze Zeit beleidigt und gekränkt zu sein.

Ich habe die Konsequenzen meines Handelns getragen, ohne mich zu beklagen. Ich habe meine Strafe verbüßt. Mit Elvira, der Mutter meiner Zwillingssöhne, hatte ich eine Art Beziehung. Später ist herausgekommen, dass sie viel jünger war, als ich angenommen hatte. Sowohl ihre Eltern als auch sie haben mich diesbezüglich angelogen.

Aber ich habe mich nicht beklagt. Ich habe die Zeit im Gefängnis genutzt, um mehr über die menschliche Psyche zu lernen. Ich half den anderen Insassen dabei, sich selbst besser kennenzulernen. Außerdem habe ich erkannt, wie unterirdisch und miserabel unser Rechtssystem aufgestellt ist.

Zum einen dauert so ein Gerichtsverfahren unfassbar lange, und wenn man verurteilt wurde, besteht keine Bereitschaft, erfolgte Fehler einzugestehen. Wer ein Urteil infrage stellt, sieht sich mit absurden Hindernissen und Schwierigkeiten konfrontiert, falls man beispielsweise einen

Wiederaufnahmeantrag stellen will. Die Gerichtsverhandlungen werden von passiven Richtern, manipulierten Polizeiberichten und lügenden Zeugen unterlaufen. In meinem Fall sollte das Urteil die Mitbürger beruhigen, die sich wegen des Skandals echauffiert hatten, der sich um meine Person gerankt hatte.

Meiner Ansicht nach muss eine Strafe schnell, effektiv und endgültig sein. Als Leiter von ViaTerra habe ich ständig an der Weiterentwicklung meiner Methoden gearbeitet, um mein Personal zu belohnen beziehungsweise zu bestrafen. Aber in einigen Fällen war es nutzlos, was mich sehr enttäuschte. Trotz schwerer körperlicher Arbeit beispielsweise waren sie genauso aufmüpfig und respektlos wie zuvor. Das trifft ganz besonders auf Sofia Bauman zu. Wahrscheinlich ist deshalb meine letzte Maßnahme gegen sie auch durchaus zu rechtfertigen.

Ich denke viel darüber nach, wie eine perfekte Rechtsprechung in der Praxis umsetzbar wäre. Wie sie die Welt verändern könnte. Diese Gedanken gehen mir durch den Kopf, als das Telefon klingelt. Es stammt noch aus der grauen Vor- und Frühgeschichte der Telefonie und ist ausschließlich mit der Rezeption der Klinik verbunden. Elyssa ist am Apparat.

»Da ist schon wieder eine Journalistin in der Leitung, die Sie sprechen möchte.«

»Sie wissen doch, dass ich keine Interviews gebe«, erwidere ich und trommele genervt mit den Fingern auf dem Schreibtisch.

»Ich weiß, aber diese hier scheint anders als die anderen zu sein. Sie hat gesagt, dass Sie ganz bestimmt mit ihr reden wollen.«

»Das glauben sie alle.«

»Sie heißt Julia Frisk.«

Mir verschlägt es die Sprache. Ich weiß ja, wie das funktioniert, wenn sich die Vergangenheit meldet und einem in die Hände spielt. Dennoch bin ich nicht darauf vorbereitet. Julia. Warum fasziniert mich dieses Mädchen nur so? Niemand weiß, wie sich unser Geschmack entwickelt. Wahrscheinlich wird man damit geboren. Julia verfügt über alle Eigenschaften, die ich bei einer Frau schätze, und ihr fehlen alle jene, die ich nicht ausstehen kann. Die beeindruckendste und auch erregendste Eigenschaft aber ist der Umstand, dass sie keine Angst hat.

Ich höre nur Elyssas leise Atemzüge.

»Franz, sind Sie noch dran?«

»Ja, stellen Sie mich durch.«

»Sind Sie sicher?«

»Ganz sicher.«

Erst herrscht Schweigen, dann höre ich ein Räuspern.

»Hallo, Franz, hier ist Julia.«

Ihre Stimme erzeugt ein Kribbeln in mir, das eine Welle von Erinnerungen freisetzt. Ich muss mich zusammenreißen.

»Hallo, Julia.«

Mühsam stehe ich auf, ich kann bei diesem Gespräch unmöglich stillsitzen. Am liebsten würde ich durchs Zimmer schlendern, aber das verdammte Telefonkabel ist viel zu kurz.

»Ich arbeite für die Redaktion der Zeitschrift MODA«, sagt sie.

Ich weiß, wo Julia arbeitet. Ich weiß mehr über sie, als sie sich vorstellen kann. Diese Informationen habe ich übrigens nicht von meinem unerträglich verschwiegenen Sohn, es gibt schließlich auch andere Wege. Und ich habe ausreichend Zeit, um Detektiv zu spielen.

»Ja, und womit kann ich dir behilflich sein?«, frage ich und versuche, entspannt und ruhig zu klingen. »Denn ich nehme an, dass du nicht anrufst, um mit einem alten Freund zu plaudern?«

»Nein, das stimmt. Zuerst möchte ich dir danken.«

»Wofür denn?«

»Dafür, dass du mein Leben gerettet hast.«

»Ich finde, das solltest du lieber persönlich machen.«

»Aber ich möchte dich vor allem bitten, mir für unsere Zeitschrift ein Interview zu geben.«

»Die Sache ist die, Julia«, sage ich und spreche absichtlich langsam und leise.»Ich gebe grundsätzlich keine Interviews.«

»Das habe ich schon gehört, aber vielleicht könntest du für mich eine Ausnahme machen? Du bist in einem Artikel in der nächsten Ausgabe drin, und ich würde gern eine Fortsetzung schreiben.«

»Aha, und worum geht es in diesem *Artikel*?«

»Skandalumwitterte Singles«, sagt sie, und ich höre, wie sie schluckt.

Es erfordert große Beherrschung, nicht in schallendes Gelächter auszubrechen.

»Und wie wäre dann dein Ansatz für den Fortsetzungs-artikel?«

»Dir werden so viele verschiedene Dinge vorgeworfen, ich möchte dir die Möglichkeit geben, darauf zu reagieren und uns deine Version zu erzählen. Es würde sich nur um etwa eine Stunde deiner Zeit handeln.«

Sie ist clever. Aber auch das habe ich immer gewusst.

»Nein, Julia, mit einer Stunde wäre das nicht getan. So ein Interview würde wesentlich länger dauern.«

»Aha, okay, dann … Es darf ruhig so lange dauern, wie es eben dauert.«

Ich schweige, lasse sie warten und hole ein Bild von ihrem Gesicht aus meiner Erinnerung. Offen und unverstellt. Wie sie wohl jetzt aussieht? Zwei Jahre ist es her. Teenager verändern sich so schnell, und die Fotos in den sozialen Medien sind irreführend. Sie ist ihrer Mutter wahrscheinlich immer ähnlicher geworden. Natürliche Schönheiten. Schmollmünder, wenn sie ihren Willen nicht bekommen. Kalte, harte Augen, wie Diamanten, wenn sie wütend werden.

»Aber ich habe Bedingungen«, sage ich nach einer ausgiebigen Pause.

»Was für Bedingungen?«

»Ich entscheide, wann das Aufnahmegerät läuft oder abgeschaltet wird. Was ich off the record sage, darf nicht veröffentlicht werden.«

»Okay.«

»Und keine Fragen über meine Kindheit.«

»Einverstanden.«

»Und ein Letztes noch. Keine Fragen über deine Mutter.«

»Und warum das nicht?«

»Wenn du wissen möchtest, was zwischen ihr und mir gewesen ist, musst du sie selbst fragen.«

»Aber willst du nicht deine Version erzählen? Was ist, wenn sie lügt?«

»Dann kann ich dir leider nicht helfen. Aber über meine Verbindung zu deiner Mutter darf nichts in deinem Artikel stehen. Abgemacht?«

»Darüber gibt es doch schon Artikel.«

»Ja, und die genügen auch.«

Wieder herrscht Schweigen. Es fühlt sich an, als stünde der Telefonhörer unter Spannung. Seit meinem Schlaganfall habe ich mich nicht mehr so lebendig und klar im Kopf gefühlt.

»Ja, das hört sich gut an. Wann kann ich kommen?«, fragt sie.

»Warte kurz«, sage ich und täusche vor, dass ich nach einem passenden Termin suchen muss. In Wirklichkeit drehe ich meinen Kopf vom Hörer weg und atme tief ein und aus, leise, mit geschlossenen Augen.

»Nächste Woche würde gehen«, sage ich.

Ich brauche so viel Zeit wie möglich, um mich auf dieses Wiedersehen vorzubereiten.

5

JULIA

Seit zwei Jahren fiel es ihr viel schwerer, ihre Mutter anzulügen. Die letzten Lügen hatten schwerwiegende Konsequenzen gehabt. Monatelang hatte sie ihr nichts von den heimlichen Telefonaten und anzüglichen SMS und Mails von Franz erzählt, um nicht zugeben zu müssen, dass sie sich Hals über Kopf in ihn verliebt hatte. Damals waren die Lügen ohne Anstrengung aus ihrem Mund gekommen. Gekonnt hatte sie die Wahrheit verdreht und sich verschwiegen gegeben, wenn Sofia nervige Fragen gestellt hatte. Alles steuerte auf das dramatische Ende auf den Felsen von Dimö hin. Dann hatte sie sich nachträglich sehr für ihre Lügen geschämt, und das tat sie auch heute noch. Seitdem hatte sie versucht, ihren Eltern gegenüber immer ehrlich zu sein und würde daran auch jetzt nichts ändern. Das Geschrei ihrer Mutter war leichter zu ertragen als das zentnerschwere Gewicht einer Lüge. Darum beschloss sie, ihnen am Wochenende einen Besuch abzustatten.

Julias Eltern wohnten in Henån auf der Insel Orust, wo sie aufgewachsen war. Sofia betrieb eine Herberge für Sektenaussteiger, und ihr Vater Benjamin hatte ein Logistikunternehmen. Vor zwei Jahren noch hätte Julia alles getan, um von dort wegzukommen, aber seit sie in Göteborg lebte, sehnte sie sich immer häufiger dorthin zurück. Sie vermisste das Meer und die Felsen. Ihr war erst bewusst geworden, wie schön die Bohusküste dort ist, nachdem sie von dort weggezogen war.

Thor fuhr sie früh am Samstag zu ihren Eltern. Julia machte gerade ihren Führerschein, Thor hatte ihn schon und besaß ein altes, aber funktionstüchtiges Auto. Er würde danach weiter zum Hafen fahren und nach Dimö übersetzen, um seine Großmutter und auch seine Mutter zu besuchen. Einmal im Monat fuhr er zu ihnen. Seine Mutter Elvira betrieb zusammen mit Simon, ebenfalls ein ehemaliges Sektenmitglied und ein Aussteiger, eine Pension auf der Insel. Julia hatte sich immer gewundert, dass es die beiden zurück auf die Insel gezogen hatte, nach alledem, was sie dort erlebt hatten. Aber Simon hatte nach seinem Ausstieg aus der Sekte die Gärtnerei der Pension aufgebaut und war ein überzeugter Inselbewohner. Außerdem gehörten die Sekte und Franz nicht mehr zum Inselleben.

Nachdem Thor sie an ihrem Elternhaus abgesetzt hatte, spürte Julia wieder diese innere Leere. So ging es ihr immer. Das Haus stand auf einem großen Grundstück, direkt am See. Sofia und Benjamin waren kurz vor ihrer Geburt dorthin gezogen. Es war renovierungsbedürftig gewesen, aber Benjamin war ein Bastler, und auch Sofia hatte sich daran beteiligt und bis zur Geburt gemalt und tapeziert.

In diesem Haus hatte Julia ihre ersten Schritte gemacht, im Garten hatte sie ihr geliebtes Meerschweinchen beerdigt und hinter dem großen Rhododendronbusch ihre erste Packung Zigaretten gepafft. Im See hatte sie schwimmen gelernt und auf den Felsen bei der Schleuse ihren ersten Kuss bekommen. Ein Teil von ihr würde immer hierbleiben. Ihre Mutter hatte gesagt, dass man einen Ort oft verlassen muss, um bei der Rückkehr zu erkennen, wie sehr man ihn vermisst hat, und ihn dann besser zu schätzen weiß. In dem Moment kam Sofia aus dem Garten auf sie zu und öffnete die Gartenpforte. Sie umarmten sich, Julia legte ihre Nase in die Haare ihrer Mutter.

»Du duftest nach Erde und Gras«, murmelte sie.

»Ich habe Tulpenzwiebeln gepflanzt.«

»Jetzt schon?«

»Es ist bald September.«

Sofia sah auf die Straße.

»Wollte Thor nicht mit reinkommen?«, fragte sie enttäuscht.

Sofia vergötterte Thor auf merkwürdige Weise. Als würde sie ihn vor allem Bösen dieser Welt beschützen müssen, besonders aber vor Franz Oswald.

»Er wollte weiter nach Dimö«, sagte Julia.

»Wie schade, dass er keine Zeit hatte«, sagte Sofia. »Ich habe Scones gebacken.«

Julia lächelte ihre Mutter an. Sie hatte dunkles, welliges Haar, das wegen der hohen Luftfeuchtigkeit manchmal wie ein Vogelnest aussah. Feine Gesichtszüge und dunkle Augen. Sie wirkte oft sehr ernst, als würde sie über etwas nachdenken. Aber wenn sie lachte, sah sie wie ein kleines Mädchen aus.

Es dauerte bis in den späten Nachmittag hinein, dann hatte Julia ihren Mut gesammelt, um ihren Eltern von ihrem Vorhaben zu erzählen. Sie saßen auf dem Sofa, aßen Scones und tranken Tee. Denzel, der Hund der Familie, hatte sich wie ein Ball in Julias Schoß zusammengerollt und schlief. Er war ein Terrier, schon dreizehn Jahre alt, aber überraschend gesund und munter. Im Kamin brannte ein Feuer, Julia hatte sich an ihren Vater geschmiegt. Benjamin war segeln gewesen und roch wunderbar nach Tang und frischer Meeresluft. Der Sommer hatte ihm unzählige Sommersprossen auf seine helle Haut gezaubert.

»Was hast du auf dem Herzen?«, fragte er und drehte dabei eine von Julias Haarsträhnen um seinen Finger.

Nachdem sie von ihrem Auftrag berichtet hatte, Franz für die Zeitschrift zu interviewen, wurde es sehr still. Julia hatte wildes Protestgeschrei erwartet. Stattdessen hörte sie nur das Knacken der Holzscheite im Feuer. Sie warf einen vorsichtigen Blick zu ihrer Mutter. Sofias Haare glänzten wie Kupfer in dem Licht der Flammen.

»Das ist gar nicht gut«, sagte Sofia schließlich.

»Doch, das ist es«, widersprach Julia. »Das könnte sogar der Auftakt meiner Karriere sein. Du hast ja keine Ahnung, wie schwer es ist, einen Job als Journalistin zu bekommen. Mittlerweile ist das quasi unmöglich. Aber wenn das Interview gut wird, kann es mir einen Haufen Türen öffnen. Oder hast du Angst, dass mir Franz etwas antut?«

»Nein, aber er wird versuchen, dich zu manipulieren. Du darfst nicht vergessen, wie besessen er von dir war.«

»Eigentlich eher von dir, Mama«, Julia nickte vielsagend. »Er hätte mir damals auf Dimö wirklich was Schlimmes antun können, er hätte die Situation ausnutzen können. Aber er hat es nicht getan. Im Gegenteil. Bist du ihm denn gar nicht dankbar, dass er mir das Leben gerettet hat? Ich schäme mich, dass ich mich nie dafür bedankt habe. Er hat seinen eigenen Sohn auf dem Gewissen, Mama! Und ich lebe noch!«

»Ja, an dem Abend mag etwas mit ihm geschehen sein«, murmelte Sofia. »Aber jetzt hatte er zwei Jahre lang Zeit, sich davon zu erholen.«

»Thor sagt auch, dass er sich verändert hat und irgendwie ruhiger und gelassener geworden ist.«

Ungeduldig wedelte Sofia mit der Hand.

»Dieser Schlag von Persönlichkeit verändert sich nicht. Niemals im Leben. Die Bosheit verblasst nur für eine kurze Zeit.«

»Ich hatte erwartet, dass du stinksauer wirst, Mama. Warum bist du so ruhig geblieben?«

Sofia seufzte.

»Na ja, ich weiß ja gar nicht, ob er sich verändert hat oder nicht. Er hat mir leidgetan, als Vic starb. Das war wirklich furchtbar. Und ich bin ihm natürlich dankbar, dass er dich gerettet hat. Aber ich werde immer misstrauisch sein, wenn Franz im Spiel ist. Wir haben dir nämlich nur einen Bruchteil von den Dingen erzählt, die damals vor zwanzig Jahren auf der Insel passiert sind.«

»Ich werde ihn im Interview ein bisschen unter Druck setzen«, sagte Julia. »Ich werde knallhart sein.«

»Du solltest dich überhaupt nicht mit ihm beschäftigen. Allein die Tatsache, dass er einem Interview zugestimmt hat, ist schon beunruhigend. Das bedeutet nämlich, dass er einen Plan hat.«

»Und bitte, was sollte das sein?«

»Niemand wird jemals begreifen, was in diesem grotesken Gehirn vor sich geht. Julia, tu es lieber nicht.«

Julia wandte sich an ihren Vater.

»Wie siehst du das, Papa?«

»Er will Aufmerksamkeit«, antwortete Benjamin.

»Die könnte er auch auf anderem Wege bekommen«, sagte Sofia. »Nein, er will die Aufmerksamkeit von *Julia*.«

»Du machst sowieso, was du willst«, sagte Benjamin. »Wolltest du unsere Meinung hören oder nur dein schlechtes Gewissen beruhigen?«

»Letzteres, vermutlich«, gab Julia zu.

Sofia ließ den Kopf in die Hände sinken und dachte nach.

»Okay, aber bitte sorg dafür, dass du nicht mit ihm allein im Zimmer bist.« Sofia sah ihre Tochter an. »Und der Artikel darf nicht in deinem Namen erscheinen. Denn das hier wird entweder so ausgehen, dass er dich reinlegt, was darin resultiert, dass du eine Hymne über ihn schreibst und ihn entlastest. Oder du gräbst tief im Dreck und schreibst einen Enthüllungsartikel über ihn. Damit würdest du der Allgemeinheit einen Gefallen tun, und ich wäre wahnsinnig stolz auf dich.«

»Ich glaube, die Redaktionschefin erwartet ein Standardinterview, in dem ich ihm einen Haufen Fragen stelle«, sagte Julia.

»Aber das bedeutet ja nicht automatisch, dass du so einen auch schreiben musst, oder?« Sofia sah ihre Tochter fragend an.

Julia war erleichtert, dass sie der Wut ihrer Mutter entgangen war, die unerträglich sein konnte, und das machte sie kooperativer. Fast schon sanftmütig und gehorsam.

»Ich finde, das klingt super, Mama. Das Interview wird auch nur ganz kurz. Aber ich muss vorher noch ein bisschen recherchieren.«

»Dieses Interview wird deutlich länger dauern als *nur ganz kurz*«, prophezeite Sofia.

»Ja, das hat er auch schon angedeutet.«

»Kann Thor nicht mitkommen?«, warf Benjamin ein.

»Das wäre irgendwie komisch. Aber ich werde eine der Pflegerinnen bitten, dabei zu sein.«

»Warte mal kurz«, sagte Sofia und stand auf. Julia hörte, wie sie die Treppe nach oben lief. Als sie zurückkam, hatte sie einen USB-Stick in der Hand, den sie Julia gab.

»Hör dir vor dem Interview das hier an«, sagte sie.

»Was ist das?«

»Eine Aufnahme von ihm. Ich habe sie mitgenommen, als ich damals von ViaTerra geflohen bin. Er spricht darauf so kalt und teilnahmslos von seiner Kindheit, dass man eine Gänsehaut bekommt. Vor allem, wenn er über seinen Hass auf seinen … biologischen Vater spricht. Ich weiß nicht, ob das alles wahr ist, einiges davon klingt vollkommen unglaubwürdig. Diese Aufnahme wurde auch bei der Gerichtsverhandlung verwertet, aber er hat schon damals betont, dass sie immer nur als *Romanentwurf* gedacht war. Egal, hör es dir an. Ganz gleich, ob das stimmt, was er sagt, du wirst dir ein Bild davon machen können, was für ein Typ von Mensch er ist. Und ich bezweifle, dass du ihn danach immer noch interviewen möchtest.«

Julia steckte sich den Stick in die Tasche. »Warum hast du mir davon nicht schon früher erzählt?«, fragte sie.

»Du bist jetzt erwachsen und kannst die Wahrheit ertragen.«

»Das konnte ich schon immer. Weiß er, dass du die Aufnahme hast?«

»Ja, ich vermute, er ahnt, dass ich sie aufgehoben habe. Er war damals rasend vor Wut und hat mir deswegen Leute auf den Hals geschickt.«

»Wirklich?«

»Ja, und er hat mich wegen Diebstahl angezeigt.«

»Ich höre es mir an, bevor ich das Interview mache«, versprach Julia.

»Wenn ich nur daran denke, dass du mit ihm allein in einem Zimmer bist, bekomme ich schon eine Gänsehaut«, sagte Sofia. »Versprich mir, dass du die ganze Zeit jemanden bei dir hast.«

»Hör jetzt auf damit«, sagte Julia. »Und lass mich das allein machen.«

Sofia griff nach den Händen ihrer Tochter.

»Er kann wahnsinnig überzeugend sein«, flüsterte sie. »Lass dich nicht von seinem Charme einwickeln. Sei darauf gefasst, dass er immer einen Hintergedanken hat – bei allem, was er sagt.«

Julia zog ihre Hände aus der Berührung. Ihre Mutter konnte manchmal wirklich nervig sein, wenn sie so überfürsorglich war.

»Bitte behandle mich nicht wie ein Baby«, sagte sie und sah ihr tief in die Augen.

Sofia seufzte.

Am späten Sonntagabend kam Thor vorbei, um sie abzuholen. Die Stimmung im Auto war freundschaftlich und gemütlich, bis sie anfing, ihn nach seinem Besuch auf der Insel zu fragen.

»Und wie war's?«

»Ach, es war eigentlich ganz gut, leider dreht meine Mutter immer so durch, wenn ich da bin. Aber Simon ist cool.«

»Was genau meinst du mit durchdrehen?«

»Sie stellt einen Haufen dämlicher Fragen. Ob ich meine Klamotten irgendwo waschen kann? Ob ich nachts gut schlafe? Ob ich eine Freundin habe?«

»Aber das sind eben Fragen, die Mütter so stellen«, sagte Julia lachend. »Auch wenn man schon erwachsen ist.«

Es hatte angefangen zu regnen, und die Tropfen schlugen gegen die Windschutzscheibe, bildeten Rinnsale und liefen gegen die Scheibenwischer. Julia musterte Thor von der Seite. Er wirkte angespannt, und sie fragte sich, ob es mit seinem Besuch auf Dimö zusammenhing oder ob sich noch etwas anderes zwischen sie geschoben hatte. In einer scharfen Kurve sah sie, wie Thors Hände das Lenkrad fest umklammerten, und konnte ihre Augen nicht von seinen Händen nehmen.

»Hast du Lena getroffen?«, fragte sie.

»Sie heißt Lina.«

»Du weißt aber, wen ich meine. Das Mädchen, mit dem du mal zusammen warst. Habt ihr euch dieses Wochenende gesehen?«

»Nein.«

»Hast du eigentlich damals mit Lena geschlafen?«

»Ich habe dir doch eben gesagt, dass sie Lina heißt.«

»Okay, aber hast du?«

»Ja, das habe ich.«

»Und, war es gut?«

Thors Kiefer mahlte. Sie sah, wie sein Griff ums Lenkrad noch fester wurde. Dann plötzlich verringerte er das Tempo, fuhr an den Straßenrand und bremste so abrupt ab, dass die Reifen quietschten. Einen Augenblick lang saß er reglos hinter dem Steuer. Dann drehte er sich zu ihr um und sah sie aus ungewohnt kalten Augen an.

»Was ist los?«, fragte sie ängstlich.

»Weißt du, was ich mehr als alles andere hasse, Julia?«

»Nein.«

»Wenn die Leute in so einem herablassenden Ton mit mir reden, als wäre ich ein dämliches Sektenopfer, das nichts auf die Reihe bringt. Das finde ich einfach … zum Kotzen.«

»So war das nicht gemeint.«

»Doch, genau so. *Und, war es gut?* Was soll das heißen? Warum sollte es nicht gut gewesen sein?«

»So habe ich das nicht gemeint. Entschuldige bitte.«

»War das alles, was du wissen wolltest?«

Sie nickte.

»Also, jetzt hast du deine Antwort bekommen.«

»Danke.«

Es wurde still im Wagen.

»Warum interessiert dich das eigentlich?«, fragte er nach einer langen Pause.

»Einfach so«, antwortete sie. Dann holte sie Luft. »Oder, nein. Ich bin eifersüchtig.«

Er ballte seine Hände zu Fäusten und drückte sie gegen das Lenkrad. Julia sah, wie die Muskeln an seinen Unterarmen arbeiteten. Dann plötzlich nahm er ihr Gesicht in seine Hände und küsste sie. Es war ein warmer, hungriger Kuss, der so unerwartet und schön war, dass ihr schwindelig wurde. Als wäre eine Urkraft in ihr entfesselt worden. Sie küssten sich, bis ihr der Atem ausging. Er schob seine Hände auf ihren Rücken und zog sie zu sich. Der wilde, blinde Teil ihres Gehirns wollte, dass er niemals damit aufhörte. Als aber seine Hand unter ihre Jacke glitt, schob sie ihn von sich weg.

»Du bist wütend. Das wird nicht gut, wenn man wütend ist«, sagte sie. »Schon gar nicht in einem kalten Auto.«

Er wirkte schlagartig verlegen. Sein keuchender Atem erfüllte das Wageninnere.

»Verzeih mir. Ich habe die Kontrolle verloren.«

»Das macht nichts. Es hat mir gefallen«, sagte Julia und gab ihm einen Kuss auf die Wange.

»Hast du mit ihm geschlafen?«

»Was? Mit wem?«

»Mit meinem Vater. Als du bei ihm auf Dimö warst?«

»Nein, er hat gesagt, er könne nicht.«

Ein Schatten zog über Thors Gesicht.

»Wie anständig von ihm.«

»Na ja, so war es auf jeden Fall.«

»Mir gefällt es nicht, dass du dich mit ihm triffst. Wahrscheinlich bin ich auch ein bisschen eifersüchtig.«

»Das musst du nicht.«

»Lass nicht zu, dass er … sich in dein Gehirn gräbt.«

»Das wird er nicht«, sagte sie, gleichzeitig fragte sie sich, ob es Franz tatsächlich gelingen könnte.

Als sie zuhause ankamen, war Julia einerseits enttäuscht, andererseits erleichtert, als sich Thor in sein Zimmer zurückzog. Die Enttäuschung aber überwog. Sie entschied, sich die Aufnahme von dem USB-Stick anzuhören. Sie schob ihn in ihren Rechner und setzte sich Kopfhörer auf. Franz' Stimme war unverkennbar, allerdings klang sie heller als jetzt: *Die folgenden Zeilen sind der Entwurf für einen Roman, den ich eines Tages schreiben werde. Was davon mit meinem realen Leben übereinstimmt oder nicht, ist vollkommen unwesentlich.* Dann folgte eine Geschichte, die ihr die Nackenhaare zu Berge stehen ließ.

6

FRANZ

Was sie wohl anhaben wird? Und benutzt sie noch dasselbe Parfum wie früher? Ein frischer Duft von Maiglöckchen. Haben ihre Augen noch den unschuldigen Glanz, den ich so geliebt habe? Diese Fragen gehen mir durch den Kopf, während ich darauf warte, dass sie zur Tür hereinkommt.

Aber als sie dann in der Tür steht, ist alles anders als erwartet und fühlt sich falsch an. Die Frau vor mir ist wütend. Ihre Augenbrauen bilden eine tiefe Zornesfalte. Ihr Mund ist nur ein dünner Strich. Ihre Augen glühen. Sie knallt mir einen kleinen Gegenstand auf den Tisch.

»Wir fangen das Interview gleich hiermit an. Deinem sogenannten Roman.«

Ich habe Julia noch nie wütend erlebt.

Da ich aber über eine hervorragende Selbstbeherrschung verfüge, verziehe ich keine Miene. Ich habe außerdem sehr gute Laune. Die Gefühlsschwankungen haben mich schon seit Tagen nicht mehr gebeutelt, und ich bin immer mehr davon überzeugt, dass es nur mit einem vorübergehenden Ungleichgewicht in meinem Gehirn zu tun hatte.

Jetzt sehe ich, dass sie einen USB-Stick auf den Tisch geknallt hat. Sofia Bauman ist so leicht zu durchschauen wie eh und je. Aber ich freue mich, dass Julia diese alte Aufnahme mitgebracht hat. Wahrscheinlich ist Sofia seit zwanzig Jahren davon überzeugt, dass ich darauf die Wahrheit sage. Ach, wenn es doch nur so wäre. Es ist tatsächlich nur das, was ich am Anfang andeute – ein Entwurf für einen Roman, den ich allerdings nie geschrieben habe. Früher habe ich diese Aufnahme meiner unterdrückten Wut gehütet wie meinen Augapfel. Jetzt hat sie keine Bedeutung mehr für mich. Ich kann Julia auch die ganze Wahrheit erzählen, allerdings mit einer kleinen Abwandlung.

»Sehr gern. Komm setz dich.«

Erst jetzt kann ich sie mir in Ruhe ansehen. Die wütende Gewitterwolke hat sich verzogen, und dahinter kommt das bekannte, hinreißende Gesicht zum Vorschein, in dem ich mich vor zwei Jahren verloren habe. Allerdings sieht sie inzwischen weiblicher aus. Das liegt an ihren Augen. Sie sind rastlos, diese Julia ist mit ihrem Leben nicht zufrieden. So jung und schon so hungrig nach Veränderung. Sie ist lässig gekleidet, trägt Jeans und ein schwarzes T-Shirt. Kein Make-up. Mir gefällt ihre Natürlichkeit.

»Ach so. Und das Interview soll dann off the record sein, ja?«, sagt sie und macht einen Schmollmund.

»Nein, ganz und gar nicht. Du kannst alles aufnehmen, was ich sage.«

»Aber mir geht es um deine Kindheit.«

»Wir werden nicht über die Ereignisse sprechen, die zu dieser Aufnahme geführt haben. Wir unterhalten uns nur über Fiktion und Wahrheit.«

»Okay, und wo willst du anfangen, um das aufzuklären?«, sagt sie und setzt sich. »Woher kann ich wissen, dass du mich nicht anlügst?«

»Ich schlage vor, dass du dich auf deine Intuition verlässt. Magst du einen Kaffee? Tee? Wasser?«

»Nein, danke. Aber ich möchte hier nicht allein mit dir

sitzen«, sagt sie und sieht sich im Zimmer um. »Was ist das hier eigentlich für ein Ort? Eine Rehaklinik? Ich finde, es sieht eher wie ein Hotel aus.«

»Ich hatte schon immer einen tadellosen Geschmack und weiß einen hohen Standard zu schätzen.«

»Meinetwegen, aber ich möchte nicht allein mit dir sein.«

»Das habe ich mir schon gedacht. Aber ich will dieses Gespräch nur mit dir allein führen. Deshalb habe ich Vorkehrungen getroffen.«

Auf dem Nachttisch an meinem Bett befindet sich ein Notfallknopf. Wenn ich den betätige, kommt sofort eine der Pflegerinnen angestürmt. Am Anfang meines Aufenthaltes befürchteten die Ärzte einen weiteren Schlaganfall und haben ihn deshalb installiert. Ich stelle die Vorrichtung auf den Schreibtisch und drücke auf den Knopf. Julia sieht mich aus erstaunten Augen an. Es dauert keine dreißig Sekunden, und Elyssa kommt ins Zimmer gestürzt.

»Alles in Ordnung«, beruhige ich sie. »Julia fühlt sich allein nicht so wohl in meiner Nähe. Darf sie den Knopf betätigen, wenn sie das Bedürfnis hat?«

Ich hebe kaum merklich meine rechte Augenbraue. Das ist unser Zeichen für: *Mitspielen!*

»Aber natürlich. Kein Thema«, sagt Elyssa und fügt dann lächelnd hinzu: »Aber Franz ist nicht gefährlich.«

»Vielen Dank, Elyssa, Sie können wieder gehen.«

Julia ist alles andere als imponiert.

»Ich scheiße auf deinen dämlichen Knopf. Wollen wir jetzt anfangen?«

Diese Augen. Normalerweise sind sie so grün wie Flaschen, die im Meer gelegen haben. Jetzt haben sie die Farbe eines Waldes. Ich weiß, dass sich ihre Augenfarbe verändert, sobald sie wütend ist. Und offensichtlich ist sie das noch immer. Aber meine anfängliche Bestürzung über ihren aggressiven Auftritt ist etwas anderem gewichen. Ihre aufgestaute Wut erregt mich sogar.

Sie legt ihr Handy auf den Tisch und schaltet auf Aufnahme. Ich sehe ihren Blick, der kurz an meinen Händen hängen bleibt, die vor mir auf dem Schreibtisch liegen. Meine langen, schmalen Hände und Finger hatten ihr früher besonders gefallen.

»Soweit ich das verstehe, bist du also ein Mörder?«, sagt sie mit kalter Stimme.

»Nein, das hast du falsch verstanden, das bin ich nicht.«

»Du hast auf dieser Aufnahme vor zwanzig Jahren den Mord an mehreren Menschen gestanden.«

»Genau genommen ist es zweiundzwanzig Jahre her«, korrigiere ich sie. »Außerdem handelt es sich dabei um einen Romanentwurf, der sich von meiner Jugend *inspirieren* ließ.«

»Das kann schon sein, aber du beschreibst, wie du Strangulationssex mit einer Minderjährigen hattest und sie dann bewusstlos in einer brennenden Scheune zurückgelassen hast. Danach hast du Dimö fluchtartig verlassen, bist zu deinem leiblichen Vater nach Frankreich gefahren und hast das Anwesen zusammen mit deiner Schwester in Brand gesteckt. Und bei diesem Feuer sind alle außer dir ums Leben gekommen.«

Sie starrt mich unverwandt an, muss sich kein einziges Mal ihre Notizen ansehen. Das ist sehr interessant.

»Wenn du diese Aufnahme in ihrer Gänze verstehen willst, müssen wir uns weiter zurück in meine Vergangenheit begeben«, sage ich leise. »Ich habe bei meinem leiblichen Vater gelebt, bis ich dreieinhalb Jahre alt war. In dieser Zeit

hat er mich seelisch und körperlich misshandelt und gequält. Details werde ich in diesem Rahmen nicht nennen.«

»Und deshalb hast du ihn umgebracht?«

»Nein. Die Tonaufnahme hatte die Funktion einer
Selbsttherapie. Ich habe damals viel Hass und Wut in mir
getragen. Darum habe ich mir vorgestellt, was geschehen
wäre, wenn ich meine dunkelsten Fantasien hätte ausleben
dürfen. So entstand dieser Romanentwurf, als ein Versuch,
meinen Hass zu kanalisieren.«

»Hast du dieses Mädchen in der Scheune gehasst? Wie
hieß sie noch, Lily?«

»Nein, Lily Berg hat mir viel bedeutet. Sie war meine
erste Freundin, oder vielmehr meine erste Sexualpartnerin.«

»Und was ist mit ihr passiert?«

Ich betrachte ihre Lippen, wenn sie spricht. Mein Plan
nimmt immer mehr Form an, mit jedem Wort, das sie sagt.
Dieses Interview ist nicht das endgültige Ziel. Weit entfernt. Ich kann förmlich vor mir sehen, wie sich das alles
entwickeln wird. Sie wird intuitiv spüren, ob ich ehrlich bin
oder nicht. Wenn ich mir Zeit lasse, um meine Geschichte
zu erzählen, muss sie wiederkommen.

»Wir hatten uns an dem Abend damals in der Scheune
verabredet. Als ich kam, brannte sie bereits. Wir hatten
immer kleine Laternen dabei, vielleicht ist sie damit unvor-
sichtig gewesen. Ich hatte Angst, dass man mir die Schuld
gibt, und habe die Insel verlassen.«

»Dann hattet ihr gar keinen Strangulationssex?«

»Doch, hatten wir. Aber nicht in dieser Nacht.«

»Wahnsinn, du warst erst dreizehn.«

»Ich war eben frühreif.«

»Und deine Familie in Frankreich, was hast du mit denen
gemacht?«

Vor allem für diesen Dialog habe ich ein kleines Skript ausgearbeitet. Eine Strategie, wohin dieses Gespräch führen soll. Mein Ziel ist nämlich etwas Größeres, Dauerhaftes. Ich habe mich geöffnet, das muss sie sehen und anerkennen. Der erste Schritt für das Entstehen einer Beziehung ist es, Vertrauen aufzubauen.

»Meine Halbschwester hat das Haus in Brand gesteckt«, sage ich. »Und als ich nach Hause kam, war schon alles zu spät. Meine Schwester und ich, wir hatten uns gegen meinen Vater verschworen. Ich habe sie wahrscheinlich schon beeinflusst. Aber ich war nicht zuhause, als sie das Feuer gelegt hat. Und ich hatte auch nichts von ihrem Plan gewusst.«

»Versuch mich davon zu überzeugen«, sagt Julia.

»Es hat eine polizeiliche Untersuchung gegeben, Julia.«

»Aber es ist doch hochinteressant, dass die tödliche Waffe in diesen Geschichten immer das Feuer ist, oder? Magst du das Feuer?«

»Nein, ganz im Gegenteil. Es gehört zu den wenigen Sachen, die mir große Angst machen. Was du dir vielleicht denken kannst.«

»Bist du nach Frankreich gefahren, um dich an deinem Vater zu rächen?«

»Zum Teil ja, aber ich wollte auch mein Erbe einfordern. Meine Mutter und ich haben damals in jämmerlichen Verhältnissen auf Dimö gehaust. In einem alten Sommerhaus ...«

»Ja, ja, diese Leidensgeschichte kenne ich schon«, unterbricht sie mich. »Aber vergiss nicht, dass dich dieser Brand steinreich gemacht hat.«

Sie kann ganz schön bissig sein. Ich kann mir ein Lächeln nicht verkneifen.

»Ja, vielleicht war das Schicksal.«

»Oder du hast dafür gesorgt, dass es so kam.«

Ich stütze meine Ellenbogen auf die Tischplatte und lehne mich vor. Mein Gesicht ist gefährlich nah an ihrem, aber sie schreckt nicht zurück. Ich kann sie riechen und atme tief ein.

»Julia, sieh es doch mal so. Ich habe diese Aufnahme aus eigenem Antrieb gemacht. Darin steht mein Wort gegen … mein eigenes. Verstehst du, was ich damit sagen will? Aber dir erzähle ich jetzt die Wahrheit. Ich habe sie gemacht, um meine Aggressionen zu verarbeiten. Und deine Mutter hat die Aufnahme gestohlen. Es existieren keine Indizien, die mich mit diesen Todesfällen in Verbindung bringen. Das Gericht hat die Aufnahme damals nicht als Beweismittel akzeptiert. Dieser Stick ist also wertlos. Können wir das jetzt bitte fallen lassen?«

»Darf ich das in dem Artikel verwenden?«

»Du kannst schreiben, was du willst.«

»Und wirst du ihn auch lesen?«

Mich rührt es, dass ihr das so wichtig ist.

»Jedes einzelne Wort«, verspreche ich. »Wenn ich zwischen den vielen wichtigen Terminen und Verpflichtungen, die ich hier habe, die Zeit dafür finde«, füge ich noch hinzu. Endlich. Sie verzieht die Mundwinkel zu einem Grinsen und greift nach ihrem Handy.

»Hast du alles, was du brauchst?«, frage ich.

»Ja. Alles. Warum hast du diese Aufnahme überhaupt gemacht? Das ist doch total krank und gruselig.«

»Ja, aber soll ein Thriller nicht genau das sein?«

Es kommt zum Waffenstillstand, ein paar Sekunden lang. Sonderbar. Ich habe in den vergangenen Jahren versucht, nicht an sie zu denken, und doch ist sie immer in meinen Gedanken gewesen. Ich würde mich am liebsten vorbeugen und ihr mit dem Finger über die Wange streicheln. Aber das tue ich nicht.

»Wenn es ein Thriller werden sollte, warum spielst du die Hauptrolle?«, fragt sie.

»Wie ich schon gesagt habe, ich wollte damit meinen Hass verarbeiten, den ich mein Leben lang mit mir herumgeschleppt habe.«

»Du beschreibst auch, wie du einer Hummel die Beine und Flügel ausreißt.«

»Ja, das stimmt. Viele Jungen tun das. Aber das hat sich inzwischen verwachsen. Mittlerweile begegne ich der Natur und ihren Wundern mit größtem Respekt.«

Ungeduldig seufzt sie. Offensichtlich ist sie mit meinen Antworten nicht zufrieden, weiß aber auch, dass sie im Augenblick keine anderen und besseren bekommen wird. Ihr Blick wandert durch mein Zimmer, dann schüttelt sie ungläubig mit dem Kopf.

»Warum wohnst du eigentlich noch hier?«, fragt sie. »Du siehst nicht mehr besonders krank aus.«

»Ich überlege, was ich als Nächstes tun will.«

»Wie meinst du das? Hast du keine unrealistischen Ziele mehr?«

»Doch, Julia. Solange ich denken kann, weiß ich genau, was ich erreichen will.«

Ihre Augen fangen an, vor Neugier zu schimmern.

»Aber ich habe nicht vor, heute näher darauf einzugehen. Wenn du mehr über meine Pläne erfahren willst, musst du noch einmal kommen.«

»Ist das alles?«

»Ja, das ist alles. Es ist extrem frustrierend, ständig infrage gestellt zu werden, also bitte verzeih mir meinen etwas harten Ton.«

Ich suche in ihren Augen Hinweise auf ihre innere Verfassung, aber sie senkt den Blick. Meine unverfrorene Art, sie anzusehen, scheint ihr nach wie vor unangenehm zu sein.

»Ich weiß nicht, was ich glauben soll«, sagt sie nach einer Weile.

»Das kann ich verstehen.«

Sie hebt den Blick.

»Ich möchte wissen, was dir dein Vater angetan hat. Ich möchte alles wissen.«

Es ist später Nachmittag, und das Zimmer scheint ganz verschwommen von Schatten. Die Wände atmen. Der Verkehr ist nur wie ein fernes Rauschen zu hören. Ich sehe mein Spiegelbild im Fenster – ein Geist. Der Gegenstand unserer Unterhaltung hat mich gleichgültig gelassen, aber ich reagiere physisch darauf, als sie mich auf meinen Vater anspricht. Doch es fällt mir weder schwer noch ist es mir unangenehm, mit ihr darüber zu sprechen. Ich muss an den Keller denken und streife meine Erinnerungen an diese Zeit. Dorthin zurückzugehen und diesen Teil in meiner Vergangenheit zu berühren, das würde meine innere Stärke auf die Probe stellen. Ich könnte überprüfen, ob ich sozusagen wieder in meiner vollen Kraft stehe. *Vielleicht bist du ja meine Therapie, Julia.*

»Wenn du erfahren möchtest, was mir angetan wurde, musst du mich nach Dimö begleiten«, sage ich. »Und mit mir in den Kellerraum kommen, in dem alles geschehen ist. Das ist der einzige Ort, an dem ich dir davon erzählen werde.«

Sie schaudert, als ich das Wort *Kellerraum* ausspreche.

7

JULIA

»Das hat dich jetzt nervös gemacht«, sagte Franz und kniff die Augen zusammen, als würde er sie studieren wollen.

Sie spürte, wie sich alles in ihrem Brustkorb zusammenschnürte. Ein sicheres Zeichen dafür, dass sie drohte, die Kontrolle zu verlieren. Unmerklich hatte sich etwas verändert, ein subtiler Wechsel der Machtverhältnisse. Es irritierte sie, dass er sie nach wie vor aus der Fassung bringen konnte. Sie sah sich um, in der Hoffnung, ihren Blick an etwas heften zu können. Aber die Wände waren kahl. Er hatte sich überhaupt nicht verändert. Die Krankheit hatte keine nennenswerten Spuren hinterlassen, außer den Fältchen um die Augen, deren Anzahl und Tiefe sich vermehrt hatten. Er meisterte das Kunststück – erfahren und jugendlich zugleich auszusehen – äußerst galant, was nicht vielen Männern mittleren Alters gelang.

»Nein, hat es nicht«, erwiderte sie.

Die Lüge blieb schwer in der Luft hängen. Ohnehin war zwischen ihnen energetisch eine Menge los. Sie hatte nicht erwartet, dass er so aufgeräumt und gut aussehen würde. Sein Gesicht hatte die Farbe eines lebhaften Kindes. Die Augen waren klar. Er war lässig angezogen und trainierte ganz offensichtlich regelmäßig. Wenn er sich bewegte, spannten sich seine Muskeln unter dem Shirt.

Was sie aber am allermeisten verwirrte, war seine Sach-lichkeit. Keine frechen Kommentare. Keine Komplimente. Er antwortete ganz ruhig und gefasst auf ihre Fragen. Er hatte mit keinem Wort ihre Zeit und besondere Verbin-dung erwähnt. Sie nicht einmal gefragt, wie es ihr ging. Zu ihrer Verärgerung enttäuschte sie das. Was hatte er vor? Warum hockte er in diesem öden Heim? Kahle Wände. Große Fenster, die in einen ebenfalls öden Garten zeigten. Das war alles so leblos. Aber was ihr noch viel wichtiger schien: Worauf wollte er hinaus? Was hatte sie damit zu tun?

»Der Kellerraum im Herrenhaus ist, das gebe ich zu, ein bisschen gruselig«, sagte er. »Ich weiß nicht, ob ich wirklich Lust habe, dorthin zurückzukehren. Aber wenn du mich begleitest? Bist du gar nicht neugierig?«

Doch, das war sie.

»Nein. Überhaupt nicht.«

Das Licht der Tischlampe spiegelte sich in seinen Augen. Die Pupillen waren winzige Funken.

»Das war ein furchtbar enger Ort«, sagte er. »Seitdem habe ich das große Bedürfnis, meinen persönlichen Raum zu schützen und zu pflegen.«

»Das sehe ich«, sagte sie und sah sich in dem pedantisch aufgeräumten Zimmer um. Sie sah aus dem Fenster. Der Himmel war dunkel geworden, es war schon spät. Auf ein-mal herrschte eine beklemmende Stille. Sie hörte kein ein-ziges vertrautes, angenehmes Geräusch. Kein Knarren der Dielen, kein Knacken der Rohre. Es war totenstill.

»Gibt es noch etwas, das du wissen möchtest?«, fragte er.

»Ja, eine Sache. Was hat es mit diesem Gerede auf sich, dass du übernatürliche Kräfte hast und die Welt verändern wirst?«

Er lächelte, und die vollendeten Gesichtszüge wurden weicher.

»Mir haben abstrakte Fragestellungen und die Option, sie zu lösen, schon immer gefallen«, antwortete er.

»Und dass du in der Lage bist, mit deinem Bewusstsein deinen Körper zu verlassen?«

»Das ist eine rituelle Fantasie, der ich mich seit geraumer Zeit widme.«

»Rituelle Fantasie? Was für ein Quatsch ist das denn?«
Er lachte.

»Hast du sonst noch was auf dem Herzen?«

»Meine Mutter hat mir erzählt, dass du Thesen entwickelt hast, mit denen sich alle Sektenmitglieder beschäftigen mussten. Worum geht es darin?«

»Das war keine Sekte, sondern ein *Unternehmen*«, widersprach er genervt. »Diese Thesen sind Texte, die von Erkenntnissen inspiriert wurden, die ich in meiner Jugend hatte«, fuhr er fort. »Man könnte sagen, dass sie eine Anleitung dafür sind, seine innere Stärke zu finden. Die habe ich schon vor langer Zeit verfasst, die müssen wahrscheinlich überarbeitet werden. Aber das ist Zukunftsmusik.«

Sie sah die dunklen Kräfte in seinen Augen arbeiten. Aber sie konnte ihn nicht durchschauen. Tischte er ihr Lügen auf? Es fühlte sich nicht so an.

»Ich glaube, das reicht fürs Erste«, sagte sie.

»Ich weiß gerade nicht, ob ich dir für den Besuch danken muss oder mich lieber dafür entschuldigen sollte, dass ich dir am Ende Angst eingejagt habe«, sagte er. Seine Stimme klang tief und entspannt. Niemals zögernd.

»Das ist eine ganze Menge, was ich erst einmal verarbeiten muss«, sagte sie.

»Hört sich an, als sollte ich mich eher entschuldigen.«

Sie sprang so schnell auf, dass sie ins Schwanken geriet. Blitzschnell war er an ihrer Seite und hielt sie am Arm. Die Berührung war wie Feuer auf ihrer Haut. Ein Kribbeln, das den gesamten Körper erfasste. Fast gleichzeitig fielen ihre Blicke auf den Notrufknopf auf dem Tisch.

»Heute hattest du keine Verwendung für den Knopf«, sagte er.

»Nein, heute nicht.«

»Heißt das, du kommst wieder? Es gibt noch andere Dinge, über die wir reden können.«

»Ich weiß noch nicht. Ich melde mich.«

Plötzlich fiel ihr ein wichtiges Detail ein, das sie vergessen hatte.

»Darf ich ein Foto von dir machen?«, fragte sie.

»Selbstverständlich. Gern.«

Er posierte neben dem Schreibtisch, fuhr sich mit der Hand durch die Haare und zupfte sich eins von seinem Pullover. Er sah nachdenklich und ernst aus. Sie bat ihn nicht darum zu lächeln. Als sie sich verabschiedeten und sie zur Tür ging, spürte sie seinen Blick auf ihrem Rücken.

Gedankenverloren trat sie auf die Straße hinaus. Die Luft war frisch, und sie bekam eine Gänsehaut. Sie lief bis zur Hauptstraße, an der auch die Straßenbahn abfuhr. Im Licht der Dämmerung sah sie den Verkehr, der sich vor der nächsten Ampel staute. Es war absolut windstill. Das Gespräch mit Franz nahm ihre gesamte Aufmerksamkeit in Anspruch. Sie hatte überrascht festgestellt, dass er immer in ihrem Unterbewusstsein präsent gewesen war, obwohl sie in den vergangenen zwei Jahren versucht hatte, ihn aus ihren Gedanken zu verdrängen. Aber jetzt fühlte sie sich ganz leer.

Was stimmte an diesem Wiedersehen nicht?

Sie sah in den Himmel, in der Hoffnung, dort eine Antwort zu finden. Franz hatte seine Hände auf den Schreibtisch gelegt. Früher zitterte sein kleiner Finger, wenn ihn etwas erregte. Während ihres Besuches war er seelenruhig geblieben. Sie musste an die Spuren der Verwüstung denken, die sein bisheriges Wüten hinterlassen hatte. Eine tote Freundin, eine Familie, die in den Flammen umkommt, ein tödlich verunglückter Sohn und ein schwerer Schlaganfall, der einen zwei Jahre seines Lebens kostet. Sie musste an die vielen Skandale denken, die seine Herrschaft auf Dimö erschüttert und dann zerstört hatten. Mehrmals sogar. Und daran, wie er sich jedes Mal davon erholt hatte. Zusammengenommen waren das mehr Schicksalsschläge, als ein einzelner Mensch in seinem Leben ertragen kann, und trotzdem sah er … so gut aus. Kein einziges graues Haar. Keine nennenswerte Zunahme von Falten. Er trug einen kurzen, dunklen Dreitagebart – wie ein junger Mann. Seine Bewegungen waren sicher und geschmeidig. Er näherte sich der Fünfzig, sah aber beinahe jugendlich aus. Wie war das möglich?

Während sie von gehetzten Fußgängern überholt wurde, kam die Einsicht. Ein Geistesblitz. Darum sollte es in ihrem Artikel gehen. Sie wollte nicht über seine Schuld oder Unschuld schreiben, sondern über sein fast übermenschliches Erholungsvermögen. Er hatte etwas Beängstigendes. Unheimlich wirkte er, aber auch aufregend. Franz Oswald war ein Mann, dem es gelang, auch inmitten eines fürchterlichen Sturms aufrecht zu stehen.

Als sie die Wohnungstür aufschloss, kam ihr Thor im Flur entgegen.

»Und, wie war es?«, fragte er.

Seit dem Kuss hatte sich etwas zwischen ihnen verändert, als würden ihre Körper magnetisch voneinander angezogen werden. Sie musste sich ständig ermahnen, ihm nicht zu nahe zu kommen, ihn nicht zufällig zu streifen, wenn sie an ihm vorbeiging, und ihm vor allem nicht mit den Fingern durch seine unglaublich dicken Haare zu fahren.

»Ich weiß nicht richtig. Ich muss das alles mal aufschreiben.«

»Hat er versucht, dich anzumachen?«

Der Klang seiner Stimme hatte eine Schärfe, die sie so nicht von ihm kannte.

»Nein, im Gegenteil, er war fast übertrieben höflich und anständig.«

Thors Gesichtszüge entglitten ihm.

»Er hat dich geknackt.«

Plötzlich brannten ihre Augen. Woher konnte er etwas wissen, was sie sich selbst noch nicht einmal eingestanden hatte? Sie wechselte sofort in die Verteidigungsstellung.

»Das hat er überhaupt nicht. Warte ab, bis du meinen Artikel gelesen hast.«

»Natürlich. Das musst du jetzt auch sagen«, antwortete er resigniert.

Er baute sich vor ihr auf, groß und vertraut, er war seinem Vater so ähnlich und doch wieder nicht. Dieser Kontrast war so groß, dass sie schlagartig von einer großen Wärme und Zärtlichkeit überwältigt wurde. Sie warf sich in seine Arme.

»Darf ich heute Nacht bei dir schlafen?«, fragte sie.

Fast unmerklich schüttelte Thor den Kopf.

»Das ist, glaube ich, keine so gute Idee.«

»Warum nicht?«

»Das weißt du genau. Ich möchte dich als gute Freundin behalten, du sollst nicht meine Ex-Freundin werden.«

Er schloss die Augen und sah plötzlich besonders jung aus.

»Ja, das ist wirklich kompliziert«, sagte sie. »Aber du bist ein toller Küsser. Da muss doch ganz schön was los gewesen sein in eurer Sektenschule.«

»Sei nicht so fies.«

»Ich mach doch nur Spaß. Wahrscheinlich bist du ein Naturtalent.«

»Wir mussten uns Pornos ansehen.«

Das kam so unvermittelt, dass sie zuerst dachte, sie hätte sich verhört.

»Pornos?«

»Ja, mein Vater fand Sexualkundeunterricht nutzlos, also hat er uns stattdessen Pornofilme gezeigt.«

»Das ist ein Scherz, oder?«

»Nein, überhaupt nicht. Wir mussten Softpornos ansehen, die er ausgesucht hatte.«

»Der ist ja total krank im Kopf.«

Thor zuckte mit den Schultern.

»Ich glaube nicht, dass mich das nachhaltig beschädigt hat. Die Filme waren weniger peinlich als die gestammelten Erklärungen unserer Lehrerin.«

»Stimmt. Deinem Küssen nach zu urteilen hat es dir jedenfalls nicht geschadet«, sagte Julia und grinste. »Und der Rest wird sich noch zeigen müssen.«

Thor wurde knallrot.

»Bitte erwähn das mit den Pornos nicht in deinem Artikel.«

»Natürlich nicht, was denkst du von mir? Wir haben überhaupt nicht über die Schule gesprochen. Ich habe genug Material für diesen Artikel, mal sehen, vielleicht mache ich noch ein zweites Interview.«

»Hast du Hunger?«, fragte er. »Wir könnten zusammen was zu essen machen.«

»Nein, ich schmier mir nur ein Brot. Ich will den Text schreiben, solange alles noch ganz frisch ist.«

Sie ging in die Küche, strich sich ein Brot, schenkte sich ein Glas Wasser ein und ging damit in ihr Zimmer. Zuerst hörte sie ihre Aufnahme des Interviews ab und machte sich Notizen. Dann fing sie an zu schreiben, wie im Rausch, ohne zu wissen, wie der Anfang und das Ende sein würden. Die Worte flossen nur so aus ihr heraus, und es fühlte sich besser an, sie loszuwerden, als in einem Gedankenkonstrukt hängen zu bleiben. Julias Freunde sagten immer, dass sie sich viel zu kompliziert ausdrückte und zu viele Fremdwörter benutzte. Vermutlich hatte sie das von ihrer Mutter geerbt, die sowohl ein Sprachgenie als auch ein Bücherwurm war. Jetzt konnte sie endlich mal einen Nutzen aus ihrer Frühreife ziehen, weil sie sich besser auszudrücken wusste als die anderen. Außerdem ging der Text noch über den Tisch der Redakteurin bei MODA und würde dort seinen Feinschliff bekommen.

Ihr Artikel nannte mit keinem Wort den sogenannten Romanentwurf von Franz. Stattdessen zitierte sie seine Version von den Ereignissen in seiner Kindheit. So war es wesentlich besser. Echter und dadurch fast gruselig. Sie beschrieb sein Aussehen und seinen Style. Die Leserinnen würden das lieben. Am Ende fasste sie seine Gedanken über alle Katastrophen zusammen, die er überstanden hatte. Und zeichnete den Mann, der er heute war – als jemanden, der von allen Schicksalsschlägen offensichtlich unberührt geblieben war.

Sie beendete den Artikel mit einem echten Cliffhanger: *Zwei Fragen bleiben noch offen. Wie gefährlich ist so ein Mensch? Und wozu könnte er in der Lage sein?*

Sie las den Text mehrmals durch, korrigierte und verfeinerte ihn so lange, bis sie zufrieden war. Dann gähnte sie laut und herzhaft, formulierte eine Mail an Susanna und hängte den Text an. Es war drei Uhr morgens. Thor schlief bestimmt schon längst. Leider war es keine Option, einfach bei ihm unter die Bettdecke zu kriechen. Aber sie hatte so eine Sehnsucht nach ihm und seiner Nähe, dass es richtig wehtat.

Am nächsten Tag hatte sie frei und sich schon darauf gefreut, ausschlafen zu können. Aber um acht Uhr klingelte das Telefon. Susanna.

»Das ist der Hammer, das Interview«, rief sie und hatte nicht einmal einen Guten Morgen gewünscht. »Der Text muss natürlich noch überarbeitet werden, aber das hast du wirklich gut gemacht, Julia!«

»Ach ja?«, sagte sie verschlafen. »Wie toll, dass er dir gefällt.«

»Wann hast du denn den nächsten Interviewtermin mit ihm?«

»Keine Ahnung. Ich wusste nicht, dass …«

Susanna schnaubte laut.

»Ich bitte dich, Julia. Du hast seine Story bisher doch nur angerissen. Wir wollen alles über diese Sekte auf Dimö erfahren, über seine Verurteilung wegen sexueller Nötigung und auch das von den Kindern aus der Horrorschule. Da gibt es noch viel mehr zu holen.«

»Schon möglich«, sagte Julia zögernd.

»Du musst auch das Gerücht überprüfen, dass ihm sein Vater eine Wäscheklammer an den Penis geklemmt hat und er da unterrum nicht voll funktionstüchtig ist. Das musst du ihn auf jeden Fall fragen.«

»Aber darüber will er nicht reden. Das ist ein hochsensibles Thema.«

»Verstehe. Das wird wahrscheinlich auch nur dummes Gerede sein«, sagte Susanna und lachte.

»Weiß man nie.«

»Na ja, wenn man den Frauen glaubt, die sich mit ihm eingelassen haben.«

Julia wand sich, blitzartig hellwach.

»Mir gefällt vor allem dein Ende mit der Frage, wozu so ein Mensch in der Lage sein könnte«, sagte Susanna. »Das ist wie der rote Faden, der sich durch diese Story zieht und ...« Susanna verstummte schlagartig. »Julia, du hast doch vor, dich um ein weiteres Interview zu bemühen?«

Der Hauch von Verzweiflung in ihrer Stimme gab Julia die notwendige Portion Selbstvertrauen.

»Klar, er will das auch. Aber ob ich es mache, hängt von meinen sonstigen Arbeitsaufgaben in der Redaktion ab«, sagte sie. »Außer die Büroräume zu putzen und Kaffee zu holen.«

»Da verlangst du ganz schön viel.«

»Du auch. Es ist nämlich nicht so witzig, mit einem Monster allein zu sein.«

Susanna brach in schallendes Gelächter aus.

»Ich würde jede Sekunde mit Franz Oswald genießen. Okay, also Anfang Februar ist die London Fashion Week. Ich fahre da hin. Du könntest mitkommen.«

»Dann möchte ich aber auch Interviews machen und nicht nur ...« Fast wäre Julia *dein Anhang sein* rausgerutscht.

»Einverstanden, aber dafür bekomme ich ein langes Interview mit Franz, in dem du alle Anzeigen wegen sexueller

Nötigung auf Dimö ansprichst. Recherchier das vorher. Du musst noch weitere Quellen finden. Und mach vor allem mehr Fotos. Wie war denn die Chemie zwischen euch? Glaubst du wirklich, dass er dir noch ein zweites Interview gibt?«

»Das hat er gestern sogar selbst vorgeschlagen.«

»Ich bin so was von stolz auf dich«, sagte Susanna, und ihre Stimme klang unerwartet warm und weich. »Du hast wirklich einen richtig guten Job gemacht.«

»Okay, dann ruf ich ihn gleich an und vereinbare einen neuen Termin.«

»Super, eine letzte Sache noch. Warum hast du den Artikel im Namen von *Lily Berg* geschrieben? Soll der nicht unter deinem richtigen Namen erscheinen?«

»Nein, ich möchte den anderen lieber als Pseudonym verwenden.«

»Bist du sicher?«

»Ja«, antwortete sie. Sie war sich sogar sehr sicher.

Nachdem sie aufgelegt hatte, herrschte Totenstille in ihrem Kopf.

Aus dem Nachbarzimmer hörte sie gedämpfte Radiomusik.

Regentropfen schlugen gegen das Fenster.

Sie überlegte, mit welcher Taktik sie näher an Franz herankommen könnte. Alles, was er gesagt hatte, klang wahr. Er wirkte so ehrlich und aufrichtig, dass es unmöglich schien, eine Lüge zu entlarven. Wie würde ihr nächster Schachzug aussehen müssen?

Sie spürte, wie sich der Luftdruck in ihrem Zimmer veränderte und wie ihre Sinne erwachten. Trotzdem meldete sich nicht die Antwort auf ihre Frage.

Sie fühlte sich wie eine Maus in einem Labyrinth.

8

FRANZ

In der Klinik gibt es einen Gemeinschaftsraum, in dem ich mich manchmal aufhalte, obwohl ich einen Fernseher in meinem Zimmer stehen habe. Ich möchte unter Leuten sein, vermisse es, Menschen um mich zu haben.

Heute hatte ich eigentlich einen Termin mit meiner Psychotherapeutin, aber den habe ich abgesagt. Mir geht es wieder gut. Keine nervigen Gefühlsschwankungen mehr. Keinen Kloß im Hals oder Druck auf der Brust. Und zum Glück auch keine erniedrigenden und brennenden Tränen in den Augen. Auch gestern nicht, als Thor zu Besuch kam. Ich habe nämlich eine Methode entwickelt, mit ihm zu sprechen – ich konzentriere mich so sehr auf die Gegenwart, dass sich meine Vergangenheit auflöst. Als er mich mit seinen freundlichen, milden Augen ansah, zuckte und flatterte es nur kurz in meiner Brust. Aber mir ist es gelungen, meine innere Stärke zu aktivieren und das Gefühl zu verdrängen. Wenn dieser Kniff nicht funktioniert, habe ich mir überlegt, die Gefühle so lange anzufachen, bis sie unerträglich werden. Um sie auf die Weise aus dem System zu bekommen. Dadurch verschwinden sie vielleicht. Ich werde dieses kleine Problem selbst lösen. Dafür brauche ich jedenfalls keine Hilfe von Seelenklempnern.

Ich muss immer an Julia denken, werde nervös und

ungeduldig, wenn ich vor dem Fernseher sitze und mich abzulenken versuche. Ihren Artikel habe ich mehrmals gelesen und jedes Mal geschmunzelt. Es gibt noch einiges, worüber ich mit ihr sprechen möchte. Zum Beispiel kann ich ihr Tipps geben, wie eine bessere Journalistin aus ihr wird. Aber vor allem müssen wir ein ernstes Wort über ihr Pseudonym reden.

Im Gemeinschaftsraum läuft eine Nachrichtensendung, in Kalifornien wüten großflächige Waldbrände. Im Norrbotten kämpfen sie gegen Überschwemmungen. Ich warne schon seit über zwanzig Jahren vor dem Treibhauseffekt, aber mir wollte niemand zuhören. Und der Zugverkehr ist wegen einer heruntergerissenen Stromleitung total zum Erliegen gekommen. Schon wieder.

Nach den Nachrichten folgt eine Talkshow, die es in der Form schon seit über dreißig Jahren gibt. Eingeladen wurde ein hohes Tier aus der Finanzwelt, jemand, der vor acht Jahren wegen Vergewaltigung angeklagt aber dann freigesprochen wurde. Jetzt hatte der Fall wieder an Aktualität gewonnen. Alle wissen, dass er schuldig ist und diese Frau vergewaltigt hat. Aber es gibt keine Beweise. Auch hier hat das Rechtssystem wieder einmal versagt.

Der Auftritt in der Talkshow ist seine Chance, dem Zuschauer *seine Version der Geschichte zu erzählen*. Das langweilt mich zu Tode, und am liebsten würde ich den Typen mit der Fernbedienung bitten, in ein anderes Programm umzuschalten. Aber irgendetwas hält mich doch gefangen. Der Mann beklagt sich, dass sein Leben dadurch zerstört wurde. Er war in den sozialen Medien mit Dreck beworfen worden, hatte seinen Job deswegen verloren, und bis heute findet er offenbar keinen neuen Arbeitsplatz. Auf der Straße ist er sogar angespuckt worden. *Der Arme.*

Sein Äußeres ist abstoßend. Seine Haut sieht ungesund bleich aus, und seine zitternden Hände entlarven ihn als Alkoholiker. Er weint vor laufender Kamera, was ihn noch unsympathischer macht. Und dazu wiederholt er immer wieder dasselbe, ohne müde zu werden: *Habe ich nicht das Recht auf eine zweite Chance? Habe ich nicht das Recht auf eine zweite Chance?*

Der Ekel, der mich dabei befällt, erzeugt ein Kribbeln im ganzen Körper. Dieses Häufchen Mensch glaubt doch allen Ernstes, dass ihm vergeben wird, wenn er sich als Opfer geriert. Und dann wiederholt er unerträglich oft immer diese Frage: *Hat man nicht das Recht auf eine zweite Chance?*

Nein, das hat man nicht. Es reicht nämlich nicht aus, sich öffentlich zu erniedrigen. Man muss noch wesentlich tiefer sinken und bis hinunter in die dunkelsten Winkel seiner Seele tauchen. An die Stelle, an der es kein Auffangnetz mehr gibt.

Irgendetwas an diesem Beitrag zieht mich aber trotzdem an. Ich kann nicht genau sagen, was es ist. Ich habe nur das Gefühl, dass ich für das Gesehene eines Tages Verwendung haben könnte.

Der nächste Studiogast ist an der Reihe, und jetzt bitte ich den Typen mit der Fernbedienung, in das Programm umzuschalten, auf dem sie ein Konzert live aus der Domkirche von Lund übertragen. Das Orchester setzt gerade an, um das Requiem von Mozart zu spielen, wahrscheinlich das Musikstück, um das sich die meisten Mythen ranken. Schon die ersten Mollklänge verändern Zeit und Raum. Sie versetzen mich immer nach Hause, nach Dimö. Ich habe mal gelesen, dass besonders die ersten Takte die größte Herausforderung für die Tenöre darstellen, weil sie schnell an Fahrt gewinnen müssen, um die Dramatik des Stückes ausdrücken zu können. Mir gefällt allerdings der zuverlässige und traurige Grundton der Totenmesse am besten.

Mozart hat auf seinem Totenbett angefangen, dieses Requiem zu komponieren. Vollendet wurde es nach seinem Tod von seinem Schüler *Franz* Xaver Süßmayr, der den Auftrag vom Grafen *Franz* Walsegg-Stuppach bekam. Schon amüsant, wie viele berühmte Männer es in der Geschichte gibt, die meinen Vornamen tragen. Es hat sogar einen Franz Oswald gegeben. Er war einer von Hitlers tollkühnen Piloten. Bedauerlich, dass ich mich darüber vor meiner Namensänderung nicht genauer informiert habe. Mein bürgerlicher Name ist Fredrik Johansson. Und ich kenne keinen nichtssagenderen Namen.

Es wird wieder umgeschaltet, aber ich brülle den Typen an: »Ich will das hören!« Er schaltet sofort wieder zurück. Die anderen Mitbewohner lauschen dem Konzert in ritueller Schweigsamkeit. Die wunderschönen, schweren Töne erfüllen den Raum. Die Verschmelzung des Männer- und des Frauenchores versetzt einen in den Raum zwischen Leben und Tod.

Damals auf Dimö hatte ich ein Ritual für meine Angestellten eingeführt. Sie mussten von einem Felsvorsprung ins Meer springen, um sich im Wasser von allen Sünden zu befreien. Die meisten waren erleichtert, wenn sie wieder an der Wasseroberfläche auftauchten. Normalerweise gingen sie in Reih und Glied zum Ort der Zeremonie. Am liebsten hätte ich ihnen dabei Mozarts Requiem vorgespielt. Die Musik ist die Andeutung, dass es etwas unfassbar Schönes im Moment des Todes geben wird. Ein tröstlicher Gedanke, falls man den Sprung vom Felsen nicht überlebt. Denn ein kleines Risiko gab es immer. Aber gerade das machte es auch zu einem so besonderen, fast religiösen Ereignis. Die

Voraussetzungen des Lebens und des Todes sind unergründlich. Einige kommen hervorragend und ohne Schwierigkeiten zurecht, andere werden unzumutbar schnell aus dem Leben gerissen, und wiederum andere überleben einfach alles – Katastrophen, Skandale und den Lauf der Zeit.

Das Konzert ist vorbei. Die letzten Töne schweben wie ein Geist über uns im Raum. Niemand wagt es, den Kanal zu wechseln, aus Angst, mein Missfallen zu erregen. So ist das hier immer.

Der Kontrast zwischen dem erbärmlichen Jammerlappen in der Talkshow und der überirdisch schönen Musik macht mich nachdenklich.

Und plötzlich weiß ich genau, was zu tun ist.

Ich sehe mich um, Bettina ist heute die zuständige Pflegerin. Sie füllt gerade den Kaffee nach.

»Bettina, wissen Sie eigentlich, wo Elyssa ist?«, frage ich.

»Sie hat heute frei.«

»Haben Sie ihre Telefonnummer?«

»Klar. Aber müssen Sie sie unbedingt an ihrem freien Tag anrufen? Kann das nicht bis morgen warten?«

Ich seufze genervt. In Schweden ist das Behelligen an freien Tagen gleichbedeutend mit einer schweren Körperverletzung.

»Machen Sie sich keine Sorgen, Bettina«, sage ich. »Sie wird sich freuen, wenn sie von meinem Anliegen hört.«

»Na dann.« Unsicher zuckt sie mit den Schultern und holt ihr Handy aus der Jackentasche.

Elyssa muss sofort drangegangen sein, ich höre Bettina mit ihr sprechen. »Franz möchte kurz mit dir sprechen«, sagt sie und reicht mir das Handy.

»Hallo, Elyssa. Was machen Sie gerade?«

»Ich bin shoppen«, antwortet sie fröhlich.

»Kaufen Sie sich was Hübsches zum Anziehen, ich bezahle es.«

»Einverstanden, vielen Dank, Franz.«

»Gern geschehen. Allerdings habe ich Sie wegen etwas anderem angerufen. Hätten Sie Interesse an einem kleinen Nebenverdienst? Ich bezahle gut.«

»Was soll ich denn tun?«

»Ein bisschen Detektiv spielen. Ich brauche ein paar Informationen, und Sie sollen Details über einige Leute herausfinden und mich dann mit ihnen in Verbindung setzen. Aber ich muss vorher noch recherchieren und geeignete Kandidaten finden. Ende nächster Woche könnte es losgehen, würde Ihnen das passen?«

»Ja, ich glaube schon«, sagt sie zögernd. »Das ist doch nichts Verbotenes, Franz?«

»Nein, überhaupt nicht«, versichere ich ihr. »Alles ganz legal. Aber wahrscheinlich etwas zeitintensiv. Ich brauche einen jungen und freundlichen Menschen für diesen Job.«

»Dann mach ich das gerne«, sagt sie fröhlich.

Irgendwie ist es schade, dass Elyssa nichts von Sofia Baumann hat: ständige Widerworte gebend, frech und zu klug für ihr eigenes Bestes. Als Untergebene fand ich sie äußerst anregend, erregend. Elyssa aber – ist leider viel zu servil.

9

JULIA

Der Artikel über Franz wurde im Netz begeistert geteilt. Julia las einen Teil der Kommentare, die sich ganz klar in zwei Lager teilten. Die einen hassten Franz, und ihre Kommentare waren entsprechend aggressiv und ablehnend. *Warum darf der überhaupt sein Maul aufmachen!* Und: *Er sollte eigentlich im Gefängnis sitzen.* Und: *Pädophiler Sack.* Und: *Schickt den zurück nach Dimö, soll er doch selbst von diesem Felsen springen.*

Die anderen waren Franz' glühende Anhänger, die ihn niemals im Stich lassen würden. Dazu gehörten hauptsächlich Alphamännchen und Frauen, deren Durchschnittsalter erstaunlich niedrig war. Ihre Kommentare betonten, dass Franz missverstanden wurde, dass er ein Kämpfer und seiner Zeit immer voraus gewesen ist. Vor allem in Sachen Klimakrise und ökologischer Landwirtschaft. Einige drückten ihr Mitgefühl aus, dass er seinen Sohn unter solch tragischen Umständen verloren hatte. Manche sprachen auch den Schulskandal auf Dimö an. Ein Leser schrieb: *Er war der Einzige, der es gewagt hat, der nutzlosen Einrichtung der staatlichen Schulen die Stirn zu bieten, die aus unseren Kindern nur Drogenabhängige machen.*

Natürlich gab es auch dämliche Tussis, die sich verausgabten: *IRRE, der ist immer noch so heiß. Wir wollen mehr von ihm sehen!* Einer der Kommentare machte Julia besonders wütend: *Ist die Reporterin mit ihm ins Bett gegangen, um dieses Interview zu bekommen? Wenn ja, dann will ich mehr über die Gerüchte zu seinen sexuellen Vorlieben erfahren.*

Julia wusste nicht, was sie davon halten sollte. Aber eine Sache war klar, Susanna hatte recht gehabt. Der Artikel hatte nur an der Oberfläche gekratzt. Sie brauchte mehr Enthüllungsmaterial.

»Ausgezeichnet, jetzt steht er endlich wieder im Rampenlicht«, sagte Thor, der in ihr Zimmer gekommen war. »War das wirklich ein kluger Schachzug?«

»Das weiß ich nicht, aber wenn ich noch ein zweites Interview veröffentliche, kann ich danach öfter für MODA was schreiben. Und Susanna nimmt mich mit zur London Fashion Week. Was ist daran falsch, ihm eine Plattform für seine Version zu geben? Außerdem war es doch kein besonders schmeichelhaftes Interview, oder?«

»Nein, und du schreibst auch gut. Bei deinem letzten Satz habe ich eine Gänsehaut bekommen.«

Da klingelte das Telefon. Ihre Mutter war dran. Vor diesem Telefonat hatte sie sich am meisten gefürchtet. Sie war doch stärker von ihrer Meinung abhängig, als sie sich eingestehen wollte.

»Dein Artikel ist großartig geworden«, sagte Sofia. »Papa und ich sind so stolz auf dich. Du hast voll ins Schwarze getroffen. Die Frage ist nämlich nicht, was er getan hat oder nicht getan hat. Die Frage ist, wie jemand von so viel Chaos und Schrecken umgeben sein kann, ohne an dessen Entstehung beteiligt zu sein.«

»Danke«, sagte Julia und spürte, wie sie innerlich ganz warm wurde.

»Ist das Thema jetzt erledigt?«

»Nein, ich werde noch ein zweites Interview machen.«

Sofias Tonlage änderte sich schlagartig, und Julia bekam ihren Unmut durch den Hörer zu spüren.

Ein paar Tage später fand das nächste Interview mit Franz statt. Vor dem Eingangstor stand bereits ein Reporter mit seiner Kamera. Julia versuchte sich unsichtbar zu machen, tippte den Türcode ein, den ihr Franz gegeben hatte, und schlüpfte in die Klinik. Der Reporter sah sie neugierig an und rief ihr hinterher: »Wissen Sie, ob Franz Oswald in dieser Klinik untergebracht ist?«

Julia antwortete nicht, sondern lief mit schnellen Schritten den Weg hinauf, der zum Haupteingang führte.

Franz erwartete sie bereits, er sah nachdenklich, fast ein wenig verärgert aus.

»Bevor wir loslegen, möchte ich noch über ein paar Dinge sprechen, die deinen journalistischen Stil verbessern könnten.«

»Aha, und was wäre das?«, fragte sie ganz unschuldig, obwohl sie ahnte, was kommen würde.

»Benutze niemals ein Pseudonym«, sagte er.

»Und warum nicht?«

»Wenn du hinter deinen Texten nicht stehen kannst, dann sind sie es auch nicht wert.«

»Ich glaube, du bist bloß wütend, weil ich *diesen* Namen gewählt habe.«

»Und warum hast du es getan?«, sagte er und warf die Hände in die Luft. »Warum musstest du Lily Berg in diese Sache hineinziehen?«

»Ich fand es angemessen.«

»Inwiefern?«

»Als eine Art Wiedergutmachung.«

»Sie ist tot!« Seine Stimme war kalt.

»Vielleicht dreht sie sich ja im Grab um? Hast du noch andere Tipps für mich?«

»Ja, es würde sicher nicht schaden, wenn du dich an die Wahrheit hieltest. *Obwohl der Zahn der Zeit auch an ihm genagt hat, ist er in guter Form.* Was soll das heißen – Zahn der Zeit? Kannst du mir das bitte zeigen, mit meinem Spiegel scheint etwas nicht zu stimmen. Das Fundament von gutem Journalismus, liebe Julia, ist die Beobachtungsgabe.«

Sie konnte nur mit Müh und Not den Impuls unterdrücken, ihm offen ins Gesicht zu lachen. Sie hatte geahnt, dass er so reagieren würde.

»Kein Kommentar, Franz!«, sagte sie. »Sonst noch was?«

»Du hättest ein etwas freizügigeres Foto machen können«, sagte er und grinste sie anzüglich an. Und dieser Gesichtsausdruck war das Erste, was sie an den Mann erinnerte, den sie vor zwei Jahren das letzte Mal gesehen hatte.

»Ich glaube nicht.«

Sie nahmen gleichzeitig an seinem Schreibtisch Platz.

»Entschuldige bitte, dass ich dich kritisiert habe. Heute ist kein guter Tag. Ich fühle mich hier langsam wie ein Tier im Käfig.«

»Wollen wir mit den Fragen weitermachen?«

»Bitte sehr!«, sagte er und lehnte sich vor.

Sie legte ihr Handy auf die Schreibtischplatte und schaltete die Aufnahmefunktion ein.

»Ich würde gern auf die Beschuldigungen deiner ehemaligen Angestellten auf Dimö zu sprechen kommen, in deiner ersten Phase als Sektenführer.«

Schlagartig veränderte sich alles an Franz. Seine dunklen Augen wurden zu schmalen Schlitzen, und sein jungenhafter Charme war wie weggeblasen.

»Das muss dich nicht weiter interessieren«, sagte er und starrte sie an.

Nur Sekunden zuvor war er noch ungezwungen und zugewandt gewesen. Jetzt verströmte er eisige Kälte. Sie hatte keine Ahnung, was diesen Stimmungswechsel ausgelöst haben mochte. Aber dann erinnerte sie sich daran, dass sie immer wieder denselben Fehler machte und davon ausging, dass sein Verhalten einem logischen Muster folgte. Dabei waren sich die meisten darin einig, dass er vollkommen unberechenbar war.

»Wie bitte?«, fragte sie.

»Zum einen möchte ich hervorheben, dass ViaTerra keine Sekte, sondern ein *Unternehmen* war. Zum anderen gedenke ich nicht, diese Vorwürfe zu entkräften.«

»Auch nicht die Bestrafungen, die du verhängt hast? Wie bei Sturm und Gewitter vom Felsen ins Meer zu springen, und Strafarbeiten oder erniedrigende Spiele? Meine Mutter hat mir erzählt, dass du den Koch gezwungen hast, tiefgefrorene Erbsen zu essen, weil er dir ein Gericht zubereitet hat, das nicht aus regionalen Lebensmitteln bestand.«

»Ja, das trifft alles zu«, sagte er, vollkommen ungerührt.

»Und …?«

»Ich war jung, begeistert und vielleicht ein bisschen zu idealistisch, als ich ViaTerra gegründet habe. Damals war ich überzeugt davon, dass man mit harter Hand führen muss. Ich war knallhart und habe meinen Willen durchgesetzt. Aber das diente immer einem guten Zweck. Nach dem großen Brand auf dem Anwesen habe ich mich dann für ein paar Jahre zurückgezogen und eine Pause gemacht. Ich habe meine Theorien und Glaubenssätze überarbeitet und erweitert, um das Unternehmen besser aufzustellen.«

Julia war sprachlos. Sie hatte nicht erwartet, dass das Interview diese Wendung nehmen würde.

»Frag deine Mutter«, sagte er. »Sie kann dir von den Abscheulichkeiten erzählen, die ich begangen habe. Das wird eine Superstory. Und ich werde kein Wort von dir dementieren.«

»Was du getan hast, war schrecklich«, stieß Julia hervor.

»Du warst nicht dabei. Wir hatten auch gute Zeiten. Wir haben eine kleine, ideale Gemeinschaft erschaffen, haben übergewichtigen und kranken Menschen dabei geholfen, ein gesünderes Leben zu führen. Viele haben bei uns ihren inneren Frieden gefunden. Aber darüber wirst du wahrscheinlich kein Wort verlieren. Das ist nicht reißerisch genug.« Seine Stimme war um eine halbe Oktave nach oben geklettert, und der Tonfall bewegte sich an der Grenze zu aggressiv.

Sie senkte den Blick. Pulte an ihrem Fingernagel. Versuchte, möglichst gelangweilt auszusehen, um ihn nicht anzustacheln.

»Wollen wir dann lieber über die Zeit danach sprechen?«, fragte sie. »Über diese Schule, die du gegründet hast?«

»Das können wir gern. Es ist nur so, dass ich damals nicht so viel Einblick in die Schulabläufe hatte, weil ich ständig auf Veranstaltungen im Ausland war. Die Schule wurde von zwei Mitarbeitern geleitet. Sie haben eigenmächtig gehandelt und Dinge getan, die mich, als ich später davon erfuhr, schockiert haben.«

»Wie zum Beispiel?«

»Dass die Kinder zur Strafe in einen Stall gesperrt wurden. Dass eine der Schülerinnen von ihrem Lehrer geschüttelt wurde. Ich glaube nämlich nicht an die Wirksamkeit von körperlicher Züchtigung bei Kindern.«

»Soweit ich das verstehe, haben sich die Kinder unter-
einander bestraft. Und das beinhaltete *auf jeden Fall* körperliche Züchtigung.«

»Ja, zum Teil hat sich das leider tatsächlich so ereignet«,
sagte er und seufzte. »Jetzt im Nachhinein würde ich auch
sagen, dass sie zu vehement zurechtgewiesen wurden.«

»In welcher Form denn?«

»Darauf möchte ich nicht weiter eingehen«, erwiderte er
gereizt.

»Kannst du denn etwas dazu sagen, dass die Kinder körperlich schwer arbeiten mussten und das auf Kosten ihrer
Schulzeit ging?«

»Meiner Ansicht nach hat Arbeit an der frischen Luft
noch nie einem Kind geschadet. Und wenn ich ehrlich bin,
ist die Schulbildung in unserem Land mehr als unterirdisch.
Die Schüler meiner Schule haben die Thesen auswendig
gelernt, die ich entwickelt habe. Und hoffentlich hatten
und haben sie davon einen großen Nutzen in ihrem Leben.«

Julia wurde allmählich klar, dass dieses Interview nirgendwo hinführen würde. Es fühlte sich an, als drehte sie sich in
einem Hamsterrad. Franz lehnte sich weit über den Tisch,
in seinen Augen schimmerte ein unangenehmer Glanz.

»Warum machst du es mir so schwer?«, fragte sie.

»Das ist wirklich nicht meine Absicht. Aber ich langweile mich einfach wahnsinnig schnell. Und allmählich bin
ich es leid, immer wieder diesen Scheiß herunterzuleiern.«

Da beschloss sie, ihre Trumpfkarte zu ziehen.

»Du hast mich damals nach Dimö gelockt und ans Bett
gefesselt. Ich war sechzehn. Wie willst du das entschuldigen?«

Er hatte Julia gefangen gehalten, um Sofia damit zu erpressen und zu zwingen, selber nach Dimö zu kommen.

Was er mit ihr dann angestellt hätte, wurde nie geklärt, da er seinen Plan geändert und Julia sofort freigelassen hatte, als Sofia mit der Fähre anlegte. Kurz darauf war Julia von Vic auf den Teufelsfelsen gezerrt worden. Dort hatte Franz sie vor dem sicheren Tod gerettet und den Schlaganfall erlitten.

»Du bist doch freiwillig gekommen«, sagte er. »Außerdem habe ich dich nach wenigen Stunden schon wieder freigelassen. Und was davor zwischen uns geschehen ist, war wunderschön.«

»Soll ich in dem Artikel erwähnen, was du getan hast?«, fragte sie und sah ihn herausfordernd an.

»Lieber nicht«, erwiderte er und senkte den Blick. Sie war erleichtert, seinem Blick für einen Moment zu entkommen.

»Und warum nicht?«

»Das ist eines der wenigen Dinge in meinem Leben, die ich wirklich bereue. Das lief alles anders als gedacht. Ich hatte nie die Absicht, dich zu irgendetwas zu zwingen.«

»Aber, was hattest du *in Wirklichkeit* mit mir vor, Franz?«

»Warte einen Augenblick«, sagte er und stand auf.

Er holte eine Jacke aus dem Kleiderschrank und nahm sie vom Bügel. Es war eine Sportjacke, die Julia bekannt vorkam. Sie fühlte sich unwohl, ohne zu wissen warum. Franz nahm etwas aus der Jackentasche, hängte sie dann wieder auf und setzte sich an den Tisch. Jetzt legte er die Hand offen auf den Tisch. In seiner Handfläche lag ein kleiner Stein, rund und glatt.

»Erinnerst du dich an unseren Spaziergang über Dimö?«, fragte er.

»Ja, aber das spielt doch für unser Gespräch keine Rolle.«

Er ignorierte ihren Einwand. »Diesen Stein habe ich da-

mals gefunden und eingesteckt. Er ist wunderschön, oder?«
Er strich mit dem Daumen sanft über die Oberfläche.

»Es ist doch nur ein Stein«, sagte sie und wandte den
Blick ab.

»Er war in meiner Jackentasche, als ich den Schlaganfall
hatte. Und er hat mich die ganze Zeit begleitet. Das ist
doch lustig?«

»Ich weiß nicht. Ich fand das nicht lustig, als du den
Schlaganfall hattest.«

»Nein, das stimmt. Aber ich nehme ihn jeden Abend in
die Hand, berühre ihn und denke dabei an dich. Das
Leben, das ich jetzt führe, ist so anders, so einfach geworden. Diese kleinen Erinnerungen sind das Einzige, was mir
von dem Menschen geblieben ist, der ich einmal gewesen
bin. Und von allen Erinnerungen ist der Tag mit dir der
schönste.«

Sie wollte sich von seinem sentimentalen Geplapper
nicht beeinflussen lassen. Am liebsten wollte sie gar keine
Reaktion zeigen. Trotzdem spürte sie, wie sie rot wurde.

»Das sagt mir jetzt nichts. Ich will dir nur die Fragen
stellen, die unsere Leserinnen interessieren. Ist das in Ordnung?«

»Klar. Wenn du unbedingt willst«, sagte er erschöpft.
»Willst du den Stein haben?«

»Nein, danke. Den kannst du gern behalten.«

»Na, dann her mit den Fragen.«

Sie griff nach ihrem Notizblock, in dem die Fragen standen, die ihr Susanna gemailt hatte. Sie hatte zwar keine
Lust, ihm diese banalen Fragen zu stellen, aber Susanna
hatte darauf bestanden. Und ihre Zukunft als Journalistin
lag nun einmal in Susannas Händen.

»Wie hältst du dich so gut in Form?«

»Ich habe einen Personal Trainer und ein knallhartes Trainingsprogramm.«

»Was hast du für Pläne für die Zukunft?«

»Das werde ich dir jetzt noch nicht verraten. Aber wenn du mit mir nach Dimö kommst …«

»Können wir bitte bei den Fragen bleiben?«, unterbrach sie ihn.

»Das fällt mir sehr schwer, wenn du vor mir sitzt, Julia.«

Jetzt war er wieder der Alte, ungezwungen und mit leicht amüsiertem Blick.

»Wie ist das Verhältnis zu deinem Sohn?«, fragte sie und hasste sich dafür, wie gestelzt sie klang.

»Manchmal ziemlich anstrengend. Aber wir sehen uns regelmäßig, und er bedeutet mir alles.«

»Stimmt es, dass du noch nie auf einem Date warst?«

»Dating ist ein idiotisches Konzept«, antwortete er nonchalant. »Erstklassige Frauen verdienen was Besseres, als in einem erbärmlichen Laden was zu essen und sich dann die Rechnung mit dem Typen zu teilen. Aber ja, es trifft zu, dass ich noch nie eine ernstzunehmende Beziehung hatte.«

»Unsere Leserinnen würden gern wissen, warum nicht.«

»Unerwiderte Liebe. Ich habe mich immer in Frauen verliebt, die für mich unerreichbar blieben.«

Es glitzerte gefährlich in seinen Augen.

Sie hakte nicht nach, wen er damit meinte.

»Stimmt es, dass du bestimmte Sexualpraktiken bevorzugst, die mit Strangulation zu tun haben?«

»Das habe ich früher getan, ja. Als ich jünger war. Aber im Laufe der Zeit habe ich ganz andere sexuelle Präferenzen entwickelt.«

Sie hatte nicht vor, nach Details zu fragen.

»Dann hätte ich noch eine letzte Frage.« Alles in ihr

sträubte sich gegen diese Frage, sie verabscheute ihre Chefin dafür. »Stimmt es, dass du … da unten verletzt und dadurch beeinträchtigt bist?«

»Es gibt nur einen Weg, um das herauszufinden«, sagte er und lächelte anzüglich.

»Das nervt. Das Interview ist hiermit beendet.«

»Wie schade. Ich bin gerade erst auf Touren gekommen.«

Sie schaltete ihr Handy aus und holte die Kamera aus der Tasche.

»Kann ich noch ein paar Aufnahmen machen?«

Er blieb stumm. Stattdessen griff er nach dem Stein und strich geistesabwesend mit den Fingern über die Oberfläche. Diesen Moment fing sie ein. Dann hob er den Kopf und sah sie an. Da drückte sie erneut auf den Auslöser.

Zuhause verschwand sie sofort in ihrem Zimmer, um Thor aus dem Weg zu gehen. Dann verfasste sie den zweiten Artikel über Franz Oswald. Darin beschrieb sie einen resignierten Mann, der nicht einmal die Kraft hatte, die Vorwürfe gegen ihn zu dementieren. Zur Erläuterung listete sie alles auf, von den Anfangsjahren der Sekte bis zum Ende von ViaTerra. Sie zeigte einen Sektenführer, dessen glatte Fassade in dem Augenblick in sich zusammenbrach, als sie unangenehme Fragen stellte. Die vermeintliche Stärke, die er bei ihrem ersten Interview hatte durchscheinen lassen, war bei diesem zweiten Besuch vollkommen verblasst. Der Artikel endete mit dem Detail, dass er ihr einen Stein gezeigt hatte, der das Einzige war, das ihn an sein altes Ich erinnerte.

Dann lud sie das Foto hoch, auf dem er versunken den Stein betrachtete, und textete die Bildunterschrift: *Nichts als eine Erinnerung.*

Es verging nicht mehr als eine Stunde, nachdem sie den Artikel online veröffentlicht hatte, da klingelte ihr Telefon. Ihr war es ein Rätsel, woher er ihre Nummer hatte.

»Ich werde nicht zulassen, dass du mich auf diese Weise verleumdest«, brüllte er.

10

FRANZ

Genau genommen bin ich gar nicht so wütend auf Julia. Aus ihr ist eine Frau geworden, die meine Erwartungen sogar um ein Vielfaches übertrifft. Und meine Erwartungen und Hoffnungen waren schon groß. Außerdem hat mein tristes und erbärmliches Dasein durch sie neuen Schwung erfahren. Oder sagen wir, es hat sich zu einem Spiel gewandelt. Und ich bin ein guter Spieler – was auf alle Sorten von Spielen zutrifft. Und jetzt habe ich auch endlich einen detaillierten Plan entworfen. Ich werde bald nach Hause zurückkehren. Es ist sonderbar, aber was mir noch vor ein paar Wochen als dringlich und unabwendbar erschien, hat jetzt an Bedeutung verloren. Ich habe ein neues Ziel, mit scharfen Konturen. Ich habe meinen Tunnelblick aufgesetzt.

Aber Julia hat eine Grenze überschritten und muss eine Lektion lernen.

»Woher hast du meine Nummer?«, fragt sie.

»Aus dem Netz.«

»Tut mir leid, dass dir mein Artikel nicht gefällt. Oder sagen wir lieber, wie schade, dass du keine Lust hattest, meine Fragen zu beantworten. Da hatte ich ja keine andere Wahl, als mir meine eigene Geschichte auszudenken.«

»Du weißt genau, dass ich nicht am Boden zerstört bin. Das ist eine verdammte Lüge. Ich werde dir eine Gegendarstellung mailen, in der ich auf deine Diffamierung eingehe. Und ich verlange, dass sie veröffentlicht wird.«

»Kein Problem.«

»Außerdem möchte ich dich wiedersehen.«

»Und weshalb?«

»Ich habe einen Vorschlag.«

Sie zögert einen Moment.

»Was für einen Vorschlag?«

»Etwas, das dir Preise einbringen wird und deiner Karriere einträglich ist.«

»Das klingt wie ausgedacht«, sagt sie und seufzt ungeduldig.

»Das weißt du erst, wenn du dir mein Angebot angehört hast.«

Sie schweigt, und ich muss an Thor denken. Er hat mich gerade angerufen und mir verkündet, dass er mich für eine Weile nicht besuchen wird. Ich ahne auch, warum. Er ist eifersüchtig. Aber ich weiß genau, wie ich damit am besten umgehe.

»Du kannst gern auch Thor mitbringen«, sage ich. »Er konnte heute nicht kommen, das hat mich ganz traurig gemacht.«

»Das muss er selbst entscheiden.«

»Kommst du?«

»Wann wäre das denn?«

»Ich brauche ein paar Wochen, um alles vorzubereiten. Ich melde mich bei dir.«

Ich kann sie atmen hören, schwach und vielleicht … vielleicht auch ein bisschen erregt?

Ich lege schnell auf, bevor sie mir zuvorkommt.

Meine Mundwinkel wandern nach oben, ich lächele. Ich habe hypnotische Kräfte.

Elyssa kommt mit ihrer überbordenden Energie ins Zimmer, und sofort scheint die Sonne.

»Guten Morgen, Franz. Wie geht es Ihnen heute?«

»Hervorragend. So gut wie schon sehr lange nicht mehr.«

»Wie wunderbar«, sagt sie und lächelt. »Ich bin gekommen, um Ihnen Bericht zu erstatten.«

»Ja? Wie ist es gelaufen?«

»Ich habe mit beiden Männern Termine vereinbart.«

»Haben Sie denen ein Foto von sich geschickt?«

»Ja, und ich hatte den Eindruck, es hat ihnen gefallen«, sagt sie zufrieden.

»Kein Wunder«, entgegne ich lächelnd. »Und wann ist es so weit?«

»Der eine ist schon morgen, der andere am Ende der Woche. Aber Sie kommen doch mit, oder?«

»Selbstverständlich. Ich würde doch niemals zulassen, dass Sie sich allein mit denen treffen. Allerdings werden wir wahrscheinlich mehr als ein einzelnes Treffen benötigen, bis sie sich einverstanden erklären. Sie spielen bitte die Rolle als meine Sekretärin.«

»Oh, ist das aufregend. Dazu habe ich große Lust.«

»Und was hat die Frau gesagt?«, frage ich sie.

»Ich habe ihre Nummer und Adresse, aber sie weigert sich, mit mir zu sprechen.«

»Geben Sie mir die Unterlagen, ich kümmere mich um sie.«

»Brauchen Sie sonst noch was?«, fragt sie erwartungsvoll.

»Nein, das ist vorerst alles, vielen Dank.«

»Franz …«

»Ja?«

»Das macht mir tierischen Spaß, so für Sie zu arbeiten.«

Sie knickst, grinst und geht. Kaum hat sie die Tür hinter

sich zugezogen, ist der Raum leer und die Luft stickig. Ich bin schon seit Tagen nicht draußen gewesen. Mein Zimmer hat zwei Türen. Die eine führt zum Gemeinschaftsraum und die andere hinaus in den Garten. Ich gehe raus auf den Rasen. Ein kalter Herbstmorgen. Mein Atem bildet dicke Wolken. Der Himmel ist klar und eisblau. Ein matter Neumond prangt in seiner Mitte. Ich fühle mich, als stünde ich am Boden des Universums. Über mir ist nichts als Leere, dünne Schichten aus Blau und Schweigen.

In meiner Kindheit habe ich den hohen Himmel an der Küste von Dimö geliebt. Dort konnte man den Horizont sehen, und ich war überzeugt davon, dass dort etwas Großes auf mich wartete.

Der unendliche Himmel über mir führt jetzt nur zu der Erkenntnis, wie klein und unbedeutend ich selbst geworden bin. Für einen kurzen Augenblick befallen mich Zweifel. Schaffe ich als der, der ich heute bin, das, was ich mir vorgenommen habe?

Wenn ich an Dimö denke, schlägt mein Herz schneller. Das kann ich gar nicht verhindern. Die Insel spiegelt jede Menge Gefühle, mit denen ich zu kämpfen habe. Ich hoffe, dass mich die unangenehmen in Frieden lassen, wenn ich zuhause bin. Aber jetzt gibt es kein Zurück mehr, ich muss mich herausfordern, und dabei muss ich es bis zum Äußersten treiben. Und ich kenne auch den besten Ort, um das zu tun – im Keller des Herrenhauses auf Dimö.

Ich beschließe, meine Psychologin Magdalena Grip anzurufen. Nicht etwa, um sie um Hilfe zu bitten, sondern eher, um noch mehr Information und Details aus ihr herauszulocken.

»Oh, Franz, was für eine Überraschung«, sagt sie. »Ist alles in Ordnung?«

»Ja, alles in Ordnung. Darf ich Ihnen eine Frage stellen?«

»Das kommt ein bisschen darauf an, um was es geht. Ich bevorzuge es, in den Sitzungen über Ihr Seelenleben zu sprechen.«

»Aber es handelt sich um eine eher generelle Frage. Sie haben bei unserem letzten Termin erwähnt, dass auch andere Betroffene unter diesen emotionalen Veränderungen leiden.«

»Das ist richtig. Dafür gibt es durchaus wissenschaftliche Belege.«

»Wissen Sie denn auch, ob einer von diesen zwanzig Prozent, wie Sie sagten, dieselbe Diagnose hatte wie ich?«

»Franz … Ich habe gar keine Diagnose gestellt!«, sagt sie vorwurfsvoll.

»*Narzisstischer Psychopath*, da gibt es nicht so viel zu deuten.«

»Da liegt ein Missverständnis zwischen uns vor«, sagt sie mit fast aggressiver Freundlichkeit. »Außerdem gilt die Psychopathie innerhalb der Psychiatrie nicht als eine Krankheit oder eine Diagnose. Es ist eine schwere Persönlichkeitsstörung, die ein abweichendes und asoziales Verhalten beschreibt. Und ich habe nie behauptet, dass Sie …«

»Können Sie bitte so nett sein und meine Frage beantworten?«, unterbreche ich sie. »Kennen Sie noch einen Patienten mit demselben *abweichenden Verhalten*, wie ich es zeige, jemanden, der diese Symptome nach einem Schlaganfall beschrieben hat?«

»Sie müssen nicht gleich so giftig sein, Franz.«

Ich nehme einen tiefen Atemzug. Sammle mich.

»Entschuldigen Sie bitte, aber ich versuche nur eine Antwort auf eine ganz einfache Frage zu bekommen.«

»Nein, ich kenne niemanden mit diesen Symptomen.«

»Deshalb sind Sie auch so scharf darauf, dass ich an dieser Studie teilnehme, stimmt's? Sie sind von meiner Einzigartigkeit überzeugt?«

»Das kann ich leider nicht beantworten«, sagt sie leise. So leise, dass es fast wie ein Flüstern klingt.

»Dann können Sie mir wahrscheinlich auch meine nächste Frage nicht beantworten«, sage ich.

»Wie lautet die?«

»Kann es noch schlimmer werden?«

»Ich verstehe nicht ganz, was genau Sie damit meinen?«

»Mir geht es um diese Emotionen. Besteht das Risiko, dass sie noch stärker werden?«

Magdalena schweigt. Sie muss auch gar nichts sagen. Ich kenne ihre Gegenfrage: Warum? Wäre das ein Problem?

Für mich gibt es keine schlimmere Hölle, aber das sage ich ihr natürlich nicht.

»Ich möchte sie kontrollieren können«, ergänze ich. »Dafür bezahle ich Sie doch, dass Sie mir dabei helfen.«

»Darf ich fragen, ob sich die Gefühle in besonderen Momenten zeigen?«, hakt sie vorsichtig nach.

»Es hat immer mit Thor zu tun, mehr kann ich dazu nicht sagen.«

»Haben Sie schon einmal darüber nachgedacht, dass es die Empathie für Ihren Sohn ist, die sich da meldet?«

»Nein, das ist Unsinn. Mitgefühl ist erbärmlich und sinnlos.«

»Und was ist mit Liebe?«

»Ist Liebe denn etwas Unangenehmes?«

»Es ist jedenfalls nicht ungewöhnlich, dass Menschen starke Gefühle als unangenehm empfinden. Wenn man jemanden liebt, hat man Angst, ihn zu verlieren oder zu verletzen. Stimmt's?«

»Davon weiß ich nichts. Ich bin bisher ganz gut ohne diesen ganzen Quatsch zurechtgekommen.«

Magdalena verstummt. Ich weiß, dass sie ihre Grenze schon überschritten hat und mir nicht die Antworten geben wird, die ich haben möchte.

»Ich glaube, es ist besser, wenn wir das in der nächsten Sitzung wieder aufgreifen. Apropos, haben Sie darüber nachgedacht, ob Sie an der Studie teilnehmen wollen?«, fragt sie ungezwungen, um bloß nicht zu interessiert zu wirken.

»Wofür wäre das gut?«

»Ich würde Sie besser verstehen können.«

Und mich dann, wie bei einem Versuchstier, in dein Gehirn zu bohren, lautet ihre nicht ausgesprochene Antwort.

»Soll ich diese Woche etwas früher kommen, dann können wir alles in Ruhe besprechen?«, fragt sie.

Vielleicht könnte sie dir wirklich helfen, flüstert eine Stimme in meinem Kopf. Auch die ist im Schlepptau des Schlaganfalls aufgetaucht und strengt mich ungeheuer an und ist nervtötend.

»Nein, ich habe diese Woche zu tun, aber vielen Dank.«

Wir beenden das Telefonat.

»Verdammt, verdammt«, fluche ich leise vor mich hin.

Aber fast zeitgleich meldet sich ein anderer Gedanke. Ich bin einzigartig. Ich bin der Erste, der sich mit diesen Problemen herumschlägt. Deshalb hat Magdalena auch keinen Schimmer, wie sie mir helfen soll. Sie will mich nur ausnutzen. Aber ich war schon immer einzigartig. Ich verfüge über eine ungeheure innere Stärke und Kraft und auch über das Vermögen, alle Hindernisse zu bewältigen, die sich mir in den Weg stellen.

Plötzlich wird die Luft dünner, und ich begreife. Das ist

ein Zeichen. Ich bin nach wie vor in der Lage, die Atmosphäre zu verändern. Ich werde das alles wieder in Ordnung bringen. Jetzt muss ich nur noch eine letzte Sache erledigen, um meinen messerscharfen Verstand wiederherzustellen. Ich greife nach meinem Handy und öffne die Fotoapp, blättere zurück. Ich muss ziemlich weit zurückgehen, aber am Ende finde ich das Foto, nach dem ich gesucht habe.

Das Gesicht einer Schlafenden.

Die Augen sind geschlossen, der Mund leicht geöffnet. Die gleichmäßige Zahnreihe glitzert unter der Oberlippe.

Eine Haarsträhne ist in ihr Gesicht gefallen.

Die eine Wange ruht auf dem Kissen, die Wimpern werfen zarte Schatten auf die andere Wange.

Vollkommene Unwissenheit.

Vollkommene Wehrlosigkeit.

Ich erinnere mich ziemlich gut an den Moment, als ich das Foto gemacht habe.

Sie lag auf dem Bett im Häuschen und schlief. Ich wollte mich gerade auf die Bettkante setzen, während mir nur eins durch den Kopf ging: *Julia, Julia.*

11

JULIA

Ein paar Wochen später trafen sich Julia und Thor mit Franz. Sie bemerkten sofort, dass er irgendetwas vorhatte. Er trug ein weißes Hemd, eine elegante Stoffhose und strahlte förmlich vor Energie. Der Geruch seines Rasierwassers hing in der Luft. Thor hatte ihr einmal erzählt, dass sich Franz sein Rasierwasser in Italien anfertigen und nach Schweden importieren ließ. Ziemlich lächerlich hatte sie das damals gefunden. Aber sie konnte nicht leugnen, dass ihr der Duft gefiel, er war männlich, sanft und nicht aufdringlich.

»Fühlt euch wie zuhause!«, sagte Franz und zeigte auf das Sofa. »Wir bekommen gleich Kaffee und Kuchen gebracht. Wie schön, dass du auch Zeit hattest mitzukommen, Thor.«

Thor nickte wortlos.

Das Verhältnis der beiden war angestrengt, das spürte sie sofort.

Sie setzten sich, Thor rutschte nah an sie heran, ihre Beine berührten sich. Seine Hand tastete nach ihrer, aber sie zog ihre weg. Sie waren kein Paar. Und sie fand es dämlich, dass Thor seinem Vater etwas vormachen wollte, um bei ihm Eindruck zu schinden. Franz war diese kleine Geste und ihre Reaktion darauf natürlich nicht entgangen. Er betrachtete sie mit einem amüsierten Gesichtsausdruck.

»Es ist das erste Mal, dass ich euch beide zusammen sehe«, sagte er. »Ihr seid ein hübsches Paar. Schade, dass ihr noch so jung seid. Aus diesen Beziehungen wird selten etwas Anhaltendes, weil man erst noch Lebenserfahrung sammeln muss.«

»Ich habe nicht vor, diese Art von Unterhaltung zu führen«, hielt Thor dagegen und machte Anstalten aufzustehen.

»Ich mache doch nur einen Scherz«, sagte Franz mit erhobenen Händen. »Setz dich wieder hin, ich verspreche hoch und heilig, dass ich mich benehmen werde.«

Thor sank zurück aufs Sofa, Franz nahm gegenüber in seinem Sessel Platz.

»Ich habe einen Plan«, sagte er ernst. »Und ich habe vor, diesen Plan im Winter in die Tat umzusetzen. Aber bevor ich euch das große Ganze beschreibe, möchte ich euch die Personen vorstellen, die daran beteiligt sein werden. Ich werde mich kurzfassen, aber es ist mir wichtig, dass ihr den Gedanken dahinter versteht.«

Auf dem Couchtisch lag ein Ordner. Er schlug ihn auf und schob ihn zu ihnen rüber. Auf der ersten Seite waren Fotos von zwei Männern und einer Frau abgebildet. Mittleren Alters. Niemand, den Julia auf den ersten Blick erkannte.

Franz zeigte auf den einen Mann. Julia lehnte sich vor und erinnerte sich vage daran, sein Gesicht auf den Titelseiten der Zeitungen im Kiosk gesehen zu haben. Er sah fast ungesund blass und gestresst aus.

»Das ist Lars Nordin«, sagte Franz. »Ein hohes Finanztier, er hat einmal zu den reichsten Männern von Schweden gezählt. Vor acht Jahren hat er eine junge Frau vergewaltigt. Obwohl alle wussten, dass er schuldig war, stritt er alles ab. Diesem Ereignis ist vor kurzem wieder neues Leben eingehaucht worden. Das damalige Opfer hat zu dem achtjährigen Jubiläum, wenn man es so nennen darf, eine Stellungnahme veröffentlicht und mehrere Interviews gegeben. Daraufhin haben sich auch andere Frauen gemeldet, die ebenfalls Opfer seiner sexuellen Übergriffe waren. Nordin ist einer der meistgehassten Männer dieses Landes. Ich habe ihn vor kurzem in einer großen Talkshow flennen sehen, aber auch das hat ihm nicht geholfen. Niemand gibt ihm einen Job, seine Freunde haben sich von ihm abgewandt, als hätte er die Pest, und sein Vermögen versiegt langsam. Außerdem hat seine Frau die Scheidung eingereicht und ihm das Sorgerecht für die gemeinsame Tochter entzogen.«

»Worauf willst du hinaus?«, fragte Thor ungeduldig.

»Hör mir zu, ich komme gleich zur Sache.«

Er zeigte auf die Frau. Sie sah gut aus, und zwar auf eine amerikanische Art und Weise, wie Julia fand. Viel Schminke, die Haare in einem wilden, lockigen Durcheinander gestylt, himbeerroter Lippenstift und ein aufgesetztes Lächeln. Auf dem Kopf trug sie einen Cowboyhut.

»Das ist Tessa Jenini, sie besitzt ein Pelzimperium«, sagte Franz. »Obwohl alle großen Modelabel mittlerweile auf Pelz verzichten, verkauft sie auch weiterhin Tierfelle. Das würde man ihr vielleicht noch verzeihen, wäre Tessa nicht auch noch eine Trophäenjägerin. Sie reist oft nach Kenia und postet danach Fotos, auf denen sie mit den Tieren posiert, die sie erschossen hat. Der Tropfen, der das Fass zum Überlaufen gebracht hat, war die eine Aufnahme, auf der sie mit einer Löwenmutter und ihren beiden Jungen zu sehen ist. Darauf hält sie in jedem Arm ein getötetes Junges. Die Mutter liegt vor ihren Füßen. Das Foto ist sofort viral gegangen. Wie ihr wahrscheinlich wisst, ist es verboten, Löwenjungen zu schießen, und Tessa hat richtige Probleme bekommen.«

»Ich kenne sie«, sagte Thor. »Im Netz gibt es eine Gruppe von Hatern, die gegen sie mobilmacht. Sie sammeln Gelder, um Demonstrationen gegen ihre Firma zu organisieren und verbreiten Gerüchte über sie.«

Franz nickte.

»Es hat schon mehrere Protestaktionen gegeben, sowohl vor ihrer Firmenzentrale als auch vor ihrem Wohnhaus. Inzwischen traut sie sich nicht mehr auf die Straße. Ich habe sie vor kurzem besucht. Das Erste, was einem ins Auge sticht, ist das Wort *Mörderhure*, das in Großbuchstaben auf die Hauswand gesprayt wurde. Tessa hat es wirklich nicht leicht.«

»Und warum hast *du* diese Frau besucht?«, fragte Thor fassungslos.

»Dazu komme ich gleich.« Ungeduldig schüttelte Franz den Kopf. »Lasst es mich erklären.«

»Du scheinst eine ganze Menge über diese Leute zu wissen«, kommentierte Julia das Gehörte.

»Was meinst du, womit ich mich hier den ganzen Tag beschäftige?«, sagte Franz. »Tessa ist nur eine von vielen Persönlichkeiten, denen ich mich in letzter Zeit intensiv gewidmet habe. Am Ende fiel meine Wahl aber auf diese drei.«

»Und wer ist der letzte Typ?«, fragte Thor.

Franz zeigte auf das etwas verschwommene Foto eines Mannes mit kurzgeschorenen Haaren und kugelrunden Brillengläsern. Die Aufnahme war heimlich entstanden, er sah ertappt aus, als hätte er in diesem Moment erst die Kamera entdeckt.

»Das ist Otto Paulsen, er ist ein Neonazi«, sagte Franz. »Bis vor kurzem war er Mitglied einer rechtsextremen Partei, aus der er aber ausgeschlossen wurde, nachdem ein

Video in der Öffentlichkeit aufgetaucht ist. Darin sieht man ihn auf einem Saufgelage, bei dem er sich über das Konzentrationslager Bergen-Belsen lustig macht und am Ende ein Foto von Anne Frank ins Lagerfeuer wirft. Das war sogar für seine Parteikameraden zu geschmacklos. Er ist steinreich gewesen, weil er ein gewaltverherrlichendes Computerspiel erfunden hat. Jetzt wird er von aller Welt verschmäht und gehasst und hat sich – nachdem seine Frau die Scheidung eingereicht hat – in sein kaltes, feuchtes Sommerhaus zurückgezogen.«

»Und warum zeigst du uns diese drei Menschen?«, fragte Thor.

»Ich komme gleich darauf zu sprechen. Aber ich muss mich zunächst selbst in diese Reihe eingliedern. Ich bin ein *gefühlskaltes Schwein*, wenn man den Artikeln Glauben schenkt, die über mich veröffentlicht werden«, sagte er, sah Julia vielsagend an und hob eine Augenbraue. »Ich werde mit diesem Trio nach Dimö fahren und mit ihnen eine Art Rehabilitierungsprogramm durchführen. Oder nennen wir es lieber ein soziales Experiment. Mein Ziel ist der Beweis, dass man sich von jeder Art von Skandal erholen kann. Allerdings nur, wenn man die volle Verantwortung für sein Handeln übernimmt und sich einer Strafe unterwirft, die dem Vergehen angemessen ist. Ich habe mit allen dreien gesprochen. Es war zwar ein wenig Überredungskunst meinerseits nötig, aber diese Leute sind so verzweifelt, dass sie ihre Teilnahme schon zugesichert haben.«

»Das hört sich vollkommen irre an«, sagte Thor kopfschüttelnd. »Damit wollen wir nichts zu tun haben.«

»Ich werde dich auch bestimmt nicht auffordern oder gar bitten, daran teilzunehmen und mitzukommen«, sagte Franz.

»Warum hast du uns dann herbestellt und erzählst uns das alles?«

»Die Medien werden das lieben. Ich werde einen täglichen Video-Blog machen. Wir wohnen im Herrenhaus, wo wir vor neugierigen Journalisten geschützt sind. Aber du, Julia, darfst uns als einzige Journalistin begleiten und darüber berichten. Das könnte der Durchbruch für dich sein. Deine bisherigen, weniger schmeichelhaften Artikel haben mir tatsächlich bei meinem Projekt geholfen. Viele sind neugierig geworden, wie mein nächstes Vorhaben aussehen wird.«

»Soll ich dann mit nach Dimö?«, fragte Julia erschreckt. »Und mit diesen Wahnsinnigen in einem Haus wohnen? Das kannst du vergessen.«

»Ich werde dich selbstverständlich beschützen«, sagte Franz. »Keine Frage.«

Ihre Blicke begegneten sich, Julia wandte zwar sofort den Kopf ab, sah aber sein einladendes Augenzwinkern. Das gefiel ihr überhaupt nicht. Ihr gefiel auch nicht, dass ihr Körper darauf reagierte. Es gab gar keinen Grund, und trotzdem zitterte sie. Vollkommen idiotisch. Sie schüttelte den Kopf, als könnte sie damit die Gedanken sortieren. Als sie Franz wieder in die Augen sah, war er plötzlich ganz der Alte. Ihre Erleichterung darüber war nicht nur viel zu groß, sie war vor allem mit einem Anflug von Enttäuschung vermischt. Im Geist schimpfte sie sich aus – *Du bist unmöglich*. Was vor zwei Jahren zwischen ihnen vorgefallen war, gehörte dem dunklen Teil ihres Lebens an, und sie hatte nicht vor, das Geschehene zu wiederholen.

»Wie sieht dieses Rehabilitierungsprogramm denn aus?«, fragte sie stattdessen.

»Bevor es losgeht, müssen wir uns von allen weltlichen

Dingen verabschieden. Du weißt schon: Platinkarte, Rolex, seltener Whiskey und dieser ganze Quatsch. Danach beginnen wir, in unseren tiefschwarzen Seelen zu wühlen. Mehr verrate ich jetzt nicht, aber wenn du mehr erfahren willst, musst du mitkommen.«

»Das klingt wirklich geisteskrank und lebensgefährlich«, sagte Thor. »Julia wird unter keinen Umständen daran teilnehmen. Ich werde alles tun, um das zu verhindern. Und wenn ich dafür ihre Eltern einweihen muss.«

»Ich bin doch kein Kind mehr«, fauchte Julia wütend zurück.

»Beruhig dich, Thor«, sagte Franz. »Das alles findet ja nicht gleich morgen statt. Zuerst muss ich das Herrenhaus wieder auf Vordermann bringen. Aber ich hätte eine andere Bitte an euch.«

Er machte eine Pause und sah Thor lange an.

»Ich wünsche mir, dass ihr mich für einen Nachmittag nach Dimö begleitet. Das würde mir sehr viel bedeuten.«

»Und was sollen wir da?«, fragte Thor.

»Ich möchte euch aus meiner Kindheit erzählen. Ich finde, jetzt ist der richtige Zeitpunkt dafür. Es wird zwar bestimmt schmerzhaft, aber ich muss das aus meinem System bekommen, bevor ich mich auf dieses Programm einlassen kann.«

»Hast du mit einem Psychologen darüber gesprochen?«, fragte Julia.

»Nein.«

»Und warum nicht? Bist du nicht in therapeutischer Behandlung?«

»Doch, aber sie würde das niemals verstehen.«

»Warum glaubst du dann, dass wir das können?«, fragte Thor.

»Es mag komisch klingen, aber ihr beiden steht mir am nächsten. Das muss dich gar nicht überraschen, Julia. So empfinde ich das nun einmal, trotz aller Vorurteile, die du mir gegenüber hast. Ich bin nicht immer ein guter Vater gewesen, Thor. Vielleicht hilft dir das dabei, mich besser zu verstehen.«

Thor schüttelte den Kopf.

»Aber warum nicht?«, fragte Franz. »Du fährst doch die ganze Zeit nach Dimö, um deine Mutter und Großmutter zu besuchen. Ich bitte dich nicht um viel, nur um ein paar Stunden deiner Zeit.«

»Aber Julia wird da nicht mitmachen«, schnaubte Thor missmutig.

»Hör auf damit, über mich zu sprechen, als wäre ich gar nicht da«, rief Julia. »Ich würde gern mehr über deine Kindheit erfahren, Franz. Würdest du uns auch den besagten Keller zeigen?«

»Ja, weil es der einzige Ort ist, an dem ich erzählen kann, wie alles zusammenhängt.«

»Darf ich das auch in meinem Artikel erwähnen?«

»Wenn es sich richtig anfühlt, ja. Aber ich bin mir gar nicht sicher, ob du dazu Lust haben wirst.«

Elyssa kam mit einem Tablett ins Zimmer, doch Thor war schon aufgestanden. »Ich möchte mit Julia in Ruhe darüber reden«, sagte er. »Komm, wir gehen.«

Franz stand ebenfalls auf und machte einen unbeholfenen Versuch, seinen Sohn zu umarmen. Aber Thor entzog sich der Berührung.

»Kannst du mir wenigstens den Gefallen tun, darüber nachzudenken?«, bat Franz.

»Ich hab doch eben gesagt, dass ich das tue«, brummte Thor und nahm Julias Hand, die sie allerdings wegzog.

Ihr gefiel nicht, wie Thor seinen Besitzanspruch geltend machte. Ihr gefiel auch nicht, wie er sie bevormundete. Sie verabscheute den Kampf zwischen Vater und Sohn und wollte auf keinen Fall zwischen die Fronten geraten. Denn eines war sicher: Sie hatte nicht vor, sich den jeweiligen Vorstellungen der beiden zu fügen, was sie zu tun oder nicht zu tun hatte.

Auf dem Nachhauseweg schwieg Thor.

»Glaubst du etwa nicht, dass ich mitbekomme, wie ihr beiden euch anseht?«, sagte er, als er die Wohnungstür hinter ihnen geschlossen hatte. »Warum flirtest du mit ihm? Er ist fast fünfzig …«

»Er ist gerade mal siebenundvierzig. Außerdem flirte ich überhaupt nicht mit ihm.«

»Glaubst du, ich bin blind?«, brauste er auf.

»Ich glaube, dass du dir eine Menge einbildest!«

»Was findest du eigentlich an ihm?«

»Nichts. Wovon redest du?«

»Okay, dann eben: Was hast du damals vor zwei Jahren an ihm gefunden?«

»Keine Ahnung. Er hat irgendwie eine geheimnisvolle Anziehungskraft.«

»Ha! Siehst du! Du benutzt das Präsens«, rief er triumphierend.

»Das ist doch lächerlich. Du bist kindisch und eifersüchtig.«

Ihr Streit endete damit, dass Thor wutentbrannt die Wohnung verließ und den ganzen Abend unterwegs war. Gegen ein Uhr nachts schickte ihm Julia eine SMS und fragte, wo er denn bliebe. Es dauerte über eine halbe Stunde, bis er ihr einsilbig antwortete: *Party*. Aber das passte überhaupt nicht zu ihm. Er war noch nie ein Partytyp gewesen.

Sie brauchte lange zum Einschlafen, wälzte sich im Bett hin und her. Der Druck auf ihrer Brust wuchs, wie die Ankündigung einer bevorstehenden Katastrophe. Mitten in der Nacht wurde sie von einem Knall geweckt. Es war dunkel, aber sie erkannte Thors Umriss neben ihrem Bett. Er kippte vornüber, landete zur Hälfte auf ihrem Bett und blieb reglos liegen, stank entsetzlich nach Alkohol und Zigaretten.

»Was zum Henker …?«, schimpfte sie, aber er hörte sie schon nicht mehr.

Julia schob ihn von der Bettkante. Er landete unsanft auf dem Boden, aber sie brachte es nicht übers Herz, ihn aus dem Zimmer zu jagen.

In dem fahlen Licht der Morgendämmerung wachte sie erneut auf. Thor war in der Dusche. Seine Klamotten lagen auf dem Boden, sie hörte, wie er sich die Zähne bürstete. Sie schloss die Augen und stellte sich schlafend, als er aus dem Badezimmer kam.

Er setzte sich zu ihr auf die Bettkante und legte eine Hand auf ihre Wange.

»Ich weiß, dass du wach bist, Julia. Ich möchte mich für mein Verhalten entschuldigen. Für das, was ich gestern alles gesagt habe und dass ich so betrunken war. Du hast recht, ich bin eifersüchtig.«

Er roch nach Seife und Zahnpasta. Sie öffnete ein Auge und sah, dass er nur ein Handtuch um die Hüften gewickelt hatte.

Sie sagte kein Wort. Er ging auf die andere Seite des Bettes und kroch zu ihr unter die Decke. Sie lagen in Löffelchenstellung, seine Lippen berührten ihren Nacken.

Seine Hand wanderte an ihrem Körper hoch und legte sich auf ihre Brust. Das war so schön, dass sie sich am liebsten in diesem Moment verloren hätte. Gleichzeitig aber war sie auch wütend auf ihn. Mit dem Rücken schob sie ihn von sich weg.

»Ich werde nicht mit dir schlafen, wenn du mitten in der Nacht sturzbesoffen nach Hause kommst. Außerdem habe ich nicht vor, bloß eine Figur in dem Spiel zwischen dir und deinem Vater zu sein. Wenn wir Sex haben, dann nur, weil wir uns mögen. Nur dann.«

»Muss ich dir wirklich noch beweisen, wie sehr ich dich mag?«

»Nein, aber jetzt ... in diesem Augenblick ... bist du unzurechnungsfähig, Und außerdem eifersüchtig. Und das alles ohne Grund.«

»Okay, verstanden«, sagte er resigniert. »Aber darf ich wenigstens bei dir schlafen?«

»Ja, aber ohne Fummeln.«

Er zog sie an sich heran. Die Wärme seines Körpers ging auf ihren über. Sie wurde ganz weich. Als sie jünger gewesen war, hatte sie ein anderes Leben führen wollen. Damals wollte sie neue, spannende und gefährliche Sachen erleben. Ein Teil von ihr war auch jetzt noch so rastlos, aber der andere Teil war zufrieden, wenn sie mit Thor zusammen war.

Die innere Unruhe, die sie nicht hatte einschlafen lassen, war inzwischen verschwunden.

Am Ende war sie ganz ruhig.

Niemand anderes war in der Lage, ihr dieses Gefühl zu geben.

12

FRANZ

Am Tag nach seinem Besuch bei mir ruft Thor mich an. Nicht vollkommen unerwartet.

»Hallo, Thor!«, begrüße ich ihn fröhlich. »Bist du es wirklich?«

»Nein. Doch, natürlich, wer sollte es sonst sein?«

Er klingt mürrisch.

»Ich habe mich nur so über deinen Anruf gefreut.«

»Ich rufe bloß an, um dir unsere Entscheidung mitzuteilen. Wir kommen mit nach Dimö. Aber nicht, um dir einen Gefallen zu tun, sondern weil Julia Großmutter kennenlernen soll.«

»Kommt ihr mich im Herrenhaus besuchen?«

»Vielleicht, aber nur kurz.«

Es ist so offensichtlich, dass Julia dahintersteckt. Aber es rührt mich, dass er es so formuliert, als wäre es seine eigene Idee gewesen.

»Wir sind die ganze Zeit bei Großmutter und übernachten auch bei ihr.«

Thor vergöttert seine Großmutter, sie verkörpert für ihn eine Geborgenheit, die er bei seiner Mutter als Kind nicht erlebt hat, weil Elvira ein einziges Nervenwrack war und ich so viel gearbeitet habe und für die Kinder nicht zur Verfügung stehen konnte.

»Ist das wirklich so eine gute Idee, dass ihr in der alten, zugigen Hütte wohnt?«, frage ich.

»Die ist überhaupt nicht zugig. Wann bist du denn das letzte Mal da gewesen?«

»Das ist in der Tat eine Weile her. Könnt ihr nicht in der Pension bei Elvira und Simon schlafen?«

»Nein, wir bleiben bei Großmutter.«

»Aber da ist doch gar nicht genug Platz für euch beide.«

»Die Hütte hat zwei Schlafzimmer.«

Der Klang seiner Stimme hat sich verändert, ist provokanter geworden.

»Julia und ich müssen uns dann wohl das Bett teilen.«

Fast sage ich das, was ein richtiger Vater sagen würde. *Ich weiß.* Ich weiß, dass du Julia vom ersten Augenblick an vergöttert hast. Ich weiß, dass du immerzu an sie denkst. Ich weiß, dass du sie beobachtest, wenn sie schläft. Ich weiß nämlich selbst, wie schön sie ist, wenn sie schläft. Ich weiß auch, dass sie dir das Herz brechen wird. Und ich kann dir nicht helfen. Aber du wirst es überwinden. Du bist aus demselben Holz geschnitzt wie ich.

»Okay, das entscheidet ihr«, sage ich. »Sagt mir einfach Bescheid, wann ihr vorbeikommen wollt. Dann werde ich einen Tag früher auf die Insel fahren, um alles auf Vordermann zu bringen, die Heizung anstellen und so.«

»Wir fahren dieses Wochenende«, sagt er. »Wir nehmen die Fähre am Samstagmorgen.«

»Dann fahre ich Freitag rüber.«

»Wird das nicht komisch für dich sein?«, fragt Thor nach einem Moment des Schweigens.

Ich beschließe, ehrlich zu antworten. Wenn ich bei meiner Rückkehr wider Erwarten einen Rückfall erleiden sollte, ist es besser, wenn er darauf vorbereitet ist.

»Doch, es fühlt sich schon komisch an, auf die Insel und das Anwesen zurückzukehren. Ich habe keine Ahnung, wie ich darauf reagieren werde.«

Erneutes Schweigen.

»Möchtest du, dass ich … soll ich dich begleiten?«, fragt er schließlich.

Es passiert so unerwartet und plötzlich, dass ich vollkommen unvorbereitet bin. Meine Augen brennen wie Feuer. Meine Stimme stockt, und es kommen nur abgehackte Laute aus mir heraus. Warum muss er ausgerechnet jetzt so aufmerksam und liebevoll sein. Es wäre leichter für mich, wenn er meine Fragen wie sonst auch einsilbig und kurz angebunden beantwortete. In längeren Gesprächen gelingt es mir nicht, die Zärtlichkeit in seiner Stimme zu ignorieren.

»Was wolltest du sagen?«, hakt er nach.

Ich widerstehe meinem Impuls, ihm eine Gemeinheit an den Kopf zu werfen. Dass ich bisher ziemlich gut ohne seine Fürsorge und sein Mitgefühl ausgekommen bin. Stattdessen sage ich:

»Alles in Ordnung, Thor. Ihr kommt am Samstag vorbei.«

Auch meine Stimme klingt verändert, ganz gepresst von unterdrückten Tränen. Das kann er unmöglich überhören. Ich finde es so erniedrigend, dass ich mir vor Wut auf die Lippe beiße. Mit meiner freien Hand gebe ich mir eine Ohrfeige. Ich habe noch nie zuvor so etwas Idiotisches getan.

Wir beenden das Telefonat. Endlich nimmt der Druck in meiner Brust ab. Aber dieses sonderbare Gefühl bleibt. Meine Gedanken an Thor beschäftigen mich. Der Junge, der er war, der junge Mann, der er heute ist. Dann muss ich an die bevorstehende Reise nach Dimö denken, und meine Beine werden ganz weich. Mir wird auch ein bisschen schwindelig.

Als ich mit dem Auto den Fährhafen erreiche, bin ich wieder die Ruhe selbst. In meinem Kopf herrscht erneut Stille. Die Hirngespinste sind verschwunden. Das ist das Schweigen der Seele. Einer Seele, die weiß, dass sie schon so viel Schreckliches erlebt und überstanden hat. Ich sage mir, dass es nur ein kurzer Aufenthalt sein wird, die Fahrt über den Sund und ein paar Tage im Herrenhaus. Dort gibt es nichts, was mir heute noch Angst einflößen kann. Und dennoch.

Dennoch.

Ich fahre den Wagen auf die Fähre und stelle mich an den Bug. Es sind schon einige Passagiere an Deck, aber ich kenne niemanden von ihnen. Vor mir erstreckt sich das Meer in seiner ganzen Weite. Die Wellen heben und senken sich wie silberne Schilde. Uns umgibt eine kalte hellgraue Dämmerung. Der Herbst hat Einzug gehalten. Morgens wird es später hell und abends früher dunkel. Der Anblick des Horizonts hat etwas Überwältigendes. Wasser, so weit das Auge reicht. Die Gewaltigkeit wird von einer alles umfassenden Leere erzeugt. Über uns gleiten die Möwen, ziellos und klagend. Aus dem Rumpf der Fähre erklingt Gesang. In diesem Augenblick fühle ich mich lebendig, vollkommen lebendig.

Ich lasse meine Gedanken wandern. Sie bleiben an Elyssa hängen. Sie war ganz aufgelöst, als ich die Klinik verlassen habe.

»Sie kommen aber doch wieder zurück, Franz?«, hat sie gefragt.

Ich überlege ernsthaft, sie mit nach Dimö zu nehmen, wenn ich für immer zurückkehre. Neues, frisches Blut. Engagierte Mitarbeiter, die was aus ihrem Leben machen wollen.

Unwillkürlich muss ich an den kleinen Kellerraum denken. Als ich das letzte Mal da war, vor vielen Jahren, war *er* auch noch dort. Sehr präsent. Viel zu präsent. Ich weiß noch genau, wie ich rückwärts aus dem Zimmer gestolpert und vor der Tür zusammengesunken bin. Es hat eine ganze Weile gedauert, bis ich wieder aufstehen konnte. Am Tag darauf habe ich angeordnet, dass die Tür verrammelt werden soll. Meines Wissens nach ist sie seitdem nicht mehr geöffnet worden.

Was mir im Kellerraum passiert ist, habe ich erfolgreich hinter mir gelassen. Meine Erinnerungen haben heute nur noch die Funktion, meine Stärke zu besiegeln. Wenn Julia und Thor kommen, werden wir lediglich einen kurzen Abstecher dorthin machen. Ich möchte reinen Tisch machen. Und danach werde ich nie wieder einen Gedanken daran verschwenden.

Die Sonnenstrahlen tasten sich vorsichtig über den Horizont und baden das Bootsdeck in Licht. Alle Schatten werden vertrieben. Ich schließe die Augen und genieße die Wärme auf meinem Gesicht. Als ich sie wieder öffne, liegt sie vor mir.

Dimö.

Mit ihren scharfen Konturen und den steilen Felsen, den Hügeln und Tälern und den windgebeugten Bäumen, die sich in die Felsspalten schmiegen. Und ganz oben, auf dem höchsten Hügel der Insel thront es – mein Herrenhaus.

Sein Anblick überwältigt mich, wie die Wellen die Küste.

Der erste Eindruck – am Anfang eines neuen Vorhabens ist er von großer Bedeutung. Aber dieser Augenblick ist so flüchtig, dass man ihn schnell packen muss.

Zuerst schlägt der Puls wild und unkontrolliert, dann wird er langsamer und gleichmäßiger. Im ganzen Körper breitet sich eine große Ruhe aus. Ich werde das schaffen. Die Traurigkeit, die mich seit einiger Zeit geplagt hatte, hat ihren Griff wieder gelöst.

13

JULIA

Ihre erste Fahrt nach Dimö war von strahlendem Sonnenschein begleitet gewesen. An diesem Tag aber lag der Sund in dichtem Nebel und verlieh der Überfahrt etwas Magisches und auch Gespenstisches.

Als Julia mit Thor die Fähre betrat, hielt sie nach dem Kapitän Ausschau, den sie vor zwei Jahren kennengelernt hatte. Er kannte ihre Eltern, und sie hatte ihn sehr gemocht.

Aber an seiner Stelle stand ein junger Mann hinter dem Steuer.

»Was ist mit Björk, der sonst immer die Fähre gefahren ist?«, fragte sie ihn.

»Björk ist mein Großvater, er ist in Rente gegangen. Ich habe seinen Job übernommen.«

»Ach so, cool. Und, gefällt es dir?«

»Es ist ein Job«, erwiderte er und zuckte mit den Schultern.

»Siehst du deinen Großvater oft?«

»Ja, ziemlich oft sogar.«

»Dann sag ihm *Schöne Grüße* von Julia Frisk. Er kennt vor allem meine Eltern.«

»Das mach ich«, sagte er und lächelte.

Julia hätte sich gern noch länger mit ihm unterhalten,

aber die Fähre würde jeden Moment ablegen, und Thor zupfte sie am Ärmel.

»Komm«, sagte er. »Wir gehen vorn an den Bug. Oder ist es dir zu kalt?«

»Nein, und wenn doch, dann musst du mich eben wärmen.«

Die kleine Fähre glitt durch das dunkle Wasser. Die Feuchtigkeit kroch Julia unter ihre Kleidung und legte sich wie eine kalte Decke auf ihre Haut. Je weiter sie aufs Meer hinausfuhren, desto dichter wurde der Nebel. Plötzlich waren sie von weißen, undurchdringlichen Wänden umgeben. Und als Julia ihre Hand ausstreckte, verwandelte sie sich in einen schwarzen Schatten.

Thor wollte unbedingt, dass sie seine Großmutter kennenlernte. Sie würden kurz bei Franz auf dem Anwesen vorbeischauen und danach sofort zu Karins Häuschen aufbrechen. Sie hatten den Wagen auf dem Festland stehen lassen. Die Wettervorhersage versprach Sonnenschein, und Thor ging sowieso am liebsten zu Fuß.

Ihren Eltern hatte Julia nur gesagt, dass sie nach Dimö fuhren, um Thors Großmutter zu besuchen. Sie hatte keinen Grund gesehen, ihnen von ihrem kurzen Abstecher zum Herrenhaus zu erzählen.

Die Nebelwand war undurchdringlich, aber plötzlich taten sich Risse auf und gaben den Blick auf dunkle Konturen frei. Langsam, geradezu majestätisch tauchte die Insel vor ihnen auf. Die Silhouette der Bäume auf den Spitzen der Hügelkuppen, die dunklen, markanten Felsformationen und die Schatten der Häuser, die versprengt auf der Insel standen. Auch die Geräusche, die vom Nebel verschluckt worden waren, wurden wieder zum Leben erweckt. Die klagenden Rufe der Möwen. Das Glucksen des Wassers, das gegen den Rumpf des Schiffes schlug. Julia griff nach Thors Hand.

»Findest du die Insel schön, obwohl so viel Schreckliches auf ihr passiert ist?«, fragte sie.

»Dimö ist der schönste Ort auf der Welt für mich. Und daran kann nichts und niemand etwas ändern. Wie findest du sie?«

»Wunderschön. Es fühlt sich an wie eine Zeitreise in eine andere Welt.«

Mit einem Ruck legte die Fähre am Steg an. Der Nebel hatte sich zwar etwas gelichtet, aber der Morgensonne gelang es noch nicht, ihn zu durchdringen. Thor half ihr beim Aussteigen. Die Häuser waren in hellen Farben gehalten, die Straßen mit Kopfsteinpflaster verlegt, und mitten auf dem kleinen Marktplatz stand ein Springbrunnen. Dort wartete Franz auf sie. In dem fahlen Licht sah er wie eine Statue aus.

»Ich wusste gar nicht, dass er uns abholen wollte«, flüsterte Julia Thor zu.

»Ich auch nicht.«

Thor ließ ihre Hand los und ging auf seinen Vater zu. Julia konnte nur Bruchstücke hören. »…höchstens eine Stunde…«

Es war noch früh am Morgen, und der Ort war noch ganz verschlafen. Ein älterer Mann spazierte mit seinem Labrador über den Platz. In dem trockenen Springbrunnen wirbelte Herbstlaub. Eine ältere Frau fuhr mit dem Fahrrad vorbei und stemmte sich gegen den Wind.

Franz schien sich bei der Wahl seiner Kleidung für die windumtoste Insel vergriffen zu haben. Er trug nur Hemd und Blazer. Aber trotz seines adretten Aussehens, er war auch frisch rasiert, gab er einen mitleiderregenden Anblick ab. Er hatte schwarze Ringe unter den Augen, auch sein typischer, durchdringender Röntgenblick war ausgeschaltet. Anders als sonst wirkte er fahrig und unkonzentriert.

»Ich muss mich bei dir entschuldigen«, begrüßte er sie.

»Weshalb?«

»Ich hätte dich nicht in die Welt meiner alten Dämonen hineinziehen sollen. Ich bringe dich zu Elvira und Simon, und dann fahren Thor und ich allein zum Herrenhaus.«

»Nein, auf keinen Fall. Ich komme mit«, erwiderte Julia entschlossen. »Du hast doch immer wieder betont, wie wichtig dir das hier ist.«

»Das ist es auch nach wie vor. Aber ich habe kein Recht dazu, dir meine Probleme aufzuladen.«

»Jetzt mach nicht alles so unnötig kompliziert, Vater«, unterbrach ihn Thor. »Komm, lass uns fahren.«

Franz' Schwermut löste in Julia ein starkes Unbehagen aus. Die Stimmen in ihrem Hinterkopf schlugen Alarm. Die eine forderte sie auf, dieses Vorhaben abzublasen, eine andere warf ihr Feigheit vor. Ein kurzer Besuch im Keller eines alten Herrenhauses konnte wohl kaum gefährlich sein. Sie hatte weder Angst vor Spinnen noch vor Ratten. Und auch nicht vor Franz.

Thor und Julia saßen auf dem Rücksitz. Die Stimmung im Wagen war angespannt. Julia versuchte, mit Franz im Rückspiegel Blickkontakt aufzunehmen, aber er starrte nur vor sich hin auf die Straße. Sie beobachtete aber, wie ein Schauder durch seinen Körper lief und er das Lenkrad fest umklammerte.

»Bist du schon unten im Keller gewesen?«, fragte Thor seinen Vater.

»Ja, ich habe alles vorbereitet.«

»Vorbereitet?«

»Du wirst es ja gleich sehen.«

Sie bogen in die Allee ein, die zum Anwesen führte. Das weiße Herrenhaus erhob sich mächtig und strahlend in den Himmel. Der Anblick raubte Julia fast den Atem. Als sie aber das Tor passierte, beschlich sie ein seltsames Gefühl. Das Grundstück wirkte heruntergekommen und verwahrlost. Die erst zugewucherten und dann offenbar vertrockneten Grünflächen waren schon lange nicht mehr gemäht und gepflegt worden. Auf den Wegen türmten sich Berge von Laub. Eine der Glasscheiben der großen gläsernen Aula war eingeschlagen worden, und überall klebte Möwenkot. Der Springbrunnen, der die Auffahrt zierte, war mit Moos bewachsen. In einer großen Esche, an deren Zweigen kein einziges Blatt mehr hing, saßen an die fünfzig Krähen. Als sie ausstiegen und auf das Haus zugingen, flogen sie alle gleichzeitig auf und stießen heisere Schreie aus.

»Die Krähen haben das Anwesen übernommen«, brummte Franz.

»Warum hast du es so verfallen lassen?«, fragte Thor.

»Deine Großmutter sollte sich während meines Klinikaufenthalts darum kümmern, aber dazu war sie offenbar nicht in der Lage.«

»Und was willst du jetzt unternehmen?«

»Mach dir keine Sorgen. Du glaubst doch wohl nicht, dass ich diesen Zustand lange dulden werde?«, sagte er und verzog das Gesicht.

Er war wirklich in keiner guten Verfassung.

Julia sah zu der Inschrift über dem Eingang des Hauptgebäudes hoch. *Wir wandern auf dem Weg der Erde*, stand dort. Die salzige Luft und die Feuchtigkeit hatten den Buchstaben auch schon zugesetzt. Der Himmel war zwar

aufgeklart, dafür aber fegte ein kalter Wind über das Anwesen. Plötzlich wurden sie von einer heftigen Böe gepackt,
die ein lautes Heulen erzeugte wie von einem verzweifelten
Menschen. Thor hatte ihr mal erzählt, dass auf der Insel
der steife Wind dem Nebel meist auf dem Fuße folgte.
Wenn man mit dem Wetter nicht zufrieden war, musste
man auf Dimö nur eine Stunde ausharren. So schnell wechselte es.

»Du kannst das Anwesen doch nicht einfach so verfallen
lassen«, schimpfte Thor.

»Ich habe dich ja schon in mein Vorhaben eingeweiht.
Bevor ich das Experiment starte, werde ich mich hier vor
Ort um alles kümmern. Du musst keine Angst um dein
Erbe haben.«

»Mich interessiert das Erbe überhaupt nicht«, erwiderte
Thor wütend. »Aber mir gefällt nicht, wie es hier aussieht.«

Gleichgültig zuckte Franz mit den Schultern.

»Ich möchte mich nicht länger als notwendig in dem
Haus aufhalten, bevor ich eine Reinigungsfirma engagiert
habe. Wir gehen am besten direkt in den Keller.«

Die Treppe, die zum Haupteingang hochführte, war mit
Laub und Zweigen bedeckt. Franz öffnete die Tür, und sie
betraten die große Eingangshalle. Julia hatte das Gebäude
noch nie von innen gesehen. Die Deckenhöhe war gigan-
tisch, betrug mindestens fünf Meter. Der Raum aber war
leer, bis auf einen Rezeptionstresen und eine Sofagruppe.
Die Stille des Hauses hatte etwas Unheilverkündendes.

Bei ihrem letzten Aufenthalt hatte Franz sie im Gästehäuschen untergebracht, fast wie eine heimliche Geliebte.
Ihr war es peinlich, wie naiv sie sich damals verhalten
hatte – mit sechzehn.

»Warum war die Tür nicht abgeschlossen?«, fragte Julia

überrascht. »Ist hier niemand eingedrungen und hat Sachen gestohlen, während es leer stand?«

Franz lachte höhnisch.

»Julia, wir sind hier auf Dimö und nicht in Göteborg.«

Am anderen Ende der Eingangshalle führte hinter einer kleinen Tür eine Treppe ins Dunkle. Julia brauchte einen Moment, bis sich ihre Augen daran gewöhnt hatten.

»Leider ist das Treppenlicht ausgefallen«, sagte Franz. »Seid vorsichtig, eine Stufe nach der anderen. Unten im Keller funktioniert es aber wieder.«

Thor ging vor ihr. Sie hielt sich an seiner Jacke fest. Je tiefer sie kamen, desto dunkler und kälter wurde es. Es roch streng, aber sie konnte nicht ausmachen wonach.

Franz' Schritte hallten durch die Dunkelheit. Die plötzliche Helligkeit blendete sie. Sie befanden sich in einem großen Kellerraum, von wo aus ein Flur immer tiefer in eine neue Dunkelheit führte. Sie liefen an mehreren verschlossenen Türen vorbei. Vor der letzten Tür blieb Franz stehen. Auf dem Boden vor der Tür lag Schutt, und vom Türrahmen hing ein loses Brett herunter.

Franz drehte sich zu ihnen um.

»Der Keller hat als einziger Ort im ganzen Haus den verheerenden Brand überstanden«, sagte er. »Das war sonderbar, weil der Brand ursprünglich zwar in einem der Kellerräume ausgebrochen ist, sich dann aber nach oben gefressen hat. Das lag daran, dass die Böden aus Holz, aber die Wände aus Beton waren. Als ich das Haus wiederaufbauen ließ, mussten wir zwar auch hier unten einiges reparieren, aber zum Glück kein neues Fundament errichten lassen. Deshalb ist alles noch fast unverändert.«

»Ja, man kann noch immer riechen, dass es gebrannt hat«, sagte Thor.

»Kannst du bitte aufhören, dich die ganze Zeit zu beschweren, Thor? Ich habe doch schon gesagt, dass ich mich
darum kümmern werde. Ihr sollt mir zuhören, denn hier
unten hat alles seinen Anfang genommen.«

Julia hatte Franz noch nie so ernst erlebt. Das berührte
sie. Seine Augen waren tiefschwarz. Zum Glück stand
Thor neben ihr, und die Wärme seines Körpers spendete
ihr Trost. Franz öffnete die Tür und schaltete das Licht ein.
Der Raum war höchstens zehn Quadratmeter groß. Es
roch nach vermodertem Wasser und noch etwas anderem,
Bitterem. Es gab keine Fenster. Eine einsame Motte surrte
hilflos um die Deckenlampe. Die Wände waren uneben,
der Putz hatte an mehreren Stellen Blasen geworfen. Von
der Decke hingen dichte Fetzen von Spinnweben herab.
Merkwürdigerweise fühlte sie sich in dem klaustrophobi-
schen Raum geborgener als auf der Kellertreppe. Als würden die Wände ihr schon ausreichend Schutz spenden. Ihr
Blick fiel auf einen Gegenstand, der in der Mitte stand und
mit einer Plane zugedeckt war.

»Und was ist das da?«, fragte Thor und zeigte darauf.

Julia schien die Sprache verloren zu haben, sie hatte
schon seit … wie lange nichts mehr gesagt?

»Das erklär ich euch gleich, aber hört mir bitte vorher
kurz zu.«

Er lehnte sich mit dem Rücken an eine der Wände und
begann zu erzählen. Seine Stimme hatte sich verändert, sie
klang jetzt wesentlich tiefer und sehr düster.

»Ich war drei Jahre alt. Meine Mutter arbeitete unten im
Dorf. Wir wohnten hier oben im Herrenhaus. Waren aber
nur geduldet. Meine Eltern waren nicht miteinander verheiratet. Ich war für meinen Vater ein Missgeschick, ein
Fehler. Er hatte den Adel geheiratet, aber seine Frau wurde

nicht schwanger, und da ich ein Junge war, wollte er mich in seiner Nähe haben. Wenn meine Mutter bei der Arbeit war, hat er manchmal auf mich aufgepasst. Er war ein fauler Idiot, der keinen einzigen Tag in seinem Leben ernsthaft gearbeitet hat. Und alles, was er anfing, misslang ihm. Seine Schulbildung, seine Geschäfte, auch die Führung des Anwesens hat er nicht bewältigt. Das Geld, das er besaß, hatte er geerbt.«

Er machte eine Pause, schloss dabei die Augen.

»Ich habe später oft gesagt bekommen, dass ich ein schwieriges Kind gewesen bin. Aber daran kann ich mich nicht erinnern. Ich erinnere mich nur an die Stunden, die ich in diesem Zimmer hier verbringen musste. Das ist interessant, weil die Forschung ja behauptet, dass das Erinnerungsvermögen bei einem Dreijährigen noch nicht ausgebildet ist. Aber ich habe keine einzige Minute vergessen.«

Thor öffnete den Mund, um etwas zu sagen, aber Franz hob abwehrend die Hand.

»Lass mich bitte ausreden, danach könnt ihr so viele Fragen stellen, wie ihr wollt. Ich habe in meinem Leben viel erreicht, bin dabei zwar immer meiner Überzeugung gefolgt, habe aber auch eine gewisse Distanz zu meinem Verhalten gehabt. Das liegt daran, dass ein Teil meines Bewusstseins hier unten … geblieben ist. Wenn ich etwas erreichen will, dann erinnere ich mich daran, wie es hier unten war. Das verleiht mir eine immense Kraft. Aber es ist auch frustrierend. Deshalb bin ich zu der Erkenntnis gekommen, dass ich das alles hinter mir lassen muss.«

Julias Herz pochte wie das eines verängstigten Vogels. Es war fast nicht auszuhalten, wie sehr er es hinauszögerte. Sie starrte ihn gebannt an.

»Mein Vater nahm mich mit in den Keller, wenn ich ihm

zu ungezogen war und zu viel Lärm gemacht habe«, fuhr Franz fort. »Er stieß mich vor sich her, manchmal trat er nach mir, und das eine oder andere Mal bin ich auch ausgerutscht und die Treppe heruntergefallen. Er hat mich in diesen Raum hier geschleppt und mich gefesselt.«

Mit diesen Worten zog er die Plane beiseite. Julia trat näher, um besser sehen zu können. Der Gegenstand, der sich darunter versteckt hatte, war ein massiver, relativ kleiner Holzstuhl. An den Armlehnen und Stuhlbeinen waren Lederriemen angebracht. In der Mitte der Sitzfläche befand sich ein kleiner, schmaler Pfahl aus Eisen, mit abgerundeter Spitze.

Julia spürte ein Ziehen im Magen. Von ihrer Illusion, dass Franz eine aufregende Kindheit hatte verleben dürfen, hatte sie sich bereits auf der Treppe in den Keller verabschiedet. Diese schreckliche Geschichte konnte kein gutes Ende nehmen.

»Und ... was ist das?«, stammelte Thor.

»Das erinnert sehr an einen Judas-Stuhl, aber mein Vater hat sich eine Spezialkonstruktion ausgedacht. Ihm gefiel es, den Dingen seinen Stempel aufzudrücken. Allerdings bezweifle ich, dass mein ungebildeter Erzeuger überhaupt wusste, was ein Judas-Stuhl ist. Er hat sich wahrscheinlich nur etwas ausgedacht, was schreckliche Schmerzen verursachen sollte.«

»Was ist ein Judas-Stuhl?«, fragte Julia und spürte, wie ihre Stimme zu versagen drohte.

»Ein Folterinstrument aus der Zeit der Spanischen Inquisition«, erklärte Franz. »Ursprünglich war es ein pyramidenförmiger Kegel mit einer Halterung für die Beine, auf den das Opfer gesteckt wurde. Die Spitze drang dabei in den Anus oder die Vagina ein.«

Thors eiskalte Hand krallte Julias. Sie konnte spüren, wie er vor Ekel zitterte.

»Das reicht«, sagte er. »Wir brauchen keine weiteren Details.«

»Doch, lass mich bitte fortsetzen. Mein sadistischer Vater hat junge Mädchen zu sich auf den Dachboden gelockt und sie dort damit gequält. Er hat sie gut dafür bezahlt, um das an ihnen ausleben zu dürfen. Die Menschen auf der Insel waren damals sehr arm und haben fast alles getan, um zu überleben. Er dachte wohl, dass mich der Stuhl zum Schweigen bringen würde. Was er allerdings überhaupt nicht getan hat.«

Julia überkamen widersprüchliche Gefühle. Pures Entsetzen und Faszination. Sie fragte sich auch, ob er sich das alles ausgedacht hatte, um ihre ungeteilte Aufmerksamkeit zu bekommen. Aus Erfahrung wusste sie, dass es eine Kunst war, so überzeugend und glaubhaft zu lügen. Dafür musste man kreativ und Herr seiner Mimik sein und über ein ziemlich gutes Erinnerungsvermögen verfügen. Ohne Zweifel besaß Franz alle diese drei Fähigkeiten. Trotzdem hatte sie instinktiv gespürt, dass er die Wahrheit sagte. Er wirkte so abwesend, als würde er die Erinnerungen nachleben, während er von ihnen sprach. Er sah ihr in die Augen, und sie bemerkte das Zucken seiner Gesichtsmuskeln.

»Wir müssen nicht noch mehr hören«, sagte Thor mit Nachdruck. »Wir haben schon begriffen, wie schrecklich es gewesen ist.«

»Doch, ihr *müsst* zuhören«, entgegnete Franz. »Sonst könnt ihr nicht das ganze Ausmaß verstehen. Er hat mich auf diesen Stuhl, in diesen Pfahl gedrückt. Oh, Gott, das hat so furchtbar wehgetan. Dann hat er mich an Armen und Beinen gefesselt. Die ultimative Erniedrigung war die

Wäscheklammer, die er auf meinen Penis geklemmt hat. Am Ende hat er das Licht ausgemacht und ist gegangen. Hier unten war es so dunkel wie in einem unterirdischen Grab. Und man hörte kein einziges Geräusch. Nur das Rascheln der Ratten.«

»Vater, ich bitte dich, hör jetzt endlich auf!«, wimmerte Thor.

Julia bohrte ihre Fingernägel in ihre Handflächen.

»Ich hatte so unendliche Angst«, fuhr Franz unerbittlich fort. »Mutterseelenallein. Eiskalt. Mein Körper zitterte vor Kälte, in meinem Hintern brannte es vor Schmerzen. Und jedes Mal, wenn ich mich bewegte, schrie ich auf, weil es noch schlimmer wurde. Die Panik wurde immer größer, bis ich am Ende vollkommen außer mir war.«

Julia wurde von Mitgefühl überwältigt, ihr stiegen die Tränen in die Augen. Sie sah den kleinen einsamen und ängstlichen dreijährigen Jungen vor sich.

»Vater, es reicht!«, flüsterte Thor verzweifelt.

»Manchmal war die größte Angst, dass er mich dort unten vergisst und nie wieder zurückkommt. Dass ich dort sterben muss.« Franz sprach ohne Rücksicht auf Thor weiter. »Sich den Tod vorzustellen ist für einen Dreijährigen schon eine schwere Aufgabe. Aber auf diesem Ding zu stecken und auf den Tod zu warten …«

Thors Griff war fester geworden. Julia war ganz starr vor Entsetzen, sie konnte kaum atmen. Er strich ihr über den Rücken, langsam und beruhigend.

»Wollt ihr wissen, wie lange er mich hier sitzen ließ?«, fragte Franz.

Keiner von beiden wollte das.

»Es dauerte immer so lange, dass ich jede Hoffnung aufgegeben hatte. Erst dann kam er, um mich zu holen.«

Sein Gesichtsausdruck wechselte ständig, schwankte zwischen Hass und Trauer. Die eine Hand zitterte leicht, aber das schien er nicht zu registrieren. Sie hatte ihn noch nie auf diese Weise die Beherrschung verlieren sehen. Und das verstörte sie weit mehr als seine Erzählung von der Folter.

»Wenn er dann zurückkam, kniff er mir in die Wangen, ihr wisst schon, man bekommt dabei so eine Entenschnute«, fuhr er fort. »Und dann hat er immer dasselbe gesagt. Wisst ihr, welche Frage er mir gestellt hat?«

»Nein«, flüsterte Julia.

Franz lächelte, aber es hatte etwas Bedrohliches. Der übergroße Hass auf seinen Vater hob seine Geschichte auf ein neues, zerstörerisches Niveau. *Und bestimmt genau deswegen ist er verrückt geworden*, dachte Julia.

»Es war immer dieselbe Frage. ›Versprichst du, dass du dich bessern wirst?‹ Das hat er gefragt. Versprichst du, dass du dich bessern wirst? Und wisst ihr, was ich geantwortet habe?«

Julia schüttelte den Kopf. Thor sagte nichts, aber sie hörte, wie er schluckte.

»Ich habe Nein gesagt. Jedes verdammte Mal. Das war ein sehr anstrengender Kampf, aber ich konnte ihn einfach nicht gewinnen lassen.«

Er verstummte, sein Blick war nach innen gerichtet.

»Dann, am 4. Juni«, sagte er plötzlich und verlieh diesem Tag dadurch eine symbolische Bedeutung.

»Was ist da passiert?«, fragte Julia und hörte, dass ihre Stimme greller klang als erwartet.

»An diesem Tag stand sein Haus in Frankreich in Flammen. Als ich ankam, war es schon zu spät. Ich habe noch gesehen, wie er durch das Flammenmeer zum Fenster kroch, dann aber vom Feuer verschlungen wurde. Wisst ihr, was damals durch meinen Kopf ging?«

Schweigend warteten sie auf seine Antwort.

»Nichts«, sagte Franz. »Ich war innerlich vollkommen leer.«

Julia sah Thor an. Er war kalkweiß, fast schon grün. Es sah aus, als müsste er sich gleich übergeben. Auch ihr drehte sich der Magen um.

»Ich kann das nicht mehr aushalten«, sagte Thor dann und drückte sich die Hand vor den Mund.

»Geh ruhig, wir kommen gleich nach«, sagte Franz.

Thors Schritte hallten durch den kalten Keller.

Plötzlich stand Franz ganz dicht bei ihr.

Sie war mit ihm allein.

14

FRANZ

Ich habe mich in meinem ganzen Leben noch nie so eigenartig gefühlt. Mein Herzschlag dröhnt mir in den Ohren. Ich schwanke wie ein Seekranker, als ich auf Julia zugehe. Aber ich reiße mich zusammen. Mit meiner Geschichte bin ich noch nicht fertig, und Julia muss unbedingt verstehen, warum mir das so wichtig ist.

»Du kannst in deinem Artikel beschreiben, wie ich mich immer wieder von allen Katastrophen erhole und immer wieder aufstehe«, sage ich. »Du kannst auch gerne schreiben, wie hart und grausam ich bin. Das tangiert mich nicht, denn so bin ich nun einmal. Verstehst du das jetzt?«

»Ja, du bist, wie du bist.«

»Nein, ich bin *so*«, korrigiere ich sie. »Ich sage Nein, egal was für Konsequenzen es für mich hat.«

»Ach so, ich verstehe.«

Ihr Gesicht ist blass, sie wirkt angespannt.

»Aber du darfst nicht schreiben, dass ich am Boden zerstört und geschwächt bin, denn das wäre eine verdammte Lüge.«

»Ich hatte in meinem Artikel nur ein bisschen spekuliert und überhaupt nicht verstanden, warum dich das so wütend gemacht hat.«

»Verstehst du das denn jetzt?«

»Ja, ein bisschen besser auf jeden Fall. Aber wie kann es sein, dass deine Mutter nicht bemerkt hat, was hier im Keller passiert ist? Warum hat sie das nicht verhindert?«

Plötzlich verschwindet ihr Gesicht vor meinen Augen, es wird ganz schwarz. Ich blinzele ein paar Male, dann kann ich sie wieder vor mir sehen.

»Sie hatte keine Ahnung, was da passiert ist«, sage ich.

»Hast du es ihr nicht erzählt?«

»Das mag merkwürdig klingen, aber ich habe mich dafür geschämt. Außerdem war ich erst drei Jahre alt, ich hatte ja die sprachlichen Mittel gar nicht. Sie hat mich gefragt, woher ich die blauen Flecken habe. Als ich nichts dazu sagen wollte, nahm sie wohl an, dass ich hingefallen war. Eines Tages dann entdeckte sie, dass ich am Anus blutete, und wurde misstrauisch. Am nächsten Tag kam sie früher von der Arbeit nach Hause und fand mich im Keller. Danach hat sie mich nie wieder auch nur in die Nähe des Herrenhauses oder meines Vaters gelassen.«

Es ist eine große Erleichterung, alles einmal loszuwerden, ohne dass die Stimme versagt. Mein Schwindel ist verflogen, ich vermute, das Schlimmste ist jetzt überstanden.

»Aber sie hat deinen Vater angezeigt, oder?«, fragt Julia ganz aufgebracht.

»Ja, aber seine Familie war ziemlich mächtig, denen gehörte die halbe Insel. Niemand wollte sich mit ihnen anlegen. Außerdem hätte da mein Wort gegen seines gestanden. Meine Mutter war nur eine arme, alleinerziehende Mutter. Und der Umgang mit Körperverletzung und sexuellen Übergriffen bei Kindern war damals ein anderer als heute. Ganz besonders hier auf der Insel.«

»Hast du ihr keine Vorwürfe gemacht, weil sie dich nicht beschützt hat?«

»Nein, aber sie hätte sich ihr Schweigen bezahlen lassen sollen. Das habe ich ihr nie verziehen. Wir mussten in einem alten, zugigen Sommerhaus leben, während sich der Rest der Familie in Luxus wälzte. Schon damals – als Kind – habe ich beschlossen, dass ich das Anwesen eines Tages übernehmen werde.«

Julia denkt nach, scheint nach den richtigen Worten zu suchen.

»Hast du hier unten viel geweint?«

»Am Anfang schon. Aber es hat mir ja nicht geholfen.«

»Du warst so … klein«, wimmert sie. Ihre Unterlippe zittert.

Sie starrt vor sich hin, dann steigen ihr die Tränen in die Augen und laufen ihr die Wangen hinunter. Ich fühle mich ganz unbeholfen, schließlich aber nehme ich sie in den Arm und entschuldige mich, immer und immer wieder. *Verzeih mir, Julia, verzeih mir.* Ich kann mich nicht erinnern, dass ich so etwas jemals getan habe. Meine Stimme klingt auch ganz fremd. Als würde jemand anders sprechen, nicht ich. Ich wiege sie hin und her. Sie lässt sich von meinen Armen halten. Aber dann plötzlich schiebt sie mich von sich weg.

»Darüber werde ich nichts in meinem Artikel schreiben«, sagt sie mit entschlossener Stimme, ihr Gesicht ist ganz tränenverschmiert.

»Tu, was du für richtig hältst. Ich wollte, dass du es verstehst, und ich habe keinen anderen Weg gesehen, um es dir zu erklären.«

Thor kommt zurück in den Keller, er ist noch immer sehr blass.

»Ich danke dir, dass du mir das erzählt hast, Vater«, sagt er. »Ich kann mir nicht vorstellen, was du durchgemacht hast. Das ist schrecklich und widerwärtig. Aber ich verstehe nicht, warum du *sie* dieser Geschichte aussetzen musstest?« Liebevoll sieht er Julia an. »War das wirklich notwendig? Sieh sie dir doch an, sie ist vollkommen verstört.«

Julias Pupillen sind tatsächlich riesengroß, sie kaut auf ihrer Unterlippe. Aber sie ist eine taffe junge Frau, sie wird sich schnell davon erholen.

»Wenn sie was über mich schreiben möchte, dann muss sie wissen, wer ich bin«, sage ich.

Julia hat die Stirn gerunzelt und starrt auf den Boden.

»Habe ich dir mit meiner Geschichte Angst gemacht?«

»Ja, ein bisschen schon«, antwortet sie. »Ich versuche zu begreifen, wie man einem Kind so etwas antun kann?«

»Du machst dir keine Vorstellung, wie oft ich mir diese Frage schon gestellt habe«, sage ich. »Aber das führt zu nichts, nur zu Alpträumen.«

»Sind wir hier jetzt fertig?«, fragt Thor ungeduldig. »Geht es dir inzwischen besser? Du solltest wirklich mit deiner Therapeutin darüber sprechen.«

Das werde ich auf keinen Fall tun. Es genügt, dass Thor und Julia davon wissen.

»Und was sagt ihr jetzt?«, frage ich sie. »Ist es vom Schicksal bestimmt, dass ich die Gräueltaten meines Vaters wiederhole? Sind sie zu einem Teil meiner DNA geworden?«

Ich weiß, dass Thor mich nicht anlügen kann. Seine Aufrichtigkeit hat fast etwas Zwanghaftes.

»Nein, ich glaube nicht, dass du bist wie er«, sagt er. »Aber ich finde, dein Schlaganfall war wie eine Strafe, die du verdient hast. Das mag schrecklich klingen, aber der Gedanke ist mir damals gekommen. Eine Strafe für die furchtbaren Dinge, die in der Schule passiert sind. Aber je mehr Zeit wir miteinander verbracht haben, desto kleiner wurde mein Groll. Ich habe aufgehört, dir Vorwürfe zu machen. Du hast jetzt die Chance bekommen, das Blatt zu wenden und noch einmal ganz von vorne anzufangen. Kannst du dich nicht bitte wenigstens bemühen, dich wie ein normaler Mensch zu verhalten?«

»Und wie sieht das aus, Thor? Wie verhält sich denn ein normaler Mensch? Wenn du damit meinst, dass wir zusammen angeln und in den Bergen wandern gehen sollen, dann kann ich mir Mühe geben.«

»Nein, ich meine damit, dass du aufhören sollst, andere Menschen zu manipulieren und auszunutzen.«

»Ich soll also aufhören, von meinem Einflussvermögen Gebrauch zu machen? Aber ich bin ein geborener Anführer. Was würde es denn ändern, wenn ich so tun würde, als wäre ich normal?«

Er starrt mich ablehnend an.

»Es würde … ach, ich weiß auch nicht. Aber ich würde mich auf mein Studium konzentrieren können und müsste mir nicht die ganze Zeit Sorgen machen, was du dir wohl als Nächstes ausdenken wirst.«

Thor meint das genau so, wie er es sagt. Er ist der ehrlichste Mensch, den ich kenne.

»Okay«, sage ich. »Ich werde es dir zuliebe versuchen. Das Letzte, was ich möchte, ist, dass du dir meinetwegen Sorgen machst.«

Mit seinen warmen, milden Augen sieht er mich an, und ich weiß, dass er Mitleid mit mir hat. Aber das will ich gar nicht. Ich möchte nur, dass er das Fundament meiner unerschütterlichen Willenskraft sieht und versteht, wie es entstanden ist. Ich bin, wer ich bin. Und ich werde niemals der sein, den er sich wünscht. Ich will, dass er mich so annimmt. Wir sehen uns schweigend an. Er weicht meinem Blick nicht aus. Mein Sohn. Es fühlt sich an, als könnte er in die dunkelsten Ecken meiner Seele blicken. Etwas in mir gerät ins Wanken. Ein unbekanntes Gefühl. Wenn ich einmal nicht mehr da bin, soll er sich mit Stolz an etwas erinnern können. Und wenn es auch nur dieses eine Detail ist, dass ich mich geweigert habe, mich zu unterwerfen. Ich will ihm etwas hinterlassen, das er mit Hochachtung behandelt – wie dieses Gebäude mit seinen Ahnen und grausamen Geheimnissen, dessen ehemalige Pracht ich habe wiederherstellen lassen. Das wäre eine angemessene Anerkennung meiner Mühen. Diese Gedanken jagen durch meinen fiebrigen Kopf, als ich ihn ansehe. Diese sentimentale Anwandlung passt überhaupt nicht zu mir. Wenn ich den Mund öffne, um etwas zu sagen, kommt kein Wort heraus. Nur Gemurmel, das eher wie ein Knurren klingt.

Plötzlich überfällt mich lähmende Müdigkeit.

Ich schließe die Augen und sehe Sterne, weiße Punkte, die das Schwarz hinter meinen Augenlidern durchbrechen.

Meine Beine können mich nicht mehr halten, das Atmen fällt mir schwer.

Ich schwanke, verliere das Gleichgewicht und habe den Impuls, mich auf den Folterstuhl zu setzen. Aber der Gedanke ist so absurd, dass ich lachen muss. Doch das Lachen bleibt mir im Halse stecken.

Meine Hand zittert. Wie lange tut sie das schon?

»Vater, was ist los mit dir?«, höre ich Thors Stimme wie aus weiter Ferne.

Mir gelingt es nicht, meine Gedanken in Worte zu fassen: *Alles in Ordnung, mir geht es gut.* Ich kann nicht mehr sprechen.

Ich stolpere rückwärts und pralle mit dem Rücken gegen die Wand.

Das Zittern hat sich verstärkt, mein ganzer Körper schüttelt sich.

Der Raum schwingt.

Alles bricht über mir zusammen, die Wände, das Dach.

Ist das der nächste Schlaganfall? Muss ich zurück in die Klinik?

Ich lasse mich an der Wand zu Boden gleiten.

Die Erschöpfung hat gesiegt.

15

JULIA

Es ging alles so schnell, plötzlich kauerte Franz auf dem Boden und starrte vor sich hin, ganz bleich und mit Schweißperlen auf der Stirn. Seine Hand zitterte. Julia schossen sofort die schrecklichsten Gedanken durch den Kopf. *Ein zweiter Schlaganfall? Wir müssen den Notarzt rufen! Gab es auf der Insel überhaupt Rettungssanitäter?*

»Oh, nein!«, wimmerte Thor.

Er stürzte zu seinem Vater und holte sein Telefon aus der Jackentasche.

»Keinen Arzt«, flüsterte Franz. »Bin nur müde.«

Er versuchte sich aufzurichten, sank aber kraftlos zurück.

»Doch, Vater. Wir müssen einen Arzt rufen«, sagte Thor. Franz packte ihn am Arm.

»Nein«, sagte er mit Nachdruck. »Ich muss mich nur kurz ausruhen.«

Er keuchte. Sein Brustkorb hob und senkte sich. Die Anspannung in dem klaustrophobisch engen Zimmer war erdrückend. Langsam wurde seine Atmung wieder ruhiger, und auch die Gesichtsfarbe wechselte von Kalkweiß zu Hellrosa. »Das war einfach anstrengender, als ich erwartet hatte«, sagte er. »Aber mir geht es schon wieder besser.«

»Du musst zu einem Arzt«, insistierte Thor. »Das ist doch nicht normal.«

»Doch, das ist es, vor allem für jemanden, der ein Jahr lang gar nichts konnte, oder wie sagt ihr das? Der ein Lauch war. Ich habe es ein bisschen übertrieben und mich überfordert.«

Seine Stimme klang wieder fast normal. Gleichmäßig. Ruhig.

Thor war im Begriff, den Arzt zu rufen, aber Franz war schneller und schlug ihm das Telefon aus der Hand.

»Es ist rührend, wie sehr du dich um jemanden sorgst, den du eigentlich abgrundtief verachtest.«

Julia und Thor wechselten Blicke. Der Zynismus überzeugte sie endgültig, Franz würde sich von dem Schwächeanfall wieder erholen.

»Okay, aber ich werde den Vorfall dem Klinikpersonal melden«, sagte Thor.

»Tu, was du nicht lassen kannst«, stöhnte Franz und erhob sich.

Julia befürchtete, dass der riesige Mann erneut stürzen würde, aber überraschend stand er sicher auf seinen Beinen.

»Hattest du so einen Schwächeanfall schon einmal?«, fragte Thor.

»Endlich mal eine gute Frage«, erwiderte Franz bissig.

»Du bist wirklich anstrengend, Vater.«

»Mir ist immer wieder mal schwindelig geworden, wenn ich zu hart trainiert hatte. Die Ärzte haben dazu gesagt, dass es vorkommen kann, wenn der Körper so lange gelähmt gewesen ist.«

Das beruhigte Thor.

»Ich weiß doch, dass ihr loswollt und deine Großmutter auf euch wartet«, sagte Franz. »Geht ruhig, ich komme hier allein zurecht.«

»Und was hast du als Nächstes vor?«, fragte Thor.

»Ich werde ein paar Anrufe machen und dafür sorgen, dass diese Bruchbude auf Vordermann gebracht wird. Danach werde ich die Abendfähre zurück in die Stadt nehmen.«

Franz ging vor und führte sie aus dem Keller. Er wirkte jetzt stabil und sicher, oder er riss sich wahnsinnig zusammen.

An der Tür legte Franz eine Hand auf Thors Schulter.

»Bleib so, wie du bist«, sagte er.

»Wie denn?«

»Na, so wie du bist.« Dann wandte er sich an Julia. »Vielen Dank, dass du mitgekommen bist. Du hattest recht. Es hat mir viel bedeutet.«

Franz sah ihnen lange hinterher. Julia spürte seine Blicke in ihrem Rücken, bis sie das Tor erreicht hatten. Mit jedem Schritt nahm die Erleichterung noch zu. Es fühlte sich so gut an, den Abstand zu dem engen Kellerraum zu vergrößern. Gierig wie eine Erstickende sog sie die kühle Luft ein. Ihre Muskeln entspannten sich wieder, dabei hatte sie ihre Anspannung vorher gar nicht gespürt. Diesen Besuch würde sie so schnell nicht vergessen, aber im Augenblick hatte sie das dringende Bedürfnis, sich der schrecklichen Vergangenheit des Herrenhauses zu entziehen.

Der Weg zum Sommerhaus von Thors Großmutter führte durch den Wald. Franz hatte Julia vor zwei Jahren dorthin mitgenommen. Sie hatten am Gartenzaun gestanden, und er hatte sich beklagt, wie ärmlich seine Kindheit gewesen war. Julia hatte das Häuschen gut gefallen, umgeben von einem üppig sprießenden, gepflegten Garten. Eine Weile hatte Karin nur in den Sommermonaten dort gewohnt, aber als die Zwillinge zur Welt gekommen waren, war sie ganz auf die Insel gezogen. Schweigend liefen sie den Pfad entlang. Keiner von ihnen wollte über die Ereignisse im Keller sprechen.

Auf die erste Begegnung mit Karin hätte Julia niemand vorbereiten können. Sie war eine stattliche Frau, fast so groß wie Franz. Alles an ihrem Äußeren erinnerte an ihn. Die Gesichtszüge, das pechschwarze Haar, der muskulöse Körper und der durchdringende Blick. Sie hatte zwar graue Strähnen, und ihr Gesicht war braungebrannt, aber sie strahlte eine erstaunliche Kraft aus. Und sah trotz der Alterszeichen auf jeden Fall nicht wie eine Frau um die siebzig aus. Sie hatte etwas Zeitloses.

Karin umarmte ihren Enkel und musterte Julia neugierig.

»Herzlich willkommen, Julia. Ich bin Karin. Du siehst wirklich ganz wie deine Mutter aus, aber du hast die Statur deines Vaters«, sagte sie.

Julia wand sich unter Karins Adlerblick.

»Und du siehst aus wie Franz«, entgegnete sie. »Ihr seht euch wahnsinnig ähnlich.«

»Ja, das sagen viele«, sagte Karin. »Wollt ihr nicht reinkommen?«

»Ja, gern.«

»Ich habe ein bisschen renoviert. Als die Zwillinge geboren wurden, hatte ich das Häuschen winterfest gemacht, damit ich das ganze Jahr über hier wohnen kann. Vor kurzem habe ich dann die Wohnfläche vergrößert, deshalb habe ich jetzt zwei Schlafzimmer, und Thor muss nicht mehr auf dem Sofa schlafen, wenn er mich besuchen kommt.«

Julia bekam einen Rundgang durchs Haus. Im Wohnzimmer stand ein Kamin in der Ecke, davor eine kleine

Sitzgruppe, und von dort führten zwei Türen in die kleinen Schlafzimmer. Die Küche sah neu aus, allerdings hatte sie den alten Holzofen behalten. Das Badezimmer war ganz schlicht gehalten, mit weißen Kacheln und Chrom. Die Dielen knarrten gemütlich, und das Licht, das durch die hauchdünnen Gardinen fiel, verzauberte den Raum und verlieh ihm etwas Verträumtes. Julia gefiel das Häuschen, es wirkte sehr schön und geschmackvoll, war aber bescheiden eingerichtet.

»Wie sah es hier aus, als Franz bei dir gewohnt hat?«, fragte sie.

»Wir hatten nur ein Schlafzimmer«, antwortete Karin. »Und ich habe auf der Bank in der Küche geschlafen. Es war alles ganz einfach. Wir waren sehr arm, musst du wissen.«

»Ich finde, es sieht großartig aus«, schwärmte Julia.

Sie setzten sich ins Wohnzimmer, und Karin bot ihnen selbstgemachten Johannisbeerwein an. Sie unterhielt sich hauptsächlich mit Thor, fragte ihn nach der Schule und nach seinem Alltag in Göteborg. Schließlich wandte sie sich auch an Julia.

»Und wie gefällt dir Dimö?«

»Ich finde die Insel wunderschön. Ich verstehe sehr gut, warum man hier leben möchte.«

»Ich kann mich gar nicht von der Insel losreißen.« Karin lächelte.

»Ist es im Winter nicht furchtbar einsam hier?«

»Doch, das ist es natürlich. Aber Thor kommt mich ja oft besuchen und bringt das Licht zu mir«, sagte sie und sah Thor dabei liebevoll an.

»Wir waren vorhin im Herrenhaus«, platzte es aus Julia heraus.

Thor hob warnend die Augenbraue, aber darauf nahm Julia jetzt keine Rücksicht. Sie hatte so viele Fragen.

»Franz hat uns den Keller gezeigt und uns erzählt, was sein Vater ihm angetan hat«, sagte sie.

»Julia …«, unterbrach Thor sie mit vorwurfsvollem Ton. Ihm war das furchtbar unangenehm.

»Aha?«, sagte Karin. »Das ist ja eine Überraschung, das hat er noch niemandem erzählt. Ich habe jahrelang versucht, mit ihm darüber zu sprechen, aber er hat sich geweigert. Er wollte sich damals auch auf keinen Fall einem Psychologen anvertrauen.«

»Dann stimmt es also, dass ihn sein Vater im Keller gefoltert hat?«, fragte Julia entsetzt.

»Ja, das stimmt leider«, antwortete Karin. Sie wirkte plötzlich ganz zerbrechlich.

»Müssen wir da jetzt unbedingt drüber sprechen?«, unterbrach Thor sie.

»Julia soll ruhig ihre Fragen stellen. Kein Wunder, dass sie das alles wissen möchte.«

»Dieser furchtbare Stuhl – hat sein Vater ihn wirklich benutzt?«, fragte Julia.

»Franz hat den Stuhl behalten?«, fragte Karin voller Ekel. »Schrecklich. Das wusste ich nicht. Ja, dieser Folterstuhl ist auch zum Einsatz gekommen.«

Sie wich Julias Blick aus und sah auf ihre Hände.

»Aber warum hast du nichts unternommen?«, rief Julia.

»Julia, hör auf damit. Beruhige dich bitte«, sagte Thor.

»Das ist nicht schlimm, Thor. Ich bin erst misstrauisch geworden, als ich blaue Flecken an Franz' Armen entdeckt habe, die nicht durch einen Sturz verursacht worden sein konnten. Deshalb bin ich eines Tages früher von der Arbeit nach Hause gekommen und habe ihn im Keller gefunden, da auf dem Stuhl…« Sie verbarg ihr Gesicht in den Händen. »Oh, Gott, es fällt mir nach wie vor so schwer, darüber zu sprechen. Auf jeden Fall habe ich ihn danach nie wieder auch nur in die Nähe seines leiblichen Vaters gelassen.«

»Das ist alles so widerlich«, stieß Julia hervor. »Was war das bloß für ein Monster? Warum hast du ihn nicht angezeigt, um ihn deswegen ins Gefängnis zu bringen?«

»Es lässt sich nicht so einfach erklären, wie es damals hier auf der Insel war«, sagte Karin. »Ich bin ja zur Polizei gegangen, aber sie haben mir nicht geglaubt und das alles sehr halbherzig behandelt. Die Ermittlungen sind dann im Sande verlaufen. Du darfst nicht vergessen, dass die Familie Bärensten, der das Anwesen gehörte, sehr einflussreich war. Und was das Monster angeht… ja, man kann ihn durchaus als Monster bezeichnen.«

»Aber bist du mit Franz nicht zum Arzt gegangen?«

»Natürlich, ich bin mit ihm in die Sprechstunde gefahren und habe erzählt, was passiert ist. Aber da es nur einen einzigen Arzt auf der Insel gab und dieser finanziell von den Bärenstens abhängig war, hat er den Fall nicht gemeldet.«

»Was für ein mieses Schwein. Hättet ihr nicht wegziehen und ihn bei der Polizei auf dem Festland anzeigen können?«, bohrte Julia unerbittlich weiter.

»Darüber habe ich auch nachgedacht. Aber Dimö ist mein Zuhause, ich habe hier fast mein ganzes Leben verbracht. Ich wollte ihm nicht die Genugtuung geben, uns von der Insel vertrieben zu haben. Zum Glück hat das Monster dann Dimö verlassen und ist ins Ausland gezogen. Aber das weißt du ja vielleicht schon.«

»Ich kann das alles noch nicht begreifen. Ich verstehe, dass es damals anders war als heute und dass du es schwer hattest. Aber trotzdem.«

Julia sah Thor an. Ein dunkler Schatten hatte sich über sein Gesicht gelegt.

»Du machst dir keine Vorstellung, wie oft ich mir seitdem Vorwürfe gemacht habe. Aber das nützt doch niemandem etwas. Ich kann das Geschehene nicht ungeschehen machen.«

Man sah die Schuld und Scham in ihren Augen.

»Aber sollte Franz nicht so eine Art Wiedergutmachung widerfahren?«, fragte Julia.

Karin zuckte mit den Schultern.

»Tut er dir nicht unfassbar leid?«

»Mein Herz wollte damals in tausend Stücke zerbersten, aber dann ist aus Franz ein Mensch geworden, mit dem man nicht mehr so viel Mitleid haben kann.«

»Wie meinst du das?«

»Franz oder vielmehr Fredrik, denn so hieß er früher, war ein ziemlich lebhaftes Kind, frühreif und hochbegabt. Und als kleiner Junge hatte er nichts Böswilliges in seinem Wesen. Aber dann veränderte er sich und wurde auch mir immer fremder. Er fand Gefallen an … Macht. Hatte das Sagen in der Schule. Er war einen Kopf größer als alle anderen und war beinahe unerträglich hübsch, woraus er eiskalt seinen Vorteil zog. Die anderen Jungen sahen zu ihm auf, die Mädchen vergötterten ihn. Ich weiß nicht … ich habe ihn nicht mehr erreicht, ich konnte ihn nicht verstehen.«

Julia war der Gedanke unheimlich, dass ein Mensch so viel Macht über andere haben konnte, dass sie sich ihm blind unterwarfen. So wie ihre Eltern es damals als Sektenmitglieder getan hatten. In Franz' Sekte.

»Das ist vielleicht gar nicht so überraschend, dass Franz eine Affinität für Macht entwickelt hat«, warf Julia ein. »Er hat dort unten im Keller die vollkommene Ohnmacht erlebt, vielleicht war das eine Art Revanche.«

»Das ist durchaus möglich. Aber leider hat Franz jeden Versuch von meiner Seite verweigert, mit ihm darüber zu sprechen. Und am Ende habe ich dann aufgegeben.«

»Wie kann man aufgeben, wenn es um das eigene Kind geht?«, fragte Julia, und der Vorwurf darin war unüberhörbar.

»Das kann ich dir leider nicht beantworten«, sagte Karin traurig. »Aber ich habe nie aufgehört, ihn zu lieben. Ich habe nur nicht begriffen, warum er sich nicht mit unserem einfachen Leben zufriedengeben konnte. Ihm fehlte es doch an nichts.«

»Obwohl ich das sogar ein bisschen verstehen kann«, sagte Thor. »Als ich klein war, hat mich das Herrenhaus auch sehr fasziniert. Vater hat es wahrscheinlich gehasst, dass er dort nicht willkommen war und wohnen durfte. Als wäre er nicht fein genug.«

»Das stimmt schon. Aber wir hätten dort nicht wohnen können, solange dem Monster das Anwesen gehörte. Und ich wollte nichts von dem Geld dieser Familie haben. Als Franz von der Insel weglief und nach Frankreich reiste, ist zwischen uns etwas kaputtgegangen, was nie wieder repariert werden konnte. Er ließ mich in dem Glauben, dass er umgekommen ist. Das ist das Schlimmste, was ein Kind seinen Eltern antun kann. Als er dann mit seinem Erbe zurückkehrte und das Anwesen kaufte, wollte er nichts mehr mit mir zu tun haben. Da habe ich einfach aufgegeben. Ich habe diese Sekte verabscheut, besonders die Schule, in die ihr beiden gehen musstet, Thor.«

»Du hast dich vor zwei Jahren geweigert, in den Medien eine Stellungnahme zu machen«, sagte Julia.

Karin nickte.

»Ich habe Mütter im Fernsehen gesehen, die vor laufender Kamera ihre Söhne verteidigten, die als Serienmörder angeklagt worden waren. *Er ist immer so ein lieber Junge gewesen.* Ich fand das ekelhaft. Ich hatte kein Interesse daran, sein Handeln zu rechtfertigen oder die Hysterie in den Medien anzufachen.«

»Glaubst du, dass Franz in der Lage ist, jemanden umzubringen?«, fragte Julia.

»Warum willst du das wissen?« Karin sah sie überrascht an.

»Er hat eine Art Tagebuch geführt, als Tonbandaufnahme. Und darauf sagt er, dass er jemanden umgebracht hat. Heute weist er es von sich und behauptet, es seien nur Fantasien gewesen.«

Karin wedelte abwehrend mit der Hand.

»Ja, Franz hatte schon immer eine sehr lebhafte Fantasie. Diese Dinge haben ziemlich wahrscheinlich nur in seinem Kopf stattgefunden.«

»Dann kannst du dir nicht vorstellen, dass er jemanden umbringen könnte?«

»Nein, auf keinen Fall.«

»Aber warum nicht?«

»Er hätte viel zu viel Angst vor dem Gefängnis.«

Julia lehnte sich vor.

»Wie versteht ihr euch mittlerweile, Franz und du?«

»Wir sehen uns ja kaum. Aber wenigstens hat er mir Vic und Thor geschenkt. Und die beiden sind mein Ein und Alles gewesen.«

Ein angenehmes Schweigen senkte sich herab. Als hätten sie endlich alles geklärt.

»Ich freue mich, dass Julia mir Fragen gestellt hat, Thor.«

»Das freut mich auch«, erwiderte Thor. »Mir geht es nur nicht so gut, seit wir dort unten in dem Keller waren. Und am liebsten möchte ich auch nicht mehr darüber sprechen. Ich brauche jetzt frische Luft. Können wir ein bisschen spazieren gehen, bevor wir was essen?«

»Wollen wir Muscheln sammeln und dann Muschelsuppe machen?«, schlug Karin vor.

»Das ist eine großartige Idee«, rief Thor und sprang auf.

Sie liefen ans Wasser. Die Wolkendecke war aufgerissen und zeigte einen hellblauen Himmel. Das Heidekraut war von Morgennebel bedeckt. Die Felsen sahen auch an einem so hellen, klaren Tag dunkel, bedrohlich und düster aus. Das ungestüme Meer dröhnte unter ihnen gegen die Insel. Auf der anderen Seite des Sundes glänzte das Wasser in unzähligen Kupfertönen.

Julia musste an ihre Freunde denken, die gerade wie Sardinen in der Straßenbahn saßen, in langweiligen Cafés herumhingen und auf ihren Handys im Internet surften. Ein wunderschönes, faules Gefühl überkam sie, und auf einmal verstand sie, warum ihre Eltern ihr altes Leben aufgegeben hatten, um auf dieser Insel zu leben.

Thor half seiner Großmutter dabei, von einem größeren Felsen herunterzuklettern. Karin wuschelte durch seine Haare. Er lachte und lehnte den Kopf an ihre Schulter. Er war so ganz anders als alle Typen, die sie jemals kennengelernt hatte. Und er war auch anders als alle anderen Typen, die sie jemals in ihrem Leben kennenlernen würde.

So einem Menschen begegnet man genau ein Mal in seinem Leben, dachte sie. Ein einziges Mal.

16

FRANZ

Ich habe mitnichten vor, mit der Abendfähre aufs Festland zurückzukehren. Der Schwindel ist schon nach ein paar Stunden wieder verschwunden, und ich fühle mich fast so gut wie davor. Das war eine Prüfung, die ich absolvieren musste. Dass ich sie gemeistert habe, bedeutet für mich, dass ich alles bestehen kann. Ich hatte schon lange den Wunsch, in dem Keller meine tatsächliche, innere Stärke auf die Probe zu stellen. Und wenn mir meine inkompetente Psychotherapeutin dabei nicht helfen will, dann muss ich eben mein eigener Therapeut sein.

Meine heftige Reaktion hat ohne Zweifel mit Thor zu tun. Als ich, am Anfang, noch vollständig gelähmt war, hat er mich einmal in der Woche im Krankenhaus besucht. Er saß auf einem Stuhl neben meinem Bett und hielt meine Hand in seiner. Immer auf die gleiche Weise: sanft und vorsichtig. Da ich nicht sprechen konnte, hatte ausschließlich er das Wort. Zu Beginn bestanden seine Monologe hauptsächlich aus Vorwürfen. Er zählte Ungerechtigkeiten auf, die ich ihm angetan hatte, und beklagte sich darüber, als Kind von mir vernachlässigt worden zu sein. Da ich weder antworten noch auf eine andere Art reagieren konnte, ging er vermutlich davon aus, dass er mich nicht verstanden habe. Aber ich erinnere mich an jedes Wort.

Mit der Zeit wurde sein Ton allerdings milder, nachgiebiger, und er erzählte von gemeinsamen Erinnerungen. Eine war die eines Abendspaziergangs durch den Wald. Er konnte alle Details genau beschreiben. Die Gerüche, welche Vögel gezwitschert haben, wie sich der Boden unter seinen Füßen angefühlt hatte. Ein anderes Mal erzählte er von seinem Glücksgefühl, als ich ihm ein Vogelnest gezeigt habe und er eines der Eier ganz sanft berühren durfte. Diese Erinnerungen waren an sich nicht besonders bemerkenswert, aber die Bilder davon erschienen in meinem Inneren fast unnatürlich klar und deutlich.

Bei einem dieser Besuche spürte ich auch zum ersten Mal Tränen auf meinem Gesicht, heiß und ... erniedrigend. Die Ärzte gingen davon aus, dass ich meinen Blinzelreflex nicht unter Kontrolle hatte, und vielleicht war es auch nur das – der Tränenfluss eines hilflosen, gelähmten Mannes. Beim ersten Mal reagierte Thor noch unbeholfen, vielleicht war es ihm auch peinlich. Beim nächsten Mal war er besser vorbereitet und hatte ein Taschentuch dabei. Ich glaube, ich habe mich in meinem ganzen Leben noch nie so gedemütigt und gleichzeitig glücklich gefühlt. Aber sobald ich meine Sprache wiedergewonnen hatte, zog er sich in seine Schale zurück. Manchmal denke ich sehnsüchtig an seine Monologe. Es ist schon verrückt, wie ein kleines Kind, das seine Gutenachtgeschichte vermisst.

Thor kann auch heute noch einen besonders empfindsamen Teil in mir berühren. Vielleicht würde uns ein bisschen Abstand ganz guttun. Ich könnte ihn beispielsweise auf eine dieser prätentiösen Journalistenschulen im Ausland schicken. Dann hätten wir auf jeden Fall mehr Distanz, und ich würde ihm etwas Gutes tun.

Ich rufe in der Klinik an und informiere die Leitung,

dass ich noch ein paar Tage auf Dimö zu bleiben gedenke. Dann bitte ich darum, mit Elyssa sprechen zu dürfen.

»Na, wie geht es Ihnen, Elyssa?«, frage ich sie. »Vermissen Sie mich?«

»Und wie, Franz«, sagt sie voller Sehnsucht. »Es ist so langweilig hier ohne Sie. Sie kommen doch zurück, oder?«

»Ja, aber vorher muss ich mich hier noch um ein paar Dinge kümmern. Hätten Sie nicht Lust, auf die Insel zu kommen? Sie bekämen auch eine exklusive Rundführung durch mein Herrenhaus.«

»*DAS* Herrenhaus?«

»Ja, allerdings muss es erst ein bisschen auf Vordermann gebracht werden. Und das Ganze sollte schnell über die Bühne gehen. Ich hatte mir gedacht, dass Sie vielleicht die Organisation übernehmen.«

Elyssa zögert einen Moment.

»Ging es auf der Insel wirklich so wild zu, wie es die Gerüchte erzählen?«, fragt sie.

»Glauben Sie nicht alles, was in den Boulevardblättern steht.«

»Mädchen in meinem Alter lesen keine Zeitungen – wenn es hochkommt, checken wir, was auf Twitter so läuft.«

»Die sozialen Medien sind aber so … tendenziös«, entgegne ich.

»Ich weiß«, seufzt sie.

»Wie dem auch sei, aber jetzt ist es hier menschenleer.«

»Und wo soll ich wohnen?«

»Wir haben achtzehn Schlafräume, Sie können sich einen aussuchen.«

»Und wo schlafen Sie?«

»Ich habe meine eigene Suite im Herrenhaus.«

»Krass. Muss ich hier kündigen, um bei Ihnen anzufangen?«

»Ja, leider schon. Ist das ein Problem für Sie?«

»Nein, ich arbeite sowieso nur auf Stundenbasis.«

»Was für eine Verschwendung von so viel Talent.«

Sie kichert.

»Was für ein Glück, dass ich Ihnen einen so viel besseren Job anbieten kann. Haben wir also einen Deal? Kommen Sie und gehen mit mir alle notwendigen Arbeiten durch?«

»Sofort?«

»Ja, am liebsten gleich morgen mit der Fähre. Ich möchte das Wochenende nutzen, um alles mit Ihnen zu besprechen. Am Montag müssen wir anfangen, uns um die Handwerker zu kümmern.«

»Dann mache ich mich gleich mal auf den Weg«, sagt sie voller Eifer.

Elyssas Gesellschaft wird wie eine Vitaminspritze für mich sein, bis ich diesen heruntergekommenen Ort auf alles vorbereitet habe.

Ich erkläre ihr, wie sie zur Fähre kommt, und verspreche, dass ich sie dort abholen werde.

Den ersten Punkt auf meiner mentalen To-do-Liste habe ich erledigt: den Posten der Sekretärin besetzen – Check!

Ich mache eine eingehende Hausinspektion und notiere mir im Handy alle Kleinigkeiten, die mir ins Auge fallen. Risse in den Leisten, verzogene Fensterrahmen, die durch die Feuchtigkeit aufgequollen sind und sich nicht mehr öffnen lassen. Auf diesem Rundgang vermerke ich auch die verschiedenen Farben, die ich für die jeweiligen Räume verwenden möchte.

Nachdem ich jeden Raum inspiziert habe, sorgfältig und

methodisch, gehe ich in den Hof. Ich sehe an der Fassade hoch, die unbedingt sandgestrahlt werden muss. Auch die Aula müsste dringend repariert und gereinigt werden, denn für sie habe ich in Zukunft noch Verwendung. Das Schulgebäude und den Stall, die weiter hinten auf dem Gelände liegen, haben jetzt erst einmal keinen Vorrang. Aber die Gebäude, in denen die Gäste untergebracht werden, müssen tipptopp sein, wenn meine Besucher eintreffen. Oder sollte ich sie lieber Untergebene nennen? Das hängt ein bisschen davon ab, wie man die Sache betrachtet. Was ich mit dem Keller anfange, weiß ich noch nicht. Vielleicht kommt dort ein Fitnessraum rein, und aus der Folterkammer mache ich eine Sauna. Nach kurzer Überlegung entscheide ich mich anders. Ich werde den Raum so lassen, wie er ist. Als Mahnmal für meine innere Stärke und Kraft.

Da höre ich einen dumpfen Knall und sehe, dass eines der Fenster in dem kleinen Gästehäuschen neben dem Herrenhaus offen steht und vom Wind gegen den Rahmen geknallt wird. Dort bin ich bisher noch nicht gewesen. Wahrscheinlich ist das auch keine besonders gute Idee, aber ich muss das Fenster schließen. Die Eingangstür ist nicht abgeschlossen. Die Luft in der Diele ist stickig. Ich gehe ins Wohnzimmer und sehe, dass es hier durch ein Leck im Dach hineingeregnet hat.

Ich schließe das offene Fenster und sehe mich um. Alles sieht genauso aus, wie ich es vor zwei Jahren verlassen habe. In der Vase stecken die vertrockneten weißen Pfingstrosen, auf dem Küchentisch steht eine halbleere Flasche Wein. Mein letztes Glas, bevor ich …

In seiner schlichten Einfachheit ist mir alles vertraut. Der Kachelofen, das beige Sofa, die Rattanstühle. Sogar die Dielenbretter knarren wie früher. An der einen Wand schimmern dunkle Flecken durch die Farbe hindurch. Ein Echo aus der Vergangenheit. Ich hatte aus Wut Elviras Nagellack gegen diese Wand geworfen. In diesem Haus hatte sie ja viele Jahre mit meinen Jungen gelebt.

Ich öffne die Terrassentür. Der Himmel ist samtblau, bald wird es dunkel sein. Die Aussicht ist nicht mehr ganz so betörend, wie sie einmal war. Die Kiefern sind so hochgewachsen, dass sie lange Schatten werfen. Der Rasen ist zugewuchert, als hätte jemand Stroh darauf verteilt. Ein beißender Wind wirbelt Laub auf. Große Verwahrlosung, und im Hintergrund höre ich das trostlos tosende Meer.

Früher habe ich diese Jahreszeit besonders gemocht. Ich hatte das Gefühl, dass meine Gedanken klarer und präziser wurden, wenn das Laub von den Bäumen fiel. Aber jetzt bekomme ich eine Gänsehaut und gehe ins Haus zurück.

Bevor ich es mir anders überlegen kann, stehe ich im Schlafzimmer vor dem Doppelbett. Und sofort sind die Erinnerungen da. Was für Bilder. Sie sind so lebendig. So greifbar.

Vor mir liegt Julia auf dem Bett, friedlich schlafend.

Ich sehe ihr Lächeln, das erstirbt, als sie begreift, dass es nicht so ist, wie sie es erwartet hatte. Ich sehe ihre Wut, als sie erkennt, dass ich sie aus einem anderen Grund hierhergelockt habe.

Es ist jedes Mal dasselbe. Immer wenn ich glaube, ich hätte mich mit meiner Vergangenheit versöhnt, kommen die Erinnerungen mit voller Kraft zurück. Ich habe versucht, sie zu eliminieren, seit ich wieder Herr meiner Sinne bin. Ich wache mitten in der Nacht auf, weil sie sich meiner Träume bemächtigt haben. Ich habe gegen sie gekämpft, um sie zu vertreiben, sie in der hintersten Ecke meines Geistes vergraben. Aber sie hören nicht auf, mich zu verfolgen, brutal und schonungslos. Ich habe mir die Fotos, die ich von ihr gemacht habe, bestimmt an die tausend Mal angesehen. Sie ist mein Nachtmahr, der mich in den Träumen quält.

Früher bin ich der Ansicht gewesen, dass sich Verlangen mit der Zeit abnutzt und verflüchtigt. Aber inzwischen bin ich mir da nicht mehr so sicher. Vielleicht lässt sich die menschliche Begierde durch nichts und niemanden auslöschen.

Ich ergänze meine mentale To-do-Liste um einen Punkt: mit Julia einen Abend hier verbringen. In diesem Zimmer. In diesem Bett. Nur wir beide.

17

JULIA

Thor und Julia blieben noch einen Tag länger als geplant auf Dimö. Am Montag war in seiner Schule Studientag, deshalb hatte er keinen Unterricht, und Julia nahm sich frei.

Sie machten ausgiebige Spaziergänge, kochten zusammen und saßen abends gemütlich vor dem Kamin und unterhielten sich. An einem windstillen Tag lud Karin sie auf ihrem Motorboot zu einer Rundfahrt um die Insel ein. Und am letzten Tag hatten Elvira und Simon sie zu sich in die Pension zum Mittagessen eingeladen. Als sie am Herrenhaus vorbeikamen, sah Julia Licht in den Fenstern und wusste gleich, dass Franz also doch länger geblieben war. Sie war froh, ihm nicht über den Weg gelaufen zu sein. Seine Geschichte hing ihr noch immer nach, und sie wollte sich das schöne Wochenende nicht kaputtmachen lassen.

Obwohl sie sich mit Thor ein Bett teilte, wies sie seine vorsichtigen Annäherungsversuche ab. Sein physisches Verlangen nach ihr wurde immer dann dringlicher, wenn er Zeit mit seinem Vater verbracht hatte. Das gefiel ihr nicht. Und nachdem sie ihn auf der Insel mit anderen Augen gesehen hatte – seine Liebe zur Natur und zu seiner Großmutter –, war es ihr noch wichtiger, dass sich das erste Mal zwischen ihnen richtig anfühlte. Sofern es überhaupt jemals dazu kommen sollte.

Bevor sie am Dienstag in die Redaktion fuhr, schrieb sie Franz noch eine SMS. *Vielen Dank für deine Offenheit bei unserem Besuch auf dem Anwesen. Ich werde aber keinen Artikel über dein Experiment schreiben.* Als sie dort ankam, hatte sie noch keine Antwort bekommen. Sie war spät dran und bereitete sich innerlich auf Susannas Standpauke vor. Aber die war gerade in ein Telefonat vertieft. Julia setzte sich an ihren Platz und begann, ihre Mails zu checken. Siedend heiß fiel ihr ein, dass sie den Kaffee für ihre Chefin vergessen hatte.

»Ich bin gleich wieder da«, sagte sie zu einer Kollegin. »Wenn Susanna fragt, sag ihr, dass ihr Kaffee auf dem Weg ist.«

Als Julia zurückkam, war Susanna aber verschwunden. Die Kollegin teilte ihr mit, dass sie zu einem frühen Mittagessen verabredet war, Julia aber in der Zwischenzeit ihr Büro aufräumen sollte.

Julia unterdrückte ein genervtes Seufzen und ging in das Büro ihrer Chefin. Verzweifelt sah sie sich in dem Chaos um, fragte sich, wo sie anfangen sollte, und beschloss, sich den Tisch mit dem Drucker vorzunehmen. Während sie die Dokumente sortierte, musste sie an Thor denken. Wie gut er roch, sie dachte an die Wärme, die sein Körper ausstrahlte, und wie wohl sie sich in seiner Nähe fühlte. Dann dachte sie an Franz und hatte sofort ein Flattern in der Magengegend. Wie bei ihrer ersten Begegnung. Sie musste sich bei dem Gedanken schütteln, wie naiv sie damals gewesen war. Leichte Beute und viel zu sehr an Sex interessiert. Sie war seitdem um einiges reifer geworden, war nicht mehr so anfällig für schöne Männer. Deshalb ärgerte es sie auch jedes Mal, wenn sie bei dem bloßen Gedanken an Franz dieses Kribbeln im Bauch spürte.

Susanna ließ sich Zeit. Nachdem Julia fertig war, kehrte sie an ihren Rechner zurück und surfte im Netz, während sie auf ihre Chefin wartete. Die hohe Anzahl der Kommentare zu ihrem Artikel brach nicht ab. Fast alle endeten mit der Frage: Was macht Franz Oswald als Nächstes?

Julia bemerkte Susanna erst, als sie hinter ihr stand und auf ihrem Monitor mitlas.

»Das Feedback auf deine Artikel ist wirklich toll«, sagte sie. »Kommst du mal kurz zu mir ins Büro, bitte. Ich möchte da eine Sache mit dir besprechen.«

»Ja, klar.«

Susanna schloss die Tür hinter ihnen. Das machte sie nur, wenn es um etwas Ernstes ging.

»Setz dich, komm, setz dich«, sagte sie und wedelte mit der Hand. Sie selbst ließ sich auf ihren Sessel fallen und legte die Füße auf den Schreibtisch. Das war eine Angewohnheit, die Julia nur an ihr kannte, wenn sie Alkohol getrunken hatte. War das so ein Mittagessen gewesen?

»Oje, diese Schuhe bringen mich noch um«, sagte sie und nahm die Füße wieder vom Tisch. »Du wirst nicht glauben, mit wem ich gerade zum Lunch war. Dein absoluter Lieblingsmensch.«

Julia spürte den Kloß im Hals.

»Wer soll das sein?«

»Na, Franz Oswald natürlich. Du hattest ja wirklich recht, er hat sich ausgesprochen gut von seinem Schlaganfall erholt. Gott, was für eine Intensität der ausstrahlt.«

Julia biss die Zähne aufeinander, um nicht vor Wut zu explodieren. Dass Franz hinter ihrem Rücken agierte, war unfair und … kränkend.

»Ja, das ist seine Masche, um die Leute zu manipulieren«, stieß sie mit zusammengepressten Zähnen hervor.

»Was für ein Glück, dass du ihn schon längst durch-schaut hast«, sagte Susanna fröhlich. »Mich hat er ziemlich zum Plaudern gebracht, über dies und das. Meinst du, er hat mich mit seinen fantastischen Augen hypnotisiert?«

»Keine Ahnung.«

»Okay, wollen wir mal zum Punkt kommen?«

»Klar.«

»Warum hast du mir nichts von dem Experiment er-zählt, das er auf der Insel durchführen will?«

»Weil ich ihm schon gesagt habe, dass ich darüber nicht berichten werde«, antwortete Julia, ohne zu zögern.

»Ohne das vorher mit mir zu besprechen?«

»Ich habe nicht vor, mich mit diesen wahnsinnigen Leu-ten auf eine fast verlassene Insel zu begeben.«

»Julia, Julia«, sagte Susanna und stützte sich mit ihren Unterarmen auf den Tisch. »Das ist der Coup des Jahrhun-derts, begreifst du das nicht? Die wohl am meisten gehass-ten und berüchtigten schwedischen Bürger, versammelt auf einer Insel unter der Führung eines landesweit bekannten Sektenführers? Er schaltet am ersten Advent seinen Video-Blog online. Das wird ein Adventskalender für Erwachse-ne. Dadurch werden wir so viele neue Abonnenten bekom-men, dass wir noch mehr Leute einstellen müssen. Du *wirst unbedingt* auf die Insel fahren.«

»Schick doch jemand anderes.«

»Aber er will nur dich.«

»Das ist erst recht ein sehr guter Grund, jemand anderen zu schicken.«

Susanna sah schlagartig ziemlich besorgt aus.

»Machst du dir Sorgen um deine Sicherheit?«

»Sollte ich das nicht? Eine schießwütige Tante, ein Nazi und ein Vergewaltiger in einem Haus?«

»Franz hat versprochen, sich darum zu kümmern. Er wird Wachleute anstellen und hat ein kleines Gästehäuschen neben dem Haupthaus, in dem du wohnen kannst. Ganz abgeschieden von den anderen.«

Bei dem Wort *Gästehäuschen* schossen ihr die Tränen in die Augen. Es genügte ihm wohl nicht, dass er ihre Chefin derart manipuliert hatte, jetzt ließ er sie auf diesem Weg auch noch wissen, dass sie *dort* untergebracht werden sollte. Ausgerechnet dort. Sie wusste, dass Franz einen verführerischen, besonders gefährlichen Stoff aussonderte, der die Menschen gefügig und leicht beeinflussbar machte. Jetzt hatte sich Susanna mit diesem Virus infiziert.

»Aber Julia …«, sagte sie und legte eine Hand auf ihre. »Machst du dir wegen deinen Eltern Sorgen? Ich kann mit ihnen reden, wenn du willst.«

»Was? Ich bin doch kein kleines Kind mehr.«

»Hast du Angst, dass er … Hat er dir bei dem Interview sexuelle Avancen gemacht?«

»Nein, natürlich nicht.«

»Was ist es dann? Verheimlichst du mir was?«

Das wäre der richtige Moment, um Susanna alles zu erzählen, was sich vor zwei Jahren ereignet hatte. Sie würde das bestimmt verstehen und Julia niemals nach Dimö schicken. Aber Julia konnte sich nicht dazu überwinden. Das war viel zu *privat*. Außerdem war Susanna eine Tratschtante, und in kürzester Zeit wüsste die gesamte Redaktion Bescheid.

»Aber warum hat er ausgerechnet dich dafür ausgewählt?«, fragte sie. »Er hat zwar betont, dass ihm deine Artikel gefallen haben, aber besonders schmeichelnd waren die ja nicht unbedingt.«

»Er liebt Aufmerksamkeit und Kontroversen.«

»Meinst du wirklich, dass es so gefährlich ist, auf die Insel zu fahren? Kann dich ja jemand aus der Redaktion begleiten – wenn du das möchtest.«

»Nein!«

»Heißt das: keinen zusätzlichen Reporter? Oder: Nein, du machst den Job auf keinen Fall?«

»Ich weiß es noch nicht.«

»Ich habe mir überlegt...«, sagte Susanna und lächelte geheimnisvoll.

»Was denn?«

»Ich werde dir eine Festanstellung anbieten, wenn du den Auftrag annimmst.«

»Als deine Assistentin?«, fragte Julia mit ängstlich aufgerissenen Augen.

»Nein, keine Sorge, als richtige Journalistin hier bei uns in der Redaktion. Aber auf Probezeit, versteht sich.«

»Aber ich habe doch gar keine Ausbildung als Journalistin?«

»Das ist mir so was von egal. Ich mag deinen Stil.«

»Das klingt ehrlich gesagt nach emotionaler Erpressung.«

»Ja, das ist es auch«, sagte Susanna und seufzte. »Ich möchte unbedingt, dass MODA das erste Online-Magazin ist, das darüber berichtet.«

»Vielleicht solltest du das dann lieber selbst machen, oder?«

»Und ich würde einen Superjob machen, keine Frage«, sagte Susanna eingeschnappt.

»Dann überrede doch den Idioten, der dich gerade so perfekt manipuliert hat.«

»Jetzt reicht's, Julia.« Susannas Stimme hatte an Schärfe gewonnen.

»Darf ich kurz darüber nachdenken?«, fragte Julia.

»Selbstverständlich. Geh an die frische Luft, dreh eine Runde. Hast du schon was gegessen? Hol dir was Leckeres, ich bezahle. Hier nimm meine Karte mit«, sagte sie und wühlte in ihrer Handtasche.

»Alles gut, ich bezahl schon selbst. In einer Stunde bin ich zurück.«

Draußen auf dem Bürgersteig schlug ihr die kühle Herbstluft entgegen. Es duftete nach Feuchtigkeit, moderndem Laub und Abgasen. Der Asphalt vibrierte von den vorbeifahrenden Autos. Sie setzte sich ihre Kapuze auf, schob die Hände tief in die Taschen ihrer Jacke und beschloss, sich in ihr Lieblingscafé zu setzen. Es war ein bisschen siffig, lag etwas abgeschieden, und man musste durch einen kleinen Park mit riesigen Buchen, um dorthin zu gelangen. Sie brauchte aber jetzt diese Zurückgezogenheit, um sich mit ihren widersprüchlichen Gedanken auseinandersetzen zu können.

Auf dem Weg durch den Park rauschte der stürmische Wind in den Blättern, was dem Gefühl in ihrem Bauch entsprach.

Sie bestellte das Essen am Tresen und setzte sich in die hinterste Ecke, steckte sich die Kopfhörer in die Ohren und machte beruhigende Musik an. Um runterzukommen.

Sie versuchte, ihre Gedanken zu sortieren, Orientierung zu finden.

Dabei wurde ihr bewusst, dass sie niemanden hatte, mit dem sie darüber reden konnte. Thor würde es ihr sofort ausreden wollen, und ihre Mutter würde wahrscheinlich sogar hysterisch reagieren. Und ihre Chefin hatte sich gerade einer Gehirnwäsche durch Franz Oswald unterzogen. Ihr Vater wäre eine Option, aber der stellte sich meistens auf die Seite von Sofia, um des lieben Friedens willen.

Sie war so müde davon, sie hatte es so satt, immer wie ein kleines Kind behandelt zu werden.

Die Gedanken flogen von einem zum anderen. Vor zwei Jahren hätte sie bei diesem Angebot, eine Stelle auf Probezeit bei einem der trendigsten Onlinemagazine, keine Sekunde gezögert. Damals hatte sie ein Selbstwertgefühl, an das sie sich heute nicht mehr erinnern konnte. Wo war es nur hin? Genau genommen war dieses Angebot ein kleines Wunder in ihrem tristen Dasein. Allerdings lösten Wunder immer Misstrauen in ihr aus. Aber was sollte schon passieren? Außerdem stimmte die Bezahlung, und davon könnte sie mit Thor in den Urlaub fahren. Sie hatten oft davon gesprochen, nach Österreich zum Wandern zu gehen und danach nach Italien zu fahren – Venedig, Florenz, Rom.

Warum zögerte sie also? Wann war sie nur so pathetisch geworden? In ihrem Inneren wusste sie natürlich, dass es mit den Ereignissen vor zwei Jahren zusammenhing. Mit ihrer Gutgläubigkeit. Sie hatte ihren Eltern einen furchtbaren Schrecken eingejagt. Vic war ums Leben gekommen, und Franz hatte seinen Schlaganfall gehabt. Aber sie war sich auch durchaus bewusst, dass nicht sie die Verantwortung dafür trug. Sie hatte das Karussell nicht in Gang gebracht, das am Ende zu dieser Tragödie geführt hatte.

Diese einmalige Gelegenheit einer Festanstellung konnte sie sich unmöglich entgehen lassen und sich dadurch ihre Karriere verbauen, bevor sie noch richtig angefangen hatte. Aber was hatte sie für eine Alternative? Abzulehnen und zu hoffen, dass Susanna einen anderen großen Auftrag für sie finden würde? Sehr unwahrscheinlich. Oder doch zusagen und Susannas Notlage zu ihren Gunsten ausnutzen? Sie sehnte sich nach Dimö und fühlte sich gleichzeitig innerlich so sonderbar distanziert.

In ihr nahm langsam ein Entschluss Gestalt an. Sie würde Franz anrufen. Sie wusste, dass er auf Susannas Anruf mit der Nachricht wartete, dass Julia den Auftrag annahm. Aber da konnte er lange warten.

Er ging sofort ans Telefon. Seine Stimme klang erwartungsvoll.

»Wenn du noch einmal hinter meinem Rücken mit meiner Chefin sprichst, wirst du Thor nie wiedersehen«, sagte Julia.

Er schnaubte.

»Oha! Hast du einen so großen Einfluss auf ihn?«

»Ich habe mehr Einfluss, als du denkst.«

Seine Stimme wurde weicher, milder.

»Entschuldige bitte. Das war vielleicht ein bisschen unsensibel, mich direkt an Susanna zu wenden. Aber deine SMS klang so unverrückbar und definitiv. Da hatte ich Bedürfnis nach Unterstützung.«

»Ruf mich nie wieder an. Oder meine Chefin. Oder jemand anderen, den ich kenne. Ich melde mich. Vielleicht. Wenn ich Lust dazu habe.«

Er schwieg, hatte erstaunlicherweise keine Widerworte auf Lager.

18

FRANZ

Die Beziehung zwischen Elyssa und mir hat eine lange Geschichte. Sie hat damals in der psychiatrischen Abteilung gearbeitet, auf die ich nach meinem Schlaganfall gebracht wurde. Jeden Tag hat sie mich im Rollstuhl ans Fenster geschoben, und wenn mich die Sonne blendete, hat sie meinen Standort gewechselt, damit es mir nicht in den Augen schmerzte. Sie hat mir mit ihren Fingern die Tränen von der Wange gestrichen. Und einmal, als niemand zuhörte, hat sie mir was ins Ohr geflüstert.

»Kommen Sie in unsere Welt zurück. Es wird schon nicht so schlimm sein, wie Sie glauben.«

Unsere Morgenroutine bestand darin, dass sie mir die Tageszeitung vorlas. Zuerst die Nachrichten, dann die Artikel, die sie interessant fand.

Elyssa hat Dinge gesagt wie: »Sehen Sie doch, Franz! Fuchspelz ist jetzt im Herbst der letzte Schrei. Auch für Männer!« Oder: »Die haben einen neuen Club in der Stadt aufgemacht, wollen wir da hin?« Ich hätte am liebsten gebrüllt vor Lachen, aber das war noch, bevor ich das wieder konnte.

Elyssa war die Erste, die begriff, dass ich auf dem Weg der Besserung war. Sie bemerkte als Erste, dass ich die Kontrolle über meine Muskeln zurückgewonnen hatte.

Und sie half mir auch bei meinen ersten Schritten. Die ganze Zeit redete sie mir gut zu. »Sie schaffen das.« Bis ich es dann eines Tages selbst glaubte. Als ich in die Reha-Klinik verlegt wurde, ließ sie sich auch versetzen.

Ich weiß inzwischen fast alles über Elyssa. Sie ist dreiundzwanzig Jahre alt. Tochter einer alleinerziehenden und überforderten Mutter, die ihr gegenüber gefühlskalt und abweisend war – womit ich mich besser als die meisten auskenne. Die Mutter starb an Krebs, als Elyssa siebzehn war, was sie dazu veranlasst hat, sich einen Job in der Pflege zu suchen. Dort sah sie sich immer wieder mit vernachlässigten, leidenden Patienten konfrontiert, etwas, das sie kaum ertragen kann. Sie ist mit Leib und Seele in der Krankenpflege tätig und liebt es, etwas Gutes zu tun. Aber sie hat auch eine sündige Seite, die gar nicht genug von mir bekommen kann.

Sie wohnt in einer kleinen Einzimmerwohnung im Göteborger Stadtteil Majorna und ist seit einigen misslungenen Dates, an deren Ende sie meistens von den Typen angeekelt war, überzeugter Single. Was sie hingegen nicht angeekelt hat, war der Speichel, der mir unentwegt aus den Mundwinkeln tropfte. Und sie hatte nichts dagegen, mich bei meinen Toilettengängen zu begleiten oder sich um meine idiotischen Tränen zu kümmern.

Ihr Aussehen entspricht dem einer Durchschnittsschwedin. Blond. Kurven. Volle Lippen. Große Augen. Manchmal kommen ein paar Pickel, wenn sie zu viel Schokolade gegessen hat. Dafür schämt sie sich. Auf den ersten Blick könnte man sie als ziemlich gewöhnlich bezeichnen. Aber unter dieser Oberfläche schlummert noch etwas anderes. Ihre Hingabe für Menschen, die sie liebt, ist einzigartig. Das geschieht zwar ziemlich selten, aber wenn es klickt, dann entwickelt sie fast so etwas wie blinde Verehrung.

Viele meiner ehemaligen Angestellten auf ViaTerra hatten ähnliche Persönlichkeitszüge.

Sie haben sich, ohne mit der Wimper zu zucken, vom Felsen gestürzt, wenn ich ihnen das befohlen habe. Manchmal hatte ihre Ergebenheit groteske Züge angenommen, wenn sie meinen Kleidungsstil oder meine Art zu sprechen oder zu gehen nachgeahmt haben. Als hätte für sie der Sinn des Lebens darin bestanden, jemanden zu verehren. Was diese Menschen kennzeichnete, war ein besonderes Leuchten in den Augen oder dieser verstörte Blick, wenn sie nicht verstanden, warum ich wütend auf sie war. Aber sie waren meine tapferen Soldaten. Man könnte sie sogar als Kamikazepiloten bezeichnen.

Es ist nicht schwer, ihre Bewunderung zu nähren. Man gibt ihnen einfach Wärme, dann Kälte und wenn sie kurz davor sind, vor Verzweiflung zu vergehen, wieder Wärme. Das war meine Technik, und ich habe sie hervorragend beherrscht. Ihr Eifer, mir zu gefallen, konnte etwas Ermüdendes haben, aber als Sekretärinnen sind sie hervorragend geeignet. Alle meine Sekretärinnen waren Vertreterinnen dieses Typus. Alle, bis auf Sofia Bauman. Sie war unglaublich kompetent, aber leider auch furchtbar aufsässig.

Aber zurück zu Elyssa. Die Sache ist die. In ihrer Gesellschaft kann ich ganz ich selbst sein. Ich habe sogar manchmal das Gefühl, dass wir gegenseitig unsere Gedanken lesen können. Und ich werde ihr nie vergessen, dass sie mir geholfen hat, in meine alte Welt zurückzukehren. Damit sind unsere Leben fast untrennbar miteinander verbunden. Aber das spielt mir nur in die Hände. Alle mächtigen Männer auf dieser Welt haben jemanden wie Elyssa an ihrer Seite. Jemanden, der Geheimnisse bewahren kann.

Zuerst gibt es eine Führung durch das Anwesen und

jedes einzelnes Zimmer, jeden Winkel. Danach nimmt Elyssa zu den verschiedensten Handwerkern Kontakt auf. Wir fahren nach Göteborg zurück, ich unterschreibe die Entlassungspapiere aus der Reha-Klinik und mache ein paar Erledigungen. Unter anderem habe ich ein ziemlich ergiebiges Gespräch mit Julias Chefin. Elyssa kündigt mit sofortiger Wirkung ihre Stelle in der Klinik. Ich befürchte, sie wird dort nie wieder eine Stelle angeboten bekommen.

Zurück auf der Insel beginnt die eigentliche Arbeit. Elyssa richtet sich ein Arbeitszimmer im zweiten Stock ein, in dem sich auch früher schon ein Büro befand. Sie nennt es ihren »Kriegsraum«. Denn für sie ist es – die Wiederherrichtung des Anwesens bis zum ersten Advent – ein Feldzug. Sie hat ein altes Whiteboard gefunden, das sie an der Wand anbringt. Darauf schreibt sie die Liste mit allen Arbeiten, die erledigt werden müssen. Und die ist lang.

Wenn sie mit mir spricht, ist ihre Stimme samtig weich. Aber wenn sie unkooperative Handwerker am Telefon hat, bekommt ihre Persönlichkeit gefährlich bissige Züge.

Ich habe doch ganz deutlich 30. November gesagt, hören Sie schlecht? Dann werden wir eine andere Firma verpflichten, die das in der Zeit schaffen kann. Klar, kommen Sie doch vorbei und machen Sie sich ein eigenes Bild. Und am besten beeilen Sie sich, denn es gibt viele, die diesen Auftrag haben wollen.

Ihre aggressive Tonlage ist wie Musik in meinen Ohren. Sie wird das hinbekommen, davon bin ich überzeugt. Die Frage ist, wo ich noch mehr Elyssas finde. Denn ich brauche mehr davon.

Ich bereite mich auf das Medienspektakel des Jahrhunderts vor, das wir veranstalten werden. Ich mache mich auf die Suche nach Individuen, die ihr Leben schon bald in meine Hände legen werden. Ich werde sie in nächster Zeit sicher besser kennen als sie sich selbst. Ein wichtiger Aspekt dabei ist, dem Finanzamt zeitnah Tipps zukommen zu lassen, um ihre Finanzen unter die Lupe zu nehmen. Das wird ein Spaß.

Einen Tag muss ich opfern, um mich mit meinem Anwalt und Buchhalter zusammenzusetzen.

Das Bevorstehende, das Neue, die unendliche Weite der Insel, die frische Luft und der Gedanke an das, was ich hier bewerkstelligen werde, dies alles ist überwältigend. Mein Körper befindet sich schließlich nach wie vor in der Rekonvaleszenz. Ich mache Krafttraining, absolviere ein knallhartes Programm auf meinem alten Hometrainer und gehe jeden Morgen joggen. Manchmal wache ich nachts auf und fühle mich unfassbar lebendig. Man kann eine solche Phase der vollständigen Lähmung nicht überleben, ohne dem Leben unendliche Dankbarkeit entgegenzubringen. Die lästigen Gefühle haben sich schon lange nicht mehr gemeldet, und einmal mehr erkenne ich, dass die Prüfung im Keller genau das Richtige war. Ich habe mich meiner Vergangenheit gestellt und sie hinter mir gelassen.

Abends entzünde ich in dem Kamin im Gemeinschaftsraum ein Feuer. Dann sitzen Elyssa und ich zusammen auf dem Sofa, sehen in die Flammen und trinken Wein. An einem dieser Abende legt sie ihren Kopf an meine Schulter, zuckt aber fast augenblicklich zurück.

»Ist das in Ordnung, darf ich?«

»Selbstverständlich«, sage ich und lege einen Arm um ihre Schulter.

Sie wirkt nachdenklich, fast ein bisschen abwesend.

»Bedrückt dich etwas, Elyssa?«, frage ich sie. Wir duzen uns.

»Ich weiß nicht …«

»Du weißt doch, dass du mir alles sagen kannst?«

Sie errötet.

»Vielleicht möchtest du … Ich meine, es ist doch bestimmt schon lange her, dass du …«

Sie ist wirklich zauberhaft. So darauf bedacht, bloß nicht zu aufdringlich zu wirken. Aber ihr Liebeshunger leuchtet in ihren Augen, dass ich fast Mitleid mit ihr habe. Denn leider ist Elyssa ein Typ von Frau, der mein erotisches Interesse überhaupt nicht weckt.

»Ja, das stimmt. Aber das würde zwischen uns nur alles unnötig verkomplizieren«, sage ich. »Und uns geht es doch gut so, wie es jetzt ist, oder?«

»Ja, uns geht es sehr gut so, Franz«, sagt sie und schnurrt wie eine Katze.

19

JULIA

Thors Reaktion auf ihr Vorhaben, das Projekt auf Dimö anzunehmen, würde sie am stärksten beeinflussen können. Deshalb vertagte sie diese Konfrontation auf später und kehrte in die Redaktion zurück.

Susanna saß in ihrem gläsernen Büro. Julia ließ sich viel Zeit, hängte ihre Jacke sorgfältig auf, schob den Stuhl zurecht und widmete sich für eine Weile dem Geschehen auf ihrem Monitor. Es war wichtig, nicht allzu interessiert zu wirken.

»Und?«, sagte Susanna, als Julia zu ihr ins Büro kam. »Hast du dich entschieden?«

Julia setzte sich.

»Ich möchte unsere Abmachung mit der Festanstellung auf Probe schriftlich haben, bevor ich nach Dimö fahre. Falls ich fahre.«

»Das lässt sich einrichten«, sagte Susanna und lächelte sanft.

»Außerdem möchte ich mein Anfangsgehalt verhandeln. Der Auftrag ist kein leichter, und ich bin der Ansicht, dass mein Gehalt nicht von der Tatsache beeinflusst werden sollte, dass ich keine entsprechende Ausbildung habe.«

Susanna legte den Kopf auf die Seite und blinzelte.

»Wenn du diesen Auftrag ablieferst, bekommst du das Standardgehalt.«

»Außerdem möchte ich einen Bodyguard, und keinen, den Franz eingestellt hat.«

»Was macht das für einen Unterschied?«

»Es gibt das Gerücht, dass ihm seine Wachleute ergeben waren und er sie auch eingesetzt hat, um seine Leute zu bestrafen.«

Das hatte ihr Sofia erzählt.

»Glaubst du wirklich, dass er das alles wiederholen wird? Ich habe es so verstanden, dass die Teilnehmer an diesem Experiment freiwillig teilnehmen?«

»Seine Sektenmitglieder sind auch freiwillig auf die Insel gekommen«, konterte Julia. »Und dann kam es doch anders. Ich traue ihm einfach nicht.«

»Okay, versprochen, ich werde eine Sicherheitsfirma beauftragen. Aber ich schicke ihm die Rechnung!«

Das lief so geschmeidig, dass Julia noch einen draufsetzte.

»Noch eine Sache. Bis zum ersten Advent sind es anderthalb Monate. Ich möchte bis dahin andere Aufgaben übernehmen, als Kaffee zu holen und das Büro aufzuräumen.«

Susanna lachte laut auf, sichtlich erleichtert. Dieser Auftrag bedeutete ihr sehr viel, das wusste Julia. Und es machte sie auch ein bisschen stolz, dass ihre Arbeit über die Zukunft der Zeitung entscheiden könnte.

»Keine Frage, du hast noch einige Recherchen zu machen, bevor es losgeht«, sagte Susanna und fügte mit einem Zwinkern hinzu: »Aber ich brauche deine Hilfe auch bei den Vorbereitungen für unsere Reise zur London Fashion Week. Du weißt schon, Flugtickets, Hotelzimmer und so etwas.«

Auf dem Nachhauseweg rief Julia ihre Mutter an. Es war besser, dieses Telefonat hinter sich zu bringen, bevor sie sich mit Thor auseinandersetzen würde.

»Hallo, mein Schatz. Ich habe schon versucht, dich zu erreichen, warum bist du nicht rangegangen? Wie war es bei Karin auf Dimö?«

»Sehr schön, aber ich möchte mit dir über etwas anderes sprechen.«

Sie schilderte ihr Vorhaben in einem Satz, ohne Luft zu holen.

Am anderen Ende der Leitung schwieg Sofia.

»Jetzt fang endlich an zu schimpfen«, flehte Julia sie an.

»Das habe ich aber nicht vor.«

»Und warum nicht?«

»Weil ich einen anderen Weg finden werde, um diesen Wahnsinn zu stoppen, das verspreche ich dir.«

»Aber Mama!«, rief Julia. »Kannst du nicht wenigstens *versuchen*, dich für mich zu freuen? Ich bin erst achtzehn und habe einen Posten als Reporterin angeboten bekommen! Andere Mütter wären verdammt stolz auf ihre Töchter.«

»Aber diese Mütter hatten auch noch nie was mit Franz zu tun.«

»Du glaubst doch nicht ernsthaft, dass er mir etwas antun wird?«

»Nein, aber er wird versuchen, dich zu manipulieren, Julia. Vor zwei Jahren warst du noch ganz besessen von ihm, hast du das vergessen? Du hast keine Ahnung, wie du reagieren wirst, wenn du mit ihm allein auf der Insel bist.«

»Ich bin kein Kind mehr und auch nicht mehr so empfänglich für ihn wie damals.«

Das war eine kleine Notlüge. Sein Einfluss *auf dieser*

Ebene war nicht mehr derselbe wie noch vor zwei Jahren. Zumindest nicht mehr ganz so stark.

»Hast du dir wenigstens mal die Mühe gemacht, in dich zu gehen und herauszufinden, warum er diesen Einfluss auf dich hatte?«

»Das passiert einfach so, das kann man nicht erklären, wenn man es nicht selbst erlebt hat. Aber das kennst du vielleicht noch aus der Zeit, als du für ihn gearbeitet hast?«

Sofia erwiderte nichts, und Julia schämte sich für ihren sarkastischen Ton.

»Dazu werde ich mich jetzt nicht weiter äußern«, sagte ihre Mutter schließlich. »Auf jeden Fall solltest du versuchen, Abstand zu halten. Den Job soll jemand anders machen.«

»So eine Gelegenheit werde ich nie wieder bekommen«, stöhnte Julia. »Die hat man nur einmal im Leben.«

»Gibt es denn überhaupt etwas, was ich sagen oder tun könnte, um dich davon abzuhalten?«, fragte Sofia enttäuscht. Sie klang so unglücklich, dass Julia schon Mitleid mit ihr hatte. Aber dann erinnerte sie sich daran, dass es hier schließlich um ihre Karriere ging.

»Nein, leider nicht. Ich möchte das unbedingt machen.«

»Ich helfe dir dabei, einen neuen Job zu finden. Ich habe noch ziemlich gute Kontakte in der Branche aus der Zeit, als ich mich öffentlich gegen Franz gestellt habe.«

»Ich will aber keine Hilfe von dir, Mama. Ich möchte allein zurechtkommen, und du musst meine Entscheidung akzeptieren und mich wie eine Erwachsene behandeln.«

Julia hörte, wie Sofia etwas vor sich hinmurmelte.

»Also Folgendes«, sagte sie dann. »Ich kann dich ganz offensichtlich nicht davon abhalten, und deine Artikel sind in der Tat richtig gut. Und natürlich freue ich mich über dein Jobangebot. Aber wenn du fahren solltest, und ich hoffe nach wie vor, dass du es dir anders überlegst, dann musst du mir eine Sache versprechen. Tust du das?«

»Das kommt darauf an, was es ist.«

Es dauerte einen Moment, bevor Sofia weitersprach.

»Du darfst unter keinen Umständen mit Franz in eine anzügliche oder intime Situation geraten.«

»Das verspreche ich dir. Was damals passiert ist … Ich kannte ihn ja gar nicht richtig.«

»Außerdem musst du jemanden zum Schutz an deiner Seite haben.«

»Das werde ich. Ich werde vor Ort einen Bodyguard haben.«

»Fein. Parallel dazu werde ich ein paar Dinge anschieben, falls ich ihn noch einmal zu Fall bringen muss.«

»Was denn für *Dinge?*«

»Ach, nichts weiter. Sind wir uns so weit einig, Julia?«

»Ja. Ich komme übrigens am Wochenende vorbei. Können wir das Thema dann bitte außen vor lassen?«

»Mal sehen.«

»Ich möchte, dass ihr mich wie eine Erwachsene behandelt.«

»Du bist viel zu schnell erwachsen geworden, mein Herz. Das ist ja gerade das Problem.«

Thor war nicht da, als Julia nach Hause kam. Ziellos lief sie durch die Wohnung und entdeckte dabei sein Handy, das er in der Küche liegen gelassen hatte. An sich war das nichts Ungewöhnliches, manchmal nahm er stattdessen das Tablet mit.

Sie nahm es an sich, wiegte es in der Hand und sah, dass er mehrere ungelesene SMS hatte. Sie hatte ihm noch nie hinterhergeschnüffelt, aber diese vielen Nachrichten machten sie stutzig. Sie hatten den ganzen Tag keinen Kontakt gehabt, wer hatte ihm dann also diese vielen Nachrichten geschrieben?

Sie strich mit dem Finger über das Display. Die oberste Nachricht war von einer Lina Helenius.

Wo bleibst du? Habe Sehnsucht. Dazu ein Smiley.

Die nächste war auch von Lina, und die danach auch.

Julia wanderte mit dem Finger zu der allerersten SMS.

Hast du Zeit? Vermisse dich. Trauriger Smiley. Auch von Lina.

Und Thors Antwort. *Muss lernen. Auf einen kurzen Kaffee?*

Es folgten einige Nachrichten, in denen sie Zeit und Ort besprachen. Ein Blick auf die Uhr sagte Julia, dass das Treffen vor drei Stunden stattgefunden hatte. Und offensichtlich war er nach wie vor mit Lina zusammen. Wahrscheinlich lag er gerade im Bett mit ihr.

Sie wurde so wütend, dass sie das Handy mit voller Wucht gegen die Wand warf. Es landete auf dem Herd. Die Scham über ihre unkontrollierte Eifersucht meldete sich sofort, sie setzte sich an den Küchentisch, stützte ihren Kopf in die Hände und weinte. Als keine Tränen mehr kamen, schloss sie die Augen und atmete tief ein und aus, um sich wieder zu beruhigen. Deshalb merkte sie nicht, als Thor nach Hause kam. Erst als er sie ansprach.

»Julia, warum sitzt du hier im Dunkeln?«

»Ich kann sitzen, wo ich will«, erwiderte sie beleidigt.

Er schaltete das Licht an.

»Hast du geweint?«

»Nein.«

»Du hast ganz rote Augen.«

»Wo warst du?«

»In der Bibliothek.«

»Du lügst.«

»Ich lüge?« Er hob eine Augenbraue.

»Du bist kein bisschen in der Bibliothek gewesen«, fauchte sie. »Mir ist es scheißegal, ob du eine Freundin hast oder nicht, aber ich habe keine Lust, angelogen zu werden.«

»Aber ich habe nicht gelogen.«

»Ich weiß, dass du dich mit Lina getroffen hast.«

»Ja, und? Wir haben einen Kaffee getrunken, und dann bin ich in die Bibliothek gegangen. Bist du etwa eifersüchtig?«

»Vielleicht«, gab sie verlegen zu. »Was ist denn bloß los mit mir?«

»Du magst mich eben, das hast du schon immer getan«, sagte er und lächelte zufrieden.

Sein Blick fiel auf etwas hinter ihr.

»Warum liegt mein Handy auf dem Herd?«

Sie antwortete nicht. Daraufhin fing Thor an zu lachen.

»Hast du in meinem Handy geschnüffelt?«

Sie hätte wissen müssen, dass es unsinnig war, Thor etwas vorzumachen. Jedes Mal, wenn sie etwas Dummes getan und versucht hatte, es zu verbergen, hatte er sie durchschaut.

»Ich habe mir nur Sorgen um dich gemacht«, murmelte sie.

»Ganz bestimmt!« Er grinste.

Sie war so beschäftigt mit ihrer Eifersucht, dass sie fast vergessen hätte, ihm die großen Neuigkeiten zu erzählen. Ihre Stimme änderte sich, sie bekam etwas Provozierendes. *Siehst du? Ich kann dir auch wehtun.*

Aber er reagierte ganz anders als erwartet.

»Vielleicht ist das ganz gut so«, sagte er traurig.

»Warum?«

Er zog einen Stuhl heran, setzte sich neben sie und nahm ihre Hände in seine.

»Seit ich dich das erste Mal gesehen habe, bist du mein Ein und Alles. Du erinnerst dich, als Vater mich mit dem Auftrag losgeschickt hat, dir nachzuspionieren?«

Wie würde sie das vergessen können. Als Franz erfahren hatte, dass Sofia eine Tochter hat, war sein Interesse geweckt worden. Er hatte Thor aufs Festland geschickt, um mehr über Julia in Erfahrung zu bringen.

»Du warst erst dreizehn, sahst aus wie ein Fohlen mit zu langen Beinen und großen Augen. Du bist viel zu schnell gewachsen. Ich habe mich auf der Stelle in dich verliebt. Du warst so voller Leben. Du warst alles, was ich nie sein durfte. Seit diesem Tag gibt es nur dich für mich. Aber jetzt denke ich, dass …«

Seine Augen waren ganz feucht geworden.

»Was denkst du?«

»Dass es vielleicht ganz gut wäre, wenn wir für eine Weile ein bisschen Abstand zueinander hätten. Ich denke immerzu an dich. Du bist immer hier, und das macht mich glücklich. Aber manchmal frustriert es mich auch sehr. Denn ich fühle mich körperlich stark zu dir hingezogen. Darauf habe ich leider keinen Einfluss.«

»Wirfst du mich jetzt raus?«, flüsterte sie.

»Nein, auf keinen Fall! Versteh mich nicht falsch. Ich glaube nur, dass wir ein bisschen Abstand gebrauchen könnten.«

»So etwas sagt man, wenn man Schluss macht.«

»Sind wir denn in einer Beziehung?«

»Ich kann ohne dich nicht sein.«

»Aber ein paar Wochen schaffen wir schon, oder?«

»Und was machst du in der Zeit?«

»Keine Ahnung.« Er lächelte. »Vielleicht sollte ich mehr ausgehen, andere Frauen kennenlernen. Ich hatte nie ein normales Leben. So was möchte ich jetzt mal erleben.«

Die herbstliche Dunkelheit rieb sich an den Fenstern. Es regnete. Der Niederschlag wurde zunehmend stärker und peitschte mit wütender Kraft gegen die Scheiben. Der Sturm verstärkte die düstere Stimmung, die entstanden war. Sie hatte das Gefühl, Thor zu verlieren. Sie konnte es fast mit Händen greifen. Der Schmerz war unerträglich.

»Aber ich hatte mir gedacht, dass ...«, stammelte sie. »Ich dachte, wir könnten mit meinem Gehalt, das ich für diesen Auftrag bekomme, vielleicht wegfahren. Nach Österreich oder Italien. So wie normale Leute eben.«

»Können wir nicht eins nach dem anderen machen?«

»Soll ich die Wohnung jetzt sofort verlassen?«, fragte sie, während ihr große, dumme Tränen die Wangen herunterliefen.

»Nein, natürlich nicht. Meine Süße, bitte nicht weinen«, sagte er und strich mit dem Finger die Tränen weg.

Seine zärtliche Berührung stand in einem harten, kalten Kontrast zu seinen Worten. *Abstand?* Sie konnte es nicht fassen. Sie wollte keinen einzigen Tag von Thor getrennt sein. Die alltäglichsten Dinge machten Spaß, wenn er dabei war. Kochen, Wäsche waschen, sogar Putzen. Eine Zukunft ohne ihn wäre einsam, grau und vollkommen sinnlos.

»Ich habe doch sonst niemanden, mit dem ich reden kann«, jammerte sie. »Willst du mich nie wiedersehen?«

»Julia! Süße, hör auf. Mach da jetzt kein Drama draus. Natürlich möchte ich dich wiedersehen.«

»Immer wenn mir etwas Gutes passiert, bist du der Erste, an den ich denke. Wem soll ich das denn jetzt erzählen?«

Thor schloss die Augen, als wollte er seine innere Gelassenheit und Gefasstheit mithilfe seiner Gedanken auf sie übertragen.

»Mir. Du kannst immer mit mir sprechen, wenn du das willst«, sagte er.

»Findest du es denn in Ordnung, dass ich diesen Auftrag annehme?«

»Wenn du das unbedingt machen willst. Ich habe kein Recht, über dein Leben zu bestimmen.«

»Hast du keine Angst, dass Franz mir etwas antun könnte?«

»Nein, das wird er nicht«, sagte er, ohne zu zögern. »Aber wenn du mit ihm schläfst, dann wird aus uns beiden niemals etwas, das musst du wissen. Ich hoffe, dass du das verstehst?«

»Es wird nicht dazu kommen.«

»Und eins noch … Ich finde das saucool, dass du einen Job als Reporterin bekommst. Ich bin so stolz auf dich.«

Da klingelte Julias Handy. Sie starrte auf das Display. *Franz.*

»Bitte nicht jetzt«, seufzte sie.

»Doch, komm, gib es mir«, sagte Thor. »Ich habe noch ein paar Dinge, die ich ihm sagen will.«

Julia beschlich das Gefühl, dass Franz eigentlich immer da war, wie ein unerbittlicher Teil in ihrem Leben. Im Job, in ihren Gedanken und sogar, wenn sie mit Thor in der Küche saß. Er war wie ein Dauerrauschen in den Ohren, das man nicht abstellen kann.

20

FRANZ

Es überrascht mich nicht wirklich, als Thor an Julias Handy geht.

»Thor!«, sage ich fröhlich. »Wie schön, deine Stimme zu hören. Ist Julia in der Nähe?«

»Klar, aber ich möchte kurz mit dir reden. Einverstanden?«

»Selbstverständlich. Für dich habe ich immer Zeit.«

Es gab eine Zeit, da hatte ich den Verdacht, Thor könnte gar nicht mein Sohn sein. Sein Zwillingsbruder Vic ist ein Abbild von mir gewesen. Thor hingegen war von Anfang an so anders. Der Verdacht kam erst vor ein paar Jahren auf, als ich hörte, dass Elvira und Simon ein Paar sind. Als die Zwillinge gezeugt wurden, wohnte Elvira auf dem Dachboden in ViaTerra. Wir hatten ein Abkommen der besonderen Art getroffen. Obwohl das Zimmer meistens abgeschlossen war, kam mir plötzlich der Gedanke, dass sich Simon vor oder nach mir reingeschlichen und mit ihr geschlafen haben könnte. Dann hätte nämlich Thor Simons Kind und Vic meins sein können. Simon und Thor waren sich so ähnlich. Hellhäutig. Ruhig und gelassen. Geduldig.

Simon hat als Gärtner für ViaTerra gearbeitet und war handwerklich sehr begabt. Ich habe ihm unterstellt, das Türschloss zu Elviras Zimmer geöffnet zu haben. Dieser

Gedanke hatte so von mir Besitz ergriffen, dass ich schließlich ein Haar von Thor nahm und einen DNA-Test habe machen lassen. Wenn das Ergebnis meinen Verdacht erhärtet hätte, wäre auch mein Verhalten Thor gegenüber anders geworden, entspannter.

Aber der Test war unzweideutig. Er ist mein Kind – obwohl der Junge so anders ist als ich, dass es mir schon Angst macht. Er ist der Einzige, der mich aus dem Gleichgewicht bringen kann. Trotzdem möchte ich, dass er genau so bleibt, wie er ist. Wir alle hinterlassen unseren individuellen Abdruck auf dieser Erde. Meiner ist nachhaltig und stark, aber er war schon immer verbunden mit einer dunklen Seite. Thor hingegen – er ist wie ein Licht, das auch die kälteste und dunkelste Winternacht erhellen kann.

»Vater. Ich möchte, dass du mir jetzt ganz genau zuhörst«, sagt er streng.

»Ich bin ganz Ohr.«

»Und ich will, dass du auf zynische Kommentare verzichtest.«

»Selbstverständlich.«

»Ich habe noch nie etwas von dir verlangt, sind wir uns da einig? Ich wollte dein Geld nicht, habe mich immer selbst versorgt und war zu keiner Zeit eine Belastung für dich.«

»Nein, aber es ist auch keine Belastung für einen Vater, sich um seinen Sohn zu kümmern«, erwidere ich etwas ungehalten.

»Ich werde niemals in deiner Schuld stehen«, fährt er fort. »Aber um diese eine Sache will ich dich bitten. Okay?«

»Klar, raus damit.«

»Wenn Julia zu dir auf die Insel kommt, um das Experiment zu begleiten, dann musst du sie vor diesen Wahnsinnigen beschützen. Und du darfst sie zu keinem Zeitpunkt in Gefahr bringen.«

»Du hattest schon immer so viel Vertrauen in mich, Thor.«

»Keine sarkastischen Bemerkungen, du hast es mir versprochen!«

»Entschuldige. Natürlich werde ich Julia beschützen. Du weißt doch, wie viel sie mir bedeutet.«

»Das ist gut, denn wenn ihr etwas zustößt, wirst du mich nie wiedersehen. Und dann werde ich ein Buch schreiben, in dem alles über meine Schulzeit bei *Wir Kinder der Erde* steht. Nur, damit du es weißt!«

Ich werde darauf nicht reagieren. Das ist Erpressung. Und ich lasse mich nicht erpressen. Gleichzeitig imponiert er mir. Er weiß genau, dass ich ein solches Buch nicht begrüßen würde.

»Sonst noch was?«, frage ich.

»Ja, du darfst sie nicht anfassen.«

Ich frage mich, ob Julia diese Unterhaltung mit anhören kann. Mich erregt der Gedanke, dass Thor auf Lautsprecher geschaltet hat.

»Das, mein lieber Thor, muss Julia ganz allein entscheiden«, entgegne ich. »Sie ist eine erwachsene Frau. Aber ich würde nie etwas tun, was nicht auf Gegenseitigkeit beruht.«

»Das ist doch krank.«

»Wie bitte?«

»Das ist nicht normal, dass du solche Gefühle für sie hast«, sagt er mit gedämpfter Stimme. »Du solltest dir jemanden in deinem Alter suchen.«

»Es ist meine Sache, mit was für Frauen ich verkehre. Aber natürlich werde ich nichts unternehmen, für das du dich später schämen musst.«

»Das bezweifle ich, aber jetzt habe ich gesagt, was ich dir sagen wollte. Und worüber wolltest du mit Julia sprechen?«

»Ach, nichts Bestimmtes. Ich wollte mich bedanken, dass sie den Auftrag angenommen hat. Und ich habe gehört, dass sie eine Festanstellung bekommt. Dazu wollte ich ihr gratulieren.«

»Woher weißt du das?«

»Mir ist es gelungen, in sehr kurzer Zeit ein ziemlich gutes Netzwerk aufzubauen.«

»Julia und ich sind gerade … beschäftigt«, sagt er und klingt mit einem Mal fast schadenfroh. »Kannst du sie morgen nochmal anrufen?«

Ich höre ein unterdrücktes Kichern im Hintergrund. Dann hat er *doch* auf Lautsprecher gestellt!

»Dann will ich euch nicht weiter stören. Grüß sie bitte von mir.«

Mit Verzögerung muss ich anerkennen, dass mich dieses Telefonat doch ziemlich aus der Fassung gebracht hat. Das müssen Nachwirkungen von Thors Drohung sein. Mich schaudert es bei dem Gedanken, dass er mich mit Schmutz bewerfen könnte, indem er etwas so Intimes wie eine Biografie schreibt. Vor allem würde sie sich wahrscheinlich auch sehr gut lesen lassen.

Ich stelle mich an das Fenster meines zukünftigen Büros und sehe in den stahlgrauen Himmel. Weiße Schaumkronen tanzen auf dem Meer. Der Wind zerrt an den Zweigen der Bäume. In den vergangenen Tagen ist es eiskalt auf der Insel geworden. Suchend wandert mein Blick am Horizont entlang, bis er den Felsen findet. Der Teufelsfelsen, der gierig die Gischt der Wellen trinkt, die unter ihm brechen. Ich stelle mir die Szenen vor, die sich schon in Kürze dort abspielen werden, und auf einmal werde ich innerlich ganz ruhig. Dann denke ich an Julia, die meinem Telefonat mit Thor gelauscht hat. Sie hat gehört, was ich angedeutet habe, was sie auf der Insel erwarten wird.

Und Thor wird nicht dabei sein.

Ich werde die Luft sein, die Julia atmet, die Energie, die sie umgibt, die Wärme, die sie umhüllt. Ich sehe sie vor mir in dem Negligé, das sie damals getragen hat. Das erregt mich.

Ich erinnere mich an ihre Tränen im Folterkeller, und daran, wie weich sie in meinen Armen lag. Und wie sie mich dann von sich gestoßen hat.

Diese Geste war für mich mehr ein Versprechen als ein Verbot.

21

JULIA

Sie verbrachte Wochen mit ihrer Recherche über die Teilnehmer des Inselexperimentes. Diese drei Personen waren ihr bis dahin vollkommen unbekannt gewesen. Sie interessierte sich nicht für die Finanzwelt und hatte deshalb auch weder etwas über Lars Nordin noch Otto Paulsen gelesen. Aber das holte sie nach und las jeden einzelnen Artikel, den sie finden konnte, jeden noch so kleinen Beitrag im Netz.

Tessa Jenini hob sie sich bis zum Schluss auf. Dieses Miststück hatte sich tatsächlich mit zwei toten Löwenjungen fotografieren lassen. Das fand Julia unmöglich. Außerdem trug diese Pelztussi auf dem Foto nicht etwa Jagdbekleidung, sondern einen Minirock, ein Top mit tiefem Dekolleté und hochhackige Stiefel. Als wollte sie damit hervorheben, wie sexy es ist, Tiere abzuknallen. Julia fragte sich ernsthaft, was im Kopf eines solchen Menschen vor sich ging. Um Tessa rankte sich das Gerücht, dass sie eine skrupellose Geschäftsfrau sei, die ihresgleichen suchte. Sie war von der Sorte, die kompromittierendes Material über einen Widersacher sammelte und es ohne Zögern verwendete.

Alle drei hatten über ein ansehnliches Vermögen verfügt, das sich aber im Zuge der Skandale, in die sie verwickelt waren, erheblich verringert hatte. Tessas Pelzimperium hatte in diesem Jahr große Verluste eingefahren. Ottos Computerspiel war nicht mehr so populär wie früher und auch Lars' Finanzimperium hatte unter den Vergewaltigungsvorwürfen und Anklagen gelitten. Deshalb waren diese drei vermutlich gerade ziemlich verzweifelt. Und sehr unglücklich mit ihrem Leben. Julia hatte mal irgendwo gelesen, dass Finanzkrisen in diesen Kreisen die häufigste Ursache für Selbstmord waren. Als andere Ursache galten noch Familienangelegenheiten. Sowohl Ottos als auch Lars' Frau hatten ihre Ehemänner verlassen. Tessa war zwar nicht verheiratet, aber es hieß, dass sich auch ihr Lebensgefährte von ihr abgewandt hatte. Obwohl sie noch in ihrer Villa wohnte, konnte sie kein normales Leben mehr führen, weil Tierschutzaktivisten ihr Anwesen dauerhaft belagerten.

Julia machte sich Notizen, speicherte interessantes Bildmaterial und fühlte sich am Ende wie eine richtige Journalistin. Sie brachte sich bei, mit einer kleinen Handkamera zu filmen, die sie mit auf die Insel nehmen würde.

In den folgenden Wochen hörte sie nicht einen einzigen Ton von Franz. Nichts kam. Kein Anruf, keine Mail, keine SMS. Am Anfang nahm sie an, dass er mit den notwendigen Vorbereitungen alle Hände voll zu tun hatte. Aber im Laufe der Zeit merkte sie, dass ihr seine fehlende Kontaktaufnahme zu schaffen machte. Allmählich fragte sie sich ernsthaft, ob eine erneute Begegnung tatsächlich so klug war. Vor allem weil sich dieses Gefühl in ihr zurückgemeldet hatte, das sich nur in seiner Nähe einstellte. Es war eine Mischung aus totaler Grenzenlosigkeit, der Verachtung von Mittelmäßigkeit und einer Affinität für Mystik und Gefahren. So ein Typ war sie eigentlich überhaupt nicht. Auf der anderen Seite aber: Konnte sie sich da so sicher sein?

Abends ackerte sie die Fachbücher über Journalismus durch, die Thor ihr aus der Bibliothek mitbrachte. Wenn sie nicht arbeitete oder er zur Schule ging, waren sie unzertrennlich. Das Bevorstehende – das Wissen, dass sie unter der langen Trennung leiden würden – schien ihre Bindung eher noch zu verstärken. Das nasse, kalte Herbstwetter lud dazu ein, viel Zeit zuhause zu verbringen. Manchmal unterhielten sie sich stundenlang über Thors Leidenschaft, den Journalismus. Er zeigte ihr Reportagen, die ihm besonders gefielen, und erzählte ihr von Journalisten, die er besonders schätzte. Geduldig erklärte er ihr die Fachbegriffe – investigativer Journalismus, dokumentarischer Stil und Interviewtechniken.

»Wenn du eine gute Journalistin werden willst, dann musst du das alles beherrschen«, sagte er. »Filmen, fotografieren, interviewen, schreiben und redigieren. Das ist dann günstiger für die Sender oder Verlage, und du wirst häufiger gebucht.«

Er klang dann so erfahren, als hätte er schon vor langer Zeit die Welt der Erwachsenen betreten und seine Jugend hinter sich gelassen.

An einem Nachmittag Ende November stand plötzlich Susanna vor Julias Tisch und war sichtlich erregt.

»Kommst du mal bitte in mein Büro?«, sagte sie hektisch.

Von ihrem gigantischen Monitor starrte Julia ein Foto von Franz an. Es gehörte zu einem Artikel mit der Überschrift: *Sektenführer fordert berühmt-berüchtigten Milliardär heraus.*

»Und dann das hier!«, sagte Susanna und klickte einen anderen Artikel an. Und danach noch einen und noch einen. Alle hatten aktuelle Fotos von Franz Oswald als Aufmacher.

»Was ist das?«, fragte Julia.

»Die Sache ist durchgesickert.«

»Aber warum machen die da alle so eine große Sache draus?«

»Wir haben einen berüchtigten Sektenführer, der praktisch gerade von den Toten auferstanden ist...« Susanna machte eine Kunstpause und warf die Arme in die Luft. »Er hat ein paar verschriene Promis rekrutiert, um mit ihnen irgend so ein crazy Sozialexperiment durchzuführen.« Sie verzog ihr Gesicht, als wäre sie in einem Horrorfilm. Für Julia nahm das alles allmählich die Züge einer Parodie an. »Wir haben zwei explosive Interviews mit ihm veröffentlicht. Und du fragst allen Ernstes...«

»Bevor du jetzt völlig durchdrehst«, unterbrach sie Julia. »Entschuldige bitte, das eben war ein Scherz.«

»Solltest du dich nicht viel eher fragen, warum wir nicht die Ersten sind mit dieser Info?«, fragte Susanna zurück.

»Ist das denn wirklich so wichtig? Ist doch ganz gut, dass andere sich da dranhängen?«

»Nein, eigentlich nicht. Aber in diesem Fall schon, weil sie alle das hier am Ende hinzufügen.«

Julia lehnte sich vor und las laut vor.

»›Franz Oswald betonte, dass die mediale Begleitung des so genannten Experimentes ausschließlich von einem einzigen Magazin übernommen wird, dem Online Magazin MODA.‹«

»Und hier«, Susanna scrollte ans Ende eines weiteren Artikels.

»›Die Reporterin Julia Frisk vom Online Magazin MODA wird, Franz Oswald zufolge, ab Dezember exklusiv über das Experiment berichten, wenn es vom Stapel läuft.‹ Er hat meinen Namen genannt«, rief Julia entsetzt.

»Und wenn schon. Du hattest doch nicht ernsthaft vor, weiter unter diesem albernen Pseudonym zu schreiben, oder?«, fragte Susanna spöttisch.

»Ich hatte mich noch nicht entschieden. Und ich hatte ihm noch nicht mein Okay gegeben.«

»Willkommen in der Wirklichkeit, liebe Julia. Du kannst in diesem Job einfach niemandem trauen. Die Leute rammen dir, und zwar ohne mit der Wimper zu zucken, ein Messer in den Rücken, wenn sich die Gelegenheit dazu ergibt.«

»Ja, das klingt nach Franz«, brummte Julia.

»Ihr solltet euch vor deiner Abreise nochmal sehen und alles besprechen«, schlug Susanna vor. »Ich komme gerne mit, wenn du willst.«

»Ich rufe ihn mal an.«

Er will, dass ich ihn anrufe. Deshalb hat er diesen Aufwand betrieben. Statt anzurufen, schickte sie ihm deshalb eine SMS, kaum hatte sie Susannas Büro wieder verlassen. *Ich habe dir nicht mein Einverständnis gegeben, meinen Namen zu veröffentlichen.*

Seine Antwort ließ nicht lange auf sich warten. *Ich werde dich berühmt machen, Julia.*

Und bereits eine Sekunde später klingelte ihr Telefon.

»Hallo, Julia. Die Sache ist die – ich habe einen Fehler gemacht. Aber du bist deshalb doch nicht wütend, oder?«

»Spielt das jetzt noch eine Rolle?«

»Nein, das stimmt. Hast du gesehen, dass auch einige überregionale und ausländische Zeitungen mit aufgesprungen sind? Alles Länder, in denen ich mal ziemlich bekannt war.«

Er klang fast unerträglich aufgeregt und auf eine Weise stolz, die lächerlich war.

»Ich habe wirklich Wichtigeres zu tun, als nachzulesen, wer wo schon mal was über dich geschrieben hat«, sagte sie kühl. »Müssen wir uns vor meiner Reise nach Dimö noch einmal treffen?«

»Ehrlich gesagt ist das eigentlich gar nicht notwendig. Wenn du einen Tag vor meinen Gästen ankommst, kann ich dich noch auf den neuesten Stand bringen. Aber ich muss dich darüber informieren, dass hier handyfreie Zone ist. Deinen Rechner darfst du natürlich trotzdem benutzen.«

»Ich werde mich bestimmt nicht an deine Regeln halten«, erwiderte Julia pampig.

Aber er ignorierte ihren Kommentar.

»Bis dahin freue ich mich darauf, dich in meinem neuen Zuhause willkommen heißen zu können«, sagte er mit nahezu aufreizender Höflichkeit.

»Okay, bis dann«, sagte sie.

Zu ihrer eigenen Überraschung irritierte es sie ungemein, dass er sie vorher nicht noch einmal sehen wollte. Sie fragte sich, ob das Teil seines merkwürdigen Spiels war oder ob er vielleicht doch das Interesse an ihr verloren hatte. Ein Teil von ihr hoffte inständig, dass es Letzteres war, ein anderer Teil, weitaus schwerer zu kontrollieren, fühlte sich gekränkt und war enttäuscht.

An ihrem letzten Arbeitstag hatte Susanna eine kleine Abschiedsfeier für sie organisiert. Es wurde spät, und Julia kam angetrunken und bester Laune nach Hause. Und das war auch gut so, denn sie wollte sich nicht tränenreich von Thor verabschieden. Diese paar Wochen würden schnell vergehen. Bei dem Gedanken wurde ihr ganz leicht ums Herz.

Sie ging direkt ins Badezimmer, zog sich aus und sprang

unter die Dusche. Unter dem heißen Wasser wurde ihr Körper ganz weich und entspannt. Sie trocknete sich ab, warf sich ihren Bademantel über und ging in die Küche. Thor war noch wach, hatte dort auf sie gewartet. Nur das Licht über dem Herd brannte. Das bläuliche Licht, das durchs Fenster fiel, verlieh seinem Haar einen dunkelvioletten Ton. Als er sie hörte, drehte er sich um und lächelte sie an. Es war ein Lächeln, das sie so noch nie an ihm gesehen hatte. Melancholisch und verheißungsvoll.

Sie kam auf den verrückten Einfall, ihn nicht zu fragen: »Wie war dein Tag?«, sondern lieber: »Willst du mich nackt sehen?« Sie setzte sich auf den Küchentisch und ließ ihre Beine baumeln. Thor stellte sich vor sie und umarmte sie. Julia schlang ihre Arme um seinen Hals. Er hob sie hoch, sie wickelte ihre Beine um seine Taille und bohrte ihr Gesicht in seinen warmen Hals. Er trug sie in ihr Schlafzimmer und legte sie aufs Bett. Es war dunkel, sie konnte seine Silhouette nur erahnen. Er beugte sich über sie und küsste sie, wanderte mit den Lippen an ihrem Hals hinunter und schob den Bademantel auseinander.

»Warte«, sagte er. Sie hörte, wie er sich auszog, streifte sich den Bademantel ab und warf ihn auf den Boden. Da war er schon wieder über ihr, nahm ihr Gesicht in seine Hände.

»Willst du das hier wirklich?«, fragte er.

»Ja.«

Seine Lippen erforschten ihren Körper, bis sie kaum noch Luft bekam. Als er sich auf sie legte, spürte sie die Gänsehaut auf seinen Armen.

Sie küssten sich, aber langsamer. Sie schloss die Augen. Es war beinahe so, als würde sie in einem sanften Nebel schweben. Seine Lippen lösten sich von ihren, sie öffnete ihre Augen nicht, erregt von der Ungewissheit, was er als Nächstes tun würde. Vorsichtig schob er ihre Beine auseinander und ließ seine Zunge auf Reisen gehen. Ihr erster Orgasmus kam unmittelbar danach, und Sekunden später drang er in sie ein.

Mitten in der Nacht wachte sie auf, weckte ihn, indem sie ihn streichelte. Er wurde sofort hart, und sie fingen dort wieder an, wo sie aufgehört hatten. Noch nie war es so schön gewesen, und es schien niemals aufzuhören.

22

FRANZ

Die folgenden Wochen werden von den letzten Renovierungsarbeiten auf dem Anwesen gezeichnet sein, und mir wird jetzt schon ganz unwohl bei dem Gedanken an das bevorstehende Chaos. Ich werde nirgendwo hingehen können, ohne in eine Wolke aus Sägespänen zu geraten oder an dem Gestank von Farbe zu ersticken.

Alle Arbeiten, die von mir abgesegnet werden müssen, sind bereits erledigt worden. Wir haben Mitarbeiter eingestellt, die sich um alle Belange des Herrenhauses kümmern sollen, sowie geschultes Küchenpersonal. Ich ernähre mich eigentlich ausschließlich von Lebensmitteln, die von Herstellern in unmittelbarer Nähe oder von uns selbst angebaut werden. Aber dieses landwirtschaftliche Projekt ist im Moment nicht durchführbar, ich werde mich erst im kommenden Frühjahr darum kümmern können. Auch ein Sicherheitsdienst ist beauftragt worden. Elyssa und ich haben gemeinsam die beiden Wachleute ausgewählt, die meine engsten Begleiter sein werden. Die zwei jungen Kerle treten ihre Stelle kurz vor dem ersten Advent an.

In der Schlussphase eines solchen Projekts entsteht immer Chaos. Aber die Lautstärke der Maschinen, Luftdruckbohrer und Hammerschläge ist unerträglich. Um der Geräuschkulisse zu entgehen, verziehe ich mich in das kleine Häuschen auf dem Grundstück, das etwas abgeschiedener steht, aber auch das hilft nicht. Das Jaulen der Säge klingt wie das Heulen eines Wolfes. Wenn das nicht bald aufhört, werde ich noch wahnsinnig.

Trotzdem versuche ich, mich auf meine Aufgaben und meine Recherche zu konzentrieren. Bisher habe ich einiges an Material über die drei Hauptpersonen in meinem kleinen Drama zusammengetragen. Ich tauche tiefer in ihre schwarzen Seelen ein, als es ihnen lieb sein wird. Aber eine Sache fehlt noch. Der gemeinsame Nenner. Ein Experiment wird selten fortgesetzt, nachdem es einmal abgeschlossen wurde. Aber es ist essenziell, dass mein Projekt zu etwas Größerem führt und daraus etwas Fortdauerndes wird.

Es gibt jedoch ein Detail, das Lars, Tessa und Otto verbindet – sie gehörten alle drei zur schwedischen Elite. Sie wurden ausgeschaltet und ausgestoßen, sind aber sehr daran interessiert, wieder in die Reihen der Oberschicht aufgenommen zu werden.

Die Mächtigen Schwedens zeichnen sich alle durch bestimmte Eigenschaften aus. Sie weigern sich, sich selbst als Elite zu bezeichnen, und verhalten sich wie »gewöhnliche« Leute. Mit anderen Worten, sie sind hoffnungslos mit dem Jantevirus infiziert und glauben blind an das Jantegesetz, wie alle anderen hier im Land. *Du sollst nicht glauben, dass du etwas Besonderes bist.* Alle drei haben aber mit ihrem unangemessenen, unanständigen Verhalten gegen genau diese Regel verstoßen. Die Elite folgt dem Motto: *Zu sein, ohne sichtbar zu sein.* Diesen Leitspruch hat mein Trio jedoch torpediert. Es ist also kein Wunder, dass sie an den Pranger gestellt wurden.

Die Boulevardpresse versucht seit Ewigkeiten, Zugang

zu dieser Elite gewährt zu bekommen. Erfolglos. Denn sie beherrschen die Codes nicht, die der absoluten Oberschicht vorbehalten sind. Aber das tue ich. Ich habe seit Jahren einen Insiderstatus, verkehre sowohl beruflich als auch privat mit den oberen Zehntausend der schwedischen Gesellschaft. Und ich habe vor, definitiv meinen Vorteil daraus zu schlagen.

Während ich mich gedanklich damit beschäftige, taucht plötzlich ein Leitsatz auf. *Eine Elite erschaffen, die die Elite beherrscht.* Die Worte drehen ihre Kreise in meinem Kopf, und ich lächele vor mich hin.

Es klopft an der Tür, Elyssa kommt herein. Sie sieht erschöpft aus, ihr Haar ist zerzaust, sie hat vom Schlafmangel ganz dunkle Ringe unter den Augen und Malerfarbe an der Wange.

»Wir sind fast fertig!«, verkündet sie. »Wir halten den Zeitplan ein.«

»Daran habe ich keine Sekunde gezweifelt.«

»Danke, das hast du aber schön gesagt.«

»Ich werde nochmal wegfahren.«

»Was, ausgerechnet jetzt?« Sie klingt enttäuscht.

»Ich brauche ein bisschen Entspannung, bevor es losgeht. Ich werde nach Süden fahren und mich ein paar Tage ausruhen.«

»Soll ich mitkommen?«, fragt sie hoffnungsvoll.

»Das wäre großartig, aber ich benötige dich hier. Du musst die letzten Arbeiten koordinieren und dich um alles kümmern. Du bist doch mein Terrier.«

Das zaubert Elyssa ein Lächeln ins Gesicht, und ich bin erleichtert. Also kann ich ganz beruhigt wegfahren. Sie wird mit dem Chaos dort draußen fertigwerden.

Am nächsten Tag nehme ich die Fähre aufs Festland und fahre nach Süden. Ich muss meine Rastlosigkeit loswerden, bevor ich diese neue Epoche einleite. Oder nennen wir es ruhig beim Namen: meine Gelüste. Der Sund liegt im Nebel, aber an der Küste scheint die Sonne. Es ist ein schöner Tag. Im Großen und Ganzen bin ich mit dem, was wir geschafft haben, sehr zufrieden. Ich erwäge ernsthaft, dem Anwesen seinen rechtmäßigen Namen zurückzugeben: ViaTerra. Dabei hat es sich zu keinem Zeitpunkt um eine Sekte gehandelt, obwohl das einige behaupteten. Es sollte auch keine Religion ersetzen. Es war als ein Weg in die Zukunft gedacht. Ich wollte immer, dass ViaTerra als eine intellektuelle Bewegung betrachtet wird und nicht als eine religiöse Strömung.

Kurz nach dem Mittagessen checke ich in meinem Hotel an der Küste ein. Es ist ein Ort, an den ich immer wieder gern zurückkehre. Geräumige Suiten, gutes Essen, und in der Regel sind die Gäste eine Klasse für sich. Ich vermute, dass mich der junge Mann an der Rezeption wiedererkennt. Aber das würde er niemals erwähnen. Diskretion ist hier oberstes Gesetz.

Den Nachmittag verbringe ich mit einer Sporteinheit, die ich mit einer Runde Laufen einleite. Während ich mich durch den kühlen Gegenwind kämpfe, meldet sich der Satz wieder zu Wort. *Eine Elite erschaffen, die die Elite beherrscht.* Nach einem Saunagang im Kaltbadehaus ziehe ich ein paar Bahnen in dem fünf Grad warmen Meerwasser. Dann kehre ich ins Hotel zurück, gehe in die Dampfsauna und springe danach in den Salzwasserpool. Darauf folgen noch eine Stunde Sport im Fitnessraum und eine ausgedehnte Dusche. Ich fühle mich fast wieder wie ein Mensch, befreit von Sägespänen und Staub. Jetzt gibt es nur noch eine Sache, die erforderlich ist, damit ich in Top-form komme.

Das Abendessen wird im Speisesaal serviert, die Atmo-sphäre ist gedämpft. Ich mag die Einrichtung, sie ist rusti-kal und einigermaßen männlich. Auf Anfrage wird mir ein Tisch in der hintersten Ecke zugewiesen. Ein paar neugie-rige Blicke haben mich schon erspäht, aber ich habe keine Lust darauf, in eine hohle, geistlose Unterhaltung zu ge-raten.

Ich esse in Ruhe und lasse den Blick durch den Speise-saal wandern, entdecke aber zunächst niemanden, der mein Interesse weckt.

Sie fällt mir erst auf, als ich spüre, dass mich jemand be-obachtet. Nachdem ich den Kopf gehoben habe, senkt die Frau am Nachbartisch ihren Blick, was mir Gelegenheit gibt, sie mir genauer anzusehen. Sie ist etwa fünfunddrei-ßig, höchstens vierzig und ziemlich gut angezogen. Sie trägt ein kurzes marineblaues Kleid und dazu hochhackige Pumps. Eine Geschäftsfrau. Die Haare sind in einem nach-lässigen Knoten hochgesteckt, der trotzdem elegant aus-sieht. Sie trägt weder protzigen Schmuck noch Make-up, außer knallrotem Lippenstift. Es ist schwer, im Sitzen ihre Figur auszumachen, aber ihrer Oberweite nach zu urteilen hat sie eine klassische Sanduhr-Figur.

Obwohl sie eindeutig Stil zeigt, ist der Gesamteindruck ein bisschen langweilig. Ich unterdrücke ein Gähnen, und in diesem Augenblick sieht sie hoch. Unsere Blicke begeg-nen sich. Ich hoffe, dass sie nicht weiß, wer ich bin, gleich-zeitig ahne ich aber, dass es genau so ist. Sie scheint eine Frau zu sein, die jeden Tag die Zeitung liest.

Ohne zu zögern, steht sie auf und kommt auf mich zu. Sie stellt sich nicht mit Namen vor, wogegen ich nichts habe. Mich langweilen Formalitäten. Ich sehe ihr sofort an, dass sie eine Frau ist, die gern ihre Grenzen auslotet, das Ungewöhnliche ausprobieren will. Das habe ich meiner Erfahrung zu verdanken. Ich habe die Witterung längst aufgenommen.

Da legt sie ihre manikürte Hand auf meinen Unterarm.

»Sie sehen einsam aus.«

Das ist mit Abstand die schlechteste Anmache, die ich je gehört habe.

»Einsamkeit kann eine Wohltat sein«, erwidere ich.

»Wollen Sie Ihre Ruhe?«

»Nicht unbedingt. Aber ich bin kein Freund von … leeren One-Night-Stands.«

»Ich habe ja gelesen, dass Sie für Sexspiele zu haben sein sollen«, sagt sie und lächelt mich aufreizend an.

»Nicht mehr.«

»Also kein SM?«

»Das hat mir noch nie gefallen. Das ist albern. Außerdem ist physische Gewalt nicht der beste Weg, um Leiden zu erzeugen. Wenn man nun mal unbedingt leiden will.«

»Welche Vorgehensweise wäre denn eine bessere, wenn ich fragen darf?«

»Na ja. Warten Sie. Ich würde sagen: extremes physisches Verlangen. Eingeschränkte Bewegungsfreiheit. Berührungen, die so erregend sind, dass sie Schmerzen verursachen.«

Ihr gelingt es nicht, den wollüstigen Schauder zu unterdrücken, der ihren Körper packt.

»Und wie geht das?«

»Kennen Sie *Haikuru*?«, frage ich.

»Nein, jedenfalls nicht direkt. Nur vom Hörensagen.«

Nie im Leben hat sie davon gehört. Es gibt nur ganz

wenige von uns, die Eingeweihten. Auch im Internet würde sie nichts darüber finden. Sie sucht ja nur nach neuen Kicks, ich hingegen bin ein Profi auf diesem Gebiet. Ich hatte zwar lange nichts mit der richtigen Welt dort draußen zu tun, bin aber die ganze Zeit fleißig und aktiv im Netz unterwegs gewesen. Außerdem habe ich noch immer ein paar treue Freunde, die mich auf dem Laufenden halten.

»Dabei handelt es sich um einen härteren Ableger von Tantrasex, bei dem sich die Frau dem Mann vollkommen unterwirft. Das kann fünf Stunden oder auch noch länger dauern.«

»Wenn wir beide dieses Haik…«

»Haikuru. Was wolltest … du mich fragen?«

»Würdest du mir damit zeigen können, was wahrer Schmerz ist?«

»Mehr als du es dir jemals vorstellen kannst«, antworte ich und verweile bei jedem Wort länger als notwendig.

»Und warum sollte ich an so etwas interessiert sein?«, fragt sie.

»Sonst hättest du dir während unseres kurzen Gesprächs nicht fünfmal mit der Zunge über die Oberlippe geleckt.«

»Zählst du etwa mit?«

»Ich habe eine Vorliebe für Details.«

Plötzlich überfällt mich eine entsetzliche Langeweile. Trotzdem werde ich das hier machen, ich weiß es. Zwei Jahre ist es jetzt her. Körperliche Begierde ist erbärmlich und verachtungswürdig, aber wie alles Lebendige wächst sie mit der Zeit. Wenn ich in nächster Zeit so eng mit Julia zusammenarbeiten werde, sollte ich meine Lust unbedingt dämpfen, damit mir die Zügel auf Dimö nicht entgleiten. Bei dem Gedanken muss ich schmunzeln.

Die Frau nickt, allerdings kaum sichtbar. Ich zucke mit

den Schultern, als wollte ich sagen: »Also ... nur wenn du das auch wirklich willst, ich bin nicht übertrieben scharf darauf.« Sie geht vor. Sanduhr-Figur, unverkennbar.

Und während wir den Speisesaal durchqueren und an dem verpickelten Jüngling an der Rezeption vorbeigehen, der uns neugierig hinterhersieht, und wir den Flur zu ihrem Hotelzimmer hinuntergehen, kann ich meinen Wunsch kaum unterdrücken, dass dieser Tag möglichst schnell vorbei sein möge.

23

JULIA

Während der gesamten Überfahrt dachte Julia an das, was zwischen Thor und ihr in der Nacht zuvor geschehen war. Erinnerungsfetzen tauchten auf – eine Berührung, ein Zittern, ein Kuss – und erzeugten Schmetterlinge in ihrem Bauch.

Ihre Gefühle ähnelten jedoch in keiner Weise denen, die sie vor zwei Jahren für Franz empfunden hatte. Damals war die Anziehung von Wahnsinn geprägt gewesen, von einer fast schmerzhaften Erregung und ihrer Faszination für das Verbotene. Dieses Mal aber fühlte es sich wie Wattbällchen in ihrer Brust an, wie ein pudrig weißer Schnee, der durch ihren Körper rieselte. Der Rausch war auch weder im fahlen Licht der frühen Morgenstunden noch unter dem harten Strahl der Dusche verschwunden. Die Erinnerung an die Nacht stahl der Wirklichkeit alle Farben, setzte einfach alles außer Gefecht.

So fühlt es sich also an, verliebt zu sein, dachte sie. *Dann bin ich vorher noch nie verliebt gewesen. So hat es sich nämlich nie zuvor angefühlt. Aber es ist doch Thor? Wie kann das sein?*

Sie schickten sich anzügliche SMS. Er antwortete immer sofort, obwohl sie wusste, dass er Unterricht hatte. Die Nachrichten waren detailliert und beschrieben, was sie das

nächste Mal miteinander machen würden. Julia schmun-
zelte bei dem Gedanken, dass Thors Lehrer die SMS lesen
und auf diesem Weg erfahren würde, womit sich sein Vor-
zeigeschüler in seiner Freizeit beschäftigte.

Alles ordnete sich dem Erlebten in der damaligen Nacht
unter, als würde sie auf eine innere Reise gehen, weit weg
mit ihren Gedanken, bis sie sich irgendwann wiedersahen.

Sie schrieben sich, bis sie kein Netz mehr hatte und sich
schmerzlich erinnerte, dass der Empfang auf Dimö mehr
als mäßig gewesen war. Dann schüttelte sie sich und kehrte
widerwillig in die Realität zurück, zu dem bevorstehenden
Auftrag.

Sie hatte die Nachmittagsfähre genommen, und es war
bereits dunkel, als sie die Insel erreichte. Nicht Franz stand
am Hafen, um sie abzuholen, sondern Elyssa, die Pflegerin
aus der Klinik.

»Ich dachte, Sie arbeiten in der Reha-Klinik. Was
machen Sie denn hier auf der Insel?«, fragte Julia.

»Ich bin jetzt Franz' Assistentin«, antwortete Elyssa
voller Stolz.

Sie war winzig, höchstens eins sechzig groß, mit einem
süßen Gesicht und willensstarkem, energischem Blick.
Julia fühlte sich neben ihr wie eine plumpe Riesin. Als sie
sich das letzte Mal gemessen hatte, war sie eins achtund-
siebzig gewesen.

Elyssa zeigte auf einen Kombi, der am Marktplatz
parkte. Der Wagen sah nagelneu aus und roch innen nach
Leder.

»Franz hat gesagt, dass ich Sie abholen und ins Gästehaus bringen soll«, erklärte Elyssa. »Dann können Sie sich
in Ruhe einrichten und sich frisch machen, wenn Sie wollen. Einverstanden?«

»Ja, sicher.«

Nach langen Verhandlungen mit ihrem inneren Parlament hatte sich Julia darauf eingelassen, in dem Gästehaus unterzukommen. Es lag abgeschieden, und sie würde sich dort wesentlich sicherer fühlen als in dem riesigen, fast verwaisten Herrenhaus. Und am Ende war es einfach nur ein Haus, und was vor zwei Jahren dort geschehen war, schien nur noch eine blasse Erinnerung zu sein.

»Wissen Sie, ob eine Wache für die Sicherung des Hauses abgestellt ist?«

»Ja, durchgängig. Ein Wachmann sitzt im Häuschen vorn an der Pforte, und einer patrouilliert über das Anwesen und kommt regelmäßig am Gästehaus vorbei.«

»Sie scheinen ja gut informiert zu sein.«

»Das ist doch Teil meines Jobs.«

»Stimmt. Wie ist es denn, für Franz zu arbeiten?«, fragte Julia neugierig.

»Na ja, herausfordernd. Aber es ist der beste Job, den ich je hatte.«

»Warum das?«

»Er überlässt mir die volle Verantwortung für ganz viele Entscheidungen.«

Das klang überhaupt nicht nach dem Franz als Chef, den ihr Sofia beschrieben hatte. Einen *Mikromanagementfreak* hatte sie ihn genannt. Und *krankhafter Kontrolletti*. Sie hatte auch noch ein paar andere Bezeichnungen parat gehabt.

»Und ich habe gehört, dass er so ein furchtbarer Tyrann sein soll«, sagte Julia.

Elyssa lachte laut auf, als würde sie damit unterstreichen wollen, wie lächerlich diese Behauptung sei.

»Nein, überhaupt nicht. Er geht keine Kompromisse ein,

wenn er ein Ziel vor Augen hat. Aber genau das bewundere ich an ihm.«

Bei ihrem letzten Besuch war die Pforte unbewacht und offen gewesen. Jetzt war sie verschlossen, und in dem Wachhäuschen saß jemand. Der Mann in Uniform grüßte sie und betätigte einen Knopf, woraufhin das Tor lautlos aufglitt. Julia hatte sich nie dafür erwärmen können, sie fand die mit Engeln, Teufeln und Dämonen verzierte eiserne Pforte unheimlich.

An dem dunklen Himmel kam der Mond zum Vorschein und warf sein Licht durch die Baumwipfel. Der größte Teil des Anwesens lag im Schatten. Trotzdem konnte Julia die Veränderungen erahnen, die vorgenommen worden waren. Die Rasenfläche hatte man gemäht und das Laub entsorgt. Auch die zerbrochene Glasscheibe der Aula hatte Franz ersetzen lassen. Die Fassade des Hauptgebäudes wurde jetzt von LED-Spotlights beschienen und leuchtete strahlend weiß. Es roch auch anders, nicht mehr modrig, sondern nach einer Mischung aus verbranntem Laub und feuchtem Mörtel.

»Das Anwesen hat ein richtiges Facelifting bekommen«, sagte Elyssa stolz.

»Das kann ich sehen. Ist wirklich beeindruckend.«

»Warten Sie erst, bis Sie das Herrenhaus und die Gästeunterkünfte in den Seitengebäuden aus der Nähe gesehen haben.«

Der Wagen hielt vor dem Gästehäuschen. Bei ihrem letzten Besuch hatte sie nicht richtig Notiz davon genommen, weil Franz' Geschichte sie damals so stark in Beschlag genommen hatte. Aber jetzt hatte sie Zeit, es sich genauer anzusehen. Es lag eingebettet in einem kleinen Waldstück, aus seinen Fenstern drang warmes Licht nach draußen.

Wie eine kleine Oase auf dem großen weitläufigen Anwesen.

»Die Tür ist nicht verschlossen«, sagte Elyssa. »Aber Sie können sie von innen verriegeln. Soll ich mit reinkommen?«

»Nein, danke, ich komme schon zurecht. Wo sind Sie denn untergebracht?«

»Wir bewohnen die Personalunterkünfte im ersten Stock des Herrenhauses.«

»Wir?«

»Zwei Kollegen, die Franz zuarbeiten, und ich. Also, wir haben natürlich alle unsere eigenen Räume.«

»Und diese drei Irren, wo residieren die?«, fragte Julia skeptisch.

Elyssa verzog den Mund.

»Die sind in den Seitengebäuden untergebracht, in den Gästeunterkünften.«

Julia mochte Elyssa. Sie war herzlich und wirkte ungekünstelt und entsprach so gar nicht dem Klischee von Franz' rechter Hand. Aber vielleicht lag darin das Geheimnis: Sie neutralisierten sich gegenseitig.

»Okay, dann gehe ich mal rein. Vielen Dank fürs Abholen.«

Einen Augenblick lang blieb sie unschlüssig an der Tür stehen, bis die Autotür zuschlug und sie hörte, wie die Reifen knirschend über den Kies fuhren. Als das Licht der Scheinwerfer verschwand, war es gleich richtig dunkel.

Sie zögerte. Aus Nervosität? Angst? Oder war es der abwegige Gedanke, dass sie Franz im Haus begegnen und in ihre Erinnerung zurückgeschleudert werden würde?

Die Bäume, die das Haus umgaben, schirmten das Mondlicht ab. Der Wind war furchtbar kalt. Das einzige Geräusch, das sie jetzt noch hörte, waren die Wellen, die gegen die Klippen schlugen. Es fing an zu regnen, und ein Windstoß zerrte an ihrer Jacke. Als sie die Türklinke herunterdrückte, schlug ihr eine Wärme entgegen, die sie tröstete und beruhigte. Sie hatte wieder festen Boden unter den Füßen. Mit jedem Schritt veränderte sich etwas. Aus Erleichterung wurde Verwunderung – und dann folgte kurz darauf eine kleine Panikattacke.

Sie blieb im Wohnzimmer stehen. Alles sah genauso aus wie beim letzten Mal. Auf dem Tisch stand eine Vase mit weißen Blumen, daneben eine Flasche Wein. Auch die Möbel, die Rattanstühle und die beige Couchgarnitur, befanden sich noch an ihrem ursprünglichen Ort. Das gedämpfte Licht im Raum spendeten ein paar Stehlampen. Im Kamin knisterte ein Feuer, und der Ventilator an der Decke über ihr brummte monoton. Warum war der überhaupt eingeschaltet? Es war doch Winter. Am stärksten aber war der Geruch. Es roch nach seinem Aftershave.

Sie fühlte sich beobachtet. »Hallo, ist da jemand?«

Keine Antwort.

In der Erinnerung hörte sie ihrer beider Stimmen, als sie vor zwei Jahren den Abend dort verbracht hatten. Sie sah sich mit ihm am Tisch sitzen, wie eine Zuschauerin, die die ganze Szene von außen verfolgte, mit Abstand.

Und da schoss ihr ein Gedanke in den Kopf: *Er hat das hier alles inszeniert.*

Ihr erster Impuls war, auf der Stelle umzukehren und den Wachmann an der Pforte zu bitten, sie gehen zu lassen. Was tat sie eigentlich hier, auf dieser gottverlassenen Insel, in *diesem Haus*? Aber eine andere Kraft zog an ihr, zwang sie förmlich, noch tiefer in das Haus hineinzugehen, bis sie auf einmal im Badezimmer stand. Das Licht war eingeschaltet. Es roch wie damals, nach Lavendelseife. Am Rand der großen Badewanne lag eine kleine Badeente, die Thor oder Vic gehört hatte.

Sie betrachtete ihr Spiegelbild über dem Waschbecken. Ihre Pupillen waren ungewöhnlich groß.

Sie hörte, wie die Haustür geöffnet wurde, dann näherten sich schwere Schritte auf den knarrenden Dielen.

Im Spiegel sah sie seine Gestalt.

»Du bist tatsächlich gekommen«, sagte er. »Endlich bist du da.«

24

FRANZ

Ich habe ein fotografisches Gedächtnis. Die visuellen Eindrücke sind so intensiv, dass sie nahezu identisch mit dem Gesehenen sind. Ich besitze die Fähigkeit, mich an Dinge zu erinnern, die niemandem sonst aufgefallen sind. Schon früh habe ich erkannt, dass auch Thor diese Gabe besitzt, denn er war in der Lage, von beliebigen Ereignissen die detailliertesten Nacherzählungen zu liefern. Bislang habe ich diese Fähigkeit – mein absolutes Gehör und mein unschlagbares Sehvermögen sowie mein außergewöhnliches Gedächtnis – als ein Geschenk betrachtet, und das gilt auch heute noch. Ich habe das Setting im Gästehäuschen absichtlich als eine perfekte Kopie von vor zwei Jahren inszeniert. Der Gedanke daran hat etwas Berauschendes. Ich stehe im Büro an meinem Panoramafenster und sehe, wie der Wagen durch die Pforte fährt. Ich sehe Julias Silhouette, als sie aussteigt, und wie sie zögert, bevor sie die Tür öffnet. Das ist gut so.

Ich gehe gleich zu ihr, aber zuvor lasse ich ihr noch ein paar Minuten Zeit, um sich an die Stimmung im Haus zu gewöhnen. Um mir die Zeit zu vertreiben, lese ich einen Kommentar im Netz, der mir augenblicklich gute Laune macht. Er stammt von der Frau, die ich gestern im Strandhotel kennengelernt habe. Sie ist Maklerin, ihr gehört eine dieser prätentiösen Firmen. Aber sie ist eben auch Mitglied eines kleinen, exklusiven Forums im Netz, in dem vor allem Karriere-Frauen ihre sexuellen Erfahrungen austauschen. Anonym zwar, aber hochfrequentiert. Ich war oft auf solchen Seiten unterwegs, als ich mich in der Klinik zu Tode gelangweilt habe. Eine Geistesverwandte hat mich auf den Post aufmerksam gemacht und mir auch den Zutritt zu dem Forum ermöglicht.

Die Frau aus dem Strandhotel hatte noch in derselben Nacht gepostet. Ihr Beitrag ist schlicht, aber effektiv: *Gerädert, aber euphorisch nach einer Nacht mit dem allseits bekannten Franz Oswald. Mir fehlen die Worte. Alle Gerüchte, die ihr jemals gehört habt, treffen zu. Bis auf das eine, dass er dort unten einen Schaden davongetragen haben soll!!*

Ich habe nicht den Nerv, alle Fragen und Kommentare zu lesen, aber es sind viele. Sie hatte weder meine Erlaubnis, meinen Namen zu nennen, noch von unserer gemeinsamen Nacht zu erzählen. Aber ich habe vom ersten Augenblick an gewusst, dass sie ein unartiges Mädchen ist. Und eins steht fest, mein Blog, der noch gar nicht richtig gelauncht worden ist, hat jetzt schon eine neue Schar Anhängerinnen. Das nimmt langsam Form an.

Für mein Wiedersehen mit Julia habe ich mich herausgeputzt. Das Hemd mit offenem Kragen und den schmalen blauen Schlips habe ich auch vor zwei Jahren getragen. Es war nicht schwer, die beiden Kleidungsstücke wiederzufinden. In meinem Kleiderschrank herrscht Ordnung. Der Schlips hängt in einem lockeren Knoten auf meiner Brust, so wie damals. Auch mein Blick ist so begierig wie an jenem Abend.

Es ist eiskalt da draußen. Der Wind packt mich, bewaffnet mit spitzen, schneidenden Regentropfen. Sogar die

Bäume ducken sich, und die große Esche ist voller Krähen, die sich dicht aneinanderkauern. Ich kann Julias Umrisse durch das Fenster sehen, wie sie zögernd das Wohnzimmer betritt und keine Ahnung hat, dass ich sie beobachte.

Die Kälte löst eine tiefe Traurigkeit in mir aus, mein Herz wird ganz dunkel. Das passiert immer wieder, wenn ich mich auf dem Anwesen bewege. Dann packt mich die Erinnerung an die erbärmliche Geschichte meiner Familie. Vielleicht liegt das auch an der Verantwortung, die auf meine Schultern drückt – Licht in das Dunkel zu bringen, das sie hinterlassen haben. Als junger Mensch habe ich diesen Ort vor dem Untergang bewahrt, und vor neunzehn Jahren habe ich ihn wiederaufgebaut, als er bis auf die Grundmauern abgebrannt war. Und auch jetzt habe ich das Anwesen in seiner alten Pracht wiederauferstehen lassen.

Ich versuche das Düstere in mir mit dem Gedanken daran zu vertreiben, was mich in dem hell erleuchteten Gästehäuschen erwartet. Und es funktioniert. Ihr Duft ist das Erste, was mir entgegenschlägt, als ich die Tür öffne. Maiglöckchen. Das Haus ist erfüllt davon. Aber nicht nur als eine Erinnerung. Er ist wirklich da. Es ist der Duft einer Frau.

Ich finde sie im Badezimmer. Und wiederhole die Worte, mit denen ich sie vor zwei Jahren begrüßt habe. Die gleiche Tonlage, die gleiche Wärme in meiner Stimme. Unsere Blicke begegnen sich. Und ein weiteres Mal werde ich von der Erkenntnis überwältigt, wie jung sie ist. Sie hat den unschuldigen Augenaufschlag eines Kindes, aber ihre Körpersprache ist die einer selbstbewussten Frau.

Mein Anblick verwirrt sie. Sie verliert die Fassung. Das kann ich in ihren Augen sehen. Aber als sie sich zu mir umdreht, sprühen diese Augen wütende Funken.

»Was soll das? Was ist das für ein kranker Scherz? Denkst du denn, ich bin bescheuert, oder was?«

»Nein, überhaupt nicht«, sage ich leise. »Ich wollte dich nur an den schönen Abend vor zwei Jahren erinnern. Wie glücklich wir damals waren.«

»Du hast sie doch nicht mehr alle!«, faucht sie.

»Vielleicht bin ich ein bisschen zu weit gegangen. Wollen wir einen Schluck Wein trinken und besprechen, was morgen bevorsteht?«

»Du kannst den Wein allein trinken. Das letzte Mal, als du mir ein Glas angeboten hast, waren da Drogen drin.«

»Das waren keine Drogen, sondern ein pflanzliches Präparat«, widerspreche ich. »Und diese Flasche hier ist noch ungeöffnet. Ich werde auch den ersten Schluck nehmen, wenn du …«

»Kannst du bitte mal einfach die Schnauze halten?«

Sie ist wirklich wütend. Das kann jederzeit kippen. Ich bin ganz benommen von ihrem Zorn.

»Der einzige Grund für deine impulsive und heftige Reaktion ist, dass dir die Erinnerung an den Abend auch etwas bedeutet«, sage ich.

»Hau bloß ab! Los, geh!«

Das werde ich nicht tun. Aber ich verlasse das Bad und setze mich an den Tisch im Wohnzimmer. Sie wird sich schon wieder beruhigen. Ich öffne den Wein, gieße mir ein Glas ein und schwenke die Flüssigkeit eine Weile im Glas. Es ist auch derselbe Wein wie damals. Derselbe Jahrgang, dieselben Weingläser.

Nach einer Weile kommt sie her, stellt sich mit vor der Brust verschränkten Armen in die Mitte des Zimmers und starrt mich an.

»Ich bin gekommen, um meinen Job zu erledigen. Dieses

Flirten lenkt mich bloß ab. Wenn du damit weitermachst, reise ich wieder ab.«

»Das ist nicht dein Ernst?«

»Du kennst mich nicht.«

»Komm, setz dich zu mir, dann erzähle ich dir, was morgen passieren wird.«

»Ich stehe lieber.«

Ich beschließe, ihre Wut noch ein bisschen anzuheizen. Sie wird nicht abreisen, das ist nur eine leere Drohung. Weder heute Abend noch morgen. Sie nimmt diesen Auftrag sehr ernst.

»Noch ein Wort zu dem Abend vor zwei Jahren«, sage ich. »Du hast dich so an mich rangeschmissen, dass mir fast der Atem weggeblieben ist.«

»Ach, hör auf damit. Sei nicht so theatralisch«, zischt sie.

»Am nächsten Morgen hast du mich gefragt, warum ich nicht den ganzen Weg gegangen bin. Erinnerst du dich daran? Jetzt kann ich dir antworten. Ich wollte, dass dein Verlangen nach mir, deine Sehnsucht noch gesteigert wird.«

»Hör auf!«, schreit sie.

Ich hebe abwehrend die Hände hoch.

»Okay, okay. Manchmal ist es eben leichter, alles zu verleugnen.«

»Sag, was du mir sagen wolltest, und dann geh. Bitte.«

»Meinetwegen. Also Folgendes. Meine Schützlinge werden morgen früh mit der Fähre eintreffen. Sie werden im Speisesaal bei ihren Unterkünften zu Mittag essen, und gegen ein Uhr findet im Konferenzraum im dritten Stock das erste Meeting statt. Da werde ich alles Weitere erläutern. Mir wäre es lieb, wenn du dabei sein könntest.«

»Sonst noch was?«, fragt sie mit eisiger Stimme.

»Du kannst die Tür von innen verriegeln, und die Fenster können eingehakt werden. Außerdem patrouilliert ein Wachmann rund um die Uhr über das Gelände, ein zweiter sitzt an der Pforte.«

»Gut.«

»Ich muss dich bitten, vom Gebrauch deines Handys abzusehen. Das ist die Regel hier im Haus. Die Teilnehmer des Experimentes haben auch keinen Zugang zu Mobiltelefonen. Morgen erkläre ich, warum das so ist. Aber ich habe dir einen Schreibtisch ins Schlafzimmer stellen lassen, damit du dort deinen Rechner benutzen und schreiben kannst.«

»Danke. Das war's?«

»Du bist wunderschön, wenn du wütend bist.«

»Was für ein trauriges Klischee.«

Ich trinke mein Glas aus, langsam und nachdenklich, während sie neben mir steht und mich nach wie vor wütend anstarrt. Aber schweigend. Mit zusammengepressten Lippen. Es ist so still, dass man die Wellen seufzen und gegen die Felsen schlagen hört.

»Dieser Wein ist wirklich vorzüglich«, sage ich. »Ich lasse die Flasche hier. Frühstück gibt es von sieben bis zehn Uhr im Speisesaal. Du wirst mir dort nicht über den Weg laufen. Ich nehme meine Mahlzeiten in meinem Zimmer ein.«

»Das überrascht mich nicht im Geringsten«, sagt sie und schnaubt.

Sollte sie spüren, wie sehr ich das alles genieße, so lässt sie es sich auf jeden Fall nicht anmerken.

Ich stehe auf.

»Thor und ich sind jetzt zusammen«, platzt es aus ihr heraus.

Das ist wiederum für mich keine große Überraschung.

Das war mir schon klar, nachdem ich sie in der Klinik gemeinsam erlebt habe.

»Dann kann er sich sehr glücklich schätzen«, sage ich.

»Willst du mir nicht gratulieren?«

»Du brauchst eigentlich noch jemanden, der deutlich aufregender ist. Aber das musst du ganz allein entdecken.«

»Noch dazu?«

»Ja, als Gegengewicht. Wir beide können uns gern ab und zu verabreden und …«

»Das wird *niemals* passieren«, unterbricht sie mich.

»Es war ja nur ein Vorschlag.«

»Du spinnst total«, sagt sie und schüttelt den Kopf.

Ehe sie zurückweichen kann, streiche ich ihr mit dem Finger ganz sanft über die Wange. Sie zuckt zusammen.

»Der erste Wintersturm hat Dimö in Gestalt einer wunderschönen Frau erreicht«, sage ich. »Das ist eine erfrischende Neuigkeit. Gute Nacht, Julia.«

»Hör auf damit!«, sagt sie und macht einen Schmollmund.

An der Oberfläche ist sie jetzt die Ruhe selbst, aber ihre Stimme verrät sie. Ich höre Enttäuschung und auch eine Spur von Sehnsucht.

25

JULIA

Sie wurde von einem hartnäckigen Klopfen geweckt. Das Fenster im Schlafzimmer stand offen und schlug gegen den Rahmen. Der Wind hatte über Nacht zugenommen. Es war zwar noch dunkel, aber die Farbe des Himmels veränderte sich. Taubengrau.

Sie zog sich den Bademantel an, schlüpfte barfuß in ihre Winterstiefel und ging auf die Terrasse hinaus. Der Wind riss an ihren Haaren. Zwischen den Kiefern hindurch konnte sie das Meer sehen. Die Brandung hinter der Heide und den kahlen Felsen färbte sich im Licht des Sonnenaufgangs silbrig-rosa.

Sie gähnte herzhaft und schüttelte damit die Anspannung vom gestrigen Abend ab, die sich noch in ihrem Körper gehalten hatte. Vergrabene und vergessene Gefühle waren geweckt worden, als Franz plötzlich aufgetaucht war. Seine anzüglichen Kommentare und die inszenierte Kopie ihres letzten Abends hatten sie keineswegs unberührt gelassen, das konnte sie nicht leugnen. Aber sie war stolz, standhaft geblieben zu sein. Äußerlich konnte sie knallhart wirken, das wusste sie. Aber in ihrem Inneren war sie fragil und empfindsam. An jenem Abend vor zwei Jahren war sie förmlich übergeschäumt vor Glück, und die erneute Inszenierung hatte nur zu einem Déjà-vu-Moment geführt.

Trotzdem … Die Bäume und der Blick über die Heidelandschaft verschmolzen und verschwammen. Sie blinzelte
die Tränen weg, die sich so ankündigten. Verdammt! Das
hier durfte auf keinen Fall zu einem Abklatsch werden. Sie
musste sich unbedingt zusammenreißen. Und dort auf der
Terrasse in dem eisigen Wind fasste sie einen Beschluss.
Sie würde sich während ihres Aufenthaltes auf Dimö nicht
von Franz aus der Fassung bringen lassen. Sie war eine
Journalistin mit einem klaren Arbeitsauftrag. Er hatte keine Macht mehr über sie.

Entschlossen kehrte sie ins Haus zurück und schrieb
Thor eine Mail. Sie erzählte ihm von den Renovierungsarbeiten auf dem Anwesen und beendete ihre Nachricht
mit den Sätzen: *Das alles wirst du eines Tages erben. Dann
bist du Milliardär und kannst dich zufrieden zurücklehnen,
wenn du alt bist.*

Es war kurz vor neun, als sie aufbrach, um im Speisesaal
zu frühstücken. Die ersten zaghaften Sonnenstrahlen tauchten alles in glitzerndes Gold. Es hing in den Bäumen, am
Springbrunnen und schmiegte sich an die Fassade des
Herrenhauses. Aus der Entfernung konnte sie das Dröhnen und Fauchen des Meeres hören. Die Möwen kreisten
wie Segelflugzeuge hoch über ihr. Die Grünfläche, die sich
vor ihr erstreckte, so weit das Auge reichte, war vom Nacht-
frost bedeckt, der in der Sonne orange leuchtete. Aus-
gekühlt kam sie im Speisesaal an, der wie ein gemütliches,
kleines Restaurant aussah und angenehm geheizt war. Die
Tische waren jeweils für vier Personen gedeckt. Auf dem
frisch geölten Holzfußboden lagen Schaffelle. Den Mittelpunkt des Raumes bildete ein großzügiger Kamin. Aus
den Lautsprechern an den Wänden strömte sanfte Musik.
Kleine Tischleuchten mit flackernden Teelichtern standen

neben den Tellern. Wie war es Franz gelungen, das alles in so kurzer Zeit zu schaffen?

Elyssa saß mit zwei Männern an einem Tisch und winkte sie zu sich.

»Kommen Sie, setzen Sie sich doch zu uns«, sagte sie.

Julia nahm auf dem freien Stuhl Platz.

»Holt man sich das Essen hier selbst?«, fragte sie.

»Nein«, sagte Elyssa. »Es kommt jemand aus der Küche und nimmt Ihre Bestellung auf.«

Julia nickte den beiden Männern zu, die aller Wahrscheinlichkeit nach Franz' persönliche Mitarbeiter waren. Sie konnte sich gut vorstellen, warum er sich für sie entschieden hatte. Beide hatten einen militärischen Background. Kurzgeschoren. Glattrasiert. Körperspannung.

»Das sind Hampus und Filip«, stellte Elyssa sie vor. »Hampus ist für die Technik zuständig, Computer und so etwas. Und Filip ist ... wie kann man das denn nennen? Eine Art Antreiber.«

»Antreiber?«, wiederholte Julia bestürzt.

»Ja. Filip, sag mal, wie ist deine Bezeichnung nochmal?«

»Assistent«, antwortete er. »Ich bin das extra Paar Augen und Ohren, das darüber wacht, dass niemand faul ist und die Aufträge von Franz auch umgesetzt werden.«

Filip, der wie ein Gewichtheber aussah und eine besonders tiefe Stimme hatte, war sichtlich stolz auf diese Arbeitsplatzbeschreibung.

»Das klingt aber eher wie ein Militärlager«, warf Julia ein.

»Ja, die Teilnehmer müssen durch eine Reihe von Prüfungen«, sagte Elyssa. »Franz wird das später noch ausführlicher erklären.«

In diesem Augenblick kam eine junge Frau aus der

Küche und fragte Julia, was sie zum Frühstück haben wollte. Das Angebot war riesig.

»Ich nehme nur einen Kaffee und Joghurt mit Flocken, bitte«, bestellte Julia.

Filip sah aus wie einer, der junge Soldaten rekrutierte und in Kriegsgebiete zog – gleichzeitig aber auch aktiver Sportler war und im Fußball- und Hockeyclub spielte. Sein Blick war klar und direkt, dennoch fehlte seinen nussbraunen Augen etwas Menschliches.

Hampus sah eigentlich nicht wie ein Computernerd aus. Allerdings war er nicht ganz so durchtrainiert wie Filip. Seine Gesichtszüge wirkten zwar kantiger, aber seine Haut war ziemlich blass. Eisblaue Augen und so kurzgeschorene Haare, dass man die Kopfhaut sehen konnte, rundeten das Bild ab. Er hatte eine nervöse Ausstrahlung, machte einen unausgeglichenen Eindruck.

Der Anblick der beiden Typen erinnerte Julia an eine Unterhaltung mit ihrer Mutter über ihre Zeit in der Sekte. Sie hatte die Mitarbeiter mit bestimmten Ausdrücken beschrieben. *Roboter. Oswaldklone. Ein Haufen ergebener Soldaten.*

»Und was warst du?«, hatte Julia sie gefragt.

»Ich hatte auch eine Gehirnwäsche hinter mir, keine Frage«, hatte Sofia darauf geantwortet und eine Grimasse gezogen. Aber mehr hatte sie nicht preisgeben wollen.

Es hatte etwas Unheimliches, wie unglaublich ernst die drei am Frühstückstisch die bevorstehenden Ereignisse nahmen. Julia hatte das Gefühl, Teil eines sehr raffiniert ausgeklügelten Theaterstückes zu sein. Ihr kam der Gedanke, dass Franz mit ihnen spielte. Nicht einmal, um ein bestimmtes Ziel zu verfolgen, vielmehr nur zu seinem eigenen, kranken Vergnügen.

Sie spürte den unwiderstehlichen Drang, sich dieser Runde zu entziehen, und aß ihre Flocken schnell auf. Die Unterhaltung der anderen verwandelte sich in ein dumpfes Rauschen im Hintergrund.

Um sich die Zeit bis zu dem angekündigten Treffen im Konferenzraum zu vertreiben, machte sie einen Spaziergang. Hinter dem Gästehäuschen gab es eine Pforte in der Mauer, und dahinter führte ein kleiner Pfad durch das angrenzende Wäldchen. Statt aber diesem Weg zu folgen, lief sie querfeldein, bis sich vor ihr die Heidelandschaft auftat, die ihre lila Anmut allerdings schon vor einiger Zeit verloren hatte. Julia erinnerte sich daran, wie schön es noch im Spätsommer gewesen war. Jetzt fegte der Wind über die Ebene und legte sich als salziger Geschmack auf die Zunge. Die besondere Süße einer vergehenden Vegetation stieg aus der Erde auf. An der Stelle, an der die Felsen senkrecht abfielen, gab es einen Aussichtspunkt, und dort stand eine Bank. Aber es war zu kalt, um sich hinzusetzen.

Wäre Julia vernünftig gewesen, hätte sie sich Handschuhe und Mütze angezogen, aber sie hatte die Gabe, immer die falsche Kleidung zu tragen. Deshalb genoss sie den Blick über das Meer und stampfte mit den Füßen auf den Boden, um sich warm zu halten.

Auf einer kleinen Insel weiter draußen im Meer stand ein weißer Leuchtturm. Ihr Vater hatte ihr erzählt, dass er zwar nicht mehr benutzt wurde, es aber das Gerücht gebe, dass sein Nebelhorn ab und zu zu hören sei. Einige abergläubische Bewohner von Dimö deuteten dies als Zeichen eines bevorstehenden Todes auf der Insel.

Die Landschaft war so wild und schön, dass sie gar nicht nach Hause gehen wollte. Am Ende aber siegte die Kälte, und sie brach auf.

Julia traf als Letzte im Konferenzraum ein. Mit Absicht. Schließlich war sie kein Mitglied dieser obskuren Gruppe und konnte aus diesem Grund kommen und gehen, wann sie wollte. Und sie gehörte definitiv nicht zu Franz' Untergebenen.

Als sie die Tür öffnete, schlug ihr der Duft eines recht kräftigen Parfums entgegen. Teuer und aufdringlich. Franz saß an der Stirnseite des großen Konferenztisches auf dem Chefsessel. Er tat so, als hätte er sie nicht bemerkt. Julia nahm in einer Ecke Platz und holte ihren Notizblock aus der Tasche.

Die drei Mitarbeiter, die sie beim Frühstück kennengelernt hatte, saßen an der einen Seite mit dem Rücken zu ihr. Auf der anderen Seite saßen die drei Auserwählten: Lars Nordin, Tessa Jenini und Otto Paulsen. Julia machte eine kurze journalistische Sichtung der drei Hauptakteure.

Tessa, die vermutlich für das starke Parfumerlebnis verantwortlich war, sah viel kleiner aus als auf den Fotos. Sie war so braungebrannt, dass ihre blonden Haare beinahe weiß wirkten. In Julias Vorstellung war sie gerade aus Kenia eingetroffen, zurück von einem weiteren Massaker an unschuldigen Tieren. Aber dann fiel ihr wieder ein, dass Tessa sich seit geraumer Zeit in ihrer Villa verschanzt hatte. Vermutlich verfügte das Haus über ein leistungsstarkes Solarium. Die Wahl ihrer Kleidung wirkte irgendwie deplatziert. Sie trug ein enges Wickelkleid und protzigen Goldschmuck. Lars hingegen war schlampig angezogen – mit einem ungebügelten, weiten Hemd, dem es nicht gelang, die Rettungsringe zu verbergen. Er war blass, schwitzte die ganze Zeit und konnte nicht stillsitzen. Von Otto Paulsen, dem Nazi, hatte Julia fast nur weniger schmeichelhafte Fotos gesehen, die seine Hater im Netz hochgeladen hatten. In Wirklichkeit sah er viel besser aus, muskulös mit dickem blondem Haar. Die kugelrunden Brillengläser verliehen ihm ein gesammeltes, fast aufgeräumtes Aussehen. Er wirkte kalt, wie innerlich abgespalten, als wäre er aus Versehen dort gelandet.

Sie waren alle schon über vierzig. Tessa und Otto hatten sich ganz gut gehalten und sich nicht gehen lassen. Lars hingegen schien sich längst aufgegeben zu haben. Aber vielleicht war es nur eine Frage der Zeit, bis auch die anderen beiden so mitgenommen aussahen. Sie alle hatten eine Sache verloren: die Trennung von privatem und öffentlichem Raum. Sie mussten bloß in die falsche Richtung sehen, und schon wurden sie zum Gespött der Menge.

Franz stand auf und stützte sich mit den Fingerkuppen auf der Tischplatte ab. Seine Augen funkelten, der Blick war ernst. Er musterte sie einen nach dem anderen, dann brach er ganz plötzlich in schallendes Gelächter aus.

»Jetzt reißt euch mal zusammen!«, sagte er. »Es gibt gute Neuigkeiten. Ihr habt die Großstadthölle hinter euch gelassen. Hier auf Dimö kann euch niemand etwas anhaben. Schon bald werdet ihr die wilde Natur, die Abgeschiedenheit, den Sternenhimmel und die absolute Stille auf der Insel zu schätzen wissen.«

Alle starrten ihn an, niemand sagte ein Wort.

»Hiermit heiße ich euch bei ViaTerra herzlich willkommen«, fuhr er fort. »Und um gleich mögliche Missverständnisse aus dem Weg zu räumen, das ist keineswegs der Name einer Sekte. Das ist der rechtmäßige Name dieses Anwesens und bedeutet *Der Weg der Erde*. Ihr befindet euch also auf ViaTerra und seid damit hoffentlich unterwegs in ein besseres Leben.«

Er setzte sich wieder auf seinen Sessel und lehnte sich zurück.

»Wir werden dieses Experiment *Requiem* nennen, und ich werde euch erklären, warum. Ein Requiem ist bekanntermaßen eine Totenmesse, aber eben auch ein Musikstück, das Teil eines Rituals sein kann. Während eures Aufenthaltes hier werdet ihr eure alten, bedeutungslosen und erbärmlichen Leben hinter euch lassen und begraben, um dann mithilfe einer – noch nicht endgültig festgelegten – Abfolge von Ritualen wiederaufzuerstehen. Gestärkter und mächtiger als jemals zuvor.«

Tessa starrte Franz an, als würde sie ihren Ohren nicht trauen. Otto schüttelte skeptisch den Kopf. Lars hatte den Kopf gesenkt, knetete seine Hände und murmelte etwas Unverständliches.

»Sieh mich nicht so überrascht an, Tessa. Bald wird der Begriff des *Requiems* in aller Munde sein, und auch die letzten Idioten werden verstehen, was es bedeutet.«

Er warf Julia einen kurzen Blick zu, widmete sich dann aber sofort wieder dem Trio vor ihm.

»Ich glaube nicht, dass wir uns alle gegenseitig vorstellen müssen, aber die Person, die gerade mit Verspätung zu uns gestoßen ist, um deutlich zu markieren, dass sie kein Teil dieser Gruppe ist, heißt Julia Frisk und arbeitet für das Online-Magazin MODA. Sie wird die einzige Vertreterin der Medien sein und über das Experiment berichten.«

Er warf ihr einen zweiten, vielsagenden Blick zu.

»Wir vier haben uns bereits persönlich und unter vier Augen unterhalten«, fuhr er fort. »Ihr seid aus eigenem Antrieb hier. Aber bevor wir loslegen, will ich noch ein paar Regeln einführen, die für diese Gruppe gelten sollen.«

Er machte eine Kunstpause und sah dabei erneut zu Julia am Ende des Raumes.

»Ich weiß, dass ihr drei euch ganz unten in der Schlucht

der Verzweiflung befindet. Aber bevor ihr euch daraus befreien könnt, müsst ihr erkennen, dass es eure Entscheidungen und Handlungen waren, die euch dorthin gebracht haben. Nichts von dem, was ihr getan habt, muss zwangsläufig zum Tod einer Karriere führen. Nicht, wenn man es schnell und effektiv pariert. Man muss lediglich eine PR-Agentur beauftragen, die verleumderischen Gerüchte dementieren, einen Haufen Dreck über seine Widersacher ausgraben und einsetzen, um sie öffentlich zu demütigen. Aber nichts davon habt ihr unternommen. Und jetzt versteckt ihr euch wie feige Verbrecher. Als hättet ihr die Glut angefacht, statt sie zu ersticken.«

Er musterte sie, einen nach dem anderen. Tessa quälte sich zu einem Lächeln, aber Franz ignorierte es.

»Eure Schwäche hat euch zu Fall gebracht, und genau deshalb werden wir diese bearbeiten. Da ihr euch selbst in diese Lage gebracht habt, könnt ihr eurem Urteilsvermögen ganz offensichtlich nicht trauen. Damit dieses Experiment funktionieren kann, müsst ihr mir bedingungslose Macht übertragen.«

Otto Paulsen öffnete den Mund, um zu protestieren, aber Lars Nordin kam ihm zuvor.

»Was heißt das in der Umsetzung?«

»Dass ihr mir blind gehorchen müsst«, sagte Franz. »Ihr solltet euer Leben in meine Hände legen, um ein weiteres Klischee zu benutzen.«

»Schon klar!«, sagte Otto. »Das kommt wohl darauf an, was du von uns willst. Du hast uns versichert, dass wir immer ein Mitspracherecht haben.«

»Bis zu einem gewissen Grad ja.« Franz nickte. »Aber jetzt zu Beginn, da brauche ich euer absolutes Vertrauen.«

»Willst du uns zwingen, als Gruppe Selbstmord zu be-

gehen, oder was?«, fragte Tessa und grinste ihn an. Franz'
dunkle Augen wurden zu schmalen Schlitzen.

»Das lasse ich jetzt mal so stehen. Aber eins noch, Tessa,
dein Lippenstift ist wirklich scheußlich«, sagte er und sah
sie dabei abfällig an. »Sieh dir doch Julia dort hinten an. Sie
hat eine so natürliche Schönheit. Die könntest du genauso
haben, wenn du dich ein bisschen anstrengen würdest.«

Einen Augenblick lang war Julia felsenfest davon überzeugt, dass Tessa sofort aufstehen und den Raum verlassen
würde. Sie öffnete den Mund, schloss ihn sofort wieder und
starrte auf die Tischplatte vor sich – Franz' Röntgenblick
hatte sie in die Knie gezwungen. In Julias Augen hatte
Franz sie mit seinem ansprechenden Äußeren schon so geblendet, dass sie offenbar ihre Integrität verloren hatte. Er
lächelte, und Julia fragte sich, ob er diese Erniedrigung sehr
genossen hatte.

»Um aber deine Frage zu beantworten, Tessa. Nein, wir
werden keinen kollektiven Selbstmord begehen. Und es
wird auch keine extreme physische Gewalt angewendet
werden. Aber ihr müsst alle meine Forderungen an euch
erfüllen.«

»Und was ist mit dir?«, fragte Lars. »Gehörst du nicht
auch dieser Unterschicht an? Die Artikel, die über dich geschrieben werden, sind doch nicht besonders schmeichelnd.«

»Ich werde selber auch alles tun, was ich von euch verlange«, sagte er. »Aber solltet ihr an meiner Popularität
zweifeln, könnt ihr gerne das Internet konsultieren. Der
Blog, den ich gerade gestartet habe, hat schon über fünftau-
send Follower. Das ist auf jeden Fall mehr als bei dir, Lars.
Soweit ich gehört habe, ist deine gesamte Präsenz in den
sozialen Medien von Hackern gelöscht worden. Existierst
du online überhaupt noch?«

Lars blieb stumm.

In dem Raum herrschte eine eisige Stille. Ein Stuhl knarrte. Ein Heizkörper knackte. Ein Zweig schlug gegen die Fensterscheibe.

»Wenn sich einer von euch damit nicht wohlfühlt, kann er die nächste Fähre zurück aufs Festland nehmen. Aber ich muss euch leider warnen: Die Alternative, die euch dort erwartet, ist eher düster.«

Schweigen.

»Ausgezeichnet. Dann wollen wir mal sehen, ob ihr in der Lage seid, eure persönlichen Interessen einer anderen Sache unterzuordnen.«

Er wandte sich an Hampus, der direkt neben ihm saß. »Du filmst das für den Blog.«

Hampus hatte eine kleine Kamera in der Hand, die er auf Franz richtete. Julia hatte ihre vergessen, sie nahm ihr Handy und öffnete die Kamerafunktion. Falls sie auch ein paar Fotos machen wollte.

Franz nahm seine ziemlich edel aussehende Armbanduhr ab und legte sie vor sich auf den Tisch. Dann nahm er sein Portemonnaie aus der Jackentasche und begann, seine Karten herauszunehmen. Alle Blicke waren auf ihn gerichtet.

»Meine Platinkarte, meine zweite Kreditkarte, mein Führerschein und meine Mitgliedsausweise für die angesagten Männerclubs«, zählte er auf und sah dabei die anderen an. »Worauf wartet ihr? Runter mit den Schmuckstücken, und alle Karten auf den Tisch«, sagte er und trommelte ungeduldig mit den Fingern.

Die Temperatur in dem ohnehin kühlen Raum sank auf einen Schlag um mehrere Grad.

»Und was soll das?«, fragte Otto.

»Das werde ich euch gleich erklären«, sagte Franz. »Das ist alles nur weltlicher Kram. Ihr könnt wunderbar ohne das Zeug leben.«

»Aber niemals ohne Führerschein«, stöhnte Lars und riss seine blassblauen Augen weit auf.

»Ich mag dich nicht enttäuschen, aber wir werden keine romantischen Ausflüge in schicken Autos hier auf der Insel machen«, sagte Franz und legte noch einen weiteren Gegenstand auf den Tisch. »Die Handys dürfen wir auch nicht vergessen.«

In diesem Augenblick geschah es, wie durch einen Zauberspruch.

Alle drei setzten sich gleichzeitig in Bewegung. Sie nahmen ihren Schmuck ab, zückten ihre Kreditkarten und reihten sie nebeneinander auf.

»Deine Halskette auch«, forderte Franz Tessa auf. »Die steht dir sowieso nicht.«

Julia vergaß beinahe, Fotos zu machen. Gebannt und ungläubig starrte sie auf das Schauspiel, das sich vor ihr abspielte.

26

FRANZ

Manchmal liegen Lösungen auf der Hand, sind aber für Leute mit einer tief verwurzelten Selbstsucht nicht sichtbar. Das sind Menschen, die so tief gesunken sind, dass sie sich meistens an Banalitäten festklammern.

Ich kann förmlich die Gedanken sehen, die durch ihre Köpfe toben. Tessa hat wahrscheinlich vorgehabt, sich heute Abend im Netz ein paar neue Fummel zu bestellen. Lars fragt sich, wie er ohne Karte an seinen Alkohol kommen soll, und Otto, durch und durch Kapitalist, hat mich ziemlich sicher schon längst als Kommunisten abgestempelt. Sie sind alle drei noch nicht richtig angekommen. *Noch* nicht. Aber das werden sie nach der Vorstellung heute Abend. Mir geht es wieder hervorragend. Keine lästigen Gefühle. Ich ziehe meine Kraft aus der unfassbaren Stärke, die ohnehin in mir ist. Heute fühle ich mich geradezu unüberwindbar. Und habe begriffen, dass sich meine Schwäche immer wieder aus dem Mangel an Herausforderungen nährt.

»Und was machst du jetzt mit dem Zeug?«, fragt Lars und zeigt wild gestikulierend auf den Haufen aus Karten, Uhren und Handys.

»*Wir*, Lars«, korrigiere ich ihn. »Du musst anfangen, uns als eine zusammengeschweißte Gruppe, als eine Einheit zu denken. *Wir* veranstalten heute Abend unser eigenes kleines Requiem, in einer Zeremonie werden wir uns von allem Weltlichen befreien. Das hier, dieser ganze Kram, wird im Meer versenkt.«

Otto sieht mich hasserfüllt an.

»Wir können uns doch einfach neue Karten besorgen«, sagt er.

»Das ist aber weitaus schwieriger als sonst, ohne Handy und ohne Netz«, kontere ich.

»Das hast du vielleicht schon längst getan«, pariert er.

»Schön wär's. Aber macht euch keine Sorgen, wir haben genug zu essen, wir überstehen ohne Probleme eine ganze Woche.«

»Dann besorgen wir uns eben neue Sachen, wenn wir zurückkommen.«

»Ja, klar«, erwidere ich, schon ziemlich ermüdet von diesem Widerstand. »Wenn ihr das hier lebend übersteht.«

»Du verdammter Sadist«, schimpft der verdammte Sadist.

Eigentlich dürfte sie das alles nicht überraschen. Ihr erster Fehler war es doch, dass sie sich überhaupt auf ein Treffen mit mir eingelassen haben. Ich habe ihnen in die Augen gesehen und es ihnen ins Gesicht gesagt: Dein Leid wird niemals enden. Da hätten sie spätestens das ganze Ausmaß begreifen müssen. Jetzt ist es zu spät.

Julia sieht aus, als würde sie ihren Augen nicht trauen. Sie zieht eine Augenbraue hoch und wirft die Arme in die Luft. Ich lächele sie an. Aber sie erwidert das Lächeln nicht.

»Was ist das denn für eine Zeremonie?«, fragt Tessa, die seit meiner beleidigenden Äußerung geschwiegen hat.

Sie ist eigentlich ganz in Ordnung. Problematisch ist nur ihr großes Bedürfnis nach Bestätigung und Anerkennung.

Die Großwildjagd veranstaltet sie bloß, um ihren Vater zu beeindrucken. Der ist ein richtig widerlicher Macho.

»Im Volksglauben gibt es – alten Sagen zufolge – die Überzeugung, dass das Meer deine Sünden wegspülen kann«, sage ich.

»Wir gehen aber doch wohl nicht schwimmen?«, fragt sie und lacht nervös. Als sie jedoch sieht, dass ich keine Miene verziehe und es todernst meine, bleibt ihr das Lachen im Hals stecken.

»Wir werden in einer Prozession vom Herrenhaus zum Meer ziehen«, erläutere ich. »Dort gibt es einen Felsen, von dem man hervorragend hinunterspringen kann. Der Höhenunterschied beträgt acht Meter. Zuerst werfen wir diesen ganzen Dreck nach unten. Und danach springen wir hinterher. Damit beenden wir unser bisheriges, oberflächliches Leben und setzen den Anfang für ein neues.«

»Das ist doch ein Scherz, oder?« Tessas Lachen klingt jetzt hysterisch.

Die beiden anderen blinzeln nervös.

»Ganz und gar nicht«, sage ich. »Das wird alles auf Video festgehalten. Wenn wir es ins Netz stellen, wird ganz Schweden von uns reden.«

Lars sieht aufrichtig verstört aus.

»Da mache ich nicht mit«, sagt er. »Das ist lebensgefährlich. Das Wasser hat doch höchstens fünf Grad.«

»Vier«, korrigiere ich. »Ich habe heute früh nachgemessen.«

»Und es bläst wie bekloppt«, protestiert er.

»Der Wind wird heute Abend nachlassen.«

»Das ist der totale Wahnsinn.«

»Wenn du nicht aufhörst, Widerworte zu geben, sehe ich mich gezwungen, dich nach Hause zu schicken, Lars.«

»Soll das eine versteckte Drohung sein?«

»Nein, das ist ein Versprechen, Lars«, sage ich ganz ruhig. »Selbstverständlich gibt es für den Prozess auch Alternativen. Phönix aus der Asche zum Beispiel. Der Vogel, der ins Feuer geht, um daraus wiederaufzuerstehen. Das ist seit jeher ein Symbol für Transformation. Aber so weit müssen wir gar nicht gehen. Das Meer eignet sich hervorragend dafür.«

Es wird so still im Raum, dass man Lars' röchelnde Atemzüge hören kann. Ich überlege, ob er vielleicht zu schwer ist und wir ihn wie einen Wal in Seilen an den Felsen zerren müssen, wenn er nachher panisch wird. Diese zwanzig Kilo, die er zusätzlich mit sich herumschleppt, sind kein leichtes Gepäck.

»Du hast deine sportlichen Aktivitäten ein bisschen schleifen lassen, Lars«, sage ich. »Aber mach dir keine Sorgen. Wir werden dir helfen. Wir sind ja jetzt ein Team. Und es gibt gute Neuigkeiten. Filip hier ist Rettungsschwimmer.«

Ich kann förmlich sehen, wie Lars in sich zusammensinkt. Der Anblick der anderen beiden ist einfach großartig. Ich fühle mich so lebendig wie schon lange nicht mehr. Nichts und niemand kann mich jetzt noch aufhalten.

»Das ist vollkommen absurd«, sagt Otto. »Das ist doch alles nur Tamtam, um in die Medien zu kommen.«

»Da hast du absolut recht«, entgegne ich. »Ein Medienspektakel als knalliger Auftakt für das Experiment. Ein Requiem für unsere verlorenen, sündigen Seelen.«

Wieder Schweigen.

Ich sehe zu Julia hinüber, die mir meine kleine Rede nicht abkauft. Sie wirft mir einen Blick zu, der sagt *Damit-beeindruckst-du-mich-kein-bisschen*.

Für einen flüchtigen Moment stelle ich mir vor, was

gestern noch alles zwischen uns hätte passieren können. Das erregt mich sehr. Ich schicke ihr ein Augenzwinkern. Wunderbare Julia. Wäre sie nicht da, hätte ich wahrscheinlich schon längst die Geduld mit diesen Spaßbremsen verloren.

Elyssa sammelt den Plunder ein und verstaut ihn in kleinen Stoffbeuteln, auf die sie die Anfangsbuchstaben geschrieben hat: O, T, L und F. Ich bin noch nie einem Menschen begegnet, der so gut organisiert ist. Sie beschlagnahmt die Wertsachen unserer Probanden mit einer Geschmeidigkeit, dass sie es kaum registrieren. Die Tüten werden ihnen erst kurz vor der Zeremonie am Felsvorsprung ausgehändigt.

Ich sehe aus dem Fenster. Die Wolken verheißen Schnee und türmen sich über der Insel auf. Ich schicke ein kleines Stoßgebet in den Himmel, dass sie gerne noch praller werden und uns heute Abend mit schönen Eiskristallen beschenken. Schnee ist ein wundervolles Element in einer Totenmesse.

Tessa ist es, die dieses Mal das Schweigen bricht.

»Das klingt alles verrückt, keine Frage. Aber Franz hat recht. Wir können hier nicht die ganze Zeit herumsitzen, jammern und davon ausgehen, dass die Leute ihre Meinung über uns von allein ändern. Wir müssen etwas Drastisches tun. Unser altes Ich auslöschen. Ich weiß, das klingt ziemlich brutal, aber es ist der einzige Weg.«

Langsam fange ich an, Tessa in mein Herz zu schließen.

Auch bei Otto sehe ich hinter seinem Panzer aus Misstrauen und Skepsis einen Hauch von Interesse. Vielleicht ist es sogar Erleichterung?

Freier Fall. Etwas vollkommen Unerwartetes tun. Und das unter den Augen der Öffentlichkeit. Etwas wagen. Mut zeigen.

Ich weiß, was verzweifelte Menschen brauchen. Deshalb schenke ich ihm ein Lächeln. Von Teammitglied zu Teammitglied. Mir ist sehr wohl bewusst, dass ich als *Mensch* wahrgenommen werden muss, trotz meiner Autorität. Jetzt habe ich Tessa und Otto auf meiner Seite. Lars wird sich schon noch von ihnen mitreißen lassen.

Elyssa steht neben Julia und flüstert ihr etwas ins Ohr. Sie trägt einen dicken Stapel Stoff im Arm.

Jetzt kommt das Beste von allem.

»Oh, entschuldigt bitte, fast hätte ich es vergessen«, sage ich. »Die Kutten.«

27

JULIA

In ihr kämpften widersprüchliche Gefühle miteinander, während sie Franz in seiner Rolle als Dompteur der drei Versuchskaninchen beobachtete. Sie begegneten ihm mit gezügelter Abneigung – die wahrscheinlich auch seine Anziehungskraft auf sie ausmachte. Er berührte ihre wunden Punkte und ihr Bedürfnis nach einem Tyrannen, der die Kontrolle über ihr armseliges, chaotisches Leben übernahm. *Endlich Veränderung.*

Sie staunte darüber, mit welcher Leichtigkeit sie sich ihm unterwarfen. Aber sofort meldete sich die Verachtung in ihr. Denn sie hatte sich informiert. Sie wusste, dass sich diese drei Gestalten nicht dafür interessiert hatten, auf wem sie herumgetrampelt waren oder wessen Leben sie zerstört hatten. Und jetzt saßen sie hier auf Dimö und klammerten sich an ihren Markenuhren, Kreditkarten und Handys fest, als würde dieser Verlust auch den Sinn des Lebens kosten. Ihr wurde bei dem Gedanken an die drei und ihre beschränkte Selbstgefälligkeit ganz übel.

Und dann tauchte ein Gefühl auf, das sie eigentlich nicht zulassen wollte. Sie bewunderte Franz für die Art, wie er dieses Experiment leitete. Sie hatte ihn noch nie in der Funktion als eine Art Vorgesetzten gesehen oder ihn vor einer Gruppe reden hören. Er sprach leise und eindringlich und hielt die ganze Zeit den Augenkontakt mit seinen Zuhörern. Und wenn jemand seine Meinung anzweifelte, verzog er keine Miene. Jedes Wort war mit seiner offenkundigen, aber zurückhaltenden Höflichkeit getränkt. Er hatte eine Präsenz, die den ganzen Raum einnahm. Das Wort *charismatisch* bekam auf einmal eine ganz neue Bedeutung. Und das lag nicht nur an seiner persönlichen Ausstrahlung, sondern an der perfekten Kombination aus Bescheidenheit, Stärke und Anziehung.

Die drei taten ihr nicht besonders leid. Sie sollten ruhig vom Felsen springen, was konnte schon passieren? Sie war auf Orust schon oft winterbaden gewesen. Das war nicht weiter gefährlich. Aber dann erinnerte sie sich an die Geschichten, die ihre Mutter erzählt hatte. Sofia hatte vor allem betont, wie erniedrigend der Sprung vom Felsen gewesen war. Und ihr Vater Benjamin war eines Tages bei Sturm gesprungen und hätte es fast nicht überlebt. So hatte Franz sein Regiment damals geführt. Mit solchen Herrschaftsmethoden. Prüfungen. Strafen. Sie hatte das ungute Gefühl, dass sich gerade alles wiederholte und sie unfreiwillig Teil dieser Geschichte wurde.

In diesem Moment hob Franz den Kopf und sah sie an. Sein Blick hatte etwas Triumphierendes. Sie verzog das Gesicht. Er erwiderte ihre Grimasse mit einem Augenzwinkern.

Elyssa verließ den Konferenzraum und kam kurz darauf zurück. Als sie an Julia vorbeiging, packte Julia sie am Arm. Elyssa beugte sich zu ihr hinunter.

»Gibt es hier auf der Insel Rettungssanitäter?«, flüsterte Julia.

»Ja, es gibt zwei Sanitäter und eine kleine Notaufnahme«, antwortete Elyssa ebenfalls flüsternd. »Aber Filip ist Rettungsschwimmer, es besteht also kein Grund zur Sorge.«

Sie hatte einen Stoffstapel im Arm.

»Oh, entschuldigt bitte, fast hätte ich es vergessen«, sagte Franz. »Die Kutten.«

Elyssa trat zu ihm nach vorn und legte den Stapel über eine Stuhllehne. Dann hielt sie ein Exemplar hoch. Eine lange schwarze Kutte mit Kapuze.

»Wir werden die Kapuzen auf dem Weg zum Felsen tragen«, erklärte Franz. »Wenn wir den Felsen erreicht haben, nehmen wir sie ab. Die Kamera zoomt uns nah heran, und dann werfen wir unseren weltlichen Ballast ins Meer. Danach legen wir die Kutten ab und springen hinterher.«

Otto lachte nervös.

»Ich kann dir versichern, lieber Otto, dass ich keine Witze mache.«

»Ich finde die ziemlich krass«, sagte Tessa. »Sind die aus Samt?«

Franz nickte.

»Die Mutter meiner Großmutter hat eine solche Kutte getragen, als sie am Anfang des zwanzigsten Jahrhunderts Selbstmord beging. Ein Sturm wütete auf der Insel, und sie hat sich genau diesen Felsen hinuntergestürzt. Unglückliche Liebe.«

»Bist du noch ganz bei Sinnen?«, sagte Lars. »Ich soll allen Ernstes so ein … Ding anziehen?«

»Für dich habe ich extra eins in XL bestellt«, sagte Franz und klatschte in die Hände, um zu signalisieren, dass das Treffen hiermit beendet war.

»Wir treffen uns um halb fünf im Speisesaal, nach Einbruch der Dunkelheit. Wer das nicht machen will, muss natürlich nicht kommen. Aber für den ist das Abenteuer an dieser Stelle dann vorbei. Esst vorher ruhig noch etwas. Wer weiß, ob das nachher noch möglich ist.«

Mit diesen Worten verließ er den Konferenzraum, dicht gefolgt von seinen engsten Mitarbeitern.

Erst herrschte ein erstauntes Schweigen. Aber dann entstand eine lebhafte Diskussion zwischen den drei Teilnehmern. Julia hatte keine Lust, zuzuhören oder sich gar zu beteiligen, und ging.

Sie war gespannt, wer von ihnen tatsächlich um halb fünf auftauchen würde – ob sie alle mitmachten? Es kribbelte im Bauch. Wie auch immer das ausging, eins musste sie sich schon jetzt eingestehen. Die Niedergeschlagenheit, unter der sie in den vergangenen zwei Jahren immer wieder gelitten hatte, war wie weggeblasen. Sie hörte Susannas Worte, dass MODA als Erstes etwas veröffentlichen musste, noch bevor Franz seine Videos hochlud. Deshalb eilte sie zurück in ihr Gästehäuschen und loggte sich ein. Sie schrieb eine Zusammenfassung der bisherigen Ereignisse, ohne jedoch Franz' Vorhaben zu verraten. Sie deutete lediglich an, dass die Gruppe einer harten Prüfung unterzogen werde, von der sie dann im nächsten Artikel ausführlich erzählen würde. Dazu lud sie ein Foto vom Anwesen, eins von Franz sowie ein weiteres vom Trio der Probanden am Konferenztisch hoch.

Thor hatte ihr geantwortet. Allerdings war seine Antwort ungewöhnlich zurückhaltend ausgefallen. Er schrieb, dass er sie vermisse, sich Sorgen mache und hoffe, dass sich die Ereignisse von damals nicht wiederholen würden. Der melancholische Tonfall seiner Mail legte sich sofort wie ein tonnenschweres Gewicht auf ihr Herz. Sie antwortete ihm auf der Stelle, dass seine Sorgen vollkommen unberechtigt waren.

Durch das Schlafzimmerfenster sah sie das bernsteinfarbene Licht der Dämmerung. Eigenartig geformte schwefelgelbe Wolken hatten sich am Himmel versammelt. Sie versank in dem Anblick, bis die Schatten der Bäume die Herrschaft über das Anwesen übernahmen und der Himmel dunkel wurde.

Pünktlich um halb fünf machte sie sich auf den Weg in den Speisesaal. Über ihr waren die Sterne zwischen den vorbeiziehenden Wolken zu sehen. Die Luft war kalt, und ihr Atem dampfte. Winzige Schneeflocken fielen vom Himmel und landeten auf ihrer Jacke.

Als sie den Saal betrat, waren weder Franz noch seine Gehilfen zu sehen, aber Tessa, Lars und Otto waren allesamt da. Für die Jahreszeit überraschend trugen sie dünne Kleidung, Jogging-Hosen und langärmlige T-Shirts. Na klar! Damit sie von den nassen Sachen nicht noch tiefer unter Wasser gezogen wurden.

Julia konnte den Zweifel der Gruppe förmlich spüren. Ihre Angst, ihr Zögern. Aber sie waren gekommen. Was bedeutete, dass sie sich entschieden hatten. Die drei verband eigentlich nichts, trotzdem hatten sie einen unsichtbaren Pakt geschlossen.

Tessa hob den Kopf und musterte Julia neugierig. Otto starrte mürrisch vor sich hin. Lars hatte den Blick auf seine Füße geheftet. Und auf einmal war alles so offensichtlich. Ein Gleichgewicht der Kräfte war errichtet worden. Tessa war die Anführerin. Otto war der Anker und Lars das schwächste Glied der Kette.

»Was genau wird in Ihren Artikeln stehen, Julia?«, fragte Tessa.

»Alles, was hier passiert. Wie Sie sich verhalten. Ob ich Anzeichen von Reue und schlechtem Gewissen erkennen kann. Oder eben die Abwesenheit davon«, lautete ihre absichtlich schnelle Antwort.

Tessa kam nicht mehr dazu, etwas darauf zu erwidern. Die Tür wurde aufgerissen, und Franz erschien mit Elyssa und Hampus im Schlepptau, dem eine Kamera um den Hals baumelte. Diese Selbstbeherrschung! Julia suchte in Franz' Gesicht Hinweise auf den kleinen Jungen, von dem er ihr erzählt hatte. Von dem armen Kerl, der im Keller gefangen gehalten worden war. Aber es gab keinen Anhaltspunkt. Er hatte seinen Schmerz tief in sich vergraben und trug ihn mit großer Würde. Julia hatte keine Lust, den dreien beim Diskutieren zuzuhören oder ihnen dabei zuzusehen, wie sie sich die Kutten überzogen. Sie beschloss, vorzugehen und draußen auf die Prozession zu warten.

Der Schneefall hatte zugenommen, große Flocken blieben an ihren Haaren und Wimpern hängen. Der Schnee, der auf dem Boden liegen blieb, erleuchtete alles und erleichterte es, im Dunkeln zu sehen. Es dauerte so lange, bis die anderen endlich auftauchten, dass sie schon ganz durchgefroren war. Als sie überlegte, ob sie es sich in letzter Sekunde doch noch anders überlegt hatten, hörte sie das Knacken von Zweigen, und kurz darauf tauchten sie auf.

Franz, der an der Spitze der Prozession lief, sah in seiner Kutte wie ein Scharfrichter aus. Er trug eine brennende Fackel in der Hand. Julia hatte erwartet, dass der Anblick dieses Festzuges – alle in einer Reihe – etwas Lächerliches, Absurdes haben würde. Aber so war es nicht. Eher wirkte es beängstigend. Sie sahen fast schwerelos aus, als würden sie über der Erde schweben, ihre blassen Gesichter schimmerten wie Perlmutt. Die Stimmung war unheimlich und düster. Sie bewegten sich über eine weiße Decke aus Schnee, fließend und wunderschön. Und weiter hinten, wo die scharfen Konturen der Felsen in den Himmel ragten, erstreckte sich das Meer. Die Lichter des Festlandes auf der anderen Seite des Sundes spiegelten sich darin.

Nahezu jedes Geräusch wurde von dem zunehmenden Schneefall verschluckt. Man hörte nur das mutlose Stampfen ihrer Schritte.

Sie waren ein Stück gegangen, als Julia die Musik hörte, die ihnen von den Felsen entgegenkam. Ein Chor düsterer Stimmen sang die traurigste Melodie, die sie jemals gehört hatte. Zuerst vermutete sie, dass die Klippen die Klagerufe der Möwen als Echo zurückwarfen, aber dann erkannte sie, dass es tatsächlich Musik war. Und zwar eine besonders schwermütige.

Hampus war vorgelaufen und filmte die Prozession. Julia rannte vor zu ihm und schaltete ihre kleine Kamera ein. Kurz darauf hatten sie alle den Teufelsfelsen erreicht, den Ort des Geschehens, der wie ein Sprungbrett über das Meer ragte.

Franz nahm seine Kapuze ab, und der Schnee legte sich wie Puder auf seine pechschwarzen Haare. Die Lautstärke der tragischen Melodie nahm zu, stieg hoch auf in den Himmel und wurde weit hinaus aufs Meer getragen. Die Wolken erstrahlten in einem violetten Licht. Die Fackel, die Franz an Elyssa übergab, verbreitete einen süßlichen Brandgeruch. Alle Beteiligten waren stehen geblieben, reglos verharrten sie auf dem Felsen. Trotzdem vibrierte die Natur um sie herum förmlich von ihrer Nervosität.

Julia und Hampus standen dicht nebeneinander, ihre Arme berührten sich. Und diese Berührung eines anderen, ganz gewöhnlichen Menschen empfand sie als tröstlich. Hoch über ihnen war ein blasser Mond aufgegangen und verstärkte die Leuchtkraft des Schnees, der alles glitzernd bedeckte – das Heidekraut, die Felsen und die schwarzen Kutten.

Elyssa stand vorn auf dem Felsen neben Franz, so wie immer. Sie blieb ständig in seiner unmittelbaren Nähe. Aus einer Seitentasche seiner Kutte holte er den Stoffbeutel mit seinen Wertsachen heraus, schüttete sie sich auf die Handfläche und betrachtete sie eine Weile. Lange genug, damit Hampus eine Nahaufnahme machen konnte. Dann schleuderte er alles mit einer ausladenden Geste über den Felsenrand. Die Sachen funkelten erst in dem sparsamen Licht, verschmolzen dann mit dem Schnee, der unbarmherzig weiterfiel, und verschwanden schließlich in dem schwarzen Wasser.

Franz forderte die anderen mit einem Nicken dazu auf, den Vorgang mit ihren eigenen Sachen zu wiederholen. Lars' Gesicht war zu einer versteinerten Grimasse verzerrt. Tessa lächelte gekünstelt. Otto schüttelte verständnislos den Kopf, warf aber seine Wertgegenstände ins Meer, ohne auch nur eine Miene zu verziehen. Julia stellte überrascht fest, dass sie nicht mehr fror. Die wärmere Luft, die über das Wasser an Land getragen wurde, strich sanft über ihr Gesicht.

»Ich will euch nur noch eine Sache sagen, bevor wir springen«, begann Franz. Seine Worte verwandelten sich in dem feinen Schneetreiben zu geisterhaften Schwaden. »Ihr könnt mir glauben, dass ich in meinem Leben öfter von diesem Teufelsfelsen gesprungen bin, als mir lieb ist. Ich möchte euch einen kleinen Rat mit auf den Weg geben: Springt mit mehr Schwung ab, als ihr für notwendig haltet. Solange ihr auf dem Wasser auftrefft, wird alles gut. Unmittelbar unter dem Felsen gibt es zwar unter Wasser keine gefährlichen Steine. Aber sorgt trotzdem dafür, dass ihr nicht so nah am Ufer aufkommt.«

Dann wandte er sich an Otto.

»Du hattest doch nicht vor, eine Frau zuerst springen zu lassen?«

Das war der richtige Satz, um Otto in Bewegung zu bekommen. Denn ihm war es ungeheuer wichtig, als männlich und stark betrachtet zu werden. Er nahm seine Kutte ab und trat an die äußerste Spitze des Felsens.

Julia warf einen Blick hinunter. Sofort meldete sich ihre Höhenangst, und sie wurde von einem Schwindel gepackt. Das sah wesentlich tiefer aus als acht Meter. Erst jetzt entdeckte sie Filip, der mit einem Neoprenanzug bekleidet unten am Ufer wartete. Otto stand nach wie vor an der Spitze des Felsens. Der Schneefall hatte abgenommen. Nur noch vereinzelt schwebten große Flocken zu Boden. Auch die Musik war leiser geworden, hatte aber nichts von ihrer schwermütigen Melancholie verloren.

Julia wurde in diesem Moment bewusst, dass einer der Teilnehmer bei der Aktion tatsächlich ums Leben kommen könnte. Und dass auch Franz das wusste. Das Wasser war kalt. Menschen mit schwachem Herzen könnten einen Herzstillstand oder einen Krampf bekommen. Und dann würde auch Filip sie nicht retten können. Diese Art von Musik lief doch sonst auf Beerdigungen oder bei Totenwachen? Dieser Gedanke erfüllte sie so mit Entsetzen, dass ihr die Tränen in die Augen schossen. Ihr Blick fiel auf Lars, der in sich zusammengesunken war und furchtbar klein und unglücklich aussah.

Otto zog sich die Stiefel aus, zögerte noch eine Sekunde und sprang dann über die Kante, die Arme weit vom Körper abgespreizt. Er schlug mit einem lauten Klatschen auf dem Wasser auf, Sekunden später hörten sie seine Schreie, die von den Felsen wie ein Echo nach oben getragen wurden.

Julia schaltete ihre Kamera aus und sah erneut über die Kante. Otto fuchtelte zwar mit den Armen und heulte, aber es gelang ihm, ans Ufer zu schwimmen. Filip war sofort bei ihm, half ihm an Land und legte ihm eine große Decke um die Schultern.

Hampus hatte seine Aufnahmen nicht unterbrochen und bewegte sich an der Kante hin und her. Dabei trat er ihr auf den Fuß, sah sie an, machte seine Kamera aus und flüsterte ihr zu: »Das war wichtig, dieses kleine Manöver festzuhalten, damit sie uns später nicht anzeigen können.«

Dann war Lars an der Reihe, aber er rührte sich nicht von der Stelle.

»Los, mach jetzt!«, forderte ihn Franz mit eiskalter Stimme auf.

»Ich kann das nicht … ich schaffe das nicht …«, stammelte Lars.

»Hattest du nicht den Millionen von Zuschauern versprochen, dass du dich bessern willst?«

Tessa stellte sich neben ihn.

»Ich springe zuerst. Ihr könnt ihn ja dann stoßen, wenn er den Arsch nicht hochkriegt.«

Sie zog ihre Kutte aus, ging zielstrebig an die Felsenkante, schloss die Augen, um sich zu sammeln, und sprang. Ihre Landung war wesentlich eleganter als Ottos, sie verschwand unter Wasser und tauchte prustend und keuchend wieder auf. Geräuschlos schwamm sie an Land.

»Soll ich ihn schubsen?«, fragte Elyssa.

Das genügte als Aufforderung. Lars nahm seine Kutte ab und schleppte sich vor an die Kante. Im Gegensatz zu der Kleidung der beiden anderen wirkte seine auf einmal viel zu groß für ihn. Die Ärmel seines Pullovers waren so lang, dass man seine Hände kaum sehen konnte. Plötzlich geriet er ins Straucheln, wedelte mit den Armen und fiel kopfüber nach unten. *Oh, nein*, schoss es Julia durch den Kopf. Jetzt war genau das eingetreten, was sie befürchtet hatte. Lars landete mit einem lauten Klatschen auf dem Bauch. Dann sank er unter Wasser und war verschwunden. Lange. Sehr lange.

»Was ist denn jetzt los!«, sagte Franz nach einer ganzen Weile.

»Tu doch was!«, schrie Julia aufgebracht.

Ihr war vor Angst ganz schwindelig geworden, sie befürchtete schon, gleich ohnmächtig zu werden. Und spürte den Impuls, Lars hinterherzuspringen und ihn zu retten.

»Der taucht schon wieder auf«, sagte Franz.

In Anbetracht des Ernstes der Lage wirkte er überraschend gesammelt.

Sie starrten alle gebannt auf die Wasseroberfläche. Aber nichts geschah. Kein Lars. Nirgendwo.

Da sah Julia etwas Schwarzes, das durch das Wasser glitt und dann untertauchte. Kurz darauf erschienen zwei Köpfe an der Wasseroberfläche. Filip hatte Lars im Arm und schwamm mit ihm zurück ans Ufer. Lars war außer sich und schrie immer wieder: »Lasst mich sterben! Ich will tot sein!«

Filip schleppte ihn an Land und legte ihn auf die Seite. Lars erbrach sich lautstark, stöhnte und schrie. Tessa und Otto knieten neben ihm.

»Alles unter Kontrolle?«, rief Franz von oben.

»Ja, ich habe ihn, er ist safe«, antwortete Filip.

»Er muss doch zu einem Arzt?«, protestierte Julia.

»Kann sein«, sagte Franz achselzuckend. »Aber jetzt bin ich dran.«

Sie sah in seinen Augen, wie sehr er Lars verachtete. Aber da war noch etwas anderes, viel Gefährlicheres.

Franz streifte seine Kutte ab und gab sie Elyssa. Darunter war er ganz in Schwarz gekleidet, Jeans und ein enganliegendes Polo-Shirt.

Mit wenigen Schritten erreichte er die Felsenkante.

Dann sprang er ab und machte einen Kopfsprung ins Wasser.

Es war ein vollendeter Sprung, wie von einem professionellen Turmspringer.

Mit perfekter Präzision tauchte er ins Wasser ein.

Und zum ersten Mal spürte Julia Hass. Sie hasste ihn.

28

FRANZ

Einer meiner größten Fehler als Leiter von ViaTerra war, dass ich meiner Belegschaft keine Pausen zugestanden habe, um sich nach Strapazen zu erholen. Ohne Ruhephasen und ein bisschen Lob richtet man nur die zugrunde, die ohnehin am meisten schuften. Deshalb verkünde ich am Tag nach dem großen Sprung, dass die nächsten Tage zur freien Verfügung stehen. Die Erleichterung steht ihnen ins Gesicht geschrieben. Vor allem Lars. Sein Gejaule nach seiner Bauchlandung hatte mich nicht im Geringsten beunruhigt. Er hat keine Todessehnsucht. Kein bisschen. Er will nur, dass wir Mitleid mit ihm haben.

Obwohl ich Weihnachtsdekoration nicht ausstehen kann, habe ich das Haushaltspersonal angehalten, das Anwesen zu schmücken. Sie haben den größten Baum auf dem Hof mit Lichterketten behängt, überall im Hof große Windlichter aufgestellt und auch die Büsche verziert. Im Konferenzraum steht ein Weihnachtsbaum, und im Kamin brennt die ganze Zeit über ein Feuer. Am ersten Abend geselle ich mich zum Abendessen zu meinen drei Probanden dazu und plaudere ungezwungen mit ihnen. Sie sind alle drei von dem Sprung ins eiskalte Wasser noch ganz rosig im Gesicht. Diese gemeinsamen Stunden schweißen uns als Team enger zusammen.

Die kleine Pause gibt mir die Gelegenheit nachzulesen, was über uns geschrieben wird. Ich habe das Video von dem Schauspiel am Felsen hochgeladen und ein paar erklärende Worte vorangestellt, mit denen ich das Experiment und seinen Namen *Requiem* erläutere.

Wie erhofft, ist die Kommentarlust in den sozialen Medien ausgeprägt, und wir sind fast überall Gesprächsstoff. Die Überschriften sind dabei besonders interessant. *Die Verrückten von Dimö.* Oder: *Makabre Kultzeremonie auf einer einsamen Insel in den Schären.* Einige bissen sich an dem religiösen Aspekt förmlich fest und titelten: *Der Todesmarsch des Todesmarsches* und *Requiem für einen Albtraum.*

Vor allem Lars erntet gehässige Kommentare. *Warum bitte haben sie dieses Nilpferd gerettet?* Aber einige reagierten überraschend mild und positiv. *Bin schwer beeindruckt, dass Lars-Arsch gesprungen ist. Hätte nicht gedacht, dass er so viel Mumm hat.* Auch Tessa bekam was ab. *Der hättet ihr in den Kopf schießen, sie kopfüber an den Füßen baumeln lassen und dann ins Meer werfen sollen.* Sonderbarerweise wurde Otto ausgespart. Vielleicht gibt es auch bei verhassten Individuen so eine Art Rangordnung. Alle verabscheuen Vergewaltiger, sogar Vergewaltiger selbst. Und Tierquälerei kann auch niemand leiden. Die Toleranz für Nazis hingegen scheint wesentlich größer zu sein.

Jemand hat eine lustige Seite ins Leben gerufen, auf der man seinen Favoriten wählen kann. Dort werden auch Wetten abgegeben, wer von ihnen am längsten aushält. Der arme Lars hat am wenigsten Anhänger, Tessa liegt vorn, unterstützt von sämtlichen Feministinnen des Landes, die offenbar alle keine großen Tierliebhaberinnen sind. Sie schreiben begeistert, dass sie *Stark und mutig ist und sich gegen die widerlichen Chauvinistenschweine behauptet.*

Ich lege den dreien ausgewählte Kostproben vor und unterstreiche, dass sie zwar von der Mehrheit nach wie vor verachtet wurden, aber immerhin einige Unterstützer gefunden hätten.

Julias Artikel fällt sehr kritisch aus. Sie beschuldigt mich, die Teilnehmer einer *extremen Gefahr* ausgesetzt zu haben, und macht sich über den – wie sie es nennt – *bühnenreifen Egotrip* lustig. Womit sie meinen Sprung vom Felsen meint. Aber das stört mich nicht weiter. Ihre Beiträge befeuern nur die Kontroverse, und das gibt Publicity, das ist gut. Einige Leser fordern, dass die Polizei einen Blick auf die Ereignisse auf Dimö werfen sollte. Aber das wird sie nicht tun. Jetzt zur Weihnachtszeit haben die Beamten genug mit brennenderen Problemen zu tun als unserer kleinen Darbietung. Außerdem kenne ich alle Beamten hier auf der Insel persönlich.

Da ich mein Handy auch entsorgt habe, rufe ich Susanna Asker via Skype an.

»Und, hat es geklappt, sind Abonnenten dazugekommen?«, frage ich.

»Mehr, als Sie sich vorstellen können, Franz«, zwitschert sie.

»Das ist großartig. Es ist eine große Freude, Julia dabeizuhaben. Sie hat ein beeindruckendes Talent. Sie wird eines Tages Ihre Starreporterin sein.«

»Ich habe ihr Potential vom ersten Tag an gesehen«, sagt Susanna stolz.

»Wenn das hier vorbei ist, treffen wir beide uns auf einen Drink und feiern das, einverstanden?«, schlage ich vor.

Sie ist sofort Feuer und Flamme.

Ich schaffe es sogar noch, einen Anruf von meiner Psychologin Magdalena entgegenzunehmen.

»Hallo, Franz«, begrüßt sie mich etwas zögernd. »Ich wollte mich nur mal erkundigen, wie es Ihnen geht? Es ist schwer, Sie zu erreichen. Aber dann habe ich mitbekommen, dass Sie gar kein Handy mehr haben.«

Sie hat also auch das Video gesehen. Ich kann mir ein Lachen kaum verkneifen.

»Na ja«, sage ich mit todernster Stimme. »Es geht mir ganz gut.«

»Und Sie fühlen sich auch nicht ein bisschen … manisch?«, fragt sie vorsichtig.

Ich kann ihre Gedanken förmlich hören. Sie hat die Befürchtung, dass irgendetwas Schreckliches auf der Insel passieren wird und sie später zur Rechenschaft gezogen wird, weil sie ihren Patienten vernachlässigt hat. Arme Magdalena.

»Nein, keine Stimmungsschwankungen, keine ungewollten Gefühlsaufwallungen mehr. Seit ich auf der Insel bin, empfinde ich mich als ungewöhnlich ausgeglichen. Das betrachte ich als einen verzögerten, positiven Effekt von unserem letzten, intensiven Gespräch. Was meinen Sie, Magdalena?«

»Ja, doch, vielleicht. Sie wissen, dass ich Ihnen jederzeit etwas verschreiben kann, wenn Sie …«

»Kein Bedarf, vielen Dank. Apropos. Ich habe da einen Kurs im Netz gefunden: *Die Bedeutung von Empathie in der Zusammenarbeit zwischen Patient und Therapeut.* Den sollten wir vielleicht gemeinsam belegen. Aber ach, nein, das hätte ich fast vergessen – ich bin ja nicht zur Empathie fähig.«

Meine Stimme verrät mich und den Spaß, den ich dabei habe.

»Das finde ich überhaupt nicht lustig, Franz«, erwidert

sie gekränkt. »Aber wir sollten in der Tat einen Termin für eine nächste Sitzung vereinbaren.«

»Ich melde mich bei Ihnen«, sage ich und beende das Telefonat.

Julia habe ich seit dem Abend am Teufelsfelsen nicht mehr gesehen. Wenn ich zu den anderen in den Speisesaal gehe, ist sie nie da. Absichtlich vermeidet sie eine Begegnung mit mir.

Eines Abends aber packt mich ein starkes körperliches Verlangen nach ihr.

Ich gehe nach draußen. Es ist ein beißend kalter, sternenklarer Abend. Der Boden ist mit Schnee bedeckt. Die Eiskruste knarzt unter meinen Schuhsohlen. Auf der gläsernen Aula liegt eine dünne Schicht Reif. Ich schließe die Tür auf, schalte das Licht und die Fußbodenheizung ein, damit der Raum warm wird und der Reif schmilzt.

Ich hege großen Respekt vor diesem Ort. Gebaut wurde die Aula mit dem hohen Ziel, Gleichgesinnte zu versammeln – religiöse Führer, spirituelle Individuen –, um dort gemeinsam Konferenzen abzuhalten. Das pyramidenförmige Glasdach verleiht dem Raum Größe und Weite, und das symbolisiert für mich Freiheit. An diesem Ort bin ich auch Julia das erste Mal begegnet. Im Publikum waren damals an die tausend Menschen, aber als ich das Podium betrat, war mein Blick sofort auf sie gefallen.

Über mir hängt der Sternenhimmel wie eine bemalte Kuppel. Und in diesem Moment kommt mir die Idee. Ich hole die Schaffelle, die in der Ecke auf einem Stapel liegen, schüttele sie aus und lege sie in die Mitte des Raumes. Dann mache ich das Licht wieder aus. Jetzt bin ich allein unter dem unendlichen Himmelszelt.

Ich lasse die Fußbodenheizung eingeschaltet und gehe. Draußen weht mir der wohlige Duft von frisch gebackenem Brot entgegen.

Im Gästehäuschen brennt Licht, ich klopfe an, erst zaghaft, dann lauter.

»Ich weiß, dass du da bist, Julia«, rufe ich.

Ich höre ihre Schritte, aber sie öffnet die Tür nicht.

»Was willst du?«, fragt sie.

»Ich möchte dir was zeigen. Kannst du bitte so nett sein und die Tür aufmachen?«

Sie öffnet sie, aber nur einen kleinen Spalt.

»Du kannst mir auch so sagen, was du mir sagen willst.«

»Das ist wirklich schade, dass du wütend auf mich bist. Darf ich fragen, weshalb?«

»Weil du diese Menschen tyrannisierst«, schimpft sie aufgebracht.

»Leider ist das ein notwendiges Übel. Aber ich hatte nicht die Absicht, dich dadurch gegen mich aufzubringen.«

»Dein gespieltes schlechtes Gewissen interessiert mich nicht.«

»Doch, du hörst mir immerhin zu.«

»Da hätte jemand sterben können.«

»Aber es ist keiner gestorben.«

»Und was war das überhaupt für eine furchtbar traurige Musik?«

»Das war Mozarts *Requiem*.«

»Ja, das habe ich mir gedacht«, schnaubt sie. »Und dann dein bühnenreifer Egotrip. Glaubst du wirklich, dass die Leute sich durch so einen Quatsch beeindrucken lassen? Das war so kindisch und gleichzeitig überheblich.«

Sie ist unbeschreiblich schön, wenn sie schmollt.

»Julia, ich bitte dich …«, sage ich sanft. »Das habe ich

doch nur deinetwegen getan. Ich wollte nicht, dass du mich nach dem kleinen Zwischenfall im Keller für schwach hältst. Ich wollte dir damit beweisen, dass ich mich bester Gesundheit erfreue.«

»Das war ungefähr das Lächerlichste, was ich je gesehen habe.«

»Okay, das nächste Mal werde ich versuchen, ein bisschen bescheidener aufzutreten. Hast du Zeit, dir etwas anzusehen?«

Ihr Blick wandert zu einem Punkt hinter mir, dann zurück zu mir.

»Ich schreibe gerade und habe nicht vor, dich reinzulassen«, sagt sie.

»Ich will auch gar nicht zu dir rein, aber ich würde dir gern etwas zeigen.«

Sie öffnet die Tür ein Stück. Sie trägt große, flauschige Hausschuhe, Jeans und einen Wollpulli. Die Haare sind zu einem Pferdeschwanz zusammengebunden, und sie ist ungeschminkt. Ihre Augen sind so grün wie Flaschenböden. Manchmal verändert sich die Farbe, dann werden sie waldgrün. Aber nur, wenn sie richtig wütend ist. Das ist sie jetzt nicht.

»Aber … das passt mir gerade überhaupt nicht«, sagt sie.

»Ich möchte dir etwas zeigen, und dafür habe ich nur ein Zeitfenster von zehn Minuten.«

Das scheint sie neugierig zu machen.

»Kann ich das in meinen Texten verwenden?«

»Definitiv.«

»Muss ich mich warm anziehen?«

»Nur Jacke und Schuhe.«

Sie streift ihre Hausschuhe ab und zieht sich Stiefel und Jacke an.

Ich lege einen Arm um ihre Schultern. Sie will sich aus meiner Berührung winden, aber ich halte sie fest. Sanft, aber mit Nachdruck.

»Ich möchte dich nur wärmen. Sonst nichts«, sage ich.

In diesem Augenblick unter dem Sternenhimmel sind wir verbunden, über uns lediglich die Sterne, die uns bewachen.

29

JULIA

Sie war Franz in den letzten Tagen aus dem Weg gegangen. Ab und zu hatte sie sich in den Speisesaal gesetzt und sich mit Elyssa oder einem der anderen Mitarbeiter unterhalten. Aber sobald sie sah, dass sich Franz dort aufhielt, hatte sie in der Tür kehrtgemacht und sich stattdessen für einen Spaziergang über die Insel entschieden. Damit sie wieder einen freien Kopf bekam und weiterschreiben konnte. Sie hatte auch Franz' Handyverbot ignoriert und ihre Eltern angerufen. Mit Thor schrieb sie sich mehrmals am Tag. *Ich habe so große Angst, das Schöne zu zerstören, das wir haben*, textete er. *Vielleicht sollten wir ein paar Jahre getrennte Wege gehen und uns dann wieder neu begegnen.* Ihre Antwort lautete: *Wollen wir gemeinsam wegfahren?* Auf seine Reaktion musste sie nicht lange warten. *Ja, gern.*

Die Zeremonie am Teufelsfelsen ließ sie nicht los. Immer wieder spielte sie sich vor ihrem inneren Auge ab, und sie durchlebte mit gemischten Gefühlen die Faszination des Augenblicks. Manchmal kam ihr diese Aktion wie ein verrückter Scherz vor. Manchmal fühlte es sich wie eine großangelegte Studie über die menschliche Psyche an. Menschen, die so verzweifelt sind, dass sie alles tun würden, um Aufmerksamkeit zu erregen. Und Menschen, die Herrschaftsmethoden anwandten und machthungrig waren.

Die Landschaft hatte sich in ein Winterkleid gehüllt und war atemberaubend schön. Schneebedeckte Heide, abenteuerliche Felsformationen und das Meer, das immer dann auftauchte, wenn man es am wenigsten erwartete. Die Wolken entlang der Küste hingen reglos am Himmel, als wären auch sie zu Eis gefroren. Die krummen Bäume, die in der Heide wuchsen, schienen über eine größere Kraft zu verfügen als die, die im Wald standen. Sie krallten sich in die Felsspalten und fanden auch an den Stellen Halt, die vom Wind gepeitscht wurden. Ihre Wurzeln sahen wie Vogelkrallen aus.

Immer wieder beschlich sie das Gefühl, dass die Zeit auf der Insel einfach stehen blieb. Und dass alles, was auf der anderen Sundseite stattfand – das monotone Brummen der realen Welt –, nur ein unfassbar langweiliger Film war. Das Leben auf der Insel aber machte den Eindruck eines hellen, klaren Traums. Sie wusste, dass sie lange an diese Momente in der Natur denken würde. Das Raunen des Windes, der Geruch, der Wechsel des Lichts.

Jetzt aber stand Franz vor ihrer Tür und hatte sie neugierig gemacht. Er wollte ihr etwas zeigen, und sie konnte ihm schließlich nicht für immer aus dem Weg gehen. Er legte seinen Arm um ihre Schulter, während sie über den Hof liefen, und nach anfänglichem Zögern ließ sie es auch zu. Es fühlte sich freundschaftlich an. Er hatte eine Weichheit bekommen, die neu an ihm war. Sein Blick besaß etwas Melancholisches, was sie so bisher noch nicht an ihm gesehen hatte. Außerdem war die Nacht wunderschön, nahezu einmalig. Alles war wie ein Traum. Sein Ziel war schnell klar, die gläserne Aula. Franz öffnete die massive Glastür mit einem Ruck. Im Inneren der Aula war es dunkel.

»Hast du die Heizung angeschaltet?«, fragte sie.

»Ja. Hier haben wir Fußbodenheizung. Ich wollte, dass man das Gebäude das ganze Jahr über benutzen kann.«

»Ist ja irre.«

Ihre Stimmen hallten in dem großen Raum. Julias Augen gewöhnten sich schnell an die Dunkelheit. Die bloße Größe der Aula mit ihrem spitzen Dach faszinierte sie. Dann entdeckte sie die Schaffelle, die auf den Schieferplatten in der Mitte des Raumes lagen.

»Komm, wir legen uns auf die Schaffelle«, sagte Franz.

»Und dann?«, fragte Julia erschreckt.

»Nicht das, was du denkst«, sagte er und lachte. »Wir lassen unsere Sachen an.«

Er legte sich hin, und sie folgte ihm zögernd. Es war vollkommen still. Die Zeit stand still. Sie befanden sich in einer Blase aus Glas, das Leben fand draußen statt. Als sie auf dem Rücken lag und nach oben sah, wusste sie auch, wozu er sie hatte überreden wollen.

Über ihnen glitzerten Millionen von Sternen. Einige waren ganz nah, wie kleine Sonnen, andere so unendlich weit entfernt, dass sie kaum noch erkennbar waren. Und in der Mitte dieser Pracht, wo die Wände der Aula in die gläserne Pyramidenspitze übergingen, hing ein wunderschöner Vollmond. Zuerst war sie von der Helligkeit geblendet und musste blinzeln, aber dann gewöhnten sich ihre Augen daran, und sie konnte sogar die einzelnen Krater auf seiner Oberfläche sehen. Ab und zu segelten Möwen über das Dach, wie schwarze, schwere Schatten. Wenn sie ein Wort für ihre Gefühle hätte finden müssen, wäre es das eine gewesen. *Erstaunen.* Aber das hätte trotzdem nicht ausgereicht.

Ihr Gleichgewichtssinn spielte ihr einen Streich. Zuerst

hatte sie das Gefühl, in ein unendliches Loch zu fallen, dann fühlte sie sich auf einmal vollkommen schwerelos.

»Wir schweben durch das All«, flüsterte sie.

»Ja genau«, sagte er.

Sie drehte ihren Kopf und sah ihn an. Das Mondlicht ergoss sich glitzernd auf sein schwarzes Haar, und seine Augen leuchteten wie Bernsteine.

Er fing an, ihr Sternbilder zu zeigen, und erklärte, wie sie zueinander standen und wie viele Lichtjahre sie voneinander entfernt waren.

»Am schönsten von allen aber sind der Gürtel und das Schwertgehänge des Orion«, sagte er. »Die drei Gürtelsterne des Orion symbolisieren die drei Könige, das Schwert unter ihnen ist nicht ganz so bekannt wie sie. Dabei sind es bedeutend mehr als drei. Wir können sie mit dem bloßen Auge nur nicht sehen. Die drei Gürtelsterne heißen Hatsya, Zeta Orionis und 42 Orionis, das ist ein junger blauer Stern.«

Julia hatte den Eindruck, dass Franz von seiner eigenen Stimme betört war. Er hätte die ganze Nacht über den Sternenhimmel gesprochen, wenn sie ihn nicht unterbrochen hätte.

»Warum kennst du dich damit so gut aus?«

»Als ich klein war und wir in dem Sommerhäuschen gelebt haben, bin ich immer über die Mauer aufs Anwesen geklettert. Damals befand sich hier an dieser Stelle ein kleines Wäldchen, deshalb konnte mich vom Herrenhaus aus auch niemand sehen. Ich habe hier gesessen und in die Sterne gestarrt. Und später habe ich alles darüber gelesen, was ich finden konnte.«

»Und warum?«

»Wenn ich hier saß, fühlte ich mich mächtig«, sagte er.

»Meinem Vater gehörte das Anwesen und die halbe Insel. Aber er würde niemals den Sternenhimmel kaufen können. Und ich habe ein paar von ihnen eingefangen, als ich die Aula an diese Stelle gebaut habe. Findest du nicht?«

»Doch, das stimmt.«

Lange lagen sie dort und sahen die Sterne an – vielleicht eine Viertelstunde, oder eine halbe Stunde oder sogar noch länger. Er rückte ganz nah an sie heran, sie konnte seinen Brustkorb spüren, wie er sich bei jedem Atemzug hob und senkte. Nach einer Weile meinte sie sogar, seinen Herzschlag spüren zu können. Langsam und gleichmäßig. Er strich mit den Fingerkuppen ganz sanft über ihr Schlüsselbein hoch in den Nacken. Sie erstarrte, gleichzeitig aber erzeugte seine Berührung ein Kribbeln am ganzen Körper. Ein leichtes Zittern. Alles andere als unangenehm. Aber dann packte sie das Schuldgefühl, und sie setzte sich mit einem Ruck auf.

»Lass das bitte«, sagte sie.

»Ich konnte nicht anders.«

Sie spürte, wie er zwischen Anstand und Begierde schwankte.

»Hast du mich deshalb hergelockt?«, fragte sie.

»Julia, ich bitte dich. Was willst du damit sagen?«, spielte er entsetzt.

»Hör auf damit.«

»Nein, oder doch, das habe ich. Aber nicht ausschließlich, allerdings kann ich nicht leugnen, dass mir der Gedanke gekommen ist. Es wäre doch fantastisch, es hier zu machen, unter dem Mond und den Milliarden von Sternen?«

Sie zog ihre weite Jacke über die Knie, um sich so unattraktiv wie möglich zu machen, und rückte ein Stück von ihm weg.

»Ich werde niemals mit dir schlafen, das kann ich dir versprechen.«

»Oh, doch, das wirst du. Vielleicht nicht heute oder nächste Woche, vielleicht auch nicht im Laufe des nächsten Jahres. Aber es wird der Tag kommen, du wirst sehen. Und dann wird dir das, was du mit dem kleinen Jungen anstellst, vorkommen wie Kinderkram.«

Sie war sich nicht sicher, ob sie ihn gerade falsch verstanden hatte.

»Hast du eben kleiner Junge gesagt? Meinst du Thor damit?«

»Ganz recht. Für mich wird er immer ein kleiner Junge sein.«

»Ich finde das unmöglich, dass du so über ihn sprichst. Weißt du was? Er sieht viel besser aus als du, ihn finden in der Schule superviele Mädchen toll.«

»Oh, Gott, wie langweilig. Der arme Thor. Was für ein Glück, dass er dich hat. Aber es freut mich, dass er so beliebt ist. Früher habe ich mir ernsthaft Sorgen gemacht, was aus ihm wird.«

»Und warum?«

»Na ja, ich hatte Angst, dass er ein Soziopath wird, oder so.«

»Das hättest du dann dir und deinen beschissenen Erziehungsmethoden zuschreiben können. Aber zum Glück ist er nicht so geworden. Im Gegenteil.«

Er lachte, ihre bissigen Äußerungen schienen ihnen nicht zu treffen.

»Magst du Thor überhaupt?«, fragte sie.

»Ja, sehr sogar.« Franz wurde ganz ernst. »Auf meine Art eben. Manchmal denke ich, er ist das Beste, was ich je zustande gebracht habe.«

»Das ist er auch. Trotzdem ist es dir egal, ob du ihm wehtust oder nicht.«

»Wodurch habe ich ihm denn wehgetan?«

»Ich habe dir gesagt, dass Thor und ich zusammen sind. Hör auf, mich anzumachen.«

»Warum sollte das ein Problem sein? Wir müssen es ihm doch nicht erzählen.«

Für ihren Geschmack war er viel zu ruhig und gelassen, während er diesen Quatsch von sich gab.

»Ich orientiere mich nicht an der Horde puritanischer Normen und Regeln«, sagte er. »Ich freue mich für euch, dass ihr zusammen seid. Das ist gut für ihn. Aber das ändert nichts an dem Verhältnis zwischen dir und mir.«

Plötzlich konnte Julia den Finger auf das halten, was fehlte und nicht stimmte.

»Franz, du hast kein Gewissen«, sagte sie. »So ist es! Dir fehlt das völlig, so als würde dir ein Arm oder ein Bein fehlen.«

»Das mit dem Arm oder Bein ist so ein Klischee. Das hast du in irgendeiner Zeitschrift gelesen. Ein Test, woran man Psychopathen erkennt. Ein Gewissen zu haben bedeutet doch nicht zwangsläufig, einem Haufen öder Regeln zu folgen, die das Leben bloß saulangweilig machen.«

»Aber Menschen, die ihre eigenen Regeln aufstellen, sind in der Regel lebensgefährlich«, konterte sie.

»Oder sie überschreiten Grenzen und sind viel freier als der Pöbel.«

»Was willst du von mir, Franz?«, fragte sie genervt.

»Das weiß ich selbst nicht so richtig. Die meisten Leute langweilen mich zu Tode. Aber du nicht. Ich fühle mich wohl, wenn ich mit dir zusammen bin. So einfach ist das. Meine Psychologin wollte auch wissen, warum du einen so großen Einfluss auf mich hast, aber ich wollte nicht mit ihr darüber sprechen.«

»Und warum nicht?«

»Weil dadurch das Risiko zunimmt, dass das, was wir haben, verschwindet.«

»Wir *haben* nichts«, sagte sie wütend. »Und mir läuft es kalt den Rücken herunter, wenn du so etwas sagst.«

»Das nennt man körperliche Anziehung. Hör auf, dich dagegen zu wehren. Das lohnt sich einfach nicht. Das hat alles damit angefangen, als du vor zwei Jahren zu mir auf die Insel gekommen bist. Erinnerst du dich daran? Wir waren spazieren, ich habe dir mein Innerstes gezeigt und hatte das erste Mal in meinem Leben das Gefühl, dass mir jemand wirklich zuhört. Du hattest keine Angst vor mir, zu keinem Zeitpunkt, dabei hat es bestimmt hundert Gelegenheiten dazu gegeben. Das hat mich tief beeindruckt.«

Julia wusste, dass er gerade versuchte, sie zu manipulieren. Aber er tat das so unverstellt und aufrichtig, dass sie nicht wütend auf ihn sein konnte.

»Das ist mir alles zu verrückt«, sagte sie. »Ich glaube, ich sollte diesen Auftrag hier und jetzt beenden und nach Hause fahren.«

»Das meinst du doch nicht ernst?«

»Doch, das tue ich. Das ist mir zu viel Gelaber.«

»Ich habe nur ehrlich deine Fragen beantwortet. Jetzt wissen wir, wo wir stehen«, sagte er und setzte sich auf. »Darf ich dir eine letzte Frage stellen, bevor wir gehen?«

»Wenn es sein muss.«

»Bin ich ehrlich zu dir? Glaubst du mir?«

Sie dachte einen Augenblick nach. Spürte nach.

»Ja, ich gehe davon aus, dass du mir gegenüber ehrlich bist. Nicht aber deinen drei Probanden gegenüber. Und ich glaube, dass du noch viel schlimmere Sachen mit ihnen vorhast.«

»Da liegst du goldrichtig.«

»Und, was hast du als Nächstes vor?«

»Das wirst du morgen sehen.« Er lächelte zufrieden. »Findest du nicht auch, dass es Zeit für ein bisschen Selbsterkenntnis ist?«

30

FRANZ

Der Himmel ist matschig grau, ein Schwarm Dohlen zieht vor dem Fenster vorbei. Die düstere Winterstimmung passt hervorragend zu dem, was sich hier gleich abspielen wird. Tessa sitzt mir am Konferenztisch gegenüber. Ich habe die anwesenden Zuschauer mit Sorgfalt ausgewählt. Lars und Otto natürlich und Hampus, der filmt. Filip ist nicht mit von der Partie, der ist viel zu penetrant. Aber Elyssa und Julia sind noch mit im Raum, sie sitzen aber etwas abseits in der Ecke, wobei Julia versucht, möglichst unbeteiligt zu wirken.

Obwohl Tausende von Menschen dieses Interview sehen werden, können mich diese Zuschauer viel weniger aus dem Konzept bringen als die unmittelbar Anwesenden.

Meine stetig wachsende Gruppe von Followern fragt sich wahrscheinlich, wie ein normales Interview das Spektakel auf dem Teufelsfelsen noch toppen kann. Das liegt einfach daran, dass sie zu viele schlechte Talkshows gesehen haben.

Ich habe Tessa vorher genauestens instruiert, wie sich eine Frau kleiden muss, um bescheiden und zurückhaltend zu wirken. Gedämpfte Farben, schlichte Schnitte. Auf keinen Fall Rot oder Gelb. Keinen Schmuck, außer eventuell eine schmale Halskette. Sparsames Make-up, damit das Gesicht nackt und klar aussieht. Augenringe und sonstige

Auffälligkeiten nicht abdecken, das sieht dann natürlicher aus und wirkt dadurch echter und menschlicher. Ein Ausdruck weiblicher Verletzlichkeit. Tessa geht davon aus, dass sie im Interview mit den Vorwürfen konfrontiert wird, die sie schon zur Genüge kennt. Aber wir werden wesentlich tiefer gehen.

»Du kannst jetzt anfangen zu filmen, Hampus«, sage ich.

Mit einer kurzen Einführung über das Experiment beginne ich die Sendung, dann folgt die Erläuterung des Namens *Requiem*, wobei ich über das Leben und den Tod philosophiere. Ich erkläre, dass traumatische Erlebnisse in der Kindheit dazu führen können, dass man wie ein Zombie durchs Leben stolpert, wie eine blasse Kopie seiner selbst, mehr tot als lebendig. Am Ende versetze ich den psychiatrischen Einrichtungen des Landes einen Seitenhieb. Tessa sieht mich verwundert an, schließlich hatte sie nie etwas damit zu tun. Ich gebe ihr mit einem Blick zu verstehen: »Alles in Ordnung, kein Grund zur Sorge!« Ich verhalte mich gerade weder respekteinflößend noch überheblich, eher wie ein guter Freund.

Nach einer kurzen Vorstellung meines heutigen Interviewgastes gebe ich Hampus ein Zeichen, damit er nahe an ihr Gesicht heranzoomt. Wir plaudern eine Weile über das, was ihr passiert ist. Wie sie verfolgt und mit Schmutz beworfen wurde, so ihre Worte. Eine gute, spürbare Chemie entsteht zwischen uns, Tessa dreht langsam auf. Kein Wunder, es ist so angenehm und erleichternd, sich seine Vergehen auf diese Weise schönzureden und anderen Vorwürfe machen zu können. Ihre Stimme ist rau und kratzig, fast maskulin, aber ihr Lächeln wirkt mädchenhaft. Die Kombination aus beidem macht sie zu einer faszinierenden Interviewpartnerin.

Dann unterbreche ich Tessas Redefluss und sage: »Ich finde, wir sollten uns jetzt ein bisschen deiner Kindheit zuwenden.«

»Und warum?«, fragt sie erstaunt.

Das hatten wir vorher nicht abgesprochen.

»Ich glaube, dass deine Lust am Töten mit einem Ereignis aus deiner Kindheit zusammenhängt.«

»Nein, das trifft nicht zu«, widerspricht sie mir vehement. »Ich habe doch eben gesagt, warum ich gern jage.«

»Manchmal wiederholt man Dinge als Erwachsener, die einem als Kind angetan wurden«, erkläre ich ihr. »Das nennt man *Erlerntes Verhalten,* und es kann auch ganz unbewusst erfolgen.«

»Aha«, sagt sie. »Ich verstehe nicht so richtig, was das mit mir zu tun hat?«

Das wird sie aber gleich. Vielleicht ahnt sie schon, worauf ich hinauswill, denn sie rutscht nervös auf ihrem Stuhl hin und her.

»Lass uns mit ein paar grundlegenden Fragen anfangen«, sage ich und schenke ihr ein strahlendes Lächeln. Das bisschen Herzenswärme reicht, um ihr Vertrauen in mich wiederherzustellen.

»Ja, okay, meinetwegen«, sagt sie, und man sieht ihr die Erleichterung an.

Ich frage sie also, wann sie geboren wurde und wo sie aufgewachsen ist. Es folgen ein paar einfache Fragen über ihre Familie, die sie ohne Gefahr beantworten kann. Dann komme ich ohne Umschweife zur Sache.

»Ein Ereignis in deiner Kindheit hat mich besonders berührt.«

»Ja, und welches?« Ihre Antwort kommt viel zu schnell, ihre Stimme klingt gekünstelt.

»Was dein Vater deinem Pferd angetan hat.«

Sie versucht angestrengt, ihr Lächeln aufrechtzuerhalten, aber es versiegt. Und ihre Atmung wird flacher, angestrengter.

»Aber wie ... woher weißt du davon?«, stammelt sie.

Ihr Gesicht ist ganz verkrampft, sie ringt um Fassung.

»Ich recherchiere immer sehr gründlich, bevor ich jemanden interviewe.«

Das kann man getrost so formulieren. Tessa hat drei ältere Brüder. Der jüngste heißt Kurt Jenini und ist das schwarze Schaf der Familie. Er ist Alkoholiker und ein kompletter Loser. Sein Vater hat vor ein paar Jahren den Kontakt zu ihm abgebrochen, wodurch auch Tessa gezwungen war, sich von ihm zu distanzieren. Und das muss ihr ziemlich schwergefallen sein, denn als Kinder hatten die beiden eine besonders enge Verbindung. Deshalb war Kurt auch bereit – im Austausch mit einer guten Flasche Whiskey –, mir das traumatische Ereignis in Tessas Kindheit zu verraten. Worüber sie später nie wieder reden wollte. Kurt deutete an, dass es bei Tessa dadurch zu einer *Persönlichkeitsveränderung* gekommen ist. Sie wurde zu einer anderen, zu einer härteren Version ihres alten Ichs. Es ist also höchste Zeit, einen Blick unter ihre harte Schale zu werfen.

»Darüber will ich jedenfalls nicht reden«, sagt sie und schiebt trotzig ihr Kinn vor.

»Aber *ich* bin davon überzeugt, dass wir das tun müssen«, betone ich. »Er ist mit deinem Pony in den Wald gegangen, stimmt das? Und du musstest mitkommen.«

»Das Pony war schon ... es war schon ziemlich alt.«

»Nein, das stimmt nicht. Es war acht Jahre alt, kein Alter für ein Pferd. Dein Vater wollte dir eine Lektion erteilen.«

»Nein, nein, so war das nicht. Ich möchte darüber nicht reden.«

Ich zögere. Was ein fataler Fehler ist. Sofort versucht sie, das Gespräch an sich zu reißen.

»Ich kann mir wirklich nicht vorstellen, dass die Zuschauer Interesse an einem alten Pony haben? Aber ich erinnere mich an eine ganz lustige Geschichte aus meiner Kindheit, das war, als ich …«

»Warum hast du so viel Angst, darüber zu sprechen?«, unterbreche ich sie.

»Habe ich doch gar nicht.«

»Was dir da im Wald passiert ist, war schrecklich. Du musst fürchterliche Angst gehabt haben. Du warst doch noch ein kleines Mädchen.«

»Hör auf!«, flüstert sie.

Ihre Augen sind ganz feucht. Sie schüttelt den Kopf und presst die Lippen aufeinander.

»Du warst nicht so gut im Springreiten, stimmt's?«, fahre ich fort. »Aber alle anderen Familienmitglieder sind Reitsportfans gewesen, und dein Vater wurde wahnsinnig wütend, als du ihm eröffnet hast, dass du mit dem Reiten aufhören willst.«

Die ersten Tränen rollen über ihre Wangen, aber sie kämpft noch dagegen an, will auf keinen Fall zusammenbrechen. Denn sie weiß, was folgen wird.

»Und dann kam der Wettkampftag, an dem du versagt hast und disqualifiziert worden bist. Du hast ihm gesagt, dass du nicht weitermachen willst und bist durchgedreht. Kein Wunder, du warst erst zehn Jahre alt, also ein Kind.«

»Wer hat dir das erzählt?«

»Das spielt doch jetzt keine Rolle. Wichtig ist, dass du

hier die Gelegenheit hast, deine traumatischen Erlebnisse zu bearbeiten.«

»Hier, vor laufender Kamera?«, fragt sie skeptisch.

Ich ignoriere diesen vollkommen irrelevanten Kommentar.

»Dein Vater ist also mit dir, deinem Pony und deinen Brüdern in den Wald gegangen. Er hatte sein Gewehr dabei, aber auch sein Jagdmesser. Zuerst dachtest du, dass er dir nur Angst einjagen wollte. Aber so war es nicht.«

»Bitte hör auf damit, bitte.«

»Er hätte dein Pferd einfach erschießen und ihm so einen schmerzfreien Tod schenken können. Stattdessen aber hat er ihm mit dem Messer die Kehle durchgeschnitten und es erst nach einer Weile mit einem Schuss von seinem Leid erlöst.«

Tessa scheint weggetreten, irgendwie nicht mehr da zu sein. Meine hypnotische Stimme hat sie zurückgeworfen, zurück zu den Ereignissen von damals. Sie befindet sich mitten im Wald, umgeben von Testosteron, Dunkelheit und Angst.

»Er hat dir gesagt, dass es eine Prüfung ist«, sage ich. »Wenn du es schaffst, ihm dabei zuzusehen, wie er dein Pony tötet, kannst du selbst jedes beliebige Tier erlegen. Denn du würdest ihn ab jetzt auf die Jagd begleiten. Du hattest die Wahl: Jagd oder Springreiten. Und so fing sie an – deine Lust abzuschlachten.«

Tessa hat ihr Gesicht in den Händen vergraben. Ich kann spüren, was sie fühlt. Diese übermächtige, unterdrückte Welle von Erinnerungen, die sie überwältigt. Vermischt mit Panik, Ekel und Verzweiflung.

»Wenn ich das richtig erinnere, hast du sehr lange mit dem Kopf deines Ponys im Arm auf dem Waldboden gesessen und hast ihn hin und her gewiegt. Es war unmöglich, dich von dort wegzubekommen, du bist vollkommen hysterisch geworden. Stimmt das?«

Ihre Knie zittern, sie drückt ihre Handflächen auf die Beine, aber das hilft nicht. Sie schlägt die Beine übereinander, aber auch das lässt das Zittern nicht aufhören.

Als hätte sich die Luft im Raum elektrisch aufgeladen. Alle Anwesenden wissen, dass gleich etwas passieren wird. Aber nicht was.

»Wie sah der Kopf deines Ponys denn aus?«

»Was? Wie meinst du das?« Sie blickt mich verwirrt an.

»Waren seine Augen gebrochen, als du seinen Kopf am Ende losgelassen hast? Manchmal hilft einem die Erinnerung an Details, um das Trauma zu bearbeiten.«

Das ist der Wendepunkt. Zuerst wiegt sie sich vor und zurück. Dann stößt sie einen irren, geradezu unmenschlichen Schrei aus. Schlägt mit den Fäusten auf die Tischplatte. Dann mit dem Kopf! Sie weint, schnaubt, schluchzt, wimmert und stöhnt.

Das ist etwas vollkommen anderes als Lars' Krokodilstränen in den Talkshows und seine kindische Forderung: *Habe ich nicht das Recht auf eine zweite Chance?*

Das hier ist echt.

Plötzlich steht Julia neben Tessa und nimmt sie in den Arm. Ein unerwarteter, aber wirklich spannender Moment in diesem Beitrag.

Ich drehe mich zu Hampus um und gebe ihm ein Zeichen.

»Und *Cut*!«

Es dauert einen Moment, bis die Hysterie nachlässt, die alle im Raum erfasst hat. Nachdem sich Tessa wieder beruhigt hat, bringt Elyssa sie in ihr Zimmer, damit sie sich ausruhen kann. Julia ist außer sich vor Wut. Sie stürmt aus dem Zimmer, knallt die Tür hinter sich zu und stampft demonstrativ laut die Treppe hinunter.

Auch ich ziehe mich in mein Büro zurück und genieße die Ruhe. Ich lege Musik auf, afrikanische, einfache, klare Klänge, die mir immer wieder gute Laune machen. Ich stelle mich ans Fenster und sehe aufs Meer. Und warte.

Nachdem ausreichend Zeit verstrichen ist, setze ich mich an den Rechner und lese im Blog die Kommentare zu der Live-Sendung und die Reaktionen im Netz. Und atme erleichtert aus. Eigentlich hatte ich nicht wirklich ernsthafte Bedenken, aber wer weiß schon, was sich die hungrigen Mäuler der Medien so vorknöpfen. Offensichtlich hat ihnen das Geschehen in meinem Beitrag jedoch gefallen.

Ich schicke eine kurze Nachricht an Elyssas Pager.

»Tessa soll sofort in mein Büro kommen.«

Erst etwa eine Stunde später taucht auch Julia in meinem Büro auf – unangemeldet. Das Timing ist perfekt, ich hatte schon ausreichend Zeit, mit Tessa zu sprechen. Aber Julia bemerkt sie überhaupt nicht. So blind ist sie vor Wut.

Sie baut sich vor meinem Schreibtisch auf.

»Du bist total krank im Kopf, Franz. Weißt du das eigentlich?«

Ich rede mir ein, dass mich ihr Ausbruch nicht weiter beeindruckt, und ermahne mich, nicht ärgerlich zu werden. Trotzdem kann ich der Versuchung nicht widerstehen, sie zu provozieren.

»Wo bist du gewesen?«, frage ich.

»Das geht dich gar nichts an! Aber wenn du es unbedingt wissen willst: Ich habe versucht, Susanna zu erreichen, weil ich den Auftrag abgeben will.«

»Aha. Na, dann viel Glück.«

»Wie kannst du einen Menschen so behandeln?«

»Was hattest du denn gedacht, was wir hier machen? Vor dem Kamin sitzen und was rauchen? Und es ist erst der Anfang.«

»Das war widerlich. Und menschenverachtend.«

»Wenn du eine gute Journalistin werden willst, musst du aufhören, so überempfindlich zu sein.«

Erst jetzt bemerkt Julia Tessa, die ganz versunken in der Ecke vor meinem Rechner sitzt. Sie steht auf und kommt zu mir an den Schreibtisch. So ganz erholt hat sie sich noch nicht, aber ihr Gesicht hat wieder Farbe bekommen, ihre Augen glänzen. Die kleine Beule, die sich auf ihrer Stirn gebildet hat, sieht niedlich aus.

»Du hast recht, Franz«, sagt sie. »Die Reaktion im Netz ist überwältigend positiv.«

Trotz der Erniedrigung, die ich ihr angetan habe, schenkt sie mir ein dankbares Lächeln.

»Wovon redet ihr?«, fragt Julia.

»Komm, sieh es dir an«, sage ich und setze mich an den Rechner. Langsam scrolle ich durch die Kommentare, die auf meiner Seite stehen. Der Wind hat sich gedreht. Ausdrücke wie *mutig, authentisch* und *echt* wiederholen sich in den Beiträgen über Tessa. Einige sind der Überzeugung, dass Tessas Vater in Wirklichkeit die Tiere in Kenia alle erschossen hat und sie nur gezwungen wurde, mit ihnen zu posieren. Andere sind voller Bewunderung für sie, dass sie die Unterdrückung in ihrer Familie voller widerlicher Machos ertragen hat. Und jetzt auch noch meinen Angriff! Sogar ein paar der aggressiven Tierschützer stimmen jubelnd mit ein. Und fordern mich auf, Tessa so lange zu bearbeiten, bis sie ihr Pelzimperium aufgibt.

Aber es werden auch Stimmen laut, die sich um den Zustand von Tessas psychischer Gesundheit Sorgen machen. Doch im Großen und Ganzen ist die Sendung ein voller Erfolg. Es ist nur eine Frage der Zeit, bis das Anwesen von hungrigen Journalisten und Fernsehkameras belagert wird.

Ich höre Julias Atemzüge hinter mir. Ihre Wut ist noch nicht verklungen.

»Du bist auf dem besten Weg, eine Ikone für den Feminismus zu werden, Tessa«, sage ich. »Entschuldige, dass ich in deinem Privatleben herumgeschnüffelt habe. Aber das ist leider notwendig gewesen.«

»Macht gar nichts«, erwidert sie. »So was passiert. Was machen wir als Nächstes?«

»Du wirst eine kleine Stellungnahme auf dem Blog posten.«

Nichts davon scheint Julia besonders zu beeindrucken.

Zum zweiten Mal an diesem Tag stürmt sie davon und knallt die Tür hinter sich zu.

31

JULIA

Auf dem Weg nach unten traf sie zufällig auf Elyssa und wollte sie auf ihre Seite ziehen. Aber damit hatte sie keinen Erfolg.

Elyssa wiegte den Kopf hin und her und sah sie nachdenklich an.

»Ich weiß nicht«, sagte sie dann. »Mir tut Tessa nicht richtig leid, da bin ich zu sehr Tierfreundin. Ich meine, Franz hätte sie auch erschießen können, so wie sie es mit den Tieren getan hat. Stattdessen hat er ihr auf der Suche nach sich selbst geholfen, warum sie so geworden ist, wie sie ist.«

Wortlos ließ Julia sie stehen und ging in ihre Unterkunft am Ende des Anwesens.

Kurz darauf geriet sie in eine handfeste Auseinandersetzung mit Susanna. Der Streit wurde zusätzlich noch durch eine sehr schlechte Internetverbindung angefacht, die den Eindruck begünstigte, dass Julia das Gespräch vorsätzlich beendet hätte. Susanna hatte Julia das Argument nicht abgekauft, dass Franz' Interview-Methoden menschenverachtend seien.

»Weißt du eigentlich, wie viele Leute sich gewünscht haben, dass die Schlampe endlich mal zusammenbricht?«, entgegnete sie. »Sie ist eine *Mörderin*, Julia. Eine Sadistin, die rücksichtslos Tiere abschlachtet. Und jetzt wissen die Leute endlich mal, warum sie so geworden ist.«

»Er hat nicht das Recht, ohne ihr Wissen in ihrem Privatleben herumzuschnüffeln.«

»Und wenn schon? Außerdem scheint sie letztlich nicht schlecht damit gefahren zu sein, oder?«

»Woher weißt du das?«

»Hast du ihre Stellungnahme in dem Blog noch nicht gesehen?«

»Nein, habe ich noch nicht.«

»Das hatte ich mir schon gedacht. Jetzt reiß dich mal zusammen, Julia. Ich habe noch keinen Artikel von dir darüber bekommen, und trotzdem ist das schon überall Gesprächsthema Nummer eins.«

Da wurde das Telefonat unterbrochen. Julia machte sich nicht die Mühe, Susanna noch einmal anzurufen. Stattdessen öffnete sie den Blog. Susanna hatte recht. Tessa sah nicht besonders mitgenommen aus. Etwas erschöpft, aber auch erleichtert.

»Ich wollte mich auf diesem Weg für euren Beistand und euer Mitgefühl bedanken«, sagte sie in die Kamera. »Damit es keine Missverständnisse gibt, will ich betonen, dass ich Franz keine Vorwürfe mache, mich zu diesem Punkt in meiner Geschichte geführt zu haben. Im Gegenteil. Ohne seine Hilfe hätte ich mich niemals von allein damit konfrontiert. Und ich kann ohne Übertreibung sagen, dass die Reise nach Dimö das Beste war, was mir seit langem passiert ist. Vielen Dank für eure Unterstützung.«

Bewegend und keineswegs übertrieben. Das hatte ihr unter Garantie Franz diktiert.

Der Rechner meldete einen eingehenden Skypeanruf. Susanna rief zurück.

»Hast du eben gerade einfach das Gespräch beendet?«, fragte sie vorwurfsvoll.

»Nein, die Verbindung hier ist sehr schlecht.«

»Und warum glaube ich dir das nicht?«

»Das kannst du mir ruhig glauben. Aber ich habe in der Zwischenzeit Tessas Beitrag gesehen.«

»Und, was sagst du dazu?«

»Das ist doch alles eine einzige Farce.«

»Du glaubst also, dass Franz und Tessa sich das ausgedacht und inszeniert haben?«

»Nein, das glaube ich nicht. Ihre Überraschung war echt, als er das mit dem Pony angesprochen hat. Aber nun nutzt sie diese Plattform, um wieder beliebt zu werden. Und das finde ich falsch.«

»Jetzt hörst du mir mal ganz genau zu, Julia«, sagte Susanna, und ihre Stimme klang sehr ernst. »Du musst dich auf das Entscheidende konzentrieren. Im Moment bist du dort als *Journalistin* und nicht als Menschenrechtsaktivistin.«

»Ist das nicht im Großen und Ganzen ein und dasselbe?«

»In diesem Fall nicht!« Susanna seufzte ungeduldig. »Ich habe dich dorthin geschickt, damit du über das Geschehen vor Ort berichtest. Du sollst beobachten, kritische Fragen stellen und in einem empathischen Ton darüber schreiben. Du hast aber kein Recht einzugreifen. Wenn die Akteure gegen das Gesetz verstoßen, wendest du dich an mich, dann werden wir besprechen, wie wir verfahren wollen. Aber bis dahin brauche ich dich dort als Reporterin, verstehst du mich?«

»Ja, verstanden.«

»Du kannst diesen Franz nicht leiden, sehe ich das richtig?«

»Er ist unberechenbar und grausam, und daran ist überhaupt nichts, was man gut finden kann.«

»Hmmm … Du solltest versuchen, ein bisschen näher an ihn heranzukommen. Das ist bisher noch niemandem gelungen.«

Das war so typisch für Susanna, dass sie davon ausging, ein *gutes Gespräch unter vier Augen* wäre die Lösung für alle Probleme.

»Oder hat er dich sexuell belästigt?«, fragte sie entsetzt.

Diese himmelschreiende Ungerechtigkeit brachte Julias Fass zum Überlaufen. Franz durfte diese armen Leute quälen, wie es ihm gefiel. Aber wenn er seine Hand auf ihren Hintern legen würde, dann wäre diese Reportage und der Exklusivauftrag auf der Stelle beendet.

»Hier finden die ganze Zeit Belästigungen und Schikanierungen statt«, schrie sie außer sich. »Kapierst du das nicht? Er hat die volle Kontrolle über sie übernommen und spielt mit ihnen wie mit Versuchsratten im Käfig. Und dir geht es nur darum, noch mehr Abos zu verkaufen.«

Dieses Mal beendete Susanna das Gespräch. Allerdings rief sie kurz darauf wieder an.

»Jetzt hol mal bitte tief Luft, Julia.«

»Kein Bedarf.«

»Tu es trotzdem und hör mir zu. Halb Schweden folgt diesem Experiment in den sozialen Medien, oder sagen wir mal, es sind ausgesprochen viele Leute. Und die sind nicht alle so unterbelichtet, dass sie nicht schnallen, was Franz da vorhat. Aber die Teilnehmer sind auf freiwilliger Basis da. Das Beste, was du tun kannst, ist, eine objektive Reportage zu schreiben, die trotzdem von Herzen kommt. Dieses Bild mit den Versuchsratten im Käfig, greif das auf, das ist gut. Deine Meinung, deine Version stellt ein Gegengewicht dar.

Dadurch könntest du vielleicht sogar verhindern, dass andere in eine ähnliche Situation geraten.«

Obwohl Julia am liebsten Widerworte gegeben hätte, musste sie sich eingestehen, dass Susannas Haltung ziemlich vernünftig klang.

»Aber die Leute scheinen nicht zu kapieren, dass er das alles nur inszeniert hat, um wieder ins Rampenlicht zu kommen.«

»So solltest du nicht denken, Julia. Ich verstehe, dass du dir wünschst, die Menschen mit deinen Texten überzeugen zu können. Damit sie ihre Meinung über ihn ändern. Aber wenn dir das nicht gelingt, kündigst du doch deshalb nicht gleich? Wir Journalisten können nicht immer alle mit unseren Reportagen überzeugen. Missverstanden zu werden gehört zu unserem Job dazu. Aber wir dürfen nicht aufgeben, wir müssen immer weitermachen. Wir haben keine Wahl.«

»Okay. Entschuldige, dass ich vorhin so hochgegangen bin.«

»Schon in Ordnung. Vergiss nicht, dass dieses Format nichts ist im Vergleich zu den Sachen, die im Moment super gehypt werden. Vor kurzem wurde eine Dokusoap gesendet, in der man jemandem beim Sterben zusehen konnte. In einer Soap in Amerika verkaufen junge Mädchen ihre Unschuld. Im Nachhinein muss ich mir leider eingestehen, dass du eigentlich noch zu jung und unerfahren für diesen Job bist. Aber ich glaube fest an dich, Julia. Wirklich.«

»Okay, verstanden.«

»Und eins noch. Versuch, häufiger mit Franz allein zu sein, frag ihn ein bisschen aus. Er soll dir was von sich erzählen. Nach außen gibt er sich immer sehr reserviert, wenn es um sein Privatleben geht. Aber das Interesse an ihm ist im Moment sehr groß. Das sollten wir doch ausnutzen.«

»Wie kann es sein, dass die Leute vergessen haben, was er getan hat?«, fragte Julia.

»Das haben sie ganz und gar nicht. Genau das macht ihn ja so spannend. Hast du das enorme Kraftfeld gespürt, das sich während des Interviews mit Tessa aufgebaut hat? Das war fast unheimlich. Ach so, du bist ja dabei gewesen.«

»Ich habe nichts gemerkt«, log Julia. Natürlich hatte sie das auch gespürt. Der ganze Raum war wie elektrisch aufgeladen gewesen.

»Nee, klar. Aber eine letzte Sache noch. Das ist nicht besonders professionell, wenn du immer so wütend wirst. Versuch, deine Gefühle unter Kontrolle zu behalten.«

»Woher weißt du das denn bitte? Hat er etwa angerufen?«

»Nein, nicht direkt. Aber er hat mir eine Mail geschrieben, in der stand, dass eine bestimmte Reporterin ein bisschen Aufmunterung gebrauchen könnte.«

Julia schnaubte voller Verachtung.

»Bin ich wirklich die Einzige, die ihn durchschaut?«

»Offensichtlich. Deshalb habe ich ja auch dich dorthin geschickt. Du hattest heute ein kleines Tief. Ansonsten machst du aber einen Hammerjob. Allerdings schuldest du mir noch einen Artikel, und zwar pronto. Und danach verträgst du dich wieder mit Franz.«

Die Sehnsucht nach Thor war unerträglich und verursachte ihr geradezu körperliche Schmerzen. Alles wäre anders, wenn sie ihn jetzt an ihrer Seite hätte. Sie fühlte sich wie eine Marionette in den Händen der beiden, Franz und Susanna.

»Ich weiß nicht, ob ich mich mit ihm vertragen kann«, sagte sie. »Aber ich werde dir nachher meinen Artikel schicken.«

Sie baute *wie Ratten im Käfig* in den Titel ihres Artikels mit ein, der ihr sehr gut gefiel. Ihr war es gelungen, relativ sachlich über das Interview mit Tessa zu schreiben und dennoch ihre Meinung zu platzieren. In der Zwischenzeit hatte sie sich auch wieder beruhigt. Und fragte sich, ob ihr Urteil von den eigenen Erfahrungen mit Franz und den Erzählungen ihrer Mutter beeinflusst worden war. Sie würde sich bemühen, das alles außer Acht zu lassen und sich allein auf das zu konzentrieren, was tatsächlich stattfand.

Nachdem sie den Artikel abgeschickt hatte, rief sie Thor an. Er hatte die Sendung auch gesehen und gab Julia recht, dass so etwas eigentlich nicht tragbar war. Er klang traurig.

»Du machst dir aber keine Sorgen um mich, oder?«, fragte sie.

»Nein, eigentlich nicht. Du bist ja keiner dieser armen Irren. Mich beschäftigt eher meine Angst, dass mein Vater es auf dich abgesehen haben könnte.«

»Er wird unter Garantie versuchen mich anzumachen, aber seit wir miteinander geschlafen haben, bin ich eigentlich immun gegen ihn.«

»Vollkommen?«

Sie wollte ihn nicht anlügen.

»Ich habe manchmal Flashbacks und spüre seine starke Anziehungskraft. Aber nur ab und zu. Mach dir keine Sorgen.«

»Ich werde es versuchen. Und ich finde toll, dass du so ehrlich bist.«

»Weißt du, was mir viel mehr Angst macht?«

»Nein, was denn?«

»Nach Hause zurückzukommen und eine leere Wohnung vorzufinden, in der ein einsamer Zettel liegt. Mit einer Nachricht von dir, dass du weggegangen bist, um ein bisschen *Abstand* von mir zu bekommen. Hast du das wirklich so gemeint?«

»Ich möchte, dass du dich nicht eingesperrt, sondern frei fühlst. Natürlich mag ich nicht ohne dich sein. Ich vermisse dich jetzt schon so … unfassbar.«

»Und ich fühle mich immer frei, wenn wir zusammen sind.«

»Wir besprechen das, wenn du wieder da bist, okay? Mach dir keine Sorgen. Ich liebe dich über alles, das weißt du doch.«

Sie beendeten das Telefonat. Da sah Julia, dass ihre Mutter ihr eine Mail geschrieben hatte. Aber sie hatte keine Lust, sie jetzt gleich im Anschluss zu lesen. Die Sendung hatte sie wahrscheinlich ziemlich aufgewühlt. Julia zog sich ihre Jacke an, schlüpfte in ihre Boots und ging raus, um einen Spaziergang zu machen.

Der Himmel war sternenklar. Der Schnee war tagsüber zum Teil wieder geschmolzen, jetzt hingen lange Eiszapfen an der Regenrinne. Es war so still, dass sie die Stimmen von den Wohngebäuden am Ende des Anwesens hören konnte. Jemand lachte. Sie betrat das Gebäude, in dem sich auch der Speisesaal befand, und klopfte sich im Eingang den Schnee von den Stiefeln.

Franz und Tessa saßen nah beieinander im Sofa vor dem Kamin, in dem ein Feuer brannte. Sie waren allein. Es roch nach Glühwein. Tessa lachte über etwas, das Franz gerade gesagt hatte, woraufhin er seine Hand auf ihren Arm legte.

Da hob er den Kopf und sah zu Julia hinüber, die in der Tür stand.

Sie drehte sich auf der Türschwelle um und stürmte in die kalte Winterluft hinaus.

Zuerst wurde sie von Verachtung und Hass überwältigt. Dann tauchte ein Gefühl auf, vielleicht war das Eifersucht.

32

FRANZ

Es ist später am Vormittag, und ich sitze in meinem Büro, als Julia hereinkommt. Ihre Wut hat sich noch nicht gelegt, aber sie ist nicht mehr so aufgebracht wie gestern.

»Wollen wir Frieden schließen?«, frage ich.

»Weiß nicht.«

»War das gestern Eifersucht?« Ich lächele sie gespielt unschuldig an.

»Wohl kaum. Aber ich kann nicht hierbleiben, wenn du anfängst, mit allen zu schlafen. Ihr Alten habt euch doch diese Formate angesehen, bei denen man Idioten in ein Haus sperrt und darauf wartet, dass sie Sex miteinander haben. Mit so einem oberflächlichen Quatsch kannst du uns Jüngeren nicht mehr kommen.«

»Was seht ihr denn für Programme?«

»Dokus, in denen man Menschen begleitet, die an einer Krankheit sterben, zum Beispiel. Oder Formate, in denen fanatische Sektenführer gesteinigt werden. So was eben.«

Ich kann mir ein Grinsen nicht verkneifen.

»Leider, meine liebe Julia, leben wir in einer Welt, in der die größte Unterhaltung das Leid und die Erniedrigung anderer ist. Aber ich habe deine *message* verstanden. Und ich werde nicht mit Tessa ins Bett steigen. Sie hat gestern nur ein bisschen Zuwendung gebraucht. Und ich kümmere mich immer um die Menschen, mit denen ich Zeit verbringe.«

»Ich habe nicht die Absicht, das zu kommentieren«, sagt sie. »Was steht heute auf dem Programm?«

»Ich habe allen freigegeben. Hampus hat die Truppe mit Computern und WLAN ausgestattet, damit sie lesen können, was im Netz über uns steht. Deshalb habe ich auch einen Vorschlag, den ich dir machen möchte.«

»Und?«

»Ich hatte mir überlegt, dass wir beide die Insel erkunden. Ich möchte dir ein paar Orte zeigen und mich mit dir auf eine … Art Reise in meine Vergangenheit begeben. Du kannst das dann auch gern in deinen Artikeln verwenden.«

Über meine Kindheit zu sprechen gehört nicht zu meinen Lieblingsbeschäftigungen, das muss ich zugeben. Aber es ist wahrscheinlich die einzige Möglichkeit, um Julia zu einem Spaziergang mit mir zu überreden. Letzte Nacht ist nicht besonders lang gewesen, ich bin zur Stunde des Wolfes aufgewacht, strotzte nur so vor Energie und konnte nicht wieder einschlafen. Die wildesten Gedanken und großartigsten Zukunftspläne haben sich in meinem Kopf überschlagen. Ich bin ungeduldig, ich möchte dieses Experiment am liebsten so schnell wie möglich beenden und den nächsten Schritt meines Planes in Angriff nehmen. Diese Unruhe ist gar nicht gut. Eine meiner herausragendsten Stärken ist nämlich die Geduld. Ich muss zur Ruhe kommen. Und Julias Gesellschaft hat immer eine sehr beruhigende Wirkung auf mich.

»Das hört sich an wie ein Plan, den du dir zusammen mit Susanna ausgedacht hast«, sagt sie. »Mir gefällt es übrigens überhaupt nicht, dass du hinter meinem Rücken über mich redest.«

»Susanna und ich verstehen uns gut.«

»Sie geht mir auf die Nerven, also lass das bitte sein.«

»Wenn du mit mir spazieren gehst, werde ich das in Erwägung ziehen«, verspreche ich.

»Können wir das in Form eines Interviews anlegen?«, fragt sie.

»Wie meinst du das?«

»Ich stelle dir Fragen, und du antwortest mir aufrichtig. Kein Flirten.«

»Selbstverständlich. Aber gib mir gern ein Zeichen, wenn ich dich wieder wärmen soll. Es ist kalt draußen.«

»Ich werde mich warm anziehen.«

»Wollen wir uns nach dem Mittagessen an der hinteren Pforte treffen?«

»Einverstanden, um eins«, sagt sie.

Im kalten Licht meines Büros haben ihre Augen die Farbe von dunklem Granit. Als sie sich zum Gehen wendet, fällt mein Blick für einen kurzen Moment auf ihr Profil und ihre Bewegungen, und ich werde von dem Gefühl überwältigt, das alles schon einmal erlebt zu haben. In der Ecke hatte Sofia ihren Schreibtisch gehabt, und in dem schwachen Licht sind sich die beiden so ähnlich, dass mein Herz für einen Augenblick aufhört zu schlagen.

Ich gehe in mein Zimmer und ziehe mich um, warme Freizeitkleidung. Aus einem der Schränke hole ich meinen alten Rucksack und fülle ihn im Speisesaal mit allem Notwendigen: Lebensmittel, Streichhölzer und Holzscheite, die neben dem Kamin liegen. Der Speisesaal ist gut besucht, meine Mitarbeiter und meine Gäste essen zu Mittag. Aber ich beachte sie nicht weiter.

Pünktlich um eins stehe ich an der Pforte, Julia verspätet sich um fünf Minuten.

Der Himmel über uns ist steingrau und undurchdringlich, aber die Wolken über dem Meer haben an ihrer Un-
terseite eine Schicht aus Gold bekommen und reißen auf.

Julia trägt eine dicke Winterjacke und Stiefel, aber
irgendwie sieht sie immer leicht bekleidet aus. Wie eine
erlesene Hülle schmiegen sich ihre Sachen an ihren Körper.

»Wo gehen wir hin?«, fragt sie.

»Zuerst in den Ort, dort möchte ich dir etwas zeigen.«

Obwohl sie gefütterte Handschuhe anhat, steckt sie ihre
Hände in die Jackentasche. Wahrscheinlich will sie verhindern, dass ich nach ihrer Hand greife.

Schon nach wenigen Schritten spüre ich, wie ich zur
Ruhe komme. Ich habe keine Ahnung, warum sie diese
Wirkung auf mich hat. Eine Laune des Schicksals? Ein
psychologischer Effekt, der vom Wohlfühlfaktor hervor-
gerufen wird? Genau genommen möchte ich auch gar keine Antwort darauf haben. Es gibt eine wunderschöne Synergie zwischen uns, die chemischer Natur ist. Die inhaliere
ich, und alles ist gut.

»Warst du schon einmal im Ort?«, frage ich.

»Aber nur ganz kurz, auf dem Marktplatz beim Fähr-
anleger.«

»Ich werde dir einen Ort zeigen, an dem ich viel Zeit
verbracht habe. Du wolltest doch mehr über meine Kindheit erfahren und darüber schreiben?«

»Ja, gern.« Sie nickt eifrig. »Darf ich auch die Keller-
geschichte einbauen?«

»Lieber nicht.«

»Einverstanden, ich verspreche dir, dass ich mich daran
halten werde.«

Auf dem Weg ins Dorf hält sie einen gehörigen Abstand.
Sie hat eine gute Kondition, kann mit mir Schritt halten.

Aber irgendetwas ist heute anders. Sie wirkt so zerstreut, auch als wir im Osten der Insel entlanggehen – wo sich das Meer von seiner wilden und tobenden Seite zeigt, reagiert sie nicht auf die ungestüme Natur, sondern wirkt nachdenklich.

»Was beschäftigt dich?«, frage ich.

Sie zögert mit der Antwort.

»Ich frage mich, wo das alles enden wird.«

»Es wird ein gutes Ende nehmen«, sage ich voller Überzeugung. »Aber bis dahin werden noch ein paar entsetzliche Dinge passieren. Wir beide werden ziemlich dankbar sein, wenn das alles vorbei ist.«

Ich sehe, wie sie erschaudert.

»Ist das denn wirklich notwendig?«

»Meinst du das Experiment?«

»Ich habe den Eindruck, dass du das alles nur machst, um dich in den Vordergrund zu spielen. Ich glaube, du brauchst ständig uneingeschränkte Aufmerksamkeit.«

»Um deine erste Frage zu beantworten, nein, es ist nicht notwendig. Wir können das alles jederzeit abbrechen. Aber damit würden wir eine ganze Menge Leute enttäuschen, deshalb habe ich vor, auch dieses Projekt zu beenden. Das habe ich schon immer getan. Du aber kannst die Insel jederzeit verlassen. Vergiss das nicht.«

Sie murmelte etwas Unverständliches.

Da tauchen die ersten Gebäude der kleinen Ortschaft auf. Auch die Wolkendecke ist aufgerissen, die tiefstehende Sonne spiegelt sich glitzernd in dem Schnee, der noch liegen geblieben ist und uns blendet. Die Luft im Norden der Insel, dort wo ViaTerra liegt, ist meiner Meinung nach immer etwas frischer als hier im Süden, im Dorf. Denn hier riecht es streng nach den Fischerbooten, die im Hafen liegen, und nach Brackwasser. Dieser Weg, das war früher meine tägliche Strecke, aber damals ging es schneller. Vermutlich, weil ich mir nicht so viele Gedanken gemacht, sondern Dinge einfach *erledigt* habe.

Das Gebäude, das ich Julia zeigen will, liegt am Rand der Ortschaft. Das Grundstück ist von einem Holzzaun umgeben, der an einigen Stellen schon verrottet ist. Auf dem Rasen vor dem Haupthaus steht ein schiefes Schild: ZU VERKAUFEN. Bei meinem letzten Besuch hier war dort ein Kindergarten untergebracht. Aber mittlerweile gibt es kaum noch Familien mit Kleinkindern auf der Insel. Die meisten Bewohner sind Rentner oder weltfremde Jugendliche, die vor dem Leben in den Großstädten hierhergeflohen sind. Drei weiße Gebäude stehen auf dem Grundstück, obwohl die Farbe von Regen und Schnee in Schmutziggrau verwandelt wurde. Aber den Schulhof, auf dem wir unsere Pausen verbracht haben, den gibt es noch. Die Steinplatten sind zersprungen und mit Moos bewachsen.

»Was ist das hier?«, fragt Julia.

»Da bin ich zur Schule gegangen.«

»Oh, toll«, sagt sie und macht ein paar Aufnahmen mit ihrem Handy. »Das ist ja furchtbar verfallen. Aber ich kann noch sehen, dass es hier mal ganz hübsch gewesen sein muss.«

»Nein, wirklich nicht. Aber ich will dir von meinen Erkenntnissen erzählen, die ich diesem Ort zu verdanken habe.«

Ich drücke die Türklinke herunter, aber die Tür ist verschlossen.

»Und welche Erkenntnisse waren das?«

Ich habe sie neugierig gemacht.

»Ich hatte nie Schwierigkeiten, mich durchzusetzen.

Aber so im Alter von elf Jahren hatte ich keine Lust mehr dazu. Diese ewigen Auseinandersetzungen, Wettkämpfe, das Geschrei, Mobbing und die kindischen Spiele. Das hing mir alles zum Hals raus. Deshalb habe ich das Ruder übernommen.«

»Was meinst du damit? Das Ruder übernommen?«

»Ich habe die Kontrolle übernommen. Ich war groß, stark, frühreif und sah ehrlich gesagt ziemlich gut aus. Die anderen haben auf mich gehört. Also habe ich die Kontrolle über die Schule übernommen. Das war ganz einfach. Aber das Interessante daran ist, dass sich dadurch etwas entwickelt hat, was an schwedischen Schulen damals einzigartig war. Eine Art Waffenstillstand.«

»Erzähl.«

»Ich habe nichts zugelassen, kein Mobbing, keine Prügeleien, kein heimliches Rauchen und keine Drogen. Ich hasse Drogen. Die Mädchen hatten ihre Ruhe, niemand durfte sie angrapschen. Da alle Angst vor mir hatten, war der Schulalltag von nun an der Himmel auf Erden.«

»Das klingt so, als wärst du der Hauptmobber gewesen.«

»Nein, aber wenn du unbedingt einen negativen Ausdruck verwenden musst, dann würde ich *Diktator* bevorzugen. Ich wollte meine Ruhe haben. Meine Privilegien waren, dass ich immer die erste Wahl hatte. Bei den Mädchen und bei allem anderen auch. Das haben meine Mitschüler akzeptiert. Du hast mich in deinen Artikeln immer als Tyrann bezeichnet, aber dadurch habe ich auch die Schwachen beschützt. Alle konnten zur Schule kommen und sich sicher sein, dass sie weder geschlagen, gehänselt noch ausgegrenzt wurden. Ich wollte gar nicht mit den anderen befreundet sein, aber ich wusste genau, wie es sich anfühlt, geschlagen zu werden, zu frieren und Angst zu haben. Warum sollten das die anderen auch erleben müssen?«

Ich verstumme. Es fühlt sich anders an, darüber zu sprechen, als vor einem Publikum zu reden, mich zu erklären und meine Geschichte herunterzuleiern, damit sie mich verstehen. Das ist häufig notwendig, kann aber ziemlich ermüdend sein. Mich überwältigen die Erinnerungen, während ich Julia von meiner Jugend erzähle. Ich kann die Gesichter der anderen Kinder sehen. Ich höre ihre Stimmen. Und spüre eine warme Woge, die durch meinen Körper strömt, gefolgt von einem brennenden Druck in den Augen, den ich aber zum Glück wegblinzeln kann.

Julia bemerkt, dass ich ins Stocken geraten bin.

»Musst du gerade an etwas ganz Bestimmtes denken?«, fragt sie.

Ohne zu zögern, beschließe ich, ihr die Wahrheit zu sagen. Viel besser, als es Magdalena erzählen zu müssen. Bei ihr würde ich nur auf der Liste der interessanten Studienobjekte nach oben rutschen.

»Seit meinem Schlaganfall passieren die merkwürdigsten Dinge in meinem Kopf«, sage ich. »Aber das wird sich auch wieder verändern. Als ich gerade von meiner Schulzeit gesprochen habe, fühlte es sich an, als würde ich diese Zeit vermissen. Damals war alles so viel unkomplizierter. Das ist doch merkwürdig, oder?«

»Nein, überhaupt nicht. Ich vermisse auch die Zeit, als ich ein Kind war und alles so viel einfacher erschien.«

»Ach wirklich?« Ich bin nach wie vor etwas überrascht.

»Na ja, auf jeden Fall habe ich auf diese Weise den Frieden aufrechterhalten. Du magst das finden, wie du willst, aber es hat funktioniert. Was meinst du?«

Sie betrachtet das Schulgebäude eine Weile schweigend

und nachdenklich. »Deine Mutter hat mir erzählt, dass du so warst«, sagt sie schließlich.

»Das überrascht mich überhaupt nicht. Was hat sie denn gesagt?«

»Dass dir Macht schon immer gefallen hat.«

»Das stimmt auch. Macht ist ein adäquates Mittel, damit man seine Ruhe hat. Man kann mit seiner Macht auch auf die Menschen Einfluss nehmen. In diesem Fall hatte meine Macht auf meine Mitschüler eine positive Wirkung.«

»Das weißt du doch gar nicht«, widerspricht sie mir selbstsicher.

»Wie meinst du das?«

»Deine Mitschüler hatten doch viel zu große Angst vor dir, um dir die Wahrheit zu sagen. Bestimmt gab es welche, die es gehasst haben, in die Schule zu gehen.«

Ich lache. Niemand bringt mich so zum Lachen wie Julia.

»Wunderbar, darüber können wir uns beide Gedanken machen, während wir zu dem nächsten Ort gehen, den ich dir zeigen will. Möchtest du meinen Schal leihen? Es ist ziemlich kühl, und wir gehen ein ganzes Stück.«

»Nein, danke, ich komme schon klar. Lass uns losgehen.«

Unser Ziel befindet sich im Norden der Insel, aber dieses Mal nehmen wir die längere Strecke an der Westküste entlang. Auf dem Weg erzählt Julia von ihrer Schulzeit.

Von dem Gesangswettbewerb, an dem sie mit fünfzehn teilgenommen hat. Sie hat ihn zwar gewonnen, konnte aber das plötzliche Interesse an ihr nicht genießen. Und hat seitdem die Lust am Singen verloren. Sie offenbart mir, dass einige ihrer Mitschülerinnen sie gemobbt haben, weil sie früher als die anderen in die Pubertät gekommen ist. Sie haben sie *Missgeburt* und *Freak* genannt. Zum Glück hatte sie ein paar Kumpels, Jungs, mit denen sie abhängen durfte.

Es berührt mich, dass sie mir diese persönlichen Geschichten anvertraut. Ihre Stimme ist belegt, und ich habe schnell einen Kloß im Hals. *Wäre ich nur da gewesen ...* Aber schon Sekunden später packt mich eine unfassbare Wut. So fühle ich mich nur, wenn ich unüberwindbar scheine. Wenn ich mir alles vornehmen und jeden Gegner besiegen kann.

Ehe ich michs versehe, sind wir wieder zurück in der Heide hinter dem Anwesen. Die Sonne bereitet sich auf ihr Untergehen vor und verteilt ihr Gold im Meer. Der Felsen, von dem wir gesprungen sind, leuchtet feuerrot. Ich gehe vor bis an die Felsenkante und beginne dann mit dem Abstieg. Als ich ihr die Hand hinstrecke, um ihr zu helfen, schüttelt sie den Kopf.

»Ich kann das schon allein.«

»Sei vorsichtig. Die Steine sind feucht und rutschig.«

»Wo wollen wir denn hin?«

»In die Grotte.«

»Ach so, die kenne ich doch. Ich habe sie letztes Mal schon gesehen.«

»Ja, aber jetzt kann man von hier aus den Sonnenuntergang sehen.«

Wie eine Zahnlücke in der Reihe der scharfen Felsenzähne öffnet sich die Grotte vor uns. Ich kann in ihr stehen, hocke mich aber dennoch hin und hole die Holzscheite aus meinem Rucksack, um ein Feuer zu machen. Ganz unten zusammengeknülltes Zeitungspapier, darüber kleinere Holzsplitter und die Scheite obendrauf.

Julia sieht mir fasziniert zu.

»Das Feuer ist für uns, damit wir es warm haben. Später grillen wir unsere Sandwiches in der Glut. Und trinken Wein dazu. Das habe ich früher auch mit deinem Vater gemacht. Wir haben uns hier kennengelernt. Seine Eltern hatten ein Sommerhaus auf der Insel, als er ein Kind war. Wir haben uns ein paarmal getroffen.«

»Das hat er mir verschwiegen. Kannst du mir mehr aus deiner Kindheit erzählen?«

Das mach ich doch gern. Und während wir es uns am Feuer gemütlich machen, erzähle ich ihr, wie oft ich als Kind in der Grotte war und dass ich diese Tradition bis heute pflege. Hier habe ich Pläne geschmiedet, die sich in der ganzen Welt verbreitet haben. Die Grotte ist mein Platz auf dieser Welt, meine Heimat. Hier kann ich klar denken. Die steinerne Kraft der Felswände schenkt meiner Seele Ruhe. Das erzähle ich ihr. Aber auch die Geschichten von den Krabbenfischern und Schiffen, die vor langer Zeit vor der Insel auf Grund gelaufen sind. Das alles gehört zusammen.

Harmonisch und zufrieden, so fühle ich mich.

Als das letzte Stück der glühenden Sonnenkugel hinter dem Horizont verschwindet, seufzen wir. Beide. Gleichzeitig.

»Ich liebe und ich hasse diesen Ort hier, mehr als alles andere auf dieser Welt. Und eines Tages wird er mir noch das Herz brechen.«

Sie möchte etwas sagen, das kann ich genau sehen, sie öffnet den Mund – wahrscheinlich, dass ich gar kein Herz habe, das brechen kann. Aber dann schließt sie ihn wieder und schweigt.

33

JULIA

Kaum saß sie vor ihrem Computer, hatte sie schon eine Schreibblockade. Sie konnte kein einziges Wort tippen. Zeigte die Gehirnwäsche von Franz schon ihre Wirkung? Sie war verzweifelt und verwirrt.

Als Julia klein war, kam ihr die Unterscheidung von Gut und Böse kinderleicht vor. Es gab drei Typen von Menschen: die Superhelden, die normalen Leute und die Bösen, die leicht zu erkennen waren. Sie wurden mit finsterem Blick und oft noch mit Fangzähnen, Hörnern oder anderen entstellenden Details abgebildet.

Heutzutage benutzte jeder den Begriff des Psychopathen, ohne weiter darüber nachzudenken. Man musste nur eines der vielen Bücher lesen oder sich einen der vielen Vorträge anhören, um zu wissen, wie man sie erkennt. Online gab es sogar Checklisten mit den charakteristischen Wesenszügen eines Psychopathen, die man auch in seinem Bekanntenkreis anwenden konnte. Hatte man sie aufgespürt, kappte man alle Verbindungen zu ihnen und lebte weiter wie bisher.

Julias Mutter hatte Franz nicht nur einmal als einen Psychopathen bezeichnet. Sofia hatte viele bunte Eigenschaften, sie war extrovertiert, fotogen und konnte sich gut ausdrücken. Nach ihrem Ausstieg aus der Sekte wurde sie

Aktivistin und bekämpfte mit hartnäckiger Leidenschaft Sekten auf der ganzen Welt. Sie war wie ein Duracell-Hase, der nie auf Sparflamme lief. Wenn sie nicht persönlich in der Herberge für Sektenaussteiger nach dem Rechten sah, war sie im Land unterwegs, hielt Vorträge oder veranstaltete Demonstrationen gegen irgendeine bescheuerte Sekte.

Die wenigen Male, in denen Julia von ihrer Mutter Details über ihre Sektenzeit erfuhr, hatte sie das Gefühl, Sofia erwarte Mitleid. Und Julia hatte auch Mitleid. Aber ein Teil von ihr – auch wenn es nur ein winziger war, so klein wie ein Sandkorn – hatte das Bedürfnis, Sofias Verhalten zu hinterfragen. Sie hatte sich freiwillig auf die Sekte eingelassen. Zwei ganze Jahre hatte sie mitgemacht und in dieser Zeit bestimmt einige unangenehme Aufgaben für Franz erledigt. Nachträglich warf sie Franz jetzt alles Mögliche vor. Aber Julia verband mit ihm – wenn sie an die Zeit mit ihm vor zwei Jahren dachte – beim besten Willen nichts Schlechtes, Hinterhältiges oder Boshaftes. Sie hatte ihn oft zum Lachen gebracht. Er hatte ein wunderbares, hemmungsloses Lachen. Sie konnte sich einfach nicht vorstellen, dass ein gefährlicher Mensch in der Lage war, so frei zu lachen. Wenn man privat mit ihm zu tun hatte, war er schlau, geduldig und humorvoll. Sie fühlte sich in seiner Nähe sogar sicher. Stimmte vielleicht etwas nicht mit ihr?

Vor zwei Jahren noch war sie von ihm schlichtweg besessen gewesen und hatte sich in der sexuellen Anziehung verloren. Diesen Tag heute hatte sie hingegen eher mit einem guten Freund verbracht. Sie schämte sich ein bisschen, dass sie ihm so viele persönliche Einzelheiten von sich verraten hatte. Aber er war einfach ein sehr guter Zuhörer. Wenn man einmal angefangen hatte, war es fast unmöglich aufzuhören. Sie wusste nur nicht, was sie in ihrem Artikel einbringen wollte, und aus welchem Winkel oder aus welcher Perspektive sie ihn schreiben sollte. In einem Anfall von Frust knallte sie den Laptop zu.

Sie war verunsichert, und das fühlte sich nie gut an. Gleichzeitig machte sie sich immer über Leute lustig, die nie zweifelten, sich immer sicher waren und sich auch zu allen möglichen Angelegenheiten aus großer Überzeugung und ohne Zweifel äußerten, obwohl sie nicht die geringste Ahnung davon hatten. Solche Leute füllten die Leere in ihrem Leben, indem sie ihre wertlose Meinung überall im Netz verbreiteten. Julia hatte die Erfahrung gemacht, dass die Dümmsten von ihren Ansichten am überzeugtesten waren. Der Gedanke tröstete sie. Ihr Vater hatte ihr den Tipp gegeben, dass sie ihrer Verunsicherung mit noch mehr Ausdauer und Beharrlichkeit begegnen sollte. Also noch mehr in Erfahrung bringen. Wie es von einer guten Journalistin auch erwartet wurde.

Via Skype rief sie Thor an, um mit ihm und ihren Gedanken Pingpong zu spielen. Er ging sofort ran. Nackt. Er trug nur ein Handtuch, das er sich um die Hüfte geschlungen hatte.

»Warum hast du nichts an?«, fragte sie. »Ist Lina da?«

»Ich hab dir doch gesagt, dass ich das mit ihr beendet habe«, sagte er vorwurfsvoll. »Ich war im Fitnessstudio und habe zuhause geduscht.«

»Okay, schon gut. Darf ich dich was fragen? Ich brauche deine Meinung.«

»Klar.«

Nachdem sie ihm ihre Gedanken offenbart hatte, fing er an zu lachen.

»Verrätst du mir noch, was daran so lustig ist?«, fragte sie säuerlich.

»Du hast mich also angerufen, um von mir zu hören, ob mein Vater durch und durch schlecht ist?«

»Findest du das denn?«

»Glaubst du, dass ich mich sonst mit ihm weiter beschäftigt hätte?«

»Ich weiß nicht, nein, vermutlich nicht.«

»Er ist nicht durch und durch schlecht, nein, das glaube ich nicht. Aber er ist gestört, und man kann ihm nicht trauen.«

»Trotzdem hältst du Kontakt zu ihm.«

»Weil ich seine einzige Familie bin«, sagte er und zuckte mit den Schultern. »Und warum sollte ich ihn genauso schlecht behandeln, wie er zu mir war, als ich ein Kind gewesen bin?«

»Machst du ihm denn keine Vorwürfe für das, was damals in der Schule passiert ist?«

»Nein, nicht mehr. Wenn man sich von seiner Wut davontragen lässt, sieht man das gar nicht mehr, was auch gut gewesen ist. Er war kein gewöhnlicher Vater, das kann man getrost sagen. Aber ich wusste immer, wen ich vor mir habe. Genau genommen war er damals sogar weniger unberechenbar als heute.«

»Heißt das, du hast ihm verziehen?«

»Es gibt nichts, was ich verzeihen muss. Ich habe diesen Teil meiner Geschichte hinter mir gelassen. Er hat keine Macht mehr über mich. Ich habe ihn und seine Defizite beobachtet und dadurch sehr viel gelernt. Machtgeile Menschen sind in der Regel sehr einsam. Das gilt auch für ihn. Deshalb möchte ich für ihn da sein. Er hat ja sonst niemanden.«

»Du bist der wunderbarste Mensch auf der ganzen Welt, weißt du das eigentlich?«, sagte sie. »Vielen Dank, dass du dir Zeit für meine Frage genommen hast.«

»Ach komm, das war doch selbstverständlich.«

»Lies den Artikel, der ist morgen früh online. Ich möchte gern wissen, wie du ihn findest.«

»Ich lese alles, was du schreibst, Julia.«

»Und ich denke die ganze Zeit an dich. Wenn ich zuhause wäre, würde ich dir auf der Stelle das Handtuch wegnehmen.«

Er wurde ganz rot, lächelte verlegen.

»Wir telefonieren morgen, okay?«

»Du kannst das Handtuch doch auch jetzt ausziehen, dann kann ich dabei zusehen?«

»Nein, hör auf. Stell dir vor, bei dir kommt jemand ins Zimmer.«

»Hier kommt niemand rein, soll ich zur Sicherheit abschließen?«

»Nein, aber stell dir vor, das kursiert im Netz«, sagte er und krümmte sich vor Peinlichkeit.

»Was meinst du? Die Säpo interessiert es doch nicht, ob wir Sex via Skype haben oder nicht?«

Er lachte. Unter anderen Umständen hätte sie weitergedrängt, aber ihr fiel ein, dass sie den Abgabetermin für ihren Artikel einhalten musste.

»Okay. Mach's gut. Ich vermisse dich«, sagte sie und legte ihre Zeigefingerspitze auf seinen Mund auf dem Monitor.

Dann öffnete sie das Dokument, aus dem ihr Artikel werden sollte. Am Anfang hörte sie nur das Blut in ihren Ohren rauschen. Dann hörte sie Franz' Stimme: *Ich liebe und ich hasse diesen Ort hier mehr als alles andere auf dieser Welt.* Das war ein guter Einstieg.

Sie orientierte sich an ihrem langen Gespräch mit Franz und listete alles auf, was er an der Insel hasste: seine Kindheit in Armut in der kleinen Kate im Wald. Alles, was ihn davon abhielt, sich zu konzentrieren. Am meisten hasste er seinen biologischen Vater. Danach kamen die Dinge, die er an Dimö liebte: Die Kraft und Energie der Felsenwände in der geheimen Grotte. Die Sonnenuntergänge. (War ein Psychopath überhaupt in der Lage, Sonnenuntergänge zu mögen?) Und Macht. Viel Macht.

Mit dem ersten Satz löste sich ihre Schreibblockade, und kurz darauf beendete sie ihren Artikel mit einer Hypothese und einem Cliffhanger: *Ist ein Mensch, der durch und durch böse ist, leichter zu durchschauen und somit ungefährlicher als ein komplexerer, vielschichtiger? Mein bisheriger Eindruck von Franz sagt mir, dass er alles andere als durchschaubar ist. Und ich mag mir gar nicht ausmalen, was die Teilnehmer des Requiem-Experimentes als Nächstes erwartet.*

Als sie an ihrer letzten Durchsicht des Textes saß, klopfte es an der Tür. Es war Franz. Sein Blick war durchdringend, und sie beschlich das komische Gefühl, dass er schon länger vor der Tür gestanden hatte. Konnte er ihr Telefonat mit Thor belauscht haben? Oder hatte er sie durchs Fenster beobachtet? Es schüttelte sie bei dem Gedanken, dass er ihre Aufforderung an Thor gehört hatte, dass er sein Handtuch fallen lassen sollte.

»Störe ich?«, fragte er.

»Nein, nicht direkt. Stehst du schon lange vor der Tür?«

»Nicht lange. Ich wollte dir etwas schenken – als Dank dafür, dass du mir heute dein Ohr geliehen hast.«

Er öffnete die Handfläche, in der eine winzige Schnecke lag. Julia griff danach und sah sie sich an. Das bernsteinfarbene, schimmernde Schneckenhaus war oval und lief spitz zu.

»Das ist das Gehäuse der Blanken Windelschnecke«, sagte er. »In Schweden steht sie auf der roten Liste der gefährdeten Tierarten. Sie muss schon lange dort gelegen haben, scheint aber vollkommen unbeschädigt zu sein. Ist sie nicht wunderschön?«

Julia konnte sich nicht daran erinnern, dass Franz auf ihrem Spaziergang etwas vom Boden aufgehoben hatte. Die Schnecke war so winzig, er musste Augen wie ein Adler haben.

»Mich haben der Gang des Lebens und der unvermeidliche Tod schon immer fasziniert«, fuhr er fort. »Diese Schnecke war vollkommen ungeschützt und hätte jederzeit zerdrückt werden können. Aber sie hat es geschafft, heil zu bleiben. Den Ärzten zufolge hätte ich vor zwei Jahren sterben müssen, und die Wahrscheinlichkeit, dass ich mich wieder erhole, war gleich null. Aber ich habe es geschafft. Woran liegt das? Was meinst du?«

»Glück gehabt?«

»Oder es liegt daran, dass einige Menschen eine innere Stärke besitzen, die allen Naturgesetzen trotzt?«

»Klar, damit kann es auch zusammenhängen.«

»Du wolltest den Stein nicht annehmen, den ich dir als Erinnerungsstück in der Klinik gegeben habe. Aber ich möchte, dass du dich an diesen Tag heute erinnerst, und deshalb will ich dir diese Schnecke dalassen.«

»Wie kommt das eigentlich, dass du dich so gut auskennst?«

»Meine Mutter ist sehr naturverbunden und hat mir als Kind alles Mögliche über die Flora und Fauna der Insel erzählt. Ich kann dir jeden Baum, jede Pflanze und jede Schnecke benennen.«

Sie drehte die winzige Schnecke zwischen Daumen und

Zeigefinger hin und her. Sie war wunderbar, da musste sie ihm recht geben.

»Ich mache ein Foto davon, lade es hoch und ergänze, dass du Schnecken und Steine sammelst.«

»Das stimmt aber gar nicht«, murmelte er und verzog das Gesicht.

Ihr kam ein Gedanke.

»Aber was genau machst du dann? Wer als Psychopath beschimpft wird, muss doch auch irgendein bescheuertes Hobby haben? Rosen oder Kälber züchten? Im Orchester Geige spielen? So etwas eben.«

»Du kannst gern erwähnen, dass ich eine Vorliebe für Ornithologie habe«, sagte er. »Ich kenne die gesamte Vogelwelt der Insel und auch ein bisschen darüber hinaus.«

»Und warum ausgerechnet Vögel?«

»Sie sind rücksichtsvoll und halten eine kritische Distanz zu meinem Privatleben. Aber vorrangig ist, dass sie eine unschlagbare innere Stärke besitzen. Wusstest du zum Beispiel, dass die Bachstelze als Zugvogel jedes Jahr die ganze Strecke bis nach Ägypten zurücklegt, um dann im Frühjahr wiederzukommen und an demselben Ort mit demselben Partner zu nisten?«

»Nein, das wusste ich nicht. Aber ich werde dich zitieren.«

»Tu das.« Er machte die scherzhafte Andeutung eines Bücklings, drehte sich um und verschwand in der Dunkelheit.

34

FRANZ

In dieser Nacht komme ich nicht zur Ruhe, kann nicht schlafen, und diese verfluchte Schwäche nimmt wieder Besitz von mir.

Ich hatte Thor und Julia belauscht, nur ganz kurz, und bin dann wieder gegangen und später zurückgekommen. Ihre gedämpften Stimmen bildeten ein harmonisches Duett, das mich dort draußen in der kalten Winternacht gewärmt hat. Ich frage mich, ob die beiden überhaupt wissen, wie gut sie zueinanderpassen – und das ist umso merkwürdiger, wenn man bedenkt, dass Thor mein Sohn und Julia Sofias Tochter ist. Die Kinder zweier Erzfeinde, die wie füreinander gemacht scheinen. Eine Laune der Natur.

Bei seinem nächsten Besuch könnte ich Thor und Julia die Grotten auf der Ostseite der Insel zeigen, die nur sehr wenige kennen.

Der Ausflug mit Julia hat meine ganze aufgestaute Wut verfliegen lassen. Aber das ergibt doch keinen Sinn, das ist auch nicht logisch. Und darum stört es mich gewaltig. Ich balle meine Hand so sehr zur Faust, dass es wehtut.

Manchmal mache ich mir Sorgen um Julia. Sie ist wie ein Magnet, der die hungrigen Blicke der Männer auf sich zieht. Sie ist zwar nicht mehr so naiv und unschuldig, ist sich ihrer Wirkung auf das andere Geschlecht aber offensichtlich gar nicht bewusst. Und das ist mindestens genauso gefährlich. Mir sind nämlich Lars' lüsterne Blicke nicht entgangen. Zum Glück ist Thor so stattlich gebaut wie ich und kann Julia gegen Perverse wie Lars ohne Probleme verteidigen. Und wenn Thor und Julia ein Paar bleiben, verschwindet sie nicht so schnell wieder aus meinem Leben.

Der Gedanke an eine eigene Familie taucht plötzlich auf, aber ihn ersticke ich sofort im Keim. Ich hatte immer eine Abneigung gegen die klebrige Enge einer Kernfamilie. Als die Zwillinge noch klein waren, habe ich alles unternommen, damit Elvira und ich nicht als Paar betrachtet wurden. Wir haben ab und zu miteinander geschlafen, aber das war auch alles. Zu dem Zeitpunkt hatte ich eine Vorliebe für eine etwas härtere Gangart. Aber da wollte sie nicht mitmachen. Am Anfang war ich rasend vor Wut, als sie mit Simon abgehauen ist. Aber kurz darauf habe ich dann erleichtert genossen, dass unsere anstrengende Beziehung damit auch ein Ende hatte. Ich habe mich so gut ich konnte um die Jungs gekümmert. Vielleicht war es trotzdem nicht genug. Aber ehrlich gesagt, hat mir die Vaterrolle auch nie besonders gefallen.

Meine Gedanken wandern zurück zu Thor. Ich bin beeindruckt, was aus ihm geworden ist. Trotz seiner Geschichte. Er hat etwas Ätherisches. Jetzt brennen meine Augen so stark, dass ich mir auf die Lippen beißen muss. Verdammt, was geht da in mir vor? Ich verpasse mir eine Ohrfeige. Und höre meine innere Stimme. *Hör auf der Stelle damit auf.* Vielleicht sollte ich doch meine Psychologin anrufen und sie fragen, ob es doch Tabletten gegen diese Form von Wahnsinn gibt. Aber wenn ich ihr erzähle, was vorgefallen ist, wird sie mich vielleicht sogar in die Geschlossene bringen wollen.

Ich hatte nie eine richtige Familie. Und man kann doch nicht vermissen, was man gar nicht kennt. Allein der Gedanke daran hat bestimmt etwas in mir ausgelöst. Nichts zerreißt das Herz eines unehelichen, ungewollten Kindes mehr als das Wort Familie.

Ich stelle mich ans Fenster und öffne es einen Spalt, um frische Luft hereinzulassen. Der Schnee ist fast geschmolzen, wir hatten mehrere Tage lang Plusgrade. Ich sehe einen schwarzen Schatten über den Hof schleichen. Kurz darauf leuchtet die Glut einer Zigarette auf und verschwindet wieder. Ich lösche das Licht. Von meinem Büro aus hat man einen guten Blick über das gesamte Anwesen. Ich kann alles sehen, ohne selbst gesehen zu werden.

Otto steht vor den Unterkünften und raucht. Heimlich, denn ich hatte ihnen zu Beginn des Experimentes gesagt, dass Rauchen auf dem Gelände verboten ist. Ich hasse den Geruch von Zigarettenrauch und muss feststellen, dass sogar auf diese Entfernung ein Hauch davon mit der kalten Luft in mein Büro getragen wird.

Meinen Platz am Fenster tausche ich mit dem vor dem Computer ein. Ich checke Ottos Posts auf seiner Facebookseite. Zum einen die vor seinem Ausschluss aus der Nazipartei, zum anderen die aktuellen von heute, nachdem ich ihnen Computer und WLAN zur Verfügung gestellt habe. Die jüngsten Posts sind wahnsinnig uninspiriert und langweilig. Ein paar Fotos von der Insel. *Der Sektentyp regiert wie ein Tyrann. Keine Ahnung, was das hier bringen soll. Ich bleibe wegen der beiden anderen.* Otto sollte eigentlich wissen, dass es keine gute Idee ist, mich zu provozieren. Der Ton seiner Beiträge, bevor er verstoßen wurde, ist bedeutend frecher und origineller. In einem kündet er sein Vorhaben an, zu einem SS-Veteranentreffen ins österreichische

Klagenfurt zu fahren, aber das hat wahrscheinlich doch nicht stattgefunden. Er sammelt leidenschaftlich Memorabilien aus dem Zweiten Weltkrieg, Helme, Armbinden mit Hakenkreuz und Gewehre, und posiert auf mehreren Fotos mit den Waffen. Auf einem hält er eine Art Pokal hoch und schreibt, dass er ihn bei einem Schießwettbewerb gewonnen habe.

Was wohl eher zu bezweifeln ist.

An einer Stelle beschreibt er, dass er unter ärmlichen Bedingungen draußen in der Wildnis groß wurde. Ich weiß aber zufällig, dass er in einem hübschen Vorort von Örebro aufgewachsen ist. Und ich weiß ebenfalls, dass seine Eltern schon über vierzig waren, als sie ihn bekommen haben, und er ein ungehorsames und renitentes Kind war. Bei der geringsten Verfehlung reagierten sie mit körperlicher Gewalt. Das ist vermutlich die Erklärung dafür, dass er schon früh ein Halbstarker und Schläger wurde. Und später dann Nazi. Es hat fast etwas Tragikomisches. Er muss förmlich nach Anerkennung gehungert haben. Oder die vielen Schläge auf den Hinterkopf haben ihm ernste Hirnschäden zugefügt.

Seinen Reichtum hat Otto dem gewaltverherrlichenden Computerspiel zu verdanken, das er designt und programmiert hat. Das Geld hat ihm den Zutritt zu der feinen Gesellschaft verschafft, ganz bestimmt war es nicht sein intellektueller Hintergrund. Der Ansturm von Seiten der Elite, bei Veranstaltungen Selfies mit ihm zu machen, hielt sich in Grenzen. Aber mit Geld kann man sich ja fast alles kaufen. Sogar falsche Freundschaften.

Meine Irritation über ihn macht sich als Juckreiz auf meiner Haut bemerkbar. Vielleicht sollten wir ihn in den Ofen in der Großküche stecken und den einschalten. Das wäre wahrscheinlich der sicherste und beste Weg, um mit seiner Verleugnung des Holocaust aufzuräumen. Was mich allerdings weitaus wütender macht, sind seine Lügen und das ganze aufgeblasene Selbstbild.

Ich handele nie unüberlegt. Es gibt einen Grund dafür, dass ich ausgerechnet Otto für dieses Experiment ausgewählt habe. Er ist ein Großmaul. Und das einzige Gegenmittel für ein überhöhtes Selbstbild ist die vollständige Erniedrigung.

Ich betrachte mir das Foto mit dem Pokal genauer, zoome nahe heran. Er ist ohne Gravur, also hat er ihn aller Wahrscheinlichkeit nach in einem Secondhandladen gekauft. Was wäre wohl das Gemeinste, was ich Otto antun könnte? Ich schließe die Augen, etwa eine Minute sitze ich so. Dann habe ich mich entschieden.

Der Blick auf Elyssas Pager zeigt mir, dass es schon halb drei ist. Früher hätte ich darauf keine Rücksicht genommen, ich habe meine Angestellten zu jeder Tages- und Nachtzeit gerufen. Aber jetzt zögere ich. Das Alter hat auch bei mir seine Spuren hinterlassen und mich feinfühliger gemacht. Ich schicke ihr deshalb nur eine kurze Nachricht. *Komm bitte sofort in mein Büro, wenn du wach bist.*

Jetzt weiß ich, welche Schritte ich als Nächstes unternehmen werde. Meine Weltordnung ist wiederhergestellt.

35

JULIA

Ein lauter Knall ließ sie aus dem Schlaf schrecken. Sie lag reglos im Bett und lauschte, aber es blieb still. Ihr Atem beruhigte sich langsam wieder. Wahrscheinlich hatte sie geträumt. Durch die Gardinen konnte sie das Licht der Morgendämmerung sehen. Es musste so gegen halb neun sein. Da hörte sie ein lautes Klopfen gegen ihre Haustür. Julia sprang auf, zog sich den Morgenmantel an und öffnete die Tür einen Spalt.

»Entschuldige bitte, Julia«, sagte Elyssa zerknirscht. »Ich bin ausgerutscht und gegen die Tür geknallt.«

»Hast du dir wehgetan?« Julia rieb sich den Schlaf aus den Augen.

»Nur ein bisschen, ich bin auf meine Knie gefallen. Aber alles in Ordnung. Entschuldige, wenn ich dich geweckt habe, aber da ist irgendwas los, und Franz möchte, dass du kommst.«

Elyssa hatte dunkle Ringe unter den Augen, vermutlich war chronischer Schlafmangel die Ursache dafür.

»Du siehst müde aus«, sagte Julia.

»Ich bin seit halb sechs wach und habe Nachforschungen betrieben.«

»Was ist denn los?«

»Keine Ahnung. Franz und Tessa holen Zeug von einem

Bauernhof irgendwo auf der Insel ab. Filip und Hampus sind im Wald. Und ich soll ein paar schwarze, hochhackige Stiefel besorgen. Hast du zufällig welche dabei?«

»Kannst du mir bitte ein bisschen genauer sagen, worum es geht?«

»Aber ich weiß es doch auch nicht. Franz hat ein großes Geheimnis daraus gemacht. Tessa und er haben sich heute ganz früh getroffen und etwas besprochen. Ich vermute, Otto ist an der Reihe mit der Prüfung.«

»Und wann?«

»Franz hat mir ausgerichtet, dass du dich um zehn Uhr auf dem Hof einfinden musst, wenn du dabei sein willst. Hampus bringt dich dann an den Ort, wo wir uns alle treffen.«

Skeptisch schüttelte Julia den Kopf.

»Mal sehen. Vielleicht komme ich, vielleicht auch nicht«, sagte sie.

»Und, hast du schwarze Stiefel?«, wiederholte Elyssa ihre Frage und sah sie flehend an.

»Nein, leider nicht.«

»Verdammte Scheiße, oh, entschuldige. Ach, ich werde das schon hinkriegen.«

Diese sonderbare Unterhaltung hatte Julia vollkommen verwirrt, sie war noch viel zu verschlafen.

»Wofür brauchst du denn schwarze Stiefel?«

»Franz bat mich, ein Paar zu besorgen. Und zwar in Größe 38 oder größer.«

»Frag doch das Personal in der Küche.«

»Oh, was für eine großartige Idee!«, juchzte Elyssa erleichtert und rannte sofort los.

»Lass dich nicht so von Franz herumkommandieren!«, rief Julia ihr hinterher, aber Elyssa hörte sie nicht mehr.

Julia schloss die Tür. Was hatte ihr Franz' engste Vertraute da gerade erzählt? Das klang doch alles völlig wahnsinnig. Wie auch immer, bescheuerter als die Veranstaltung auf dem Teufelsfelsen würde es nicht werden können.

Sie duschte, zog sich an und ging über den Hof zum Speisesaal, um zu frühstücken. Dort stand ein einsamer Wachmann und brummte etwas in sein knackendes Walkie-Talkie. Der Speisesaal war menschenleer. Weder Personal noch Gäste.

Während ihr Blick durch den verlassenen Raum wanderte, beschlich sie ein ungutes Gefühl. Als würde bald etwas Schlimmes passieren. Und eins wusste sie mittlerweile, Franz machte keine halben Sachen. Wenn er einen Treffpunkt im Wald wählte, gab es dafür einen guten Grund. Was zum Teufel hatte er vor?

Sie aß etwas Joghurt, trank einen Kaffee und starrte auf den Boden.

Es war fünf vor zehn, als sie den Speisesaal verließ und über den Hof zurückging. Hampus wartete schon auf sie. Er trug einen Blaumann und hatte Erde an den Hosenbeinen und Ärmeln.

»Warum bist du so schmutzig?«, fragte Julia.

»Ich habe zusammen mit ein paar Typen eine Grube ausgehoben. Ich soll dich dorthin bringen. Komm, wir gehen.«

»Kannst du mir erklären, was da los ist?«

»Ich weiß es nicht genau. Ich hatte bloß den Auftrag, diese Grube auszuheben, und war den ganzen Morgen damit beschäftigt. Aber komm jetzt, wir müssen uns beeilen, ich soll das auch filmen. Außerdem zieht ein Sturm auf.«

Das war auch Julia nicht entgangen, auf dem Weg zum Speisesaal hatte sich die Luft wie elektrisch aufgeladen angefühlt. Die Bäume raschelten nervös im Wind. Die Krähen in der Esche hüpften unruhig hin und her und zankten lautstark miteinander.

Sie folgte Hampus über den Hof und durch die kleine Pforte hinter ihrem Häuschen. Aber statt wie sonst über die Heide zu gehen, bog er auf einen kleinen Pfad ab, der in den dichten, dunklen Wald führte.

Der wurde immer schmaler und zugewachsener, bis man ihn kaum noch ausmachen konnte. Allerdings sah sie, dass vor ihnen erst kürzlich jemand dort entlanggegangen sein musste. Der ein oder andere gebrochene Zweig. Ein umgebogener, junger Trieb eines Baumes. Hier und da ein Stück von einem Fußabdruck auf dem matschigen Boden.

»Weißt du, wo Tessa und Franz heute früh waren?«, fragte sie Hampus, der vor ihr lief.

»Sie haben die Waffen repariert.«

»Wie bitte? Waffen? Ist das ein Scherz?«

»Nein, warum sollte ich scherzen?«

»Verdammt nochmal, Hampus. Was haben die denn vor?«

»Na, ich vermute mal, dass sie jagen oder einen Schießwettbewerb austragen.«

»Und wofür habt ihr die Grube ausgehoben?«

»Keine Ahnung.«

»Ist das ein Grab, oder was?«

»Nein, dafür ist es zu groß. Oder es wäre ein Massengrab.« Er drehte sich zu ihr um und grinste.

Sollte sie vielleicht besser umdrehen und zurückgehen? In dem unwirtlichen und dunklen Wald fühlte sie sich auf einmal gar nicht mehr wohl. Aber das alles hatte auch ihre Neugierde geweckt. Sie wusste, dass Franz niemals jemanden erschießen würde. Wozu auch? Das war bestimmt wieder eines seiner idiotischen Spielchen. Und sie würde auf keinen Fall daran teilnehmen. In der Grotte hatte Franz ihr erzählt, dass er als Jugendlicher kleinere Tiere mit einer Schrotflinte erlegt hatte. Seine Mutter und er waren so mittellos gewesen, dass sie gezwungen waren, ihre Haushaltskasse mit dem Verkauf seiner Beute aufzubessern. Wahrscheinlich würde er seinen Probanden vorführen wollen, was für ein grandioser Schütze er war.

Sie kamen an eine Lichtung mit dichtem Unterholz, hier hatte ein Kahlschlag stattgefunden. In der Mitte befand sich ein Haufen aus vertrockneten Ästen und Zweigen, die von den Waldarbeitern aufgehäuft worden waren. Da entdeckte sie auf der anderen Seite am Waldrand eine kleine Gruppe von Menschen.

Eine Windböe fegte über das trockene Gras. Dann hörte sie auch ihre Stimmen. Julia erkannte Elyssa, Filip, Otto und Lars. Aber Franz und Tessa fehlten. Sie hatte einen metallischen Geschmack im Mund. Ihr Herz schlug viel zu schnell. Es war unheimlich. Etwas stimmte nicht. Oder lag es nur an dem aufkommenden Sturm, dass die Luft gefährlich vibrierte?

Sie stapften über die Lichtung und gesellten sich zu den anderen. Wie Hampus trug auch Filip einen blauen Overall, der voller Erde war. Otto und Lars sahen verunsichert und nervös aus. Elyssa hingegen wirkte übertrieben aufgeräumt. Als wäre sie nach einer langen Phase der Schlaflosigkeit von einer Überdosis Adrenalin überschwemmt worden. Aber lange hielt sich Julia nicht bei ihnen auf, etwas ganz anderes hatte ihre Aufmerksamkeit erregt. Filip und Hampus hatten tatsächlich ein riesiges Loch in den Waldboden gegraben. Auf den beiden Stirnseiten, längs über die Grube, war eine lange Holzplanke gelegt worden.

Julia wollte gerade fragen, was es damit auf sich hatte, als es hinter ihr im Wald knackte und Franz auf die Lichtung trat. Er trug einen dicken Wintermantel und schwere Stiefel. Hinter ihm erschien Tessa. Sie hatte ihre Haare zu einem Knoten gebunden, ihre Augen waren mit schwarzem Kajal umrahmt, und ihre Lippen leuchteten knallrot.

Sie trug eine Militäruniform und hohe schwarze Stiefel. In der einen Hand hielt sie eine Peitsche, in der anderen eine Pistole.

36

FRANZ

Tessas Aufzug ist einfach großartig. Ästhetische Vollendung, wie die perfekte Kopie einer Eiskönigin. Sie spielte nicht die Rolle der Irma Grese. Sie *war* Irma Grese.

Wir alle starrten sie mit offenen Mündern an. Lars wollte etwas sagen, aber Otto kam ihm zuvor.

»Was soll das denn bitte werden?«

»Und ich hatte gedacht, du seist der Experte für den Zweiten Weltkrieg«, entgegne ich. »Erkennst du Irma Grese nicht?«

»Wer ist das?«

»Sie war KZ-Aufseherin in Bergen-Belsen, über das du doch so gut Bescheid weißt. Sie wurde *Das schöne Ungeheuer* und *Die Hyäne von Auschwitz* genannt. Leicht reizbar und wohl ziemlich sadistisch. An ihr ist ein Detail besonders interessant. Sie hat wahllos und zufällig Gefangene erschossen und erschlagen. Niemand konnte sich seiner sicher sein, wenn sie in die Nähe kam.«

Ich überprüfe, ob Hampus schon filmt. Das tut er wirklich. Sehr gut. Ottos Gesichtsausdruck ist unbezahlbar.

»Und was ist das hier für eine kranke Veranstaltung?«, fragt Otto.

»Wir haben eine kleine Aufführung für dich vorbereitet«, erkläre ich. »Aber vorher sollst du uns zeigen dürfen, was für ein guter Schütze du bist. Immerhin hast du ja Pokale gewonnen. Tessa, gib ihm die Pistole.«

Tessa reicht sie dem verwirrten Otto.

»Vorsicht, die ist geladen!«, sagt sie.

Dann tritt sie zurück und baut sich in etwa fünf Metern Entfernung auf. Ich werfe ihr ein kurzes, aufmunterndes Lächeln zu. Lars weicht ängstlich zurück. Meine Mitarbeiter wirken alle ziemlich entspannt. Sie gehen nach wie vor davon aus, dass es sich um ein Spiel handelt. Julia hingegen sieht aus, als traue sie ihren Augen nicht.

Es war ein Höllenritt, um diese Uniform in die Hände zu bekommen. Zum Glück fiel mir der alte Mann ein, der auch hier auf der Insel wohnt, ein ehemaliger Berufssoldat. Und tatsächlich, auf seinem Dachboden sind wir fündig geworden. Natürlich ist es keine Naziuniform, aber für unser Vorhaben reicht sie aus. Außerdem passt sie Tessa ausgezeichnet. Sie nimmt einen Apfel aus ihrer Tasche und legt ihn sich auf den Kopf.

»Einmal ins Schwarze bitte. Schieß mir den Apfel vom Kopf«, fordert sie Otto mit ihrer heiseren Stimme auf.

Ottos Körper macht in diesem Moment eine Verwandlung durch. Er schrumpft unter Tessas auffordernem Blick zusammen. Die Pistole hängt schlaff in seiner Hand.

»Worauf wartest du?«, ruft Tessa. »Nur ein zurückgebliebener Idiot würde auf diese Entfernung danebenschießen. Jetzt schieß endlich, danach vergrößern wir den Abstand.«

Otto schielt nervös zur Kamera.

»Ich habe nicht vor zu schießen … nicht so«, sagt er mit zusammengepressten Lippen.

»Ach so, findest du, dass die Entfernung zu gering ist?«, fragt Tessa unschuldig.

Otto lässt die Pistole los, sie gleitet ihm aus der Hand und fällt zu Boden.

»Verdammt!«, brüllt Tessa. »Ich habe dir doch gesagt, dass sie geladen ist.«

Sie hebt sie auf und tritt auf ihre Position zurück.

Dann hebt sie die Pistole, drückt ab und schießt auf den Boden vor Ottos Füßen.

Alle zucken zusammen. Elyssa gibt ein Fiepen von sich, aber niemand protestiert. Die Männer sind von Tessa fasziniert, Julias Blick kann ich nicht deuten. Sie macht einen wütenden Eindruck.

Otto ist kalkweiß im Gesicht. Zeit für mich, das Wort zu ergreifen.

»Im Netz hast du dich doch als Experte für den Zweiten Weltkrieg ausgegeben. Allerdings scheinst du davon auszugehen, dass alle Juden in den Gaskammern ums Leben gekommen sind. So war das aber gar nicht. Tessa wird jetzt eine Hinrichtung durch Erschießen demonstrieren. Mit vertauschten Rollen. Du spielst einen Juden aus einem Konzentrationslager, sagen wir Bergen-Belsen. Und Tessa wird, aber das hatten wir ja schon, Irma Grese spielen.«

Otto sieht zuerst zu Tessa hinüber, dann zu mir und schließlich wieder zu Tessa. Seine Beine zittern so stark, als würden sie jeden Augenblick nachgeben.

»Jetzt hör mal auf, so zu zittern«, sage ich. »Das ist nur zum Spaß. Du hast in einem deiner Posts auf Facebook geschrieben: *Der Holocaust ist eine einzige groteske Lügengeschichte, die die jüdischen Massenmedien als ideologische Waffe in die Welt gesetzt haben.* Da darfst du uns nicht vorwerfen, wenn wir diese Behauptung hinterfragen!«

»Geisteskranker Idiot«, zischt Otto. »Ich werde das hier nicht machen. Das ist total bescheuert.«

Tessa drückt ein zweites Mal den Abzug, der Einschlag ist dichter als der erste.

Otto brüllt wie ein Wahnsinniger.

»Zieh dich aus«, befiehlt Tessa mit eiskalter Stimme.

»Denn genau das mussten die Juden auch tun, bevor sie vor das Erschießungskommando getreten sind«, erkläre ich ihm.

»Worauf wartest du?«, schreit Tessa. »Das nächste Mal treffe ich deinen Zeh.«

Die Rolle ist ihr wie auf den Leib geschneidert. Sie ist hart wie Stahl.

»Obwohl, genau genommen wurden ihnen zuerst die Wertsachen abgenommen«, ergänze ich. »Aber das haben wir ja schon getan, deine liegen im Meer. Ich würde Tessas Befehlen lieber gehorchen. Sie hat eine ganz kurze Lunte und kann aus fünfzig Metern einen Löwen mit einem einzigen Schuss töten.«

»Das ist nicht fair.« Otto jammert wie ein Kind, das sich bei seinen Eltern beschwert.

Trotzdem fängt er an, sich auszuziehen. Offenbar hat ihn die Panik noch nicht gepackt. Es ist wirklich faszinierend, wie gefügig Menschen werden, wenn ein Pistolenlauf auf sie gerichtet ist.

Die anderen sind ins Unterholz zurückgewichen.

Otto trägt nur noch Unterhemd und Boxershorts. Die Haut an Armen und Beinen ist mit Gänsehaut überzogen. Er sieht mich flehend an.

»Das Unterhemd muss auch aus«, sage ich. »Und was sagst du, Tessa? Soll er seine Unterhose anbehalten dürfen?«

Tessa verdreht die Augen und nickt.

»Das ist nicht mehr lustig«, mischt sich hier Julia ein. »Hört sofort auf damit.«

Ich werfe ihr einen tadelnden Blick zu.

»Du kannst jederzeit gehen, Julia. Aber wenn du bleibst, musst du still sein, damit sich Tessa konzentrieren kann.«

Ich kann förmlich sehen, wie die Wut in ihr hochkocht, aber sie ist klug genug, eine Verrückte mit einer Waffe in der Hand nicht zu provozieren.

Otto zieht sich auch das Unterhemd aus und wirft es auf den Haufen mit seinen anderen Kleidungsstücken.

»So, und jetzt gehst du auf diese Holzplanke«, sagt Tessa und wedelt mit der Pistole.

Wie in einer Vorlesung wende ich mich an die anderen Teilnehmer der Veranstaltung.

»Diese Planken sind ebenfalls bei den Hinrichtungen zum Einsatz gekommen«, erläutere ich. »Die jüdischen Gefangenen wurden in Fünfergruppen hingerichtet. Die Schützen hatten je fünf Patronen im Magazin, für jeden eine. Die Nazis waren richtig miese Geizknoten.« Ich achte sorgfältig darauf, immer wieder direkt in die Kamera zu sprechen. »Aber Otto ist der einzige Holocaustleugner unter uns«, fahre ich fort. »Deshalb habe ich Tessa ein bisschen Spielraum gegeben. Nicht weil ich glaube, dass du danebenschießt, Tessa. Andererseits, man weiß ja nie. Wie viele Kugeln hast du im Magazin?«

»Ausreichend!«, lautet ihre Antwort.

»Sehr gut. Dann rauf mit ihm auf die Planke.«

Otto schleppt sich an den Rand der Grube. Er scheint willenlos zu sein. Zwar noch nicht verzweifelt genug, um in Tränen auszubrechen, zu flehen und zu betteln, aber da kommt er auch noch hin.

»Die Frauen hatten übrigens ihre Babys im Arm, wenn sie auf die Planken mussten«, ergänze ich. »Du hast ja leider keine Kinder, Otto. Schade. Eine Sache hatte ich noch vergessen zu erwähnen. Die Nazis haben nach jeder Massenhinrichtung gefeiert. Das waren exklusive Partys mit Musik und ordentlich Alkohol. Ich habe für heute Abend etwas Ähnliches im Speisesaal geplant.«

Vor seinem ersten Schritt auf die Holzplanke passiert es dann. Otto bricht zusammen und gibt unheimliche, gurgelnde Laute von sich. Er zittert am ganzen Körper, schaukelt hin und her und wimmert: »Bitte nicht, bitte nicht.«

Das makabre Schauspiel wird durch plötzliche Windböen verstärkt, die Zweige und Äste über die Lichtung fegen.

»Los, hoch mit dir!«, brüllt Tessa und schießt. Die Kugel schlägt nur wenige Zentimeter neben Otto ein. Der springt auf und stolpert um ein Haar kopfüber in die Grube.

»Los, rauf auf diese Planke, mach schon!«, kommandiert ihn Tessa.

Die Stimmung ist unerträglich. In Wirklichkeit ist es nämlich nicht so, wie man es häufig in Filmen sieht, dass Zivilpersonen eingreifen und sich der bewaffneten Person in den Weg stellen. In der Realität halten die meisten still und sind gelähmt vor Schreck. Elyssa hat die Augen weit aufgerissen und verfolgt das Geschehen mit einer Mischung aus Angst und der Faszination eines Junkies. Lars ist kreidebleich. Nur Filip wirkt aufgedreht. Er sieht zu mir herüber. Seine Augen sind noch kälter als die eines Karpfens. Sein Gesichtsausdruck wirkt alles andere als geistesklar, aber dahinter verbirgt sich ein Hang zur Brutalität.

Dieses Erlebnis wird die kleine Gruppe noch enger zusammenschweißen. Es ist wissenschaftlich erwiesen, dass die gemeinsame Erfahrung von traumatischen Ereignissen Menschen verbindet. Zum Beispiel nach einem Flugzeugabsturz. Oder einer Schießerei.

Otto macht ein paar zaghafte Schritte. Unverkennbar steht er unter Schock.

Jetzt kommt das Allerbeste. Darauf habe ich mich besonders gefreut.

Tessa dreht sich zu mir. Die Pistole baumelt in ihrer Hand, ihr Finger ist gefährlich nah am Abzug.

»Weißt du, was, ich glaube, ich erschieße ihn wirklich.«

»Was? Nein! So war das nicht abgemacht!«, rufe ich entsetzt.

»Ich komm doch sowieso ins Gefängnis, da machen ein paar Jahre mehr oder weniger nichts aus.«

»Es reicht jetzt, Tessa«, sage ich mit ernster Stimme.

Otto hyperventiliert. Ich bin beeindruckt, dass er überhaupt das Gleichgewicht halten kann. Eine weitere Windböe zerrt an dem dünnen Stoff seiner Boxershorts. Obwohl wir hier draußen an der frischen Luft stehen, rieche ich seinen ungesunden, widerlichen Schweißgeruch. Das ist der Geruch eines Menschen, der Todesangst hat.

»Dieser Idiot vergiftet die Leute mit seiner Hasspropaganda«, sagt Tessa. »Ich tue der Gesellschaft doch einen großen Dienst, wenn ich …«

Sie hebt die Pistole und zielt auf Otto.

»Nein, bitte, nicht schießen, bitte nicht«, heult Otto.

Julia schreit wie von Sinnen: »NEIN!«

Ich werfe ihr einen zurechtweisenden Blick zu, der ihr Folgendes vermitteln soll: »Ich habe alles unter Kontrolle.« Sie versteht es sofort. Instinktiv senkt sie den Blick und schließt die Augen. Julia mag ängstlich sein, aber sie ist nicht dumm.

Auf Ottos dunkler Unterhose bildet sich ein noch dunklerer Fleck, etwas läuft ihm am Bein hinunter.

Ich lege Tessa eine Hand auf die Schulter.

»Es ist nicht mehr notwendig«, sage ich mit ruhiger Stimme. »Ich glaube, Otto hat es kapiert.«

Vorsichtig, aber bestimmt nehme ich ihr die Waffe aus der Hand und leere das Magazin.

Dann drehe ich mich zu Hampus um und gebe ihm das Zeichen. Mein Nicken ist das Signal für »*Cut*«.

37

JULIA

Als Franz seinem Assistenten Hampus zunickte, begriffen sofort alle, dass die Vorstellung beendet war.

Otto verließ die wackelnde Planke und stolperte zu dem Haufen mit seinen Kleidungsstücken. Er fror, er zitterte am ganzen Körper. Die anderen starrten ihn stumm an und sahen ihm dabei zu, wie er sich wieder anzog.

Julia war außer sich. Sie hatte das Geschehen nicht gefilmt. Schon Tessas erster Schuss hatte ihr große Angst eingejagt. Ihre Ohren rauschten noch immer, und sie war ganz zittrig. Franz versuchte, ihre Aufmerksamkeit zu erregen, aber sie weigerte sich, ihn anzusehen. Sie würde schweigen, bis sie wieder auf dem Anwesen waren. Aber dann würde sie ihm die Meinung sagen.

»Wir gehen! Ab nach Hause!«, sagte Franz und klatschte in die Hände.

Hampus lief vor, vermutlich weil er gleich das Video hochladen wollte.

»Sag mal, Tessa, war die Munition scharf?«, fragte Filip.

Tessa lachte schrill und machte damit unmissverständlich klar, dass diese Frage geradezu lächerlich war.

»Was ist das bloß für eine Frage? Selbstverständlich!«

Otto hatte sich mühsam wieder angezogen, ihm fehlte nur noch seine Winterjacke. Julia kam ihm zu Hilfe.

»Ich nehme die nächste Fähre«, sagte er zu Franz.

»Das kannst du natürlich selbst entscheiden. Aber ich rate dir, noch einen Tag zu bleiben und abzuwarten, wie die Reaktionen auf die Aktion ausfallen. Wir werden dich unterstützen, ganz gleich, für welchen Weg du dich dann entscheidest.«

»Und was soll ich denn deiner Meinung nach jetzt *tun*?« Mutlos warf Otto seine Arme in die Luft.

Die Arroganz, die sein Wesen bisher ausgezeichnet hatte, war wie weggeblasen. Er war geschrumpft, sah auf einmal klein und verletzlich aus.

»Du wirst eine Stellungnahme auf dem Blog posten, in der du deutlich machst, dass du deine Werteliste überarbeitet hast und dich von der rechtsextremistischen Gesinnung distanzierst. Das wird dir garantiert helfen«, sagte Franz.

»Im Moment will ich nichts anderes als eine warme Dusche«, jammerte Otto.

Franz führte den Trupp an, der sich auf den Rückweg zum Herrenhaus machte. Filip und Elyssa gingen hinter ihm, dann kam Julia. Sie war so wütend, dass sie ihr Vorhaben nicht einhalten konnte, Franz erst auf dem Anwesen zur Rede zu stellen.

»Wenn du das Video hochlädst, kommt hier unter Garantie die Polizei vorbei, Franz«, sagte sie.

»Ja, vermutlich«, erwiderte er und klang fürchterlich gelangweilt. »Tessa und ich, wir kümmern uns dann um sie, wir sind auf alle Eventualitäten vorbereitet.«

Der Wind hatte zugenommen, fegte sogar durch den dichten Wald und warf ihnen Zweige in den Weg. Kaum hatten sie den Hof erreicht, winkte Franz alle Teilnehmer zu sich und hielt eine kleine Ansprache.

»Jetzt kann ich dir auch eine ordentliche Antwort auf die

Frage geben, was du tun kannst, Otto. Du kannst natürlich abreisen, falls du das möchtest, aber wenn du bleibst, habe ich etwas vorbereitet. Elyssa hat einen Haufen Material über den Holocaust für dich gesammelt, unter anderem die Dokumentation mit dem amerikanischen General und späteren Präsidenten der USA über die Konzentrationslager, über das sich viele deiner Parteimitglieder lustig machen. Ich bezweifle stark, dass du sie jemals gesehen hast.«

Otto schwieg, weigerte sich, Franz auch nur ins Gesicht zu sehen.

»Otto, dein Problem ist, dass du ein zwanghafter Lügner bist. Wie dämlich kann man denn sein, in den sozialen Medien ein Foto von einem Pokal ohne Gravur hochzuladen? Was sagst du dazu, Filip? Du bist doch ziemlich aktiv im Netz. Würde einem Elfjährigen so ein Fehler unterlaufen?«

»Niemals, Franz«, antwortete Filip und sah Otto abschätzend an.

»Ganz genau! Deshalb müssen wir davon ausgehen, dass auch Ottos Recherche zum Zweiten Weltkrieg mangelhaft ist.«

Er sah Otto an und zuckte mit den Schultern.

»Geh duschen, zieh dir was Sauberes an und wärm dich im Speisesaal auf. Dann setz dich vor den Kamin und trink was Warmes. Überleg dir, was du als Nächstes tun willst. Und wenn du so weit bist, kommst du zu mir ins Büro.«

Otto nickte und schlurfte davon. Die anderen folgten ihm. Julia blieb zunächst unschlüssig stehen, dann beschloss sie, sich in ihr Häuschen zurückzuziehen. Nach dem Theaterstück im Wald schien ihr der Appetit vergangen zu sein.

Im Wohnzimmer war es warm und gemütlich. Sie setzte sich an ihren Laptop, öffnete ein neues Dokument und wollte einen Artikel anfangen. Aber sie stand noch zu sehr unter Schock und war so wütend und aufgebracht, dass alles, was sie schrieb, schrecklich banal klang.

Sie rief Thor an, aber der ging nicht ans Telefon. Dann versuchte sie, Susanna zu erreichen, erinnerte sich aber, dass es Samstag war und die Redaktion nicht besetzt war. Kurzerhand ließ sie sich ein heißes Bad ein, und das half ihr tatsächlich, den Zorn aus ihrem Körper zu spülen. Sie aß ein Sandwich, das sie im Kühlschrank aufbewahrt hatte, und kochte sich einen Kaffee.

Als sie ins Wohnzimmer zurückkam, sah sie die SMS, die Sofia ihr geschickt hatte. *Ruf mich zurück!* Und kurz darauf kam eine zweite. *Lies meine Mail!*

Das konnte nur bedeuten, dass Hampus das Video aus dem Wald schon hochgeladen hatte und es online war.

In ihrer Mail befahl Julias Mutter ihr, auf der Stelle nach Hause zu kommen. Es folgten ein paar Beschuldigungen und Beleidigungen, die sich auf Franz bezogen, und sie endete mit der Warnung, dass sie höchstpersönlich und mit einer Schrotflinte nach Dimö kommen werde, wenn Julia morgen nicht nach Hause käme. Das Letztere hätte man leicht als eine leere Drohung abtun können, aber Julia wusste nur zu genau, dass Sofia eine ziemlich gute Schützin war. Simon hatte ihr das Schießen beigebracht. Julia wurde von einer erdrückenden Einsamkeit erfasst. So gern hätte sie jemanden zum Reden gehabt. Aber wenn ihre Mutter in dieser Verfassung war, endeten die Gespräche meistens nur mit Geschrei.

Sofia hatte ihrer Tochter beigebracht, das zu tun, wofür sie brannte. Und sie hatte sie erinnert, sich selbst dabei treu zu bleiben. Gleichzeitig aber mischte sie sich sofort ein, wenn Julia etwas Spannendes fand, für das sie sich begeisterte. Sie hatte schon immer etwas Helikoptermäßiges gehabt, aber seit der Katastrophe vor zwei Jahren war es noch schlimmer geworden. Dass sie ihr drohte und sie wie ein kleines Kind behandelte, störte Julia gewaltig. Das gefiel ihr überhaupt nicht. Die hysterische Mail ihrer Mutter hatte sie so genervt, dass sie sogar bereit war, die Aktion im Wald zu relativieren. Otto repräsentierte alles, was Julia verabscheute. Auf ihre Schule waren auch Neonazis gegangen, und sie erinnerte sich an ihre Wut. Was würde wohl passieren, wenn solche Typen an die Macht kämen? Waren deshalb nicht drastische Maßnahmen notwendig, um ihren Vormarsch zu verhindern?

Sie stützte den Kopf in die Hände, schloss die Augen und versuchte sich zu konzentrieren.

Sofia würde sich schon wieder beruhigen. Das tat sie immer. Julia antwortete ihrer Mutter mit ein paar ausweichenden Zeilen, dass sie ihren Auftrag bald abgeschlossen hätte und dann sofort nach Hause fahren würde. Definitiv vor Weihnachten. Sie fügte hinzu, dass Sofia sich keine Sorgen machen müsste. Was sie allerdings eigentlich hätte schreiben wollen, war das: *Du hast vollkommen recht, dass ich auf der Stelle abreisen müsste. Das hier ist völlig aus dem Ruder gelaufen. Aber ich habe mich verändert, seit ich auf der Insel bin. Ich kann es auch nicht erklären, aber ich bin hier eine andere. Obwohl mich Franz wütend macht, bin ich gleichzeitig fasziniert von seinem komplexen und komplizierten Wesen. Ich spreche nicht von sexueller Attraktion. Eher von einer intellektuellen Anziehungskraft. Ich kann hier besser schreiben. Ich wusste gar nicht, wie gut ich schreiben kann. Hast du meine Artikel überhaupt gelesen?*

Aber eine solche Mail würde sie ihrer Mutter nicht schicken können. Sofia würde sofort explodieren.

Sie ging auf die Terrasse hinaus, der Wind hatte zugenommen, die Bäume bogen sich, das Meer donnerte und schlug wütend gegen die Küste. Im Alter von fünfzehn Jahren hatte Julia einen Orkan erlebt, zuhause auf Orust. Zwischen ihren Eltern hatte sie im Keller gesessen und dem unfassbaren, unheimlichen Getöse zugehört, als der Sturm über das Land gezogen war und Bäume und Büsche entwurzelt und die Dächer von den Häusern gerissen hatte. Dieser Sturm würde kaum schlimmer sein können. Aber es lag etwas Unheilverkündendes in der Luft.

Was sich auf der Lichtung abgespielt hatte, war gesetzwidrig. Niemand durfte doch einfach so mit einer Pistole auf Menschen schießen! Sie hätte die Polizei rufen müssen, was allerdings auch wieder albern gewesen wäre, wenn man bedachte, dass Tausende von Leuten das Video online gesehen hatten.

Mit ihrem Artikel kam sie nicht weiter und beschloss, dass sie Franz mit ihren Fragen konfrontieren musste. Wenn sie über seine wirren Ansichten schrieb, wurden ihre Texte immer gut. Wahrscheinlich war das eine idiotische Idee, aber notwendig. Ein letzter Artikel. Dann würde sie sich deutlich von dem Schwachsinn distanzieren und abreisen.

In ihre Winterjacke gekuschelt lief sie über den Hof, wo der Wind nicht ganz so heftig wütete wie auf ihrer Terrasse, die zum Meer zeigte. Aber immerhin war er stark genug, um die Lichterketten in den Bäumen und Büschen zum Schwingen zu bringen. Und er hatte offensichtlich die Krähen verjagt. Keine einzige saß mehr in der großen Esche.

Zielstrebig lief sie auf das Herrenhaus zu, ging in den dritten Stock und betrat Franz' Büro, ohne vorher zu klopfen. Er saß an seinem Schreibtisch, Tessa auf dem Besucherstuhl davor. Sie hatte sich die Uniform ausgezogen und trug jetzt Jeans, einen Wollpullover und Stiefel mit Pelzbesatz. Die beiden amüsierten sich gerade königlich und bemerkten Julia zunächst gar nicht. Wahrscheinlich machten sie sich über Otto lustig.

»Ich möchte nicht stören«, sagte sie. »Ihr scheint ganz offensichtlich damit beschäftigt, euch über das kaputtzulachen, was ihr Otto angetan habt.«

»Tessa, darum muss ich mich jetzt kümmern, wir sehen uns nachher beim Essen«, sagte Franz.

Tessa sprang auf und verließ wortlos das Büro. Sie vermied es, Julia anzusehen. Die rannte gegen ihren Stuhl, während sie auf Franz' Schreibtisch zuging, vor dem sie sich aufbaute.

»Setz dich doch«, sagte Franz und musterte sie lächelnd.

»Nein, danke. Ich stehe lieber.«

»Was hattest du denn auf dem Herzen? Wolltest du mich etwas Bestimmtes fragen?«

»Nein, ich wollte nur deutlich zum Ausdruck bringen, dass ich die Vorführung heute widerlich fand. Und ich hoffe, dass die Polizei kommt und Tessa verhaftet. Und dich auch.«

»Vielleicht solltest du die Polizei dann lieber rufen und dich beschweren«, sagte er mit vor Freundlichkeit triefender Stimme. Seine dunklen Augen wurden zu schmalen Schlitzen.

»Das habe ich auch versucht, aber ich hatte kein Netz«, log sie.

»Es ist enttäuschend zu sehen, dass du die Dringlichkeit und Notwendigkeit dieser Aktion nicht erkennen kannst.«

Etwas war anders als sonst zwischen ihnen. Franz war wütend auf sie. Jetzt bekam sie zum ersten Mal seinen Zorn zu spüren. Das war so unangenehm, dass sie instinktiv einen Schritt zurückwich.

»Was ihr Otto angetan habt, war abscheulich«, sagte sie und versuchte, ruhig zu bleiben.

»Was du nicht sagst! Fast dreißig Prozent von Schwedens Bevölkerung wählen Parteien mit nationalistischen und rechtsextremen Programmen. Was sagst du dazu? Ist das weniger schlimm als das, was heute passiert ist?«

»Dich interessiert doch das Schicksal der Juden im Zweiten Weltkrieg kein bisschen. Das war nur ein Mittel, um mediale Aufmerksamkeit zu erregen.«

Er lächelte überheblich, aber seine Augen waren kalt wie Stahl.

»Die Rechtsextremen haben in unserem Land Fuß gefasst. Darauf muss aufmerksam gemacht werden. Schreib doch einen Artikel darüber. Hast du überhaupt eine Ahnung, wie verbreitet dieses Gedankengut in Schweden ist?«

»Das ist doch jetzt vollkommen irrelevant.«

»Das sehe ich anders. Ich habe einiges an Material, das du dir gerne anschauen kannst.«

»Kein Bedarf. Meine Mutter sagt übrigens, dass du auch rechtsradikal bist.«

»Tut sie das?« Er lachte laut, aber seine Augen lachten nicht mit. »Ja, sie weiß alles, was es über mich zu wissen gibt. Alles, womit ich mich um die Gesellschaft verdient gemacht habe. Aber ich war immer parteipolitisch ungebunden, habe auch nie von meinem Wahlrecht Gebrauch gemacht. Für mich ist nur *eine* Gruppe noch dümmer als politische Aktivisten, und das sind die Politiker selbst.«

Julia hätte gern eine kurze Auszeit gehabt, um nachdenken zu können, ohne seine Blicke auf sich zu spüren.

»Meine Mutter hat da ein vollkommen anderes Bild von deinen politischen Ansichten. Und sie hat ziemlich lange für dich gearbeitet.«

»Du sagst mir also ins Gesicht, dass mir das Schicksal der sechs Millionen Juden, die im Zweiten Weltkrieg ermordet wurden, egal ist? So siehst du mich? Wenn das so ist, finde ich, dass du auf der Stelle gehen solltest.«

Seine Augen, mit denen er sie anstarrte, waren tiefschwarz.

»Das werde ich wahrscheinlich auch tun.«

Aber sie war wie festgefroren. Sein Zorn hatte eine geradezu magnetische Kraft.

»Der Unterschied zwischen uns beiden ist, dass es mich nicht interessiert, was die Leute über mich denken. Ich habe vor gar nichts Angst und kann deshalb jedes Thema ansprechen, ganz gleich, was es für Reaktionen provoziert.«

»Ich glaube, dass du in erster Linie ein Meister darin bist, Chaos und Verwirrung zu stiften«, sagte sie. Ihre Augen brannten, aber zum Glück war sie viel zu wütend, um in Tränen auszubrechen.

»Außer dir ist hier niemand verwirrt. Alle wissen ganz genau, was von ihnen erwartet wird.«

»Dann muss ich wohl davon ausgehen, dass die alle unterbelichtet sind und alles ungefiltert schlucken«, sagte sie.

»Oder sie haben einfach weniger Vorurteile und sind weniger beschränkt als du?«, konterte er.

Aber er wusste genau, dass sie so sein wollte. Frei und grenzenlos. Deshalb hielt er den Finger darauf. Der Spott in seiner Stimme brachte ihre unterdrückte Wut zum Überkochen. Die Lust, ihn anzubrüllen, war nahezu übermächtig.

»Dann fahr doch zurück nach Hause, zu Mami«, fuhr er fort. »Sie hat ihr halbes Leben damit verbracht, mir die Schuld für alles zu geben, was in ihrem Leben schiefgelaufen ist. Ihr könntet zusammen hervorragend eine Enthüllungsbiografie über mich schreiben. Das könnt ihr beide nämlich sehr gut, das Schreiben. Und andere Menschen verurteilen und ihnen Vorwürfe machen, darin seid ihr auch sehr gut.«

»Ich habe nicht vor, dieses Gespräch mit dir fortzusetzen«, unterbrach sie seinen Redefluss. »Ich werde jetzt gehen und morgen früh mit der Fähre die Insel verlassen.«

Dieses Versprechen hätte sie wahrscheinlich auch eingelöst, wäre nicht der Sturm in der Nacht mit ganzer Kraft über Dimö gezogen.

38

FRANZ

Die Luft in meinem Büro vibriert von der elektrischen Ladung, die bei einer Auseinandersetzung entsteht. Normalerweise hat das keinen Einfluss auf mich. Das hier ist mein Revier, sowohl physisch als auch intellektuell. Ich habe das Recht, Leute bei Bedarf in ihre Schranken zu weisen. Zu meinen herausragendsten Fähigkeiten gehört, eine Gruppe von Menschen zu scannen, das schwächste Glied der Kette auszumachen und den Lügner der Runde aufzuspüren. Mit einem einzigen Blick kann ich das Gleichgewicht der Mächte wiederherstellen, wenn es in Schwingungen geraten ist. Ich bin in der Lage, meiner Stimme die richtige Klangfarbe zu geben, damit ich die ungeteilte Aufmerksamkeit bekomme und diese so lange behalte, wie es mir gefällt. Und ich bin ein Meister darin, jede Diskussion zu meinen Gunsten zu entscheiden. Aber keiner dieser Kniffe zeigt bei Julia Wirkung, und das ist äußerst verblüffend.

Ich stehe am Fenster und sehe ihr hinterher. Sie hat die Hände tief in die Taschen ihrer Jacke geschoben und lässt den Kopf hängen. Ich möchte nicht, dass es so zwischen uns ist. Unter keinen Umständen. Außerdem will ich nicht, dass sie abreist. Im Kopf gehe ich alle Möglichkeiten durch und beschließe am Ende, Thor über Skype anzurufen. Er wird mir zwar kaum bei meinem Vorhaben helfen und sie zur Vernunft bringen, aber einen Versuch ist es wert.

Es dauert eine Weile, ehe er den Anruf annimmt. Er ist unverkennbar verwirrt, dass ich der Anrufer bin.

»Was willst du?«

»Musst du gleich so aggressiv reagieren, wenn ich schon mal anrufe?«

»Ich bin überhaupt nicht aggressiv, nur misstrauisch«, kontert er.

»Wie geht es dir?«

»Können wir den ganzen Smalltalk-Quatsch lassen, bitte? Ich sitze an meinen Hausaufgaben.«

»Ich wollte dich bitten, ob du Julia mal anrufen und ihr gut zureden könntest. Sie ist gerade ein bisschen durcheinander und aufgebracht.«

»Das wundert mich nicht. Ich habe eben das Video gesehen. Und Julia hat versucht, mich anzurufen. Also werde ich sie gleich zurückrufen und ihr sagen, dass sie Dimö so schnell wie möglich verlassen soll.«

»Du weißt hoffentlich, dass ich nie zulassen würde, dass Julia etwas passiert?«

»Aber ein Versprechen kannst du doch gar nicht geben. Diese Frau, mit der du zusammen bist, ist vollkommen durchgeknallt. Das ist ja lebensgefährlich. Wie kannst du überhaupt zulassen, dass jemand in Julias Nähe mit einer Waffe herumfuchtelt? War das scharfe Munition?«

»Ja, aber ich hatte alles unter Kontrolle«, versichere ich ihm. »Und fürs Protokoll, ich bin nicht mit Tessa zusammen.«

»Ist mir auch egal, aber sie ist eine ziemlich unangenehme Person. Ich hoffe, dass Julia mit der nächsten Fähre zurückkommt.«

Der helle Klang seiner Stimme macht mich stutzig, seine Wut auf mich scheint sich offenbar in Grenzen zu halten.

»Wenn wir mal von Julias Sicherheit absehen, für die ich dir eine Garantie gebe, was hältst du von dem Experiment, Thor?«

Er denkt nach. Sein Blick schließt sich, wird dann ernst, und seine Augen sind so schön, dass mir der Atem stockt.

»Soll ich ehrlich sein?«, fragt er.

»Ich bitte darum.«

»Ich finde, dass diese Inszenierung unnötig grausam war, aber ich muss dir die Wichtigkeit des Themas zugutehalten. Wir machen gerade ein Projekt über den Holocaust in der Schule. Leider haben wir ein paar Nazis in der Klasse. Die sind nicht auszuhalten und haben uns mit Gewalt gedroht, wenn wir das Projekt fortsetzen. Deine Methoden finde ich zwar sadistisch und insofern inakzeptabel, aber ich bewundere deinen Mut, dich so weit aus dem Fenster zu lehnen. Denn das wird Konsequenzen haben.«

Mein Herz ist ganz warm und leicht, und als ich ihm antworte, ist meine Stimme belegt. Zum Glück haben mir der Adrenalinkick im Wald und der Frust nach dem Streit mit Julia ausreichend Kraft und Energie gegeben, um diese lästigen Gefühle zu unterdrücken. Ich kann sie nicht beherrschen, aber mir gelingt es wenigstens, sie vor ihm zu verbergen.

»Entschuldige, Thor.«

»Warum entschuldigst du dich?«

»Ich habe keine Sekunde darüber nachgedacht, dass es auch für dich Konsequenzen haben könnte.«

»Ach was, die wenigsten wissen, dass du mein Vater bist. Ich habe doch einen anderen Nachnamen. Mach dir um mich keine Sorgen. Aber schick Julia nach Hause. Ich würde dir niemals verzeihen, wenn ihr etwas zustößt.«

Damit meine Feinde ihre Klauen nicht gegen Thor wenden konnten, hatte ich in einer etwas umsichtigeren Phase dafür gesorgt, dass er – zu seiner Sicherheit – meinen Geburtsnamen bekam. Johansson.

»Wir legen jetzt alle ein paar Tage Pause ein«, sage ich. »Ein Sturm zieht auf. Ich muss vor allem dafür sorgen, dass hier vor Ort alle sicher sind. Ich weiß nicht, ob die Fähre morgen verkehrt, aber Julia kann natürlich jederzeit abreisen, wenn sie das möchte.«

»Gut. Ich finde, du solltest diesen Medienzirkus so schnell wie möglich beenden.«

Nach dem Gespräch bin ich unschlüssig, ob ich gleich mit Julia reden oder noch warten soll. Instinktiv entscheide ich mich für einen späteren Zeitpunkt, sie muss eine Weile allein sein und sich wieder beruhigen können.

Um mir die Zeit zu vertreiben, lese ich im Netz, was unsere Follower heute über uns schreiben. Das Video ist seit ein paar Stunden online, und die Medienschlacht hat längst begonnen.

Zu meiner großen Überraschung hat der Parteivorsitzende der Linkspartei unser Video auf Twitter geteilt. Er ist bekannt dafür, kein Blatt vor den Mund zu nehmen, und beginnt seinen Tweet auch mit den Worten, dass er meine Methoden *absolut nicht* befürwortet und sehr hofft, dass diese Waffe nicht mit scharfer Munition geladen war. Aber er begrüßt, dass *jemand den Mut zu drastischen Aktionen hat, um auf den Vormarsch der extremen Rechten in unserem Land aufmerksam zu machen.*

Tausende haben den Tweet geteilt. Das Interessanteste daran ist, dass es hauptsächlich Sympathisanten der Linkspartei sind, die mich sonst eher verabscheuen. Auf diese Retweets sind dann ein paar Rechtextremisten aufgesprungen und haben meine unmenschlichen Methoden verurteilt. Sie haben ein Gerücht in die Welt gesetzt, wonach ich ein Perverser sei, der in Schweden die Pädophilie legalisieren wolle. Außerdem sei ich machtgeil. Alle großen Staatsmänner werden bald nur noch Randfiguren in meinem Spiel sein, von mir ferngesteuerte Marionetten. Sie werfen den Linken vor, die Kernfamilie zu zerstören und Schweden in einer Flüchtlingswelle untergehen zu lassen. Die Linken kontern und bezeichnen sie als Neonazis und Mörder. Das ist ein wunderbarer Schlagabtausch, der sich wie ein Lauffeuer verbreitet. Zu meiner Verteidigung melden sich jüdische Gruppierungen zu Wort, was wiederum für eine große Aufmerksamkeit im Ausland sorgt.

Aber niemand wirft uns vor, dass es ein Fake war und wir alles nur gestellt haben. Das war alles viel zu echt und überzeugend – Ottos Tränen und die Tatsache, dass er sich eingenässt hat. Alles, was ich unternehme, ist substanziell.

Die Polizei wird uns garantiert einen Besuch abstatten, um den Gebrauch von Schusswaffen zu untersuchen. Ob sie allerdings die Fähre nehmen können, ist fraglich. Der Sturm kommt mir sehr gelegen. Aber Tessa und ich haben alles unter Kontrolle. Hoffentlich haben wir Otto auf unsere Seite gebracht, bevor sie hier auftauchen.

Bisher habe ich noch auf keinen der Kommentare in den sozialen Medien reagiert. Mich im Netz mit Idioten zu streiten ist ohnehin unter meiner Würde. Aber ich vergnüge mich bis zum Abendessen damit, alle Einträge zu lesen und ein paar ausgewählte, intelligente Fragen zu beantworten.

Heute Abend werde ich ausnahmsweise mein Abendessen im Speisesaal zu mir nehmen. Ich will vor allem sehen, ob Julia kommt. Aber das tut sie nicht. Elyssa schüttelt auf meine Frage, ob sie Julia gesehen hat, traurig den Kopf. Kurzerhand schicke ich sie mit Essen und einer Flasche Wein zu Julias Unterkunft, um nach ihr zu sehen.

»Und nimm noch eine zusätzliche Decke mit«, sage ich ihr. »Wenn es so stürmt, kann es in dem Häuschen empfindlich kalt werden.«

Am liebsten würde ich selbst gehen, aber Julia würde mich wohl kaum reinlassen.

Otto sitzt mit den anderen zusammen und isst. Ich lade ihn ein, sich zu mir an den Tisch zu setzen. Er hatte genug Zeit, sich wieder zu beruhigen. Wir haben ein langes und bereicherndes Gespräch mit einem zufriedenstellenden Resultat. Otto wird doch noch ein paar Tage bei uns auf der Insel bleiben.

Tessa kommt zu mir, um zu plaudern. In Wirklichkeit aber flirtet sie hemmungslos. Doch ich weiche aus und rede mich mit wichtigen Dingen raus, die ich noch im Büro erledigen muss. Ihre Dreistigkeit irritiert mich, aber ihre Zielstrebigkeit muss ich anerkennen. Die meisten Menschen schlängeln sich durchs Leben. Tessa hingegen weiß, was sie will. Und im Moment bin ich offenbar ihr Auserwählter.

Elyssa kommt zurück und berichtet, dass sich Julia für das Essen und die Zusatzdecke herzlich bedankt, aber keine Gesellschaft möchte. Elyssa meldet ebenfalls, dass sie den Wachen freigegeben habe, weil auch sie lange Schichten gefahren hätten. Sie wären mit der Nachmittagsfähre aufs Festland gefahren, um in der Stadt Weihnachtsgeschenke einzukaufen. Aber schon am nächsten Tag würden sie wieder zurückkommen, und sie hoffe auf mein Einverständnis. Oder hätten sie besser getrennt voneinander den freien Tag nehmen sollen? Ich schüttele den Kopf. Der herannahende Sturm stellt im Moment die größte Bedrohung unserer Sicherheit dar. Es ist äußerst unwahrscheinlich, dass ein Eindringling ausgerechnet bei diesem Unwetter einen Versuch wagen wird.

Aber ein ganz anderer Gedanke streift mich.

»Verkehrt die Fähre denn bei dem Sturm?«

»Also, die Nachmittagsfähre hat noch abgelegt. Ich befürchte aber, dass die heute nicht zurückkommt, wenn der Wind weiter zunimmt.«

Das glaube ich auch nicht. Aber es bedeutet, dass Julia morgen früh nicht abreisen kann.

Ob sie schon mit Thor telefoniert hat? Vielleicht sitzt sie auch an einem neuen Artikel. Wie der wohl ausfallen wird? Ihre Artikel schwanken zwischen detaillierten Beschreibungen der Ereignisse vor Ort und ihrem bissigen Humor. Die Texte aber vereint alle ein Licht, das sie ausstrahlen. Manchmal klingen sie etwas naiv, aber so auf den Punkt gebracht, dass man oft denkt: Ganz genau. Genau so ist es.

Auf dem Weg in mein Büro werde ich von einer Windböe erfasst und beinahe umgerissen. Ein herumfliegender Zweig trifft mich am Schienbein.

Der Wind hat auch die Lichterkette vom Baum gezerrt. Ich schicke Elyssa eine Nachricht auf ihren Pager, dass niemand der Gäste vor die Tür gehen soll und das Personal alle losen Gegenstände auf dem Anwesen sichern muss. Als ich vor etwa zwanzig Jahren das Herrenhaus wiederaufgebaut und restauriert habe, war mir besonders wichtig, das Gebäude orkansicher zu machen. Das galt auch für die Aula. Die Gästewohnungen befinden sich im Schutz der Mauer, die das Anwesen umgibt. Das Gästehäuschen allerdings, in dem Julia untergebracht ist, ist das Gebäude, das den Naturkräften und dem Wetter am stärksten ausgesetzt ist. Das Haus hat den Orkan vor drei Jahren unbeschadet überstanden, aber wird es auch diesem Sturm standhalten können, wenn er erst seinen Höhepunkt erreicht?

Wie versteinert bleibe ich stehen und zögere, ob ich nicht doch noch bei Julia anklopfen und ihr anbieten soll, heute Nacht zur Sicherheit bei den anderen in den Unterkünften zu schlafen. Aber dann entscheide ich mich dafür, zuerst in mein Büro zu gehen und die Wettervorhersage und den Bericht der Küstenwache zu checken. Wie befürchtet melden die, dass der Sturm im Laufe der Nacht an Stärke zunehmen wird. Ich rufe im Fährhafen an und erfahre von der Stimme auf dem Anrufbeantworter, dass die Morgenfähre eingestellt worden ist. Ich werde Julia heute nicht mehr behelligen und bis morgen früh abwarten.

Ich vertreibe mir die Zeit am Rechner und bin fasziniert davon, wie viel Abscheu und Zustimmung, wie viele begeisterte und verächtliche Kommentare unsere kleine Vorstellung ausgelöst hat. Es ist bedenklich und zugleich traurig, dass so viele Menschen die Aktivitäten in den sozialen Medien mit dem größten Ernst verfolgen und bewerten. Es sind doch nur Worte und Bilder auf einem Monitor. Wenn ich mich über einen Beitrag im Netz ärgere, muss ich mich nur ans Meer stellen. Das beruhigt mich sofort. Alles wird gleichgültig. Das Heidekraut, die Felsen, das Meer und der Wind lassen sich von Hassbotschaften und Getratsche nicht beeindrucken. Ich würde niemals auf die Natur und alles, was ich an ihr liebe, zugunsten eines Monitors und seines psychedelischen Lichts verzichten.

Plötzlich höre ich ein lautes Heulen. Ich lausche. Die Wände und Fenster des Herrenhauses sind zwar stabil, trotzdem kann ich hören und spüren, wie sich der Wind mit voller Kraft gegen das Gebäude wirft und donnert, als würde er seine Wut über dessen bloße Existenz herausbrüllen wollen. Und hinter diesem Geschrei und Getöse höre ich als dumpfen Unterton das unheilverkündende Dröhnen des Meeres.

Ich stelle mich ans Fenster, zeitgleich erfolgt der Stromausfall auf dem gesamten Anwesen. Nur das bläuliche Licht meines Monitors leuchtet in der Dunkelheit. Angestrengt starre ich in den Hof hinunter, versuche mich zu orientieren. Warum springt das Notfallaggregat nicht an?

Etwas prallt gegen die Fensterscheiben. Dann folgt ein ohrenbetäubender, entsetzlicher Lärm.

39

JULIA

Das Entsetzen über ihr Wortgefecht mit Franz hielt auch noch an, als sie schon wieder in ihren vier Wänden war.

Wie dumm von ihm zu glauben, dass er ihr mit seinen Drohungen Angst einjagen könnte. Er hatte sich aufgeführt wie ein kleines Kind, das wütend wurde, weil die anderen »bei seinem Spiel« nicht mitmachen wollten. Sie sah Otto vor sich, in Unterhosen und zitternd. Und Tessas lächerliche Verkleidung. Franz schaltete und waltete in diesem Zirkus mit einer Zielsicherheit, dass jeder tyrannische Alleinherrscher dieser Erde grün vor Neid werden würde. Und was hatte er erreicht, was hatte er bisher seinen Zuschauern geboten, außer ihnen einen Gegenstand für ihre Tratschgeschichten zu geben? Auf der anderen Seite war sie zum ersten Mal in den zweifelhaften Genuss seiner Ablehnung gekommen. Sie spürte einen Verlust, den sie gar nicht genauer benennen konnte, und eine quälende innere Leere. Es war eine physische Reaktion auf seine Zurechtweisung. Jetzt hatte sie keine andere Wahl, als tatsächlich abzureisen, sich ihre Niederlage einzugestehen und den Auftrag vom Festland aus zu beenden. Die Demütigung äußerte sich mit einem Kloß im Hals und brennenden Augen. Aber bevor sie die Insel verließ, würde sie einen Artikel schreiben. Der musste es in sich haben, etwas Besonderes werden.

Als sie den Laptop aufklappte, sah sie, dass Thor versucht hatte, sie zu erreichen. Sie würde später zurückrufen. Ihre Mutter hatte ihr noch nicht geantwortet und sie auch nicht mehr angerufen, was ein sicherer Hinweis darauf war, dass sie sich wieder beruhigt hatte.

Julia öffnete ein neues Dokument. Sie erzählte von Tessa in hochhackigen Stiefeln mit Pelzbesatz. Von Ottos Hakenkreuztattoo auf der Schulter. Und von Lars, der versuchte, sich unsichtbar zu machen, in der Hoffnung, damit Franz' Adleraugen zu entgehen.

Was hatte sich bisher nennenswert geändert, außer dass Franz sich fast täglich seiner stetig wachsenden Fangemeinde zeigte? Seht her! Seht mich an! Mit anderen Worten, es hatte sich nichts geändert – ein Irrer und drei verzweifelte Idioten auf einer entlegenen Insel.

Da fiel ihr wieder Franz' Kommentar zu den Konzentrationslagern ein. Dass die Frauen bei ihrer Hinrichtung ihre Babys im Arm gehalten hatten. Sofort stiegen ihr die Tränen in die Augen. Sie wollte nur zu gerne glauben, dass sich Franz für nichts und niemanden interessierte, andererseits deutete die Heftigkeit seiner Reaktion darauf hin, dass er es doch tat. Warum war er nur so unfassbar kompliziert?

Statt weiterzuschreiben, suchte sie im Netz nach entsprechendem Fotomaterial und wurde tatsächlich fündig. Auf der Aufnahme gingen die Frauen, nackt und in einer Reihe, zu ihrer Hinrichtung. Und einige trugen ihre Kinder im Arm.

Ungehemmt liefen ihr die Tränen über die Wangen.

Um sich abzulenken, ging sie ein bisschen auf und ab. Der Wind drückte gegen die Terrassentür, die laut knarzte. Kleine Zweige, die der Sturm von den Bäumen brach, schlugen gegen die Fenster. Der Orkan, der damals über

Orust gefegt war, hatte auch in ihrem Elternhaus ein Fenster eingeschlagen. Deshalb beschloss sie, die Nacht auf dem Sofa zu verbringen, das nicht am Fenster stand, so wie ihr Bett im Schlafzimmer. Sie würde auch in den Gästeunterkünften schlafen können, aber der Wind war mittlerweile so stark geworden, dass sie sich nicht mehr vor die Tür traute.

Zurück am Computer holte sie einmal tief Luft und schrieb ihren Artikel fertig. Die Aufnahme von den Frauen mit ihren Kindern hatte sich in ihre Netzhaut gebrannt. *Wenigstens kann man festhalten, dass Franz' Theaterstück dieses Mal ein wichtiges Thema berührt hat, was uns alle so kurz vor Weihnachten zum Nachdenken anregen kann. Gibt es eine Grenze für menschliche Grausamkeit? Und wie weit geht eine irregeleitete Gruppe, um ihrem diktatorischen Anführer zu gefallen?*

Das war doppeldeutig, vielleicht auch an der Grenze des Erträglichen, aber die Leser durften das getrost so deuten, wie sie wollten. So empfand sie es in diesem Augenblick. Ohne zu zögern, schickte sie den Artikel ab und klappte den Rechner zu. Der Wind heulte draußen in einer Lautstärke, dass es sich anhörte wie ein Mensch in Not. Sie stand auf und streckte sich genüsslich aus, viel zu lange hatte sie gesessen.

Da klopfte es an der Tür. Elyssa stand mit einem großen Karton im Arm im Wind und versuchte, das Gleichgewicht zu halten.

»Was machst du denn bei diesem Wetter hier draußen? Komm rein.«

Die Tür wurde ihr von dem nächsten Windstoß fast aus der Hand gerissen. Elyssa schlüpfte in den Flur und stellte den Karton auf dem Boden ab. Darin verbarg sich eine warme Decke und darunter ein zugedeckter Teller und eine Flasche Wein.

»Franz schickt dir das. Soll ich ihm was ausrichten?«, fragte Elyssa.

»Meinen Dank. Ich musste mich zurückziehen und möchte allein sein. Und du solltest auch lieber drinbleiben. Das ist ja lebensgefährlich.«

»Ja, ich wollte auch bald schlafen gehen. Aber Franz arbeitet noch, vielleicht braucht er mich da.«

Julia sah Elyssa hinterher, wie sie vom Wind förmlich über das Anwesen geschoben wurde. Die Weihnachtsbaum-beleuchtung war abgerissen worden und schlängelte sich wie ein elektrischer Aal über den Boden. In den Unter-künften, im Speisesaal und in Franz' Büro brannte Licht. Die freundliche Geste mit dem Essen und der Decke war so durchschaubar. Damit wollte er sie vermutlich zum Blei-ben überreden. Offenbar war er doch nicht so wütend auf sie. Julia schloss die Haustür ab und verriegelte alle Fenster im Haus.

Sie ging mit dem Teller in die Küche und zog die Folie ab. Die Paella mit Shrimps sah köstlich aus. Sie holte sich Besteck und ein Glas aus dem Schrank und öffnete auch die Weinflasche. Zum Essen trank sie ein ganzes Glas und danach gleich noch eins, nachdem sie es sich auf dem Sofa gemütlich gemacht hatte. Sie trank selten Wein, aber seine beruhigende und dämpfende Wirkung war genau das Rich-tige in diesem Moment. Außerdem genoss sie die Wärme, die sich in ihrem Körper ausbreitete.

Es war zwar erst halb zehn, aber plötzlich wurde sie von einer großen Müdigkeit gepackt und beschloss, sofort schla-fen zu gehen. Das Getöse vor den Fenstern machte ihr nichts mehr aus. Wahrscheinlich hatte der Alkohol tatsächlich dazu beigetragen, dass sie sich entspannter fühlte. Die Vorstellung allerdings, sich die Zähne zu putzen und einen Schlafanzug anzuziehen, überstieg ihre Kräfte. Sie schleppte Decke und Kopfkissen ins Wohnzimmer und machte es sich bekleidet und mit der Zusatzdecke, die Elyssa gebracht hatte, auf dem Sofa bequem. Dem Wind war es gelungen, alle Ritzen des Hauses aufzuspüren. Es zog und war kalt. Sie ließ das Licht an, weil sie nicht im Dunkeln den unheimlichen Geräuschen des Sturms ausgeliefert sein wollte. Schon nach wenigen Minuten fiel sie in einen tiefen, traumlosen Schlaf.

Durch einen lauten Knall schreckte sie auf und saß kerzengerade auf dem Sofa.

Es war pechschwarz im Wohnzimmer.

Der Regen trommelte aufs Dach. Sie lauschte und spürte, dass gleich etwas passieren würde. Etwas Gefährliches.

Sekunden später folgte ein zweiter Knall, der so laut war, dass sie laut aufschrie. Das ganze Haus zitterte, dann zerbrach etwas, und sie hörte, wie etwas neben ihr auf dem Boden aufschlug.

Sekundenlang saß sie kerzengerade und wie gelähmt auf dem Sofa. Am liebsten hätte sie geweint, aber Mund und Augen waren wie ausgetrocknet.

Langsam gewöhnten sich ihre Augen an die Dunkelheit, und sie sah die Deckenbalken, die zu Boden gestürzt waren. Es knackte und knirschte bedrohlich über ihr. Voller Panik sah sie nach oben. Was wäre, wenn das Dach jetzt einstürzte und sie unter sich begrub? Sie musste sofort hier raus.

Es regnete durch das Loch in der Decke. Als sie aufstand, war der Fußboden bereits klitschnass. Der Wind fand seinen Weg durch das klaffende Loch und zerrte an ihren Hosenbeinen. Warum war es nur so dunkel? Vor den

Fenstern sah sie dunkle Schatten, dann die Zweige, die an den Scheiben kratzten. Erst da begriff sie, dass ein Baum umgestürzt und auf ihrem Haus gelandet war. Ein ziemlich großer Baum.

Sie rutschte auf dem nassen Boden aus, fing sich wieder. Es gab nur ein Ziel: so schnell wie möglich raus aus dem Haus. Sie drückte die Türklinke herunter und warf sich dagegen, aber sie bewegte sich nicht. Da fiel ihr ein, dass sie abgeschlossen hatte. Aber die Tür ließ sich dennoch nicht öffnen, wie sehr sie sich auch dagegen stemmte. Der Regen strömte ungehindert durch das Loch im Dach. Der Wind heulte gespenstisch, als hätte er die Jagd auf sie eröffnet.

Sie stakste zur Terrassentür. Warum war hier so viel Wasser? Wie war das möglich in so kurzer Zeit?

Der Wind warf sich gegen die Glastür. Von dort konnte sie den enormen Stamm des gefallenen Baumes sehen. Da begriff sie auch, woher das ganze Wasser kam. Es drückte von draußen durch den Spalt zwischen Boden und Terrassentür.

Sie versuchte, sie zu öffnen, aber der Wind drückte mit einer solchen Kraft dagegen, dass sie nichts ausrichten konnte.

Mit beiden Fäusten hämmerte sie gegen die Glastür, schrie um Hilfe, aber ihre Stimme wurde von dem Donnern des Windes und dem strömenden Regen verschluckt. Wie laut sie auch schrie, niemand würde sie hören.

Das Wasser stieg an, es hatte schon ihre Waden erreicht. Sie war gefangen.

Sie verbarg ihr Gesicht in den Händen, lehnte sich gegen die Tür und schrie sich ihre Verzweiflung von der Seele.

40

FRANZ

Es hat angefangen zu regnen. Ein heftiger Regenschauer. Einer, der ohne weiteres den Erdboden mit fünfzig Millimetern pro Stunde tränkt. So ein Unwetter kann zu gewaltigen Überschwemmungen führen.

Ich stehe am Fenster, kann die Gebäude auf dem Anwesen aber trotz der Dunkelheit erkennen. Und weiß sofort, was den lauten Knall verursacht hat. Mein Herz rast. Eine der großen Kiefern hinter dem Gästehäuschen ist entwurzelt worden und auf das Dach gestürzt. Julia hat bestimmt eine Todesangst. Ich muss so schnell wie möglich zu ihr. Und ich werde Unterstützung benötigen.

Leise verfluche ich mein Handyverbot. Ich kann über den Pager nur Kontakt zu Elyssa aufnehmen. Während ich die Treppe hinunterhaste, schicke ich ihr eine kurze Nachricht: *Notfall. Schick alle zum Gästehäuschen.*

Der Wind und der Regen empfangen mich mit einer solchen Wucht vor der Tür, dass es mich von den Füßen reißt. Innerhalb von Sekunden bin ich vollkommen durchnässt. Das Wasser läuft mir in die Augen, ich kann kaum etwas sehen. Warum ist das Notstromaggregat immer noch nicht angesprungen? Von meinem Büro aus hatte ich eine gute Sicht, hier unten verschwimmt alles vor meinen Augen. Es ist kalt.

Ich kämpfe mich vor bis zum Gästehäuschen, die Verwüstung durch den umgestürzten Baum ist enorm. Er ist aufs Dach gefallen. Seine langen, verzweigten Äste versperren die Eingangstür. Die Wurzeln haben ein riesiges schwarzes Loch freigelegt. Welches Ausmaß die Schäden haben, kann ich zwar nicht sehen, aber ich befürchte das Schlimmste. Ohne Vorwarnung fliegt ein Dachziegel durch die Luft und landet nur wenige Meter von mir entfernt.

Noch ist keine Hilfe gekommen. Warum sind die Wachleute nicht längst vor Ort? Da fällt mir ein, dass Elyssa ihnen freigegeben hatte. Aber wo zum Teufel sind alle anderen?

Es ist aussichtslos, durch die Haustür oder das Fenster an der Stirnseite ins Innere zu gelangen, also mache ich mich auf den gefährlichen Weg auf die Rückseite. Je näher ich dem Meer komme, desto stärker wird der Wind. In einer Kiefer über mir knackt es so bedrohlich, als würde sie jeden Augenblick umstürzen. Der Regen in meinem Gesicht sticht wie tausend kleine Nadeln und macht mich blind. Auch wenn ich meine Angst nicht leugnen kann, hält sie mich nicht davon ab, das Notwendige zu tun. Das hat sie noch nie getan.

Mein rechter Fuß bleibt in einer Schlammpfütze stecken, und ich muss beide Hände benutzen, um ihn wieder rauszuziehen. Ich bin voller Schlamm und triefend nass. Mit zunehmender Lautstärke nehmen meine schrecklichen Fantasiebilder Form an, dass Julia unter dem eingestürzten Dach begraben liegt.

Die Rückseite des Hauses grenzt an einen kleinen Hügel. Von dort fließt das Wasser ungebremst auf die Terrasse. Ich stapfe durch den Matsch bis zur Terrasse, und dort sehe ich sie. Blass wie ein Gespenst steht sie an der Glastür. Es sieht aus, als würde sie schreien, aber ich kann sie nicht hören.

Plötzlich steht Filip neben mir, er trägt einen schwarzen Regenmantel mit Kapuze.

»Wir müssen Julia da rausholen«, schreie ich.

Mit wenigen Schritten steht er an der Terrassentür und zerrt am Türgriff, aber der Wind ist stärker. Julias Gesicht dahinter ist von Angst verzerrt. Ich komme Filip zu Hilfe, und gemeinsam gelingt es uns, die Tür aufzubekommen. Der Wind reißt sie uns aus der Hand und schmettert sie gegen die Hauswand. Julia kommt auf uns zugestolpert und wirft sich mir in die Arme. Sie klammert sich mit einer solchen Kraft an mir fest, dass ich beinahe umfalle und im Matsch lande.

»Du musst versuchen, das Notstromaggregat anzuwerfen!«, brülle ich Filip gegen den fauchenden Wind zu.

Julia zittert am ganzen Körper. Vorsichtig drehe ich sie um ihre Achse, presse ihren Rücken gegen meine Brust und halte sie an den Schultern fest.

»Du bleibst hier bei mir, wir gehen ganz langsam. Ich halte dich. Der Wind kommt von hinten, er schiebt uns.«

Der Regen hat nachgelassen. So plötzlich, wie er gekommen war. Auch der Wind scheint eine kurze Atempause zu machen. Schlagartig wird es totenstill, nur deshalb höre ich Julias erleichtertes Stöhnen.

Filip ist vorgegangen. Ich schiebe Julia vor mir her. Mit dem Wind im Rücken überqueren wir den Hof.

Kaum haben wir die Tür des Herrenhauses hinter uns geschlossen, sinkt sie im Flur zu Boden. Es ist so dunkel, dass ich nur ihren Schatten sehe.

»Bist du verletzt?«, frage ich besorgt.

»Nein, ich stehe nur unter Schock.«

»Schaffst du es, in den zweiten Stock hochzugehen?«

»Ja, natürlich.«

Da knallt und knackt es, und plötzlich badet der Flur in gleißendem Licht. Filip ist es also gelungen, das Notstromaggregat zum Laufen zu bringen.

Julia ist vollkommen durchnässt, außerdem ist sie barfuß, und der Schlamm klebt ihr bis zu den Knien an der Hose.

Sie sieht mich an und bricht in schallendes Gelächter aus.

Es dauert einen Moment, bis mir klar ist, was für einen verwilderten Anblick ich abgebe, von oben bis unten voller Schlamm.

»Ich hatte ja keine Ahnung, dass du auf Schlamm-Catchen stehst«, kichert sie.

Ihr Lachen ist so ansteckend. Und befreiend. Ich sinke ebenfalls lachend neben ihr auf den Boden.

Ich werde mich lange an diesen Augenblick erinnern, an dieses Lachen und das Gefühl, das ganz anders ist als alles, was ich kenne.

41

JULIA

Die Erleichterung, überlebt zu haben, in Verbindung mit Franz' derangiertem Aussehen brachte sie zum Lachen. Und jetzt konnte sie nicht mehr aufhören. Seine Jeans war so mit Schlamm bespritzt, dass sie braun aussah. Auch sein Pullover war voller Erde, und in seinen Haaren hingen Kiefernnadeln und Laub. Außerdem lief ihm das Regenwasser aus den Haaren über das Gesicht. Er sah aus, als wäre er gerade einem Sumpf entstiegen. Und der Kontrast zu seinem sonst tadellosen Äußeren hatte etwas unglaublich Komisches.

Ihn steckte ihr Lachen an, und er ließ sich neben sie auf den Boden sinken. Dort saßen und lachten sie eine Weile zusammen. Dann meldete sich ihr Körper, sie fror, vor allem an den Füßen, die fast taub vor Kälte waren.

»Du kannst heute Nacht bei mir oben schlafen«, sagte er.

»Das werde ich auf keinen Fall tun.«

»Ich meine auch nicht in meinem Bett. Zu meiner Suite gehört ein angrenzendes Gästezimmer. Komm, ich zeig es dir.«

Er ging vor, zog sich im Flur die Stiefel aus, bevor er die Tür zu seiner Suite aufschloss. Julia rieb ihre Sohlen auf der kleinen Matte vor der Tür ab. Bisher hatte sich keine Gelegenheit ergeben, seine privaten Räume zu betreten, deshalb sah sie sich neugierig um. Die Wände und Möbel changierten in den verschiedensten Grautönen. Allerdings war die Möblierung sparsam und bestand nur aus einem riesigen Bett, einer Sitzgruppe und einem Bücherregal. Das dunkle Parkett war frisch poliert. Es gab keine Dekoration, der Raum wirkte kalt und sachlich und sauber.

»Ich habe dort auch einen kleinen Fitnessraum, wenn du morgen früh Sport machen möchtest«, sagte er und zeigte auf eine Tür. »Hier auf dem Gelände gab es früher sogar mal ein eigenes Fitnessstudio mit einem Salzwasserpool. Wusstest du das? Heute frage ich mich, was ich mir dabei gedacht habe, so nah am Meer. Na ja, also, das hier ist das Gästezimmer, in dem du schlafen kannst.«

Er öffnete eine zweite Tür zu einem großen Raum, dessen Wände und Möbel in helleren Farben gehalten waren. Das Bett war allerdings genauso groß wie seins. An der einen Seite stand ein verspiegelter Kleiderschrank. Auch hier gab es nur wenige Einrichtungsgegenstände, dazu gehörten ein Sofa, ein Sessel und ein Couchtisch.

»Was ist das denn für ein Zimmer? Bringst du hier deine Eroberungen unter?«

»Das habe ich früher getan, ja.«

»Hat Tessa auch hier geschlafen?«

»Nein, natürlich nicht.«

»Und Elyssa?«

»Sie auch nicht.«

»Und wer war hier als Letzte?«

»Ach, Julia …«, seufzte er. »Ich weiß es nicht mehr, ehrlich. Ich habe die letzten beiden Jahre in der Geschlossenen und dann in einer Reha-Klinik verbracht. Es ist also ziemlich lange her, dass jemand hier zu Besuch war.«

»Und wofür brauchst du den Raum dann?«

»Ich schlafe immer allein in meinem Bett.«

»Immer?«, fragte sie erstaunt.

»Ja, ich möchte allein schlafen, das ist ein ganz großes Bedürfnis von mir.«

Wie einsam das klang, fand Julia. Die Vorstellung, sich nicht an jemanden kuscheln zu können. Als Kind hatte sie oft bei ihren Eltern im Bett geschlafen. Und später durfte ihr Hund Denzel in ihr Bett. Bei den kurzen Beziehungen, die sie hatte, war es selbstverständlich gewesen, nach dem Sex in einem Bett einzuschlafen. Und das alles war für Franz undenkbar.

»Weißt du, warum es dir so geht?«, fragte sie.

»Darüber habe ich mir nicht so viele Gedanken gemacht«, erwiderte er, sichtlich verlegen von ihren sehr intimen Fragen.

»Bitte, versuch es doch mal.«

»Ich kann einfach nicht einschlafen, wenn noch jemand im Bett liegt. Das hat bestimmt was mit meiner Herkunft zu tun. In der kleinen Hütte im Wald hatte ich ein winziges Zimmer. Das habe ich verteidigt und geschützt, denn es war meins. Es war das Einzige, was mir gehörte.«

»Du musst dich einsam fühlen.«

»Ich? Nein, meine liebe Julia, ich bin doch die ganze Zeit von Menschen umgeben.«

»Ja, Menschen, denen du Befehle erteilst und die du vielleicht verachtest. Wie anstrengend das sein muss, wenn man immer das Gefühl hat, anders als die anderen zu sein.«

Er schüttelte den Kopf. Ihm entfuhr ein leises Stöhnen.

»Wollen wir jetzt bitte damit aufhören und uns ein bisschen ausruhen? Man würde nicht glauben, dass ich dich eben aus einer Katastrophe gerettet habe, so wie du schon wieder loslegst.«

»Entschuldige. Und vielen Dank übrigens.«

Julia öffnete den Kleiderschrank einen Spalt. Er war nicht leer, in ihm hingen Kleider, ein paar Pullover und Hosen sowie ein großer Bademantel. Sogar ein Paar Stiefel.

»Wem gehören die Sachen?«

»Die gehören zu dem Raum. Du kannst duschen und dir was davon nehmen. Die Kleider werden dir zu klein sein, aber vielleicht passt dir was von den anderen Sachen, fürs Erste jedenfalls.«

»Ich weiß nicht, ob ich mich traue, hier zu schlafen.«

»Du kannst die Tür von innen verschließen. Du bist hier ganz sicher, Julia.«

»Okay, aber nur heute Nacht.«

»Dann lasse ich dich jetzt mal allein. Ich kann auch eine Dusche vertragen«, sagte er und sah an sich herunter.

In der Tür drehte er sich noch ein letztes Mal um.

»Ich war heute Vormittag vielleicht etwas zu hart zu dir«, sagte er.

»Und ich habe einen fiesen Artikel über dich geschrieben. Wir sind also quitt.«

Jedes Mal, wenn sie aneinandergerieten und er danach besonders freundlich zu ihr war, erzeugte das eine Spannung in ihr. Ein sich wiederholendes Muster aus Hass und Bewunderung. War das eine Technik, die er einsetzte, um die Menschen in seinem Umfeld zu kontrollieren? Wärme, die auf Härte folgte? Otto war trotz der Erniedrigung geblieben. Und aus Tessa war sogar eine glühende Verehrerin geworden. Offenbar wählte er diese Typen sorgfältig aus, die er für eine kurze Zeit nah an sich heranließ. Sie wollte auf keinen Fall dazugehören. Aber sie gestand sich ein, dass ihr das Gefühl des Auserwähltseins gefiel.

»Gehst du nach der Dusche gleich schlafen?«, fragte sie.

»Nein, ich muss vorher noch mit Filip reden.« Seine Stimme klang professionell und entschlossen.

»Und worüber?«

»Wir müssen die Situation vor Ort besprechen. Hier sind mir zu viele Leute, die selbstsüchtig nur an sich denken, obwohl jemand in Gefahr ist.«

»Und an wen denkst du da im Besonderen?«

»Im Grunde an alle, außer an Filip. Ich werde morgen ein Treffen anberaumen und das näher ausführen.«

»Ist es nicht furchtbar anstrengend, immer so zielstrebig und entschlossen zu sein?«, fragte sie.

»Nicht im Geringsten, warum sollte das denn anstrengend sein?«

»Ich weiß nicht, es klingt wie ein Zwang, der im Nervensystem sitzt und bedient werden muss.«

»Nein, das sehe ich nicht so. Wie ist es denn bei dir, Julia? Hast du keine Ziele?«

»Doch, natürlich schon. Ich möchte am liebsten nur Artikel über spannende Leute schreiben. Aber ich glaube nicht, dass dort draußen meine Berufung auf mich wartet. Ich bin ganz zufrieden mit meinem Leben, solange ich machen kann, was ich will. Und mit Thor zusammen sein kann. Was meinst du denn, was ich stattdessen tun sollte?«

»Na ja … Du kannst dich entweder für ein langweiliges und normalisiertes Leben entscheiden, oder du versuchst, deinen Sinn des Lebens zu finden.«

Sein Blick ruhte eine Weile auf ihr, bevor er die Tür hinter sich schloss. Irgendetwas bedrückte ihn. Er war außer sich gewesen, als er sie aus dem zertrümmerten Haus gerettet hatte, so besonders ernst. Und wie fest er sie an sich gedrückt hatte. Offensichtlich bedeutete sie ihm doch etwas, was ihr einen Hauch von Macht über ihn verlieh. Sie konnte nicht leugnen, dass ihr das gefiel.

Schnell zog sie sich aus und stopfte ihre dreckigen Sachen in eine Plastiktüte, die sie im Kleiderschrank gefunden hatte. Sie zog sich den Bademantel an und ging in die Dusche. Dort war alles, was ihr Herz begehrte. Shampoo, Seife, Handtücher und Deo – sogar eine Zahnbürste und Zahnpasta gab es. Warum hatte er diesen Raum so herrichten lassen? Die Antwort, die sie sich selbst gab und die ihr schmeichelte, war, dass er es für sie getan hatte.

Sie duschte ausgiebig. Im Kleiderschrank befand sich eine Schublade mit Unterwäsche, aus der sie sich eine Unterhose nahm. Dann schlüpfte sie in eine Jogginghose und in einen der Pullover, was zwar beides etwas zu klein, aber dennoch gemütlich war.

Sie hörte Franz' Stimme aus dem angrenzenden Zimmer. Er redete mit jemandem, vermutlich mit Filip. Sie konnte nur einzelne Satzfetzen aufschnappen. *Das war katastrophal, und niemand von ihnen hat geholfen. Ein einziger Chaoshaufen. Weck sie morgen früh, und damit meine ich: sehr früh.* Und dann schob er etwas hinterher, mit einem anderen Klang in der Stimme. *Übrigens, vielen Dank für deine Unterstützung.*

Sie sah auf ihre Uhr, es war halb eins. Sie sollte sich jetzt hinlegen und schlafen. Es war herrlich warm unter der Decke, aber das Bett war viel zu groß. Kaum hatte sie das Licht ausgeschaltet, meldeten sich die ängstlichen Gedanken. Stand ihr Häuschen unter Wasser? Was war mit ihren Sachen passiert, mit ihrer Kleidung, dem Handy und ihrem Rechner? Und kaum hatte sie das gedacht, erlebte sie ihre Verzweiflung aufs Neue, kurz bevor Franz und Filip gekommen waren und sie gerettet hatten.

Wie sehr sie sich auch bemühte, diese Bilder beiseitezuschieben, sie kamen erbarmungslos zurück. Vor allem das Gefühl, wie das Wasser anstieg und schon bis zu ihren Waden reichte. Sie wälzte sich so lange im Bett hin und her, bis sie wusste, dass sie so nicht zur Ruhe kam und einschlafen konnte.

Also stand sie auf und legte ein Ohr an die Verbindungstür zu Franz' Suite.

Es war totenstill auf der anderen Seite. Sie drehte den Schlüssel im Schloss, öffnete die Tür einen Spalt und steckte ihren Kopf hindurch.

»Was ist los, Julia?«, hörte sie Franz im Dunkeln fragen.

Sie schob die Tür ganz auf.

Er stand am Fenster, barfuß und mit einer sauberen Jeans und einem T-Shirt bekleidet.

»Darf ich dich um einen Gefallen bitten?«, fragte sie.

»Um jeden.«

Ihr war das furchtbar unangenehm, sie sprach es aber ohne Umschweife an.

»Könntest du bei mir im Sessel sitzen, bis ich eingeschlafen bin? Nur eine Weile. Ich habe so große Angst und muss immer an das denken, was passiert ist.«

Er drehte sich zu ihr um.

»Das mache ich gern. Es ist doch auch kein Wunder, du stehst noch unter Schock. Das war unachtsam von mir, dich allein zu lassen.«

Sie kroch schnell wieder unter ihre Decke und drehte sich mit dem Rücken zum Sessel. Das war so erbärmlich, aber ihre Angst war größer, und sie wollte auf keinen Fall allein sein.

Sie hörte, wie er sich hinsetzte.

Es war ganz still im Raum. Der Wind schien nachgelassen zu haben, denn auch ihn hörte man nicht mehr.

Es dauerte nur wenige Minuten, und sie war tief und fest eingeschlafen.

Mitten in der Nacht wachte sie auf, war durcheinander und verwirrt, fühlte sich aber trotzdem seltsam sicher und sogar ruhig.

Als sie sich umdrehte, sah sie Franz, der neben ihr auf dem Rücken im Bett lag. Voll bekleidet. Erschreckt zuckte sie zusammen.

Sie berührte seine warme, fast fieberheiße Stirn zaghaft mit dem Zeigefinger, nur um sich zu vergewissern, dass er wirklich da war.

Seine Atemzüge waren regelmäßig. Er schlief.

42

FRANZ

Mich weckt das Gefühl, beobachtet zu werden. Als ich die Augen öffne, sehe ich Julia vor mir. Sie mustert mich neugierig, aber ich bemerke auch Staunen in ihrem Blick. Reglos bleibe ich liegen und genieße die trügerische Ruhe, bin jeden Augenblick auf einen ihrer spöttischen Kommentare gefasst. Aber es kommt keiner. Dafür rieche ich sie, den Duft ihrer Haare. Trocken, süß, wie sonnengetrocknetes Stroh.

»Wie schön, dass du doch mit mir im Bett geschlafen hast«, sagt sie.

In mir mischen sich Erleichterung, Verwirrung und Scham.

»Ich wollte dich nach deinem traumatischen Erlebnis nicht allein lassen, musste aber unbedingt Schlaf bekommen«, erkläre ich mich.

»Du hättest dich doch aufs Sofa legen können. Aber nein, du legst dich in mein Bett.«

»Manchmal ist es besser, seine Grenzen zu testen«, murmele ich.

»Und wie lief das? Hast du gut geschlafen?«

Zu meiner Verwunderung steigt mir die Röte ins Gesicht. Ich habe nämlich so gut geschlafen wie schon lange nicht mehr. Das friedliche und gelassene Gefühl, das ich in ihrer Nähe empfinde, hat mich auch im Schlaf begleitet. Aber das werde ich ihr gegenüber nicht erwähnen. Die Nähe zu ihr ist so intim, dass ich den Blick abwenden und blinzeln muss. Den Stich in der Brust huste ich weg. Aber das kommt mir ganz gelegen. Ich tue so, als würde ich mich aus Anstand zur Seite drehen. Der Druck im Brustkorb ist unangenehm, aber er hebt und senkt sich gleichmäßig, und langsam verebbt die Spannung wieder.

»Alles gut«, sage ich.

»Das freut mich.«

Es gab noch einen anderen Beweggrund, diesen Raum einzurichten, als mein Bedürfnis nach Abgeschiedenheit. Eine Frau zu meinem Vergnügen in einer Art Hotelzimmer unterzubringen, das hatte doch etwas Anzügliches und Dekadentes. Für bestimmte Frauen war diese Arroganz unwiderstehlich attraktiv. Eine … dieser Frauen attestierte mir, dass mein Herz ein Eiswürfel sei, und das war als Kompliment gedacht. Im Bett bin ich kein schneller Turner, ich gehe eher methodisch vor. Dieser Zusatzraum hat meine grundlegenden Bedürfnisse befriedigt. Aber bisher gab es niemanden, der mir am Ende nicht vollkommen gleichgültig war. Nur heute nicht. Sogar weit entfernt davon.

Julias grüne Augen sehen mich prüfend an.

»Du wirkst so nachdenklich, Franz.«

»Ich denke ununterbrochen nach, Julia«, erwidere ich und setze mich auf.

Ihre Nähe – ihr intensiver Blick, die weichen Konturen ihrer Lippen, die Sorgenfalte zwischen den Augenbrauen – hat etwas Beklemmendes.

»Ich werde mal aufstehen«, sage ich.

»Was hast du denn vor?«

»So einiges. Elyssa soll ein Zimmer in den Unterkünften für dich herrichten. Und dann müssen wir den Zustand des Gästehäuschens überprüfen.«

»Meinst du, sie könnte mir bei der Gelegenheit mein Handy, den Rechner und meine Tasche mitbringen? Wenn die Sachen nicht dem Regen zum Opfer gefallen sind.«

»Das sind sie bestimmt nicht. Ich kümmere mich darum. Versuch noch ein bisschen zu schlafen. Ich wecke dich, bevor wir uns nachher alle versammeln.«

Kaum bin ich in meinem Zimmer zurück, stelle ich mich ans Fenster. Ich habe das dringende Bedürfnis, diese Weichheit und Schwäche abzuschütteln, die Julia in mir hervorruft. Ich muss mein wahres Ich aufwecken – fokussiert und unverletzlich. Deshalb brauche ich jemanden, an dem ich meinen Frust auslassen kann. Und ich weiß auch schon, an wem. Diese Person wird hier nämlich in Kürze auftauchen.

Es ist ein wunderschöner Tag mit strahlendem Sonnenschein. Würde man nicht das Chaos sehen, das der Sturm auf seinem zerstörerischen Weg zurückgelassen hat, könnte man meinen, nichts wäre passiert. So ist das häufig auf Dimö. Das Wetter ist launenhaft, wie ein wild schwingendes Metronom. Außer der umgestürzten Kiefer, die auf dem Gästehäuschen gelandet ist, wurden noch zwei weitere Bäume von dem Sturm gefällt. Einer davon ist der Weihnachtsbaum. Laub und Gerümpel haben sich zu einem großen Haufen getürmt. Der Springbrunnen ist voller Äste und Zweige und Blätter. Aber alle anderen Gebäude haben den Sturm unbeschadet überstanden. Ich strecke mich genüsslich und genieße die warmen Sonnenstrahlen.

Da klopft es an der Tür. Ich weiß, wer das ist.

»Komm rein, Elyssa.«

Sie öffnet die Tür einen Spalt breit, ihr verlegener Blick

ist das Erste, was ich sehe. Sie lächelt unsicher und besänftigend.

»Komm rein, habe ich gesagt!«

Wie ein geschlagener Hund schleicht sie ins Zimmer. Ihre unterlassene Hilfe in der letzten Nacht hat ihr Gewissen zerfressen und sich in ihre Seele gebohrt. Die Elyssa vor mir sieht ausgesprochen klein und sehr unglücklich aus.

»Entschuldige bitte«, flüstert sie. »Ich wusste nicht... Also, ich dachte, dass ...«

»Was genau willst du mir sagen?«, frage ich. So schnell entlasse ich sie nicht aus der Situation.

»Ich habe deine Nachricht erst so spät gelesen. Ich hatte Angst vor dem Sturm und habe in meinem Bett unter der Decke gelegen. Du hattest doch gesagt, dass niemand vor die Tür gehen sollte. Und dann habe ich dich über den Hof laufen sehen.«

»Du findest es also in Ordnung, dass Filip und ich allein eine Katastrophe abgewendet haben?« Meine Stimme ist eine Oktave tiefer als sonst und müsste bedrohlich klingen.

»Nein, natürlich nicht. Verzeih mir. Bitte.«

»Was haben denn die anderen alle heute Nacht gemacht?«

»Ich weiß es nicht. Ich stand am Fenster und habe Filip und dich gesehen. Und kurz darauf bist du mit Julia zurückgekommen. Deine Gäste standen alle am Fenster des Speisesaals. Es war ein großer Fehler von uns, euch nicht zu helfen.«

»Meinst du, wir hätten zuerst zu euch kommen sollen, um euch die Notlage zu erläutern?«

»Nein, natürlich nicht.«

»Ich will ehrlich zu dir sein, Elyssa. Ich habe dir den Posten als meine Sekretärin nicht aufgrund deines brillanten Intellekts angeboten. Aber ich hätte nicht gedacht, dass du so dumm bist.«

Geduldig warte ich auf das unvermeidliche, verzweifelte Stöhnen von ihr. Und Elyssa enttäuscht mich auch dieses Mal nicht.

»Das bin ich auch nicht, Franz.«

»Passt feige besser?«

Sie starrt auf den Boden und scharrt nervös mit dem Fuß.

»Das bin ich auch nicht«, flüstert sie kaum hörbar.

»In diesem Fall muss ich also davon ausgehen, dass du selbstsüchtig gehandelt hast.«

»Ja, das wird es sein, Franz. Ich habe nur an mich gedacht. Bitte verzeih mir.«

»Das reicht jetzt. Hast du deinen Notizblock dabei? Ich habe nämlich ein paar Dinge, die es zu erledigen gibt.«

»Klar«, sagt sie erleichtert und holt Block und Stift hervor, die sie hinter ihrem Rücken verborgen hatte.

»Ich möchte eine Bestandsaufnahme über den Zustand des Gästehäuschens bekommen. Julia braucht ihren Rechner, das Handy und ihre Tasche. Bring die Sachen bitte mit. Veranlasse, dass für sie ein Zimmer in den Unterkünften hergerichtet wird. Und zwar die Prominentensuite. Und teile allen mit, dass wir uns in einer Stunde im Hof versammeln. Daran müssen alle teilnehmen. Alle, die sich auf dem Anwesen aufhalten, verstanden?«

Sie nickt und macht sich eifrig Notizen.

»Außerdem brauche ich dein Handy.«

Verwundert und schuldbewusst sieht sie mich an.

»Jetzt komm schon, Elyssa. Ich weiß genau, dass du dein Handy irgendwo versteckt hast. Und ich muss sofort ein paar Telefonate führen, um die Schäden dieser Katastrophe zu beseitigen.«

»Natürlich, Franz. Ich hole es gleich.«

»Beeil dich!«

Sie stürmt aus dem Zimmer, dreht sich in der Tür aber noch einmal um.

»Das mit gestern tut mir wirklich leid. Ich fühle mich richtig mies.«

Ich zucke mit den Schultern, um ihr zu verstehen zu geben, dass meine Standpauke beendet und die Angelegenheit für mich erledigt ist. Sie hat ihre Lektion gelernt. Keiner meiner Mitarbeiter vergisst, wenn er jemals meinen Unmut zu spüren bekommen hat. Oder meine Zufriedenheit.

Ich schaffe es gerade, zu duschen und mir etwas Frisches anzuziehen, da steht sie schon wieder vor meiner Tür. Einsatzbereit und vor Aufregung keuchend wie ein Spürhund.

»In dem Häuschen steht das Wasser nicht besonders hoch, nur ein paar Zentimeter. Julias Sachen sind unversehrt geblieben. Der Baum hat ein großes Loch ins Dach gerissen, und die Terrassentür ist zersplittert. Aber das weißt du ja auch schon alles. Oje, die arme Julia, das muss schrecklich für sie gewesen sein. Geht es ihr gut?«

»Den Umständen entsprechend.«

Elyssa hat Julias Tasche, den Rechner und das Handy mitgebracht.

»Leg die Sachen auf mein Bett.«

Ihr Blick bleibt an dem Bett hängen, das unberührt aussieht.

»Hast du die ganze Nacht nicht geschlafen?«, fragt sie besorgt. Dann wird sie plötzlich knallrot im Gesicht und stammelt mit erstickter Stimme: »Ach so, ich verstehe …«

»Nein, du verstehst überhaupt nicht. Ich habe auf dem Sofa im Gästezimmer geschlafen. Julia stand unter Schock, was du jetzt vielleicht besser verstehst, nachdem du den Schaden gesehen hast. Hast du alle über die anstehende Versammlung informiert?«

»Ja, sie wissen Bescheid. Ich sorge dafür, dass alle pünktlich sind, versprochen.«

»Und was ist mit deinem Handy?«

Sie holt es aus ihrer Tasche und gibt es mir zusammen mit dem Ladekabel.

»Es ist aber nicht aufgeladen. Ich habe es nicht benutzt, seit du das Handyverbot ausgesprochen hast. Hoch und heilig!«

Ich kann mir ein Lächeln nicht verkneifen.

»Ich mag deinen Humor, Elyssa! Wenn wir das hier alles wieder im Griff haben, darfst du dir einen Tag freinehmen und aufs Festland fahren. Weihnachtsgeschenke kaufen oder so etwas. Na los, geh jetzt frühstücken. Bis später.«

Was ist denn da in mich gefahren? Aber es ist so einfach, Elyssa glücklich zu machen, dass es wirklich zu verführerisch ist, ab und zu freundlich und zuvorkommend zu sein.

»Meinst du das ernst?« Sie strahlt übers ganze Gesicht. »Danke.«

»Und iss ordentlich. Du wirst heute viel Kraft und Energie benötigen.«

Kaum ist Elyssa gegangen, kommt Julia ins Zimmer. Sie ist frisch geduscht und trägt einen Pullover und Jogginghosen, die beide ziemlich eng sitzen.

»Ich dachte, du schläfst noch?«, sage ich.

»Konnte ich nicht.«

Ihr Blick fällt auf die Sachen.

»Oh, wie schön, denen ist nichts passiert?«, ruft sie fröhlich.

»Das Wohnzimmer steht ein bisschen unter Wasser, aber

nur ein paar Zentimeter. Du kannst dir deine anderen Sachen gleich holen. Dir wird gerade in den Unterkünften ein Zimmer hergerichtet.«

»Manchmal bist du wirklich nett und hilfsbereit. Aber vielleicht sollte ich mit dem Danken warten, bis ich weiß, was du dir für heute ausgedacht hast.«

»Das wirst du in etwa vierzig Minuten erfahren. Du hast also noch Zeit, deine Sachen zu holen, sie rüberzubringen und zu frühstücken.«

»Das werde ich tun.«

Ich sehe ihr hinterher, wie sie über den Hof geht. Sogar von weitem und in schlechtsitzender Kleidung ist sie attraktiv. Sie bewegt sich natürlich, ruht in ihrem Körper. Wenn ich Julia mit nur einem Wort beschreiben sollte, wäre das *authentisch*.

Mit Elyssas Handy kann ich endlich die Brüder Nilsson erreichen. Wir sind zusammen zur Schule gegangen. Sie waren die schlimmsten Mobber, allerdings bevor ich mit ihnen fertig war. Sie leben auf einem verfallenen Bauernhof im Innern der Insel, auf dem wir als Kinder viel gespielt haben. Sie haben mir das Schießen beigebracht. Und als Zielscheiben haben wir ihre Hühner benutzt.

Während ich mich neu erfunden und mir woanders ein anderes Leben aufgebaut habe, sind die beiden die ganze Zeit auf Dimö geblieben. Bei ihnen ist die Zeit in jeder Hinsicht stehen geblieben, auch geistig. In den USA nennt man solche Leute Gesindel. Ungebildete, unzivilisierte Menschen mit mangelnder Körperhygiene und einem Alkoholproblem. Aber sie haben mich bei Bedarf immer mit Waffen versorgt und sind sofort zur Stelle, wenn ich sie bitte, mit Traktor und Motorsäge aufs Anwesen zu kommen, um hier ein bisschen aufzuräumen.

Kaum habe ich das Telefonat beendet, sehe ich einen weißen Pick-up, der an der Pforte hält.

Der Fahrer steigt aus. Meine Stimmung sinkt augenblicklich. Ich habe ihn natürlich sofort erkannt.

Es ist Simon, das bedeutet nichts Gutes.

43

JULIA

Auf dem Weg zu dem verwüsteten Gästehäuschen überwältigt sie ein großer innerer Konflikt. Sollte sie ihren
Eltern davon erzählen? Oder Thor? Nach einem langen
Hin und Her entschied sie sich dafür, nichts zurückzu-
halten, es aber auch nicht unnötig zu verstärken. Alles war
zum Glück gut ausgegangen. Ein Sturm war aufgezogen.
Einige Bäume waren ihm zum Opfer gefallen, was nicht
weiter ungewöhnlich war. Das Dach im Gästehäuschen
leckte, und deshalb ist sie in die Unterkünfte umgezogen.
Mehr mussten sie nicht erfahren. Außerdem war das Wetter jetzt wieder so traumhaft schön – man konnte kaum
glauben, dass es noch vor Stunden heftig gestürmt hatte.
Nur das Gerümpel und die Sturmschäden auf dem Anwesen deuteten darauf hin.

Ihr verschlug es fast die Sprache, als sie den Baum bei
Tageslicht sah, der auf ihr Häuschen gestürzt war. Seine
langen, dichten Zweige verdeckten die Eingangstür und die
Fenster an der Vorderseite. Sie schauderte. Das hätte auch
ganz anders ausgehen können.

Hinter sich hörte sie Schritte. Elyssa war ihr mit einem
Paar Gummistiefel in der Hand hinterhergelaufen.

»Zieh die hier an, wenn du da reinmusst. Das Wasser ist
ziemlich schlammig«, sagte sie.

»Oh, danke! Wie nett von dir.«

»Wie geht es dir, wie war das gestern für dich?«, fragte Elyssa vorsichtig.

»Das war ein richtiger Albtraum. Aber ich habe alles gut überstanden.«

»Ja, ich meine vor allem, wie war es, von Franz gerettet zu werden? Und danach habt ihr auch noch in einem Zimmer übernachtet?«

Julia lachte laut auf.

»Was denkst du von mir? Ich bin doch nicht mit ihm ins Bett gegangen.«

Elyssa wurde knallrot.

»Oh, bitte entschuldige. Wie konnte ich nur auf so eine Idee kommen? Das war dumm von mir. Und wie peinlich!«

»Ach, macht nichts. Vielen Dank für die Stiefel. Ich bringe sie dir zurück.«

»Gern geschehen.«

Julia hatte Mitleid mit Elyssa, die vollkommen erschöpft aussah. Ihr Job war es, sich um alles zu kümmern. Und dabei war sie so loyal und zupackend.

»Darf ich dir einen Rat geben, Elyssa?«, fragte Julia sanft. »Das könnte dir bei deinem Job eventuell behilflich sein.«

»Gern.«

»Zu viel Eifer und übertriebene Einsatzbereitschaft kann falsch verstanden werden. Bleib nicht bis spät in die Nacht auf und warte, bis Franz endlich ins Bett geht oder vorher noch eine Aufgabe für dich hat. Das bringt dich nicht weiter.«

»Machst du dich über mich lustig?«, fragte Elyssa verunsichert.

»Nein, überhaupt nicht. Lass dich von ihm nur nicht so

herumkommandieren. Er wird dich viel eher respektieren, wenn du ihm ab und zu eine Absage erteilst. Probier es mal aus. Du wirst sehen.«

Erneut stieg Elyssa die Röte ins Gesicht.

»Okay. Vielen Dank für den Tipp. Wie nett, dass du dir darüber Gedanken machst.«

Julia verabschiedete sich von ihr und ging auf die Rückseite des Hauses. Der Boden war fast überall schon getrocknet, an der Stelle der Terrassentür klaffte ein großes Loch, und der Boden lag voller Glassplitter. Das verwüstete Wohnzimmer bot einen schrecklichen Anblick. Der Boden war mit einer dünnen Schlammschicht bedeckt, von der Decke hingen lose Holzbalken, und zwischen den Zweigen schimmerte das Sonnenlicht hindurch, das vor kurzem noch auf den Wänden getanzt hatte. Sie klaubte ihre Kleidungsstücke zusammen, zog sich was Neues an und packte den Rest in ihren Koffer. Während sie durch das Haus ging und überprüfte, ob sie auch nichts vergessen hatte, wurde sie von einer großen Traurigkeit erfüllt. Thor war in diesem Haus aufgewachsen und hatte bestimmt viele Kindheitserinnerungen an die Räume. Hoffentlich gelang es Franz, die Schäden so schnell wie möglich zu beheben.

Auf dem Hof schien die Sonne jetzt so hell, dass es sich wie ein ganz normaler Tag anfühlte. Franz stand an der Pforte und unterhielt sich mit jemandem. Es dauerte einen Moment, bis Julia die Person erkannte. Sie ließ ihren Koffer stehen, rannte auf Simon zu und warf sich in seine Arme. Er hatte sich überhaupt nicht verändert. Simon schien einfach nicht zu altern. Da er an der frischen Luft arbeitete, war seine Haut immer gebräunt und wettergegerbt. Wenn er tatsächlich schon graue Haare bekommen haben sollte, verschwanden sie in seinem dicken blonden Schopf. Er war stark wie ein Pferd, und die viele körperliche Arbeit hielt ihn fit.

Sofia hatte über ihn gesagt, dass er der tollste und schönste Mensch war, den sie kannte.

»Nicht Papa?«, hatte Julia sie überrascht gefragt.

»Nein, auf deinen Vater kann man sich nur zu neunzig Prozent verlassen«, hatte Sofia geantwortet. »Auf Simon aber zu hundert Prozent. Natürlich liebe ich deinen Vater über alles, aber Simon ist mein Fels in der Brandung.«

Julia hatte verstanden, wie sie das meinte. Julia war sechzehn gewesen, als Benjamin sie mit ihrer besten Freundin betrogen hatte. Sofia war verletzt und wütend gewesen. Sie hatte mit Scheidung gedroht und ihn aus dem Haus geworfen. Einen ganzen Tag lang hatte er vor dem Haus gestanden und sie angefleht, ihn wieder aufzunehmen. Das hatte sie am Ende auch getan, vielleicht Julia zuliebe. Oder eben, weil Benjamin einfach Benjamin war. Er war in vielerlei Hinsicht wirklich unersetzlich. Soweit Julia informiert war, ging es ihren Eltern jetzt wieder gut miteinander. Trotzdem war Simon der beste Freund ihrer Mutter. Er würde sie niemals im Stich lassen. Die beiden hatten sich in der Sekte kennengelernt, als sie einen langen, kalten Winter lang hart arbeiten mussten. Simon hatte Sofia auch zur Flucht verholfen. Seitdem hatten sie den Kontakt nicht wieder abbrechen lassen und trafen sich so oft wie möglich.

»Was machst du denn hier, Simon?«, fragte Julia.

Sie wusste, was er von Franz hielt, und ahnte schon, dass er ihretwegen gekommen war.

»Ich wollte nach diesem Sturm mal nach dem Rechten sehen«, sagte Simon. »Außerdem wollte ich mit dir sprechen.«

»Und worüber?«

»Deine Mutter hat mich angerufen und …«

»Ja, das ist wieder typisch«, unterbrach ihn Julia.

»Sie hat sich Sorgen gemacht, als sie dich nicht erreichen konnte. Ich soll dich mitnehmen und dich morgen zur ersten Fähre bringen.«

Franz hatte sich zwar zurückgezogen, allerdings spürte Julia seine Blicke.

»Es ist aber so, dass ich schon volljährig bin und selbst entscheiden darf, was ich machen will.«

»Absolut. Und *wie* erwachsen du geworden bist. Eine richtige investigative Journalistin«, sagte Simon lächelnd.

»Hast du meine Artikel gelesen?«, fragte Julia geschmeichelt.

»Jedes einzelne Wort.«

»Was hältst du von der Beschreibung des tyrannischen Sektenführers?«, fragte sie und lächelte Franz aufreizend an.

Der erwiderte ihr Lächeln nicht. Er wirkte sogar richtig nervös.

»Außer dir ist es wahrscheinlich noch niemandem gelungen, dem Tyrannen so nah zu kommen«, sagte Simon. »Wärst du nicht die Autorin, würde ich dich jetzt auch einfach einpacken und nach Hause bringen. Aber ich muss zugeben, dass ich neugierig geworden bin, wie das alles weitergeht.«

»Heißt das, du hilfst mir, Mama wieder zu beruhigen?«

»Ich kann gar nichts versprechen. Das ist nicht einfach, das weißt du. Aber ich werde ihr versichern, dass ich auf dich aufpasse. Ich komme dich ab und zu besuchen und sehe nach, wie es dir geht.« Dann wandte er sich direkt an Franz. »Wusstest du, dass Julia mein Patenkind ist? Thor und Julia sind quasi wie meine Kinder. Wenn ihr etwas passiert …«

»Das wird es nicht«, unterbrach ihn Franz.

»Wir sind noch lange nicht quitt, Franz. Wir haben unter dir zu viel ertragen müssen. Nur, dass du Bescheid weißt.«

»Ich hoffe sehr, dass ich dich eines Tages dafür entschädigen kann.«

»Du kannst ja damit anfangen, für Julias Sicherheit zu sorgen. Wenn ich nicht davon überzeugt wäre, dass sie dieses Experiment als Sprungbrett für ihre Karriere nutzen kann, dann würde ich sie tatsächlich überreden, sofort mitzukommen. Aber ich stelle fest, dass es offenbar endlich jemanden gibt, der deinen ganzen Unsinn durchschaut.«

»Ja, so kann man das natürlich auch betrachten«, erwiderte Franz nüchtern.

»Julia, ich sage Sofia, dass es dir gut geht. Auf jeden Fall hast du meine Nummer. Ruf mich einfach an, wenn du etwas brauchst. Wir sehen uns.« Sein Blick wanderte über das Anwesen. »Was ist denn mit dem Häuschen da passiert?«

»Ein Baum ist umgestürzt und hat das Haus erwischt, aber ich habe Leute, die sich darum kümmern«, parierte Franz sofort.

»Hast du da etwa gewohnt, Julia?«, fragte Simon.

»Nein, ich bin in den Unterkünften untergebracht worden«, antwortete sie und schluckte. Sie hoffte inständig, dass er ihren Rollkoffer auf dem Hof nicht entdeckte. »Vielen Dank, dass du vorbeigekommen bist, Simon. Habt ihr denn den Sturm gut überstanden?«

»Doch, alles bestens. Allerdings ist eines meiner Gewächshäuser weggerissen worden, das muss ich erst mal wiederfinden. Manchmal werden sie vom Wind zwar angehoben, aber dann überstehen sie die Landung sogar. Lustig, oder?«

Er verabschiedete sich und fuhr davon. Franz und Julia sahen ihm hinterher.

»Was hast du Simon angetan?«, fragte Julia.

»Das, was dir deine Mutter erzählt hat. Er war noch vorlauter als Sofia, und einmal sind wir eben aneinandergeraten.«

»Was? Nein, das hat er mir nicht erzählt.«

»Daran erinnern wir uns beide nicht besonders gern«, sagte er und schüttelte den Kopf. »Wollen wir gehen? Ich möchte vor dieser bedauernswerten Truppe eine kleine Ansprache halten.«

Julia drehte sich um und stellte überrascht fest, dass sich alle eingefunden und in Reih und Glied aufgestellt hatten. Das gesamte Personal und die drei Probanden Otto, Lars und Tessa.

»Was hast du vor?«, fragte sie ängstlich.

»Etwas, was Simon und deiner Mutter auch nie besonders gefallen hat.«

»Jetzt sag endlich, was es ist!«

»Strafarbeit«, erwiderte er und lächelte eigenartig. Es schien, als würden ihn seine eigenen Gedanken amüsieren.

44

FRANZ

Vor einem Publikum eine erstklassige Rede zu halten ist eine Kunst.

Es gibt Tausende von nutzlosen Tipps, wie man eine solche Rede gestalten soll. *Wähle ein Thema, das dich wirklich interessiert!* Falsch! Ein guter Redner kann über alles sprechen. Sogar über Themen, von denen er keine Ahnung hat. *Konzentriere dich auf den Inhalt und nicht auf deine Zuhörer!* Nicht richtig! Der gesamte Fokus muss auf das Publikum gerichtet sein. Der Inhalt lässt sich improvisieren. *Vermeide, zu schnell zu sprechen!* Irreführend! Einige meiner besten Reden habe ich wie mit einem Maschinengewehr abgefeuert. Die Redegeschwindigkeit hängt ganz von dem Effekt ab, den man erzielen möchte. *Trink vor dem Vortrag ein Glas Wasser mit Zimmertemperatur.* Kann ein Ratschlag noch idiotischer und anmaßender sein?

Mein bester Ratschlag für jemanden, der ein guter Redner werden will, lautet, auf alle Tipps zu pfeifen, die man im Netz findet, und auf gar keinen Fall Bücher darüber zu lesen.

Aber eine Sache möchte ich betonen. Das Wichtigste ist in der Tat, die Zuhörer zu erreichen.

Wenn man ein größeres Publikum vor sich hat, sieht man einen Einzelnen an und schenkt ihm seine volle Aufmerksamkeit. Wenn man eine starke Ausstrahlung hat, überträgt die sich auf die anderen Zuhörer. Wenn man aber eine kleinere Gruppe vor sich hat, muss man jeden Einzelnen für sich gewinnen. Das hat nichts mit Technik, Aussprache oder persönlicher Ausdruckskraft zu tun. Eher ist es wie Gedankenlesen. Man muss die Vielzahl der Emotionen erkennen können. Ein unterdrücktes Gähnen hier, ein nervöses Fußscharren dort oder die kaum sichtbare Veränderung des Gesichtsausdrucks – das sind alles Hinweise darauf, dass man nicht ihre volle Aufmerksamkeit hat. Mit einem einzigen Blick lässt sich die Stimmung in einer Gruppe verändern. Und zwar ist das der Blick einer Raubkatze.

Die Gruppe, die da vor mir steht, ist wahrscheinlich der erbärmlichste Haufen, den ich je gesehen habe. In drei Reihen haben sie sich aufgestellt: mein Team, bestehend aus meinen engsten Mitarbeitern, das übrige Personal und meine Gäste.

Filip steht neben mir.

Schon der Anblick ihrer Gesichter erschöpft mich. Aber dann erinnere ich mich, dass ich noch für ein anderes Publikum spreche. Julia steht etwas abseits und wirkt abgelenkt. Genau genommen mache ich das hier zum großen Teil um ihretwillen.

Die Mitarbeiter, die für die Instandhaltung des Anwesens zuständig sind, sehen betroffen und kleinlaut aus. Und Lars wirkt so, als hätten wir ihn bei etwas Wichtigem gestört. Man fragt sich ängstlich, was das sein sollte. Ich notiere mir, dass Elyssa sein Zimmer durchsuchen soll, um festzustellen, ob er sich aus der Küche heimlich Alkohol besorgt hat. Tessa kaut gelangweilt Kaugummi. Otto ist der Einzige, der Haltung angenommen hat. Aber ihm gefällt es auch, in Formation zu stehen. Festzuhalten ist allerdings, dass die drei noch weit entfernt davon sind, eine zusammen-geschweißte Gemeinschaft zu sein.

Das Küchenpersonal ist nicht anwesend, weil sie alle mit den Vorbereitungen für das Mittagessen beschäftigt sind. Schade eigentlich. Sie wären wesentlich respektvoller ge-wesen als alle anderen zusammen. Außerdem sind sie die Einzigen hier vor Ort, die auch wirklich etwas schaffen.

Ich gehe ein paar Male auf und ab, ganz dicht an der ersten Reihe vorbei, ich berühre sie fast. Dabei steigt mir ein Geruch in die Nase – ich weiß nicht, von wem der Ge-ruch ausgehen mag –, unangenehm ist er, undefinierbar, ein bisschen wie Hefe. Ich werde wohl bei Gelegenheit etwas über die Notwendigkeit von Körperhygiene verlauten las-sen müssen.

Abrupt bleibe ich stehen und sehe ihnen in die Augen, einem nach dem anderen. Nachdenklich, ohne Hast.

»Als ich mein erstes Unternehmen gegründet habe, hat es für mich kein Leben neben der Arbeit gegeben«, lautet der Auftakt meiner Ansprache. »Wir haben praktisch nichts anderes getan, als zu arbeiten. Wir haben auch nicht viel Schlaf bekommen. Alle sind so lange aufgeblieben, bis die Arbeit erledigt war. Das klingt ziemlich anstrengend, was?«

Ein trotziges Schweigen hat sich über die Gruppe ge-senkt.

»Das hört sich schrecklich an«, sagt Lars schließlich. »Und auch gesetzeswidrig.«

»Und dennoch, Lars. *Dennoch* hat es niemanden unter meinen Angestellten gegeben, der oder die zu müde oder zu ängstlich oder zu egoistisch war, um zu handeln, wenn uns ein Sturm oder eine Feuersbrunst traf. Eine von ihnen hat sogar, nur mit einem Nachthemd bekleidet, die Tiere aus dem brennenden Stall gerettet.«

Das habe ich mir nicht gerade ausgedacht. Sofia ist diese Frau gewesen. Die Bilder dieser Nacht tauchen kurz wieder auf. Ich hätte schon damals sehen müssen, wie stur und hartnäckig diese Frau sein kann.

Ich lenke meine Aufmerksamkeit wieder zurück auf die Gruppe vor mir. Sie alle hören mir uneingeschränkt zu. Kein einziger abwehrender, gelangweilter Blick, wie man ihn häufig sieht, wenn sich Menschen in Gruppen zusammenfinden.

»Und nicht nur das. Wir hatten in der Nacht damals ein paar ranghohe Gäste hier«, fahre ich fort. »Nicht ein Einziger von ihnen ist in seiner Unterkunft geblieben. Sie alle haben nach Kräften unser Personal beim Kampf gegen die Naturgewalten unterstützt. Einige von ihnen sogar barfuß und im Schlafanzug.«

Für den Bruchteil einer Sekunde schweift Tessa mit dem Blick ab.

»Langweile ich dich, Tessa?«, zische ich.

»Nein, überhaupt nicht«, sagt sie nervös und lacht, was falsch und hysterisch klingt.

»Gut so, denn meine Geduld mit deiner Attitüde ist allmählich aufgebraucht.«

Ich erhöhe das Tempo und verwende dafür eine hellere Stimmlage.

Ich nenne die Namen der Promis, die in der Nacht auf der Insel waren.

Ich beschreibe ihre Heldentaten bis ins kleinste Detail.

Ich erwähne noch andere historische Beispiele von Naturkatastrophen und Ereignissen, bei denen die unterschiedlichsten Menschen vereint Seite an Seite gekämpft haben.

Zum Schluss senke ich meine Stimme wieder.

»Aber so hat es hier heute Nacht nicht ausgesehen. Und

da keiner von euch verletzt oder körperlich beeinträchtigt ist, muss ich davon ausgehen, dass euch die Gruppe nicht besonders wichtig sein wird. Und dieses schöne Anwesen auch nicht.«

Ich lege eine sehr lange Kunstpause ein.

»Aber hier geht es um euer Leben, oder sagen wir mal, um eine vorläufige Version davon. Ihr drei hättet in dem Sturm umkommen können, ohne dass euch jemand besonders vermisst hätte. So sieht es aus. Die Welt braucht euch nämlich nicht. Aber das, was wir hier machen, ist kein Freizeitvergnügen.«

Tessa sieht aus, als würde sie gleich auf die Knie fallen und mich um Vergebung bitten. Ottos Gesichtsausdruck kann ich nicht deuten. Sein Blick wirkt fast träumerisch, wie in Trance. Lars hingegen sieht mich hasserfüllt an.

»Sag mal, Lars, *wer* oder *was* interessiert dich hier eigentlich?«

Die Muskeln in seinem Gesicht zucken unkontrolliert.

»Soll ich dir vielleicht was vorspielen, oder was?«

»Das wäre doch ein Anfang. Vorspielen wäre ausgezeichnet.«

Ich sehe in die betrübten Gesichter meines Personals und bin beruhigt, dass sich doch wenigstens ein paar gute Geister auf diesem Anwesen aufhalten. Aber das ist auch schon alles.

»Tessa, hast du heute dein Bett gemacht?«, frage ich.

»Was? Nein!«, antwortet sie verwirrt.

»Otto, wann hast du vor, die Zigarettenstummel zu entsorgen, die du draußen immer auf den Boden fallen lässt?«

Ich warte seine Antwort gar nicht erst ab.

»Lars, hast du dich eigentlich ein einziges Mal geduscht, seit du auf der Insel bist?«

Das hat er unter Garantie nicht getan. Ich konnte nämlich den hefeartigen Gestank zuordnen – der kam von ihm.

Ich schlage entsetzt die Hände über dem Kopf zusammen.

»Ihr benehmt euch hier wie die Schweine. Auf meinem Anwesen! Ihr esst mein Essen. Ihr pisst in die Büsche, obwohl es Toiletten gibt.« Dabei sehe ich Lars scharf an. »Und wenn ich ehrlich bin, verpestet ihr auch die frische Luft.«

Ich wende mich an Elyssa, die in der ersten Reihe steht.

»Hast du die Tickets gekauft, Elyssa?«, frage ich und hebe eine Augenbraue.

»Selbstverständlich, Franz«, antwortet sie, obwohl sie keine Ahnung hat, wovon ich spreche.

»Sehr gut. Die nächste Fähre geht in einer Stunde. Ich wünsche euch viel Glück mit eurem erbärmlichen Leben.«

Ich mache auf dem Absatz kehrt und gehe mit großen Schritten zum Herrenhaus zurück.

Vom Fenster meines Büros aus beobachte ich das Chaos, das entsteht. Es ist faszinierend, eine Gruppe zu beobachten, die gemaßregelt wurde. Das Bedürfnis, einen Sündenbock auszumachen, ist vorrangig. Hier fällt die Wahl auf Lars. Schließlich hat er mich beleidigt. Intuitiv bauen sie sich in einem Halbkreis vor ihm auf. Einer vom Personal gibt ihm einen Stoß gegen die Brust. Das Geschrei ist so laut, dass ich es in meinem Büro hören kann. Sie verhalten sich nicht wie Ratten im Käfig, sondern eher wie Hyänen, die sich um die Beute streiten. Ihre eigene Verfehlung ist wie weggeblasen, Lars ist an allem schuld.

Julia steht abseits, ich kann ihren Gesichtsausdruck nicht sehen, dafür ist die Entfernung zu groß. Aber ihre Körpersprache verrät, dass sie sich nicht wohlfühlt. Wenigstens kann sie mich nicht dafür verantwortlich machen, denn ich bin gar nicht anwesend.

Filip übernimmt das Kommando und befiehlt, ihm in den Speisesaal zu folgen. Julia bleibt unschlüssig zurück. Als Elyssa Richtung Herrenhaus aufbricht, beschließt sie kurzerhand, ihr zu folgen, und schnappt sich ihren Rollkoffer.

Ich setze mich an meinen Schreibtisch und warte.

Elyssa klopft an und betritt mein Büro, Julia ist direkt hinter ihr.

»Das mit den Tickets ...«, sagt Elyssa.

»Ja, danke, dass du darauf eingegangen bist.«

»Gern geschehen, Franz.«

»Was machen die jetzt da unten?«, frage ich.

»Die gehen rüber in den Speisesaal und werden dir dann einen Vorschlag unterbreiten«, klärt mich Elyssa auf.

»Was für einen Vorschlag?«

»Einen Aktionsplan, wie die Sturmschäden möglichst schnell beseitigt werden können. Außerdem wollen sie alle Gebäude reinigen.«

»Das wird aber auch Zeit«, seufze ich.

Julia steht reglos in der Ecke und mustert mich skeptisch.

»Was hast du auf dem Herzen, Julia?«, frage ich.

»Wusstest du, dass das passieren würde?«

»Was denn?«

»Dass sie sich Lars herauspicken würden?«

»Das Verhalten einer Gruppe ist nicht immer vorhersehbar. Aber *eine* Sache weiß ich ganz bestimmt. Dieser Haufen da unten hätte dich gestern in deiner Hütte einfach sterben lassen. Und das reicht mir als Argument. Dieses Verhalten kann ich nicht länger dulden.«

»Also hast du das alles für *mich* veranstaltet?«

»Unter anderem. Aber ich bin auch der Ansicht, dass es Zeit für eine Veränderung ist. Findest du nicht?«

»Ich weiß nicht mehr, was ich finde und was nicht. Ich entscheide mich nicht so schnell. Ich lasse die Sachen erst einmal auf mich wirken.«

Ich lache und fühle mich sofort ausgelassen und aufgeräumt. Ihr bissiger Unterton gefällt mir.

»Elyssa, kannst du bitte zu den anderen gehen und herausfinden, was die vorhaben?«

»Selbstverständlich, Franz.«

»Soll sie denen jetzt hinterherspionieren, oder was?«

»Ganz genau.«

Kaum hat Elyssa mein Büro verlassen, setzt sich Julia auf den Stuhl vor meinem Schreibtisch.

»Sie hatte keine Tickets gekauft, nicht wahr?«

»Nein, das wäre ja auch die reinste Geldverschwendung gewesen. Erstens verkehrt die Fähre wahrscheinlich gar nicht, und außerdem würden sie die niemals nehmen.«

»Und woher weißt du das?«

»Gute Menschenkenntnis.«

»Hörst du eigentlich selbst, wie arrogant und eingebildet das klingt?« Ihre Stimme und ihr Blick wirken zwar ablehnend, ihre Augen aber sind hart und umwerfend schön.

»Okay, okay. Ich formuliere es anders. Ich habe einiges an Erfahrungen gesammelt, wie Menschen sich verhalten und sich gegenseitig kontrollieren und manipulieren.«

»Was ist dann dein eigentliches Ziel? Was willst du damit überhaupt erreichen?«

»Die Dinge hier werden auf die Spitze getrieben. Die Teilnehmer befinden sich im Zustand der Umwandlung, aber die Ereignisse der vergangenen Nacht haben gezeigt, dass es nicht schnell genug geht.«

»Du weißt wirklich, wie man eine Sache richtig verkauft.«

»Hast du Lust, dir meine Motorräder anzusehen?«

»Bitte was?«

»Ich habe drei Stück. Wenn die mit den Räumungsarbeiten anfangen, werde ich damit über das Gelände patrouillieren. Du darfst mich sehr gern begleiten. Ich glaube, ich werde die Honda nehmen. Die Harley ist ein bisschen zu protzig.«

Julia schüttelt den Kopf, als könnte sie ihren Ohren nicht trauen.

»Ich würde lieber sterben, als mit dir Motorrad zu fahren«, sagt sie.

»Wie schade.«

»Ich muss los. Du bist übrigens wirklich der schlimmste Tyrann aller Zeiten. Aber manchmal kannst du auch richtig lustig sein.«

»Ich tu mein Bestes.«

Nachdem sie gegangen ist, lasse ich die Ereignisse Revue passieren. Im Großen und Ganzen bin ich mit dem bisherigen Verlauf des Tages sehr zufrieden. Wir haben eine neue, entscheidende Phase des Experimentes eingeläutet. Wie bei Mozarts Requiem, wenn es an Fahrt aufnimmt. Die schönen Sopranstimmen heben einen aus der erbarmungslosen Dunkelheit ans Licht. So bekommt man einen Schimmer vom Himmel zu sehen.

Woran ich aber am längsten hängen bleibe – was am längsten in mir nachwirkt – sind ihre letzten Worte. *Aber manchmal kannst du auch richtig lustig sein.*

Ich glaube, mich hat in meinem ganzen Leben noch nie jemand lustig gefunden.

45

JULIA

Auf dem Weg in ihre neue Unterkunft warf Julia einen Blick in den Speisesaal. Dort hatten sich Lars, Otto, Tessa und das Personal um einen Tisch versammelt. Julia blieb in einer Ecke stehen und beobachtete sie. Vor Tessa lagen ein Notizblock und ein Stift.

»Schreib auf, Tessa«, sagte Lars, der offenbar wieder in die Gruppe aufgenommen worden war. »Otto muss alle Zigarettenstummel einsammeln.«

»Wie schade, dass der Regen deine Pisse schon weggespült hat«, entgegnete Otto. »Sonst hättest du sie aufwischen müssen.«

Elyssa sah auf die Uhr.

»Das reicht«, sagte sie. »Ich muss das Franz jetzt vorlegen.«

Julia schlich sich raus und ging in ihr Appartement hinauf. Es war eine geräumige Suite mit einem Schlafzimmer, einem Wohnzimmer und einer kleinen Kochnische. Das Bett war frisch bezogen, und es roch nach Reinigungsmitteln. Trotzdem vermisste sie das kleine Häuschen, in dem sie allmählich angefangen hatte, sich heimisch zu fühlen. Sie hängte ihre Sachen in den Kleiderschrank und stellte ihre Toilettenutensilien ins Badezimmer. Es war kühl, und sie zog sich eine Strickjacke über. Als sie die Hände in den

Taschen vergrub, stieß sie auf etwas Kleines, Hartes. Das war die Schnecke, die ihr Franz geschenkt hatte. Vorsichtig und voller Ehrfurcht legte sie das Gehäuse auf den Nachtschrank.

Dann rief sie ihre Eltern an, um ihnen zu erzählen, dass alles gut gegangen war. Simon war es offenbar bereits gelungen, sie zu beruhigen, das konnte Julia heraushören. Sofia wiederholte zwar ihren Wunsch, dass Julia nach Hause käme, aber sie war nicht mehr hysterisch. Benjamin lobte ihre Artikel mit einer ganz besonderen, warmen Stimme, die er nur benutzte, wenn er mit ihr sprach.

Danach wollte sie sofort Thor anrufen, aber da meldete sich Skype, und Susannas Name tauchte auf ihrem Monitor auf.

»Hallo, Julia, ist alles in Ordnung bei euch? Wie habt ihr den Sturm überstanden?«, fragte sie.

»Alles okay. Ich wollte dir gerade eine SMS schicken. Auf dem Anwesen herrscht zwar Chaos, aber uns geht es gut.«

»Das freut mich. Ich rufe vor allem an, um dir zu erzählen, dass wir Opfer einer Cyberattacke geworden sind. Vermutlich von einer radikalen Hackergruppe, denen das Video mit der Nazibraut nicht gefallen hat. Auch alle Zeitungen, die über Dimö berichtet haben, sind gehackt worden.«

»Oh, nein, und wisst ihr schon, wer dahintersteckt?«

»Das scheinen Hacker zu sein, die mit den rechtsextremistischen Gruppen sympathisieren.«

»Worüber haben die sich denn so aufgeregt?«

»Das hat wahrscheinlich nicht nur mit dem Video zu tun. Die drei Inselgäste repräsentieren alles, was den Rechten eigentlich zusagt: Kapitalismus, die Unterwerfung der Frau und dann eben der kleine Nazi mit seinem sonderbaren Menschenbild. Ich nehme an, dass sich die Hacker über die Erniedrigung der drei aufregen.«

»Muss ich mir auch um meinen Rechner Sorgen machen?«

»Nein, das glaube ich nicht. Ich habe gerade mit Franz geskypt. Sie haben auch den Videoblog gehackt und lahmgelegt. Mich überrascht nur, dass ihr alle davon überhaupt nichts mitbekommen habt.«

»Wir waren so sehr mit dem Sturm und den Folgeschäden beschäftigt.«

»Stimmt. Ich gehe mal davon aus, dass Franz einen Computerfreak vor Ort hat, der das lösen kann. Wir haben jedenfalls alles wieder so weit klar, dein Artikel erscheint am Montag. Der ist sehr gut geworden. Und da du dich bisher Franz gegenüber immer ziemlich kritisch geäußert hast, hast du wahrscheinlich nichts von den Hackern zu befürchten.«

»Da bin ich erleichtert.«

»Du machst da draußen wirklich einen Superjob, by the way. Franz lobt dich in den höchsten Tönen.«

»Obwohl ich ihn in meinen Artikeln ausschließlich kritisiere?«

»Im Gegenteil, das scheint ihn offenbar sogar eher anzumachen. Dein Porträt von ihm ist dir besonders gut gelungen. Aber es würde bestimmt nicht schaden, wenn du ab und zu auch mal etwas Positives schriebest. Immerhin hast du ihm diesen Job zu verdanken, zum Teil jedenfalls.«

»Und warum sollte das beeinflussen, was ich über ihn schreibe?«

»Nein, du hast natürlich recht. Achte nur ein bisschen aufs Gleichgewicht. Und pass auf dich auf. Bis bald.«

Susannas Worte über Franz hallten eine Weile in Julia

nach. Er hatte drei Persönlichkeiten als Repräsentanten der schlimmsten gesellschaftlichen Phänomene ausgewählt. Ihre Mutter sagte, dass die größten Geißeln der Menschheit Rassismus, Frauenfeindlichkeit und Kapitalismus seien. Ob Franz also vorsätzlich diese drei Vertreter ausgewählt hatte? Repräsentierte er selbst nicht in Wirklichkeit auch mehrere Aspekte, die mit ihnen zusammenhingen? War er vielleicht ein Heuchler? Sie beschloss, ihn bei nächster Gelegenheit damit zu konfrontieren. Sie würde ihn zu seinem Frauenbild und dem Thema Einwanderung befragen. Ihn ein bisschen unter Druck setzen.

Dann rief sie Thor an, aber der ging nicht dran, was sie erst stutzig und dann nervös machte. Das war in letzter Zeit zu häufig passiert. Normalerweise stürzte er sofort ans Telefon, wenn sie anrief. Sie hatte das Gefühl, dass er ihr etwas verheimlichte.

Sie hinterließ ihm eine Nachricht und bat ihn darum, möglichst bald zurückzurufen.

Von draußen ertönte ein durchdringendes Heulen. Sie zog sich ihre Jacke an und ging raus. Vor dem Gästehäuschen stand ein Traktor, zwei Männer waren gerade dabei, die Äste des gefällten Baumes mit einer Motorsäge abzutrennen. Aus den offenen Fenstern der Unterkünfte hörte sie das Geräusch eines Staubsaugers und außerdem Gelächter. Am Springbrunnen stand eine kleine Gruppe, die die Zweige und das Laub wegräumte. Lars gehörte dazu und ein paar Leute vom Personal.

Elyssa kam auf einem Moped angefahren.

»Wir essen alle gemeinsam um eins zu Mittag«, verkündete sie. »Bis dahin soll hier alles wieder so aussehen wie vorher. Danach reparieren wir die entstandenen Schäden.«

»Warum bist du mit dem Moped unterwegs?«

»Franz hat es mir geliehen. Ich verteile Wasserflaschen an die anderen. Einige von uns sind auch unten am Stall beschäftigt.«

Mit diesen Worten startete sie den Motor und fuhr Richtung Stall davon.

Julia beschloss, den Arbeitern beim Gästehäuschen zuzusehen. Sie wickelten schwere Ketten um den Baumstamm, um ihn mithilfe des Traktors zu entfernen. Die beiden Männer kannte sie nicht, sie sahen ehrlich gesagt auch ziemlich verschlagen und gefährlich aus, nickten ihr aber ausgesucht freundlich zu.

Der Himmel war hellblau, die Sonne stand tief und blendete sie. Es war so kalt, dass ihr Atem kleine Rauchwolken bildete, gleichzeitig schwitzte sie in ihrer dicken Winterjacke. Sie schlenderte über das Anwesen und registrierte mit Verwunderung die eifrige Betriebsamkeit. Alle waren in Arbeitsgruppen eingeteilt und schufteten. Und sahen dabei glücklich und zufrieden aus.

Otto kam ihr mit einer Plastiktüte entgegen.

»Zigarettenstummel!«, sagte er stolz, grinste und hielt die Tüte hoch.

Filip erklärte Tessa geduldig, wie man am effektivsten Laub harkte. Überall waren Leute mit den unterschiedlichsten Aufgaben beschäftigt. Julia kehrte zum Springbrunnen zurück, dem eigentlichen Mittelpunkt des Anwesens, und dort blieb sie nachdenklich stehen. Etwas hatte sich grundlegend verändert. Und das lag nicht nur an dem schönen Wetter und der klaren Luft. Die Atmosphäre war jetzt eine andere. Das Summen der vielen fröhlichen Stimmen. Die rhythmischen Geräusche der Harken, Hammerschläge und Schritte. Es wurde gerannt und gehüpft statt geschlendert und geschlurft.

Als wäre der Tod von ViaTerra vertrieben worden. Das Leben hatte übernommen. Widerstand und Unwillen wirkten geradezu verflogen. Plötzlich schien es das Selbstverständlichste der Welt zu sein, Laub zusammenzuharken, Schubkarren voller Schrott durch die Gegend zu schieben und Zigarettenstummel einzusammeln.

Julia erkannte, dass alle sich engagierten, um die Ursache ihrer gestrigen Gewissenlosigkeit zu widerlegen. Ihr fehlendes Interesse an der Gemeinschaft und ihr egoistischer, selbstsüchtiger Blick auf sich. Das war elementar, quasi als Reinigung. Und Franz hatte gewusst, dass es dazu kommen würde.

Das Mittagessen wurde gemeinsam im Speisesaal eingenommen. Es gab Hamburger. Alle saßen kreuz und quer und unterhielten sich angeregt miteinander. Viele von ihnen hatten rote Wangen und leuchtende Augen, wirkten wie berauscht von der Arbeit an der frischen Luft.

Julia beschloss, sich den anderen nach dem Essen anzuschließen. Es fühlte sich seltsam an, nur Zuschauerin zu sein. Außerdem würde ein bisschen Bewegung sicher nicht schaden. Sie landete in der Gruppe, die für die Reparatur des Zaunes hinter dem Gästehäuschen zuständig war. Die einen sägten neue Latten zu, und Julia ersetzte zusammen mit Emma, einem Mädchen aus der Küche, die beschädigten Zaunlatten. Sie hielt die Latten fest, während Emma sie mit fast kindlicher Konzentration festnagelte. Dabei unterhielten sie sich über alles Mögliche. Julia vergaß Raum und Zeit. Sie waren gerade fertig geworden, als die Sonne als dunkelrote Kugel hinter den Bäumen unterging. Die Luft stand still, war klar und kalt. Sie bemerkte, dass sie die vergangenen Stunden ganz im Hier und Jetzt verbracht hatte. Keine Gedanken, keine Sorge um die Zukunft.

Elyssa kam auf dem Moped vorbei, schickte sie zum Duschen und verkündete, wann das gemeinsame Abendessen stattfinden würde. Kaum war die Sonne untergegangen, wurde es noch kälter, und Julia genoss die heiße Dusche. Danach legte sie sich aufs Bett, räkelte sich und hing ihren Gedanken nach. Ihre Faszination für Franz hatte nach dieser Erfahrung eine andere Größenordnung bekommen. Ihre Begeisterung vor zwei Jahren war keine Verliebtheit gewesen, sondern nur eine *vorübergehende Verknalltheit*. Eine große körperliche Anziehung, die aber wie ein Feuerwerk am Himmel gleich wieder verpuffte. Doch er war ein Rätsel, das sie unbedingt lösen wollte, ein Mysterium, das einen in den Wahnsinn treiben konnte. Sie wusste, dass sie keine Ruhe finden würde, bevor sie nicht dahintergekommen war.

Als es an der Zeit war, zum Essen zu gehen, zog sie sich an und ging vor die Tür. Auf dem Platz vor dem ehemaligen Stall war ein Grillplatz errichtet worden, mit Feuerstelle und Holzbänken. Das Küchenpersonal hatte das Abendessen dorthin verlegt und ein Feuer gemacht, um Würste zu grillen. Julia hatte Franz nachmittags nicht mehr gesehen und war davon ausgegangen, dass seine Ankündigung ein Scherz gewesen war, mit dem Motorrad übers Gelände fahren zu wollen. Aber tatsächlich kam er jetzt damit vorbei und gesellte sich zu ihnen, als alle versammelt waren und aßen. Er unterhielt sich angeregt mit allen. Heimlich beobachtete ihn Julia dabei. Er hörte seinem Gesprächspartner aufmerksam zu, lachte über die Witze der anderen und benahm sich vollkommen normal. Hampus kam im Laufe des Abends zu ihnen und verkündete stolz und unter Applaus, dass auch der Blog wieder online war.

Und ganz plötzlich – als alle entspannt und gemütlich

zusammensaßen – stand Franz auf und hielt einen kurzen Vortrag über die Bedeutung von regelmäßiger Körperpflege in einer Gemeinschaft. Das kam so unerwartet, dass es totenstill wurde und nur noch das Knacken der Holzscheite im Feuer zu hören war. Dann brach er genauso unvermittelt in schallendes Gelächter aus, alle anderen stimmten erleichtert ein, und schon Sekunden später war die gute Stimmung wiederhergestellt. Die Macht, die er über sie hatte, war gerade noch zu spüren gewesen. Aber im nächsten Augenblick schon nicht mehr. Da war er wieder einer von ihnen.

Er setzte sich auf einen Holzstamm. Das Licht der Flammen tanzte in seinen schwarzen Augen. Er warf Julia einen verstohlenen Blick zu und lächelte vielsagend.

Sie sah sich im Kreis der Anwesenden um, sog das Gefühl von Gemeinschaft tief in sich ein.

Das würde ihr fehlen, dachte sie und war selbst überrascht von diesem Gedanken.

46

FRANZ

Auch heute ist wieder ein windstiller und strahlend blauer Tag. Ich starte ihn mit einer Joggingrunde über die Insel, genieße den Adrenalinkick und die Wärme, die sich in meinem Körper ausbreitet. Danach folgt noch etwas Kraft-training in meinem eigenen Fitnessraum und dann eine ausgiebige Dusche.

Als Nächstes rufe ich meinen Hausarzt an, der ein alter Freund von mir ist. Bei unserer letzten Begegnung hat er mich zwar gründlich durchgecheckt, aber in meinem Alter benötigt der Körper nun einmal permanente Kontrolle und Optimierung.

»Sind meine Ergebnisse aus dem Labor schon da?«, frage ich.

»Du bist wirklich ein Wunder, Franz. Deine Werte sind die eines Zwanzigjährigen.«

»Also nichts Auffälliges?«

»Nein, alles in bester Ordnung.«

»Kann ich noch irgendetwas tun, um meine Gesundheit zu verbessern?«

»Du trainierst regelmäßig?«

»Täglich.«

»Dann musst du dir keine Sorgen machen, solange du es nicht übertreibst.«

Die Sorge um meine Gesundheit verfliegt augenblicklich, und ich beschließe, allen nach der Plackerei einen Ruhetag zu verordnen.

Ich lege eine Platte auf, Beethovens Sinfonie Nr.7. Auch wenn sie sein nervösestes, hitzigstes und aufgedrehtestes Stück sein könnte – vor allem die letzten Minuten des dritten Satzes –, hat sie eine beruhigende Wirkung auf mich. Ich kann von dieser Musik nie genug bekommen. So ist das mit Werken, die immer wieder in der Lage sind, einen zu überraschen.

Ich stelle mich ans Fenster. Da sehe ich eine Gestalt über den Hof auf das Herrenhaus zulaufen und erkenne sie unmittelbar an ihrem charakteristischen Gang. Julia steuert zielsicher auf das Gebäude zu und hat schon die Eingangstür erreicht.

Ich schalte die Musik aus, setze mich an meinen Schreibtisch und tue so, als würde ich lesen. Drei kurze Klopfzeichen, dann öffnet sie die Tür.

»Hallo, Julia. Was kann ich für dich tun«, sage ich und sehe auf.

»Hast du gerade Musik gehört?«

Julia entgeht auch wirklich gar nichts.

»Nur für einen Moment.«

»Ich arbeite an einem Artikel und hätte ein paar Fragen an dich. Hast du Zeit?«

»Natürlich. Komm, setz dich.« Sie setzt sich und legt ihr Handy auf den Tisch. Ich werde jetzt nicht das Handyverbot erwähnen. Heute habe ich blendende Laune.

»Ist es okay, wenn ich das Gespräch aufzeichne?«

»Klar.«

»Ich habe so einiges auf dem Zettel, unter anderem möchte ich mit dir über dein Frauenbild sprechen.«

»Ich habe kein *Frauenbild*«, widerspreche ich. »Das ist ein vollkommen idiotischer Begriff, der nichts aussagt.«

»Und warum nicht?«

»Die Hälfte der Weltbevölkerung sind Frauen. Wie kann ich denn ein Bild von ihnen als Gesamtheit haben? Das sind doch alles unterschiedliche Individuen.«

»Meinetwegen, ich kann auch ein bisschen spezifischer werden.« Sie klingt ungeduldig. »Was hältst du von gleichem Lohn für gleiche Arbeit?«

»Bei mir haben immer alle denselben Lohn bekommen, unabhängig von ihrem Geschlecht.«

»Ja, schon klar. Wie bei ViaTerra, fünfhundert Kronen pro Woche, oder was?«, sagt sie und schnaubt verächtlich.

»Dafür hatten auf ViaTerra aber alle Kost und Logis frei. Meine Mitarbeiter damals hatten außerdem gar keine Gelegenheit, Geld auszugeben. Und mein Personal heute erhält gute Löhne. Außerdem hatte für mich das Geschlecht keine Bedeutung bei der Wahl meiner Angestellten. Aber es ist und bleibt eine Tatsache, dass ich Frauen als Vorgesetzte bevorzuge.«

»Wenn ich das richtig verstanden habe, gab es damals nur einen Chef.«

»Ja, das war eine Zeit lang so.«

Ich bewahre die Ruhe. Lasse mich nicht provozieren.

»Mama hat erzählt, dass du die Frauen schlecht behandelt hast, mit denen du intim warst. Wie Eigentum.«

»Und wer soll das bitte gewesen sein?«

»Sie hat keine Namen genannt, aber sie entsprachen alle immer einem ganz bestimmten Typ von Frau. Jung, naiv und oberflächlich.«

Ich lache herablassend.

»Mein Geschmack, mein bevorzugter Frauentyp ist also

wichtig, damit du dir ein Bild von mir als Person machen kannst?«

»Ja, ehrlich gesagt schon. Meiner Mutter zufolge hast du dir nur solche Frauen ausgesucht, die du leicht manipulieren kannst.«

»Wenn du keine konkreten Beispiele benennen kannst, würde ich sagen, dass die Aussage deiner Mutter fast an Verleumdung grenzt. Keine meiner Mitarbeiterinnen ist *naiv* und *oberflächlich* gewesen. Und auch keiner meiner Gäste. Oder würdest du sagen, dass diese Beschreibung auf dich zutrifft?«

»Was? Auf mich? Nein!«

»Und doch finde ich, dass du die schönste Frau auf der Welt bist.«

Ihre Augen funkeln.

»Dieser Quatsch beeindruckt mich null«, sagt sie mit gespielter Gleichgültigkeit. Aber es hat sie nicht unberührt gelassen. Ihre Wangen werden rosa, und ich muss gestehen, dass ich das sehr genieße. Dieses Spiel. Ihre Vorwürfe zu entkräften und dann für einen Moment die Verwirrung in ihrem Blick zu sehen.

»Lassen wir das mal so stehen und gehen weiter«, sagt sie. »Was sagst du zu dem Vorwurf, dass du ein Rassist bist.«

»Und deine Quelle dafür ist auch deine Mutter?«

»Nein, das habe ich irgendwo gelesen.«

»Das bin ich schon lange nicht mehr.«

»Du gibst also zu, dass du es mal warst?«

»Nein, eigentlich bin ich es nie wirklich gewesen. Rassist – das ist so eine Sache. Aber ich habe eine Zeit lang ausschließlich mit reichen Weißen zu tun gehabt.«

»Warum das?«

»Vermutlich hat das mit der Schule in Frankreich zu tun, auf die ich gegangen bin. Snobistische Privatschulen für die weiße Oberschicht.«

Julia verzieht das Gesicht und sieht mich skeptisch an.

»Und später hast du dann einfach deine Meinung geändert, oder wie?«

»Als Leiter von ViaTerra habe ich meinen Bekanntenkreis erweitert und bin mit wunderbaren Menschen in Kontakt gekommen, die sehr unterschiedliche Geschichten zu erzählen hatten.«

Ich weiß schon genau, worauf sie mit ihren Fragen hinauswill. Julia ist zwar klug, aber sie muss noch einiges lernen, bevor sie eine wirklich routinierte Journalistin ist.

»Die Antwort auf deine nächste Frage lautet: Nein. Ich bin nicht in demselben Ausmaß ein Kapitalist wie Tessa.«

»Woher wusstest du, was ich dich fragen will?«

»Die Auswahl deiner Fragen ist offenkundig und voreingenommen. Du möchtest herausbekommen, ob ich aus demselben Holz geschnitzt bin wie Tessa, Lars und Otto. Das würde mich dann zu einem Heuchler machen. Aber was spielt das für eine Rolle? Einer muss sich über seine eigenen Defizite hinwegsetzen und die Kontrolle übernehmen. Und im Augenblick bin ich am ehesten dafür geeignet, diese Gruppe anzuführen.«

Julia schüttelt den Kopf, als könnte sie nicht glauben, was sie gerade hört.

»Es ist wirklich kein Spaß, dich zu interviewen, weißt du das eigentlich?«, sagt sie und seufzt. »Kannst du mir nicht einfach nur meine Fragen beantworten?«

»Doch, klar, ich gebe dir gern ein paar Antworten. Ich respektiere Frauen, sowohl menschlich als auch beruflich. Meine sexuellen Vorlieben sind aber meine ganz private

Angelegenheit. Und ich bin kein Rassist. Was den Kapitalismus angeht, so kann ich leider nicht leugnen, dass ich Geld mag. Man kann auch viel Gutes damit machen. Und ich achte auf mein Äußeres, weil ich das wichtig finde.«

»Und die drei Motorräder?«

»Die mag ich genauso.« Ich nicke und verziehe den Mund. »So, erledigt. Jetzt hast du deine Antworten.«

»Dann muss ich mich mit denen wohl zufriedengeben. Du wirst mir sicher sowieso keine tieferen Einblicke gewähren.«

»Willst du aus dem Interview einen Artikel machen?«

»Das weiß ich noch nicht. Als Nächstes schreibe ich über das, was gestern stattgefunden hat.«

»Du meinst, dass ich die Armen dazu gezwungen habe, den ganzen Tag lang zu schuften?«

»Ich fand das großartig.«

»Und wieso?« Ihre Reaktion verblüfft mich.

»Es war notwendig und ungekünstelt. Ganz viele Unternehmen machen solche, wie heißen die noch … Teambuilding Events. Ich bin auch schon mit der Redaktion von MODA auf einem gewesen. Aber das war fake und albern. Wir aber waren hier auf Dimö mit einer realen Katastrophe konfrontiert, und du hast sie dazu gebracht, als Team zu arbeiten und zu helfen. Das war gut, und ich glaube, es hat allen gefallen und gutgetan.«

»Heißt das auch, dass du deine Meinung über mich geändert hast? Wenigstens ein kleines bisschen?«

»Ich habe mir bisher noch keine endgültige Meinung gebildet. Deshalb stelle ich dir diese Fragen.«

»Du bist dir also nach wie vor nicht sicher, ob ich nicht doch ein Vollblutpsychopath bin?«

»Ich habe dich zu keinem Zeitpunkt so bezeichnet«,

sagt sie abwehrend. »Aber du bist vieles andere. Ein tyrannischer Kontrollfreak zum Beispiel.«

Allmählich beginnt mir diese Unterhaltung zu gefallen. Ich mag ihre Direktheit.

»Ist das nicht die passende Beschreibung für einen Menschen, der seinen Weg geht und die Sachen nach seinem Gusto gestaltet?«, frage ich.

»Kann sein. Aber dich zeichnet auch ein immenses Bedürfnis nach Bestätigung aus. Außerdem bist du vollkommen unberechenbar und unangemessen grausam. Ansonsten aber ganz okay.«

Sie verzieht keine Miene, während die Worte aus ihrem Mund purzeln. Offenbar soll nichts davon ironisch klingen.

»Meinst du das wirklich so, wie du es sagst?«, frage ich zur Sicherheit.

»Ja, allerdings machst du auch einen Prozess durch, es gibt also noch Hoffnung.« Sie steht ganz plötzlich auf. »So, ich muss jetzt los, den Artikel fertigschreiben.«

Ich kann sehen, dass sie noch etwas sagen will, aber sie zögert.

»Hast du vor kurzem mit Thor gesprochen?«, fragt sie schließlich.

»Ja, das habe ich. Das ist wirklich schade, dass wir ihn nicht mehr so lange hier haben, was?«

»Was? Wie meinst du das?«

Er hat ihr also noch nichts von seinen Plänen erzählt.

»Hat er es dir noch nicht gesagt?«

»Nein, was ist denn los?«

»Es ist besser, wenn du das direkt mit Thor besprichst. Ich will da nicht dazwischenfunken.«

»Du sagst jetzt sofort, was los ist.«

»Ruf ihn an. Er wird dir bestimmt alles erzählen.«

Wortlos stürmt sie aus meinem Büro.

Ich hatte nicht die Absicht, ihr wehzutun. Oder Thor. Aber es ist nicht einfach, diese beiden Wesen so nah bei mir zu haben. An Julias Seite werde ich ruhig oder bekomme gute Laune oder bin sogar einigermaßen erregt. Die Gefühle, die Thor in mir auslöst, sind wesentlich verwirrender und scheinen auch nicht einfach zu verebben.

Ich muss dafür sorgen, dass die Distanz zwischen uns größer ist. Nach ein paar Monaten wird sich dieses immer wiederkehrende Ungleichgewicht in mir wieder ausgeglichen haben.

Mein Büro ist über Funk mit dem Wachhäuschen an der Pforte verbunden. Die Wachen sind gestern unbeschadet vom Festland zurückgekehrt. Der Diensthabende ruft mich an.

»Chef, sind Sie da?«

»Ja, was gibt es?«

»Sie haben Besuch.«

Für einen kurzen Moment vermute ich einen neugierigen Journalisten, aber dann verwerfe ich die Idee gleich wieder.

»Und wer ist es?«

»Sie behauptet, sie sei Ihre Mutter.«

Verdammt, verdammt. Vorbei mit dem schönen Seelenfrieden.

47

JULIA

Auf dem Weg die Treppe hinunter schickte sie Thor eine SMS. *Ruf mich bitte sofort über Skype an!* Sie wollte ihm bei dem Gespräch in die Augen sehen können. Sie riss sich von dem betörenden Anblick der Heide mit dem azurblauen Meer im Hintergrund los, das hinter den Baumreihen glitzerte. Bestimmt wäre es vernünftig und besser, vor dem Telefonat mit Thor einen Spaziergang zu machen – um sich wieder zu beruhigen. Aber dafür war sie zu ungeduldig. Sie wusste, dass er sich vor diesem Gespräch fürchtete, hatte aber noch keine Ahnung, warum. Sie stand im Flur, als sie das Skypesignal hörte.

»Hallo, Julia«, sagte er mit einer Stimme, die vor schlechtem Gewissen nur so triefte.

Das Schweigen, das entstand, wirkte irgendwie klebrig.

»Was ist es, was du mir noch nicht erzählt hast?«, fragte sie und überprüfte sein Gesicht nach Anhaltspunkten. Er runzelte die Stirn. Ihm war das eindeutig unangenehm.

»Was hast du denn gehört?«

»Nichts. Franz hat nur gesagt, dass du *verschwinden* wirst, und klang ziemlich schadenfroh dabei. Was ist los?«

»Mein Vater hat mir eine Broschüre von einer ziemlich angesagten und angesehenen Journalistenschule in den USA geschickt. Er hat zu denen gute Kontakte. Die wollen bevorzugt Studenten aus dem europäischen Ausland aufnehmen. Und mit meinem Notendurchschnitt habe ich große Chancen, genommen zu werden. Er hat mich davon überzeugt, mich zu bewerben.«

Das klang ziemlich aufregend und großartig, dennoch beschlich sie das ungute Gefühl, dass irgendetwas daran nicht stimmte.

»Es tut mir so leid. Ich hätte dir sofort davon erzählen sollen«, sagte er zerknirscht.

»Warum musst du in die Staaten ziehen, um Journalismus zu studieren?«

»Weil es eine ziemlich coole Schule ist. Mein Vater gibt mir einen Kredit, also eine Art Bafög. Meine Noten können nicht besser werden, aber ich muss noch die Aufnahmeprüfung bestehen. Dafür muss ich einen Essay auf Englisch schreiben.«

»Du kannst ja einen Essay über einen jungen Mann schreiben, der sich von seinem psychopathischen Vater manipulieren lässt. Dann wirst du garantiert angenommen.«

»Julia …«

»Kapierst du nicht, dass er uns nur auseinanderbringen will?«

»Du weißt, dass mir eine gute Ausbildung extrem wichtig ist. Das hab ich nie verheimlicht. Wir können doch eine Fernbeziehung führen? Es sind doch bloß ein paar Jahre.«

»Aber ich möchte keine Fernbeziehung. Ich will mit dir *zusammen* sein.«

»Ich finde, wir machen das doch ganz gut … gerade.«

»Du hast eine Riesenangst vor Skype-Sex. Aber was für eine Art von Beziehung soll das denn dann sein, bitte?«

»Ich komme in den Ferien doch nach Hause.«

Der Gedanke, ihn zu verlieren, war unerträglich. Sie bekam keine Luft, und ihre Augen brannten.

»Thor, willst du das wirklich machen?«

»Ich weiß es nicht«, sagte er schleppend. »Ich möchte ja auch mit dir zusammen sein. Es fühlt sich gerade so an, als wäre es schon wieder vorbei mit uns, bevor es richtig angefangen hat. Ich bin total durcheinander, deshalb habe ich dich auch nicht angerufen. Gestern habe ich mit meiner Großmutter telefoniert, und sie findet auch, dass es vollkommen unnötig ist, zum Studium in die USA zu ziehen.«

Julia drehte den Kopf zur Seite, damit Thor ihre Tränen nicht sah. Sie wünschte ihm wirklich das Beste, aber diese Geschichte hatte eindeutig den manipulativen Stempelabdruck von Franz. USA. So weit weg. Unter Garantie hatte er einen Hintergedanken, wenn er das so sorgfältig einfädelte. Sie musste Thor wachrütteln – und sie wusste auch, wie ihr das gelingen würde.

»Weißt du, was ich glaube?«, fragte sie.

»Nein, was denn?«

»Ich vermute, dass er hofft, mit mir im Bett zu landen, wenn du erst mal weit weg bist.«

»Hör auf damit! Sag so was nicht.«

»Heute hat er mir gesagt, dass ich für ihn die schönste Frau auf der Welt bin. Mitten in einem Interview.«

Trotz einer schlechten Auflösung sah sie, dass Thor rot wurde und sich seine Augen verdunkelten.

»Hat er das wirklich gesagt?«

»Ja. Ich dachte immer, du könntest ihn so gut durchschauen.«

»Das tue ich auch.«

»Ich finde, das sieht nicht so aus. Du hast dir geschworen, niemals Geld von ihm anzunehmen.«

»Was würdest du denn an meiner Stelle machen? So eine Chance bekomme ich vielleicht nie wieder.«

»Wenn du unbedingt im Ausland studieren willst, such dir eine andere Uni oder Schule als die, die Franz dir vorschlägt. Dein Notendurchschnitt ist sensationell, du wirst hundertprozentig an anderen Schulen angenommen werden. Auch ohne seine Hilfe. Und vielleicht komme ich ja mit.«

Er presste die Zähne aufeinander, konnte aber ein Schluchzen nicht unterdrücken.

»Bist du traurig?«, fragte sie.

»Ja. Ich weiß, wie lächerlich das alles ist. Mir geht es deswegen schon seit Tagen beschissen. Ich habe dich so vermisst, Julia.«

»Ich dich auch.«

»Das Bett riecht nicht mehr nach dir. Könntest du dir wirklich vorstellen mitzukommen, wenn ich im Ausland studiere?«

»Ja, warum nicht?«

»Ich finde es schrecklich, dass mein Vater dich anmacht.«

»Aber ohne Erfolg, das kann ich dir versichern.«

»Darf ich dir was erzählen? Da muss ich in letzter Zeit immer wieder dran denken.«

»Natürlich.«

»Aber versprich mir, nicht sauer zu werden.«

Er wurde dunkelrot.

»Kommt drauf an«, sagte sie.

»Als ich klein war, habe ich zu ihm aufgesehen. Mein Vater war mein Held. Er hat alles bekommen, was er wollte. Frauen, Autos, Motorräder, einfach alles. Wir anderen haben ein eher einfaches Leben geführt. In seinen Augen stand ihm das Luxuriöse als Anführer aber offenbar zu.

Und jetzt habe ich genau das, was er am allermeisten haben will. Ich weiß, wie bescheuert sich das anhört, aber es fühlt sich so gerecht an.«

Julia dachte zuerst, sie hätte sich verhört. Sie musste nachfragen. Es war unvorstellbar.

»Meinst du etwa *mich* damit?«, fragte sie entsetzt.

»Ja.«

»Thor, verdammt nochmal. Bist du nur deshalb mit mir zusammen?«

»Natürlich nicht, hör auf damit. Wie kannst du so was nur denken? Du weißt genau, wie viel du mir bedeutest. Aber dass mein Vater die Freundin von seinem *kleinen Jungen* nicht kriegen kann, fühlt sich gut an. Verstehst du das?«

»Ich bekomme eine Gänsehaut, wenn du so redest. Ich bin doch kein Pokal, den man bei einem Wettkampf gewinnt.«

Sie wich seinem flehenden Blick aus.

»So habe ich das doch nicht gemeint«, wimmerte er. »Verzeih mir. Ich wollte nur ehrlich sein. Bist du jetzt sauer auf mich?«

»Ein bisschen. Nennt er dich wirklich *kleiner Junge*?«

»Jetzt nicht mehr, aber früher schon. Obwohl ich sogar vor Vic auf die Welt gekommen bin. Aber ich war immer der Kleinere.«

»Was für ein Despot. Hör einfach auf, dich mit ihm zu messen. Das führt doch zu nichts.«

»Du hast recht, ich werde mir Mühe geben, versprochen. Lass uns jetzt bitte das Thema wechseln und erzähl mir, wie es dir geht.«

»Ein anderes Mal, okay? Ich muss noch einen Artikel schreiben.«

»Und wirst du ihn in deinem Artikel deswegen jetzt fertigmachen?«

»Nein, ich will nicht, dass meine Arbeit davon beeinflusst wird. Außerdem ist das meine persönliche Sache.«

»Okay, dann werde ich dich mal in Ruhe arbeiten lassen.«

Sie blieb noch eine Weile vor dem schwarzen Bildschirm sitzen und spürte dem Gespräch nach. Die sanften Wellen tiefer Zuneigung. Ihre Liebe hatte ein solides Fundament. Trotzdem vermisste sie manchmal Thors jüngeres, verletzlicheres Ich, dem sie leichter Sachen vorschreiben konnte. Er war so viel selbstbewusster und ehrgeiziger geworden. Auch sein Äußeres hatte sich verändert, er sah seinem attraktiven Vater immer ähnlicher. Ihre Gefühle für ihn änderten sich dadurch zwar nicht, aber sie registrierte die Blicke der anderen Frauen. Dieser Wettkampf zwischen den beiden war lästig und unangenehm. Aber auch die Tatsache, dass er sich vorstellen konnte, von ihr wegzugehen. Er schien sich schneller weiterzuentwickeln, er war klüger als sie, zielsicherer. Auf jeden Fall wortgewandter – er hatte die Fähigkeit, eine Begebenheit mit wenigen Worten einzufangen. Es stand ihm ins Gesicht geschrieben, dass er es im Leben weit bringen würde. Würde das eines Tages der Grund für ihre Trennung sein?

Aber dann erinnerte sie sich an die zahllosen schlaflosen Nächte. Voller Sehnsucht. Sie hatten beide nicht schlafen können, wollten nur miteinander reden. Sie freute sich auf ihr Wiedersehen, sie würden miteinander schlafen und dann reden, bis der Himmel über den Neonfarben der Stadt ein sattes Rosa annahm. Sie passten einfach perfekt zusammen, es fühlte sich selbstverständlich und natürlich an.

Und dennoch. Wenn sie jemand fragen würde, wie sie zu dem Menschen geworden war, der sie heute war, müsste sie ehrlich antworten. Und sie müsste die Tage vor zwei Jahren erwähnen, die sie mit Franz verbracht hatte. Sie erinnerte sich daran, wie ungehemmt und sprudelnd vor Glück sie sich gefühlt hatte. Die Zeit mit ihm hatte sich wie kristallklares Wasser angefühlt. Wenn sie *eine* Sache von ihm gelernt hatte, dann war das die Erkenntnis, dass man für die eigenen Beschränkungen verantwortlich war, weil man sie sich selbst schuf. Sie wollte nicht wie ihre Mutter werden, die ihre Berufung einmal gefunden hatte und sich seitdem mit dem Leben zufriedengab, das sie führte.

Julia wollte mit einem offenen Geist durchs Leben gehen.

Sie murmelte vor sich hin, öffnete ein neues Dokument und fing an zu schreiben.

48

FRANZ

Ich höre die entschlossenen Schritte meiner Mutter im Treppenhaus und gehe ihr entgegen, um ihr die Tür zu öffnen. Aber sie ist schneller, klopft auch nicht an, sondern kommt einfach in mein Büro. Kein Lächeln, keinerlei Begrüßungsfloskeln, dafür ein durchdringender Blick.

Kühl mustert sie mich einen Augenblick lang, dann gibt sie mir ohne Vorwarnung eine schallende Ohrfeige. Meine Mutter ist stark und schlägt hart zu.

»Aua!«, schreie ich. »Was soll das?«

»Du solltest dich schämen, deinen eigenen Sohn so zu manipulieren«, sagt sie. Ihre Verachtung ist so unverhohlen wie ihr intensiver Geruch nach frischem Wald.

»Das musst du mir bitte genauer erklären«, sage ich.

»Das hatte ich auch vor.«

Kritisch sieht sie sich in meinem Büro um. Ich schließe die Tür, es wird besser sein, wenn niemand sonst dieses Gespräch mit anhört.

»Warum um Himmels willen soll Thor in die USA ziehen, um dort Journalismus zu studieren?«, fragt sie und stemmt ihre Hände in die Hüften.

»Dort gibt es die besten Schulen, das eröffnet ihm später die größten Möglichkeiten. Außerdem habe ich gute Kontakte dorthin.«

»Du warst schon immer wortgewandt, aber mich führst du damit nicht hinters Licht. Dich interessieren Thors *Möglichkeiten* genauso wenig wie meine Wenigkeit.«

»Ich bin nicht immer ein guter Vater gewesen«, versuche ich eine zweite Runde. »Ich will es wiedergutmachen.«

»Verschone mich mit deinem dummen Geschwätz«, entgegnet sie und schnaubt.

»Warum redest du so mit mir?«

»Du erträgst Menschen oder auch Gegenstände nicht in deiner Nähe, wenn sie Gefühle in dir auslösen. Entweder zerstörst du sie, oder du entsorgst sie oder verbannst sie. Und jetzt ist Thor an der Reihe.«

»Kannst du mir ein einziges Beispiel dafür nennen?«

»Wir können mit der Badeente anfangen. Ich habe sie den Zwillingen geschenkt, und die beiden haben sie geliebt. Aber irgendwie landete sie immer wieder im Mülleimer.«

Ich spüre tausend Stiche auf meiner Kopfhaut. Diese verfluchte Badeente, die ich einfach nicht loswerden konnte. Ich will nicht, dass jemand in meinem Inneren herumwühlt, am wenigsten meine Mutter. Wenn wir gemeinsam in einem Raum sind, habe ich immer das Gefühl, dass sie mir viel zu nah ist.

»Es ist wirklich rührend, dass du so alte Erinnerungen aus meiner Kindheit aufs Tapet bringst«, zische ich verächtlich.

»Du hast viele, schöne Kindheitserinnerungen, aber du wehrst dich dagegen, du verleugnest sie.«

»Vielleicht hast du ja eine gute Idee, wie ich Thor helfen kann. Offenbar kennst du ihn viel besser als ich.«

»Du könntest damit anfangen, dich aufrichtig für ihn zu interessieren. Ihn zum Beispiel fragen, wie es in der Schule läuft. Weißt du eigentlich, dass er in allen Fächern nur Einsen hat? Sein Lehrer ist von seinen Texten begeistert und findet, dass er das ausnutzen sollte. Ein Buch schreiben beispielsweise, vielleicht was Autobiographisches.«

Über diesen Roman will ich jetzt aber lieber nicht sprechen.

»Du hast mich auch nie gefragt, wie es in der Schule war«, verteidige ich mich.

»Das musste ich auch nicht. Du warst ja geradezu besessen von deinem Ziel, in allem der Beste zu sein.«

»Du bist auch nie in die Schule gekommen.«

Ihre katzenartigen Augen funkeln in einer Mischung aus Verachtung und Misstrauen, mit einem Hauch von Belustigung.

»Ich war hauptsächlich damit beschäftigt, die Polizei davon abzuhalten, dich aus Gründen zivilen Ungehorsams einzusperren. Da blieb nicht mehr so viel Zeit für Elternabende und Lehrergespräche.«

»Hast du sonst noch etwas auf dem Herzen?«

»Ja, eine Sache. Wenn du deine Hand auch nur in die Nähe von diesem Mädchen …«

»Sie heißt Julia.«

»Ich weiß, und Thor vergöttert sie. Deshalb lässt du sie auch in Ruhe. Ich habe nicht vergessen, was hier vor zwei Jahren los war. Und du weißt genau, wozu ich fähig bin. Vergiss nicht, dass ich damals die Polizei gerufen und über deine so genannte Schule informiert habe.«

»Wie könnte ich das vergessen.«

So anstrengend diese Unterhaltung auch sein mag, aber ihr Besuch bereitet mir trotzdem großes Vergnügen. Wahrscheinlich liegt das an der Kraft und Entschiedenheit, die sie ausstrahlt. Auch wenn es mir ziemlich schwerfällt, muss ich mir eingestehen, dass wir uns beängstigend ähnlich sind.

»Ich hoffe, dass mich Thor bald besuchen kommt«, sagt sie. »Und ich garantiere dir, danach wird ein Studium in den USA vom Tisch sein.«

»Ah, da drückt also der Schuh. Du willst nicht, dass er wegzieht und du ihn nicht mehr so oft siehst.«

»Nein, im Gegensatz zu dir kann ich meine Bedürfnisse und Gefühle durchaus vernachlässigen, wenn mir Menschen etwas bedeuten. Thor ist verunsichert und niedergeschlagen. Und *das* kann ich wirklich nicht aushalten.«

Sie ist knallhart, es ist einfach unmöglich, sie hinters Licht zu führen. Ich hebe die Hände.

»Okay, okay. War doch nur ein Vorschlag.«

»Ein Vorschlag, der so durchschaubar ist, dass ich mich gezwungen gesehen habe, persönlich bei dir vorbeizukommen.«

»Das solltest du öfter tun«, sage ich. »Was allerdings nicht geht, ist, dass du mir ohne Vorwarnung eine Ohrfeige gibst.«

»Hat sich aber gut angefühlt.«

»Warum können wir beide uns nicht vertragen? Was meinst du?«, frage ich.

»Ich weiß es nicht genau, aber ich habe eine Theorie.«

»Lass hören.«

»Du bist mit einem Gen zur Welt gekommen, das nur Böses hervorruft. Und wie sehr ich mich auch bemüht habe, mir ist es nicht gelungen, es auszurotten.«

»Das ist aber nicht schön, so über den eigenen Sohn zu sprechen.«

»Ich habe ja auch nicht gesagt, dass ich die Hoffnung aufgegeben habe.«

Ich kann ein Lächeln nicht unterdrücken. Sie steht vor

mir, starrt mich wütend an und ist dabei so schön, wie eine siebzigjährige Frau eben sein kann. Sie strahlt von innen. Sie gleicht den Wurzeln eines Baumes, die mich am Boden halten. Es ist sonderbar, dass sie nach wie vor eine solche Macht über mich hat. Aber ich kann nicht sagen, dass ich es ausschließlich schrecklich finde.

Sie erwidert mein Lächeln und greift nach meiner Hand. Das schockiert mich, und auch wieder nicht. Ich weiß, ein Teil von ihr hat mich niemals aufgegeben. Sie streichelt mit dem Daumen über meinen Handrücken und lässt mich dann wieder los.

Mein Hals schnürt sich zusammen, und ich blinzele das Brennen in den Augen weg. Aus der Dunkelheit meines Bewusstseins taucht eine Erinnerung auf. Meine kleine Hand in ihrer warmen. Ich verdränge das Bild sofort wieder. Diese widerlichen Sentimentalitäten dürfen mich jetzt auf keinen Fall in die Knie zwingen. Nicht vor ihr. Ich verabscheue diese Momente der Schwäche, wie kurz und flüchtig sie auch sein mögen. Obwohl dieses unangenehme Gefühl gleich wieder verschwindet, bleibt doch etwas zurück, ein Hauch von Wehmut. Erst passiert mir das mit Thor, und jetzt auch noch mit ihr. Ich sollte unbedingt mehr Zeit investieren, um eine Methode gegen diese inneren Höllenqualen zu finden.

»Ich habe es sehr lange mit dir ausgehalten, Franz. Bis du außer Kontrolle geraten bist. Ich habe mein Bestes gegeben, bis du deinen Tod vorgetäuscht hast. Das ist das Schlimmste, was ein Kind seinen Eltern antun kann. Und jetzt hast du die Gelegenheit, deinem Sohn deine Zuwendung zu schenken. Fang einfach damit an, dich ernsthaft und aufrichtig für ihn zu interessieren. Das verlange ich von dir.«

Trotz des herablassenden Tonfalls hat ihr Gesicht etwas Weiches bekommen.

»So, jetzt muss ich los und meine Hütte für den Schneesturm rüsten«, sagt sie.

Wetter. Themenwechsel. Zum Glück. Kein Gesprächsthema ist weniger emotional aufgeladen als das Wetter.

»Ich habe gesehen, dass es in ein paar Tagen Schnee geben soll«, erwidere ich gelöst. »Aber das Meteorologische Institut spricht lediglich von ein paar Zentimetern.«

»Nein, Franz. Es wird einen Höllenschneesturm geben. Das Institut irrt sich.«

»Aber hier draußen schneit es doch nie vor Weihnachten«, widerspreche ich. »Und genau genommen auch nach Weihnachten nicht.«

»Mag sein! Aber dieses Jahr werden wir einen strengen Winter haben!«

»Und woher weißt du das?«

»Ich habe fast mein ganzes Leben auf dieser Insel verbracht. Ich spüre es in meinem Körper, wenn ein Schneesturm aufzieht. Auch die Tiere und Vögel spüren das. Und sind nervös.«

»Vielleicht solltest du beim Meteorologischen Institut anrufen und ihnen das mitteilen?«, sage ich spöttisch und grinse.

Aber Karin lächelt nicht über meinen Scherz. Da läuft mir ein eiskalter Schauer über den Rücken. Denn in Sachen Wettervorhersage hat sich meine Mutter noch nie geirrt.

49

JULIA

Franz verordnete allen einen freien Tag. Einige nutzten die Zeit für einen Spaziergang in den Ort. Andere machten eine lange Wanderung über die Insel. Das Küchenpersonal fuhr für einen Großeinkauf aufs Festland, aber erst nachdem sie ein kaltes Buffet im Speisesaal gedeckt hatten. Die Stimmung war gelöst und entspannt.

Julia schrieb ihren Artikel fertig und schickte ihn an die Redaktion. Sie hatte sich für die Überschrift *Teambuilding* entschieden und sich zunächst über das Event lustig gemacht, an dem sie mit der Redaktion von MODA teilgenommen hatte. Danach verglich sie diese Erfahrung mit den Aufräumarbeiten auf dem Anwesen nach dem schweren Sturm, die sie als ungekünstelt und gründlich empfunden hatte. Natürlich kam ihre beißende Ironie auch nicht zu kurz, als sie sich über Franz lustig machte, der auf dem Motorrad über das Gelände gefahren war und alle herumkommandiert hatte. Aber sie unterschlug auch nicht, dass sein tyrannisches Gehabe in diesem Fall für die Gemeinschaft von Vorteil gewesen war. Der Artikel war keineswegs so kritisch wie die vorangegangenen, aber Susanna hatte sie schließlich gebeten, moderater zu schreiben.

Am späten Nachmittag ging sie ans Meer hinunter, um sich den Sonnenuntergang an einem wolkenlosen Himmel anzusehen. Der war so schön, dass sie ganz sentimental wurde. Denn trotz der schrecklichen Dinge, die sich in den letzten Tagen auf der Insel abgespielt hatten, konnte Dimö der Himmel auf Erden sein. Abends telefonierte sie mit Thor und erzählte ihm alles.

Als sie Franz am nächsten Tag im Speisesaal sah, wusste sie sofort, dass er etwas vorhatte. Sie konnte die Energie spüren, die ihn umgab. Das Bedürfnis, die Dinge zu verändern, ihnen eine neue Richtung zu geben.

»Guten Morgen, Julia«, sagte er, als er sie sah, und nickte ihr zu. Danach aber versank er sofort wieder in Schweigen.

Der Blick, den er kurz darauf mit Elyssa wechselte, die allein am Nachbartisch saß, machte Julia stutzig und alarmierte sie.

Sie nahm sich etwas vom Frühstücksbuffet und setzte sich gegenüber von Elyssa an den Tisch.

»Und, gibt es was Neues?«, fragte sie.

»Nein, nicht direkt. Die Polizei war heute früh da, sie hatten ein paar Fragen zu Ottos Prüfung. Aber Franz und Tessa haben ihnen versichert, dass die Waffe mit Übungsmunition geladen gewesen ist. Otto war auch dabei und hat ihre Aussage bestätigt.«

»Mit anderen Worten, die drei haben gelogen?«

»Ja, kann man so sagen.«

»Und was ist heute mit Franz los?«, fragte Julia.

»Keine Ahnung. Er hat vorhin gesagt, dass das mediale Interesse an uns etwas abgenommen hat. Wahrscheinlich plant er, etwas dagegen zu unternehmen.«

Aus dem Augenwinkel sah Julia, wie Franz an das andere Ende des Speisesaals lief. Sein Gang erinnerte sie an die Bewegungen eines Panthers. Langsam, geschmeidig, immer zielgerichtet. Sein Ziel war Otto. Mit Ausnahme von dem Tag der großen Aufräumarbeiten hatte Otto die ganze Zeit an einem Tisch im Speisesaal gesessen und gelesen. Vor ihm lag ein großer Stapel Papier mit Texten und Artikeln und Auszügen über den Holocaust, die Elyssa ihm ausgedruckt hatte.

Als Elyssa aufstand und Franz folgte, ging ihr Julia einfach hinterher.

Franz legte eine Hand auf Ottos Schulter.

»Und, was hast du bisher gelernt?«

Otto sah auf und zwinkerte ihm zu.

»Na ja, ganz schön viel Statistik, oder?«

»Statistik?« Franz schnaubte und lachte verächtlich. »Hast du irgendwelche konkreten Fragen?«

»Also, es heißt, dass sie bis zu fünfzehntausend Juden pro Tag umgebracht haben. Ich finde, das klingt ziemlich unwahrscheinlich.«

Julia sah, wie Franz um seine Beherrschung rang. Er musste einen tiefen Atemzug holen, um nicht ausfällig zu werden.

»Was du da ansprichst, hat sich in der Zeit zwischen August 1942 und Oktober 1943 abgespielt und wird *Aktion Reinhardt* genannt, nach dem berühmt-berüchtigten Nazi Reinhard Heydrich«, sagte Franz. »Ziel war es, alle Juden im deutsch besetzten Polen zu vernichten. Es überrascht mich, dass du nichts davon weißt. Du bist doch Experte in Sachen Holocaust.«

»Ich habe schon einiges darüber gelesen, aber ich versuche auch, das alles ein bisschen analytischer anzugehen«, verteidigte sich Otto.

Mit einer einzigen Bewegung fegte Franz den Papierstapel vom Tisch.

»Steh auf!«, befahl er. »Du wirst dich auf eine Reise begeben.«

»Jetzt?« Otto sah ihn verwundert an.

»Ja, auf der Stelle.«

»Aber wohin?«

»Ich finde, du solltest mit Polen anfangen. Zuerst die Vernichtungslager: Auschwitz, Belzec, Kulmhof, Treblinka. Bei einigen werden auch geführte Touren angeboten.«

Otto starrte ihn fassungslos an, als hätte er kein Wort verstanden.

»Du machst einen Scherz, oder?«

»Ganz und gar nicht. Danach geht es weiter nach Deutschland. Dort besuchst du die Konzentrationslager Buchenwald und Bergen-Belsen. Nicht zu vergessen das Bundes-Archiv in Berlin. Dort finden sich Informationen von unschätzbarem Wert über den Zweiten Weltkrieg. Wir werden ein paar Liveübertragungen von dir senden, in denen du unseren Followern von deinen Erlebnissen erzählst.«

»Ich weiß nicht, ob das wirklich notwendig ist«, sagte Otto zögernd.

»Oh, doch, das ist es. Ich übernehme natürlich deine Spesen.«

»Darf ich die Insel einfach so verlassen?«

»Habe ich jemals gesagt, dass du ein Gefangener bist?«

»Nein, hast du nicht, aber …«

»Ich werde versuchen, eine Begegnung mit Angehörigen der Überlebenden zu organisieren«, ergänzte Franz und wandte sich dann an Elyssa. »Du buchst die Zugtickets und Hotels für ihn. Aber keinen Luxus. Otto, du musst dir vor der Abreise in Göteborg ein neues Handy besorgen und ein Bankkonto einrichten. Hast du einen gültigen Pass?«

Otto sah ihn mit offenem Mund an.

»Ja, natürlich. Der liegt in dem Sommerhaus, in dem ich gerade wohne.«

»Sehr gut. Dann fährst du ihn holen, so musst du dir auch keinen neuen Ausweis besorgen. Du nimmst die erste Fähre morgen früh. Es soll noch vor dem Wochenende schneien, und wir wollen ja nicht, dass du hier feststeckst.«

»Und was ist danach … wenn ich das alles gemacht habe?«

»Dann wirst du hoffentlich eine neue Richtung einschlagen und dein Leben ändern«, sagte Franz mit weicher, zynischer Stimme. »Wenn du nach dieser Reise immer noch ein Nazi bleiben willst, dann ist dir wirklich nicht mehr zu helfen.«

»Ich habe schon über ganz viel nachgedacht und meine Meinung geändert …«, sagte Otto mit schuldbewusster Miene.

»Das hört sich gut an«, unterbrach ihn Franz. »So, aber jetzt beeil dich!«

Elyssa wollte Otto hinterhergehen, aber Franz hielt sie am Arm zurück.

»Kannst du Tessa bitte Bescheid sagen, dass wir den Tag heute zusammen verbringen werden? Wir treffen uns nach dem Frühstück in meinem Büro, und sie soll sich was Warmes anziehen.«

Franz lächelte Julia geheimnisvoll zu, sie erwiderte sein Lächeln mit einem absichtlich gleichgültigen Blick. Natürlich war sie neugierig, was die beiden unternehmen würden. Vielleicht war sie sogar ein bisschen eifersüchtig? Sie wusste, wie vertraut und gemütlich so ein Tag mit Franz in der Natur sein konnte, und ertappte sich dabei, Tessa um dieses Erlebnis zu beneiden. Sie kam zu dem Schluss, dass sie als Journalistin quasi die Verpflichtung hatte, ihnen zu folgen. Mit Abstand.

Also behielt sie die beiden den ganzen Tag im Auge. Vormittags waren sie in Franz' Büro und unterhielten sich. Julia konnte sie von ihrem Fenster aus beobachten. Mittags saßen sie allein an einem Tisch und diskutierten lebhaft und vertraut. Danach unternahmen sie einen Spaziergang ans Meer. Julia hatte das Bedürfnis, an die frische Luft zu kommen, und folgte ihnen dorthin. Leise und vorsichtig, wie eine Spionin.

Franz und Tessa standen auf dem Felsen und warfen Steine ins Meer. Wie Kinder. Die Zusammengehörigkeit zwischen ihnen war nicht zu übersehen. Tessa balancierte geschickt auf der Felsspitze und warf Franz ein herausforderndes, strahlendes Lächeln zu. Sie machte Posen, und er wich ihr nicht von der Seite. Eine Windböe trug sein ausgelassenes Lachen über die Heide. Tessa leuchtete förmlich vor Glück.

Jetzt gehörte sie zu den *Auserwählten*. Julia hatte einen Kloß im Hals. Wie gelang es ihm immer wieder, die Menschen so in seinen Bann zu ziehen? Während sie die beiden beobachtete, bekam ihr harmloser Flirt etwas Lächerliches. Sie drehte sich um und kehrte aufs Anwesen zurück. Um sich abzulenken, beschloss sie, ein bisschen im Netz zu surfen und zu recherchieren, behielt aber den Hof im Blick, um ihre Rückkehr nicht zu verpassen. Nach einer Weile hörte sie ihre Stimmen. Sie sah aus dem Fenster, wie die beiden ins Auto stiegen und wegfuhren. Wenn sie jetzt wirklich das vorhatten, was Julia annahm, war das schockierend. Aber so war Franz nun mal gestrickt. Er wechselte blitzschnell zwischen Leidenschaft, unberechenbarem Verhalten und vollständiger Gelassenheit.

Sie sah die beiden erst am späten Nachmittag wieder. Franz sagte etwas, woraufhin Tessa in schallendes Gelächter ausbrach. Sie verschwanden im Herrenhaus, und kurz darauf ging das Licht in Franz' Büro an.

Nicht lange danach gab ihr Rechner ein Zeichen von sich – sie hatte eine Mail erhalten. Zu ihrer Überraschung kam die von Franz. Die Nachricht war kurz und knapp: *Du kannst die Erste sein. Hier ein Vorschlag für deine Schlagzeile: »Tessa Jenini gibt ihr Pelzimperium auf, hört auf zu jagen und wendet das Blatt.«*

In der Mail stand unten drunter noch ein PS: *Oh, Gott, klingt das langweilig. Dir fällt bestimmt was Besseres ein.*

Er hatte ein Foto angehängt. Sie klickte es an und schnappte nach Luft.

Offenbar war die Aufnahme im Wald entstanden. Tessa lag auf der Seite. Hinter ihr standen zwei Männer mit schwarzen Masken. Der eine hatte seinen Stiefel auf ihrer Schulter abgestellt, der andere auf ihrer Hüfte. In der einen Hand hielten sie eine Pistole, in der anderen ein Ferkel. Die Inszenierung erinnerte sie sofort an das Foto von Tessa mit den getöteten Löwenbabys, das im Netz zirkuliert war und ihr den medialen Todesstoß versetzt hatte.

Julias Handy klingelte. Die Nummer kannte sie nicht. Sie ging dran, während sie wie hypnotisiert auf das groteske Foto starrte.

»Und, was sagst du?«, hörte sie Franz' heisere Stimme.

»Was soll das? Ich werde das auf keinen Fall an die Redaktion weiterleiten.«

»Hups! Ich habe es Susanna gerade gemailt.«

»Das hast du nicht getan!«

Sie hörte seinen Atem, gehetzt.

»Du hast offenbar noch nicht begriffen, wie schnell mein

Kopf arbeitet, Julia. Und dass ich immer alles an seinen richtigen Platz bringe. Wir senden in fünf Minuten. Live.«

Ihr wurde eiskalt. Und das lag nicht an dem provokanten Klang seiner Stimme oder der Tatsache, dass er schon wieder hinter ihrem Rücken operierte. Eher war es die Erkenntnis, dass ihn das alles ganz offensichtlich erregte.

Bevor er auch nur ein Wort sagen konnte, legte sie auf.

50

FRANZ

Noch lange nach der Unterhaltung mit meiner Mutter hängen mir ihre Worte nach. *Du erträgst Menschen oder auch Gegenstände nicht in deiner Nähe, wenn sie Gefühle in dir auslösen.* Vielleicht habe ich latent schon immer unter diesen Beschwerden gelitten, und der Schlaganfall hat ihnen bloß eine neue Energie gegeben. Oder ich habe durch ihn meine Fähigkeit verloren, damit besser umzugehen. In diesem Fall muss ich noch härter üben, um das unter Kontrolle zu bekommen, so wie ich auch meinen Körper habe trainieren müssen, damit er wieder ganz so ist wie vorher.

Mit diesen Gedanken im Hinterkopf konzentriere ich mich auf Aktivitäten, die mein Machtgefühl verstärken. Gewagte Eingriffe eignen sich nämlich hervorragend, um das Gefühl von Schwäche zu dämpfen. Als Erstes schicke ich Otto auf Reisen. Er hat mich schon seit einer ganzen Weile genervt. Danach ist Tessa an der Reihe. Ich habe Julia den ganzen Tag über im Hintergrund gespürt, wie sie uns beobachtet hat. Das muss meine Erregung angefacht haben.

Und jetzt sitzt Tessa vor mir und ist bereit für ihren großen öffentlichen Auftritt.

»Und, hast du ein gutes Gefühl? Bist du so weit?«

»Ja, ich weiß genau, was ich sagen will.«

»Und bist du dir auch ganz sicher, dass du das wirklich tun willst? Danach gibt es keinen Weg zurück mehr.«

»Todsicher.«

Sie sieht genauso aus, wie ich sie haben will. Das Haar ist vom Wind zerzaust, sie ist ungeschminkt. Authentisch. Wie jemand, der vor kurzem bekehrt wurde.

»Dann gehen wir auf Sendung.« Ich gebe Hampus das Zeichen, und er schaltet die Kamera ein.

Tessa spricht langsam, mit Nachdruck betont sie die einzelnen Worte und hält sich weitestgehend an das Manuskript. Aber sie muss kein einziges Mal auf die Zettel in ihrer Hand sehen. Sie leitet ihren Beitrag damit ein, dass die Zeit auf Dimö für sie eine Berg-und-Tal-Bahn gewesen sei, sie aber jetzt die Spitze des Berges erreicht habe. An dieser Stelle dankt sie mir für die *spirituelle Führung und Anleitung*. Das ist zwar improvisiert, aber keineswegs falsch.

Dann gibt sie bekannt, dass sie den Kontakt zu ihrer Familie abgebrochen habe. Ein notwendiges Übel, um zu verdeutlichen, dass sie nicht mehr dieselben Werte teile. Außerdem werde sie mit sofortiger Wirkung ihr Pelzimperium aufgeben und den Verkauf stoppen. Eventuell noch eintreffende Einnahmen würden vollständig an den Schwedischen Tierschutzbund gehen. Der Höhepunkt schließlich ist – nach einer langen Kunstpause – die Bekanntgabe, dass sie mit der Jagd aufgehört habe. Für immer.

Am Ende ihrer kleinen Ansprache wird es noch einmal rührselig, und ihr kommen die Tränen.

»Ich hatte nicht erwartet, dass mich die Geduld und Klugheit einer einzelnen Person so stark verändern könnte. Ich fühle mich wie von innen gereinigt. Vor mir liegt ein neues Leben, und ich habe vor, es denen zu widmen, denen ich in der Vergangenheit so viel Leid angetan habe.«

Eine einsame Träne rollt über ihre Wange.

Ich gebe Hampus das *Cut*-Zeichen.

»Und, was sagst du? Ist es gut geworden?«, fragt Tessa.

»Du warst sensationell«, sage ich und meine es ganz genau so.

»Oh, das freut mich!«, sagt sie und springt auf.

Sie scheint noch etwas bemerken zu wollen, zögert aber.

»Du, Franz … können wir eine Abschiedsparty für mich machen, bevor ich abreise?«

Ich schaudere bei dem Gedanken daran, wie so eine Party aussehen wird und was sie sich davon erhofft. Aber dann beruhige ich mich mit der Tatsache, dass sie am Tag danach für immer verschwindet, und nicke ihr aufmunternd zu.

»Oh, wie toll!«, jubelt sie und klatscht in die Hände. »Was machen wir als Nächstes?«

»Ich muss erst einmal dafür sorgen, dass die Berichterstattung in den Medien rundläuft. Hampus, du lädst das Video hoch. Dieses Mal benötigen wir keine einleitenden Worte von mir.«

Ich ziehe mir die Jacke über und verlasse das Büro so schnell wie möglich. Den ganzen Tag mit Tessa zu verbringen hat mich viel Kraft gekostet.

Die Dämmerung ist hereingebrochen. Der Himmel ist wolkenlos, dennoch kann ich den Schnee schon riechen. Die Luft hat eine kantigere Feuchtigkeit. Das ist der Atemhauch des Tiefdruckgebietes, das über dem Meer liegt und sich vorbereitet. Der Ersatz für den gefällten Weihnachtsbaum ist bereits mit einer neuen Lichterkette versehen worden, die im Halbdunkel glitzert. In Julias Fenster brennt Licht. Ich kann ihre Kritik und Missbilligung schon vor ihrer Tür spüren. Um eine Diskussion vor möglichem

Publikum zu vermeiden, betrete ich ohne zu klopfen ihre Suite.

Sie sitzt am Rechner, dreht sich um. Ihre Augen werden ganz schmal, die Lippen auch.

»Habe ich dir erlaubt, jederzeit ungefragt bei mir reinzukommen?«, sagt sie.

»Du solltest abschließen.«

»Und warum?«

»Zur Sicherheit. Wenigstens nachts.«

»Das tu ich auch.«

»Hast du dich inzwischen ein bisschen beruhigt?«

»Dich macht es an, wenn du andere manipulieren kannst.«

»Das liegt in meiner DNA, auf die Entscheidungskraft meiner Mitmenschen positiv einzuwirken«, sage ich mit einer Selbstverständlichkeit, die ganz natürlich klingt. Aber Julia lässt sich davon nicht beeindrucken.

»Nein, dich erregt das sexuell, und das finde ich ekelhaft.«

»Wenn du meinst. Vielleicht bin ich ja deshalb hergekommen.«

»Hau ab, wenn du so drauf bist. Oder geh zu Tessa, die steht bestimmt zur Verfügung.«

»Ich bin hier, um dir bei deinem Artikel zu helfen.«

»Ich brauche keine Hilfe.«

Sie wirkt zurückhaltend, fast verwirrt, als wüsste sie nicht, was sie von all dem hier halten soll – von meinen Faxen und verrückten Vorhaben. Aber ich sehe auch noch etwas anderes in ihrem Blick: Sie ist gekränkt, vielleicht sogar eifersüchtig.

»Hast du Tessas Stellungnahme gesehen?«, frage ich.

»Ja, leider.«

»Und, war sie nicht großartig?«

Sie schneidet eine Grimasse und macht eine Schnute.

»Doch, leider.«

»Raus damit, Julia. Wo ist dein Problem?«

»Das Problem bist *du*, Franz. Dir geht es nicht wirklich um diese Menschen, die interessieren dich überhaupt nicht.«

»Ist das nicht vollkommen egal? Jetzt werden Tausende von unschuldigen Tieren vor einem gewaltsamen Tod bewahrt.«

»Nein, weil ein anderer, vielleicht noch widerlicherer Pelzzüchter Tessas Business übernehmen wird. Und noch eine Nerzfarm aus dem Boden stampfen kann.«

»Davon gibt es gar nicht mehr so viele«, sage ich beschwichtigend. »Die Pelzzucht ist ein sterbendes Gewerbe, und heute haben wir dafür gesorgt, dass es seinem Tod noch etwas näher kommt.«

»Mich erschöpft es, mit dir zu diskutieren«, sagt sie und seufzt. »Ich muss das alles sacken lassen und mir dann eine eigene Meinung bilden.«

»Wollen wir noch über das Foto reden, bevor ich gehe?«

»Das ist einfach nur lächerlich und peinlich. Jeder kann doch sehen, dass es inszeniert ist. Wer sind überhaupt diese beiden maskierten Typen?«

»Das sind die Brüder Nilsson, alte Schulkameraden von mir. Denen gehört ein Hof auf der Insel, und sie züchten unter anderem auch Schweine.«

»Und wie viel hast du ihnen gezahlt, damit sie für dieses Foto posieren?«

»Nichts. Sie haben das aus alter Freundschaft getan. Außerdem haben sie großen Respekt vor mir.«

»Du glaubst doch, dass *alle* vor dir Respekt haben, Franz.

Das nennt man Narzissmus. Und eins steht fest, das Foto ist saudämlich.«

»Tessa hat es selbst inszeniert. Sie möchte deutlich machen, dass sie sich vom Abschlachten distanziert hat. Wenn es dir nicht gefällt, mach dich doch in deinem Artikel darüber lustig.«

»Ja, das hat Susanna auch schon gesagt.«

»Ah, sie hat dich angerufen?«

»Natürlich hat sie das.«

Ich habe Mitleid mit Julia. Sie ist so jung, so ehrgeizig und intelligent, aber rettungslos eingeklemmt zwischen Susanna und mir. Ich werde das wiedergutmachen, Julia, denke ich, und bemerke viel zu spät, dass ich es laut gesagt habe.

»Und wie willst du das tun, Franz?«

»Oh, verzeih, ich habe laut gedacht. Mir fallen tausend Möglichkeiten ein, um es wiedergutzumachen, aber es muss … gut werden.«

Ich möchte meine Hand auf ihren Unterarm legen, aber sie zieht ihn abrupt weg.

»Du musst jetzt gehen«, sagt sie. »Die Sklaventreiberin in der Redaktion will, dass ich ihr den Artikel über dieses Spektakel schicke.«

»Dann lasse ich dich mal besser in Ruhe.«

Verzweifelt schüttelt sie den Kopf.

»Jetzt ist nur noch Lars übrig. Wie hast du denn vor, ihn zu knacken?«

»Wenn ich ehrlich bin, weiß ich es noch gar nicht. Er ist der Widerlichste von den dreien, deshalb muss es auch die größtmögliche Erniedrigung sein. Mir wird schon noch das Richtige einfallen, du wirst sehen.«

Kaum habe ich die Tür hinter mir zugezogen, spüre ich einen Stich in meiner Brust. Sehnsucht. Ich überlege kurz, ob ich nicht zurückgehen und ihr vorschlagen soll, heute Abend etwas gemeinsam zu unternehmen. Nur wir beide. Aber sie ist wahrscheinlich nicht in der Stimmung dazu.

Erleichtert stelle ich bei meiner Rückkehr ins Büro fest, dass Tessa gegangen ist. Dafür ist jetzt Elyssa da.

»Eben gerade haben die Leute von der Pforte angerufen. Bei ihnen haben sich mehrere Redaktionen und Nachrichtensender angemeldet.«

»Na ja, ganz unerwartet kommt das jetzt nicht«, sage ich. »Was haben sie geantwortet?«

»Sie haben die Nummern notiert und versprochen, dass du dich bei ihnen meldest.«

»Nein, ruf du sie bitte an. Ich möchte hier vor Abschluss des Experimentes keine anderen Medienvertreter vor Ort haben. Sag ihnen, dass das Anwesen gesichert ist und niemand Zutritt bekommt. Und vergiss nicht, zu erwähnen, dass gerade ein Schneesturm aufzieht und das Risiko ziemlich groß ist, dass sie eingeschneit werden, sollten sie dennoch kommen.«

»Wird gemacht, Franz«, sagt sie und macht einen Knicks.

»Sind die Hemden gebügelt, um die ich dich gebeten hatte?«, frage ich.

»Nein. Ich habe sie in die Hauswirtschaftsabteilung weitergegeben. Und wenn du in Zukunft etwas in der Art benötigst, wende dich bitte direkt an sie. Das gehört nicht zu meinem Aufgabenbereich.«

Ich starre sie verwundert an. Ich bin tatsächlich so überrumpelt, dass ich kein einziges Wort herausbekomme.

»Ich habe in letzter Zeit viel zu wenig Schlaf bekommen«, fährt sie fort. »Eine gute Freundin hat mir den Tipp gegeben, wie ich meine Arbeitslast reduzieren kann. Du möchtest doch bestimmt nicht, dass ich krank werde?«

Sie ist so besonders authentisch und dabei so beherrscht und aufrichtig, dass mich das sprachlos macht.

»So, und jetzt gehe ich und rufe diese Journalisten an«, sagt sie und verlässt mein Büro.

51

JULIA

Der Himmel über dem Herrenhaus war klar und leer, aber über dem Meer türmten sich dunkellila Wolken auf. Sie bewegten sich mit einer rasanten Geschwindigkeit auf die Insel zu. Ein Schneesturm. Julia fand das aufregend. Und es würde wohl kaum schlimmer werden als der Sturm, der ihr Häuschen zertrümmert hatte. Da meldete sich Susanna über Skype bei ihr.

»Ich möchte, dass du über diese Party was schreibst«, kam sie ohne Umschweife zur Sache.

Für Tessa war eine Abschiedsparty organisiert worden. Julia hatte nicht unbedingt vorgehabt, dorthin zu gehen. Und woher wusste Susanna überhaupt davon? Wahrscheinlich hatte Franz ihr das erzählt.

»Franz ist ja immer so zugeknöpft«, sagte Susanna. »Da wäre es großartig, wenn du ein paar Fotos schießen könntest, sobald er betrunken ist.«

»Das wird er niemals sein, und ich habe keine Lust.«

»Das wird vielleicht die geilste Orgie aller Zeiten«, kicherte Susanna, als hätte sie Julias Einwand gar nicht gehört. Julia fühlte sich auf einmal uralt, und das lag wohl an dem kindischen Verhalten ihrer Chefin.

»Das bezweifle ich stark, Franz wird eher gar keinen Alkohol ausschenken.«

»Julia, ich muss dir leider jetzt mal was sagen. Du musst dich ein bisschen locker machen. Wie alt bist du? Neunzehn?«

»Ja, bald.«

»So jung. Du darfst auch ruhig Spaß haben, einmal wenigstens. In meinem Alter bereut man nicht die Dinge, die man getan hat, sondern nur die, die man nicht getan hat.«

»Vielen Dank, aber ich brauche wirklich keine Aufmunterung mit abgedroschenen Klischees«, sagte Julia. »Ich halte hier zu allen Abstand, so macht das eine Journalistin doch?«

»Doch, ja schon, aber solange du deinen Job machst, spricht nichts gegen ein bisschen Party. Du gehst doch als Beobachterin dorthin.«

»Okay, meinetwegen, ich schau mal vorbei«, versprach Julia.

»Ja, und du musst darüber berichten. Du bist die einzige Medienvertreterin vor Ort. Alles, was passiert, ist wichtig. Übrigens: Tessas Stellungnahme und dein Artikel sind viral gegangen. Und er ist der am häufigsten angeklickte in diesem Jahr, seit diese Irren vom Felsen gehüpft sind. Also, herzlichen Glückwunsch. Gut gemacht. Du bist eine richtige Reporterin geworden.«

»Ach, hör auf, ich weiß nicht«, sagte Julia verlegen.

»Doch, das bist du. Journalisten bringen die Wahrheit ans Licht und klären die Allgemeinheit über Dinge auf, über die sie Bescheid wissen sollte. Wir beeinflussen mit unseren Enthüllungen zukünftige Generationen, und eins ist sicher: Dieses soziale Experiment ist jetzt schon legendär.«

»Okay, danke.«

»Ach, und zieh dir was Hübsches an. So kannst du da heute Abend nicht aufkreuzen.«

Julia trug einen dicken Wollpullover und eine Jeans.

»Wir sind hier auf einer Insel, Susanna. Die Leute rennen hier nicht in Partyklamotten herum.«

»Aber du solltest trotzdem eine würdige Repräsentantin von MODA sein.«

Julia hatte nicht gewusst, dass ihre Artikel viral gegangen waren. Sie interessierte sich auch nicht für die Kommentare. Ihr machten zurzeit weder Lob noch Kritik etwas aus. Als wäre sie von einer plötzlichen Immunität gegen alles befallen worden, was im Netz geschrieben wurde.

Ganz andere Dinge faszinierten sie. Zum Beispiel die Frage, warum sich einige Menschen Autoritäten schneller unterwarfen als andere. Oder: Konnte ein böser Mensch etwas Gutes tun? Und wenn ja, mit welchem Ziel? Am meisten aber beschäftigte sie, welche Gedanken Franz' komplizierter Geist umtrieb, wenn sein Blick blitzschnell von messerscharf zu vernebelt und verträumt wechselte. Er schien in diesem Experiment voll und ganz aufzugehen, mit einer fast manischen Lust. Wenn er von seinen übernatürlichen Kräften sprach, von seiner *inneren, angeborenen Stärke*, war das ernst gemeint oder das Geschwätz eines raffinierten Lügners? Sie versuchte, einen rationalen Zugang zu wahren, aber es war fast unmöglich, sich vor einem Mann zu schützen, der so viel Raum in Anspruch nahm wie Franz. Überall tauchte er urplötzlich auf und kroch allen, in deren Nähe er kam, unter die Haut.

Julia hatte den ganzen Tag damit verbracht, die Ereignisse der letzten Zeit von allen Seiten zu beleuchten. Seit Tessa und Otto eine Art Transformation durchlaufen hatten, war alles andere auf einmal viel interessanter geworden. Wie viele Schlupflöcher gab es in einem Rechtssystem, dass solche Individuen ungehemmt ihre kriminellen Machenschaften ausleben konnten? Gab es eine Grenze, ab der man keine andere Wahl hatte und die Sachen selbst in die Hand nehmen musste? Franz hatte das getan. Und danach hatte sich bei Tessa und Otto etwas Grundlegendes geändert, was aber auch allerhöchste Zeit gewesen war. Schließlich hatten die negativen Reaktionen und Anfeindungen in den sozialen Medien nicht ausgereicht, um etwas in Bewegung zu setzen.

Die Dunkelheit war hereingebrochen, und sie spürte eine undefinierbare Rastlosigkeit. Am Ende beschloss sie also, doch bei der Party vorbeizugehen. Nicht weil ihre Chefin ihr das befohlen hatte, sondern weil sie Lust dazu hatte. Sie ging unter die Dusche, föhnte sich, steckte die Haare hoch und zog sich ein kurzes schwarzes Kleid an. Julia war von Susannas Äußerung verärgert, dass sie sich nicht locker machen konnte. Was stimmte, war, dass sie ihre Lust auf Partys generell verloren hatte. Ihre Gefühle waren schon immer intensiver gewesen als die ihrer Freunde. Faszination. Neugier. Verlangen. Als Kind war sie altklug genannt worden, wenn die Erwachsenen dachten, dass sie nicht zuhören würde. Sie hasste dieses Wort. Später wurde sie dann frühreif genannt, dabei fühlte sie sich überhaupt nicht reif, nur rastlos und anders als die anderen.

Wahrscheinlich hatte die Sektenvergangenheit ihrer Eltern damit zu tun. Sie hatten besonders großen Wert darauf gelegt, dass sie ganz *normal* aufwuchs. Als Teenager hatte sie eine eher leichtsinnige und sorglose Lebenshaltung gehabt. Sie wollte was erleben, wie mit dem Nachtzug durch Europa fahren, ohne eine feste Unterkunft. Fallschirmspringen, mit dem Motorrad schneller fahren als erlaubt, allein trampen. Ihre Lust, alles mitzunehmen, was das Leben ihr bot, war unersättlich gewesen. Aber sie durfte keine risikoreichen Abenteuer erleben, dafür sorgte schon ihre Mutter. Und obwohl sie älter und tatsächlich auch reifer geworden war, spürte sie diese Abenteuerlust nach wie vor in sich. Julia war schon immer wild und temperamentvoll gewesen. Das Problem war bloß, dass sie diese überschüssige Energie nur selten dafür nutzte, etwas Bedeutsames zu tun. Mittlerweile war sie viel konzentrierter geworden. Sie war nicht nur fasziniert von den Facetten des menschlichen Geistes – sie war davon besessen.

Der Speisesaal befand sich gleich nebenan, nur ein paar Eingänge weiter, deshalb entschied sie sich gegen die Winterjacke. Draußen schneite es. Dicke Schneeflocken landeten wie weiche Wattebäusche auf ihren Armen und dem schwarzen Kleid und schmolzen innerhalb von Sekunden.

Es roch nach Glögg und Apfelsinen. Das Personal hatte ein Weihnachtsbuffet aufgetischt. Julia war begeistert, wie hübsch das alles aussah. Neben dem Kamin stand ein riesiger Weihnachtsbaum, der mit großen roten Kugeln geschmückt war. In den Fenstern und auf den Tischen standen Kerzenleuchter. Der Saal war gut gefüllt, an die dreißig Leute saßen an den Tischen. Aber Franz war nicht zu sehen. Sie setzte sich zu Elyssa, Tessa und Lars, weil sie wissen wollte, worüber sie sich unterhielten. Otto war tatsächlich Richtung Polen abgereist.

»Du siehst aber schön aus!«, rief Elyssa begeistert, »Komm, hol dir was zu essen, ich halte dir den Platz frei. Und nimm dir was von dem Glühwein. Der ist zwar stark, aber wirklich gut.«

»Ich stimme zu!«, sagte Lars, der schon ziemlich rote Augen hatte.

Julia nahm sich etwas von dem üppigen Buffet und goss

sich ein halbes Glas vom Glühwein ein. Sie hatte nicht vor, sich zu betrinken.

»Und was wirst du jetzt machen?«, fragte sie Tessa, nachdem sie sich wieder hingesetzt hatte.

»Es wird eine Weile dauern, bis ich mein Geschäft abgewickelt habe, danach werde ich eine Weile in meinem Sommerhaus auf Ibiza verbringen und dort meditieren. Was danach passiert, weiß ich jetzt noch nicht. Wir werden sehen, was Franz sich ausgedacht hat. Ich würde gerne für ihn arbeiten. Er ist etwas ganz Besonderes – klug, kompetent, sexy. Seht ihn euch doch an. Hundert Prozent Mann.«

Oder hundert Prozent wahnsinnig, dachte Julia verächtlich.

Tessa trug ein sehr kurzes Paillettenkleid und roch, als hätte sie in Parfum gebadet. Sie verströmte eine kraftvolle Energie, wie eine Frischbekehrte. Wenn sie von Franz sprach, klang sie so ehrfurchtsvoll wie ein tiefreligiöser Katholik, der eine Audienz beim Papst bekommen hatte.

»Und du, Elyssa?«, fragte Julia. »Was wirst du machen, wenn das hier vorbei ist?«

Aus dem Augenwinkel beobachtete sie nervös Lars neben sich, der auf beunruhigende Weise betrunken wirkte. Er hatte sich vermutlich schon zu oft etwas von dem Glühwein geholt.

»Ich bleibe Franz' Sekretärin«, antwortete Elyssa stolz. »Er hat spannende Pläne für den Ort hier.«

Julia wollte sie gerade fragen, was das für Pläne waren, als sie etwas auf ihrem Bein spürte. Sie erstarrte und hatte sofort einen Kloß im Hals. Das ungute Gefühl breitete sich rasend schnell in ihrem Körper aus, und ehe sie begriff, dass Lars sie berührt hatte, lag seine Hand auf ihrem Oberschenkel.

Sie gab ihm eine schallende Ohrfeige mit der Außenseite ihrer Hand und sprang auf.

Es wurde still am Tisch. Sie holte Luft, um ihn abzukanzeln, als sie Franz' Anwesenheit spürte. Er stand nur wenige Meter entfernt, mit dem Rücken zu ihr. Aber wie auf ein geheimes Zeichen hin drehte er sich um und sah zu ihr hinüber. Julia wandte sich wieder Lars zu und warf ihm einen vernichtenden Blick zu. Das konnte sie hervorragend. Vernichtende Blicke. Lars wurde ganz klein.

»Hör auf mit dem Quatsch, sonst lass ich dich rausschmeißen«, sagte Julia.

Lars' Gesicht versteinerte. Julia wollte sich nicht wieder hinsetzen, ihr war übel. Aber da war noch etwas anderes. Lars' Lippen bewegten sich, und er murmelte etwas. *Fotze?* Hatte sie richtig gehört? Die Geräuschkulisse machte es unmöglich, es genau zu verstehen. Weder Elyssa noch Tessa sagten etwas. Lars starrte auf seine Hände. Julia bohrte ihre Nägel in die Handflächen, damit der Schmerz sie von den Tränen ablenkte, die sich meldeten. Das war doch lächerlich. Lars hatte ihren Oberschenkel nur ein paar Sekunden lang berührt. Aber *Fotze?* Hatte er das wirklich gesagt?

Als sie den Kopf hob, sah sie, dass Franz sie nach wie vor anstarrte.

Sein Blick war so intensiv, dass sie weiche Knie bekam.

52

FRANZ

Ich sehe mich suchend im Speisesaal um, kann Julia aber nicht entdecken. Normalerweise habe ich keine Schwierigkeiten, sie auch in einer größeren Menschenmenge sofort zu finden. Und da es mir jetzt so geht, vermute ich, dass sie gar nicht gekommen ist.

Obwohl es nur etwa dreißig Partygäste sind, ist die Stimmung gelöst und ausgelassen. Weihnachtsfeiern gehören definitiv nicht zu meinen Favoriten, aber den anderen scheint es sehr gut zu gefallen.

Plötzlich spüre ich ein Kribbeln im Nacken und drehe mich um.

Julia steht neben einem der Tische und sieht zu mir herüber.

Dann wendet sie sich wieder ab und sagt etwas zu Lars, der neben ihr sitzt.

Sie sieht wütend aus.

Unsere Blicke treffen sich ein zweites Mal.

Mich erregt ihre Anwesenheit eigentlich immer, aber das Verlangen, das in diesem Moment in mir aufsteigt, verschlägt mir den Atem.

Ich kann meinen Blick nicht abwenden.

Mit wenigen Schritten stehe ich an ihrem Tisch. Die Stimmung ist so bedrückend, dass ich sie greifen kann.

»Alles okay bei euch?«, frage ich so ungezwungen wie möglich.

»Eigentlich schon. Nur Lars konnte seine Pfoten nicht zurückhalten und hat Julia betatscht«, klärt Tessa mich auf.

»Soll ich ihn rauswerfen lassen?«, frage ich Julia.

»Nein, alles in Ordnung. Ich wollte sowieso gerade aufstehen und mich unter die Leute mischen. Aber er sollte nichts mehr trinken.«

Lars ist in sich zusammengesunken und unterdrückt einen Rülpser. Seine Hände liegen auf seinem fetten Bauch. Es ist schwer abzuschätzen, ob er so dreist ist, dass er glaubt, mich damit provozieren zu können, oder ob er so betrunken ist, dass er nichts mehr merkt. Allerdings weiß ich nicht, welche Variante mich stärker irritiert.

Wenn ich nicht augenblicklich hier weggehe, werde ich mich nicht beherrschen können. Einen Teilnehmer auf der Weihnachtsfeier totzuschlagen wäre für einen spirituellen Führer wahrscheinlich keine so gute Werbung.

»Elyssa, könntest du einen der Jungs beauftragen, ihn in sein Zimmer zu bringen, damit er sich ausnüchtern kann? Und er bekommt keinen einzigen Tropfen mehr.«

Elyssa nickt wortlos.

»Darf ich kurz mit dir sprechen, Julia?«

»Klar«, sagt sie und wirkt erleichtert.

»Oh, Franz«, säuselt Tessa. »Nachher musst du unbedingt mit mir tanzen.«

»Ich mag Tanzen nicht so, aber ich komme gleich zurück und seh dir dabei zu.« Ich werfe ihr ein etwas verkniffenes Lächeln zu, das sie ganz offensichtlich als Flirt missversteht, während sie mir anzüglich zublinzelt.

Ich lege meine Hand auf Julias Unterarm und begleite sie in eine Ecke des Raumes. Wir stehen neben dem grässlichen

Weihnachtsbaum. Sie sieht umwerfend aus, dabei trägt sie nur ein einfaches schwarzes Kleid. Aber sie hat ihre Haare zu einem kunstvollen, eleganten Knoten hochgesteckt.

»Was genau hat Lars getan?«, frage ich sie.

»Er ist betrunken und richtig eklig und hat eine Hand auf meinen Oberschenkel gelegt.«

Damit ist die Sache für mich erledigt.

»Alles klar, der ist schon so gut wie rausgeworfen.«

»Nein, lass ihn. Der fällt doch gleich in einen Tiefschlaf. Ich möchte mich noch ein bisschen mit den anderen unterhalten.«

Ich kann sehen, wie ihr Kiefer arbeitet, und spüre, wie angespannt sie ist.

»Bist du dir sicher? Ich habe Elyssa gesagt, dass sie ihn von hier entfernen soll.«

»Mach dir nicht so viele Gedanken darüber. Der ist doch bloß besoffen und eigentlich harmlos.«

»Sicher?«

Sie antwortet mit einem diskreten Nicken. Es ist zwar ziemlich dunkel hier in der Ecke, aber ich sehe eine sanfte Röte auf ihren Wangen.

»Du siehst heute so wunderschön aus, dass es mir vorhin den Atem verschlagen hat«, sage ich und lege eine Hand auf ihren Arm. Aber sie zieht ihn sofort weg.

»Hör auf. Fängst du jetzt auch noch damit an? So wie Lars?«

Trotz ihres Widerstandes sehe ich in ihren Augen, dass auch sie die Anziehungskraft zwischen uns empfindet.

»Ich möchte später gerne nochmal mit dir reden, geht das? Erst muss ich allerdings meine Pflichten als Gastgeber dieser öden Party erfüllen. Aber danach vielleicht?«

»Mal sehen. Ich finde die Party überhaupt nicht öde, im

Gegenteil, deine Leute haben einen Hammerjob gemacht, und du solltest ihnen dafür dankbar sein.«

»Dann werde ich das auch tun.«

Julia lächelt mir zu und geht an den Nachbartisch.

Hampus kommt mit zerknirschter Miene zu mir.

»Chef, wir haben ein kleines Problem. Oder sagen wir, es ist ein großes Problem, wenn ich es nicht lösen kann.«

»Was ist los?«

»Wir haben weder Internet noch ein Mobilfunknetz. Das mit dem Handyempfang geht ja noch, weil sowieso niemand sein Telefon benutzt, aber wir benötigen unbedingt das Internet.«

»Was ist denn passiert?«

»Ich weiß es nicht. Vielleicht sind das die Hacker, die unseren Blog lahmgelegt haben. Oder es hat mit dem Schneesturm zu tun, obwohl ich das unwahrscheinlich finde. Ich repariere es so schnell ich kann und sage dann Bescheid.«

»Sehr gut. Ich verlasse mich darauf, dass du das hinbekommst.«

Das bereitet mir keine Kopfschmerzen. Wir sind an einem guten Punkt angelangt, und ich habe bisher noch keine weiteren Pläne, was Lars betrifft. Deshalb kommt mir die Unterbrechung der Verbindungen auch sehr gelegen. Ich plaudere mit den Partygästen und zeige ihnen meine Wertschätzung. Aber ich habe keine Ruhe. Kaum habe ich meine Pflichtrunde absolviert, gehe ich vor die Tür, um Luft zu schnappen und in Ruhe meine Gedanken sortieren zu können.

Der Schneefall hat zugenommen, ich lehne mich unter die Dachrinne gegen die Hauswand. Das Anwesen ist ganz weiß, bedeckt von mehreren Zentimetern Schnee. Der

Wind wirbelt die Schneeflocken umher, wie in einem verzauberten Tanz.

Ich muss an Julia denken und werde von einem übermächtigen Verlangen gepackt.

Heute Nacht werde ich meiner Lust nicht mehr widerstehen können.

Nicht das Fremde verführt uns, sondern das fast Vertraute. Julia und mich verbindet eine gefährliche Synergie. Mein Körper erinnert sich genau daran, wie weich ihre Haut ist. Meine Erinnerung an den Abend vor zwei Jahren ist unauslöschlich.

Ich schließe die Augen und entwerfe einen Plan.

Ich werde in meinem Büro warten, bis sie die Party verlässt. Das kann ich von meinem Fenster aus sehen.

Natürlich gebe ich ihr genug Zeit, um sich fertig zu machen und ins Bett zu gehen.

Dann werde ich mich in ihre Suite schleichen.

Ich werde mich neben ihr Bett in den Sessel setzen, in einem gehörigen Abstand, damit sie mich nicht als Bedrohung empfindet.

Erst dann werde ich ihr meinen Vorschlag unterbreiten.

Mit der richtigen Tonlage wird sie mir zuhören. Das ist eine Fertigkeit, die ich beherrsche – mit tiefer und warmer Stimme zu sprechen, die Selbstvertrauen ausdrückt, ohne arrogant zu klingen. Ich kann sogar ein selbstironisches Lächeln aufsetzen, sollte das notwendig sein.

Ich werde ihr dann vorschlagen, eine einzige Nacht mit mir zu verbringen, aber eine, die sie niemals vergessen wird. Das garantiere ich ihr.

Wenn sie darauf nicht eingehen will, lasse ich sie auf jeden Fall für immer in Ruhe. Kein weiteres Flirten. Keine anzüglichen Bemerkungen. Das verspreche ich ihr.

Wir werden uns immer voneinander angezogen fühlen, aber dann nur noch als Freunde miteinander verbunden sein.

Ich versichere ihr außerdem vollkommene Diskretion. Kein Wort zu Thor. Niemals.

Schon bald wird sie abreisen. Das könnte meine letzte Gelegenheit sein.

Ich reiße mich von meinen Träumereien los. Das Anwesen ist menschenleer, es gibt nur Schnee, Wind und die Leere. Im Wachhäuschen sitzt jemand, aber den kann ich von hier aus nicht erkennen. Ich muss nur noch eine Kleinigkeit erledigen, bevor ich mich in mein Büro zurückziehe und darauf warte, dass Julia die Party verlässt.

Ihre Suite ist zum Glück unverschlossen. Leise öffne ich die Tür.

Es ist dunkel, aber es riecht nach ihr. Es ist nicht leicht für jemanden, der so wählerisch ist wie ich, sich in einen Geruch zu verlieben. Schließlich muss es der richtige sein und etwas in mir auslösen. Das kann man nicht künstlich erzeugen. Es heißt, dass Gerüche länger in der Erinnerung gespeichert werden als alle anderen Sinneseindrücke. Manchmal wache ich nachts davon auf, dass ihr Duft mich umgibt. Und dann kann ich nicht mehr einschlafen. Ich genieße den Moment, atme ein paarmal tief ein. Der Zimmerschlüssel steckt von innen. Ich ziehe ihn ab und schiebe ihn mir in die Jackentasche. Nur zur Sicherheit. Damit sie nicht abschließen kann. Dann schleiche ich so leise, wie ich gekommen bin, wieder hinaus.

53

JULIA

Sie hatte sich bisher nie mit Franz' Angestellten unterhalten, was offensichtlich ein großer Fehler gewesen war. Denn sie zeichneten ein Bild von ihm, das ihr bis dahin vollkommen fremd gewesen war. Er bezahlte sie fair und behandelte sie wie Gleichberechtigte und nicht wie Untergebene. Er unterhielt sich mit ihnen, stellte ihnen Fragen zu ihrem Leben, ihrer Herkunft und erzählte kleine Anekdoten aus seinem Leben. Dadurch fühlten sie sich bedeutsam. Einige erzählten sogar, dass er sich für ihre Aufgaben interessierte, und zwar bis ins kleinste Detail. Eine der Putzkräfte zum Beispiel berichtete, dass Franz mit ihr über den effektivsten Einsatz des Staubsaugers diskutiert hatte. Das passte überhaupt nicht in das Bild, das Julias Mutter von Franz gezeichnet hatte, was sie sehr verblüffte. Sie spürte, wie ihre Abneigung Franz gegenüber schmolz. Aber vielleicht verhielt er sich auch nur so, um seine Belegschaft an sich zu binden. Am Ende war es bloß eine Frage der Zeit, bis er die vollkommene Kontrolle über alle und jeden hatte, so wie damals in der Sekte.

Die meisten Angestellten waren zwischen zwanzig und dreißig, und offenbar machte es ihnen nichts aus, auf einer ziemlich einsamen Insel zu wohnen. Sie alle aber erwähnten ein *Vorhaben*, das für die Zeit nach Abschluss des Experimentes geplant war. Doch niemand wusste genau, was sich dahinter verbarg. Franz hatte ihnen lediglich angeboten, daran teilzuhaben. Julia beschloss, Franz bei der nächsten Gelegenheit zu seinen Zukunftsplänen zu befragen.

Im Lauf des Abends spürte Julia Lars' Blicke weiterhin auf sich, und es lief ihr kalt den Rücken herunter. Sie hatte Franz davon überzeugen können, ihn auf der Party zu lassen, und nun saß er allein in einer Ecke des Saals und wirkte wieder etwas nüchterner. Sein Blick wirkte konzentrierter, was ihn allerdings nur noch unheimlicher erscheinen ließ. Sie starrte ihn ermahnend an, er aber erwiderte ihre Blicke mit einer beunruhigenden Kälte. Julia schob alle Bedenken beiseite. Franz würde sich um Lars kümmern und sich eine gerechte Strafe ausdenken.

Je länger sie auf der Party blieb, desto lustiger wurde es. Sie spürte die Wirkung des Glühweins, von dem sie sich immer wieder etwas nachschenkte. Als die Tanzfläche eröffnet wurde, setzte sie sich an den Rand und sah zu. Was sollte sie über diesen Abend in ihrem Artikel erwähnen? Sie hatte nicht die leiseste Idee. Der Schneefall hatte deutlich zugenommen, der Wind drückte die Flocken gegen die Fenster und rüttelte an den Scheiben. Es war unheimlich, verstärkte aber das vorweihnachtliche Gefühl.

Als sie schließlich aufstand, um ins Bett zu gehen, schwankte sie ein bisschen. Sie hatte eindeutig genug getrunken und peilte nur noch ein Ziel an.

Der Schnee vor der Tür war schon mehrere Zentimeter tief und hatte sich wie eine flauschige weiße Decke über alles gelegt. Frierend betrat sie ihre Suite. Sie machte kein Licht an, hatte nur den Wunsch, schnell ins Bett zu kriechen und zu schlafen. Als sie die Tür hinter sich abschließen wollte, steckte der Schlüssel nicht im Schloss. Wahrscheinlich war er auf den Boden gefallen. Sie tastete im Dunkeln danach, konnte ihn aber nicht finden. Auch nicht, nachdem sie das Licht eingeschaltet hatte. Erschöpft beschloss sie, sich am nächsten Tag darum zu kümmern und schlafen zu gehen.

Sie löschte das Licht, zog sich die Schuhe aus und warf sich aufs Bett. In ihrem Kopf drehte sich alles, und ihre Augenlider waren tonnenschwer. *Wenn es die ganze Nacht so weiterschneit, werden wir morgen eingeschneit sein*, war ihr letzter Gedanke, bevor sie in einen traumlosen Schlaf sank.

Wäre sie nüchterner gewesen, hätte sie die Schritte draußen gehört und das Poltern, als jemand vor der Tür auf den Stufen ausrutschte. Aber sie schlief bereits tief und fest.

Als sie kurz darauf aufwachte, hatte sich ihr Unterbewusstsein gemeldet. Jemand war im Zimmer, und der stellte eine Gefahr dar.

Sofort war sie hellwach. Später konnte sie rekonstruieren, dass sie nicht länger als ein paar Minuten geschlafen hatte. Verängstigt starrte sie in die Dunkelheit, konnte aber nichts erkennen.

Ihr Körper schüttete eine gewaltige Menge Adrenalin in ihre Blutbahn, und zuerst war sie wie gelähmt. Es herrschte absolute Stille, als hätte das große Herz der Welt aufgehört zu schlagen, während ihr kleines ohrenbetäubend laut hämmerte.

Dann hörte sie die Schritte.

Sie sah die Konturen eines Mannes und setzte sich auf, aber er stieß sie zurück aufs Bett. Und begrub sie geradezu unter sich. Sie konnte sich nicht mehr bewegen. Als sie schrie, presste er eine Hand auf ihren Mund. Sie versuchte sich loszureißen, ihn zu treten, aber er hielt sie mit seinem Gewicht gefangen. Sie biss ihm in die Hand, woraufhin er vor Schmerz aufschrie, ihr aber sofort die Kehle mit der Hand zudrückte. Sie schnappte nach Luft und erstarrte. Sie durfte jetzt nicht in Panik geraten, musste weiterkämpfen. Aber er war einfach viel zu schwer.

Sekunden später explodierte der Raum in gleißendem Licht.

54

FRANZ

Von meinem Fenster aus sehe ich, wie Julia die Party verlässt. Endlich. Sie ist ein bisschen unsicher auf den Beinen. Aber das macht nichts. Wenn sie meinen Vorschlag gehört hat, wird sie in Sekundenschnelle nüchtern sein. Ich gebe ihr noch etwas Zeit, um sich bettfertig zu machen.

Die Schneedecke ist angewachsen, der Wind hat zugenommen und an einigen Stellen kleine Verwehungen gebildet. Ich gehe an den Rechner und überprüfe, ob wir wieder Internet haben. Aber alles unverändert. Morgen werden alle beim Schneeschippen helfen müssen, und da wir weder Internet noch unsere Handys benutzen können, werden wir auch nicht in der Lage sein, Hilfe von außerhalb anzufordern. Das wird ein Alle-Mann-an-Deck-Unternehmen. Ich gehe zurück ans Fenster, darf mein eigentliches Vorhaben nicht aus den Augen verlieren.

Da sehe ich den Mann, der auf den Stufen vor den Unterkünften ausrutscht.

Ich habe sofort ein ungutes Gefühl. Hier stimmt etwas nicht. Das ist kein großes Gefühl, nur etwas wie eine kleine Erschütterung, ein Zittern, als würde die Welt um ein paar Millimeter verrutschen. Der Mann fängt sich wieder und drückt die Türklinke zu einer der Unterkünfte herunter. Es ist die Tür zu Julias Suite. Es ist dunkel, und der Schnee bildet Schlieren auf meinem Fenster. Trotzdem erkenne ich Lars an seinen Bewegungen. Seine Schwerfälligkeit und Körpergröße sind unverwechselbar. Für einen Bruchteil gehe ich davon aus, dass er sich nur in der Tür geirrt hat, schließlich wohnt er auch in den Unterkünften. Aber die Fenster bleiben dunkel.

Ich erstarre, weil ich weiß, was gleich passieren wird. Die Wut flammt in mir auf, wie ein Lavastrom, und alles geht so schnell, dass ich erst draußen in der ersten Schneewehe realisiere, dass ich die Treppe heruntergestürmt bin. Meine Jacke ist sofort mit Schneeflocken bedeckt, sie fliegen mir auch in die Augen. Eigentlich müsste ich Rot sehen, aber ich sehe Blauweiß – die Farbe, die Licht annimmt, wenn es sehr heiß wird. Tausendzweihundert Grad. Meine Gedanken sind ungeordnet und unzusammenhängend. *Rasend vor Wut* ist ein beschönigender Ausdruck für meine Verfassung. Ich bin außer mir, jenseits von Gut und Böse.

Ich stoße die Tür auf.

Mit der linken Hand taste ich an der Wand nach dem Lichtschalter, und der Raum explodiert förmlich vor Helligkeit.

Lars liegt auf Julia, fett und keuchend.

Ohne nachzudenken, befreie ich Julia von dem unerträglichen Gewicht, zerre Lars zu Boden und setze mich rittlings auf seinen Bauch. Der erste Schlag mit meiner geballten Faust trifft seine Brust, der zweite die Seite seines Kopfes. Ich schlage hart zu. Und ich hätte auch niemals aufgehört, würde Julia nicht schreien.

»Hör auf, hör auf! Du schlägst ihn noch tot!«

Benommen sehe ich auf Lars unter mir. Das Blut läuft ihm aus der Nase, die Lippen sind geschwollen, der Blick ist verschwommen. Entsetzt lasse ich von ihm ab und stehe auf.

Julia sitzt auf dem Bett, die Knie an die Brust gezogen, zitternd.

»Er war so unfassbar schwer, ich habe keine Luft bekommen und konnte ihn nicht wegstoßen.«

Sie ist den Tränen nahe, und während sie stotternd den Hergang beschreibt, scheint ihr das Ausmaß erst bewusst zu werden.

Lars liegt reglos am Boden. Etwas in ihm ist gebrochen. Sein freier Wille ist zerbrochen. Er wird ab jetzt alles tun, was ich ihm sage.

»Bleib hier. Ich werde ihn wegschaffen, dann komm ich zurück.«

»Wo sollte ich denn hin?«, erwidert sie, und in ihrem Gesichtsausdruck erkenne ich die Julia wieder, die ich kenne.

Ich zerre Lars hoch und ziehe ihn hinter mir her aus dem Zimmer und über den Hof, ins Herrenhaus. Er ist willenlos. Stolpert und rutscht aus, aber ich bin unerbittlich.

Ich sperre ihn in ein leerstehendes Dienstbotenzimmer, das von innen und außen abgeschlossen werden kann, und stoße ihn dort aufs Bett.

»Du schläfst jetzt deinen Rausch aus.«

Er antwortet nichts, starrt stumm an die Decke. Sein Gesicht ist blutverschmiert, ein unappetitlicher Anblick.

Ich schalte das Licht aus, ziehe die Tür hinter mir zu und schließe von außen ab.

Ein leises Klirren ist zu hören, als dieser Schlüssel den anderen – von Julias Suite – in meiner Jackentasche trifft. Die Scham zieht wie ein kurzer, heißer Schauder über mein Gesicht.

So schnell ich kann stapfe ich durch den Schnee zurück.

Aus dem Speisesaal klingt fröhliche Musik und mischt sich mit dem Lachen der Gäste. Aus dem Schornstein schlagen winzige Funken und wirbeln wie ein kleines Feuerwerk durch die Luft, bis der Schnee sie schluckt. Ich habe das Gefühl, gleichzeitig in einem Traum und Albtraum zu stecken.

Müsste ich den Wachposten informieren? Aber was könnte er jetzt noch ausrichten?

Julia sitzt zusammengekauert und blass auf ihrem Bett, aber sie wirkt schon gefasster.

»Was hast du mit ihm gemacht?«, fragt sie.

»Der schläft jetzt in einem der Dienstbotenzimmer seinen Rausch aus.«

Ich setze mich zu ihr auf die Bettkante und greife nach ihrer Hand, aber sie zieht sie weg.

»Verzeih mir bitte. Ich hätte das verhindern müssen.«

»Und wie hättest du das tun sollen?«

»Ich hätte direkt handeln müssen, nachdem er dich angetatscht hat.«

»Ich will jetzt nur schlafen.«

»Du solltest ihn bei der Polizei anzeigen, aber wir haben kein Netz, und mit dem Schnee …«

»Ich möchte eine Nacht darüber schlafen. Es ist ja auch nichts weiter passiert, außer dass er sich mit seinem fetten Körper auf mich geworfen hat.«

»Aber, wenn ich nicht gekommen wäre …«

»Aber das bist du ja. Wenn Susanna das rausbekommt, zitiert sie mich sofort zurück. Und ich weiß nicht, ob ich das möchte. Ich kann ihn ja noch immer anzeigen, wenn das hier vorbei ist und ich wieder in Göteborg bin.«

»Schlaf in meinem Gästezimmer. Wir reden morgen darüber.«

»Und was ist mit Lars?«

»Den lassen wir nicht raus, bis wir wissen, was wir mit ihm machen werden. Er hat ja ein Badezimmer und braucht vorerst ganz bestimmt kein Essen.«

»Okay. Vielen Dank, dass du mir geholfen hast. Woher wusstest du eigentlich, dass er in mein Zimmer gekommen ist?«

Ich bin ertappt, sprachlos. Aus Reflex schiebe ich meine Hand in die Jackentasche und berühre die beiden Schlüssel. Ich schäme mich. Zum zweiten Mal an diesem Abend. Das Gefühl ist so ungewohnt und erniedrigend, dass ich mich fast verplappert hätte.

»Ich war gerade im Büro und habe zufällig aus dem Fenster gesehen.«

Sie klaubt ein paar Sachen zusammen und stopft sie in eine Stofftasche.

»Ich schlafe nicht mit dir in einem Zimmer. Aber ich nehme gerne das Angebot an, wieder im Gästezimmer zu schlafen.«

»Wie du willst. Aber ich bin da, wenn du mich brauchst.«

Die Schneedecke ist noch höher geworden und reicht Julia fast bis zum Knie. Es ist unmöglich, die Wege zu sehen, alles verschwimmt in einem einzigen weißen Nebel.

Der Wachmann kommt auf uns zugestapft.

»Alles in Ordnung, Chef? Ich habe Sie mit Lars gesehen.«

»Ich habe die Lage unter Kontrolle. Und gebe euch morgen alle notwendigen Informationen.«

Der Wachmann nickt mir aufmunternd zu und kehrt um.

Julia geht schweigend die Treppe hoch. Ich möchte etwas sagen, fühle mich aber so komisch. Die Bilder in meinem Kopf – davon, was alles hätte passieren können, widerwärtige Bilder von dem Fleischberg auf Julia – wollen nicht verschwinden.

Erwartungsgemäß ist das Gästezimmer in einem einwandfreien Zustand. Julia dreht sich in der Tür zu mir um.

»Hier fühle ich mich sicher, du musst mich nicht bemitleiden.«

»Das mit Lars klären wir morgen«, verspreche ich ihr.

Sie will noch etwas sagen, zögert aber. Nachdenklich sieht sie mich an.

»Was ist?«, frage ich.

»Könntest du ... könntest du mich einfach nur in den Arm nehmen? Bevor ich schlafen gehe. Ich glaube, ich brauche jetzt gerade eine Umarmung.«

»Natürlich.«

Sie ist weich und warm. Ihre Wange liegt auf meiner schneenassen Brust. Dieser Moment unerwarteter Nähe berührt etwas in mir. Lange stehen wir so da. Reglos. Ich rieche ihren Duft und genieße es. Es erregt mich nicht, sondern macht mich eher wehmütig. Etwas ganz Merkwürdiges ist da gerade passiert. Ich fühle mich wie immer und doch ganz anders. Ich versuche, den Abend Revue passieren zu lassen. Meine Bewegungen, meine Worte, jeden Atemzug, um zu begreifen, was sich verändert hat. Aber alles, was sich in mir meldet, ist eine abgrundtiefe, alles umfassende Wehmut, die sich in mir ausgebreitet hat.

Ich versuche mich zu erinnern, woher ich dieses Gefühl kenne, wann ich mich das letzte Mal so gefühlt habe. Das ist schon sehr lange her. Aber ich kann mich genau erinnern. Erleichtert seufze ich auf.

Jetzt weiß ich auch, was ich mit Lars machen werde.

55

JULIA

Das fahle Morgenlicht strahlte durch das Fenster. Es schneite noch immer, die kleinen Schneeflocken fielen dicht gedrängt vom Himmel. Der Wind war allerdings abgeflaut.

Sie hörte vorsichtig in sich hinein, spürte nach, was in der letzten Nacht alles passiert war. Aber sie war nicht mehr so aufgebracht. Vielleicht würden sich diese Gefühle erst später melden. Zum Glück hatte Franz Lars davon abgehalten, sie zu vergewaltigen. Ihr blieb die Erinnerung an seinen schweren Körper und das erniedrigende Gefühl, ihn nicht von sich abschütteln zu können. Die Scham darüber überkam sie, ihre Wangen brannten. Wäre es ihr gelungen, wenn sie nicht so viel Glühwein getrunken hätte? Sie gab sich selbst das Versprechen, sich nie wieder zu betrinken.

Und warum zögerte sie so, den Vorfall zur Anzeige zu bringen? Wahrscheinlich, weil Susanna sie sofort von dem Job abziehen würde. Ganz zu schweigen von Sofia, die eine Riesensache daraus machen würde. Die Vorstellung, die Insel zu verlassen und den Auftrag als Opfer zu beenden, war erst recht demütigend.

Nach reiflicher Überlegung beschloss sie deshalb, die Ankündigung ihrer Rückkehr nach Göteborg zu vertagen. Es handelte sich schließlich nur um ein paar Tage. Und Franz würde dafür sorgen, dass Lars nicht in ihre Nähe kam. Sie würde einfach sagen, dass sie sich lieber den Beamten an ihrem Wohnort anvertrauen wollte als den Leuten auf der Insel. Immerhin hatten die Tessas und Franz' Geschichte mit der Übungsmunition ihnen ohne Zögern abgekauft. Wer konnte da garantieren, dass sie nicht auch bei ihrer Anzeige beide Augen zudrückten?

Was sie allerdings sofort erledigen musste, war, sich eine gute Erklärung auszudenken, warum sie zum zweiten Mal in Franz' Gästezimmer übernachtet hatte. Das würde sonst zu wilden Spekulationen führen.

Sie sah auf ihre Armbanduhr – schon fast halb zehn. Dann hörte sie Stimmen im Hof, stand auf und sah aus dem Fenster. Franz stand dort unten und besprach etwas mit einem Teil seiner Belegschaft.

Von dort oben hatte sie einen guten Blick über das Anwesen und konnte sehen, wie viel Schnee tatsächlich in der Nacht gefallen war. Mindestens ein halber Meter. Die Dächer der Gebäude waren bedeckt, und die Bäume bogen sich unter der massiven Schneedecke. Von den Wegen und Pfaden, die über das Anwesen führten, war keine Spur zu sehen.

Franz hob den Kopf und sah zu ihr hoch. Instinktiv wich sie zurück und zog sich den Morgenmantel an. Kurz darauf stand er bei ihr im Zimmer und brachte einen Schwall frischer, kalter Luft mit herein. Er trug schwere Stiefel, an denen noch Schnee klebte, und eine schwarze, lange Daunenjacke mit Pelzkragen. Seine Erscheinung hatte etwas Beängstigendes. Verwundert stellte Julia fest, dass er die Fähigkeit besaß, die Wirkung seiner Gestalt in Sekundenschnelle zu verändern. Von massiv und respekteinflößend zu sanft und entgegenkommend. An diesem Tag umgab ihn ein Kraftfeld, das so mächtig war, dass sie zusammenzuckte.

Aus Angst, sie könnte jeden Moment von einem Blitzschlag getroffen werden. Aber sein Blick war warm und freundlich.

»Da bist du ja«, sagte er. »Ich habe mich schon gefragt, wann du dich wohl aus dem Bett schälst.«

»Worum ging es bei eurer Besprechung?«, fragte sie.

»Es gibt da leider etwas, um das wir uns kümmern müssen.«

»Ist es wegen des Schneesturms?«

»Nein, Lars ist verschwunden.«

»Was? Wie geht das denn? Du hattest ihn doch eingesperrt?«

»Ich habe die Tür heute Nacht wieder aufgeschlossen, weil ich mich gefragt habe, ob das nicht Freiheitsberaubung wäre? Ich kann ihn ja nicht einfach so einsperren, außerdem bin ich davon ausgegangen, dass er bei dem Schneesturm keinen Fluchtversuch unternehmen wird. Aber jetzt können wir ihn nirgendwo finden. Und deshalb habe ich gerade mit ein paar Leuten von der Belegschaft die Suchaktion besprochen.«

Julia spürte, wie sich alles in ihr zusammenzog.

»Aber wo könnte er denn hingegangen sein?«, fragte sie.

»Keine Ahnung. Ich gehe davon aus, dass er sich versteckt.«

»Wissen deine Leute schon, was gestern passiert ist?«

»Ich habe ihnen nur erzählt, dass er dich auf der Party angegrabscht hat und ich ihn weggebracht habe, damit die anderen ungestört weiterfeiern können.«

»Du hast sie also angelogen?«

»Nicht direkt. Ich habe einfach nur eine Information weggelassen.«

»Zum Beispiel die Tatsache, dass du ihn verprügelt hast?«

»Ich hätte eher gesagt, dass ich dich davor bewahrt habe, vergewaltigt zu werden. Können wir uns jetzt bitte darauf konzentrieren, ihn zu finden? Wenn er sich draußen aufhält, wird er nicht lange durchhalten.«

»Er wird doch nicht draußen sein?«

»Na ja, wir haben alles durchsucht, das Herrenhaus und die Unterkünfte. Wir werden auch im Stall und dem alten Schulgebäude nachsehen.«

»Wart ihr im Keller?«

»Ich habe doch eben gesagt, dass wir als Erstes das Herrenhaus durchsucht haben«, antwortete er ungeduldig.

»Ich möchte doch nur helfen.«

»Ist das wirklich eine gute Idee? Du solltest dich vielleicht eher ausruhen.«

»Und warum? Ich bin doch nicht krank. Ich habe nicht vor, hier untätig herumzusitzen.«

»Okay, aber zieh dir was Warmes an und entferne dich nicht allzu weit vom Herrenhaus. Am besten bleibst du an meiner Seite.«

Sie fand ihn und sein Verhalten befremdlich. Ihm schien das alles keine großen Sorgen zu machen, er wirkte sachlich und entschlossen.

»Sollten wir nicht die Polizei rufen?«, schlug sie vor.

»Wir haben kein Netz, außerdem sind alle Wege verschneit, da ist überhaupt kein Durchkommen.«

»Wir müssten doch Lars' Spuren sehen, wenn er draußen herumgelaufen ist?«

Franz winkte ab.

»Es hat ununterbrochen geschneit. Alle Spuren sind längst verschwunden.«

»Aber wenn er wirklich die ganze Nacht draußen war, dann …« Sie verstummte.

War das nicht auch ihre Schuld? Vielleicht hatte Lars nach der Demütigung aus Verzweiflung beschlossen, sich das Leben zu nehmen? Er hatte schließlich schon nach dem Sprung vom Teufelsfelsen geschrien: *Lasst mich sterben! Ich will tot sein!* Da hätten sie bereits sehen müssen, dass er selbstmordgefährdet war.

»Du wirkst nicht besonders beunruhigt, Franz. Was ist, wenn er Selbstmord begangen hat? Dann tragen wir doch auch eine Schuld daran?«

Er schnaubte verächtlich und schüttelte den Kopf.

»Das ist wieder typisch, dass du dir Vorwürfe machst. Typisch Frau. *Du* bist hier das Opfer gewesen. Wenn dieser Idiot damit betonen will, dass du einen Fehler begangen hast, weil du nicht die Beine breit gemacht hast, dann darf er meinetwegen gerne verrecken. Das interessiert mich kein bisschen. Und dich sollte das auch nicht weiter beschäftigen.«

»Ich finde dich vulgär und unempathisch.«

»Tut mir leid, aber für Arschlöcher habe ich keine Empathie.«

»Hast du die überhaupt für jemanden?«

Er ignorierte ihren bissigen Kommentar.

»Selbstvorwürfe sind hier vollkommen fehl am Platz, Julia. Zieh dir was Warmes an, und dann treffen wir uns gleich unten.«

»Hör auf, mir die ganze Zeit Vorschriften zu machen.«

»Entschuldige. Ich habe ganz vergessen zu fragen, wie es dir geht. Das war unsensibel von mir.«

»Mir geht es gut. Er hat mir Angst gemacht, das ist alles.«

Von unten drang das Brummen eines Motors nach oben. Vom Fenster aus sahen sie, wie ein Traktor – zum Schneepflug umfunktioniert – die Straße bis zur Pforte freiräumte.

»Wer ist das?«, fragte Julia.

»Keine Ahnung, aber ich habe eine Vermutung. Ein Retter in der Not.«

Franz ging nach unten, während sich Julia schnell anzog und hinterherrannte. Es hatte aufgehört zu schneien. Vorerst. Die Luft war feucht und beißend kalt. Franz stand schon an der Pforte, um den Traktorfahrer in Empfang zu nehmen. Der sprang in dem Augenblick aus seinem Fahrerhäuschen, als Julia außer Atem angehechtet kam. Es war Simon. Er fuhr sich mit der Hand durch sein strubbeliges Haar und lächelte sie an.

»Ich habe die Straße freigeräumt. Aber das habe ich nicht für dich getan, Franz. Sondern für Julia und die armen Teufel, die noch bei dir wohnen.«

Franz ignorierte die Spitze und erzählte von den jüngsten Ereignissen. Simon bekam dieselbe, reduzierte Version wie die Belegschaft. Als Franz fertig war, ging Simon zu Julia und nahm sie in den Arm.

»Und das Schwein hat dich begrabscht?«

»Ja, aber es ist wieder alles gut. Er hat nur seine Hand auf meinen Oberschenkel gelegt. Bitte sag Mama nichts davon, ich möchte es ihr selbst erzählen.«

»Einverstanden. Aber ich habe schlechte Neuigkeiten, wenn ihr bei der Suche nach einem Ausreißer Hilfe wollt. Die Polizeiwache ist nicht besetzt. Ich bin vorhin dort vorbeigefahren und habe von der Mitarbeiterin am Empfang erfahren, dass die beiden Beamten gestern aufs Festland gefahren sind, aber der Fährverkehr bis auf Weiteres eingestellt wurde. Das heißt, ihr müsst den Kerl ohne deren Hilfe suchen.«

»Wie können die denn beide gleichzeitig aufs Festland fahren?«, fragte Julia fassungslos.

»Sie sind ein Paar und wollen sich Verlobungsringe aussuchen. Das ist hier nicht wie in Göteborg, Julia. Wir sind auf Dimö!«

Simons Worte verstärkten ihren Entschluss, Lars vorerst nicht bei der Polizei anzuzeigen. Der kurze Moment der Erleichterung wurde aber sofort von großer Sorge überschattet. Wo war Lars? Wie lange konnte man bei dieser Witterung da draußen überhaupt überleben?

»Wir suchen selbst bis zum Einbruch der Dunkelheit«, sagte Franz. »Lars versteckt sich bestimmt irgendwo. Er ist ein Feigling und würde sich niemals weit vom Anwesen entfernen. Wenn wir ihn bis zur Dämmerung nicht gefunden haben, fahre ich ins Dorf und hole Verstärkung.«

»Soll ich euch bei der Suche helfen?«, fragte Simon.

»Nein, das ist nicht notwendig. Du bist weitaus nützlicher, wenn du die Straßen freihältst.«

»Meldet euch, wenn ihr Hilfe braucht.«

»Ich bin mir sicher, dass wir ihn finden werden. Wahrscheinlich liegt er zusammengerollt im Schweinestall und suhlt sich in Selbstmitleid.«

Er klang so überzeugt und entschlossen, dass Simon unbesorgt auf seinen Traktor kletterte.

»Kommst du nochmal bei uns vorbei, bevor du wieder abreist, Julia?«, rief er aus dem Fahrerhäuschen.

»Ich werde es versuchen«, versprach sie. »Vielen Dank für deinen Schneepflug, Simon. Du bist der Beste.«

Sie sahen ihm hinterher. Der Kloß in Julias Hals drohte sie zu ersticken.

»Warum haben wir ihm nicht die Wahrheit gesagt?«, fragte sie.

»Das war deine Entscheidung«, erwiderte Franz. »Wollen wir mit der Suche beginnen, bevor es wieder anfängt zu schneien?«

Die Suche nach Lars dauerte bis in den Nachmittag. Sie machten nur eine kurze Mittagspause. Franz hatte die Belegschaft in zwei Gruppen eingeteilt. Julia war in seiner Gruppe. Er kannte wirklich jeden Winkel und jedes mögliche Versteck auf dem Anwesen und der Insel.

Systematisch durchsuchten sie den Stall, jede Box, jede Ecke, und danach das ehemalige Schulgebäude. Das war zwar noch relativ neu, trotzdem lag überall Staub. Eine betäubende, trostlose Leere. Während sie durch die Klassenräume liefen, wurde Julia melancholisch. Thor hatte ihr viel von dieser Zeit erzählt, seine guten und schlechten Erinnerungen mit ihr geteilt.

Schließlich wurde die Suche erweitert, sie durchforsteten auch die Gegend außerhalb des Anwesens. Julia stapfte hinter Franz durch den zugeschneiten Wald. Er kannte den Weg, fand die Pfade, ohne sie zu sehen, und wusste, wo man sich gut verstecken konnte.

Aber keine Spur von Lars.

Das Unwetter hatte alle Gerüche des Waldes verstärkt. Der Duft von Fichten- und Kiefernnadeln mischte sich mit dem von feuchter Rinde und Harz. Franz lief schnell und zielstrebig. Es war nicht immer leicht, mit ihm Schritt zu halten. In der frühen Dunkelheit am Nachmittag sah er zunehmend verbissen aus. Wie würde er reagieren, wenn sie Lars finden würden – tot? Wie würde sie selbst reagieren? Gab es überhaupt noch Hoffnung, sollte er sich wirklich hier draußen aufhalten? Sie wurde immer matter, ging wie eine Schlafwandlerin hinter Franz her.

Als die Dämmerung hereinbrach, kehrten sie zum Herrenhaus zurück.

»Ich werde die Suche jetzt abblasen und in die Stadt fahren, um Verstärkung zu holen«, verkündete Franz. »Damit können wir ein größeres Areal abdecken. Aber davor muss ich mich noch um eine andere Sache kümmern. Geh hoch ins Gästezimmer und ruh dich ein bisschen aus. Ich hol dich nachher ab.«

»Warum bist du weder nervös noch gestresst?«, fragte Julia verwundert.

»So bin ich halt gestrickt. Ich kann meine mentale Energie kanalisieren und einen Ort in mir finden, in dem immer Ruhe herrscht, ganz gleich, in welcher Situation ich mich befinde.«

»Sogar wenn wir davon ausgehen müssen, dass Lars dort draußen irgendwo erfroren liegt?«

»Wenn das so ist, dann hat er das selbst verschuldet«, sagte er kühl.

Schweren Herzens und mit wachsender Anspannung ging Julia nach oben, hielt aber vor der Tür inne und lauschte. Sie hörte Franz' Schritte in der Eingangshalle. Um was musste er sich überhaupt *noch kümmern,* so *unbedingt?*

Plötzlich bekam sie am ganzen Körper Gänsehaut. Auf Zehenspitzen schlich sie ans Treppengeländer und spähte nach unten. Sie sah, wie Franz leise die Kellertür öffnete und vorsichtig wieder hinter sich zuzog. Julia wurde von gegensätzlichen Gefühlen übermannt, Panik und Neugier. Sie stürmte die Treppe hinunter und drückte die Klinke der Kellertür herunter. Die Tür klemmte ein bisschen, Julia zog daran, dabei fiel der Schlüssel aus dem Schloss.

»Wer ist da?«, rief Franz von unten.

»Ich bin es, Julia. Was machst du da unten?«

»Bist du sicher, dass du das wirklich wissen willst?« Seine Stimme hallte nach oben.

»Ja.« Sie hingegen flüsterte fast.

Die Spannung war unerträglich. Sie stützte sich an der Wand ab und ging die Stufen hinunter.

In dem riesigen Kellerraum brannte Licht.

»Warum spionierst du mir nach?«, fragte er.

Irgendetwas stimmte nicht, seine Augen hatten einen fast fiebrigen Glanz. Die Lippen waren fest aufeinander- gepresst.

»Du verheimlichst etwas«, stieß sie hervor. Ihre Stimme klang fremd.

»Und ich bin mir nach wie vor nicht sicher, ob du wirk- lich wissen willst, was es ist. Geh lieber wieder nach oben.«

»Das werde ich nicht tun.«

»Was glaubst du denn, was ich hier mache?«

»Etwas Furchtbares«, krächzte sie. Ihr Mund fühlte sich staubtrocken an.

»Sieh nach. Bitte schön.« Er zeigte auf eine der Türen. Auf *die* Tür.

In ihr stiegen Wortfetzen, Bilder und Gefühle auf, alle wild durcheinander. Die schrecklichen Geschichten aus Franz' Kindheit. Langsam ging sie auf die Tür zu. Sie sah zu Franz hinüber, hatte keine Kraft, ihre Angst zu verbergen. Hinter der Tür waren Geräusche zu hören. Ein Schaben, dann ein Wimmern.

»Na los, mach auf«, forderte sie Franz auf. »Aber vergiss nicht, dass ich dich gewarnt habe.«

»Das werde ich nicht.« Ihre Stimme klang jämmerlich. Sie war außer sich vor Angst und fühlte sich zugleich ver- wegen.

Erneut hörte sie sonderbare Geräusche hinter der Tür.

Ein Heulen, gefolgt von einem unheimlichen, dunklen Stöhnen. Ihre Nackenhaare richteten sich auf.

Sie legte eine Hand auf die Türklinke. Franz trat direkt hinter sie. Er stand so nah, dass sie seinen Atem am Hals spüren konnte.

»Mach auf!«, befahl er ihr.

Eine unheilvolle Ahnung beschlich sie. Was würde sie hinter der Tür erwarten? Entschlossen drückte sie die Klinke herunter und stieß die Tür auf.

Für einen ewig langen Augenblick schien die Zeit stehen zu bleiben. Ihr Gehirn weigerte sich, das Gesehene als real anzunehmen. Der Boden unter ihr gab nach, sie schnappte nach Luft, als würde sie elektrische Schläge bekommen. In dem dunklen Verließ stand *der Stuhl*. Darauf saß jemand. Die Plane war entfernt worden, ihren Platz auf dem Stuhl hatte ein *echter* Mensch übernommen. Lars war auf den Folterstuhl gefesselt und weinte wie ein kleines Kind.

56

FRANZ

Es war nicht meine Absicht, dass Julia das sehen sollte. Auf der anderen Seite, so falsch ist es auch wieder nicht. Das hatte ich nicht geplant, es war das Ergebnis meines Wutausbruchs. Und es erscheint mir die einzig angemessene Strafe für das zu sein, was Lars Julia angetan hat. Das wird sie auch noch verstehen. Jetzt gerade ist sie verständlicherweise verängstigt und sogar hysterisch.

»Mach ihn sofort los!«, schreit sie. »Oh, Gott, mach ihn los!«

»Das hängt leider davon ab, worauf Lars und ich uns einigen können«, sage ich ruhig.

»Du hast das alles bloß inszeniert! Du wusstest die ganze Zeit, dass er hier ist. Du hast uns alle suchen lassen. Du bist so was von krank im Kopf!«, schreit sie außer sich.

Ich mag es nicht, wenn sie sich so reinsteigert und ich mich gar nicht verteidigen kann. Aber ich kann sie verstehen. Lars bietet in der Tat einen schrecklichen Anblick. Nackt und zitternd, auf einen eisernen Pfahl gespießt. Die Tränen und der Schnodder laufen ihm übers Gesicht, er schluchzt und schnieft.

»Mach ihn auf der Stelle los!«, brüllt Julia so laut, dass ich mir Sorgen mache, ob sie draußen jemand hören kann.

Dann verstummt sie und starrt Lars an, als würde sie ihn

gerade zum ersten Mal sehen. Auch er verstummt. Niemand sagt ein Wort. Und in diese Stille trete ich und übernehme das Kommando.

»Wenn du bei unserem Gespräch dabei sein willst, Julia, musst du dich beruhigen. Ich werde dir das alles erklären.«

Sie ist wie erstarrt, in ihren Augen sehe ich Angst und Faszination zugleich. Es ist kein schöner Anblick, aber er hat die Symbolkraft von Gerechtigkeit. Julia kaut an ihrem Nagel, eine nervöse Angewohnheit, wenn sie sich überrumpelt fühlt. Vor wenigen Sekunden noch war sie blind vor Entsetzen und Widerstand, jetzt sieht sie die Dinge klarer und deutlicher.

»Ich tue alles, was du willst«, wimmert Lars. »Hauptsache, du machst mich los.«

»Um so gerecht wie möglich vorzugehen, werde ich dir zwei Optionen anbieten, zwischen denen du wählen kannst. Ich mache dich los, und du kannst gehen. Aber dann sind Julia und ich gezwungen, dich wegen versuchter Vergewaltigung bei der Polizei anzuzeigen. Wie sollte ich sonst erklären können, dass ich dir *das* angetan habe? Ich werde aussagen, dass du ein unverbesserlicher Vergewaltiger bist, und dann kommst du unter Garantie ins Gefängnis, das verspreche ich dir. Denn dieses Mal gibt es Zeugen.«

»Kannst du bitte damit aufhören …«, fleht Julia mich an.

»Schh!«, unterbreche ich sie. »Jetzt rede ich!«

Sie verstummt augenblicklich, aber ihre Augen töten mich.

»Oder?«, fragt Lars.

»Oder du gestehst, was du der armen Frau vor acht Jahren angetan hast, und bekommst deine gerechte Strafe. Das wird eine große Erleichterung sein, du wirst sehen. Außerdem werden dir die Leute mit Wohlwollen begegnen. Wie viele Männer gestehen schon eine Vergewaltigung? Unter diesen Umständen können Julia und ich über das, was gestern passiert ist, hinwegsehen, nicht wahr, Julia?«

Ich sehe sie an, aber sie reagiert nicht, antwortet nicht. In ihrem Kopf überschlagen sich die Gedanken und Gefühle. Am besten, ich gebe ihr die Zeit, die sie braucht, um das alles zu begreifen.

»Ich mache alles, was du willst«, wiederholt Lars verzweifelt. »Aber bitte binde mich los.«

»Eine letzte Sache noch«, sage ich. »Der Belegschaft, die sich den ganzen Tag an der Suche nach dir beteiligt hat, wirst du sagen, dass du dich hier unten *versteckt* hast. Nachdem Tessa und Otto die Verantwortung für ihr Handeln übernommen hatten, hättest du dich so geschämt, dass du den anderen nicht mehr in die Augen sehen konntest.«

Lars sinkt in sich zusammen und lässt den Kopf hängen.

»Alle wissen, dass du die Frau damals vergewaltigt hast«, sage ich. »Das muss schrecklich für dich gewesen sein, all die Jahre mit dieser Lüge zu leben.«

»Ich glaube nicht, dass ich es im Gefängnis aushalten kann«, murmelt er leise.

»Mach dir darüber keine Gedanken. Das ist nicht wie in den Kriminalserien im Fernsehen, in denen der Vergewaltiger in der Gemeinschaftsdusche erschlagen wird. Du wirst nach Skogome gebracht, wo praktisch alle Sexualverbrecher des Landes hinkommen. Ein ganz akzeptabler Ort, immerhin habe ich dort auch ein Jahr gesessen. Tagsüber arbeitest du in der Wäscherei, und abends kannst du studieren oder etwas Neues lernen. Das Essen ist auch passabel. Betrachte es als einen Erholungsurlaub. Wenn du wieder rauskommst, kannst du dein neues Leben anfangen.«

»Ja, ich mach es«, sagt er, ohne eine Sekunde darüber nachzudenken.

Ich weiß genau warum. Die Schmerzen, unter denen er leidet, sind unerträglich. Das weiß ich aus eigener Erfahrung.

»Das ist das Schlimmste, was ich jemals erlebt habe«, entfährt es Julia.

»Ja, ich weiß, ich weiß«, beschwichtige ich sie. »Natürlich kann und werde ich dir nicht verbieten, darüber zu schreiben oder es jemandem zu erzählen. Aber ich würde begrüßen, wenn du nach oben gehst und im Gästezimmer wartest, bis ich Lars losgebunden habe und er sich frisch gemacht hat. Danach bekommt die Belegschaft ein Briefing von mir.«

Der neuralgische Moment ist gekommen, in dem sich alles entscheidet. Alles oder nichts. Ich atme flach, bin nervös und hoffe, dass Julia das nicht bemerkt. Ich weiß, dass Julia sich niemals am Leid der anderen ergötzen kann. Deshalb ist es äußerst unwahrscheinlich, dass sie es in ihrem Artikel erwähnt – Lars' unfassbarer Schmerz, mein Schmerz als Kind. Denn der ist sehr persönlich, sehr privat und einfach schrecklich. Julia schreibt über Dinge, die ihr etwas bedeuten. Alles, was sie verfasst, kommt aus dem Herzen. Ich spüre ein großes, geradezu unendliches Mitgefühl für sie, dass sie das mit ansehen musste.

»Ich gehe«, sagt sie. »Aber nicht, weil du mich dazu aufforderst, sondern weil ich euch beide erbärmlich finde. Ja, ihr habt richtig gehört, euch beide«, sagt sie und starrt uns beide an.

»Sag der Belegschaft bitte noch nichts davon.«

»Das kann ich dir nicht versprechen. Du wirst dich mit deinem *Briefing* beeilen müssen. Ich halte es nicht aus, sie anzulügen. Die haben sich solche Sorgen gemacht.«

»Aber sie erfahren ja gleich alles. Und dann gibt es einen Grund zu feiern. Der verlorene Sohn ist zurückgekehrt.«

»Du kannst mich mal«, sagt sie und marschiert davon.

Ich löse die Fesseln und zeige Lars die alte Dusche im Keller, in der er sich waschen kann. Schweigend zieht er sich an. Das fiese, hinterhältige Funkeln in seinen Augen ist verschwunden, zurückgeblieben ist allein Resignation. Die vollkommene physische und emotionale Unterwerfung ist ein hochinteressanter Zustand. Alles Leben schwindet aus den Augen der Person, die Muskeln werden in einen Ruhemodus versetzt. Das kann eine große Erleichterung sein, weil das Individuum von Gedanken und Gefühlen erlöst ist.

Ich rufe das Personal in der Eingangshalle zusammen. Alle sind gekommen, außer Julia, aber ich sehe ihren Schatten oben am Treppenabsatz. Väterlich lege ich meinen Arm um Lars' Schulter und erkläre den anderen, wie sehr er sich für seine vergangenen Taten schämt. Und wie tief sich das Schuldgefühl in seine Seele gefressen hat. Gestern auf dem Fest hatte er zu viel getrunken und sich dann im Keller versteckt. Ich bitte alle, ihn nicht dafür zu verurteilen. Denn jetzt hat er erkannt, was das Richtige ist. Und das ist vor allem *mutig*. Er gesteht die Vergewaltigung vor acht Jahren und ist bereit, die gerechte Strafe dafür anzutreten.

In den Gesichtern meiner Angestellten sehe ich Erleichterung, Verwunderung und auch Bewunderung.

Jemand – ich glaube sogar, es ist Tessa – fängt an in die Hände zu klatschen, und am Ende entsteht ein tosender Applaus.

Ich beende die Zusammenkunft, gebe allen frei und bitte die Küche, etwas ganz besonders Gutes zuzubereiten.

»Aber kein Glühwein!«, sage ich, lächele verschmitzt und ernte schallendes Gelächter.

Ich bitte Elyssa noch, kurz zu bleiben, sie soll Lars bei allem behilflich sein, was er braucht. Wechselkleidung, Essen, frische Bettwäsche und eine ordentliche Portion Schlaf. Denn morgen wird er eine Stellungnahme auf dem Blog posten, sofern es uns gelingt, das verdammte Internet wieder flottzumachen.

Lars hat sich zusammengerissen. Ich weiß sehr viel besser als die meisten anderen, was jemand benötigt, damit es ihm gut geht. Aber manchmal ist der Weg dorthin ein Höllenritt. So bedingen sich Leben und Tod. Lars' kleines Requiem hat seinen Abschluss in dramatischen Molltönen gefunden, aber nach der Nacht kommt der Tag, nach der Dunkelheit kommt der Sonnenschein, auch für jemanden wie Lars.

Jetzt muss ich meine ganze Aufmerksamkeit meiner noch ausstehenden Aufgabe widmen. Julia.

57

JULIA

Dieser eine Moment dort unten im Keller würde für immer in ihrem Herzen eingebrannt bleiben. Zuerst hatte sie hysterisch auf den Anblick von Lars reagiert, dann war sie verstummt und hatte ihn angestarrt und ihn gesehen – hilflos, verzweifelt und penetriert. In diesem Augenblick war etwas mit ihr geschehen. *Penetriert.* Dieses Wort, das sowohl mit Lust als auch mit panischer Angst verbunden war. Das hatte Lars mit ihr vorgehabt – sie mit Gewalt zu penetrieren. Wäre es ihm gelungen, würde sie jetzt eine andere sein. Das hatte er vor acht Jahren dieser armen Frau angetan. Ihn mit einem ähnlichen Schicksal konfrontiert zu sehen fühlte sich auf einmal nicht mehr nur falsch an. Es fühlte sich sogar gerecht an. Sie hatte noch nie zuvor einen erwachsenen Mann so weinen sehen, mit fast tierischen Lauten. Sie war sich ganz sicher, dass Frauen, die vergewaltigt wurden, in etwa so klangen. *Jetzt weißt du, wie es sich anfühlt, Lars.*

Sie konnte sich kaum vorstellen, wie Franz diesen Hünen von Mann in den Keller bugsiert und gefesselt haben mochte. Er musste übermenschliche Kräfte aufgebracht haben, angetrieben allein von seiner Wut. Lars würde ihn dafür wegen Körperverletzung anzeigen können, aber sie wusste, dass er dazu niemals imstande wäre. So wie der kleine Junge, der vor vielen Jahren auf diese Weise gedemütigt wurde, würde auch bei Lars die Scham überwiegen und stärker sein. Und das hatte Franz gewusst. Dieser Vorgang war gewiss grausam, zugleich aber auch genial.

Sie ging ins Gästezimmer hoch, um ihre Gedanken zu sammeln und sich zu überlegen, was sie als Nächstes unternehmen wollte. Rastlos wanderte sie im Zimmer auf und ab. Eine Weile stand sie am Fenster und starrte nach draußen. Der Anblick war so wunderschön, die weiße geschlossene Schneedecke, das Funkeln der Lichter im Weihnachtsbaum. In der großen Esche auf dem Hof saßen Hunderte von Krähen. Vollkommen reglos. Als wären sie im Schnee erstarrt. Sie sahen wie Laubblätter aus.

Das Mondlicht schien durch die Bäume und färbte den Schnee blau. Alles wirkte so normal. Das Herrenhaus war ein Ort der Beständigkeit, der allem standhielt, auch den Naturgewalten. Es schien auch schon alles überlebt zu haben, so wie Franz.

Mit Leichtigkeit würde sie das brutale Vorgehen aufdecken können, mit dem er Lars zu seinem Geständnis gezwungen hatte. Das hätte eine erfahrene Journalistin auch getan. Aber sie dachte an die Konsequenzen. Die sensationsgeilen Medien würden sich auf diese Story stürzen. Viele würden Franz dafür bewundern, wie er die Sache in die Hand genommen und gehandelt hatte. Schluss damit, Vergewaltiger in der Presse zu hätscheln! Und Lars würde sich wahrscheinlich nie wieder von dieser Schmach und Demütigung erholen, sofern die Wahrheit ans Licht käme. Julia hatte nie wirklich verstanden, warum vergewaltigte Frauen an ihrer Scham zerbrachen. Aber das tat sie jetzt.

Sie wollte hören, was Franz seinen Angestellten zu sagen hatte, und schlich an das Treppengeländer. Die ungezwungene Art, in der er das Geschehene schilderte, machte sie rasend. Aber Lars wirkte tatsächlich eher erleichtert. Kein Wunder, nachdem er den ganzen Tag auf *diesem Ding* gesessen hatte.

Als er fertig war, schlich sie schnell ins Zimmer zurück, setzte sich aufs Bett und wartete. Franz würde kommen, da war sie sich ganz sicher. Sie hörte ihn erst in seinem Zimmer räumen, dann klopfte er an und schob die Tür einen Spalt breit auf.

»Darf ich reinkommen?«, fragte er.

»Nur, wenn du etwas Sinnvolles zu deiner Verteidigung zu sagen hast.«

Er kam ins Zimmer, sah sich unschlüssig um und setzte sich schließlich in den Sessel. Sie fand, dass er nervös aussah.

»Es tut mir aufrichtig leid, dass du das alles gesehen hast. Du entscheidest selbst, was du damit tun wirst. Ich habe nicht vor, dich in irgendeiner Form zu beeinflussen.«

»Natürlich hast du das vor, sonst wärst du nicht hier.«

»Ich glaube nicht, dass mein Ruf darunter leiden würde, wenn du die Wahrheit schreibst. Schon gar nicht, wenn ich erzähle, was er dir angetan hat.«

»Das ist doch Erpressung. Glaub bloß nicht, dass ich mich von dir manipulieren lasse.«

»Das versuche auch gar nicht.« Er sah auf seine gefalteten Hände. »Ich möchte, dass du dich wohlfühlst mit der Entscheidung, ganz gleich, wie sie ausfällt.«

»Du bist gefährlich, grausam und vollkommen unberechenbar«, sagte sie und wusste, dass sie sich wiederholte.

Ein sarkastisches Lächeln umspielte seine Lippen.

»Das kann ich wohl kaum verneinen. Aber was Lars anbetrifft, so gab es keine effektivere und gerechtere Strafe. Ich habe dich von Anfang an gewarnt, dass es in diesem Experiment brutale Komponenten geben wird.«

»Ich werde gar nichts entscheiden, bevor ich nicht weiß, welche Ziele du verfolgst und worauf das alles hinauslaufen soll. Ich möchte deine wirklichen Absichten hören, nicht dieses Gelaber.«

»Was denn für Ziele?«

»Deine Zukunftspläne? *Dein Vorhaben* nach dem Experiment. Ich will das alles erfahren.«

»Ja, das ist wahrscheinlich nur gerecht«, sagte er und seufzte schwer.

Sie hatte beunruhigende, düstere Gedanken. Vielleicht war das alles nur der Anfang von etwas weitaus Schrecklicherem. Vielleicht war sein Verlangen nach dem Krankhaften unersättlich.

»Jetzt komm schon, erzähl. Was hast du als Nächstes vor?«

»Als Nächstes werden alle wieder nach Hause fahren. Tessa, Lars und leider auch du. Aber der Großteil der Belegschaft bleibt hier.«

»Ich habe nicht vor, dir alles einzeln aus der Nase zu ziehen.«

Franz sah aus dem Fenster und bekam einen weichen, fast sanften Zug im Gesicht.

»Magst du auch – wie ich – das Unvorhersehbare beim Einbruch der Dunkelheit?«, fragte er verträumt.

»Das weiß ich nicht.«

»Sie legt sich zunächst wie eine zähflüssige Decke auf alles, aber dann dringt sie in alle Poren ein und schenkt dir Ruhe und Frieden.«

»Ich bin nicht in der Stimmung für philosophisches Geplänkel«, schnauzte sie ihn an.

Er schien seinen Entschluss zu überdenken, sie in alles einzuweihen, dann aber begann er langsam und deutlich zu sprechen.

»Die schwedische Elite ist eine Welt für sich. Unfassbar langweilig und fantasielos. Unglaublicherweise hat sie aber einen gewaltigen Einfluss auf die Gesellschaft. Es ist ein Machtspiel, das seinesgleichen sucht, der Motor sind Korruption und Gier. Tessa, Otto und Lars waren Teil dieser Elite, bevor sie in Ungnade fielen. Ich kann dir versichern, dass ihre ehemaligen Freunde die Abenteuer dieser drei auf Dimö genau verfolgt haben. Und wenn du über diese so genannte Elite eines wissen musst, dann ist das ihre Gier. Sie wollen alles haben, was ihre affektierten Freunde auch haben, am liebsten aber eine noch bessere Version davon. Außerdem langweilen sie sich die meiste Zeit über. Also wollen sie dasselbe erleben – was auch immer sie sich darunter vorstellen. Das, was dieser Wundertyp auf der Insel ihren verstoßenen Freunden gegeben hat. Aus diesem Grund habe ich beschlossen, ein paar auserwählten Personen meine spirituelle Führung anzubieten.«

»Spirituelle Führung? Machst du Scherze?«

Seine Stimmlage sank um eine Oktave und gewann dadurch an Besonnenheit.

»Nein, überhaupt nicht. Ich möchte eine Brücke für sie sein zwischen dem physischen und dem spirituellen Planeten.«

»Eine Brücke? Das klingt doch vollkommen absurd.«

»Aber das ist es nicht. Du hast ja gesehen, wie gut es den dreien ging, nachdem sie sich von dem weltlichen Zeug befreit hatten.«

»Du hast doch auch einen Haufen Zeug.«

»Das ist schon richtig, aber ich komme auch ohne hervorragend zurecht.«

Es war frustrierend, gegen seine Mauer aus Selbstsicherheit nichts ausrichten zu können.

»Und an was für Leute hattest du da gedacht?«, fragte sie.

»Nun ja, Milliardäre, Schauspieler und Influencer.«

»Das ist das Peinlichste, was ich je gehört habe. Was für ein Glück, dass ich vorher abreisen darf.«

»Du hast mich missverstanden«, protestierte er. »Ich bin überhaupt nicht promigeil. Als ich gelähmt in meinem Rollstuhl saß, wollte ich nur mit Thor und dir zusammen sein. Danach habe ich mich am meisten gesehnt. Das hat mich angespornt, meine Genesung voranzutreiben. Das und mein Traum davon, Menschen auf ihrem Weg zu einem höheren Ziel zu begleiten. Sieh dir doch mein Personal an, das sind ganz normale Leute. Oder dich: Ich kenne niemanden, der so geerdet ist wie du. Hier geht es nicht um Prominente.«

»Um was geht es dann?«

»Darum, diese nutzlose Gesellschaft zu verändern. Und zwar ein Individuum nach dem anderen. Um das zu erreichen, wähle ich Leute mit Einfluss aus. Man kann eine Gesellschaft nicht von unten und innen verändern, sondern nur von oben und außen.«

Dieses Gespräch hatte inzwischen geradezu surreale Züge angenommen, aber sie hatte noch immer so viele Fragen, auf die sie unbedingt eine Antwort haben wollte.

»Du strebst also die Weltherrschaft an?«, fragte sie.

»Die Welt hat sich bereits massiv verändert und steuert auf eine Anarchie zu. Alle sind der Überzeugung, dass sie ein Recht haben, eine Meinung zu besitzen und sie auch umgehend zu äußern. Auch über Dinge, von denen sie in Wahrheit überhaupt keine Ahnung haben. Diese ununterbrochene Kakophonie beherrscht unsere Zeit. Ist dir nie der Gedanke gekommen, dass Chaos nur deshalb existiert, weil es an Führung fehlt?«

»Ach so, und diese Führung übernimmst nun also du?«

»Ja, warum nicht? Der menschliche Geist verlangt nach Dominanz und Führung. Wenn das bedeutet, dass jemand diese Verantwortung übernehmen muss, dann stehe ich dafür bereit.«

»Und das Hauptquartier deiner Weltherrschaft wäre dann dieser Ort, hier auf Dimö? Hörst du eigentlich selbst, wie wirklichkeitsfremd das klingt?«

»Nein, im Gegenteil. Kannst du mir einen einzigen Führer nennen, der die Weltherrschaft in beispielsweise Washington, D.C., antreten wollte, ohne der Korruption zum Opfer zu fallen oder erschossen zu werden? Hier draußen hat man ausreichend Distanz zu allem, hier gibt es Raum zum Atmen und auch zum Denken. Dimö ist ein magischer Ort. Darin musst du mir zustimmen.«

Das fand sie auch, aber das würde sie ihm gegenüber niemals zugeben.

»Sag mal bitte, wann hast du diese verrückte Idee eigentlich entwickelt?«, fragte sie.

»Das ist eine lange Geschichte.«

»Das sind deine Geschichten immer«, sagte sie und prustete. »Aber warum gehst du nicht in die Politik, wenn du die Gesellschaft verändern willst?«

»Politiker sind nur die Marionetten der eigentlichen Machthaber, Julia«, sagte er mit einer vollen Stimme, die Wissen und Kenntnis suggerieren sollte. Sie kannte sie schon, große Überzeugungskraft gepaart mit einem überheblichen Unterton.

»Die wenigen Politiker mit guten Absichten müssen sich mit bürokratischer Inkompetenz herumschlagen und mit moralisch korrupten Personen zusammenarbeiten«, fuhr er fort. »Es dauert etwa ein halbes Jahr, und wenn es hochkommt ein ganzes Jahr, dann sind sie an der Reihe und bereit, ethische Kompromisse einzugehen.«

»Und du wirst dafür sorgen, dass die *eigentlichen Macht-haber* hier nach Dimö kommen?«

»Ja, es werden die kommen, die sich nach Gerechtigkeit und Ergebnissen sehnen. Die das Richtige tun wollen. Wie du gesehen hast, bin ich ziemlich geschickt im Umgang mit korrumpierten Geschöpfen.«

Sie lachte ihn aus. Ein Schatten zog über sein Gesicht.

Durch irgendeinen belanglosen Impuls ausgelöst, tauchten plötzlich Erinnerungsfetzen vor ihrem inneren Auge auf. Rückblicke von ihrem ersten Besuch auf der Insel. Damals hatte sie Franz vor einem großen Publikum sprechen hören. Die Bilder waren noch immer so überdeutlich, als wären sie mit vielen bunten Fäden zusammengeflochten worden. Er hatte sie fasziniert, wie hypnotisiert hatte sie ihm zugehört. Konnte er diese Wirkung auch auf eine ganze Nation haben? Würde er in der Lage sein, seinen irren Plan tatsächlich in die Tat umzusetzen? Ihr lief ein eiskalter Schauer über den Rücken. Überall auf der Welt saßen in exklusiven, mächtigen Positionen Wahnsinnige. Männer, die nicht über einen Bruchteil von Franz' Charisma und Charme verfügten. Wie würde die Welt wohl aussehen, wenn Franz die Herrschaft innehätte? Würden Verbrecher von Felsen springen müssen, statt im Gefängnis zu sitzen? Oder würden sie gezwungen werden, sich emotional öffentlich zu entblößen oder sich vor laufender Kamera erniedrigen zu lassen? Würden in seiner Welt Vergewaltiger auf Folterstühle gefesselt werden, bis sie Besserung gelobten? Ihr wurde schwindelig bei der Vorstellung, wie eine solche Gesellschaft aussähe. Das klang vollkommen unrealistisch.

»Warte mal«, sagte sie. »Meinst du das ernst? Bist du

wirklich davon überzeugt, die Welt durch deine spirituelle Führung zu beherrschen?«

»Ich sprach von *verändern*. Und ich möchte zunächst mit Schweden anfangen.«

»Und danach?«

»Ich habe sehr gute Kontakte ins Ausland. Meine Anhänger von früher haben mich bestimmt noch nicht vergessen.«

Seine Begeisterung hatte etwas ungewollt Ansteckendes.

»Oje, das klingt wirklich vollkommen unrealistisch«, sagte sie. »Aber ich wünsche dir alles Gute und viel Erfolg damit.«

»Willst du die Welt denn gar nicht verändern, Julia?«

»Ich? Nein, das finde ich absurd. Soll ich über mangelnde Visionen sprechen, oder was?«

Da konnte sich Franz ein Lächeln nicht verkneifen.

»Was findest du denn, was ich mit ViaTerra machen sollte?«

»Mach daraus ein Pflegeheim für ausrangierte Sektenführer. Ihr könnt zusammen auf den Felsen sitzen und darüber philosophieren, wie ihr die Weltherrschaft an euch reißen werdet, während wir Normalen unsere Sachen erledigen.«

Er lachte so laut und ansteckend, dass sie auch grinsen musste.

»Und wie stehst du zu dem, was ich Lars angetan habe?«

Sie atmete flach und sah zur Seite.

»Darüber werde ich keine einzige Zeile schreiben. Ihm geht es schon schlecht genug. Aber deine kranken Zukunftspläne werden einen zentralen Platz in meinem Artikel bekommen. Ich gehe jetzt runter und lege gleich los.«

»Ja, tu das«, sagte er und zuckte mit den Schultern. »Das

wird die Leute auch nicht davon abhalten, mitmachen zu wollen.«

»Wie kannst du dir deiner Sache eigentlich so sicher sein?«

»Nichts von dem, was bisher über mich geschrieben oder gesagt wurde, hat meine Anhänger abgehalten. Und das war schon eine ganze Menge.«

»Na dann, umso besser. Denn ich werde ganz bestimmt keinen besonders freundlichen Artikel schreiben.«

»Das kann ich mir vorstellen. Hast du schon eine gute Überschrift?«

Sie überlegte kurz. »Was hältst du von: *Das Requiem auf Dimö – eine Zusammenfassung: Die Visionen eines Megalomanen und Spinners.*

Franz' Lächeln gefror, und die Falte zwischen seinen Augenbrauen trat deutlich hervor.

»Julia. Ich bitte dich. Bist du wirklich der Ansicht, dass ich ein Spinner bin?«

»Ohne jede Frage«, antwortete sie prompt.

Aber er glaubte ihr nicht, das konnte sie ihm leicht ansehen. Außerdem entdeckte sie die Andeutung eines Lächelns.

Der Mond schickte sein Licht in Streifen durchs Fenster.

»So, dann gehe ich jetzt mal los und schreibe meinen Artikel«, sagte sie.

Er protestierte nicht. Als hätte die Ankündigung des Mondes, dass die Nacht anbrach, bereits einen Waffenstillstand zwischen ihnen ausgerufen.

58

FRANZ

Jetzt ist der Tag gekommen, den ich mir seit meiner Rückkehr nach Dimö vorgestellt habe. Mein Requiem neigt sich seinem Ende zu. Ein bisschen wehmütig stimmt mich das schon, aber bald wird ein frischer Wind auf ViaTerra wehen. Ich habe große Erwartungen und kann beruhigt feststellen, dass meine Sorgen vollkommen unbegründet waren. Mich kann nichts und niemand aufhalten. Unser kleines Experiment mag von außen wie eine armselige Machtdemonstration aussehen, aber es sind die Details, die zählen, und da bin ich großzügig gewesen. Fast alle einflussreichen Leute behaupten von sich, dass sie Feministen seien. Nach der Sendung heute mit Lars werden viele von ihnen ihren Blick auf Dimö richten. Zwar wird auch Otto morgen in einem Beitrag live aus Polen zu sehen sein, aber das ist nicht mehr als ein kleines Update, sozusagen vom Spielfeldrand. Lars' Beitrag dagegen ist das große Finale.

Hampus kommt in mein Büro. Er sieht aus, als hätte er tagelang kein Auge zugetan, aber seine Augen leuchten. Er hat gute Neuigkeiten.

»Ich habe es geschafft. Wir sind wieder online.«

»Hervorragend. Und, hat die Hackerliga dahintergesteckt?«

»Ja, sieht so aus. Aber ich habe ein paar Sicherheitsvorkehrungen getroffen, damit es von nun an unmöglich für sie ist, unser Netz zu hacken.«

»Hampus, ich weiß, dass du noch keine Entscheidung getroffen hast, aber ich hoffe sehr, dass du nach dem Abschluss des Experimentes hier auf Dimö bleibst.«

»Das würde ich wahnsinnig gerne, aber meine Süße lebt doch in Göteborg.«

»Was macht sie denn beruflich?«

»Sie arbeitet als Kellnerin.«

»Dann biete ihr einen Job bei uns an. Sie wird hier dasselbe verdienen wie in Göteborg. Wir können doch eine Probezeit von einem Jahr vereinbaren, und dann werdet ihr sehen, ob es euch hier gefällt.«

Er strahlt wie ein Honigkuchenpferd.

»Oh, danke, das wäre natürlich der Hammer. Ich telefoniere nachher mit ihr, jetzt haben wir ja auch wieder Netz.«

»Gut, sag mir einfach Bescheid, wie ihr euch entschieden habt. Und schlaf dich heute Nacht mal richtig aus. Wir senden jetzt nur noch Lars' Stellungnahme, kannst du solange bleiben und filmen?«

»Selbstverständlich.«

Ich habe nicht vor, Hampus zu verlieren. Das Fundament einer jeden Organisation sind die Mitarbeiter, die von Anfang an dabei waren. Die an die Sache zu einem Zeitpunkt geglaubt haben, noch bevor ihre Glanzzeit angebrochen ist.

»Ich weiß gerade nicht, wo Elyssa ist. Kannst du Lars holen?«, bitte ich ihn, und Hampus stürmt aus dem Zimmer.

Als Lars kurz darauf mein Büro betritt, weicht er meinem Blick aus. Er hat sich überraschend schnell wieder erholt. Die blassblauen Augen sind nicht mehr blutunterlaufen, und dann bewegt er sich auch nicht mehr so steif und verkrampft. Selbst die unkontrollierten Zuckungen von Armen und Beinen haben offensichtlich nachgelassen. Er sieht sogar besser aus als bei seiner Ankunft auf der Insel. Es ist doch immer wieder interessant, wie sehr Schuldgefühle einen Menschen zerrütten können.

»Guten Morgen, Lars. Wie geht es dir?«

»Na ja. Es ist schon komisch. Ein Teil von mir möchte dich umbringen wegen der Sachen, die du mir angetan hast. Und ein anderer Teil ist dir dankbar, oder sagen wir erleichtert.«

»So fühlt sich das immer an, wenn man einen schweren Prozess überstanden hat«, versichere ich ihm. »Aber sein Leben mit Verleugnung und Lüge fortzusetzen ist reine Zeitverschwendung. Ein vergeudetes Leben. Sieh es mal aus der Perspektive.«

Lars nickt, aber er scheint noch nicht richtig in der Wirklichkeit angekommen zu sein.

»Lars. Was hast du dir dabei gedacht, in Julias Zimmer zu gehen? Du konntest dir doch denken, dass wir es herausbekommen?«

»Ich war betrunken«, sagt er. Als würde das alles erklären und entschuldigen. Das ist so unmöglich, dass ich es unkommentiert lasse.

»Hast du dir schon überlegt, wie du deine Gefängnisstrafe nutzen willst?«, frage ich stattdessen.

»Ja, das habe ich. Ich wollte schon immer ein Buch über den Aktienmarkt schreiben. Aber für Laien. Leicht verständlich. Es gibt nämlich nichts als Müll auf dem Markt.«

»Das hört sich nach einem guten Plan an. Bist du jetzt bereit, deine Stellungnahme zu machen?«

Er nickt.

»Willst du dir noch ein paar Stichworte aufschreiben?«

»Nein, ich weiß, was ich sagen will.«

Hampus hat die Kamera eingeschaltet. Jetzt geht es ums Ganze. Die letzte Sendung darf auf keinen Fall durch Lars' Unentschiedenheit oder Zögern ausgebremst werden. Aber er sieht mit festem Blick in die Kamera. Dann räuspert er sich. Er senkt den Blick, sammelt sich und hebt den Kopf. Seine ersten Worte gelten mir. Er sagt, dass ich ihm – durch spirituelle Führung und ein paar *Warnschüsse* – zu der Erkenntnis verholfen hätte, wie sehr ihn die Schuldgefühle seit Jahren schon innerlich zerfressen hatten. Danach folgt sein umfassendes Geständnis der Vergewaltigung und sein Versprechen, aufs Festland zurückzukehren, sich zu stellen und seine gerechte Strafe anzutreten. Er gesteht in diesem Zusammenhang auch sein Alkoholproblem. Der Höhepunkt aber ist eindeutig seine Entschuldigung am Ende, die er direkt an sein Vergewaltigungsopfer adressiert.

»Ich habe keine Vorstellung davon, wie schrecklich es gewesen sein muss, weil dir niemand geglaubt hat und du dich verteidigen musstest. Auch dafür möchte ich mich entschuldigen. Es tut mir aufrichtig leid.«

Er weint nicht, aber seine Augen glänzen, und das ist mehr als genug. Seiner Stimme hört man an, was er fühlt. Das ist wesentlich authentischer und wirkungsvoller als sein Geflenne in den Talkshows. Aber ich bin ja nicht doof. Mir ist durchaus bewusst, dass er meine Foltermethode nicht so schnell vergessen wird. Er hat eine Todesangst vor mir und würde alles tun, um so schnell wie möglich von hier wegzukommen.

»Das war richtig gut«, lobe ich ihn hinterher.

Er steht auf und kommt auf mich zu.

»Danke«, sagt er leise und umarmt mich unbeholfen. Ich

habe ein Stechen in den Augen und muss blinzeln. Lars schlurft aus meinem Büro, ich sehe ihm hinterher und kann nicht leugnen, dass es sich auf einmal ganz leer in mir anfühlt.

Als Hampus geht, um das Video hochzuladen, kommt Tessa herein.

»Hast du kurz Zeit für mich?«, fragt sie.

»Ich habe zu tun, aber klar, komm rein.«

»Was passiert als Nächstes?«, fragt sie ein bisschen verunsichert und verlegen. Sie ist enttäuscht, dass ich nicht mit ihr geschlafen habe. Ich gedenke auch nicht, sie endgültig abzuschreiben. Sie kann in der Zukunft eine mächtige Verbündete werden.

»Wir machen es uns heute Abend gemütlich, essen etwas Gutes und verabschieden dich und Lars. Und du fliegst dann nach Ibiza, stimmt's?«

»Ja, für ein paar Wochen. Ich wollte dich bitten, mich im Hinterkopf zu behalten, wenn du deinen Mitarbeiterstab für dein neues Unternehmen zusammenstellst. Ich gebe zu, ich kann mich schwer Regeln unterwerfen, aber immerhin kann ich reden, und ich bekomme fast immer alles, was ich will.«

Die Vorstellung, jeden Tag mit Tessa zusammenzuarbeiten, ist gruselig. Aber ich finde bestimmt eine Einsatzmöglichkeit für sie. PR oder so etwas.

»Ruf mich an, wenn du wieder im Lande bist«, sage ich. »Dann sehen wir, was anliegt. Hoffentlich war das hier erst der Anfang einer längeren Zusammenarbeit.«

Die Erleichterung steht ihr ins Gesicht geschrieben.

»Top! Bist du heute beim Abendessen mit dabei?«

»Selbstverständlich! Aber jetzt muss ich hier erst mal weitermachen.«

Sie wirft mir noch eine Kusshand zu, bevor sie die Tür hinter sich schließt.

Kurz darauf taucht Elyssa endlich auf, und wir können die nächsten Tage durchgehen und planen. Einer der Wachleute soll Tessa und Lars aufs Festland begleiten, falls sie dort von sensationshungrigen Journalisten belagert werden. Da der Fährverkehr wieder aufgenommen wurde, werden in Kürze auch die ersten Reporter eintreffen. Mit den Vertretern der größeren Zeitungen werde ich mich treffen und ihnen Interviews geben. Ich schreibe Elyssa die Namen der infrage kommenden Journalisten auf einen Zettel. Danach muss ich mich noch um ein paar einfache Aufgaben kümmern, die sich auf meinem Schreibtisch angestaut haben. Gehaltszahlungen und die Entscheidung, welche Firma wir mit den Reparaturarbeiten des Gästehäuschens beauftragen wollen.

»Ruf Otto an und teil ihm mit, dass er morgen einen kurzen Beitrag von seiner Reise durch Polen senden soll. Maximal fünf Minuten.«

»Du hast mein Handy, Franz«, sagt Elyssa und streckt mir ihre Hand hin.

»Ach ja, stimmt. Kannst du mir ein neues bestellen?«

»Längst passiert, aber jetzt will ich meins wiederhaben.«

»Du bist in letzter Zeit ein bisschen … wie soll ich sagen, *fordernd* geworden, Elyssa.«

»Ich weiß. Aber das funktioniert doch ausgezeichnet mit uns beiden, oder? Wir sind ein gutes, eingespieltes Team.«

Wir tragen ein kleines Blickduell aus, dann gebe ich ihr das Telefon mit einem Lächeln zurück. Ich kann nämlich nicht leugnen, dass mir ihre neue, etwas aufmüpfige Art gefällt.

Ich vermeide absichtlich, das Feedback auf Lars' Video

durchzublättern. Die ersten Reaktionen sind nämlich selten ausgewogen, weil sie entweder von glühenden Verehrern oder wütenden Gegnern geschrieben werden. Ich warte, bis die Mehrheit die Gelegenheit hatte, sich eine Meinung zu bilden. Außerdem – das muss ich fairerweise zugeben – bin ich auch nervös. Schließlich ist es der Abschluss eines relativ gewagten Projektes.

Aber meine Sorge ist wie immer unbegründet. Während viele mein Experiment bisher als reine Unterhaltung betrachtet haben, hat Lars' Video alle Lager gleichermaßen tief bewegt. Der Jubelchor ist so einstimmig, dass es mich zunächst stutzig und skeptisch macht. Aber dann begreife ich, woran das liegt. Die Frau, die vor acht Jahren von Lars vergewaltigt wurde, hat ebenfalls ein Video in den sozialen Netzwerken hochgeladen, in dem sie mir dankt. Tränenüberströmt erzählt sie, wie erleichtert sie ist, dass man ihr nach all den Jahren endlich Glauben schenkt und sie dadurch rehabilitiert wird.

Diese Geschichte entbehrt nicht einer gewissen Ironie. Dass es mir gelungen ist, Lars zu diesem Geständnis zu bringen, ist per se die Definition von Doppelmoral, wenn man einen Blick in meine eigene Vergangenheit wirft. Aber es gibt keinen Grund, darüber allzu ausgiebig nachzudenken. Ich bin so oft gefallen und habe mich wieder aufgerappelt, dass ich aufgehört habe zu zählen. Gutes erzeugt Schlechtes. Und Schlechtes erzeugt wiederum Gutes. Das ist der Kreislauf des Lebens.

»Komm, sieh dir das mal an«, sage ich und winke Elyssa zu mir. »Das könnte gar nicht besser laufen.«

»Krass«, sagt sie, während sie mir über die Schulter sieht. »Die Vorstellung, dass sich Lars dort unten im Keller versteckt hat.«

»Ja, unfassbar.«

Ich schicke sie mit ein paar kleineren Aufgaben los, klappe den Laptop zu und stelle mich an meinen Lieblingsplatz am Fenster. Über dem Anwesen türmen sich die Wolken. Die Dämmerung ist hereingebrochen, schwer und grau hängt sie über dem Herrenhaus. Ich öffne das Fenster einen Spalt, rieche das brennende Holz im Kamin und höre lachende Stimmen aus dem Speisesaal.

Ich habe allen Grund, zufrieden zu sein. Glücklich sogar. Aber etwas nagt dennoch an mir. Ich spüre, dass ich die ganze Zeit die Luft anhalte. In Julias Zimmern brennt Licht. Sie hat ihre Unterkunft seit gestern Abend nicht mehr verlassen, war nur kurz vor der Tür, um sich im Speisesaal etwas zu essen zu holen, und ist dann sofort wieder verschwunden.

Worüber schreibt sie in ihrem Artikel?

Ich versuche, diese Frage abzuschütteln, aber sie ist hartnäckig und drängt sich immer wieder auf.

59

JULIA

Den Entwurf für ihren Artikel fertigte Julia sofort an, solange noch alle Eindrücke frisch waren. Beim Schreiben selbst verließ sie sich allerdings auf ihre Intuition. Eine der Redakteurinnen bei MODA überarbeitete dann ihre Texte, bevor sie auf die Seite hochgeladen wurden. Das war auch sinnvoll, denn obwohl ihr Sprachstil sehr gut war, schweifte sie gern ab.

Am nächsten Morgen setzte sie sich gleich an den Schreibtisch. Zuerst schrieb sie eine Zusammenfassung über die Zeit, die sie auf der Insel verbracht hatte. Danach widmete sie sich Franz' großspurigen Zukunftsplänen. Es war unmöglich, sie zu skizzieren, ohne sich darüber lustig zu machen. Deshalb entwarf sie das Bild, wie die Spitze der mächtigsten Menschen Schwedens nach Dimö pilgert und dort die verschiedensten Prüfungen absolvieren muss, um *spirituelle Führung* zu erfahren. Da kam ihr eine Idee. Eine ihrer Kolleginnen konnte fantastische Karikaturen zeichnen. So eine würde hervorragend als Illustration zu ihrem Text passen.

Nachdem das Netz wieder funktionstüchtig war, rief sie bei ihrer Mutter an, bekam aber nur den Anrufbeantworter zu hören. Sie sprach ihr eine Nachricht aufs Band, dass sie in ein paar Tagen nach Hause kommen würde und direkt bei ihnen vorbeikommen wollte. Thor hingegen ging sofort ans Telefon, obwohl er im Unterricht saß und auf seinen Lehrer wartete.

»Ich habe mir solche Sorgen gemacht«, flüsterte er. »Warum hast du dich nicht gemeldet?«

»Wir hatten kein Netz.«

»Wann kommst du nach Hause?«

»Vermutlich schon übermorgen. Ich vermisse dich so sehr. Heute kommt mein neuer Artikel raus, darin steht alles über Franz' kranke Zukunftsvisionen. Hat er dir auch davon erzählt?«

»Nein, allerdings überrascht mich bei ihm gar nichts mehr. Aber es ist nichts Gefährliches, oder?«

»Nein, das glaube ich nicht. Nur ein neues Produkt seines Größenwahns.«

Thor seufzte.

»Ich weiß nicht, ob ich das jetzt hören will. Außerdem kommt mein Lehrer gerade rein. Ich lese deinen Artikel nachher.«

Der Illustratorin in der Redaktion gefiel die Idee, eine Karikatur anzufertigen, und sie schickte ihr schon kurz darauf mehrere Entwürfe. Ihr gefiel der am besten, auf dem Franz mit einer anderen Person abgebildet war – mit jemandem, der dem Staatsminister gefährlich ähnlich sah. Sie hielten sich an der Hand und sprangen von einer hohen Klippe ins Wasser hinunter. Mit irrem Blick und dämlichem Grinsen. Jedes Mal, wenn Julia die Zeichnung ansah, musste sie kichern und schließlich lauthals lachen. Sie rief in der Redaktion an und bat die Illustratorin, eine druckfertige Version anzufertigen.

»Aber bitte verändere nichts an ihrem Gesichtsausdruck. Das ist einfach das Beste.«

»Ja, oder? Wahnsinn!«

Es dauerte nicht länger als eine halbe Stunde, nachdem Julia ihren Artikel abgeschickt hatte, da rief Susanna bei ihr an.

»Wir haben hier so laut gelacht, dass wir schon alle Bauchweh haben«, sagte sie. »Glaubt Franz ernsthaft, dass er die Elite des Landes auf diese Weise nach Dimö locken kann?«

»Ja, das ist eine todernste Angelegenheit für ihn.«

»Tja, wer weiß das schon. Er hat auf jeden Fall die Aufmerksamkeit der Leute erregt. Wie krass, dass er Lars Nordin dazu gebracht hat, die Vergewaltigung zu gestehen!«

»Ja, aber das war auch nicht umsonst!«, sagte Julia und schüttelte die Gänsehaut ab.

»Auf jeden Fall ist dein Artikel sehr unterhaltsam«, lobte Susanna.

»Und wann wird er hochgeladen?«

»Bald. Die zuständige Redakteurin sitzt gerade daran.«

»Soll ich schon morgen zurückkommen?«, fragte Julia.

»Nein, bleib noch einen Tag, damit wir bloß nichts verpassen. Ich weiß, dass eine ganze Menge Kollegen auf dem Weg zu euch sind.«

»Okay.«

Dann wartete sie. Und wartete. Und wartete. Sie war sich ziemlich sicher, dass Franz dieses Mal wütend werden würde. Die Frage war nur, wie er damit umgehen würde. Als er sich auch am Nachmittag noch nicht hatte blicken lassen, schlich sie in den Speisesaal und holte sich etwas zu essen.

Es war schon seit langem dunkel geworden. Eine sonderbare Stille hatte sich über das Anwesen gesenkt, da klopfte es an der Tür. Sie hätte fast dem lächerlichen Impuls nachgegeben, sich irgendwo zu verstecken. Doch dann öffnete sie die Tür einen Spalt breit. Von Franz war nur die Silhouette zu sehen, sein Gesicht lag im Dunkeln.

»Wenn du nur gekommen bist, um mir eine Standpauke zu halten, kannst du gleich wieder gehen«, sagte sie.

»Warum sollte ich das tun? Darf ich bitte reinkommen?«

Überrascht schob sie die Tür auf, er sah überhaupt nicht aufgebracht aus. Im Gegenteil, aufgeräumt und fröhlich. Rosige Wangen und klare, glitzernde Augen.

»Ich habe es so beschrieben, wie ich es sehe«, verteidigte sie sich.

»Das habe ich gemerkt. Kennst du die talentierte Person, die für die Karikatur verantwortlich ist? Ich habe ernsthaft überlegt, sie einzustellen.«

»Meinst du das ernst?«

»Nein, eigentlich nicht.«

»Warum bist du nicht wütend auf mich?«

»Weil ich bereits einen äußerst interessanten Anruf von einer Person bekommen habe, deren Namen ich jetzt nicht verraten kann. Aber er hat einen großen Namen und will unbedingt nach Dimö kommen, sobald das neue Projekt anläuft.«

»Dann kann er unmöglich den Artikel gelesen haben.«

»Na ja, er hat sogar *wegen* des Artikels angerufen. Ich habe dir doch gesagt, dass sich diese Leute wahnsinnig langweilen. Du hast sie mit deinem Text neugierig gemacht. Willkommen in der Wirklichkeit, Julia. Aber das verstehst du nicht, du bist noch so jung.«

Julia ließ sich aufs Sofa fallen.

»Was für ein Idiot«, murmelte sie. »Du kannst ruhig wieder gehen, wenn du so herablassend bist.«

»Ich bin aus einem anderen Grund gekommen. Darf ich mich kurz zu dir setzen?«

Ohne auf ihre Antwort zu warten, nahm er Platz.

»Ich frage mich die ganze Zeit … etwas ganz Bestimmtes«, sagte sie.

»Und was?«

»Wie hast du Lars in den Keller bekommen und auf den Stuhl gehievt? Er muss doch an die hundert Kilo wiegen, oder?«

»Eine Mischung aus Kraft und Wut.«

»Hat er sich denn nicht gewehrt?«

»Doch, aber er war betrunken und deshalb kein wirklicher Gegner«, erwiderte er stolz.

»Bist du wirklich so stark?«

»Soll ich dir mal meine Armmuskeln zeigen?«

»Nein, lieber nicht. Und euch hat niemand gehört?«

»Die waren doch alle auf der Party.«

Vielleicht stimmte es wirklich, und er besaß unfassbare Kräfte.

Oder er war verrückt. Was sie allerdings am meisten dabei störte, war seine Brutalität.

»Ich bekomme jedes Mal eine Gänsehaut, wenn ich daran denke«, gestand sie.

»Das geht vorbei, du wirst sehen.«

»Warum bist du dann gekommen?«

»Meine Mutter hat gerade angerufen. Sie möchte dich zum Abendessen einladen, bevor du abreist. Sie will dich besser kennenlernen, hat sie gesagt. Ich darf auch kommen, wenn ich mag, aber sie fügte hinzu, dass es kein Muss ist. Mit anderen Worten, es ist ihr egal, ob ich mitkomme oder nicht.«

»Das glaube ich nicht.«

»Sie kann ziemlich deutlich sein. Es war nicht immer leicht zwischen uns. Aber ich will die Gelegenheit nutzen und etwas für unsere Beziehung tun. Immerhin ist sie meine Mutter.«

»Möchte sie mich wirklich sehen?«, fragte Julia verwundert. »Warum bloß?«

»Sie weiß doch, dass du mit Thor zusammen bist, außerdem will sie dir etwas zeigen und … wohl auch geben. Keine Ahnung, was das sein könnte.«

»Ich komme sehr gern.«

»Sie wird hundertprozentig etwas mit Fisch machen. Du magst doch Fisch, oder?«

»Hallo? Ich bin auf Orust aufgewachsen.«

»Stimmt ja. Ich hatte fast vergessen, wie du die Meerforelle heruntergeschlungen hast, die es vor zwei Jahren bei unserem Abendessen gab.«

»Hör sofort auf damit«, stöhnte sie. »Fängst du schon wieder damit an?«

»Verzeih. Dieser Abend war einfach etwas Besonderes, ich denke gern daran zurück. Morgen muss ich ein Interview geben, aber abends habe ich auch Zeit und kann mitkommen.«

»Und mit wem hast du ein Interview?«

»Unter anderem mit einem Journalisten von *Dagens Nyheter*.«

»Oha, wie aufregend.«

»Passt dir sechs Uhr morgen Abend? Dann gehen wir zusammen zu meiner Mutter.«

»Ja, ich freue mich. Sag, und ich kann also wirklich schreiben, was ich will, und du bist nicht sauer auf mich?« Sie hatte sich noch nicht von ihrem Schock erholt, dass er sie nicht fertiggemacht hatte.

Er hob eine Augenbraue.

»Es stimmt schon, Julia. Du hast mich zum Gespött der

Leute gemacht, aber dir verzeihe ich einfach alles. Sehr ungewöhnlich.«

Merkwürdigerweise löste das weder Freude noch Erleichterung in ihr aus.

Vielmehr fühlte sie sich wie eine Ameise, die gegen einen Elefanten kämpfte.

60

FRANZ

Am nächsten Tag beschleicht mich ein sonderbares Gefühl, ich fühle mich wie zwiegespalten – zur einen Hälfte im Körper und zur anderen außerhalb. Aber ich beschließe, mich nicht zu lange mit Grübeln zu beschäftigen, sondern mich lieber meinen heutigen Aufgaben zu widmen. Otto wird ein letztes Mal öffentlich auftreten und aus Polen berichten. Er ist überraschend überzeugend, als er in die Kamera spricht und erklärt, dass er seine Haltung zum Holocaust grundlegend *neu bewertet* und geändert habe. Wir verabschieden uns danach höflich voneinander.

Mir bleibt das verächtliche Glitzern in seinen Augen nicht verborgen. Und ich kann ihn auch verstehen. Wir Alphamännchen sind nicht in der Lage, eine Niederlage einzugestehen. Otto wird den Hass gegen mich noch eine Weile mit sich herumtragen, aber der Tag wird kommen, an dem er mir dankbar sein wird.

An diesem Tag stehen ein paar Interviews an, in denen ich mit viel Ironie und einem Zynismus konfrontiert werde, den ich Julias Artikeln zu verdanken habe. Oder sie bohren in meiner Vergangenheit herum. Aber das ist nichts, was ich nicht schon kenne. Und die Journalisten sind auch nicht immun gegen meinen Charme.

Mein sonderbares Gefühl hat sich jedoch nicht aufgelöst, auch nachdem sie das Anwesen alle wieder verlassen haben. Tief im Inneren weiß ich, dass es mit Julia zu tun hat. Ich habe von ihr geträumt. Bin mitten in der Nacht aufgewacht, verschwitzt und mit einem brennenden Kloß im Hals. Wie ein Feuer in meinem Kopf, das jederzeit auflodern könnte.

Ich will nicht, dass Julia abreist. Ich tanke so viel Energie, wenn ich mit ihr zusammen bin. Weiß sie überhaupt, was ich alles für sie getan habe? Als ich diesen widerlichen Fleischberg auf ihr liegen sah, war das wie ein Adrenalinkick mitten ins Herz. Wenn sie in Göteborg lebt und ich hier auf der Insel bin, kann ich sie nicht beschützen.

Ich habe verschiedene Lösungsvorschläge für dieses Problem. Thor und Julia könnten beispielsweise ins Gästehäuschen ziehen, wenn es renoviert ist. Sie kann weiterhin als freie Journalistin arbeiten, und Thor macht ein Fernstudium. Vielleicht kann ich Thor hierherlocken, weil er auf diese Weise seine Großmutter öfter zu sehen bekäme. Mein Personal ist sehr jung. Immer mehr junge Menschen wollen in der Natur leben. Würden Thor und Julia hier auf der Insel wohnen, könnte ich ihnen Flecken auf Dimö zeigen, die kaum jemand kennt.

Ungefragt gleiten meine Gedanken ab und erinnern mich an alte Zeiten, als ich alle Grenzen überschritten habe. Ich könnte auch jetzt jemanden anheuern, der sich Zutritt zu Julias Schlafzimmer in Göteborg verschafft und eine versteckte Kamera installiert. Oder ich lade sie zum Essen ein, präpariere den Wein, damit sie schläfrig und gefügig wird. Dann ziehe ich sie aus und mache Fotos. Viele Fotos. Die Stimme in meinem Hinterkopf ist überhaupt nicht leise, als sie mir Vorwürfe macht. *Nein, verdammt, das wirst du auf keinen Fall tun.* Ich mache solche Sachen nicht mehr, das sind alte matschige Pfade, die ich nicht mehr nehmen will, weil sie mich sonst nur in die Dunkelheit und ins Unglück führen.

Man könnte meinen, ich sei doch mit einer Art Gewissen ausgestattet, ich ziehe aber vor, dies als Gerissenheit zu bezeichnen. Außerdem will ich nicht, dass meine Erinnerungen an Julia von meiner Zwanghaftigkeit beschmutzt werden. Sie wird freiwillig zu mir kommen. Davon bin ich überzeugt. Ich habe ein gutes Gespür für meine sexuelle Anziehungskraft.

Elyssa klopft an und setzt sich fröhlich und ausgeruht auf den Besucherstuhl vor meinem Schreibtisch.

»Dein neues Handy ist da«, sagt sie. »Ich habe deine Kontakte aus dem Adressbuch im Rechner kopiert.«

»Danke, wie freundlich von dir«, sage ich erschöpft.

»Wie sind die Interviews gelaufen?«

»Ganz gut.«

»Es gab einige Anfragen für ein Telefoninterview. Stehst du dafür zur Verfügung?«

»Nein, ich möchte den Rest des Tages in Ruhe gelassen werden.«

Sie legt den Kopf auf die Seite und mustert mich eingehend.

»Dir geht es heute nicht so gut, Franz, oder?«

»Warum fragst du?«

»Du siehst so anders aus.«

»Inwiefern anders?« Mich irritiert, was sie sagt.

»So nachdenklich. Aber das bilde ich mir bestimmt nur ein. Sag mir einfach, wenn du meine Hilfe brauchst.«

Nachdem sie gegangen ist, checke ich die neusten Einträge im Netz. Es wird viel über das Experiment geschrieben, aber ich spüre weder Genugtuung noch Zufriedenheit.

Mir fällt es schwer, mich auf die Texte zu konzentrieren. Etwas in mir arbeitet.

Um Ordnung und Klarheit zu finden, öffne ich das Fenster. Der Nebel hat Dimö zurückerobert. Eine geschlossene Nebelmauer schiebt sich vom Meer über die Insel und verschlingt das ganze Anwesen. Die Lichter in den Unterkünften, die ich von hier aus einwandfrei sehen kann, sind nur noch blass und matt. Die Spitze der Aula glänzt gespenstisch in der zunehmenden Dunkelheit. Der Nebel verschluckt auch alle Geräusche. Man könnte glauben, ganz allein auf der Insel zu sein, so still ist es. Der Schnee schmilzt und tropft von den Bäumen. Mein Gesicht wird von der feuchten Luft benetzt, es ist kalt, aber ich bleibe stehen.

Ich muss an das bevorstehende Abendessen bei meiner Mutter denken und fühle mich bei dem Gedanken an ein Wiedersehen mit ihr nicht gerade wohl. Sie hat die Angewohnheit, alte Wunden aufzureißen, die längst abgeheilt sein müssten.

Schließlich gebe ich mir einen Ruck, schließe das Fenster und gehe mich umziehen. Schwarzer Rollkragenpullover, schwarze Jeans und ein blaues Kaschmirjackett. Ein bisschen aufgedonnert vielleicht, aber trotzdem lässig. Dann gehe ich zurück in mein Büro und warte auf Julia.

Plötzlich fällt mir etwas ein.

Ich öffne meinen Safe und hole einen kleinen Stoffbeutel heraus, der in der hintersten Ecke liegt, und schüttele den Inhalt in meine Handfläche. Es sind eine Halskette und ein Ring, beides aus Gold. Familienerbstücke, die meiner Mutter immer sehr wichtig waren. Sie hatte sie von ihrer Großmutter geerbt, die bei einem tragischen Schiffsunglück vor Dimö ums Leben kam. Ich habe den Schmuck damals gestohlen und verpfändet, als ich mit dreizehn von der Insel geflohen bin. Mit dem Geld konnte ich nach Frankreich reisen, um meinen leiblichen Vater aufzusuchen. Als ich Jahre später zurückkehrte, befanden sie sich immer noch im Besitz des Ladeninhabers. Es war wohl vom Schicksal so vorgesehen, dass ich sie wieder zurückkaufe. Seit diesem Tag liegen sie in meinem Tresor und warten auf ... ich weiß nicht genau, auf was. Sie haben sogar den verheerenden Brand vor neunzehn Jahren überstanden.

Ich erinnere mich genau an mein Gefühl, als meine Mutter meine Hand in ihre nahm. Als ich ein Kind war, hat sie mein Gesicht oft in ihre Hände genommen – nicht aus Liebe, sondern aus Verzweiflung –, damit ich ihr zuhöre. Meine Reaktion darauf war nicht Weichheit, sondern Widerstand. Mir war die Angst abhandengekommen, ich hatte kein Bedürfnis, gestreichelt, geküsst und geliebt zu werden. Diese Gefühlsäußerungen hätten uns beide nur verlegen gemacht. Ich wollte lieber meine Ruhe haben. Aber sie hat hart für mich gekämpft, sie hat zwei Jobs angenommen, um uns durchzubringen. Niemand hat jemals so viel für mich getan. Und niemand wird das jemals für mich tun.

Ich wiege die beiden Schmuckstücke in meiner Hand, lege sie dann in den kleinen Stoffbeutel zurück und stecke diesen in meine Jackentasche. Was ich da beabsichtige, ist eigentlich nicht mein Stil. Ich schulde meiner Mutter nichts, aber es ist nie falsch, ein bisschen ... Wärme zu zeigen.

61

JULIA

An diesem Morgen schlief sie aus und blieb so lange im Bett liegen, wie sie wollte. Gegen zwölf schlenderte sie zum Mittagessen in den Speisesaal. Auf der Rasenfläche hatten sich große Pfützen gebildet, die Wege waren von graubraunen Schneewehen gesäumt.

Den Nachmittag verbrachte sie damit, eine kleine Umfrage unter den Angestellten durchzuführen. Sie befragte sie, warum sie sich ausgerechnet für diesen Arbeitsplatz entschieden hatten – auf einer abgelegenen Insel –, und bekam fast immer dieselbe Antwort. Die Abgeschiedenheit hatte sie schon angesprochen, sagten sie, sie hatten raus aus der Großstadt gewollt, um in der Natur zu leben. Nachdem sie diese Aussage ausreichend oft gehört hatte, tauchte die Frage in ihr auf, wie sehr sie Dimö vermissen würde und ob sie wohl ihr altes Leben in Göteborg wiederaufnehmen und genießen könnte.

Am frühen Abend rief Sofia an.

»Hallo, mein Schatz, wann geht es denn nun los?«, fragte sie.

Die Stimme ihrer Mutter bewirkte, dass Julia ganz warm ums Herz wurde.

»Morgen.«

»Schön. Du kommst bei uns vorbei, bevor du nach

Göteborg fährst, ja? Papa und ich wollen mit dir etwas besprechen.«

»Und was?« In Julia begannen sofort die Alarmglocken zu läuten.

»Das ist nichts fürs Telefon.«

»Und warum machst du mich dann so neugierig? Worum geht es denn?«

Ihre Mutter klang so ernst, dass Julia ganz mulmig wurde. War etwas passiert? In ihrem Kopf spielten sich schon die schlimmsten Szenarien ab.

»Wollt ihr euch scheiden lassen?«

»Nein, nein. Nichts in der Art. Wir wollen dir etwas erzählen, mach dir keine Sorgen. Wir sprechen darüber, wenn du kommst.«

»Wenn ihr euch nur wieder einen Haufen Regeln ausgedacht habt, an die ich mich halten soll, dann könnt ihr das gleich vergessen.«

»Nein, Julia«, sagte Sofia und schnaufte. »Wir sehen uns dann morgen. Ich hole dich von der Fähre ab.«

»Okay. Aber ich nehme wahrscheinlich erst die Nachmittagsfähre, weil ich noch einen letzten Spaziergang über die Insel machen möchte.«

»Alles klar. Und Julia … dein Artikel war großartig. Papa und ich haben so laut gelacht, dass uns die Tränen gekommen sind. Wir sind wahnsinnig stolz auf dich.«

»Danke, Mama.«

»Unternimmst du heute noch was?«

»Ja, ich bin von Thors Großmutter zum Essen eingeladen worden. Sie will mich noch einmal sehen, bevor ich abreise.«

»Oh, wie nett. Bei Karin. Gehst du allein dorthin?«

»Nein, Franz kommt auch mit.«

Es wurde still in der Leitung. Julia konnte die angestreng-
ten Atemzüge ihrer Mutter hören.

»Mama, hör auf jetzt. Wir sind bei seiner Mutter zuhause. Franz wird mir schon nichts tun. Hör auf, dir immer
so viele Gedanken zu machen.«

»Das klingt nur komisch, tut mir leid.«

»Und warum? Ich bin mit Thor zusammen. Und Franz
hat sich mir gegenüber die ganze Zeit einwandfrei benommen. Außerdem hat er mich …«

Fast hätte sie sich verplappert. Sie biss sich auf die Zunge. Das war definitiv kein Thema für ein Telefonat.

»Was hat er?«

»Ach, nichts.«

»Hast du mit Franz viel Zeit verbracht?«, fragte sie.

»Wir sind einmal spazieren gegangen.«

»Und warum hast du mir nichts davon erzählt?«

»Um … so eine Unterhaltung nicht führen zu müssen.«

»Verstehe. Entschuldige, dass ich so stochere«, flüsterte
Sofia.

»Ich möchte, dass du mir vertraust. Ich liebe Thor. Wenn
er zum Studieren ins Ausland geht, werde ich vielleicht
sogar mitkommen. Wir haben *Pläne*. Glaubst du wirklich,
dass ich was mit Franz anfangen würde?«

»Nein, ich habe viel größere Angst, dass er etwas mit dir
anfängt«, murmelte Sofia.

»Er ist nicht mehr so wie früher. Ich glaube wirklich,
dass ihn der Schlaganfall verändert hat.«

»Mein Liebling, du klammerst dich an einem Fragment
seines Wesens fest, das wieder verschwinden wird.« Ihre
Mutter klang aufrichtig besorgt. »Natürlich sollst du zu
Karin zum Essen gehen, aber sei bitte vorsichtig mit Franz.
Versprich es mir.«

»Ja, ja. Mach ich. Gibt es sonst noch was, vor dem du mich warnen willst?«

»Ja, wirklich. Die Felsen sind in dieser Jahreszeit besonders glatt und rutschig. Sei vorsichtig, wenn du deinen Spaziergang machst.«

Julia wusste nicht, was sie darauf erwidern sollte. Sie lauschte den Atemzügen ihrer Mutter.

»Und ihr lasst euch bestimmt nicht scheiden?«

»Nein, das hast du mich doch schon gefragt. Wir sehen uns morgen. Wir vermissen dich sehr, mein Herz.«

Das Abendessen war für sechs Uhr angesetzt. Gegen halb sechs machte sich Julia auf den Weg. Ein dichter Nebel hatte sich über den Hof gesenkt. Es war schon dunkel, aber der Himmel war weiß wie Milch. Die Lichter des Herrenhauses waren nur verschwommen zu sehen. Es hatte zwar etwas Friedvolles, wirkte aber auch ziemlich gruselig. Umhüllt von seinem Mantel aus Nebel sah das Herrenhaus wie auf einem sehr alten Schwarz-Weiß-Foto aus. Jedes Gebäude hatte seine eigenen Geschichten. Geburten, Todesfälle, Brände, Stürme und Tragödien. Viele dieser Ereignisse waren miteinander verwoben und bildeten eine Art DNA, gewissermaßen die Erbmasse des Ortes. Und das Herrenhaus strahlte eine besondere Wehmut aus, ganz unabhängig vom Wetter. Seit sie erfahren hatte, was Franz im Keller des Hauses angetan worden war, verstand sie zum Teil auch, weshalb das so war. Die Schwermut – die sie manchmal atmosphärisch wahrnahm – umgab ihn wie ein unheilverkündender Schleier.

Franz wartete schon unten im Hof. Er trug hohe Gummistiefel, so wie sie auch, falls sie durch Schneematsch stapfen mussten.

»Was stehst du hier und grübelst?«, fragte sie und überraschte ihn, denn er hatte sie nicht kommen sehen.

»Soll ich ehrlich sein?«

»Ich bitte darum.«

»Ich bin traurig, dass du morgen abreisen wirst.«

Sie schnitt eine Grimasse.

»Das hätte ich nicht erwartet. Ich dachte, du kennst dieses Gefühl gar nicht.«

»Ja, ich weiß. Merkwürdig. Komm, lass uns gehen.«

Es war kalt. Sie fröstelte. Franz ging vor. Er kannte den Weg. Die Krähen krächzten verächtlich, als sie an der großen Esche vorbeiliefen.

»Mich überrascht der Nebel. In dieser Jahreszeit?« Sie redete in seinen Rücken hinein.

Er blieb stehen und drehte sich zu ihr um.

»Doch, das kommt auch im Winter vor. Wenn es geregnet oder geschneit hat und die Temperaturen sinken.«

»Aber eigentlich ist der Nebel ein Phänomen im Herbst, oder? Zumindest erinnere ich das so von Orust.«

»Eigentlich nicht. So weit draußen im Meer haben wir hauptsächlich im Frühling und Frühsommer dichte Nebelbänke. Wenn die warme Luft über das kalte Wasser zieht. Dann entsteht ein kompakter und anhaltender Nebel.«

»Du kennst dich wirklich gut mit Wetter aus.«

»Ja, aber wenn du noch mehr Details erfahren möchtest, musst du meine Mutter fragen.«

Sie setzten ihren Weg fort. An einigen Stellen war es nötig, über schmelzende Schneewehen zu stapfen. Kleine, kalte Wassertropfen fielen auf ihr Gesicht und blieben in ihren Wimpern hängen. Die dunklen Schatten der Bäume begleiteten sie. Und plötzlich lichtete sich der Wald, und sie sah eine Nebelbank, die über einer Lichtung schwebte.

Franz blieb stehen und wartete auf sie. Dann stellte er sich hinter sie und legte seine Hände auf ihre Schultern.

»Wir sind da. Siehst du es?«

In der Mitte des Nebels stand das Häuschen, aus dessen Schornstein eine dünne Rauchsäule in den Himmel stieg. In den Fenstern brannte warmes Licht. Und Karin hatte die Gartenkerzen vor der Eingangstür angezündet. Ein Fenster war angelehnt, und der Duft von Fisch und Zitrone wehte ihnen entgegen.

»Riechst du das? Fisch, wie ich vermutet hatte.«

»Das riecht großartig.«

Er zögerte.

»Es ist ziemlich lange her, dass ich zum Abendessen hier war.«

»Wie lange denn?«

»Bestimmt über dreißig Jahre.«

»Wirklich?«

Er nickte, dann schüttelte er plötzlich den Kopf.

»Das war eine dumme Idee mitzukommen. Geh du rein, ich gehe wieder zurück. Ruf mich an, wenn du nach Hause willst, dann hole ich dich wieder ab.«

»Nix da. Du kommst jetzt mit.«

»Ich weiß nicht …« Seine Stimme wurde brüchig.

Das war wieder typisch für ihn, fand Julia. Einerseits vermittelte er gerne den Eindruck, dass ihm alles egal war, aber dann hatte er eine Todesangst davor, die Kontrolle zu verlieren. Er zögerte keine Sekunde, in vier Grad kaltes Wasser zu springen, traute sich aber nicht, seiner Mutter in die Augen zu sehen.

»Du *musst* mitkommen!«

Er lachte nervös, und in diesem Augenblick wurde die Tür aufgerissen.

»Da sieh mal einer an«, sagte Karin. »Ich war der Meinung, Stimmen gehört zu haben. Kommt rein.«

Julia stupste Franz in die Seite.

Karin lächelte Julia aufmunternd zu. Sie hatte pechschwarze dichte, sanft gebogene Augenbrauen und eine lange gerade Nase. Ihre Augen waren wunderschön, sie wirkten exotisch und hatten dieselbe bernsteinfarbene Nuance, wie sie manchmal auch bei Franz mitschimmern konnte. Alles an ihr strahlte Ruhe und Kraft aus.

Sie zogen ihre Stiefel aus und hängten die Jacken im Flur auf. Franz wirkte unbeholfen und verlegen.

»Schön hast du es hier«, sagte er.

»Ich habe renoviert. Wann bist du das letzte Mal hier gewesen?«

»Sehr lange her. Ich habe die Jungs mal bei dir abgeholt, aber ...«

»Ja, wie schade. Setzt euch ins Wohnzimmer, ich hole das Essen.«

Der Tisch im Wohnzimmer war schon gedeckt. Im Kamin knisterte ein Feuer, und Karin servierte fangfrischen Dorsch aus dem Ofen. Franz fühlte sich nicht wohl, das war unverkennbar. Es machte den Eindruck, als wäre er am liebsten woanders. Aber er nahm sich was zu essen und lobte es höflich.

Julia hatte Sorgen, dass es furchtbar steif werden könnte, aber Karin redete ununterbrochen. Sie fragte Julia, wie es ihren Eltern ging, was sie an ihrem Job besonders mochte und was Thor in seiner Freizeit machte. Dann wechselte sie das Thema und erzählte Geschichten aus Thors Kindheit. Welche Spiele ihm besonders viel Spaß gemacht hatten, was seine Lieblingsmärchen gewesen waren. Thor war als Kleinkind offenbar nicht so aktiv gewesen wie sein Zwillingsbruder Vic, dafür aber hätte er früher sprechen, schreiben und lesen gelernt. Das war so spannend, dass Julia beinahe das Essen auf ihrem Teller vergaß. Franz kam gar nicht zu Wort, aber Julia bemerkte, wie fasziniert er seiner Mutter lauschte.

»Das sind alles Neuigkeiten für dich, stimmt doch, Franz?«, wendete sich Karin an ihn. »Du bist immer viel zu sehr mit deiner Sekte beschäftigt gewesen, als dass du dich um deine Jungs gekümmert hättest.« Sie legte eine Hand auf seine. »Was ich eigentlich damit sagen will, ist, dass es nie zu spät ist, das zu ändern.«

»Das waren hektische Zeiten«, verteidigte sich Franz. »Meine Arbeit hat meine volle Aufmerksamkeit gefordert.«

»Ja, du hattest schon immer die Veranlagung, dich in Sachen reinzusteigern«, entgegnete Karin trocken. »So, jetzt räumen wir ab, denn ich möchte euch noch etwas zeigen.«

Schnell war der Tisch abgeräumt, und sie setzten sich auf das Sofa vor dem Kamin. Karin holte einen Pappkarton und stellte ihn auf den Couchtisch.

»Ich habe hier ein paar Werke von Thor, die ich aufgehoben habe.«

Sie legte mehrere Zeichenblätter auf den Tisch. Zum Beispiel eine Zeichnung von einer Krähe. Eine orange Sonne, die in einem türkisfarbenen Meer versank. Die ersten Blätter trugen die Handschrift eines kleinen Kindes. Aber sie wurden immer detaillierter und feiner.

»Sieh mal, das bist du mit den Jungs«, sagte Karin und zeigte auf eine Zeichnung, auf der drei Figuren zu sehen waren. Eine große, die zwei kleinere an der Hand hielt.

Franz schluckte.

»Die hat alle Thor gezeichnet. Vic interessierte sich nicht so für Kunst.«

Eine Zeichnung faszinierte Julia ganz besonders. Es war eine Bleistiftzeichnung einer Felsenlandschaft mit der Heide im Vordergrund. Über dem Wasser hing ein dichter Meeresnebel. Sie hatte an dieser Stelle mit Thor gesessen und zugesehen, wie der Nebel entstand. Das Bild strahlte die Ruhe aus, die sie damals empfunden hatte.

»Oh, ist das schön. Wann hat er das denn gezeichnet?«, fragte Julia.

»Da muss er so zehn oder elf Jahre alt gewesen sein. Wir waren oft draußen bei den Felsen. Ich habe ein Buch vorgelesen, und er hat was gezeichnet.«

»Hat er sich die irgendwann mal wieder angesehen?«, fragte Julia.

»Ja, das hat er, sogar bei seinem letzten Besuch. Aber ich habe hier noch etwas, was ich ihm noch nicht gezeigt habe«, sagte sie und nahm zwei Umschläge aus dem Karton. Dann legte sie die Fotos aus dem einen Umschlag auf den Tisch. Auf allen war Thor zu sehen. Als Kind, im Alter von vielleicht vier und fünf Jahren. Sie waren im Haus, im Garten, in der Heide und auf den Felsen aufgenommen worden. Sein dickes rotes Haar stand in allen Richtungen vom Kopf ab, sein Gesicht war mit Sommersprossen übersät, und er war sehr dünn. Aber nicht das Niedliche berührte Julia tief, sondern die unverfälschte, strahlende Freude in seinen Augen.

»Wie niedlich er war«, rief Julia.

»Ja, er lebte zwar im Schatten seines Bruders, aber er war das strahlende Leben.«

»Auf den Fotos ist er immer allein zu sehen, ohne seinen Zwillingsbruder …«

»Ich habe auch Fotos von beiden, aber jetzt gerade tut es mir zu sehr weh, sie mir anzusehen.«

»Man sieht ihm an, dass er gern bei dir gewesen ist.«

»Ja, das war er.«

»Er sieht dir gar nicht ähnlich, Franz«, sagte Julia.

»Das kann schon sein«, brummte Franz. »Aber die Hälfte seines genetischen Materials ist auf jeden Fall von mir.«

»Reg dich ab. Das war früher. Heute seht ihr euch sehr ähnlich.«

»Darf ich die mitnehmen und Thor zeigen, Karin?«

»Ja, deshalb habe ich sie ja in einen Umschlag gesteckt.« Sie schob Franz die Zeichnung mit dem Meeresnebel hin.

»Und ich finde, die solltest du mitnehmen, sie einrahmen und dir ins Büro hängen. Du siehst aus, als könntest du ein bisschen Aufmunterung vertragen. Außerdem machen normale Väter so etwas. Das ist ein kleines Meisterwerk.«

Franz blinzelte. Er nahm die Zeichnung an sich und konnte seinen Blick nicht mehr davon abwenden. Zwar hatte er sich den ganzen Abend schon kaum am Gespräch beteiligt, aber jetzt verstummte er völlig. Julia sah, dass sein kleiner Finger zitterte.

»Das werde ich tun«, stammelte er mit belegter Stimme. »Es ist wirklich … wunderbar.«

»Und dann habe ich noch diese hier«, sagte Karin und legte den Inhalt des zweiten Umschlags auf den Tisch. »Ich möchte, dass du die für Thor mitnimmst. Als Erinnerung.«

Auf den Fotos war ein dunkelhaariger Junge abgebildet, der auf den Felsen herumturnte. Nur auf einem saß er still und sah in die Kamera. Die Aufnahme war ungeheuer lebendig, als hätte er sich gerade umgedreht und den Fotografen entdeckt. Es war ein umwerfend schönes Kind. Braungebrannt, mit dichten schwarzen Haaren und dunklen Augen. War das Thors Zwillingsbruder Vic? Sie sah auf die Rückseite des Fotos. *Fredrik, fünfeinhalb Jahre alt,* stand dort. Sie stutzte, aber dann erinnerte sie sich an die Tonbandaufnahme von Franz – die er einen Romanentwurf genannt hatte –, in der er erzählte, dass er seinen Namen geändert hatte. Von Fredrik Johansson in Franz Oswald.

Julia gab das Foto an Franz weiter.

»Du siehst darauf so glücklich aus.«

»Ja, das ist er auch gewesen. Aber Franz hat als kleines Kind so Schreckliches ertragen müssen, das kein Kind erleben sollte. Ich bin kein gefühlskalter Mensch, Julia, das sollst du wissen. Aber ich weiß, warum es so kommen musste, wie es gekommen ist.«

»Ich habe mich nie über meine Kindheit beklagt«, platzte Franz dazwischen. »Ich kann objektiv bleiben.«

Ganz bestimmt, dachte Julia und schüttelte innerlich den Kopf. *Ich habe dich da unten im Keller gesehen. Ich habe gesehen, mit welcher Kälte du Lars dasselbe angetan hast, was dir dein Monster von Vater angetan hat.* Wahrscheinlich hatte er keine Ahnung, wie sehr ihn diese Erlebnisse geformt hatten.

»Die Fotos von seinem Vater sind auch für Thor gedacht«, sagte Karin. »Ich weiß, dass ihr jungen Leute eure Fotos alle nur auf den Handys habt, aber vielleicht gefallen sie ihm auch so.«

»Er wird sich wahnsinnig darüber freuen, das weiß ich. Danke.«

Julia sah zu Franz hinüber. Seine Pupillen wirkten unnatürlich groß, aber sein kleiner Finger hatte aufgehört zu zittern. Es war unmöglich, seinen Gesichtsausdruck zu deuten.

»Ich habe immer getan, was ich für richtig gehalten habe«, sagte er leise. »Ich hatte meine Prinzipien, denn ich …«

»Das glaube ich dir auch«, unterbrach ihn Karin. »Ich habe nicht alles verfolgt, was in letzter Zeit auf dem Anwesen vor sich gegangen ist. Wahrscheinlich würde ich in meinem Alter sonst einen Herzinfarkt bekommen. Aber mir ist das Gerücht eines neuen *Projektes* zu Ohren gekommen. Deshalb möchte ich dich nur um eine einzige Sache bitten. Ganz gleich, was für einen Irrsinn du dir wieder ausgedacht hast, sorge aber bitte dafür, dass deine Zukunftspläne auch Zeit mit deinem Sohn ermöglichen. Ich habe ihm das Lesen und Schreiben beigebracht und ihm gezeigt, wie man sich in der Natur zurechtfindet. Wenn er traurig war, konnte er zu mir kommen und sich ausweinen. Er ist der wunderbarste Mensch, den ich kenne. Du musst ihn nicht mehr erziehen, du sollst dich nur für ihn interessieren.«

Franz starrte auf die Tischplatte, bevor er wieder den Kopf hob und seine Mutter ansah.

»Ich werde es versuchen«, sagte er dann. »Ich verspreche es.«

Damit gab er die Fotos von sich als kleinem Jungen an Julia zurück. Dann griff er in seine Jackentasche und holte ein Stoffbeutelchen heraus, das er Karin gab.

»Das ist nicht das perfekte Ende eines schönen Abends«, entschuldigte er sich. »Und du wirst bestimmt wütend auf mich sein. Aber ich finde, du solltest sie zurückbekommen. Immerhin gehören sie dir.«

Karin öffnete den Beutel und sah hinein. Einen Augenblick lang saß sie wie versteinert da. Dann nahm sie die beiden goldenen Schmuckstücke heraus. Die Halskette und den Ring.

»Was ist das?«, fragte Julia.

»Familienerbstücke«, sagte Franz. »Ich habe sie meiner Mutter mit dreizehn geklaut und dann verpfändet. Das ist eine lange Geschichte. Vor langer Zeit habe ich sie dann wieder zurückgekauft, und seitdem liegen sie in meinem Safe.«

»Du hast sie *gestohlen*?«

»Ich war dreizehn, Julia. Aber es stimmt, ja, ich habe sie gestohlen. Ich brauchte Geld.«

Karin starrte stumm auf die Schmuckstücke in ihrer Hand. Julia erwartete die größte Standpauke aller Zeiten. Aber als Karin sich wieder gefasst hatte, sagte sie nur diesen einen Satz:

»Danke, Franz, damit hast du mich … heute sehr glücklich gemacht.«

62

FRANZ

Wir schweigen auf dem Nachhauseweg, ich gehe vorweg, Julia ist dicht hinter mir. Es dauert eine Weile, bis sich die Augen an die Dunkelheit gewöhnt haben. Der Nebel zieht in dünnen Streifen an uns vorbei. Zweige brechen unter unseren Füßen. Der Pfad ist uneben und von Schneewehen versperrt, aber ich kenne jede Kuhle und jede Wurzel. Den Weg würde ich auch mit verbundenen Augen finden. Als wir den Wald hinter uns gelassen haben, kurz bevor wir das Anwesen betreten, drehe ich mich zu Julia um.

»Ich fühle mich ganz merkwürdig«, stammele ich.

Warum habe ich das gesagt? Das klingt wie der Satz eines Gestörten. Aber Julia versteht mich.

»Das wundert mich nicht. Das war auch ganz schön viel, was du verarbeiten musst.«

Mein Verlangen nach ihr ist heute fast unerträglich groß. Ich werde morgen ganz früh aufstehen, laufen gehen und mir meine lästigen Gefühle aus dem Körper schwitzen. Ich werde rennen, bis mir die Lunge platzt, und dann trotzdem nicht anhalten. Ich werde laufen, bis mir der Tod in den Nacken atmet. Das funktioniert auch sonst immer.

Der Nebel und die Dunkelheit nehmen uns jede Sicht. Ich habe wirklich ein merkwürdiges Gefühl. Wie betäubt bin ich.

»Glaubst du an Gott, Julia?«, frage ich.

»Warum fragst du?«

»Du wolltest mal von mir wissen, ob ich an übernatürliche Kräfte glaube. Erinnerst du dich? Meine Antwort war nicht ganz aufrichtig. Ich glaube nicht an einen Gott, aber ich habe eine Theorie. Ich glaube daran, dass das Universum von einem Willen erschaffen wurde. Dem Willen zu existieren.«

Sie lacht mich nicht aus. Noch nicht.

»Und weiter? Ich höre!«

»Du musst mir versprechen, dass du das nicht in deinen Artikeln verwendest. Das ist nichts Offizielles, damit gehe ich nicht hausieren.«

»Versprochen. Ich habe gestern hoffentlich meinen letzten Artikel über dich abgeschickt.«

»Dieser Wille hat sich gelangweilt und beschlossen, Raum und unterschiedliche Dimensionen zu erschaffen, einfach um sich zu beschäftigen. Wie ein Spiel. Und so ist das Universum entstanden.«

»Lass mich raten«, sagt sie süffisant. »Dieser Wille bist du, und deshalb bist du Gott?«

Sie kann wirklich bissig sein.

»Nein, Julia. Ich habe mich noch nie für einen Gott gehalten. Allerdings glaube ich an alte Seelen, die schon sehr lange bei diesem Spiel mitmachen.«

»Alte, kluge Seelen?«, schlägt sie vor.

»Etwa in der Art, ja. Oder sagen wir lieber, das sind Seelen, die keine Ruhe finden, weder im Geist noch im Körper. So geht es mir fast immer.«

Sie verstummt. Etwas raschelt im Gebüsch, aber Julia reagiert nicht darauf. Sie ist tief in ihre Gedanken versunken.

»Ich zweifle daran, dass deine Rastlosigkeit mit diesen

Theorien über die Entstehung des Universums zusammen-hängt«, sagt sie schließlich.

»Womit sollte es sonst zusammenhängen?«

»Ich vermute, dass deine traumatische Vergangenheit – im Dunkeln eingesperrt zu sein und solche Schmerzen zu ertragen – jeden Menschen rastlos gemacht hätte. Du bist ein kleines Kind gewesen. Diese Traumata wirken lange nach.«

Ich weiß genau, welche Wirkung diese Erinnerung auf mich hat. Ich spüre sofort einen massiven Druck auf meiner Brust. Fäuste haben meine Lunge gepackt und drücken zu. Eine Art beengende Klebrigkeit. Ich muss diese Bilder nur kurz im Geiste antippen und befinde mich sofort in diesem stickigen Kellerraum.

»Aber ich habe mich nie meiner Angst gebeugt, ich habe nie nachgegeben«, sage ich.

»Vielleicht hat das Trauma deshalb einen so großen Ein-fluss auf dich und dein Handeln. Je mehr du dagegen an-kämpfst, desto stärker wird es.«

Ich kann mich nicht erinnern, mich jemals mit irgend-einem Menschen so intensiv unterhalten zu haben. Und sie ist erst achtzehn. Es ist verblüffend, aber der Druck auf meiner Brust ist verflogen.

»Vielleicht bist du auch eine rastlose Seele, Julia?«, sage ich scherzhaft. »Vielleicht fühlen wir uns deshalb zueinan-der hingezogen.«

»Ich fühle mich gar nicht mehr zu dir hingezogen. Aber du faszinierst mich. Das ist ein großer Unterschied.«

Wir betreten das Anwesen durch die kleine Pforte in der Mauer und bleiben am Springbrunnen stehen. Ihr Blick verrät sie, sie hat noch etwas auf dem Herzen, zögert aber noch.

»Was ist, Julia?«

»Mir ist noch etwas anderes durch den Kopf gegangen.«

»Lass hören.«

»Aber du darfst nicht wütend werden.«

»Kommt drauf an, was es ist.«

Julia holt Luft.

Wir stehen so nah beieinander, dass ich ihre Körperwärme spüren kann.

»Ach, was soll's. Ich sage, was ich denke, und du kannst darauf reagieren, wie du willst. Ich glaube nämlich, dass alle Menschen einen Schwachpunkt haben.«

»Und was bitte sollte dann mein *schwacher Punkt* sein?«

»Du hast Zugang zu Macht und einem Haufen teurer Sachen, aber das gibt dir nicht die Befriedigung, nach der du dich sehnst. Eigentlich fühlst du dich zu den einfachen, schönen Dingen hingezogen.«

»Und … welche sind das?«

»Thors Zeichnung zum Beispiel, oder die Schnecke, die du mir geschenkt hast.«

»Und?«

»Dein überhöhtes Selbstbild stimmt nicht mit deinem wahren Ich überein, und so entsteht dein innerer Konflikt. Das frustriert dich, und diesen Frust musst du an deinen Mitmenschen auslassen. Nicht die ganze Zeit, aber manchmal.«

»Vielen Dank, Frau Psychologin. Das war die interessanteste Analyse, die ich jemals bekommen habe«, sage ich möglichst ungezwungen und fröhlich, während sich mein Magen zusammenkrampft.

»Gern geschehen.«

Ich spüre das dringende Bedürfnis, das Thema zu wechseln.

»Ich habe einen Vorschlag«, sage ich. »Was hältst du davon, morgen erst die Nachmittagsfähre zu nehmen?«

»Das hatte ich sowieso vor.«

»Das Wetter soll schön werden, wir könnten uns das Motorboot meiner Mutter ausleihen und zum Leuchtturm rausfahren?«

»Zum Leuchtturm?«

»Der steht bei den Felsen, draußen im Meer.«

»Ich weiß, ich habe ihn gesehen. Aber was sollen wir da?«

»Die wenigsten sind schon einmal dort gewesen. Es ist wahnsinnig schwer, dort anzulegen. Aber ich kann das. Ich weiß noch nicht mal, ob Thor schon auf dem Leuchtturm war. Du kannst Fotos machen und es ihm dann zeigen.«

»Und was kann man da machen?«

»Wir klettern auf den Leuchtturm rauf, und oben angekommen erzähle ich dir die alten Sagen, die sich um diesen Ort ranken.«

»Das klingt ein bisschen gefährlich«, sagt sie, aber ihre Augen leuchten begeistert.

»Nein, das ist überhaupt nicht gefährlich. Außerdem magst du doch Herausforderungen?«

»Kann schon sein.«

In Gedanken versunken gehen wir zum Herrenhaus. Als wir in der Eingangshalle angekommen sind, schüttelt sie ihre nassen Haare und sieht mich resolut an.

»Ich komme mit zum Leuchtturm, aber nur unter einer Bedingung.« Sie legt die Plastiktüte mit den Zeichnungen und Fotos auf den Tisch im Eingang.

»Und unter welcher Bedingung?«

»Dass du den Folterstuhl verbrennst.«

»Warum?«

»Ich bin überzeugt davon, dass es etwas Reinigendes für dich hätte. Außerdem möchte ich nicht, dass du ihn jemals wieder einsetzen kannst.«

Die Welt gerät für einen kurzen Moment aus den Fugen, ich schwanke, lehne meine Stirn gegen die kalte Fensterscheibe.

»Was ist los?«, fragt sie besorgt.

»Ich muss darüber nachdenken«, erwidere ich heiser.

»Nein, keine Bedenkzeit. Wir machen das hier und jetzt.«

»Jetzt gleich?«

»Ganz genau, wir gehen auf der Stelle in den Keller und zerstören ihn. Ich bin wild entschlossen. So wird es gemacht!«

»Aber das ist mein Haus, Julia!«

»Umso besser, dann weißt du ja, wo wir das Werkzeug finden. Wir brauchen eine Motorsäge und Schraubenzieher. Wenn wir den Stuhl zersägt haben, verbrennen wir ihn im Kamin.«

»Das meinst du nicht ernst?«

»Todernst. Kannst du das nicht sehen?«

Sie wirkt alles andere als ernst, eher aufgedreht und begeistert von ihrer verrückten Idee.

»Das hier geht eindeutig zu weit. Vergiss nicht, dass ich Lars deinetwegen bestraft habe.«

»Typisch für einen Psychopathen. Wenn man einen Fehler macht, sind immer die anderen daran schuld.«

»Du verstehst mich vollkommen falsch!«

»Wovor hast du so große Angst?«

Ich fröstele, und das liegt nicht an der Kälte draußen.

»Meine Kraft speist sich aus der Wut, die ich dort unten empfunden habe«, gestehe ich ihr.

»Darum geht es mir doch, Franz. Das ist eine gefährliche, brutale Kraft. Es ist Zeit für dich, die loszulassen. Und am Ende ist es nur ein Stuhl.«

»Aber nicht irgendein Stuhl.«

»Doch, wenn wir erst den Eisenpfahl abgeschraubt haben, dann schon.«

Ich spüre, wie ich gegen meinen Willen in etwas hineingezogen werde. Ich spüre ihren Eifer wie einen Strudel in meinem Inneren. Sie wartet aber gar nicht auf meine Zustimmung, sondern stapft los und reißt die Tür auf, die in den Keller führt. Ich protestiere nicht. Das ist mein erster Fehler. Als ich am Treppenabsatz stehe, gibt es kein Zurück mehr.

Sie schaltet das Licht im großen Raum ein.

»Hast du eine Motorsäge hier unten?«, fragt sie.

»Ja, im Werkzeugraum«, antworte ich.

Das ist mein zweiter Fehler.

Sekunden später kommt Julia mit der Motorsäge im Anschlag zurück.

»Was tust du da?«, rufe ich.

»Du musst sägen«, sagt sie. »Ich habe so ein Ding noch nie in der Hand gehabt.«

»Julia!« Ich versuche, meiner Stimme die nötige Schärfe zu geben. »Das ist doch der reine Wahnsinn. Leg sofort die Säge hin.«

Aber meine Autorität zeigt heute Abend keine Wirkung.

»Du holst jetzt einen Schraubenzieher«, befiehlt sie, ohne auf meine Worte einzugehen.

Das alles erscheint so unglaublich, dass mein erster Impuls ist, ihr die Säge aus der Hand zu reißen. Auf der anderen Seite stachelt mich ihre Energie auch an.

Die Gedanken drehen sich im Kreis, immer schneller,

bis ich einen Entschluss gefasst habe. *Es ist nur ein Stuhl, es ist nur ein Stuhl.*

»Einverstanden. Wir tun es«, sage ich. »Der Schraubenzieher liegt in einer Metallkiste in dem Raum, aus dem du die Säge geholt hast. Hol du den Schraubenzieher, dann ziehe ich den Stuhl aus der Kammer, damit wir mehr Platz zum Sägen haben.«

»Krass!«, sagt sie und verschwindet sofort im Werkzeugraum.

Der Stuhl ist aus massiver Eiche und tonnenschwer. Sogar für mich ist er fast zu schwer. Julia kommt zurück, sieht den Stuhl an und verzieht ihr Gesicht.

»Oh, Gott, der ist so eklig. Kipp ihn auf die Seite, dann können wir als Erstes den Eisenpfahl abschrauben. Ich möchte den nicht mehr sehen.«

Ich kippe den Stuhl auf die Seite. Es erweist sich als einfacher als gedacht, die Platte mit dem Eisenpfahl abzuschrauben. Die Schrauben sitzen locker. Ich kann mir vorstellen, warum sie das tun, lasse aber den Gedanken nicht richtig zu. Ich vermeide es, den Pfahl zu berühren. Polternd fällt er zu Boden.

»So, erledigt!«, sagt Julia mit einem triumphierenden Lächeln und tritt mit dem Fuß gegen den Pfahl, der klimpernd über den Steinboden kratzt. »Wo gibt es hier eine Steckdose für die Motorsäge? Ich halte den Stuhl fest, und du zersägst ihn.«

Ich bin nach wie vor fassungslos, dass sie mich dazu gebracht hat, bei dieser Aktion mitzumachen. In mir kämpfen widersprüchliche Gefühle. In meinem Kopf pocht ein wilder Schmerz, in meinem Bauch kribbelt es vor Erregung.

»Die funktioniert mit Benzin«, sage ich wie ferngesteuert. »Wir brauchen keinen Strom.«

Ich hoffe inständig, dass der Tank leer ist und ich sagen kann, dass ich keinen Ersatzkanister hier unten habe. Julia ist gefasst. Warum sollte sie das auch nicht sein. Sie hat schließlich nichts zu verlieren. »Zuerst sägst du die Beine ab, in zwei Stücke«, sagt sie. »Das sind prima Holzklötze.«

Ich folge ihren Anweisungen, bewege mich wie in Trance. Nach dem dritten Versuch springt die Säge mit einem lauten Brüllen an. Und Stück für Stück verwandeln sich die Stuhlbeine in unscheinbare Holzklötze.

Ich erinnere mich nur zu gut daran, wie oft ich mir das Schienbein an diesem Stuhl angeschlagen habe, wenn mein Vater mich dort draufgesetzt hat, um mich festzubinden. Ich hatte um mich getreten und gekämpft wie ein Tier. Ich habe mich nie ohne Widerstand ergeben, war niemals gefügig. Ich stelle mir vor, dass es seine Beine sind, die ich zersäge, und sehe das Blut spritzen. Ich kann sogar seine Schreie hören.

Danach sitzen wir schweigend nebeneinander auf dem Boden.

»Und, wie geht es dir?«, fragt sie.

»Er war ein schlechter Mensch. Feige, unehrlich und sadistisch.«

Ich muss nicht erst sagen, wen ich meine. Sie weiß es.

»Aber du bist nicht wie er«, sagt sie.

»Da bin ich mir nicht so sicher. Aber feige bin ich auf jeden Fall nicht.«

»Nein. Das habe ich auch nie gedacht.«

»Er hat mich nie geschlagen, keine einzige Ohrfeige habe ich bekommen. Das hätte ihm auch keine Befriedigung verschafft. Sein Vergnügen bestand darin, eine Position zu finden, in der die kleinste Bewegung den größtmöglichen Schmerz verursacht.«

»Das ist so schrecklich«, sagt sie.

»Und was machen wir jetzt?«

»Den Sitz müssen wir in vier Teile zersägen, dann können wir die Stücke auch im Kamin verfeuern.«

Am Ende haben wir den gesamten Stuhl in Brennholz verwandelt, das Julia in einem Laubkorb stapelt.

Erschöpft sehe ich ihr dabei zu. Mein Körper hat das Adrenalin abgebaut und fühlt sich an, als hätte ich eine Stunde hartes Lauftraining absolviert.

»Komm, hier unten ist es kalt«, sagt sie. »Es wird schön sein, oben am Kamin bei einem lodernden Feuer zu sitzen.«

Wir überqueren den Hof, ich trage den Korb. Es ist spät geworden, die Lichter im Speisesaal und den Unterkünften sind aus, wir sind allein.

Sie lässt mich Feuer machen.

Dicht nebeneinander sitzen wir auf dem Sofa und sehen dem Stuhl dabei zu, wie er in Flammen aufgeht. Sie legt ihren Kopf auf meine Schulter und seufzt.

»Was ich noch nicht verstanden habe, ist, dass du nach allem, was dein Vater dir angetan hat, trotzdem zu ihm nach Frankreich gezogen bist und dort jahrelang gelebt hast.«

»Ja, das hat auch nichts mit der unerwiderten Liebe zu meinem Vater zu tun«, sage ich. »Das waren rein ökonomische Erwägungen. Ich wollte ihn für jede Minute zahlen lassen, die ich im Keller verbringen musste. Ich habe ihn dazu gebracht, mich zu adoptieren, mir eine neue Identität zu geben, mich als Erben einzutragen und meine Ausbildung zu bezahlen, damit ich mich von einer Rotzgöre auf Dimö in einen eingebildeten Privatschüler verwandeln konnte. Etwas erbärmlich, die Revanche.«

»Und das hat er einfach so getan?«

»Ich hatte Fotos von ihm gefunden, mit viel zu jungen Mädchen. Niemand möchte gern als Pädophiler abgestempelt werden.«

»Wie raffiniert«, sagt sie und kichert.

»Ich habe nie zugelassen, dass meine Gefühle meine Entschlusskraft schwächen.«

»Und in diesem Fall mache ich dir deswegen auch keine Vorwürfe«, sagt sie und lacht.

Das Feuer knistert und knackt, die Flammen lecken das Holz.

Da tauchen unweigerlich andere Bilder in meiner Erinnerung auf.

An den Brand in Frankreich. An die Nacht, in der er gestorben ist.

Ich sehe ihn vor mir, wie sein brennender Körper nach hinten kippt und von den Flammen verschlungen wird.

Ich stelle mir vor, wie er verbrennt. Dieses Mal in der Hölle.

63

JULIA

Der weiße Körper des Leuchtturms reflektiert das Sonnenlicht. Franz ruft ihr etwas zu, aber der Wind, die Wellen und die Schreie der Möwen übertönen jeden Laut. Es war nicht leicht, mit dem kleinen Boot an der Insel anzulegen, aber es war ihm gelungen. Genau genommen bestand die winzige Schäreninsel nur aus Felsen mit einer überschaubaren Grünfläche, auf der sich der Leuchtturm erhob.

Franz trug eine Windjacke und Lederhandschuhe. Seine Haut war rosig und seine Laune bestens. Offensichtlich war er in der Lage, nur das Gute aufzusaugen und das Schlechte abzuschütteln. Zumindest vermittelte er meistens diesen Eindruck. Nur gestern Abend war ihm das nicht gelungen. Sein Gesicht war aschfahl geworden, als sie vorgeschlagen hatte, den Folterstuhl zu zersägen. Sie hatte sich gewünscht, er möge mit Erleichterung zugesehen haben, als er in Flammen aufgegangen war. Aber das würde er ihr gegenüber wahrscheinlich niemals zugeben.

Sie kletterten über die Felsen zu der Treppe, die zum Leuchtturm führte. Die Luft war kalt und klar und roch nach Tang und Meer. Sie waren ganz allein, Hunderte von Metern von Dimö entfernt. Alles Mögliche könnte hier passieren, aber sie hatte keine Angst. Im Gegenteil, sie fühlte sich so ausgeglichen wie schon lange nicht mehr.

Für einen kurzen Moment war es still – als würde der Wind die Luft anhalten. Vollkommene Stille.

»Und, was sagst du?«, fragte Franz.

Sie konnte von dort aus das Herrenhaus sehen, dessen Konturen sich vor dem hellblauen Himmel abzeichneten. Sie ließ ihren Blick weiterschweifen, hinaus aufs Meer. Überall glitzerndes Wasser, soweit das Auge reichte.

»Das ist … phänomenal«, sagte sie.

»Warte, bis du ganz oben auf dem Leuchtturm stehst.«

Eine kleine Stahltreppe führte zu der schweren Bleitür, durch die sie den Leuchtturm betraten. Neugierig sah sich Julia in seinem Inneren um. Sie hatte eine Wendeltreppe erwartet, die nach oben in die Kuppel führt. Bei diesem Leuchtturm bestand der Körper aber aus einem hohlen Zylinder aus Holz, mit einer Leiter, die an einer Wandseite nach oben lief und mit Holzbrettern befestigt war. An der Stelle, an der die Leiter endete, befand sich eine große Luke in der Decke.

»Wollen wir da hoch?«, fragte sie.

»Ja, geh du vor, ich komme gleich hinter dir. Aber sei vorsichtig, die Sprossen können vom Frost rutschig sein.«

Das Holz war mit Firnis bestrichen, und auch die Außenwände des Leuchtturms sahen frisch gestrichen aus.

»Kümmert sich denn jemand um diesen Turm?«, fragte sie.

»Ja, schon, obwohl der Leuchtturm seit langem nicht mehr genutzt wird. Ein alter Dorfbewohner hat es sich zu seiner Lebensaufgabe gemacht, ihn als Baudenkmal zu erhalten.«

»Oh, wie schön«, sagte Julia und begann, die Leiter hochzuklettern. An einigen Stellen waren die Sprossen tatsächlich rutschig, sie hielt sich gut fest und ließ sich Zeit.

Durch die Luke in der Decke gelangte sie in einen kreisrunden Raum. An einer Wand stand eine Art Kontrollboard, ansonsten war der Raum aber leer. Dafür hatte er ziemlich viele Fenster. Und in seiner Decke befand sich eine Öffnung, die vermutlich in die Kuppel führte.

Franz schob sich durch die Luke.

»Das hier ist der so genannte Wachraum. Die Lichtanlage – also das Leuchtfeuer – wurde von hier aus beaufsichtigt und gewartet. Das Licht selbst, die Lampe, befindet sich in dem Raum über uns, dem so genannten Laternenzimmer.«

»Gibt es keine Lampe mehr?«, fragte sie.

»Nein, die ist längst abmontiert. Der Wachraum ist inzwischen nur noch eine hervorragende Aussichtsplattform.«

Julia stellte sich an eines der Fenster. Die Aussicht war schwindelerregend schön. Die Wellen brachen sich am Fuß des Leuchtturms, und tausend kleine Wassertropfen wurden bis nach oben geschleudert und blieben an den Fensterscheiben hängen. Von dort aus sah man das Meer bis zum Horizont.

»Komm«, sagte Franz. »Der Wind weht landeinwärts. Wir gehen auf die andere Seite, die Fenster zeigen Richtung Dimö. Dort kannst du die Insel sehen.«

Die Holzplanken knarrten unter ihren Füßen. Sie sahen das Herrenhaus, das auf einer kleinen Anhöhe lag. Sie sahen auch die Küstenstraße, die sich wie ein Wurm über die Insel Richtung Ortschaft schlängelte. Die endlosen Reihen von Kiefernwipfeln und die Heide, die sich hinter den Felsen dicht auf den Boden drückte und von einer dünnen Frostschicht bedeckt war.

Franz stand neben Julia und hatte seine Ellenbogen auf das Geländer gestützt. Ihre Schultern berührten sich.

»Erzähl mir ein bisschen was über die Geschichte des Leuchtturms«, bat sie.

»Der war schon nicht mehr in Gebrauch, als ich auf die Welt kam. Hier gibt es ja keinen Schiffsverkehr mehr. Aber ich möchte noch weiter zurückgehen, in eine Zeit, in der es ganz andere Leuchttürme hier draußen gab.«

»Erzähl!«

»Der allererste Leuchtturm, der übrigens auch zu den sieben Weltwundern gehört, ist der Pharos von Alexandria und stand im Mittelmeer. Er wurde 280 vor Christus gebaut und war ein Turm aus Steinen, mit einem Feuer auf seiner Spitze, das mit Holz und Kohle befeuert wurde.«

»Woher weißt du solche Dinge?«, fragte sie erstaunt.

»Ich habe ein fotografisches Gedächtnis. Wenn ich etwas sehe oder höre, vergesse ich das in der Regel nicht so schnell wieder. Thor hat das auch, das hat er dir doch bestimmt schon mal erzählt?«

»Nein, hat er nicht«, sagte Julia, aber es erklärte, warum es ihm so leichtfiel, für die Schule zu lernen.

»Das ist wieder typisch. Wahrscheinlich schämt er sich dafür, weil er es von mir geerbt hat. Auf jeden Fall ist dieser Leuchtturm von Pharos bei einem Erdbeben im 14. Jahrhundert zerstört worden. Aber dieses Bauwerk und seine Funktion wurde an vielen Orten nachgebaut. Die ersten Leuchttürme waren allerdings genau genommen erhöhte Feuerstellen.«

»Und stand so ein Turm vorher auch hier?«

»In gewisser Weise schon. Die Inselbewohner haben damals falsche Leuchtfeuer angezündet, damit die Schiffe auf Grund laufen. Dann haben sie die Besatzung getötet und die Ladung geplündert.«

»Oh, Gott, wie schrecklich.«

»Ja, natürlich …«, sagte er zögernd. »Der Schein eines Feuers hat etwas Verlockendes und Anziehendes. Das menschliche Auge scheut die Dunkelheit und wird vom Licht angezogen.«

»Ich mag die Dunkelheit nicht.«

Die Schrecken der Vergangenheit spielten sich vor ihrem inneren Auge ab. Sie sah die gekenterten Schiffe, deren Besatzung von den bestialischen Inselbewohnern erschlagen wurde, damit sie die Ladung plündern konnten. Julia hatte nie Angst vor dem Meer gehabt, aber in der Dunkelheit fühlte sie sich nicht wohl. Das hatte mit ihrer Fantasie zu tun. Sie musste sich ausmalen, was alles in der Abwesenheit von Licht passieren konnte, besonders im Schlaf. Die Vorstellung, dass sich jemand in ihr Schlafzimmer schleichen und sich im Kleiderschrank verstecken könnte, war schon schrecklich. Oder die Angst davor, blind aufzuwachen und nie wieder sehen zu können. Ihr Vater hatte ihr als Kind selbstleuchtende Sterne an die Decke über ihr Bett geklebt. So war es nie richtig dunkel geworden, und sie konnte immer durch das Weltall schweben. Ihre Gedanken aber galten den armen Seeleuten, die in vollkommener Finsternis übers Meer gefahren waren und endlich ein Licht am Horizont sahen, um kurz darauf brutal abgeschlachtet zu werden. Sie hatte am ganzen Körper eine Gänsehaut.

»Ist das wirklich passiert?«, fragte sie leise.

»Ja, das waren raue Zeiten. Das Plündern der Schiffe war eine wichtige Einnahmequelle für die Bevölkerung in den Schären hier. Aber dann wurde dieser Leuchtturm irgendwann im 18. Jahrhundert gebaut und auch ein Hafen, in dem die Schiffe anlegen konnten. Das ist da, wo heute die Fähre anlegt.«

»Und dann?«

»Später wurde der Hafen baulich verändert, damit auch die kleineren Boote anlegen können. Und Dimö verwandelte sich in eine Touristenattraktion. Viele Inselbewohner zogen aufs Festland, und reiche Leute kauften die Häuser auf und benutzten sie als Sommerhäuser. Aktuell leben nur etwa hundert Leute permanent auf der Insel. Und einer von ihnen ist ebendieser Mann, der sich der Pflege des Leuchtturms verschrieben hat. Ansonsten wäre der längst verfallen.«

Seine Stimme bekam immer einen warmen Klang, wenn er über die Inselgeschichte sprach. Es war deutlich, wie sehr er diesen Ort liebte. Kein Wunder. Er hatte den größten Teil seiner Kindheit hier verbracht.

»Hast du eigentlich manchmal das Gefühl, dass dein Leben eine einzige Lüge ist?«, fragte sie unvermittelt.

»Wie meinst du das?«

»Du bist ja gar nicht Franz Oswald. Du heißt Fredrik Johansson und bist als ein ganz normaler Junge hier auf der Insel aufgewachsen.«

»Ich habe einen neuen Namen angenommen. So ungewöhnlich ist das nun auch nicht.«

»Nein, aber was ist an Fredrik Johansson eigentlich verkehrt?«

»Nichts. Aber das gilt auch für Franz Oswald.«

»Mein Vater sagt, du hättest geprahlt, es sei ein Name, der einem Grafen gebührt.«

»Das ist eine Redewendung, Julia. Ich wollte einfach einen ungewöhnlicheren Namen haben. Einen Namen, den sich die Leute merken können.«

»So wird man offenbar, wenn man die Welt erobern will. Warum war dir das hier alles nicht gut genug?«

»Du meinst Dimö?«

»Ja, und deine Mutter und dein Sohn, die zu dir halten, obwohl du dir pausenlos so kranke Sachen ausdenkst.«

Er sah ihr tief in die Augen. Die Sonne verfing sich wie ein kleiner Punkt im Bernsteinschimmer seiner Augen.

»Ich habe mir eine Identität und ein Leben erschaffen, um anderen den richtigen Weg weisen zu können.«

Sie rückte ein Stück von ihm weg, er war ihr eben zu nah gekommen.

»Das klingt ganz schön überladen.«

»Ich kann das nicht so gut erklären. Seit ich ein Kind bin, fühlt es sich an, als würde die ganze Zeit über ein Orkan in mir wüten.«

»Ja, das hat deine Mutter auch angedeutet.«

»Allerdings geht es mir nicht so, wenn ich mit dir zusammen bin. Aber weißt du, was, lass uns nicht mehr über mich reden.«

Sein Blick schweifte in die Ferne.

»Und woran denkst du gerade?«

»Früher gab es in jedem Leuchtturm ein Nebelhorn, aber das ist auch schon lange entsorgt worden. Trotzdem heißt es, dass man es manchmal hören kann.«

»Meine Mutter hat mir das erzählt. Es soll heulen, wenn auf der Insel jemand sterben wird. Glauben die Leute an so etwas?«

»Die besonders ängstlichen Inselbewohner tun das, ja. Aber in Wirklichkeit ist es nur der Wind, der diese klagenden Geräusche erzeugt.«

»Hast du das schon einmal gehört?«

»Ja, sogar schon öfter.«

»Und ist danach tatsächlich jemand gestorben?«

»Ja, aber das war Zufall. Erinnerst du dich noch an die Geschichte von meiner Freundin Lily?«

»Natürlich.«

»Das Nebelhorn heulte ein paar Tage, bevor sie in der brennenden Scheune umkam.«

Seine Augen wurden jetzt dunkel, fast schwarz.

»Hör auf, mich so anzustarren, das macht mir Angst«, schimpfte sie. »Hast du das Horn wirklich gehört?«

»Ja, aber ich habe es noch öfter gehört, und danach ist niemand gestorben. Aber tatsächlich passiert immer etwas Unvorhergesehenes. Ein gewaltiger Sturm oder ein tragisches Unglück. Das ist zugegebenermaßen ein bisschen unheimlich.«

Plötzlich wurde Julia schwindelig, ihr sackten die Beine weg.

»Habe ich dir Angst eingejagt?«, fragte er.

»Nein, nein. Aber ist es nicht komisch, dass ausgerechnet hier so viele schreckliche Dinge passiert sind?«

»Eigentlich nicht. Wir leben in einer grausamen Welt.«

Doch, er hatte ihr Angst eingejagt. Aber so plötzlich, wie sie aufgetaucht war, verschwand sie auch wieder und hinterließ nur ein unspezifisches Unbehagen, das tief in ihr vergraben blieb. Sie drehte sich um und sah die Wolkenfront, die mit ungeheurer Geschwindigkeit auf sie zukam. Als hätte sie es sehr eilig. Es war kalt, sie schob die Hände in die Jackentasche und stieß mit den Fingern gegen ihr Handy. Da fiel ihr ein, dass sie ganz vergessen hatte, Fotos zu machen.

»Willst du raus auf den Balkon gehen und ein bisschen fotografieren?«, fragte Franz, als hätte er ihre Gedanken gelesen.

»Auf den Balkon?«

»Du kannst nach draußen gehen, da gibt es sogar ein Geländer.«

Tatsächlich gab es einen Balkon, der den Kontrollraum umgab, aber der war sehr schmal, und das Geländer sah instabil aus.

»Es ist ziemlich windig«, sagte sie etwas verunsichert.

»Ich kann dich festhalten, während du die Fotos machst.«

Die Vorstellung, dort draußen im Wind zu stehen, machte sie nervös. Aber der trotzige Teil ihres Gehirns forderte sie auf, das Risiko einzugehen.

»Okay«, sagte sie.

Franz öffnete eine Tür, die nach draußen auf den Balkon führte. Der Wind zerrte an ihrer Jacke, riss an ihren Haaren und stieß sie nach hinten. Sie klammerte sich mit aller Kraft am Geländer fest.

»Nur nach vorne gucken, nicht nach unten. Sonst wird dir schwindelig«, sagte Franz.

»Es gibt da unten kein Auffangnetz, oder?«, sagte sie und lachte nervös.

»Nein. Aber du wirst nicht runterfallen.«

Und in diesem Augenblick passierte etwas mit ihrem Körper. Als hätte er den Wind verstanden. Sie konnte das Geländer loslassen und sich entspannen.

Sie fotografierte alles Mögliche. Den Blick nach unten, das Meer und Dimö. Ihre Nervosität war wie verflogen, sie fühlte sich frei. Als sie dann wieder im Kontrollraum stand, schmeckten ihre Lippen nach Salz, und die Haut in ihrem Gesicht war von der kalten Luft gespannt.

»Ich möchte zurückrudern«, verkündete Franz.

»Statt Sport?«

»Nein, damit ich dir meine fantastischen, muskulösen Oberarme zeigen kann.«

Julia schüttelte den Kopf. »Kann man bei so einem Wind überhaupt rudern?«, fragte sie.

»Das ist sogar ganz einfach. Wir haben Rückenwind.«

Die Luft war so kalt und salzig, dass sie in den Nasenlöchern brannte. Die Sonne ging unter und verzierte die Wasseroberfläche mit Goldtupfen.

Er ließ sie zuerst einsteigen und hielt das Boot fest, bis sie sich hingesetzt hatte.

Er ruderte schnell und gleichmäßig, als würde ihn das kaum Anstrengung kosten.

»Das beeindruckt mich nicht besonders«, sagte sie.

»Doch, das tut es«, sagte er und grinste.

Kurz bevor sie an Land gingen, nahm er die Ruder hoch und ließ das Boot treiben.

Da hörten sie es, laut und deutlich – ein langanhaltender, klagender Laut, wie das Heulen eines verzweifelten Menschen.

Zuerst dachte Julia, Franz' Gruselgeschichten hätten sich in ihrem Kopf verselbstständigt. Aber nein – der Klagelaut kam eindeutig vom Leuchtturm.

Franz zog eine Augenbraue hoch.

»Hast du das gehört?«, fragte Julia.

»Ja, natürlich habe ich das gehört.«

»Du glaubst doch nicht, dass jetzt …«

»Nein, nein. Ich hätte dir lieber auch erzählen sollen, dass manche Leute dieses Geräusch ganz anders deuten.«

»Und wie?«

»Als Warnung. Wenn man es hört, soll man sich in Acht nehmen und eine Weile einfach etwas vorsichtiger sein.«

»Ist das etwa eine Warnung an mich?«, fragte sie bestürzt.

»Sie gilt wohl eher mir«, erwiderte er und grinste schief.

64

FRANZ

Julia ist bei mir im Büro vorbeigekommen, um sich zu verabschieden. Am liebsten würde ich das verhindern, aber dann könnte ich genauso gut versuchen, die Gezeiten aufzuhalten. Sie wird wiederkommen. Aber ich könnte da ein bisschen nachhelfen und möchte ihr deshalb einen Vorschlag unterbreiten, der für uns beide zu einer Win-Win-Situation führen kann.

Nach wie vor bin ich fassungslos bei dem Gedanken daran, dass ich den Stuhl zersägt und verbrannt habe. Zwischendurch fühlte sich das fast so an, als würde ich selbst in Flammen aufgehen. Aber als auch das letzte Stück Holz zu Kohle wurde und nur die Glut übrig war, erfasste mich eine tiefe Ruhe. Julias Ruhe.

Ich sollte mit jemandem darüber reden. Wirklich dumm. Das war bisher noch nie nötig gewesen. Aber eins ist mir klar geworden: Nichts wird jemals wieder so sein wie früher.

Das Telefonat eben mit Thor war viel weniger anstrengend als sonst. Aber als ich ihm von seiner Zeichnung des Meernebels erzählte, stockte mir plötzlich die Stimme.

Mir entfuhr ein Schluchzen, und mein Atem flatterte. Normalerweise reagiere ich auf diese lästigen Gefühlsanwandlungen mit einem bissigen Kommentar. Aber dieses Mal habe ich einfach geschwiegen.

»Alles in Ordnung, Papa?«, fragt er mich.

»Ja, alles gut. Deine Zeichnung ist wirklich sehr … schön«, sagte ich mit belegter Stimme. »Hast du etwas dagegen, wenn ich sie mir in mein Büro hänge?«

»Ach komm, echt? Ich war doch noch winzig, als ich die gemacht habe. Aber klar, wenn sie dir so gut gefällt …«

»Kommst du mich bald besuchen?«

»Nicht, wenn du weiterhin so einen Quatsch auf Dimö veranstaltest. Mit Leuten, die sich als Nazis verkleiden und in der Gegend herumballern.«

»Das war Teil des Experimentes, in Zukunft wird das hier wesentlich gesitteter ablaufen, das kann ich dir versprechen.«

»Dann komm ich vorbei, wenn ich Großmutter das nächste Mal besuche.«

»Bringst du Julia mit?« Ich höre selbst, wie hoffnungsvoll das klingt.

Thor schweigt. Lange.

»Kannst du mir eine Frage beantworten? Ehrlich beantworten?«, fragt er mich schließlich.

»Natürlich.«

»Hast du was mit Julia angefangen?«

»Das ist eine sehr allgemeine Frage.«

»Verdammt, hör mit deinen Spielchen auf.«

»Nein, Thor, hab ich nicht. Julia hat in dieser Hinsicht kein Interesse mehr an mir.«

Ich kann sein erleichtertes Seufzen hören. Ein ausgezeichneter Abschluss unseres Telefonats.

Und jetzt steht Julia lächelnd vor mir. Ungeschminkt. Mit rosa Wangen. Schön wie ein Frühlingstag. Sie hat ein tiefes Lachgrübchen auf der einen Seite und ein weniger ausgeprägtes auf der anderen. Ich möchte, dass sie für immer so bleibt, wie sie in diesem Augenblick ist, und sich niemals ändert. Wunschdenken. Man kann Menschen nicht daran hindern, zu wachsen und sich weiterzuentwickeln. Wenn einer weiß, wie schnell sich die Dinge ändern können, dann bin das ich. Alle Veränderung kommt von innen. Aber ihr Anblick – so wie sie jetzt in diesem Augenblick vor mir steht – löst eine warme Woge in mir aus. Was für ein Glück, dass mein Erinnerungsvermögen einwandfrei funktioniert. Ich möchte keinen einzigen Augenblick von unserer Zeit hier auf Dimö missen und vergessen.

Ich lächele sie an und zeige einladend auf den Stuhl vor meinem Schreibtisch.

»Ich muss noch packen, damit ich die Fähre erwische. Ich wollte mich nur kurz von dir verabschieden.«

»Und wie hat es dir hier gefallen?«

»Es war interessant. Danke, dass du mir so viel von der Insel gezeigt hast. Sie ist wunderschön.«

»Das Vergnügen war ganz auf meiner Seite.«

»Ich möchte mich auch dafür bedanken, dass du mich gerettet hast, auch wenn mir deine Methoden nicht gefallen.«

»Die waren notwendig, vor allem bei Lars.«

»Nein, das finde ich nicht«, sagt sie und schneidet eine Grimasse. »Aber trotzdem danke.«

»Und du fährst jetzt wieder nach Hause und machst als investigative Journalistin Karriere?«

»Ich weiß gar nicht mehr, ob das meine berufliche Zukunft ist, aber erst einmal schon. Mir gefällt das Schreiben ja sehr.«

»Was würdest du am liebsten machen?«

»Muss man das wissen?«

»Nein, probier dich aus, bis du deine Aufgabe gefunden hast.«

Sie lächelt.

»Mich fasziniert der menschliche Geist«, sagt sie. »Das ist mir hier klar geworden.«

»Du meinst, wie Monster so gestrickt sind?«

»Ja, ungefähr in die Richtung.«

»Es war schön, dich hier dabeizuhaben, Julia. Darf ich dich einmal küssen, bevor du gehst?«

Kopfschüttelnd legt sie die Stirn in Falten.

»Nein, das würde sich überhaupt nicht richtig anfühlen.«

»Aber was glaubst du, wie würde es sich denn anfühlen? *Ehrlich?*«

»Wie ein Schlangenkuss.«

Ich muss lachen. Eigentlich bin ich kein großer Fan von Küssen. Der Gedanke, meinen Speichel mit dem eines anderen Menschen zu mischen, hat mich noch nie besonders angesprochen. Aber mit Julia wäre das etwas anderes. Und eine Möglichkeit, hinter diese trotzige Fassade zu gelangen.

»Nein, Julia«, widerspreche ich ihr vehement. »Dieser Kuss wäre warm und zärtlich.«

»Aber ich verzichte trotzdem«, sagt sie.

»Ich habe mir etwas überlegt«, ändere ich das Thema. »Und ich möchte dir einen Vorschlag machen.«

Julia sieht mich skeptisch an.

»Es würde mir sehr viel bedeuten, wenn ihr die Osterferien auf Dimö verbringt. Bis dahin ist das Gästehaus auch wieder renoviert. Das Abendessen bei meiner Mutter hat mich nachdenklich gemacht. Ich sollte mehr Zeit mit meinem Sohn verbringen.«

»Das finde ich auch, aber warum sollte ich deswegen mitkommen?«

»Das weißt du genau, Julia. Aber neben der unumstößlichen Tatsache, dass ich gerne in deiner Nähe bin, gibt es ein paar Dinge, über die ich mit euch sprechen möchte. Veränderungen, die ich seit meinem Schlaganfall festgestellt habe. Ihr beide seid so gute Zuhörer. Wir könnten lange Spaziergänge machen und …«

»Aber du hast doch eine Psychologin für so etwas?«, unterbricht sie mich.

»Ja, aber sie ist weit davon entfernt, mich so gut zu verstehen wie du.«

»Mir ist auch aufgefallen, dass du dich verändert hast. Aber das ist doch etwas Gutes?«

»Nicht nur.«

»Das musst du mir erklären.«

»Es fühlt sich an, als würden Teile meines Gehirns reaktiviert werden, die eine ganze Weile stillgelegt waren. Und das fühlt sich ungewohnt und unangenehm an.«

Julia lehnt sich über den Schreibtisch.

»Erzähl weiter«, fordert sie mich auf und sieht mich fasziniert an.

»Das würde jetzt zu lange dauern. Aber ich hoffe sehr, dass du bald wiederkommst und wir das Gespräch an dieser Stelle wieder aufnehmen können.«

»Hast du dir das gerade ausgedacht, um mich herzulocken?«

»Nein, das habe ich nicht. Aber natürlich wünsche ich mir auch, dass du zurückkommst.«

»Darf Thor dabei sein, wenn wir uns darüber unterhalten?«

»Selbstverständlich. Dann können wir da fortfahren, wo wir im Keller aufgehört haben. Aber ich kann mir nicht vorstellen, dass Thor sich für meinen Seelenkram interessiert.«

»Doch, das glaube ich schon.«

Sie sieht auf ihre Armbanduhr.

»Ich muss los und packen. Ich weiß nicht, ob Thor für Ostern schon Pläne gemacht hat. Er muss wahrscheinlich für die Abiturprüfungen lernen, aber das kann er natürlich auch hier auf Dimö tun. Ich werde das mit ihm besprechen.«

»Vielen Dank, das freut mich.«

»Hast du bis dahin schon dein neues Projekt gestartet?«, fragt sie neugierig.

»Ganz bestimmt.«

Sie springt so schnell auf, dass ich mich reflexartig erhebe. Ich umarme sie, sie schlingt ihre Arme um mich, drückt mich kurz und schiebt mich dann schnell wieder von sich weg.

Ehe ich etwas sagen kann, ist sie an der Tür.

»Ich werde dich vermissen, Julia.«

Sie dreht sich um, erwidert nicht *Ich auch*, aber die Worte schweben im Raum.

»Wir hören voneinander«, sagt sie stattdessen. Sie geht, ohne die Tür hinter sich zu schließen. So eilig hat sie es. Ich höre ihre Schritte im Treppenhaus, dann ist sie weg.

Reglos stehe ich in meinem Büro und empfinde etwas Schönes. Ist das Hoffnung?

65

JULIA

Sie hatte ihre Koffer schon längst gepackt, wollte aber noch einen Moment für sich allein haben, bevor sie zum Fährhafen aufbrechen würde. Wäre sie noch länger bei Franz im Büro geblieben, hätte er sie am Ende noch überredet, doch zu bleiben. Er konnte ziemlich überzeugend sein. Aber was wollte sie nun eigentlich?

Es war am besten, eine Weile Abstand zu haben. Die Erlebnisse der vergangenen Wochen hatten sie tief erschüttert. Sie war nach wie vor fassungslos, wie viel in so kurzer Zeit passiert war. Aber Franz' Requiem hatte irgendwo einen Fehler. Es war erstaunlich, dass es ihm gelungen war, die drei Probanden zu brechen, ohne dabei selbst Schaden zu nehmen. Als er Thor und ihr damals in der Klinik von dem Experiment erzählt hatte, war doch die Rede davon gewesen, dass auch er daran teilnehmen würde. Dass er – so wie die anderen drei auch – einmal auf den Kopf gestellt und sein Inneres nach außen gedreht werden würde. Stattdessen hatte er die totale Kontrolle übernommen. *Bedingungslose Macht* hatte er das genannt. Wenn sie jetzt darüber nachdachte, wirkte das befremdlich. Als wäre alles ein Traum gewesen. Obwohl ihr einige Aktionen schreckliche Angst gemacht hatten, war sie jetzt wild entschlossen, sich nur an die schönen Momente zu erinnern.

Sie hatte sich auf Dimö glücklicher und freier gefühlt als in der Großstadt. Im Frühling gab es bestimmt eine Menge spannender Sachen, die man auf der Insel unternehmen konnte. Angeln, Grottentouren, vielleicht ein Segelboot mieten. Sie hatte einen Segelschein und liebte es zu segeln. Außerdem würde sie gern die Belegschaft besser kennenlernen. Sie fühlte sich ihnen viel ähnlicher, denn sie waren weniger oberflächlich als die Gleichaltrigen in Göteborg. Vielleicht könnten Thor und sie abends mit ihnen zusammensitzen und sich über die Welt austauschen.

Sie hoffte sehr, dass das Gespräch mit Franz ihm geholfen hatte. Die Zerstörung des Folterstuhls hatte etwas in ihm ausgelöst. Ganz bestimmt. Er wirkte viel weicher. Aber bei ihm konnte man sich nie sicher sein, was in seinem Kopf vorging.

Aus alter Gewohnheit machte sie einen Rundgang durch die Zimmer, um zu überprüfen, ob sie alles eingepackt hatte. Und tatsächlich entdeckte sie dabei ihr Ladegerät, das sie in einer Steckdose im Schlafzimmer vergessen hatte. Als sie sich bückte, um es rauszuziehen, sah sie die Schnecke auf dem Nachttisch. Sie war nahezu unsichtbar, denn sie war nicht nur winzig, sondern hatte auch dieselbe Farbe wie das Tischchen. Vorsichtig hob sie die Schnecke hoch und legte sie in ihre Handfläche. Es war eine *Blanke Windelschnecke*, hatte Franz gesagt. Sie hatte keine Risse, sondern bloß gerade, glatte Kanten, sie war einfach vollkommen. Es war faszinierend, dass so ein Macho wie Franz mit so viel unverstellter Zärtlichkeit über eine Schnecke sprechen konnte. Seine unverhohlene Verachtung für Schwäche schien ganz offensichtlich keine zerbrechlichen Dinge aus der Natur einzuschließen.

Worüber er mit ihnen wohl reden wollte? Würde sie eine

Grenze überschreiten, wenn sie versuchte, tiefer in ihn ein-zudringen? Eine eingehende und gründliche Analyse sei-nes Geistes würde sowieso nur ein kompetenter Psychologe erstellen können. Trotzdem war sie sehr gespannt, was er mit ihnen diskutieren wollte.

Sie wickelte die Schnecke in einen Streifen Toiletten-papier und legte das Päckchen vorsichtig in ihre Jacken-tasche. Dann ließ sie sich auf den Sessel fallen und warf einen Blick auf ihre Uhr. Sie hatte noch gut eine Stunde Zeit, bis sie losmusste. Sie holte ihr Handy raus und rief Thor an.

»Oh, hallo, mein Schatz! Kommst du heute schon nach Hause?«, fragte er fröhlich.

»Ja, mit der Nachmittagsfähre. Aber ich fahre vorher noch kurz zu meinen Eltern. Sag mal, hättest du Lust, in den Osterferien mit mir hierherzufahren?«

»Nach Dimö?«

»Ja, genau.«

»Hat mein Vater das vorgeschlagen?«

»Ja, das hat er. Aber ganz unabhängig davon, hättest du Lust dazu? Dann könntest du mehr Zeit mit ihm verbrin-gen. Und mit deiner Großmutter auch.«

»Ja, natürlich, du hast recht. Würden wir bei ihm woh-nen?«

»Ja, im Gästehäuschen. Franz will mit uns über sich reden und uns verborgene Ecken auf der Insel zeigen.«

Thor verstummte.

»Willst du das für mich machen, weil du die Insel liebst oder weil du meinen Vater wiedersehen möchtest?«

»Von allem ein bisschen.«

»Mein Vater hat mich heute Vormittag angerufen, das war ein gutes Gespräch. Er klang anders als sonst, so als würde er sich wirklich interessieren. Ich würde sogar sagen, dass es das beste und angenehmste Gespräch war, das wir seit seinem Schlaganfall gehabt haben.«

»Wie schön.«

»Es ist ein bisschen wie Telepathie, dass du jetzt gerade anrufst«, sagte er. Seine Stimme wurde dunkler, weicher und geheimnisvoller. »Ich habe vor mich hingeträumt und mir vorgestellt, es ist Sommer, und wir sind in der Heide und … lieben uns. Ich kenne eine schöne, ganz geschützte Stelle.«

»Die sehe ich mir gern einmal an.«

»Ich freue mich, mit dir nach Dimö zu fahren«, sagte er nach einer kurzen Pause.

»Soll ich ihm schon Bescheid sagen, dass wir kommen?«

»Mach das ruhig. Vielleicht hält er sich dann eher im Zaum und macht nicht mehr so krankes Zeug.«

»Träum weiter«, lachte Julia. »Wir können tun, was wir wollen, ganz loswerden können wir ihn nicht.«

66

FRANZ

Mein Handy klingelt. Auf dem Display taucht der Name meines Anwalts Johan Ström auf. Da er selten grundlos bei mir anruft, werde ich drangehen.

In diesem Augenblick aber sehe ich Julia in der Tür stehen. Ihre Lippen umspielt ein verschmitztes Lächeln. Mein Herz schlägt auf der Stelle schneller. Das ging ja schneller als erwartet. Am besten beende ich das Telefonat mit Johan so bald wie möglich, damit ich ihr meine ungeteilte Aufmerksamkeit schenken kann.

»Entschuldige, da muss ich kurz …«, sage ich und halte das Handy in die Luft. »Hast du noch ein paar Minuten Zeit?«

Julia nickt und lässt sich auf den Besucherstuhl fallen.

»Hallo Franz«, sagt Johan. »Ich habe eine gute und eine schlechte Nachricht.«

»Okay, dann fang doch bitte mit der guten an.«

»Sofia Baumann hat gerade eine Selbstanzeige erstattet und gestanden, dass sie das Herrenhaus vor neunzehn Jahren in Brand gesetzt hat.«

Das überrascht mich nicht besonders. Die Sofia Bauman, die ich kenne, ist bis zur Selbstaufgabe ehrlich. Zwischendurch habe ich mich immer wieder gefragt, warum sie sich an unsere stillschweigende Absprache gehalten hat.

Aber ich kann sie auch verstehen. Für sie steht viel auf dem Spiel. Doch ich bin auf der Hut, weil ich weiß, dass noch mehr kommt. Ich kann Johans Angst durchs Telefon spüren. Das liegt daran, dass er mit meinen Stimmungsschwankungen nicht gut umgehen kann.

»Das war höchste Zeit«, sage ich langsam. »Aber das ist sicher noch nicht alles, oder?«

»Nein, leider beträgt die Verjährungsfrist für Brandstiftung zehn Jahre. Dafür kann sie also nicht mehr belangt werden.«

»Das weiß ich doch schon.«

»Und die nicht so gute Nachricht ist …«, er gerät ins Stocken, und dann klingt seine Stimme gefährlich nervös.

Ich spüre eine leichte Übelkeit, Julias Gesicht verschwimmt vor meinen Augen. Ich blinzele, dann sehe ich wieder scharf, vor allem ihren durchdringenden Blick. Sie hat den Ernst der Situation beziehungsweise des Telefonats, sofort erkannt und verfolgt jede meiner Bewegungen aufmerksam.

»Sofia Bauman hat ein Verbrechen angezeigt, das zeitgleich stattgefunden hat, oder sagen wir kurz zuvor«, sagt Johan.

»Du musst nicht weitersprechen, ich weiß schon, worum es geht«, bremse ich ihn.

»Ist die Anklage berechtigt?«

»Ich habe nicht vor, mich am Telefon dazu zu äußern«, sage ich und schiele zu Julia hinüber. »Außerdem kann ich dafür nicht mehr belangt werden, weil die Verjährungsfrist dieses Deliktes ebenfalls zehn Jahre beträgt, oder eben fünfzehn, wenn es von besonderer Schwere ist.«

»Nein, leider ist es nicht so«, flüstert Johan. »Das Gesetz ist geändert worden. Die Verjährungsfrist für Vergewaltigung ist in Schweden aufgehoben worden. Mich wundert, dass du das nicht mitbekommen hast.«

»Verdammte Scheiße«, murmele ich.

Julia hebt überrascht eine Augenbraue.

»Hast du es getan, Franz?«, fragt Johan.

»Das möchte ich wirklich nicht am Telefon besprechen.«

»Es wäre gut gewesen, wenn du mich darüber informiert hättest. Das war gelinde gesagt eine handfeste Überraschung.«

»Ich bezahle dich nicht dafür, dass du auf mir herumhacken sollst«, sage ich aufgebracht.

»Schon gut, Franz«, sagt er. »Folgendes. Als der Brand gelegt wurde, hast du dich im Haus aufgehalten und hättest in den Flammen umkommen können. Das ist schwere Brandstiftung, und die Verjährungsfrist dafür liegt bei fünfundzwanzig Jahren. Dafür könnten wir sie drankriegen.«

»Aber das will ich nicht.«

»Jetzt verstehe ich … glaube ich … nicht, was du meinst.«

»Das wäre der Todesstoß für ihre Familie.«

Ich sehe Julia an. Die Luft zittert. Sie weiß sicher längst, dass etwas nicht stimmt.

»Franz, ich befürchte, du musst die Sache mit dem gebührenden Ernst angehen«, ermahnt mich Johan. »Sonst bekommst du zwei bis acht Jahre für Vergewaltigung. Gibt es Zeugen?«

»Nein.«

»Sehr gut, dann steht dein Wort gegen ihres. Das ist neunzehn Jahre her, da kann es keine Beweise mehr geben. Wir sagen einfach, dass sie eine verbitterte Aussteigerin ist, die sich an dir und deinem … Unternehmen rächen will. Und die Tatsache, dass sie dein Anwesen in Schutt und Asche gelegt hat, ist Beweis genug.«

»Ich weiß nicht. Lass mich darüber nachdenken.«

»Könnten wir ihr vorwerfen, dass sie dich provoziert hat?«

»Nein.«

»Oder vielleicht, dass sie damals gerne hart rangenommen wurde, es aber zu einem Missverständnis zwischen euch kam?«

»Nein, auf keinen Fall.«

»Dann bleibt dir nur noch, alles abzustreiten. Du wirst nämlich in Kürze vorgeladen werden.«

»Okay, verstanden. Ich komme vorher zu dir in die Kanzlei, dann können wir alles besprechen. Wird das hier zu den Medien durchsickern?«

»Möglich. Aber ihr Timing ist ziemlich schlecht. Man kann sich des Eindrucks nicht erwehren, dass sie dir deinen Erfolg nicht gönnt. Oder wie lässt sich erklären, dass sie dich fast zwanzig Jahre nach dem Vorfall anzeigt, ausgerechnet zu einem Zeitpunkt, als du den Weg zurück in die Öffentlichkeit gefunden hast?«

»Ich rufe dich später zurück, okay?«, sage ich und beende das Telefonat.

Das Handy lege ich vor mich auf den Schreibtisch, dann hebe ich den Kopf und sehe Julia in die Augen. Die Spannung ist unerträglich. Der Boden schwankt unter meinen Füßen. Der Schreibtisch auch. Ich habe einen Wackerstein im Magen.

Die Stunde der Wahrheit ist gekommen. Vielleicht habe ich immer gewusst, dass sie kommen wird. Entweder wird sie die Geschichte jetzt von mir hören oder später von Sofia. Und sie wird natürlich ihrer Mutter glauben. Und wenn ich jetzt nichts sage, wird es nur schlimmer werden. Ich hole tief Luft, suche verzweifelt einen Weg, um es ihr so schonend wie möglich zu erzählen. Aber in schöne Worte lässt es sich nicht fassen.

»Ich muss dir etwas sagen, Julia. Ich habe vor zwanzig Jahren deine Mutter vergewaltigt.« Julias Augen sind weit aufgerissen vor Entsetzen, aber bevor sie etwas sagen kann, ergreife ich wieder das Wort. »Meine Liebe, lass mich dir das erklären. Das ist alles so lange her. Ich bin damals ein anderer Mensch gewesen. Es gibt keine Entschuldigung für das, was ich getan habe. Ich habe die Kontrolle verloren. Das ist damals vollkommen aus den Fugen geraten ...«

Ihr Gesicht verzerrt sich. Nackte, ungefilterte Wut schlägt mir entgegen. Ihre Augen sind eiskalt. Der Mund ein schmaler Strich. Ich lächele angestrengt, versuche, dadurch ihre Wut zu neutralisieren. Und ihr zu verstehen zu geben, dass es für alles eine Lösung gibt. Was für ein Idiot bin ich!

»Das kann nicht wahr sein!«, zischt sie. »Das hätte sie mir erzählt.«

»Das konnte sie nicht. Sie hat damals das Feuer gelegt, welches das Herrenhaus zu Schutt und Asche verbrannte. Das war ihre Rache an mir. Sie wäre wegen Brandstiftung ins Gefängnis gegangen. Wir hatten ein stilles Übereinkommen.«

Sie springt auf, der Stuhl kippt um und knallt auf den Boden. Ich fühle mich hilflos und ohnmächtig. Sie bückt sich, um den Stuhl aufzuheben, was ich sonderbar finde. Ich möchte ihr alles erklären, aber wie kann man etwas erklären, was für einen selbst nicht mehr zu einem gehört? Das ist alles zu lange her, und es hilft niemandem, in der Vergangenheit zu wühlen.

Julia hat den Stuhl über ihren Kopf gehoben und schleudert ihn mit aller Kraft auf mich. Mein Wasserglas zersplittert, das eine Stuhlbein streift meine Hand. Das tut weh, aber nicht so weh wie ihr Gehen.

In der Tür dreht sie sich um.

»Du wirst mich niemals wiedersehen!«, schreit sie.

Die Stille, die sich über mein Büro senkt, hat etwas Erdrückendes.

Sogar der Himmel sieht verletzt aus, bandagiert mit zerrissenen Wolkenfetzen. Die Sonne, die sich dahinter versteckt, wirkt wässrig und kraftlos.

Meine Sicht verschwimmt, mein Herz zieht sich zusammen.

Mein Magen dreht sich um, ich werde mich übergeben, wenn ich jetzt nicht sofort etwas sage. Ich weiß, dass Julia schon längst die Treppe hinuntergerannt ist und mich nicht mehr hören kann, dennoch rufe ich ihr hinterher: »Doch, das wirst du. Du heiratest Thor, und dann werde ich dein Schwiegervater.«

Es tut immer gut, das letzte Wort zu haben, auch wenn es niemand hört. Aber dieses Mal hat es leider keinen lindernden Effekt. Ich kann nichts tun, um meinen Schmerz zu dämpfen. Wie riesige Wellen schiebt er sich durch mein Bewusstsein.

Ich werde hier einfach sitzen bleiben – bis die Dunkelheit hereingebrochen ist – und warten, dass er verebbt.

67

JULIA

Sie konnte nicht aufhören zu weinen. Es waren Tränen der Trauer und der Wut. Ihr kleiner Rollkoffer wehrte sich mit aller Kraft, hüpfte über den Kiesweg, während sie auf dem Weg zur Fähre laut vor sich hin fluchte und schluchzte.

Der kleine Pfad vom Anwesen führte auf den größeren Weg, auf dem es in die Ortschaft ging. Ein Auto fuhr vorbei und schleuderte winzige Kieselsteine hoch, die sie am Bein trafen. Aber das bemerkte sie kaum, längst war sie in ihrem Gedankenkarussell gefangen. Warum hatte ihre Mutter ihr nie etwas von der Vergewaltigung erzählt? Sie musste jetzt nicht anrufen und fragen, ob das stimmte. Sie kannte die Antwort sowieso schon, genauso wie man spürt, wenn etwas Ernstes passiert ist. Es erklärte so vieles. Sofias Hysterie, als Franz plötzlich in ihr Leben getreten war, hatte damals vollkommen übertrieben gewirkt. Jetzt allerdings nicht mehr. Darum hatte es also in dem *Gespräch* gehen sollen, das ihre Eltern mit ihr führen wollten. Aber warum ausgerechnet jetzt? Wie hatte sie das so viele Jahre vor ihr geheim halten können?

Am schlimmsten aber war, dass ein winzig kleiner Teil in ihr, den sie am liebsten leugnen wollte, Franz vermissen würde. Seine komplizierte Persönlichkeit und der Einklang, der zwischen ihnen entstanden war. Gleichzeitig wollte sie unbedingt, dass er bekam, was er verdiente. Dass er ebenso gedemütigt wurde, wie er ihre Mutter gedemütigt hatte. Auf keinen Fall durfte er ungestraft davonkommen.

Die Fähre lag schon am Pier. Sie ging an Bord, setzte sich ganz nach hinten und rief Thor an. Kaum hörte sie seine Stimme, brach sie in Tränen aus.

»Was ist denn passiert?«, fragte er verstört.

Sie erzählte ihm alles.

Thor schwieg eine Weile.

»Ich verstehe gar nichts mehr. Hat er wirklich gestanden, dass er deine Mutter vergewaltigt hat?«

»Ja, vor zwanzig Jahren. Das ist er. Dein Vater. Ein Vergewaltiger.«

Lange war es sehr still in der Leitung, dann hörte sie ein leises Wimmern und wusste, dass Thor weinte.

»Weshalb weinst du?«

»Hast du angerufen, um mit mir Schluss zu machen?«

»Was? Nein? Warum sollte ich das tun?«

»Mein Vater hat deine Mutter vergewaltigt. Das sind nicht gerade die besten Voraussetzungen für eine funktionierende Beziehung.«

»Hör auf damit, Thor. Wir sind doch nicht wie unsere Eltern. Du musst endlich aufhören, die Verantwortung für jeden Scheiß zu übernehmen, den dein Vater anstellt. Du bist der wunderbarste Mensch auf der Welt. Natürlich möchte ich mit dir zusammenbleiben.«

Aber sie fragte sich trotzdem, wie das nach außen wirkte. Was die Leute sagen würden. Auf der anderen Seite hatte sie sich noch nie um Klatsch und Tratsch gekümmert.

An Thors Atmung hörte sie, dass er noch nicht aufgehört hatte zu weinen.

»Thor?«

Keine Reaktion.

»Bitte, hör auf zu weinen.«

»Komm bitte schnell nach Hause«, stammelte er.

»Es wird aber spät, ich fahre doch vorher zu meinen Eltern und werde ihnen meine Meinung sagen, darüber dass sie mir das jahrelang verschwiegen haben.«

»Mir tut deine Mutter so leid.«

»Mir auch. Aber dass sie aus Rache das Herrenhaus abgefackelt hat, hört sich genauso verrückt an. Ich kann mir nicht vorstellen, dass sie zu so etwas fähig ist. Überleg dir das mal, Franz wäre in den Flammen umgekommen! Die beiden sind doch nicht mehr ganz dicht. Was haben wir bloß für Eltern?«

»Mein Vater ist krank und alles andere als normal, das wissen wir beide. Was Sofia getan hat, ist nur gerecht. Ich schäme mich für ihn.«

»Tu das nicht. Er soll zur Hölle fahren. Wir sprechen morgen früh darüber, okay? Warte nicht auf mich, es wird spät.«

Die Trauer und Wut, die sie beschwert hatten, hatten sich jetzt ein bisschen gelichtet, weil sie etwas davon bei Thor hatte abladen können.

Sofia stand auf dem Landesteg und wartete auf sie. Julia konnte ihre Tränen nicht zurückhalten, als sie ihre Mutter sah, die sie zuerst freudestrahlend empfing.

»Ich weiß, worüber ihr mit mir sprechen wollt. Stimmt das wirklich? Hat er dich vergewaltigt?«

»Ja, das hat er, und es tut mir so unendlich leid, dass ich dir das nie erzählt habe. Verzeih mir, mein Herz.«

Julia vergrub sich in den Armen ihrer Mutter. Sofia nahm das Gesicht ihrer Tochter in ihre weichen Hände und sah ihr so zärtlich und liebevoll in die Augen, dass Julia ganz ruhig wurde.

»Hast du geweint?«, fragte Sofia.

»Ja klar, was glaubst du denn?«, brummte Julia.

»Keine Sorge! Ich verspreche, dass ich dir alles erzählen werde. Aber wir warten damit, bis wir zuhause sind, einverstanden? Ich möchte, dass Papa dabei ist.«

»Was macht er gerade?«

»Er kocht was für uns.«

»Ich habe keinen Hunger.«

»Okay, aber vielleicht später.«

Während der Autofahrt fiel kein Wort über die Vergewaltigung. Sofia wollte wissen, wie es auf Dimö gewesen war, aber Julia gab nur einsilbige Antworten. Am Abend zuvor noch war sie fast geplatzt vor Geschichten, die sie erzählen wollte. Aber jetzt war sie nur müde und erschöpft und traurig. Sofia füllte die Lücke, indem sie von den jüngsten Neuigkeiten in der Nachbarschaft berichtete. Von der einen Nachbarin, die fremdgegangen war, und von den Häusern, die zum Verkauf standen. Julia konnte zwar nicht begreifen, wie Sofia über so banale Dinge sprechen konnte, aber sie kannte sie gut genug und wusste, dass sie immer über Alltäglichkeiten sprach, wenn sie nervös war. Julia hörte ihr nur mit halbem Ohr zu, während die Landschaft an ihrem Fenster vorbeizog. Es hatte angefangen zu regnen, und die Tropfen liefen wie Tränen an den Scheiben herunter. Die Luft war kühl und feucht. Wie deprimierend. Nicht einmal der Anblick der vertrauten Straße, die zu ihrem Elternhaus führte, konnte ihre Stimmung aufhellen.

Der Geruch von Tomatensoße und Knoblauch schlug ihnen entgegen, als sie das Haus betraten. Benjamin saß im Wohnzimmer und wartete auf sie. Julia ließ sich in einen

Sessel fallen, noch ehe er aufspringen konnte, um sie zur Begrüßung zu umarmen.

»Später, Papa. Ich möchte zuerst alles hören.«

Denzel kam angetrottet und legte sich auf Julias Füße. Sie vergrub ihre Finger in seinem weichen, warmen Fell. Normalerweise sprang er immer auf ihren Schoß, aber er schien instinktiv zu spüren, dass sie das nicht wollte. Benjamin lächelte betreten und nickte Sofia zu. Julia erkannte ihre Mutter kaum wieder. Sie sah müde und erschöpft aus. Sonst strotzte sie vor Energie. Sie war immer entschlossen und gewohnt, ihren Willen zu bekommen. Aber jetzt wirkte sie eher verletzlich und verunsichert.

»Ich habe vor ein paar Tagen eine Anzeige erstattet«, sagte sie und seufzte leise.

»Ich weiß. Ich bin gerade in Franz' Büro gewesen, als er das erfahren hat. Ich habe einen Stuhl nach ihm geworfen und seine Hand getroffen. Das ist mein Souvenir für ihn, und es war das letzte Mal, dass er mich gesehen hat. Ich hoffe, ich habe ihm die Finger gebrochen.«

»Ich kann gut verstehen, dass das hier ein großer Schock für dich war, mein Schatz«, sagte Sofia. »Wir wollten dir das in Ruhe erzählen, wenn du wieder zuhause bist.«

»Hört auf, mich zu verhätscheln. Keine Lügen mehr. Ihr erzählt mir jetzt alles.«

Sofia ließ die Luft durch ihre Lippen entweichen.

»Es war vor neunzehn Jahren. Mir war die Flucht von ViaTerra gelungen, und Franz und ich befanden uns in einer Art Kriegszustand. Ich hatte einen Blog, in dem ich Beiträge gepostet habe. Elvira war schwanger mit den Zwillingen, und ich habe sie überredet, mit ihrer Geschichte an die Öffentlichkeit zu gehen. So hat Franz überhaupt erst erfahren, dass er Vater wird. Das machte ihn wahnsinnig wütend, und kaum war er wieder auf freiem Fuß, hat er mich entführen lassen und …«

»Wie bitte? Er hat dich entführt? Der ist doch krank!«

Sofia nickte.

»Ja, und als ich versucht habe zu fliehen, hat er mich vergewaltigt.«

»Oh, Gott, ist das alles schrecklich«, stöhnte Julia. »Ich hab ja gewusst, dass er nicht ganz dicht ist, aber er wirkt einfach nicht wie ein Typ, der Frauen vergewaltigt.«

»Das ist auch zwanzig Jahre her, Julia. Vielleicht ist er heute nicht mehr so. Aber es ist wirklich passiert, du kannst es mir glauben. Danach hat er so getan, als sei das nie geschehen. Er war damals wie besessen von mir, und er hatte die Überzeugung, dass ich der einzige Mensch bin, der seine kranken Thesen versteht. Er wollte unbedingt, dass ich seine Sekretärin werde. Das klingt geistesgestört, und das war es auch. Papa und Simon haben mich gerettet und befreit. Aber bevor ich geflohen bin, habe ich ein Feuer gelegt. Er war als Einziger im Haus, und es hätte ihn auch beinahe erwischt.«

»Das klingt völlig verrückt und passt überhaupt nicht zu dir, Mama. Stell dir vor, wenn er gestorben wäre. Was hast du dir dabei gedacht?«

»Ich habe ihn sehr gehasst. Das war die ultimative Rache. Ich wollte alles zerstören, was ihm was bedeutete, ich wollte, dass seine ganze Sekte verbrennt. Und er gleich mit.«

»Warum hast du mir nie davon erzählt?«, fragte Julia. »Warum habt ihr so lange damit gewartet?«

»Es ist nicht so einfach, Julia«, sagte Sofia. »Franz wusste, dass ich die Brandstifterin war, konnte mich aber wegen der Vergewaltigung nicht anzeigen. Ich hatte ein falsches Alibi und habe behauptet, dass ich an diesem Tag gar nicht auf der Insel war. Papa, Simon und noch ein Dritter haben es mir gegeben. Ein paar Wochen später habe ich festgestellt, dass ich schwanger bin. Ich wollte ganz einfach nicht im Gefängnis landen und deine ersten Jahre verpassen.«

»Und warum hast du mir das nicht erzählt, bevor ich zu Franz auf die Insel gefahren bin?«

»Das war sicher ein Fehler. Aber du bist so glücklich gewesen, du hattest dich über deinen Job gefreut, und ich mochte deine Texte. Und später war ich einfach nur stolz, dass du dich nicht um den kleinen Finger hast wickeln lassen und ihn bloßgestellt hast. Aber ich wusste auch, und das musst du mir glauben, dass er dir niemals etwas antun würde.«

»*Wie*, Mama? *Wie* konntest du dir da so sicher sein?« Julia rief so laut, dass Denzel aufsprang und nervös um das Sofa rannte.

»Das kann ich schwer erklären«, sagte Sofia. »Aber ich glaube, dass er sich verändert hat. Du hattest es ja selbst gesagt … das muss mit seinem Schlaganfall zu tun haben.«

»Klar, das glaube ich auch wirklich. Aber warum hast du dich ausgerechnet jetzt dazu entschieden, ihn anzuzeigen?«

»Davor ist er ein kaltblütiger und schrecklicher Mensch gewesen. Er hat sein Personal schlecht behandelt, war selbstverliebt und grausam. Wir haben dir nicht alles aus der Zeit bei ViaTerra erzählt.«

»War denn alles so furchtbar?«

»Nein, am Anfang noch nicht. Da war es toll, wie in einem Traum. Das ist eine lange und komplizierte Geschichte.«

»Und ich habe nicht die Energie, sie mir jetzt anzuhören«, sagte Julia, die von einer unfassbaren Müdigkeit gepackt wurde.

»Das verstehe ich. Ich mach es ganz kurz. Er hat mit seiner Schikane erst aufgehört, als er seinen Schlaganfall hatte. Vorher hat er Leute beauftragt, die mir nachspioniert haben, ich wurde nie aus den Augen gelassen. Irgendwann hat er das auf dich übertragen. Als Franz dich gerettet und seinen Sohn geopfert hat, dachte ich, jetzt sind wir quitt. Ich dachte wirklich, dass es vorbei ist. Aber dann hat er begonnen, sich für dich zu interessieren.«

»Da hättest du mir doch was sagen können? Vor den Interviews. Bevor ich nach Dimö gefahren bin«, sagte Julia enttäuscht.

»Zuerst hatte ich das auch vor, aber dann hat mich etwas daran gehindert. Papa und ich hatten dieses Geheimnis schon so lange mit uns herumgetragen. Am Ende haben wir so getan, als hätte dieser Albtraum auf Dimö niemals stattgefunden.«

»Du hast meine Frage nicht beantwortet. Warum hast du ihn ausgerechnet jetzt angezeigt?«

»Um ihn endgültig von dir zu lösen. Du hast deinen Auftrag erfolgreich beendet. Wir haben die ganze Zeit wie auf glühenden Kohlen gesessen. Jedes Mal, wenn wir wieder etwas von seinen irren Aktionen hörten, haben wir überlegt, ob er sich wirklich verändert hat, oder ob der Wahnsinn jederzeit aufflammen könnte.«

»Es ist schon seltsam, dass du zwanzig Jahre lang wartest, und es genau jetzt machst, nachdem er sich gerade wieder erholt hat«, sagte Julia.

Sofia stiegen Tränen in die Augen.

»Er hat mir einen großen Schaden zugefügt, der niemals ganz verheilen wird. Ganz gleich, ob es zwanzig Jahre her ist oder ob er sich verändert hat. Deshalb kann ich es nicht ertragen, dich in seiner Nähe zu wissen.«

»Ich begleite dich zu deiner Aussage vor Gericht, Mama«, sagte Julia zerknirscht.

»Ich weiß gar nicht, ob es dazu kommen wird.«

Julia dachte zuerst, sie hätte sich verhört.

»Aber … warum denn nicht?«

»Weil so ein Gerichtsverfahren sowohl zeitraubend als auch schmerzhaft ist. Ich möchte nicht vor Gericht mit ihm streiten. Aber vor allem will ich Thor das nicht antun.«

»Was hat denn Thor damit zu tun? Er wird sich ganz bestimmt nicht aufs Franz' Seite schlagen. Ich habe schon mit ihm gesprochen.«

»Nein, das glaube ich dir. Aber als Franz gelähmt in der Klinik saß, hat ihn Thor regelmäßig besucht. Soweit ich das verstanden habe, hat er immer seine Hand gehalten. Das war sehr traurig. Wenn Franz jetzt aber verurteilt wird, beginnt das Ganze wieder von vorn. Thor wird es als seine Pflicht ansehen, ihn zu besuchen. Du hast am Telefon erzählt, dass er vorhat, im Ausland zu studieren?«

»Ja, davon hat er gesprochen.«

»Und das würde er niemals tun, wenn Franz seine Strafe in Schweden absitzt. Thor ist so talentiert, ich will seine Zukunft nicht aufs Spiel setzen. Mir genügt es schon, dass meine Anzeige in den Akten aufgenommen wurde.«

»Ich könnte als Zeugin auftreten. Er hat mir gegenüber alles gestanden.«

»Ich weiß, dass du das tun würdest. Aber das hier ist meine Entscheidung. Es geht nicht darum, Franz den größtmöglichen Schaden zuzufügen. Wir müssen auch die berücksichtigen, die sonst noch involviert sind.«

»Aber kommt es überhaupt zu einem Gerichtsverfahren, wenn du nicht aussagst?«, fragte Julia.

»Das weiß ich nicht, aber es ist eher unwahrscheinlich, dass der Staatsanwalt Anklage erhebt, wenn er weder Zeugen noch Beweise hat. Außer natürlich, Franz würde die Vergewaltigung gestehen. Aber das bezweifle ich sehr.«

»Ich kapiere gar nichts mehr. Tust du das nicht, um dich zu rächen?«

»Nein, es geht schon lange nicht mehr um Rache. Ich habe alle Hände voll damit zu tun, gegen Sekten zu kämpfen, die eine echte Gefahr für die Gesellschaft darstellen. Ich habe diese Anzeige nur aufgegeben, damit er dir nichts mehr anhaben kann.«

»Das war der einzige Grund?«

»Der einzige.«

»Du bist die Beste.«

»Wie bitte?«

»Du bist die Beste, Mama. Ich werde noch lange sauer auf euch sein, weil ihr mir das vorenthalten habt. Aber ich finde trotzdem, dass du die Beste bist. Ein toller Mensch. Meinst du nicht, dass ich es ausgehalten hätte, die Wahrheit zu erfahren?«

»Doch, aber ich hätte ihn nicht anzeigen können, ohne die Brandstiftung zu gestehen. Und ich wollte dich nicht mit diesem Geheimnis belasten. Ich wollte ihn vor zwei Jahren schon anzeigen, aber dann hat er seinen Schlaganfall bekommen, und es schien mir allzu sinnlos, einen gelähmten Invaliden anzuzeigen. Ich hatte das Gefühl, dass er gestraft genug war.«

Julia sah zu ihrem Vater hinüber, der im Sessel saß und ihnen zuhörte.

»Wie lange hast du noch vor, da stumm herumzusitzen, ohne ein Wort zu sagen?«, sagte sie wütend. »Wusstest du die ganze Zeit davon?«

»Ja. Mama und ich haben wirklich nur getan, was wir für das Beste hielten. Für dich«, sagte Benjamin ruhig.

Er war immer so diplomatisch. Benjamin hasste Konflikte. Was hätte er wohl getan, wenn Franz und Sofia ihren Krieg auch ausgetragen hätten? Wahrscheinlich hätte er versucht, sich rauszuhalten. Wenn Sofia mit ihrer Mutter gestritten hatte, was früher sehr oft vorgekommen war, hatte er auch immer die Rolle des Vermittlers übernommen. Wenn es dann zum Äußersten gekommen war, versuchte er schnell, Schadensminimierung zu betreiben. Dann reparierte er abgerissene Türklinken und fegte zerbrochenes Geschirr zusammen.

»Papa, kannst du dich bitte einmal aufregen?«, rief Julia. »Er hat Mama vergewaltigt, findest du nicht, dass er dafür bestraft werden muss?«

»Doch, natürlich. Aber das Wichtigste ist, dass es deiner Mutter gut geht. Wenn sie keine Aussage machen will, dann respektiere ich das.«

»Ich bin einfach unentschlossen«, sagte Sofia. »Das Risiko ist groß, dass er als freier Mann aus dem Gerichtssaal geht. Gleichzeitig bin ich mir nicht sicher, ob ich überhaupt eine Verurteilung möchte, eben Thor zuliebe. Es soll alles seinen Gang gehen, wir werden sehen, was passiert.«

»Was für ein Heuchler. Wenn man bedenkt, was er euch angetan hat, ist sein Experiment eine einzige Heuchelei«, sagte Julia.

»Wir könnten die Anzeige nutzen, um das Feuer ein bisschen zu schüren«, sagte Sofia leise, mehr zu sich selbst. »Damit sich das Gerücht von dem Vergewaltiger verbreitet.«

Benjamins Gesichtsausdruck zeigte unmissverständlich, dass er davon nicht besonders viel hielt.

Irritiert schüttelte Julia den Kopf.

»Sollte es zur Gerichtsverhandlung kommen, musst du die Oberhand haben. Heutzutage wird eine Vergewaltigungsklage nicht mehr auf die leichte Schulter genommen. Außerhalb vom Gerichtssaal darf er gern seinen Streit mit dir austragen, und zwar unter den Augen der Öffentlichkeit.«

Sofia sah ihre Tochter mit offenem Mund an.

»Du hast recht. Wie scharfsinnig und einfühlsam du geworden bist, Julia.«

Julia musste an Thor denken, der allein zuhause saß, auf sie wartete und vermutlich sehr unglücklich war.

»Findet ihr es eigentlich schlimm, dass ich ausgerechnet mit Thor zusammen bin?«

»Nein, überhaupt nicht«, sagte Sofia. »Wenn aus diesem ganzen Kram eine gute Sache entstanden ist, dann ist das eure Beziehung.«

Im Laufe des Gesprächs hatte sich etwas in ihr geöffnet, und Julia fühlte sich inzwischen bereit, ihren Eltern von den Ereignissen auf Dimö zu erzählen. Allerdings ließ sie den Zwischenfall mit Lars Nordin aus. Die grausamen Details aus Franz' Kindheit, was sein Vater ihm angetan hatte, kamen zum Schluss.

Sofia hatte ihr gequält zugehört.

»Ich kannte nur die Gerüchte von diesem Folterstuhl, aber keine Einzelheiten. Und er war damals erst drei Jahre alt?«

»Ja. Und es ging über mehrere Monate.«

»Das erklärt so einiges. Aber es entschuldigt trotzdem nichts. Er hätte schon längst jemanden aufsuchen und dieses Trauma in einer Therapie bearbeiten müssen.«

Das war typisch für ihre Mutter. In ihrer Welt bedeutete eine Therapie die Lösung für alle Probleme.

Julia war kurz davor, von der Zerstörung des Folterstuhls zu erzählen, aber das wäre für ihre Eltern wahrscheinlich zu viel auf einmal gewesen. Sie würde sich das für einen späteren Zeitpunkt aufheben.

»Ich glaube, wir sind jetzt alle an einem Punkt in unserem Leben angelangt, wo wir einen neuen Weg einschlagen und weiterkommen können«, sagte Benjamin. »Und jetzt mag ich nichts mehr von diesem Franz hören. Und dasselbe sollte auch für dich gelten, Julia.«

Julia nickte.

»Wollen wir mal was essen?«, fragte Benjamin und stand auf. »Ich wärme das Essen auf. Übrigens hoffe ich doch sehr, dass du Weihnachten zuhause feierst? Deine Großeltern kommen, und außerdem haben wir noch Simon und Elvira eingeladen. Das wäre doch schön, wenn ihr auch kommt, Thor und du. Denn, es ist *bald* Weihnachten! Schon vergessen?«

»Shit. Ich glaub wirklich, ich hab da draußen auf der Insel mein Zeitgefühl verloren«, sagte sie. Aber andererseits, es war auch schön, wieder im Alltag angekommen zu sein.

68

FRANZ

Ich schließe meine Bürotür ab, lasse die Jalousien herunter und schalte das Licht aus. Ein Moment der Ruhe wird mir guttun, damit sich dieses Gefühl des Unbehagens wieder verflüchtigt. Meine Arme und Beine sind schwer, ich schleppe mich zum Sessel, dafür hat der Schmerz im Finger nachgelassen. Ich muss meine innere Ruhe finden, die letzten Kraftreserven aktivieren, auf die ich mich immer verlassen kann.

Mein Zeitgefühl hat sich aufgelöst. Ich weiß nicht, wie lange ich schon hier sitze – vielleicht eine Stunde, vielleicht sogar länger. Es ist dunkel im Raum – und so verworren wie mein Inneres. Genau genommen hat dieser innere Nebel in dem Augenblick eingesetzt, als Julia mein Büro verlassen hat.

Während ich mich in meinem Kokon aufhalte, versuche ich die Konsequenzen außen vor zu lassen. *Du wirst mich niemals wiedersehen.* Vermutlich nicht. Meine Augen brennen. *Du bist das eigentliche Problem, weil dich nichts und niemand interessiert,* betont die kritische Stimme in meinem Hinterkopf. Wird das in Zukunft immer so sein? Dass diese Stimmen mit mir sprechen? Wird es nie wieder so sein wie vorher? Ist ein lebensgefährlicher, gefühlsgeladener Virus im Begriff, sich in mein Gehirn zu fressen?

Wie eine Welle schiebt sich der Schmerz durch mich hindurch und hat so viele Gesichter und Nuancen, dass ich davon Kopfschmerzen bekomme. Eine Frage macht mir zu schaffen: Mir wem soll ich in Zukunft sprechen? Ich weiß es nicht. Ich weiß nicht einmal, ob Thor jemals wieder etwas mit mir wird zu tun haben wollen. Bei dem Gedanken daran entfährt mir ein Stöhnen. Ich lasse mich von der Dunkelheit verschlingen, tauche tiefer in mich hinein, spüre einen Schrei, der seinen Weg nach draußen sucht, aber dann ersticke ich ihn mit meinen geballten Fäusten. Ein heißer, spitzer, trostloser Schmerz fährt mir in den Solarplexus. Bitterer Geschmack breitet sich in meinem Mund aus und nimmt schließlich von meinem gesamten Körper Besitz.

Das erste Anzeichen dafür, dass etwas nicht stimmt, *ernsthaft* nicht stimmt, ist der brüllend laute Ton in meinen Ohren. Dazu gesellt sich ein starker, stechender Schmerz im Hinterkopf. Ich fange an, unkontrolliert zu zittern. Das Gefühl in meinen Händen und Füßen verschwindet. Ich versuche, meine Hände von der Armlehne zu lösen, aber sie gehorchen mir nicht mehr. Ein Schrei ist in meiner Kehle gefangen, aber auch meine Lippen sind gelähmt und lassen ihn nicht entweichen. Unzusammenhängende Gedanken schießen mir durch den Kopf. Werde ich jetzt sterben? Werden sie auf meiner Beerdigung Mozarts Requiem spielen? Das wünsche ich mir. Es hat so eine wunderbar düstere Wirkung. Aber jetzt ist es zu spät, das irgendjemandem zu sagen.

Wellen unendlicher Müdigkeit begraben mich unter sich.

Ich muss mich zusammenreißen.

Mit letzter Kraft drücke ich mich aus dem Sessel hoch

und mache ein paar schwankende Schritte, dann breche ich zusammen und falle auf die Knie. Blind taste ich in der Dunkelheit nach etwas, woran ich mich festhalten kann.

Ich höre das Klimpern, als das Handy aus der Jackentasche fällt, gefolgt von dem dumpfen Aufprall, mit dem mein Körper auf dem Boden aufschlägt. Und dann – nichts. Nur Dunkelheit.

69

JULIA

Als sie nach Hause kam, war außer einer Sparlampe alles dunkel in der Wohnung. Es war kurz nach eins und roch nach Thor – seine Lederjacke hing an der Garderobe im Flur, in der Küche duftete es nach Tee. Er trank nie Kaffee, immer nur Tee.

In der Küche machte sie Licht. Auf dem Tisch lag ein Zettel von ihm. *Weck mich!* Daneben hatte er mit Bleistift ein Herz gezeichnet. Das Essen bei ihren Eltern war so stark gewürzt gewesen, dass sie ihren Durst mit Saft löschte, den sie direkt aus der Flasche trank.

Die Küche war blitzblank. Nicht ein einziger Krümel lag auf der Arbeitsfläche. Typisch Thor. Sie machte sich immer lustig über ihn, dass sein Reinlichkeitsfimmel eine Krankheit sei. Und die Symptome nahmen auch nicht ab, sein Ordnungssinn war eine Spätfolge seiner Kindheit in der Sekte, die von einer strengen Disziplin geprägt gewesen war.

Sie ging ins Badezimmer, das ihre Zimmer miteinander verband, und putzte sich die Zähne. Dann zog sie sich aus und ließ die Sachen einfach auf dem Fußboden liegen. In ihrer Handtasche lag der Umschlag mit den Fotos, die ihr Karin mitgegeben hatte.

Vorsichtig schob sie die Tür zu Thors Zimmer auf. Es

war dunkel, aber das bläuliche Licht der Großstadt fiel durch die Ritzen in der Jalousie und hatte sich auf die Bettdecke gelegt. Er lag auf dem Rücken, nur mit Boxershorts bekleidet, sein Mund war leicht geöffnet. Er schlief tief und fest.

Ihr Herz zog sich für einen kurzen Moment zusammen, als ein vorbeifahrendes Scheinwerferlicht sein Gesicht traf und sie schon dachte, Franz läge dort vor ihr im Bett. Aber Thors Wangen waren weicher, außerdem roch es nach ihm, nach seiner Seife – er musste vor dem Schlafengehen geduscht haben.

Sie legte den Umschlag auf den Nachttisch, setzte sich auf die Bettkante und legte eine Hand auf sein Herz. Sie war von einer tiefen Sehnsucht erfüllt, obwohl er direkt vor ihr lag. Sanft strich sie mit den Fingern über seine Taille und dachte lächelnd an alle Stellen seines Körpers, die sie noch erforschen wollte. Thor war nicht so bildschön wie Franz, aber er hatte ein entspanntes, hübsches Gesicht. Sie empfand keine Leere in ihrem Inneren, die sich bei der Rückkehr nach einer langen Reise so oft einstellte, sie war von Zärtlichkeit erfüllt. Ihr Herz flatterte wie ein Schmetterling.

Zwischen den Lamellen der Jalousie sah sie die Häuser der Stadt. Es hatte aufgehört zu regnen. Die Nacht war still. Es fühlte sich fremd an, wieder in der Stadt zu sein.

Sanft strich sie mit dem Finger über Thors Stirn. Er öffnete die Augen nicht, aber sein Unterbewusstsein hatte offenbar registriert, dass sie gekommen war.

»Oh, Gott, habe ich dich vermisst«, murmelte er.

Sie kroch zu ihm unter die Decke, er drehte sich auf die Seite, und sie drückte ihr Gesicht gegen seinen Hals.

Erst jetzt bemerkte sie, wie kalt ihr war.

»Nimm mich bitte einfach in den Arm«, bat sie ihn. »Schlaf weiter, wir sprechen morgen.«

Er zog sie an sich und streichelte mit den Fingerspitzen über ihren Rücken.

»Wie schön, dass du wieder da bist«, flüsterte er.

Kurz darauf hörte sie seine regelmäßigen Atemzüge und wusste, dass er eingeschlafen war. Obwohl sie wahnsinnig erschöpft war, konnte sie nicht einschlafen. Die Schatten und Lichter der Nacht wanderten über die Wände, während sie sich den Gedanken ergab, was gewesen war und was in Zukunft käme.

Epilog

FRANZ

Elyssa hat mich gefunden. Ihre weichen Finger fühlten erst meinen Puls und riefen dann mit meinem Handy den Notarzt. *Tot*, war ihr erster Gedanke. *Ein zweiter Schlaganfall*, war ihr zweiter, nachdem sie festgestellt hatte, dass mein Herz noch schlug.

Sie hatte an der Tür geklopft, war aber wieder gegangen, als sie sie verschlossen vorfand. Elyssa hat immer mein Bedürfnis nach Einsamkeit respektiert. Als sie es aber kurze Zeit später erneut versuchte und nicht auf ihr Klopfen reagiert wurde, hatte sie sich mit ihrem Ersatzschlüssel Zutritt verschafft und mich gefunden. Ich war kopfüber zu Boden gestürzt und tatsächlich mit dem Kopf aufgeschlagen. Sie legte mich sofort in die stabile Seitenlage. Kurz darauf schlug ich die Augen wieder auf. Benommen zwar, aber wach und klar genug, um Elyssa irritiert zu fragen, warum sie weinte. Es gab doch gar keinen Grund zur Sorge. Mein kalter Schweiß hatte sich gelegt, und ich atmete wieder normal. Elyssas Augen waren ganz bleich, als wären alle Farben von den Tränen ausgeschwemmt worden. Sie ermahnte mich, liegen zu bleiben, aber ich wollte mich sofort aufsetzen.

Erster Versuch.

Zweiter Versuch.

Beim dritten Versuch gehorchte mein Körper.

Als der Notarzt eintraf, war ich schon wieder auf den Beinen. *Nur ein Schwächeanfall. Das kommt doch vor, auch lange nach einem Schlaganfall,* teilte ich ihm mit. Und da meine Werte normal waren und ich versicherte, am nächsten Tag einen Arzt aufzusuchen, zogen sie wieder ab.

Die ausgesprochen gründliche Untersuchung am nächsten Tag ergab nichts Auffälliges. Mein Arzt vermutete, dass der Schwächeanfall durch Stress ausgelöst worden war, und musterte mich mit hochgezogener Augenbraue. Wahrscheinlich hatte er meinen Blog gelesen. Er ermahnte mich, den Zwischenfall nicht auf die leichte Schulter zu nehmen, und stellte mir eine Überweisung zu einem Neurologen aus. Allerdings habe ich nicht die Absicht, mein Gehirn untersuchen zu lassen.

Elyssa hat seitdem ein besonders wachsames Auge auf mich. Ich muss zugeben, dass ihre Fürsorge beruhigend wirkt.

Man kann schuften, um Gerechtigkeit walten zu lassen und Menschen auf den rechten Weg zu helfen, und dann schlägt die Vergangenheit doch zu, wenn man es am wenigsten erwartet. Aber vielleicht habe ich unterbewusst immer geahnt, dass ich den Preis für mein Vergehen an Sofia eines Tages bezahlen muss.

Es ist ein kalter und ungemütlicher Morgen. Das Herrenhaus duckt sich unter dem granitgrauen Himmel. Zum ersten Mal weiß ich das scheußliche Wetter zu schätzen. Es entspricht meiner Stimmung. Ich trage meine Sehnsucht nach Julia in meinem Inneren verborgen. Mein Körper schmerzt, die Rippen drücken auf die Lunge und mein Herz. Ich habe mich entschieden, mit dem Schmerz leben zu lernen. Julia ist fort, jetzt muss ich mich nur noch mit den lästigen Gefühlen für Thor herumschlagen. Falls er je wieder etwas mit mir zu tun haben will.

Es ist Zeit, mich von meinen Mitarbeitern für eine ganze Weile zu verabschieden. Sie haben sich alle im Hof versammelt. Ruhig und gefasst erkläre ich ihnen die Situation. Dass sie von einer Anzeige gegen mich lesen werden. Ich ermahne sie, nicht alles zu glauben, was in den Medien steht. Die Journalisten haben schon immer versucht, mein Ansehen zu zerstören. Damit müssen Führer und Wegbereiter aller Couleur nun einmal leben.

Ich erzähle ihnen, dass ich jetzt für ein paar Tage aufs Festland fahren will, und wenn ich zurückkomme, werde ich ihnen mitteilen, wie es weitergehen wird. Ich beende meine kleine Ansprache mit einem großen Dank an sie, für ihren Einsatz und ihre Arbeit, und bringe meine Hoffnung zum Ausdruck, dass sie auch in Zukunft auf ViaTerra arbeiten werden.

»Was immer passieren wird, ich garantiere euch den Erhalt eurer Jobs. Das Anwesen muss gepflegt werden, und an einigen Stellen sind Renovierungsarbeiten zu erledigen. Elyssa wird die verschiedenen Projekte und Aufgabenbereiche an euch verteilen. Und die Kollegen in der Küche sorgen weiterhin für hervorragendes Essen für die ganze Belegschaft. Im Frühjahr werden wir mit dem Anbau von Freilandprodukten beginnen. Alle meine Pläne für ViaTerra werden auch in Zukunft umgesetzt.«

Da steht sie vor mir, meine kleine Armee. Einigen ist die Angst ins Gesicht geschrieben. Ich lächele sie an, jeden Einzelnen. Sie bilden das Fundament meines neuen Projektes.

Zu meiner großen Überraschung macht Filip einen besonders betrübten Eindruck. Dass ausgerechnet dieser riesige, beinharte Kerl so niedergeschlagen ist, berührt mich. Meine Augen brennen. Das liegt wohl am Wind, der über den Hof fegt.

»Aber Sie kommen doch ganz sicher zurück, Franz?«, fragt er.

»Ja, das werde ich. Ich weiß nur noch nicht wann.«

»Dürfen wir Ihnen mailen, wenn wir Fragen haben?«, wirft Hampus ein, der ganz vorn steht. Erst vor ein paar Tagen hat er mir freudestrahlend erzählt, dass seine Freundin im neuen Jahr tatsächlich zu ihm auf die Insel ziehen wird.

»Wendet euch mit Fragen an Elyssa«, sage ich. »Wenn sie die nicht beantworten kann, könnt ihr mir natürlich auch eine Mail schicken.«

Ich verabschiede mich mit den Worten von ihnen, dass ich mich in ein paar Tagen mit Neuigkeiten melden werde. Elyssa bleibt bei mir stehen, auch nachdem alle gegangen sind.

»Und was jetzt, Franz? Wirst du verurteilt?«

»Würde das ein Problem für dich bedeuten?«

»Was denkst du von mir?« Sie ist verletzt, dass ich an ihrer Loyalität zweifeln könnte. Wir existieren in einer Verbundenheit, die so stark ist, dass ich sie manchmal kaum ertragen kann. Vor allem, weil sie in der Lage ist, mich und meine Gedanken zu lesen.

»Ich weiß nicht, was passieren wird. Ich habe mich noch nicht entschieden, wie ich mit diesem Problem umgehen soll. Das werde ich tun, wenn ich auf der Fähre bin. Auf dem Meer habe ich die besten Ideen und kann in Ruhe nachdenken.«

»Soll ich dich nach Hause fahren?«

»Nein, ich fahre mit dem Auto nach Göteborg. Bleib du hier auf Dimö. Die anderen müssen ein bisschen aufgemuntert werden, und das kannst du am allerbesten.«

Aber sie begleitet mich zum Hafen, steht auf dem Pier und winkt mir zum Abschied.

Das Auto parke ich neben den anderen Fahrzeugen an Deck. Die meisten Passagiere stehen am Bug, ich gehe nach achtern und lehne mich gegen das Geländer.

Das bevorstehende Treffen mit meinem Anwalt und das anstehende Verhör bei der Polizei beschäftigen und belasten mich. Dieses Dilemma mag ich nicht mit an Land nehmen, ich muss mir eine sinnvolle Strategie ausdenken, bevor wir anlegen. Meine Unentschlossenheit hat mich die ganze Nacht wach gehalten. Die richtige Entscheidung zu treffen fällt nicht immer leicht. Mein Hadern umgab mich wie eine zweite Haut. Ich muss mir eine Version zurechtlegen, der ich selbst auch glaube, sonst kann es nicht funktionieren. Und ich habe nicht die geringste Lust, das Opfer zu spielen.

Die frische, salzige Luft macht mir den Kopf frei.

Am besten gestehe ich gleich alles. Auf einem Talkshow-Sofa zu sitzen und zu lügen, das liegt mir nicht. Auch Gerichtssäle gefallen mir überhaupt nicht. Vielleicht gibt es mildernde Umstände, Sofias Angriff gegen mich vor zwanzig Jahren. Als sie die Mutter meiner ungeborenen Kinder gegen mich aufhetzte. So etwas sehen die Leute nicht so gern. Und auch für die Brandstiftung wird sie keinen Beifall ernten. Denn das sind Anzeichen dafür, dass auch sie kriminelle Energien hat. Endlich meldet sich die Wut auf sie, die ich so lange erfolgreich verdrängt habe. Heiß und ungebremst. Und es fühlt sich gut an.

In der Nacht, in der mich Julia gezwungen hat, den Folterstuhl zu zerstören, wurde mir klar, dass ich mein Leben lang an Klaustrophobie gelitten habe. Damit meine ich nicht die Angst vor geschlossenen Räumen, sondern die Angst, in einer Situation festgehalten zu werden. In einer Trauer stecken zu bleiben. Langweilige Routinen erfüllen zu müssen. Bei einer Lüge ertappt zu werden. Was diese Angelegenheit auch für Folgen haben wird, ich werde mich niemals so erniedrigen und lügen, wie Lars Nordin es getan hat.

Johan Ström ist ein guter Anwalt. Sollte es ihm dennoch nicht gelingen, mich rauszuholen, werde ich meine Gefängnisstrafe dafür nutzen, ein Buch zu schreiben. Mein Weg zurück ins Leben nach meinem Schlaganfall. Diese Art von Wunderbüchern ist im Moment sehr gefragt. Darin wird es um Entschlossenheit und Verantwortungsgefühl gehen. Mit dieser Kombination gelingt es einem, die unglaublichsten Dinge zu erreichen. Ein solches Buch kann ich später als Lehrmaterial für mein neues Projekt benutzen. Meine Zukunftspläne, was das anbetrifft, werde ich noch etwas vertagen müssen. Aber dann will ich mit Würde ins Rampenlicht zurückkehren: Ein Mann, der Verantwortung für seine alten Dämonen übernommen hat. Unbezwingbar. Unaufhaltsam.

Ich verfüge über ausreichend Ressourcen, um die nächsten Jahre ohne zusätzliche Einnahmen zu überbrücken. Wir werden ViaTerra zu einer Palastanlage aufrüsten, und dann werde ich als der rechtmäßige Herrscher nach Dimö zurückkehren. Sie werden mich dafür bewundern, dass ich ein Geständnis ablege. Wie viele Vergewaltiger gibt es, die so etwas tun? Das ist mein Plan – ich werde alles gestehen und die Verantwortung für mein Handeln übernehmen.

Die Fähre schaukelt und reißt mich aus meinen Gedanken. Und es schneit. Große, weiche Schneeflocken haben sich zu einem weißen Schleier im Himmel versammelt. Sie landen auf meinen Armen und schmelzen sofort. Ich hebe den Kopf und lasse sie mir aufs Gesicht sinken. Seit Aufzeichnung der Wetterdaten ist das wahrscheinlich der schneereichste Winter in Dimö.

Ich muss an meine treue Begleiterin Elyssa denken, wie bedrückt und traurig sie beim Abschied gewesen ist. Ich denke auch an meine Mutter und schäme mich für meinen Wunsch, meine Hand in ihre warme zu legen. Und außerdem denke ich an Sofia, meine Nemesis, die mich bis ins Grab verfolgen wird. Ich werde sie für ihre Kraft immer bewundern. Dann bleibt noch Julia, die ich jetzt schon so sehr vermisse, dass es geradezu brennt, wie Salz in einer offenen Wunde.

Frauen. All diese Frauen. Jetzt haben sie eine Mauer um mich herum gebildet.

Während sich Dimö hinter mir in einen verschwommenen Fleck verwandelt, hänge ich meinen Gedanken nach. Ich bin wehmütig. Aber ich komme wieder.

Ich kehre immer zurück.

Über die Personen und Ereignisse in diesem Buch

Sämtliche Personen und Ereignisse in diesem Buch sind frei erfunden. Sowohl Franz Oswald, die Insel Västra Dimö als auch ViaTerra sind Produkte meiner Fantasie. Dennoch habe ich mich in allen meinen Büchern von wahren Begebenheiten inspirieren lassen, die ich in den fünfundzwanzig Jahren als Mitglied einer Sekte erlebt habe.

Ergänzend möchte ich hinzufügen, dass es in Schweden nach wie vor eine Verjährungsfrist für Vergewaltigung gibt, aber dieses Buch spielt auch etwas in der Zukunft. Franz Oswalds Angaben über den Holocaust stimmen, und Irma Grese, *Das schöne Ungeheuer* und *Die Hyäne von Auschwitz*, hat es tatsächlich gegeben – und entsetzlicherweise die Aktion Reinhardt auch.

Danksagung

Die wunderschöne Bohusküste wird niemals aufhören, mich zu faszinieren, und gerade sie war auch ein Grund dafür, wieder nach Dimö zurückzukehren. Darum möchte ich meinen ersten Dank an jene richten, die mich beim Schreiben inspiriert haben. Ann-Catrin Sköld und Magnus Pilback, die mich in ihrem Haus willkommen geheißen und mir die Perlen von Orust gezeigt haben. Ann-Catrin gilt ein besonders herzlicher Dank für ihre Hilfe bei meinen ersten Büchern. Håkan Järvå und Meta Sjöberg danke ich für ihr Expertenwissen als Psychologen. Auch den vielen Buchhändlern, Bibliothekaren, Vereinen und Gemeindehäusern will ich für die vielen schönen Lesungen danken, die sie für mich an der Bohusküste organisiert haben. Nicht zu vergessen: mein Dank an das Personal im Hotel Koster und an alle Inselbewohner von Koster für den herzlichen Empfang. Und Arent van der Veen vom Schwedischen Leuchtturmverein danke ich für seine Hilfe, mir das technische Wunderwerk eines Leuchtturmes begreiflich zu machen.

Ein besonders großer Dank geht an meinen Mann Dan, der auch bei diesem Buch mitgeholfen hat und zum Beispiel die Illustration von ViaTerra in der schwedischen Ausgabe angefertigt hat. Eigentlich müsstest du vorne mit auf dem Umschlag stehen.

Ich danke meiner wunderbaren Familie, die mich bei allem unterstützt: meinem Sohn John, seiner Frau Noha, meinen Enkelkindern Layla und Selene und meinen Eltern Ella und Olle Westam.

Ich danke meinem Verlag Harper Collins, dessen Mitarbeiter sich sehr für meine Bücher eingesetzt haben. Johanna Rydergren, meine fantastische Verlegerin – vielen Dank, dass du mit mir nach Dimö zurückgekehrt bist und dich so für diesen Band interessiert hast. Auch Dank an Carina Nustedt, die dieses Projekt mit großer Energie vorangetrieben hat. Und ich danke meiner Lektorin Helena Jansson Icardo. Vielen Dank für deine fleißige Arbeit.

Ein großes Lob geht an Maria Sundberg, die für die wunderschönen Umschläge meiner Bücher verantwortlich ist.

Und auch an Maria und Edith Enberg von der Enberg Literary Agency – ihr seid Feuerseelen und Buchenthusiastinnen, und ich zähle euch zu meinen besten Freundinnen.

Ebba Österberg und Lisa Jonasdotter Nilsson vom Forum Bokförlaget danke ich für ihre Mitarbeit an dem Konzept für diesen Band.

Und den Produzentinnen Erika Edman und Mia Jupp gilt mein Dank für ihre Inspiration bei der Zusammenarbeit, um aus den Büchern auch Filme zu machen.

Ich danke allen meinen Freunden in den USA und in Schweden, die sich mit diesem Thema beschäftigen, Aussteigern helfen und vor Sekten warnen: Mike Rinder, Håkan Järvå, Anna Lindman, Noomi Andemark, Erica Hindborg, Magnus Utvik und allen Mitarbeitern von der Organisation Hjälpkällan, des Vereins ROS und vielen anderen. Ein besonderer Dank geht an die Psychotherapeutin Helena Löfgren für deine fachliche Expertise und Hilfe, dank derer ich Franz und sein Dilemma beschreiben konnte.

Und bei euch Lesern möchte ich mich besonders herzlich bedanken. Ihr habt mich gebeten, die Geschichte auf Dimö weiterzuerzählen. Und an dieser Stelle kann ich euch auch eine Fortsetzung versprechen, denn es geht gerade erst los.

Drei, zwei, eins – wenn der Countdown-Mörder zählt, fließt Blut …

480 Seiten. ISBN 978-3-7341-0894-5

An dem Tag, als die Autorin Sonja Nordstrøm verschwindet, sollte sie zur Premiere ihres Buches »Ewige Erste« erscheinen. Dass sie nicht auftaucht, veranlasst die Promi-Reporterin Emma Ramm, Nordstrøm zu Hause aufzusuchen. Die imposante Villa ist leer, doch eine am Fernseher angebrachte Zahl weckt Emmas Neugierde: die Nummer Eins. Alexander Blix vom Osloer Dezernats für Gewaltverbrechen ist der nächste, der eine Zahl findet: die Nummer Sieben, und zwar auf der Leiche eines Mannes, der in Sonja Nordstrøms Sommerhaus gefunden wird … Was Emma und Alexander noch nicht wissen: Ein Countdown hat begonnen, und er wird in Blut enden.

Das Grauen beginnt,
als eine Fahrt zu Ende geht …

496 Seiten. ISBN 978-3-442-37580-6

Hochsommer in Schweden. Es regnet Bindfäden. Der voll besetzte Schnellzug nach Stockholm muss außerplanmäßig halten. Eine junge Frau tritt hinaus aufs Bahngleis, um ungestört zu telefonieren – und wird von ihrer Tochter getrennt, als der Zug ohne Vorwarnung weiterfährt. Der Schaffner wird alarmiert, doch als er das kleine Mädchen abholen will, ist es spurlos verschwunden. Das Ermittlerteam um Kommissar Alex Recht und Fahndungsspezialistin Fredrika Bergman wird auf den Fall angesetzt. Als wenig später ein zweites Kind verschleppt wird, wird der Fall zu einem Albtraum …